W0408402

CATHY LAMB

Rosarote Nachrichten

Roman

Aus dem Amerikanischen
von Susanne Aeckerle und Andrea Fischer

Krüger Verlag

MIX
Papier aus verantwortungsvollen Quellen
FSC® C083411
FSC
www.fsc.org

Erschienen im Krüger Verlag,
einem Unternehmen der S. Fischer Verlag GmbH

Die amerikanische Originalausgabe erschien
unter dem Titel ›Henry's Sisters‹ bei Kensington Books, New York.
Copyright © 2009 by Cathy Lamb
Für die deutschsprachige Ausgabe:
© S. Fischer Verlag GmbH, Frankfurt am Main 2012
Dieses Werk wurde vermittelt durch die Literarische Agentur
Thomas Schlück GmbH, 30827 Garbsen
Satz: Pinkuin Satz und Datentechnik, Berlin
Druck und Bindung: CPI – Clausen und Bosse, Leck
Printed in Germany
ISBN 978-3-8105-1300-7

Für JayRae, RaeMac und den »T«-Man,
voller Liebe

1. KAPITEL

Ich würde meinen BH verbrennen müssen.

Und meinen Tanga.

Schade, dass es sein musste, denn eigentlich bin ich sehr eigen mit meiner Unterwäsche. In meiner Kindheit waren wir so arm, dass ich fadenscheinige Schlüpfer und kaputte BHs trug, die mit Sicherheitsnadeln oder Büroklammern zusammengehalten wurden, deshalb lege ich heute Wert auf elegante Dessous.

»Brennen sollst du, mein BH«, flüsterte ich, als das goldene Morgenlicht auf mich fiel. »Brennen sollst du, mein Tanga.«

Ich musterte den Mann, der neben mir auf meinem weißen Laken unter meiner weißen Decke inmitten meiner weißen Kopfkissen lag. Er war muskulös, gebräunt, hatte volle schwarze Haare und eine Rasur bitter nötig.

Er war durchaus nett gewesen.

Ich würde den Anzünder mit dem roten Griff nehmen.

Ich stellte mir vor, wie die Flamme gleich einer Feuerschlange über die beiden Körbchen kroch, der Tanga sich kräuselte und der Schritt schwarz verkohlte.

Herrlich.

Ich reckte mich, warf die dünnen braunen Zöpfe nach hinten und tastete unter dem Bett nach meiner Flasche Kahlúa.

Regen schlug gegen die Scheiben. Ich trank ein paar Schluck und schritt dann nackt über den Holzfußboden meines Lofts, um aus dem Fenster zu sehen. Die klotzigen Gebäude und schnittigen Wolkenkratzer im Zentrum von Portland waren nurmehr Schemen von Stahl und Glas.

Man hat mir gesagt, die Menschen im Geschäftshaus gegenüber könnten mich sehen, wenn ich das Fenster öffne und mich hinauslehne. Wenn ich nackt sei, gebe es immer ein wildes Durcheinander, aber das juckt mich nicht die Bohne. Es ist mein Fenster, meine Luft, mein Wahn. Meine Nacktheit.

Außerdem musste ich dringend mal durchatmen, nachdem ich gestern diesen rosa Brief bekommen hatte. Er rief mir meine Vergangenheit in Erinnerung, was ich zu vermeiden suchte, und gemahnte mich an meine Zukunft, an die ich nicht denken möchte.

Ich öffnete das Fenster, lehnte mich weit hinaus und schloss die Augen. Der Regen rann durch meine Zöpfe, sickerte in winzigen Bächen über die Perlen an deren Enden und über meine Schultern und Brüste.

»Ich bin nackt«, verkündete ich laut. »Nackt und halb wahnsinnig.«

Ich wollte nicht tun, was in dem Brief stand.

Nein, das war einfach zu viel verlangt.

Ich streckte die Arme weit aus, als wollte ich den Regen umarmen. Die Flasche Kahlúa baumelte in meiner Hand, und ich betrachtete mich: feste Brüste, schmale Taille, Ring im Bauchnabel. Ein Regentropfen nach dem anderen löste sich von meinen Brustwarzen, rein, klar und kalt. »Ich habe kalte Nippel. Kaltnippel«, verkündete ich laut.

Als ich durchnässt war, winkte ich mit beiden Händen lächelnd den fleißigen, faden Arbeitsbienen im Geschäftshaus gegenüber zu in der Hoffnung, sie würden ihren Spaß haben. Den brauchten sie dringend.

»Euer Hirn löst sich auf! Eure Seelen verfaulen! Seht zu, dass ihr da rauskommt!« Ich hielt mir die Kahlúa-Flasche an den Mund und rief: »Befreit euch! *Befreit euch!*«

Zufrieden mit meinem kreativen morgendlichen Ausbruch, ging ich in die Küche und fuhr mit der Hand über den schwarzen Granit der Arbeitsplatte. Ich hievte mich hoch und legte mich, nass vom Regen, flach wie ein nackter menschlicher Pfannkuchen darauf und ließ die Füße über den Rand baumeln.

Ich musterte den gegen die Wand gelehnten rosa Brief und nahm sein blumiges, zitroniges Parfüm wahr. Es roch erstickend.

Nicht schreien, mahnte ich mich. *Nicht schreien!*

Auf einmal spürte ich Cecilia in meinem Kopf. Ich schloss die Augen, fühlte grenzenlose Verzweiflung. Angst. Abgrundtiefe Erschöpfung.

Das Telefon klingelte. Es verschlug mir den Atem.

Das war Cecilia. Ich wusste es einfach.

Solche Sachen kommen so häufig zwischen uns beiden vor, dass wir in einer Kuriositätenschau für Zwillinge auftreten könnten. Vor einer Woche rief ich sie an, weil ich sie weinen gehört hatte. Das war noch nicht mal ein bewusster Gedanke. Als sie sich am Telefon meldete, hockte sie tatsächlich im Wandschrank und heulte sich die Augen aus dem Kopf. »Beruhige dich«, sagte ich zu ihr.

»Halt die Klappe, Isabelle«, fuhr sie mich an. »Halt einfach die Klappe!«

Wir sind zweieiige Zwillinge, und unsere irrwitzige psychische Verbindung machte sich schon früh bemerkbar. Mit drei Jahren wurde Cecilia von einem Hund angefallen. Er ging ihr direkt an die Kehle. Sie war in unserem Vorgarten, ich war mit Momma einkaufen. In dem Moment, als Cecilia gebissen wurde, stieß ich einen Schrei aus und umklammerte meinen Hals, der sich regelrecht durchbohrt anfühlte. Ich fiel zu Boden und trat wie wild um mich, dann wurde ich ohnmächtig. Momma erzählte mir später, sie hätte gedacht, der Teufel hätte sich meiner Seele bemächtigt.

Noch ein Beispiel: Als ich vor zwei Jahren in einem schäbigen Dorf in Indien unter den Ärmsten der Armen arbeitete, bekam ich auf einmal Magendrücken und -brennen. Auf einem

Karren voller Hühner musste ich zurück in die Stadt gebracht werden. Cecilia hatte eine akute Blinddarmentzündung und war operiert worden.

Und noch so ein abgefahrenes Beispiel: Als ich Fotos von der amerikanischen Bombardierung Bagdads machte, duckte ich mich hinter eine Betonbarriere. Die Kugeln flogen mir nur so um die Ohren. Eine streifte mein Bein. Sofort bekam ich eine hysterische Nachricht von Cecilia aufs Handy. Sie dachte, ich wäre tot, weil sie ihr Bein nicht bewegen konnte.

Das ist abgedreht. Beängstigend. Aber es ist die Wahrheit.

Ich schlug die Hände vors Gesicht und blieb der Länge nach auf der Arbeitsplatte in der Küche liegen. Ich ging nicht ans Telefon, sondern wartete, bis der Anrufbeantworter ansprang. Dann hörte ich ihre Stimme: eine Mischung aus Feldwebel und Cruella De Vil.

»Geh ran, Isabelle!«

Ich rührte mich nicht.

»Ich weiß, dass du da bist«, blaffte Cecilia-Cruella, nun schon wütend. Cecilia-Cruella ist fast immer wütend. Seit jener furchtbaren Nacht mit der entsicherten Waffe und den Albträumen vom Dschungel, als wir noch Kinder waren.

Ich schlug mit der Stirn auf die Arbeitsplatte. »Ich bin nicht da«, murmelte ich.

»Und du hörst auch zu, nicht?« Die vertraute Ungeduld in ihrer Stimme.

Ich hauchte auf den Granit, wo sich eine heiße, kreisförmige Wolke bildete, und schüttelte den Kopf. »Nein«, sagte ich. »Ich höre nicht zu.«

»Verdammt, Isabelle, ich weiß genau, dass du am Ende bist und völlig aufgelöst. Wahrscheinlich hast du vor, schnell in irgendein afrikanisches Dorf oder auf eine abgelegene Insel zu verschwinden, um dem Ganzen zu entkommen, aber das läuft nicht. Vergiss es! Hast du kapiert, verflucht? Vergiss es!«

Ich hauchte noch eine Atemwolke auf die Arbeitsplatte. Ein

Regentropfen fiel von meiner Nase wie ein flüssiger Diamant. »Du fluchst zu viel, und ich bin nicht am Ende«, sagte ich ganz leise. »Warum sollte ich am Ende sein? Ich werde nicht tun, was sie von mir verlangt. Denn wenn ich es täte, würde ich mich klein fühlen, und mir würde alles falsch vorkommen, was ich eigentlich richtig finde. Die liebe Depression wird kommen und sich in meinem Kopf einnisten. Das mache ich nicht mit.« Bei dem Gedanken erschauderte ich.

»Du hast Angst. Das kann ich spüren«, behauptete Cecilia am Telefon. »Das kannst du nicht vor mir verbergen.«

»Angst ist nichts mehr für mich«, sagte ich zitternd vor mich hin. »Schluss damit.«

»Wir müssen auch über das sprechen, was mit dir passiert ist, Isabelle. Bild dir nicht ein, dass du das verheimlichen kannst«, hakte sie nach, als unterhielten wir uns ganz normal. »Jetzt nimm endlich den verfluchten Hörer ab, bevor ich richtig sauer werde!«

Ich liebe Cecilia. Sie hatte es nicht verdient – niemand hatte es verdient … was sie letztes Jahr mit ihrem fiesen Arsch von Ehemann durchgemacht hatte. Mein Jahr war auch nicht gerade nett gewesen, aber ihres war schlimmer.

»Isabelle!«, brüllte Cecilia-Cruella, damit ich abnahm. »Na schön, Isabelle. Gut. Reiß dich zusammen und ruf mich an, wenn du aus dem Bett steigst und der Typ abgehauen ist.«

Mein Kopf schnellte hoch. *Sie wusste es!* Es kam ständig vor, dass sie Bescheid wusste, wenn ich einen Mann da hatte. Einmal sagte sie zu mir: »Stell es dir so vor: Ich hab nicht den Spaß dabei, den du hast, aber manchmal weiß ich es einfach, weil ich schwachen Zigarettenrauch rieche.«

Alles klar? Abgedreht.

»Ich bin längst aus dem Bett, also hör auf zu meckern«, murmelte ich.

»Isi«, flüsterte Cecilia. Der Anrufbeantworter konnte ihre Stimme kaum wiedergeben. »Lass mich bitte nicht im Stich.«

Cecilia flüsterte so gut wie nie. Sie musste mehr als verzweifelt sein. Ich ignorierte meine Schuldgefühle.

»Du musst mir helfen. Du musst *uns* helfen«, fügte sie hinzu.

Nein, ich muss nicht helfen. Ich muss weder ihr noch uns helfen.

»Ohne dich schaffe ich das nicht. Ich klappe zusammen, wie ein fettes Nashorn.« Damit legte Cecilia auf.

Ich will mein eigenes Leben so psychisch gesund wie möglich führen. Daher muss meine Antwort Nein lauten. Nein und nochmals nein, Cecilia.

Ich schlug den Kopf auf die Arbeitsplatte, dann hielt ich den Kahlúa seitlich an den Mund. Ich trinke nur selten, aber Kahlúa zum Frühstück ist superlecker. Einige verschüttete Tropfen leckte ich direkt vom Granit, dabei klickerten die Perlen an meinen Zöpfen auf der harten Oberfläche.

Der Mann in meinem Bett rührte sich. Ich hob den Kopf, neugierig, was er als Nächstes tun würde.

Seinen Namen hatte ich vergessen. Hatte er überhaupt einen Namen? Ich drehte mich um und starrte auf die freiliegenden silbernen Rohre unter der Decke. Klar hatte er einen Namen. Nur weil ich ihn vergessen hatte, hieß das ja nicht, dass er namenlos durch die Welt lief.

Der Mann drehte sich um. Netter Oberkörper.

Den Bruchteil einer Sekunde gestattete ich mir, mich schlecht zu fühlen. Billig und schmuddelig nach einem weiteren One-Night-Stand.

»So«, sagte ich. »Diese Nacht ist jetzt vorbei.«

Ich rollte mich von der Arbeitsplatte, holte einen Topf aus dem Schrank und ließ kaltes Wasser hineinlaufen.

Als er bis zum Rand gefüllt war, stellte ich ihn mir auf den Kopf und balancierte ihn, die Kahlúa-Flasche zwischen zwei Fingern haltend, wie ein Hochseilakrobat zu dem namenlosen Mann hinüber. »Die Nacht ist vorbei, willkommen zur Einäscherung meines blau-weißen Spitzen-BHs.«

Ich ignorierte die über einen Meter großen Schwarzweißfotografien an den Wänden, die ich selbst aufgenommen hatte. Alle Personen darauf waren traumatisiert, denen musste ich heute nicht in die Augen sehen. Es waren Menschen, Kinder. Das ließ mir keine Ruhe. Aus dem Grund hatte ich sie in meinem Loft aufgehängt. Damit sie mir nie und nimmer Ruhe ließen.

Erneut kam die quälende Frage in mir auf: Würde ich jemals wieder fotografieren können nach dem, was geschehen war?

Der Mann in meinem Bett war beeindruckt gewesen, als er herausfand, wer ich bin. Ich bin nicht beeindruckt von mir. Ich war nicht beeindruckt von ihm.

Ich stellte den Topf ab, riss meine flauschige weiße Decke beiseite und goss dem Mann das kalte Wasser über den Kopf. Es traf ihn direkt zwischen die Augen, er schoss wie von der Tarantel gestochen aus dem Bett und stand mit geballten Fäusten vor mir. Militärische Ausbildung, vermutete ich.

»Das war schnell«, bemerkte ich, stellte den Topf ab und trank noch einen Schluck Kahlúa.

»Was soll der Scheiß?!?« Er hustete und prustete, völlig neben der Spur. »Was soll das?«

»Ich habe gesagt, das war schnell. Die meisten Männer sind nicht so schnell auf den Beinen wie du. Du bist flink. Flink und wendig.«

Er fuhr sich mit der Hand übers Gesicht und fluchte. »Warum hast du das getan? *Bist du wahnsinnig?*«

»Erstens: Ja, bin ich. Ich bin wahnsinnig. Aber ich bin auch sehr sensibel, was das angeht, deshalb möchte ich nicht darüber reden. Und zweitens: Ich habe es gemacht, weil ich dich so schnell wie möglich raus haben will.« Ich setzte mich auf meinen geschwungenen Chromstuhl und schlug die Beine übereinander. Das Chrom kühlte meinen Hintern. »Du kannst jetzt gehen.«

Der verletzte Ausdruck in seinen Augen entging mir zwar nicht, doch ich verdrängte ihn so schnell wie möglich.

»Was soll das heißen: Ich kann gehen?«, fragte er patzig und schüttelte sich das Wasser aus den Haaren.

»Das heißt: Du kannst gehen. Durch die Tür. Wir hatten eine Nacht zusammen. Wir brauchen nicht noch eine. Wir brauchen keinen Smalltalk zu machen. Davon wird mir schlecht. Ich kann Oberflächlichkeit nicht ausstehen. Ich bin fertig. Danke für deine Zeit und Mühe.«

Vor Entsetzen fiel ihm die Kinnlade herunter. Hübsche Lippen!

»Raus mit dir!« Diesen Teil von mir verachte ich. Ganz ehrlich.

Erneut schüttelte er den Kopf, das Wasser flog in alle Richtungen. »Du machst wohl Witze.«

»Nix da. Keine Witze. Null.« Ich stand auf, ging zur Wohnungstür und öffnete sie. »Wiedersehen. Tralala, tschüs.«

Völlig entgeistert stand er da, nackt, muskulös und nass, dann nahm er sein Hemd und zog es über den Kopf. »Ich dachte …« Er fuhr sich mit der Hand durchs Haar. »Ich mag dich … wir hatten unseren Spaß …«

»Ich hab's nicht so mit Spaß.« Nein, mit dem Spaß bei Männern war es bei mir vorbei. Und zwar seit damals, als er seine Albträume nicht in den Griff bekam, gefolgt von der Sache mit der Harke und dem Düngemittel.

»Du *hast es* nicht so mit Spaß?«

Er war verdattert. Völlig perplex. Ein wunderbares Wort.

Ich spürte ein stechendes Schuldgefühl, verdrängte es jedoch so schnell wie möglich, damit ich mit all den übrigen Schuldgefühlen leben konnte.

»Husch-husch!«, forderte ich ihn auf. »Ab nach Hause!«

Er wischte sich das Wasser aus dem Gesicht.

Kurz befürchtete ich, er würde nicht tun, was ich von ihm verlangte. Er kam mir nicht wie der Typ Mann vor, der sich von anderen herumkommandieren ließ. Normalerweise erteilte er die Kommandos selbst.

Aber nicht hier.

Ich trank noch einen Schluck Kahlúa. Lecker. »Mach keinen Blödsinn!«

»Ich mach doch keinen Blödsinn. Ich wollte dich zum Frühstück einladen …«

»Nein. Raus!« Raus hier. Aus meinem Leben. Aus meinem Kopf.

Völlig verwirrt schüttelte er den Kopf, das Wasser tropfte ihm aus den Ohren. »Gut. Ich bin weg. Wo ist meine Hose?«

Mit dem Kinn wies ich auf ein überfülltes Bücherregal, in dem sie gelandet war. Hastig zog er sie an, seine Augen huschten suchend durch meine Wohnung.

»Meine Jacke?«

Ich zeigte ihm den Holztisch, den meine Freundin Cassandra gebaut hatte. Wir hatten uns unter schwierigen Umständen kennengelernt, über die ich nicht lange nachdenken wollte. Der Tisch war verziert mit lächelnden Meerjungfrauen, die in einem Unterwassergarten schwammen. Cassandra hatte das Holz mit hellen, fröhlichen Farben bemalt. Zwei Wochen später war sie nach einem Essen zu ihren Ehren von einem der höchsten Gebäude Portlands gesprungen. Sie hatte ihr gesamtes Vermögen einem Verein für benachteiligte Jugendliche hinterlassen, dessen Vorsitz ich hatte.

Tage später erhielt ich per Post einen Brief von ihr. In dem Umschlag befand sich ein gelber Haftzettel, auf dem nur zwei Worte standen: »Hau rein!«

Ich beobachtete, wie der Mann meinen hübschen blau-weißen Spitzen-BH von seinem Schuh nahm und auf meine rote Ledercouch warf. Bald würde der BH Asche sein und vom Wind verweht werden. Vielleicht würde die Asche auf dem Kopf einer Meerjungfrau landen …

Ich zog die Tür noch weiter auf.

Er sah mich an, in seinen Augen lag Zorn und … da lauerte noch etwas anderes. Wahrscheinlich Schmerz. Vielleicht Demütigung.

Ich nickte. »Sei bitte nicht beleidigt. Es ist nichts Persönliches.«

»Nichts Persönliches?«, rief er. »*Nichts Persönliches?* Wir hatten letzte Nacht Sex, in deinem Bett. Ist das vielleicht nicht *persönlich*?«

»Nein, ist es nicht. Mehr kann ich nun mal nicht. Als eine Nacht.«

»Das ist alles? Sonst nichts?« Er hob abwehrend die Hände. »Du hast keine Beziehungen, die länger als eine Nacht dauern?«

»Nein.« Ich legte den Kopf zur Seite. Der Typ sah gut aus. Einmal zum Friseur, und man hätte einen vielversprechenden Daddy-Kandidaten. Aber ich wäre nicht die Mami, so viel stand fest. Angesichts dieses alten Schmerzes schloss ich die Augen. »Nie.«

Er gab auf. »Glückwunsch. Sie bekommen eine Torte.« Er wandte sich zum Gehen, sein Hemd klebte an ihm.

Armer Kerl. Er war mit einem Topf Wasser im Gesicht aufgewacht. »Ich mag Torten. Am liebsten Schokolade-Trüffel-Rum, aber ich kann auch einen Blätterteig mit Zabaglione und Puderzucker zaubern, dass du dahinschmilzt. Ich musste früher für meine Mutter in der elterlichen Bäckerei arbeiten, und dabei ist so einiges hängengeblieben. Aber jetzt raus!«

Ich legte ihm die Hand auf die Brust und schob ihn hinaus. Dann lehnte ich mich gegen den Türrahmen.

Ich würde den BH und den Tanga verbrennen und dabei versuchen zu vergessen.

Der Regen würde mir helfen.

So ist das immer.

Der Regen spült die Erinnerungen fort.

Bis die Sonne herauskommt. Dann bist du wieder zurück

am Anfang, und die Erinnerungen kommen und schnappen zu.

Sie kommen und packen dich.

Ich holte den Anzünder mit dem roten Griff aus der Küche, dazu Feuerzeugbenzin, eine Wasserflasche, meinen Spitzen-BH und den Tanga, dann öffnete ich die Glastür zu meinem Balkon. Wind und Regen erfassten mich wie ein kleiner Hurrikan, die Zöpfe schlugen mir gegen die Wangen.

Ein Teil meines Balkons ist überdacht, war also noch trocken. Ich legte BH und String zu den verbrannten Überresten einer anderen nicht erinnerungswürdigen Nacht auf ein Holzbrett in der Ecke und betätigte den Anzünder. BH und Tanga fingen Feuer, qualmten, wurden schwarz, kringelten sich, zischten und verbrannten.

Als sie eingeäschert waren, löschte ich den Brand mit Wasser aus der Flasche. Warum das ganze Wohnhaus abfackeln? Wäre doch sinnlos.

Ich setzte mich auf einen Metallstuhl und ließ den Regen auf meinen nackten Körper prasseln, blickte zu den Wolkenkratzern hinüber und fragte mich, wie viele dieser herumwieselnden, roboterhaften Menschen mich gerade anglotzten.

In einem Hochhaus zu arbeiten, sei auch eine Möglichkeit, jung zu sterben, würde meine jüngere Schwester Janie sagen. »Das ist, als würde man mit dem Fahrstuhl direkt in die Hölle fahren.«

Nach dem College ergatterte Janie eine Stelle als Werbetexterin für eine große Firma im neunundzwanzigsten Stock eines Hochhauses in Los Angeles und arbeitete dort zwei Monate, bis ihr wieselgleicher Chef auf Janies Schreibtisch das erste Kapitel ihres ersten Thrillers entdeckte.

Die Mörderin ist Werbetexterin in einer großen Firma im neunundzwanzigsten Stock eines Wolkenkratzers in Los Angeles. In den ersten Absätzen beschreibt sie anschaulich, wie sie ihren arroganten, herablassenden Chef umbringt, der ihr immer das Gefühl gibt, nicht mehr wert zu sein als eine Schnecke. Sie schildert, wie seine Leiche in der Müllpresse endet, die Beine gespreizt wie die eines Grillhähnchens, ein Fuß nackt, am anderen ein roter Stiletto. Das ist das Markenzeichen der Mörderin.

Niemand meldet ihn als vermisst, nicht mal seine Frau, denn alle verabscheuen ihn wie Kakerlaken in der Kaffeetasse.

Noch am selben Tag wurde Janie gefeuert, obwohl sie auf ihrer Unschuld beharrte. Am Nachmittag setzte sie sich hin und schrieb den Rest der Geschichte nieder, nonstop, drei Monate lang. Als sie ihre Wohnung schließlich wieder verließ, hatte sie zehn Kilo abgenommen, war leichenblass und redete vor sich hin. Nach vier Monaten hatte sie ihren ersten Autorenvertrag unter Dach und Fach. Als das Buch erschien, schickte sie ihrem ehemaligen Chef ein Exemplar und schrieb auf den Innentitel: »Danke, Sie Wichser! In Liebe, Janie Bommarito«.

Es wurde ein Bestseller.

Janie wurde zu einer Einzelgängerin, die unter Zwängen und Obsessionen leidet und all ihre sonderbaren Ticks ausleben muss.

Auch die Einzelgängerin hatte einen nach Zitrone und Blumen duftenden rosa Brief erhalten. Meine Zwillingsschwester Cecilia ebenfalls.

Der Regen prasselte auf mich nieder, der Wind hustete und pustete, und ich setzte mir den Kahlúa wieder an die Lippen. »Kahlúa – einfach herrlich«, sagte ich laut und beobachtete, wie das Wasser über meinen Körper lief und einen kleinen See in meinem Schritt bildete, wo ich die Beine gekreuzt hatte. Ich schlug mit der Hand hinein, ließ den See wieder volllaufen, schlug erneut hinein. Das unterhielt mich eine Zeitlang. In der Ferne sah ich einen Blitz, grell und gefährlich.

Er erinnerte mich an damals, als ich mit meinen Schwestern durch ein Gewitter gelaufen war, um Henry zu suchen, der sich in einem Baum versteckt hatte.

Ich lachte, obwohl jene Nacht gar nicht komisch gewesen war. Sie war furchtbar gewesen. Sie hatte mit einem Tanz an der Stange begonnen und mit glitschigen weißen Wänden geendet.

Wieder lachte ich, den Kopf im Nacken, bis ich weinte und mir heiße Tränen über die Wangen bis zum Kinn liefen, auf die Brust tropften und über den Bauch rannen. Sie landeten im See zwischen meinen Beinen, und ich schlug noch einmal in die Mischung aus Regenwasser und Tränen. Die Tränen wollten nicht versiegen, und ich spürte, wie die mir so vertraute Dunkelheit sich herandrängte wie ein wabernder Albtraum.

Ich wollte mich nicht mit dem rosa Brief beschäftigen, der nach ihrem blumigen, zitronigen Parfüm roch.

2. KAPITEL

Sie hatte ein Messer in der Hand. Es hatte einen schwarzen Griff und eine gewaltige gezackte Klinge.

Wenn ein Messer böse sein konnte, dann war das hier das personifizierte Böse.

Mit einem nachdenklichen, distanzierten Ausdruck fuchtelte Janie mir damit vor dem Gesicht herum. Ich warf den Kopf in den Nacken und hielt die Luft an.

»Ich glaube, sie nimmt so was hier«, sagte Janie und stach in die Luft. »Das funktioniert ganz gut.«

Ich verdrehte die Augen und schob mich an ihr vorbei in ihr Hausboot, wobei ich darauf achtete, dem personifizierten Bösen auszuweichen.

»Du musst lächeln, wenn du durch meine Tür kommst, Isabelle.«

»Ich hab doch gelächelt.« Hatte ich nicht. Ich wischte mir den Regen vom Gesicht.

»Hast du nicht.« Meine Schwester stand mit verschränkten Armen neben der Tür, die blitzende Klinge in ihrer Hand wies zur Decke.

»Im Herzen habe ich gelächelt, Janie. Hinter der linken Herzklappe.«

Sie pochte viermal mit dem Fuß.

»Nicht zu fassen, dass ich das mit mir machen lasse.« Ich ging wieder zurück nach draußen, schlug die Tür hinter mir zu, klopfte viermal an. Der Regen fiel wie aus Kübeln. Janie öffnete die Tür. Lächelte.

Ich verzog die Lippen zu einem Grinsen wie ein Tiger in den Wechseljahren und schob mich an ihr vorbei. Im Hintergrund lief eine Vivaldi-CD.

»Danke«, sagte Janie. Sie betastete ihr rötliches Haar, das sie zu einem Knoten hochgesteckt hatte.

Cecilia und ich fühlen uns als Beschützerinnen unserer jüngeren Schwester Janie und ihrer … nennen wir es Marotten. Wie sie einmal sagte: »Muss ja nicht die ganze Welt wissen, dass ich jeden Abend jede Schranktür an derselben Stelle mit demselben Druck anfassen muss, bevor ich ins Bett gehe, und dass ich noch mal von vorne anfangen muss, wenn ich auch nur einmal den falschen Druck anwende. Bis zu dreimal.« Anschließend hatte sie einen leisen Schrei ausgestoßen und sich die Hände vors Gesicht geschlagen.

»Was hältst du von diesem Messer, Isabelle?«, fragte sie mich.

Janies Augen sind strahlend grün. Und damit meine ich grellgrün. Irisierend. Wie immer trug sie ein hochgeschlossenes Kleid mit Spitzenkragen, dazu bequeme (sprich: altmodische) Schuhe. Janie trägt vernünftige beige BHs, die sonst nur blinde, achtzigjährige Nonnen anziehen würden. Dazu eine weiße Schürze.

»Ich finde das Messer scharf und zackig.«

Sie seufzte. Ich hatte sie enttäuscht.

Ich ging in die große Kabine. Janies Hausboot liegt an einem ruhigen Abschnitt des Willamette River, doch vom Vorderdeck aus kann man die Hochhäuser von Portland noch sehen. Die Fenster sind kabinenhoch, und direkt davor zieht der Fluss vorbei, ebenso wie Gewitter, Enten, Jet-Skis, Kanus und betrunkene Bootsfahrer.

Durch den Regen sah alles grau und verschwommen aus.

»Aber meinst du, es flößt genug Schrecken ein?«

Ich drehte mich zu ihr um. »Doch. Es hat mich zu Tode erschreckt.«

Janie hatte weiße Spitzendeckchen auf dem Tisch und Plastikschonbezüge über ihren rosa Stühlen. Ihre Vorhänge waren rosa geblümt, und jeden Nachmittag nahm sie ihren Tee zu sich – Tee mit Scones, Sahne, Honig und Zucker … wie die Briten. Sie hörte klassische Musik und las Romane wie *Jane Eyre*. Wenn sie mal schräg drauf war, legte sie etwas von dem Cellisten Yo-Yo Ma auf. Sie nahm immer einen Bissen von den Scones und vier Schluck Tee. Einen Bissen, vier Schluck Tee.

Wenn sie mit ihrem Tee fertig war, setzte sie sich wieder hin und quetschte Menschen mit elektrischen Viehtreibern die Gedärme aus dem Bauch.

»Weißt du was? Der nächste Mörder in meinem Buch ist eine Oma. Sie hat es auf Mütter abgesehen«, erklärte Janie. »Sie hat ihre eigene Mutter gehasst, denn die hat sie immer zum Arbeiten gezwungen, im Wandschrank eingesperrt und in einem schmuddeligen weißen Wohnwagen quer durchs Land kutschiert. Die Mutter arbeitete in einer Bar. Die Kinder hatten Läuse.«

Ich unterbrach sie: »Na, das ist ja mal ganz was Neues, Janie. Was ganz Besonderes. Meinst du, sie merkt nicht, wer gemeint ist?«

»Ich habe doch den Namen geändert«, gab Janie mit gewissem Trotz zurück. »Und wir wurden nie im Wandschrank eingesperrt. Wir haben uns ganz von allein reingesetzt. Um uns zu verstecken.«

Ich stemmte die Hände in die Hüften und schaute zur Decke, stellte mir vor, was passieren würde, wenn *sie* das Buch irgendwann in die Hände bekäme. Mann, das würde heftig werden.

»Und …«, ergänzte Janie und stach mit dem Messer in die Luft. »Die Großmutter in meinem Buch hat weißes Haar, arbeitet umsonst im Lädchen des Krankenhauses, aber nachts … nachts hackt und schlitzt sie sich nur so durch die Gegend.«

Ich stöhnte. »Muss das so anschaulich sein?«

Janie legte das Messer zurück in einen Behälter auf dem Küchentresen, klappte ihn zu und klopfte viermal darauf. »Ja. Gut. Schön. *Schön.*«

Ich überhörte ihren Tonfall.

Janie betastete ihren Haarknoten. »Diese Großmutter macht mir Angst. Als ich heute Morgen um 2:02 Uhr fertig war mit dem Schreiben, hab ich mich in meinem eigenen Wandschrank versteckt.«

»Die Frau, die du selbst geschaffen hast, macht dir Angst?« Junge, Junge! »Obwohl sie nur in deinem Kopf existiert, versteckst du dich vor ihr im Wandschrank?«

Janie starrte ins Leere. Ich wusste, dass sie vier Sekunden abwartete, ehe sie meine Frage beantwortete. Woher diese Fixierung auf die Zahl vier? Ich hatte keine Ahnung. Janie ebenso wenig. Irgendwann hatte sie mal gesagt, es sei die magische Zahl in ihrem Kopf.

»Diese Oma ist völlig unkontrollierbar. Ich hab sie nicht mal unter Kontrolle, wenn ich über sie schreibe. Sie macht oder sagt irgendwas, und ich laufe ihr nur hinterher und schreibe auf, was ich sehe, höre und rieche. Sie ist echt krank. Ich mag sie nicht.«

»Ich auch nicht. Vielleicht ist es besser, wenn du sie aus deinem Leben hinausstickst.« Janie muss jeden Abend Blumenmuster sticken, sonst kann sie nicht einschlafen. Wenn sie fertig ist, näht sie das – ausnahmslos weiße – Kissen zu und schenkt es einem Verein, der schwangere Jugendliche berät.

Sie knetete ihre Schürze. »Du brauchst mir nicht immer zu sagen, dass du die Stickerei blöd findest.«

»Habe ich doch gar nicht gesagt«, protestierte ich.

»Ist auch nicht nötig. Dein Ton reicht schon.«

»Mein Ton? *Mein Ton?*«

»Ja, dieser herablassende Tonfall!« Janie wandte sich von mir ab und schaute zum Ufer hinüber. Sie hielt die Luft an.

»Was ist?« Ich erhob mich von meinem Stuhl.

»Ach, nichts. Gar nichts.« Sie drehte sich wieder um und nestelte an ihrer Schürze.

Ich ging zum Vorderfenster und schaute auf den Steg vor ihrem Boot. Da war ein Mann: groß, braunes Haar, weit ausholender Schritt, eine etwas größere Nase, aber nicht zu groß. Nicht groß genug, um einen Fisch hineinzusaugen. Ich vermutete, dass er in einem Hausboot weiter unten wohnte.

Ich grinste Janie an.

»Denk nicht mal drüber nach …«, warnte sie.

»Ist das …?« Ich hob die Augenbrauen, lachte und stürzte zur Tür.

»O nein, das tust du nicht, Isabelle Bommarito!«

Ich riss die Tür auf, und es regnete herein.

»Komm zurück, aber auf der Stelle!«

Doch ich war bereits über die Schwelle auf den Holzsteg getreten. Janie war direkt hinter mir und schlang mir beide Arme um die Taille. »Wag es nicht!«

Ich wehrte mich und flüsterte: »Ich kann dir helfen, ihn kennenzulernen …«

»Ich brauche deine Hilfe nicht!«, zischte sie.

»Lass mich los, Janie!«, raunte ich. »Ich will dir doch nur helfen!«

Ich versuchte, den Riesenzinken zu verfolgen, doch Janie umklammerte mich wie ein menschlicher Krake, hakte ihr Bein um meines. Wir stöhnten vor Anstrengung. »Lass mich in Ruhe!«

»Niemals.« Sie packte fester zu und wollte mich hochheben.

Ich wand mich in ihrem Griff, stieß sie um, und wir landeten beide auf dem Boden vor der Bootstür. Wir schnappten nach Luft. Ich drückte Janies Arme nach unten, drehte mich aus ihrem Klammergriff und versuchte zu entkommen. Sie warf sich erneut auf mich und riss mich zu Boden. Hustend und prustend rollten wir zweimal nach links, zweimal nach rechts.

Janie zerrte an meinem Knöchel, um mich zurück aufs Boot zu ziehen. »Du mischst dich ständig überall ein …«

»Ich mische mich nicht ein.« Ich wollte ihr mit dem freien

Fuß auf die Hand treten, doch sie ließ mir keine Chance. Keine Ahnung, warum sie auf einmal so stark war. »Du musst raus aus deinem Boot und rein ins Leben«, keuchte ich. »Ich höre jetzt schon seit Monaten von diesem Mann …«

»Da haben wir's schon wieder! Du willst bestimmen, wie mein Leben aussehen soll!« Sie wischte sich den Regen aus dem Gesicht. »Ich will nicht mit jedem Kerl schlafen, der mir über den Weg läuft. Ich möchte gemeinsame Interessen finden, zum Beispiel die Liebe zur Literatur oder zu klassischer Musik … oder zu Scones beim Tee. Außerdem gibt es Menschen, die sich für die Ehe aufheben möchten.«

»Welche Ehe denn?«, rief ich. »Du kannst nur heiraten, wenn du dich vorher mit jemandem triffst, und dazu musst du in der Lage sein, zu einem Exemplar des männlichen Geschlechts auf unserem Planeten wenigstens Hallo zu sagen.«

Sie schoss auf mich zu wie ein Torpedo und stieß mich erneut zu Boden.

»Findest du es etwa gesund, den ganzen Tag zu Hause zu hocken und dir Möglichkeiten auszudenken, wie man Menschen umbringen kann?« Ich rang nach Luft, der Regen tropfte mir in den Nacken.

»Findest du es vielleicht gesund«, gab Janie zurück, »zwischen dir und allen anderen Menschen eine Mauer zu errichten?«

Ich drehte sie auf den Rücken. »Findest du es etwa gesund, die Schritte zu zählen, die man ins Badezimmer braucht, und dort aufs Klopapier zu klopfen?«

Janie blieb vor Empörung beinahe die Luft weg. »Findest du es vielleicht gesund, vor deinen Schwestern ein großes Geheimnis zu haben, Isabelle? Wir wissen, was passiert ist, aber du lässt uns nicht an dich heran und versteckst dich lieber hinter deiner Kamera wie … wie hinter einem Schild aus dem achtzehnten Jahrhundert!« (Hab ich schon erwähnt, dass Janie Klassiker liebt?)

»Du versteckst dich hinter deiner Eingangstür, Königin der Stickkunst!«

Dafür drückte sie mir den Ellenbogen in den Nacken.

Man sollte meinen, wir würden uns für unser Verhalten schämen: zwei erwachsene Frauen, die sich kämpfend über das Bootsdeck wälzten.

Tatsächlich haben wir das Schämen schon lange hinter uns gelassen.

Wir strampelten ins Leere, dann warf Janie sich auf mich, und wir sahen uns in die Augen. »Manchmal glaube ich, dass ich dich hasse, Isabelle!«, fauchte sie.

»Das glaube ich auch manchmal, Janie!«, fauchte ich zurück.

Wir stöhnten beide auf.

»Also, ich weiß ganz sicher, dass ich euch beide hasse«, ertönte eine dritte Stimme, tief und durchdringend. »Wen interessiert das? Jetzt steht verdammt nochmal auf! Janies Nachbarn hängen schon am Fenster und fragen sich, warum sich zwei erwachsene Frauen auf dem Bootsdeck wälzen.«

Mit diesen Worten stellte sich unsere Schwester Cecilia über uns. Sie hat langes blondes Haar, das Organ eines Holzfällers und bringt *mindestens* hundertfünfundzwanzig Kilo auf die Waage.

Bevor Cecilia das Hausboot betrat, grinste sie Janie an. Kaum dass sie die Schwelle überschritten hatte, drehte sie sich um und funkelte uns böse zu, als wären wir schleimige Algen. »Rein hier, aber dalli! Wir haben Riesenprobleme. Die müssen wir so schnell wie möglich klären. Und bildet euch bloß nicht ein, ihr könntet kneifen! Ihr macht mit, habt ihr das verstanden, verflucht nochmal?«

Sie schlug die Tür hinter sich zu.

»Wir sind doch einer Meinung, oder?«, fragte ich Janie keuchend. Sie lag immer noch auf mir, der Regen lief an unseren Gesichtern hinab. »Wir machen nicht mit.«

»Auf gar keinen Fall. Nie und nimmer.«

»Unsere Antwort ist Nein.«

»Nein, nein und nochmals nein.« Janie schüttelte den Kopf. »Nein.«

Wir klammerten uns daran fest.

Eine Stunde später zog ich eine übereilte Flucht durch einen Sprung in den Fluss in Erwägung. Janie hatte sich zusammengekrümmt, wiegte sich vor und zurück und leierte: »Ich habe Lob verdient, keine Schimpfe. Ich habe Lob verdient, keine Schimpfe.«

Cecilia schob sich einen Schokoladendonut in den Mund. »Momma möchte, dass ihr zu Hause aushelft.«

Janie rang die Hände, viermal rechts, viermal links. »Meine Therapeutin sagt, nach Hause zurückzukehren sei seelisch zu viel für mich und würde mich um einiges zurückwerfen. Es könnte meine persönliche Entwicklung und mein psycho-soziales Gleichgewicht um Jahre zurückdrehen.«

»In Bezug auf was?«, wollte Cecilia wissen. »Du hockst da allein in deinem rosa-weißen Hausboot, gehst deinen seltsamen Gewohnheiten nach, zählst den ganzen Tag, hast deine Rituale und schreibst Bücher über Folter und Mord. Schätzchen …« – das letzte Wort sagte sie nicht gerade nett und freundlich – »… für dich gibt es nur eine Richtung: aufwärts.«

»Ich kann nicht. Ich muss arbeiten.«

»Du kannst auch in Trillium River Menschen umbringen, Janie.«

Cecilia schüttelte den Kopf über ihre Schwester, dann richtete sie ihre blauen Augen auf mich. »Du kommst aber mit, Isabelle, nicht?«

Ich schnaubte verächtlich. Mein Loft mit dem Blick auf den Fluss verlassen? Woanders leben, wo ich doch immer noch gegen die Schwärze ankämpfte, die überall auf mich lauerte? Wieder mit *ihr* zusammenleben? »Glaube ich nicht. Nee. Kann nicht mitkommen. Mach ich nicht.«

»Du kannst auch die Dessousgeschäfte in Trillium River glücklich machen.« Vor Wut flogen Cecilia Donut-Krümel aus dem Mund. »Ich brauche dich da.«

»Ich muss arbeiten«, log ich.

»Ich bitte dich, Isabelle! Du arbeitest nicht. Du bist viel zu verkorkst. Ihr beide werdet die Stadt hinter euch lassen und mit mir aufs Land kommen. Vielleicht erkennt ihr dann sogar, dass es im Leben noch mehr gibt als nur euch selbst.«

»Das ist ungerecht«, brachte Janie hervor.

»Das ist echt typisch für dich.« Ich stand auf und baute mich vor Cecilia auf. »Du gehst zum Angriff über, sobald du deinen Willen nicht bekommst. Mit deiner Aggressivität bringst du alle auf Spur, die nicht nach deiner Pfeife tanzen. Du wirst fies und richtig gemein und bist wirklich überzeugt, dass deine Aggressivität gegenüber deinem Opfer angebracht ist, dann lehnst du dich zurück, schwelgst in deinem Hass und kommst auch nicht eine Sekunde lang auf die Idee, dass du dich irren könntest, dass du vielleicht auch Dinge tust, die andere nerven …«

»*Ich* bin aggressiv?« Cecilia deutete auf sich selbst. »*Ich* soll aggressiv sein?« Sie lief rot an, und ich merkte, dass ich den Vesuv in ihr geweckt hatte.

»Ja, du bist aggressiv. Du bist nachtragend, du vergisst nicht die winzigste Kleinigkeit, die dir mal jemand angetan hat, du übertreibst dermaßen, dass es schon ans Lügen grenzt …«

»Hört mal zu, du irre Zöpfchentante und du durchgeknallte, Tee schlürfende Krimioma! Ich kümmere mich seit Jahren um sie, seit Jahren! Um sie und Henry und Grandma, während ihr beide euch mit euren Verrücktheiten herausredet und mich gezwungen habt, alles allein zu regeln.«

»Das stimmt nicht.« Am liebsten hätte ich Cecilia geschlagen, damit sie endlich den Mund hielt. »Als das Haus ein neues Dach brauchte, habe ich euch das Geld dafür gegeben. Janie hat die Renovierung der Küche bezahlt. Letzten Sommer habe ich dafür gesorgt, dass Momma, Grandma und Henry in einem

Strandhaus Urlaub machen konnten. Janie hat den Urlaub in den Bergen übernommen, weil sie weiß, wie sehr Henry Schnee liebt ...«

»Ihr habt *Geld* geschickt. Na super! Ihr schwimmt ja schließlich beide drin. Janie, du hast so viel Geld, dass du halb Frankreich kaufen könntest. Keine von euch beiden ist öfter zu Hause gewesen, seit ihr aufs College gegangen seid, dabei wohnt ihr nur eine Stunde entfernt. Ihr wisst, dass Momma die Bäckerei wiedereröffnet hat, aber keine hat auch nur ein kleines bisschen geholfen!«

»Cecilia!«, fuhr ich sie an. »Janie und ich haben eine Pflegerin für Grandma und Henry engagiert, die mit im Haus lebt. Wir haben mehrere Vorstellungsgespräche geführt, eine ausgesucht und sie zu euch geschickt.«

»Das hat aber nicht funktioniert, ja?«, schrie meine Schwester und stampfte mit dem Fuß auf. »Ich hab's doch vorher gesagt. Ich hab's gewusst! Grandma hielt die Pflegerin für einen alten Stammesfürsten, den sie auf ihrem letzten Flug um die Welt als Amelia Earhart auf einer Insel kennenlernte.«

»Wieso hielt Grandma die Pflegerin für einen Stammesfürsten?«, fragte Janie und drückte die Fingerspitzen aufeinander. »Die trug doch weder Federschmuck noch Kriegsbemalung ...«

»Woher soll ich das wissen?«, fuhr Cecilia sie an. Der Zucker vom Donut sprühte ihr aus dem Mund. »Sie ist dement. Henry mochte die Pflegerin auch nicht, er meinte, sie sähe aus wie ein Gecko. Er lief weg und versteckte sich hinter einer Mülltonne im Schuppen, wo ihn die Polizei schließlich fand. Momma sagte, die Frau würde nach Mottenkugeln und Tod riechen.«

»Sie hat nicht gerochen«, widersprach ich. »Sie war eine freundliche Dame. Sie kam aus Maine.«

»Maine hin, Maine her. Keiner konnte sie leiden. Momma sagte zu der Pflegerin, sie erinnere sie an Jack the Ripper, nur mit Busen. Die Pflegerin wollte von mir wissen, ob Momma auch verrückt sei.« Cecilia warf den Kopf nach hinten, schaute zur Decke und hob die Hände, als bitte sie um Erlösung.

Momma war nicht in dem Sinne verrückt. Aber sie war schon ein verrücktes Huhn.

»Jack the Ripper?«, stöhnte Janie. »Da ist doch gar kein Bezug. Jack the Ripper war ein englischer Massenmörder, der den Opfern …«

»Wir wissen, wer das war«, unterbrach Cecilia ihre jüngere Schwester und griff zum nächsten Donut. »Ich will mal Klartext reden, ihr beiden. Ich bin erschöpft. Ich bin am Ende. Ich kann nachts nicht schlafen.« Tränen traten in ihre Blaubeeraugen und liefen ihre roten Wangen hinunter. »Ich unterrichte in der Vorschule, dann kümmere ich mich um die Mädchen – beide haben Probleme, von denen ihr nichts wisst … ich helfe Momma, versorge Henry und Grandma …«

Sie schlug die Hände vors Gesicht und gab schluchzende, erstickte Geräusche von sich. Dazu kullerten ihr große Tränen über die Wangen. Mir zerriss es fast das Herz. »Ich kann einfach nicht mehr. Die Anwälte liegen im Clinch, und dann Parker und diese … diese Schlampe …«

Janie begann ebenfalls zu heulen. Sie muss immer mit weinen, wenn es einer von uns schlechtgeht, die unschuldige Seele. Am Computer ein Killer, aber sie konnte niemanden leiden sehen. Ich stand auf und legte den Arm um Cecilia.

»Ich ertrage sie nicht mehr.« Cecilia schniefte, hustete und schnaufte, und ich zog sie an mich. »Und ich kann … ich kann nicht …«

»Was kannst du nicht?«, fragte ich.

»Ich kann nicht mehr …«

Sie zeigte auf den Donut. »Ich kann nicht mehr aufhören zu essen«, murmelte sie. »Dafür hasse ich mich. Ich bin schon so dick, dass ich kaum noch laufen kann. Ich kann meine Schuhe nicht mehr zubinden. Mein Blutdruck schießt fast durch die Decke, und wenn mein Cholesterinwert stimmt, muss ich Butter in den Adern haben. Als ich letztens im Auto saß, hat mich ein Junge angegrunzt.«

Ich hätte den Jungen am liebsten mit den Füßen an einem Kran aufgehängt und durch die Luft gewirbelt, bis ihm die Eingeweide rausquollen.

»Oje, große Kuschelrunde für alle Bommaritos!«, rief Janie.

Wir drei legten uns die Arme um die Schultern und drückten die Stirn aneinander. Cecilia roch nach Donuts, Janie nach Angst. Ich roch wie ein Mensch, der zu viel bereut.

»Gut«, flüsterte ich und spürte, wie ich in einen tiefen Abgrund rutschte. »Also gut. Ich komme.«

Janie lehnte sich gegen mich und wimmerte: »Ich auch, Cecilia.«

Sofort riss meine Zwillingsschwester den Kopf hoch, löste sich aus der Kuschelrunde, wischte sich die Tränen aus dem Gesicht und verabschiedete sich aus unserer tröstlichen, schwesterlichen Umarmung. Mit gefasster Miene griff sie nach ihrer Handtasche und watschelte forsch zur Tür.

»Gut. Freut mich zu hören. Dann sehen wir uns zu Hause«, verkündete sie, keine Spur von Tränen oder Leid mehr in der Stimme. Sie griff sich noch einen Donut. »Ich sage ihr, dass ihr kommt. Wird sich verdammt freuen.«

Die Tür fiel hinter ihr ins Schloss.

Ich sank zu Boden, Janie tat es mir nach. Sie legte den Kopf auf meinen Bauch.

»Sie hat uns wieder übers Ohr gehauen, oder?«, fragte ich. »Aber so richtig.«

»Sie hat mit unserer Unsicherheit gespielt. Mit unserem Mitleid und unserer weiblichen Solidarität. Dabei hatten wir das geübt, Isabelle«, klagte Janie. »Wir wollten Nein sagen.«

»Nein, nein und nochmals nein – das haben wir geübt.«

»Ich muss sticken«, jammerte Janie. »Ich muss dringend sticken.«

Scheiße. *Doppelscheiße.*

Auf dem Heimweg geriet ich in einen Stau. Da ich mit dem Motorrad unterwegs war, konnte ich von Glück sagen, dass es nicht mehr regnete. Als ich mich der Unfallstelle näherte, ging es plötzlich nicht mehr weiter, weil der Gegenverkehr vorbeigeleitet werden musste. Mehrere Polizeiwagen, ein Löschzug der Feuerwehr und ein Rettungsfahrzeug waren da. Ein alter blauer Kastenwagen war gegen einen Laternenpfahl geprallt; sein Wohnwagen-Anhänger lag auf der Seite. Der Laternenpfahl hatte Ähnlichkeit mit dem Schiefen Turm von Pisa.

»Was ist passiert?«, fragte ich den Polizeibeamten, der zu mir geschlendert kam, um mit mir über meine tolle Maschine zu plaudern.

»Der Fahrer war auf Drogen, wahrscheinlich Crystal Meth. Steht nächste Woche vor Gericht, weil er mit dem Stoff gedealt hat. Sein Wagen ist wie eine Feder durch die Luft geflogen. Wie ein Vogel oder ein Torpedo. Ein Idiot.« Er schüttelte den Kopf. »Was für ein Idiot.«

Der Fahrer war nicht angeschnallt gewesen und daher durch die Windschutzscheibe geschossen. Da er auf Drogen war und total entspannt, hatte er überlebt, was ein bisschen unglücklich war, wenn man an sein Vorstrafenregister dachte. Er war der älteste Sohn einer alteingesessenen Familie aus Portland.

»Verzogenes Blag«, murmelte der Polizeibeamte. »Aus reichen Kindern wird nie was Gutes. Nur wenn sie arbeiten müssen, lernen sie fürs Leben und haben Respekt vor anderen.«

Die Abschleppwagen kamen. Ich betrachtete den Wohnwagen-Anhänger, und es lief mir kalt über den Rücken.

Er sah genauso aus wie der, in dem wir vor vielen Jahren gehaust hatten.

Wieder drohte die Dunkelheit über mir zusammenzuschlagen. Ich musste zu den Bäumen am Straßenrand hinübersehen und tief durchatmen.

Sie war mehr als verzweifelt gewesen. Und der Wohnwagen war der Grund für das ganze Geschrei. Und das Blut. All das Blut.

Überall Blut.

Kaum hatte ich den Unfallort hinter mir gelassen, gab ich Gas und fuhr mit dem Motorrad so schnell, dass ich geblitzt wurde.

»Super Maschine«, sagte der rothaarige Beamte, der mich an den Straßenrand winkte. »Vor wem sind Sie denn auf der Flucht?«

Vor mir selbst, hätte ich am liebsten gesagt.

Ich fliehe vor mir selbst.

Aber ich bin nicht schnell genug, um mich loszuwerden.

3. KAPITEL

Momma wohnt in dem Queen-Anne-Haus, in dem sie aufwuchs, bevor sie direkt nach der Highschool rebellisch wurde und durchbrannte, jedoch nicht ohne vorher noch schnell die Kristallschale von Grandma Stellas Mutter zu zerschmettern. Momma lebt dort mit Grandma Stella und unserem jüngeren Bruder Henry. Cecilia wohnt ungefähr fünf Minuten entfernt an derselben Straße.

Das Queen-Anne-Haus liegt etwas außerhalb der Ortschaft Trillium River, die sich auf der Oregon-Seite an den Columbia River schmiegt.

Trillium River ist jedes Mal anders, wenn ich dort bin. Als wir auf die Highschool kamen, traumatisiert und erschöpft, war es ein verschlafener kleiner Ort. Mittlerweile gibt es dort Kunstgalerien, Cafés, Buchhandlungen, einen schicken Eisladen und ein nobles Tattoogeschäft namens »Körperkunst«. Außerdem kann man in Trillium River erstklassig windsurfen, auf dem Mount Hood skifahren, und Naturliebhaber können sich an der Natur berauschen.

Der Ort liegt inmitten von Obstgärten und Äckern. Das Anwesen meiner Großmutter auf zweieinhalb Hektar Land ist von weiten Flächen makellosen grünen Grases umgeben und ähnelt am ehesten einem Kuchenstück. Warum? Erinnert mich halt an einen blauen Kuchen.

Das 1899 erbaute Haus hat 370 Quadratmeter Wohnfläche und ist hellblau gestrichen, Zierleisten und Fensterläden sind weiß abgesetzt. Es hat einen Dachgiebel, ein kunstvolles Gitterwerk aus Holz, eine breite Veranda, die sich im Erdgeschoss um das gesamte Haus herum zieht, und einen angebauten, achteckigen Turm, den Grandma oft besucht, um ihre »Geheimnisse zu verstecken«. In einem Wintergarten kann man auf Korbmöbeln hinter Glas die Sonne genießen.

Das Haus hat innen unzählige Winkel und Eckchen, zwei Erkerfenster mit Fenstersitzen, eingebaute Bücherregale und Porzellanvitrinen. Die Räume sind groß und luftig, im Wohnzimmer finden sich Buntglasfenster. Überall stehen gut erhaltene Antiquitäten.

Zwei Clematis, eine mit rosafarbenen und eine mit weißen Blüten, winden sich wie verrückt um die Veranda.

Ich fuhr mit meinem Motorrad vor, Janie folgte mir am Steuer ihres silbernen Porsche. Wir würden bald noch einmal nach Portland zurückfahren müssen, um meinen schwarzen Porsche zu holen. Das Motorrad brauchte ich zum Erhalt meiner psychischen Gesundheit.

Grandmas Haus ist das bezauberndste Heim, das ich je gesehen habe. Innen riecht es nach frisch gebackenem Brot, Vanille, Zimt und Geschichte.

Nach der Geschichte unserer Familie.

Am liebsten hätte ich auf dem Absatz kehrtgemacht und wäre auf dem Hinterreifen davongebraust.

Janie und ich standen zusammen vor dem Haus wie Soldaten vor einer Schlacht, auch wenn wir keine Granaten oder Angriffswaffen trugen.

Der Wind umwirbelte uns, als wollte er uns in Empfang nehmen, fröhlich-vergnügt … und geheimnisvoll.

Nie habe ich den Wind dort vergessen.

Mir kam er immer wie ein menschliches Wesen vor, mit denselben Stimmungsschwankungen und unkontrollierbaren Launen. Manchmal war er zornig und peitschte um die Ecke, manchmal raute er den Fluss auf, der dem Meer entgegeneilt, manchmal strich er zärtlich über unsere Haut.

»Der Wind gibt nie Ruhe«, sagte Janie staunend. »Niemals.«

Sie griff nach meiner Hand und drückte sie. Das macht sie immer, wenn sie nervös ist. Viermal drückt sie meine Hand, kurze Pause, viermal drücken, wieder Pause. Janie hielt die Luft an. Hustete. Atmete ein, atmete aus.

»Ich fühle mich schwach«, sagte ich. »Ich glaube, ich brauche einen One-Night-Stand.« Manchmal versuche ich mich aufzuheitern, wenn die Lage besonders trüb aussieht.

»Ich muss dringend klopfen und zählen«, erwiderte Janie. »Ich glaube, ich lege eine kurze Pause ein und zähle die Dachziegel.«

In dem Moment flog die Tür auf, und ein Mann kam herausgestürzt. Er trug einen Strohhut auf seinen braunen Locken, dazu blaue Shorts und ein T-Shirt mit dem Aufdruck »ABC«. Seine weißen Schuhe hatten Klettverschlüsse. Er hatte ein Bäuchlein, schräge Augen, war kleiner als ich und strahlte so wie immer.

Mit weit ausgestreckten Armen kam er lachend auf uns zugeeiert.

»Sie sind da! Sie sind da!«, rief er. Der Wind riss ihm den Hut vom Kopf.

Wir wussten, was als Nächstes kommen würde.

»He, Henry, ganz vorsichtig!«, sagte Janie freundlich, weil sie Henry liebhat. Dennoch ging sie mit erhobenen Händen rückwärts.

»Sei vorsichtig, Henry«, sagte ich. »Nimm uns ganz lieb und vorsichtig in die Arme. Aufpassen!« Ich liebe Henry auch, wich aber ebenfalls nach hinten aus und hielt mich eng an Janie.

Doch Henry war nicht aufzuhalten.

Zwei Sekunden später landeten Janie und ich im Gras, umgeworfen von unserem fröhlichen geistig behinderten Bruder, der lachend auf uns lag.

»Ihr seid da!«, verkündete er und gab uns beiden einen Kuss. »Ihr seid bei Henry! Jippie! Bei H-E-N-R-Y!«

Ich drückte ihm einen Kuss auf die Stirn und sagte: »Ich hab dich lieb, Bruder Henry.«

Er kicherte. »Ich hab dich auch lieb, Schwester Isi.«

Janie küsste ihn auf beide Wangen. Wir umarmten ihn, und meine Liebe zu ihm traf mich unvermutet.

Ich hörte, wie Janie laut zählte. In Kürze wären wir bei unserer Momma, der Hexenmeisterin, bei unserer Grandma, die sich für Amelia Earhart hält, und bei unserer Schwester Cecilia, die einen Charakter wie ein Hurrikan hat.

Mal ganz ehrlich: Henry ist der einzig normale Mensch in unserer Familie.

Der Einzige.

Ein langer Bauerntisch stand in der Mitte der eindrucksvollen Landhausküche, die Janie bezahlt hatte, um ihre Schuldgefühle loszuwerden, weil sie nicht hier bei der Giftnatter in dem Irrenhaus wohnte.

Eine geschwungene Glasvase mit rosa und violetten Blumen zierte den Tisch. Auf der Fensterbank stand eine Sammlung bunter alter Glasflaschen, in denen sich das Sonnenlicht fing. Zwei Verandatüren ließen den nie abflauenden Wind herein.

Cecilia nahm uns beide in die Arme, drückte uns wie ein großer Bär und stellte sich dann rechts von mir auf, ein schwesterlicher Soldat im Kampf gegen Momma, die Natter.

Als Janie und ich hereinkamen, machte Momma sich nicht die Mühe, von ihrem Platz am Tisch aufzustehen, wo sie Walnüsse knackte. Nahezu melodisch flötete sie: »Henry, mein Schatz, könntest du mir bitte einen Blumenstrauß pflücken? Du bist der Einzige, der das richtig macht.«

»Ja, sofort, Momma!« Henry nahm sich eine Schere, blies uns einen Kuss zu und hüpfte durch die Tür nach draußen. »Ich hab die Schwestern gebracht, jetzt hol ich Blumen. Bin gleich wieder da!«

Um sich ein akkurates Bild von Momma zu machen, stellt

man sich am besten eine Mischung aus einer älteren Scarlett O'Hara in Blond und der Königin von England mit ihrer stählernen Kühle vor. Bloß wurden Scarlett O'Hara und die Queen nicht am Ufer des Columbia River gezeugt, wodurch Momma ihren Namen erhielt.

River Bommarito hat aschblondes Haar, das sich zu einer eleganten Außenwelle auf ihre Schultern legt. Als wir kleiner waren, trug sie es entweder schick gebürstet oder auf dem Kopf festgesteckt. Festgesteckt war es nur, wenn sie tage- oder wochenlang im Bett lag, von ihren Depressionen überrollt wurde und uns anschrie, wir sollten uns *verdammt nochmal verpissen.*

Irgendwann dann, nachdem sie immer tiefer in ihre eigene Hölle gerutscht war und ihre alte Natternhaut abgestreift hatte, stand sie aus unerfindlichen Gründen wieder auf, duschte, schminkte sich, schlüpfte in ein Kleid und in hochhackige Schuhe, und ihre Depressionen waren verschwunden, als hätte es sie nie gegeben.

Sie suchte sich eine neue Arbeit, meistens eine absolut nervtötende, oder ihr alter Chef nahm sie zurück, weil sie so viel Geld für ihn reingeholt hatte, und das war es dann. Keine Erklärung, keine Entschuldigung, kein Dankeschön an die drei kleinen Töchter, die das Leben im Haus aufrechterhalten hatten, während sie in ihren Dämmerzustand versunken war.

Kein Familienrat redete mit uns über das Trauma, das wir durchlebt hatten. Die Traumata wurden zum Familiengeheimnis, niemals erwähnt oder aus der Büchse der Pandora gelassen.

Als wir Schwestern auszogen, Momma älter wurde und eben jene Grandma, die von Momma einmal als »mieses Faltenmonster« beschimpft worden war, in die Altersdemenz rutschte, legte unsere Mutter sich zum Glück nur noch selten für längere Zeit ins Bett.

Vielleicht wollte Momma bloß so viele normale Tage wie möglich erleben, ehe Grandmas Demenz auch bei ihr durchschlug. Oder sie bekam keine Depressionen mehr, weil sie nicht mehr in finanzielle Engpässe oder emotionale Zwangslagen geriet.

Oder aber sie stand unter Drogen. Sie hatte uns zwar gesagt, sie würde keine Medikamente nehmen, aber da war ich mir nicht sicher. Ganz und gar nicht.

Janie neben mir begann zu zählen, bei jeder Zahl drückte sie die Fingerspitzen aneinander. »Eins … zwei … drei … vier …«

Ich reckte das Kinn ein wenig in die Höhe.

Cecilia flüsterte: »Sprich, alte Hexe!«

Böse funkelte Momma uns an, als wären wir Gewürm, dann stand sie auf, legte den Nussknacker vorsichtig auf den Tisch und rieb sich die letzten Nusskrümel von den Händen. Dabei ruhte ihr intensiver Blick auf uns.

»Ach, die unmöglichen Mädchen sind also doch noch gekommen, um mir zu helfen? Haben die Schuldgefühle doch überhandgenommen, nachdem ihr diese Familie jahrelang im Stich gelassen habt?« River ist zart wie eine Ballerina und hat dieselben grünen Augen wie Janie, aber Rivers Augen gleichen einem trüben Meer, und hinter ihrer Iris scheint immer ein Licht zu brennen. »Ich hab's mir anders überlegt. Den rosa Brief, den ich euch geschickt habe, könnt ihr wegwerfen. Ich habe beschlossen, dass wir eure Hilfe nicht brauchen.«

Aha. So sollte das also laufen. Wir sind mit ihren Forderungen, ihren Rückziehern, Schuldgefühlen und ihrer selbstgerechten Wut groß geworden. Ich weiß, wie sie ist und wie nicht, doch wenn ich in ihrer Nähe bin, ist alles durcheinander, als wäre mein Hirn in einen Mixer geraten, der auf Pürieren gestellt ist. »Momma, du hast eine Operation am offenen Herzen vor dir. Wir haben einen Brief von dir erhalten, wir sind gekommen und wollen dir helfen.«

»Das krieg ich schon allein hin. Eure Anwesenheit ist nicht länger vonnöten.« Ihre grünen Augen schossen winzige smaragdfarbene Dolche in unsere Richtung. Wir waren böse Würmer, vermittelte sie uns, ohne ein Wort zu sagen. Böse Würmer.

»Eins … zwei … drei … vier …«, wimmerte Janie.

»Du schaffst das nicht alles allein, Momma. Du kannst dich nicht um Grandma, Henry, die Bäckerei und dich selbst kümmern.«

»Das kann Cecilia machen. Cecilia macht das mit Henry. Sie kann hier einziehen, auf ihn aufpassen und ein Auge auf Grandma haben.« Momma zupfte den gestärkten weißen Kragen ihrer Bluse zurecht. Dazu trug sie einen hellrosa Pullover, Perlenohrringe und eine beige Hose. Zurückhaltende Eleganz. Sauber und ordentlich. »Cecilia ist immer für mich da gewesen.«

Ich warf meiner Schwester einen Blick zu und merkte, wie mir vor Mitleid ganz eng in der Brust wurde, falls so was möglich ist. Der emotionale Zoll für meine Anwesenheit, denn Momma hatte die arme Cecilia so gut wie zermalmt.

»Cecilia arbeitet in der Vorschule, Momma. Sie hat zwei Kinder. Und noch andere Probleme, das weißt du.« Zum Beispiel musste sie sich überlegen, wie sie Parker in seine Einzelteile zerlegte.

»Cecilia war schon immer die Tochter, die sich für mich eingesetzt hat, und das wird sie auch weiterhin tun. Sie kann alles. Alles.«

Mein Hals schnürte sich zu, wurde noch enger. *Cecilia war schon immer die Tochter, die sich für mich eingesetzt hat.* Ich mahnte mich, nicht weinerlich zu werden. Tränen haben noch in keiner Situation geholfen. Nie. Was waren sie schon wert? Nichts.

»Ich habe ihr die Bäckerei beigebracht, sie macht weiter damit. Nicht genauso wie River Bommarito, aber Cecilia wird ihr Bestes tun.«

Ich schloss die Augen, um mich zu beruhigen. Das machte Momma immer, eine Tochter gegen die andere ausspielen. Man könnte meinen, ich wäre deswegen böse auf Cecilia. Aber das stimmt nicht. Cecilia tut mir leid. Momma kann noch so oft erklären, dass ihr Cecilia die Liebste ist, doch das ist nicht besser, als des Teufels Liebling zu sein.

»Du bist ein eigenständiger Mensch. Du bestimmst selbst, wie du auf sie reagierst«, murmelte Janie. »Tief durchatmen.«

Ich hörte sie tief Luft holen, dann ein Summen, als sie ausatmete. »Setz ihr eine Grenze. Glaube an diese Grenze.«

»Du und Janie wollt helfen?« Momma hob eine perfekt gezupfte Braue. »Vielleicht will Janie uns allen zeigen, wie man richtig zählt?«

»Lass das, Momma, das ist nicht nett«, mischte sich Cecilia ein. »Janie ist doch hergekommen, oder?«

Ich spürte, dass Cecilia irrsinnige Angst hatte, Janie und ich könnten in null Komma nichts wieder weg sein. Sie wusste, dass sie sich nicht gleichzeitig um ihre Arbeit, ihre Kinder, Grandma, Henry und die Bäckerei kümmern konnte. Wer konnte das schon?

Niemand.

»Ja, Janie ist hier«, sagte Momma und legte die Hand an ihr adrett frisiertes Haar. »Ich verstehe bloß nicht, dass jemand, der auf einem Hausboot in Portland Bestseller schreibt, keine Zeit für seine Mutter aufbringen kann.«

Janie stieß Luft aus. »Ich bringe Zeit für dich auf, Momma.«

»Nein, tust du nicht, junge Frau. Das tust du eben nicht. Du bist zu sehr mit deinem Ruhm beschäftigt.«

Janie murmelte vor sich hin: »Du kannst sie nicht ändern, du kannst nur deine eigene Reaktion auf sie ändern.«

»Musst du ständig vor dich hin brabbeln?«, fuhr Momma sie an. »Ich hab dir schon vor Jahrzehnten gesagt, dass du das lassen sollst. Stell dich gerade hin! Und was hast du da überhaupt an? Macht es dir Spaß, alt und trutschig auszusehen? Warum trägst du solche flachen braunen Schuhe? Und woher hast du eigentlich dieses Kleid? Von einer Bauersfrau? Warum hast du graue Haare? Ich bin deine Mutter und lege Wert darauf, dass man in meinem Haar kein Grau sieht.«

Sie verschränkte die Hände. »Grau ist etwas für alte Frauen. Für Frauen, denen ihr Aussehen egal ist. Ihr seid erst Mitte dreißig, aber … du wirst alt, Janie, das merke ich. Du solltest Wert darauf legen, deine Jugend zu bewahren, statt dich alt zu machen.«

»Momma!«, mahnten Cecilia und ich.

Janie murmelte mit weinerlicher Stimme: »Sie ist eine verletzte, verwirrte Frau. Du musst jetzt stark sein. Über ihre Kleinlichkeit erhaben sein.«

»Hör sofort mit diesem Gebrabbel auf!«, befahl Momma.

»Ja, Momma, schon gut«, sagte ich, um sie zu beruhigen, und stellte mich vor Janie.

Sie wimmerte vor sich hin: »Du bist nicht mit ihr verbunden. Sie kann dir nicht wehtun, wenn du es nicht zulässt. Tief durchatmen …«

Wie oft hatte ich das schon getan? Wie oft hatte Cecilia das gemacht? Vor Janie zu treten, um sie vor Momma zu schützen. Wir alle waren Mommas persönliche Dartscheiben, doch besonders scharf schoss sie mit ihren Bemerkungen auf Janie. Wahrscheinlich weil sie sich nicht wehrte. Ich schon. Cecilia manchmal auch. Aber Janie nie. Unsere jüngere Schwester fiel in sich zusammen.

»Hm.« Momma richtete ihre Aufmerksamkeit auf mich. »Du trägst dein Haar ja immer noch in hundert kleinen Zöpfen, Isabelle. Was soll das? Du bist doch keine Schwarze, oder?«

»Sagt die Hexe höchstpersönlich …«, streute Cecilia leise ein.

»Ich glaube nicht, dass ich Afroamerikanerin bin, Momma, es sei denn, du hast vergessen, mir etwas zu erzählen?«

»Schwarze flechten ihr Haar zu Zöpfen. Bist du schwarz? Nein, bist du nicht. Es steht dir nicht. Das wirkt gekünstelt. Billig.«

»Also, ich finde meine Zöpfe cool.« Ich drückte die Schultern durch und sah ihr in die Augen. Im Laufe meiner Arbeit war ich mordlustigen Kriegstreibern und angsteinflößenden Männern mit verspiegelten Sonnenbrillen und Gewehren entgegengetreten, war vor wilden, randalierenden Menschenmassen geflüchtet, hatte mich hinter Panzern versteckt, um Granaten auszuweichen. Ich würde auch mit meiner Mutter fertigwerden.

Vermutlich.

»Cool?« Sie klopfte mit ihren perfekt lackierten roten Fingernägeln auf den Tisch. »Cool? Du siehst aus wie ein Hippie, der in den Sechzigern in Woodstock gezeltet hat. Trägst du eigentlich nie einen BH?«

»Heute nicht. Heute wollte ich mich locker fühlen, nicht eingezwängt.«

»Locker? Eine Dame sollte sich nie *locker* fühlen. Die Brust gehört in einen BH, fest an den Körper gedrückt, da darf nichts wabbeln. Was ist deine Entschuldigung dafür, dass du so völlig undamenhaft herumläufst?«

Ich widerstand dem Impuls, über die Heuchelei hinter dieser Frage zu lachen. »Tja, ich habe in der letzten Woche auf meinem Balkon zwei BHs verbrannt und hatte keine Lust, einen anderen anzuziehen. Außerdem wusste ich ja, Momma, dass ich das Vergnügen deiner Gesellschaft haben würde.«

In ihr begann es zu brodeln. »Verrat mir doch bitte, was das mit BHs zu tun hat.«

»Ich musste mich ein bisschen freier, nicht eingezwängt fühlen, weil ich wusste, dass ich bei dir das Gefühl haben würde, mich selbst einliefern und um eine Zwangsjacke betteln zu müssen.«

Momma atmete tief ein und streckte die Brust heraus. »In diesem Ton redest du nicht mit mir. Das verbitte ich mir! Es ist respektlos.«

»Wenn du Janie nicht ständig fertigmachst, Momma.«

Ich stemmte die Hände in die Hüften, mein ganzer Körper schmerzte. Warum konnte sie uns nicht wie eine normale Mutter lieben? Warum konnte sie uns nicht in die Arme nehmen, festhalten und uns für unser Kommen danken?

»Für euch drei habe ich Jahre meines Lebens geopfert …«

»Fang nicht damit an, Momma. Lass es lieber!«

»Als ihr klein wart, habe ich euch alles gegeben, was ich hatte …«

»Allerdings. Und oft warst du so gemein wie eine fiese Klapperschlange und hast dich wochenlang ins Bett gelegt«, bemerkte ich.

»Wie kannst du es wagen! Wie kannst du nur!« Sie schlug mit den flachen Händen auf den Tisch.

»Ich kann es wagen, weil ich nicht zulassen werde, dass du das schönredest, was mit uns als Kindern geschehen ist, nur damit wir Schuldgefühle bekommen und hierbleiben.«

»Schönreden? Ich habe gearbeitet, ich habe Sachen gemacht, die ich nie für möglich gehalten hätte, ich habe euch versorgt und beschützt. Alles ganz allein. Ohne jede Hilfe.«

»Das weiß ich, Momma. Wirklich. Aber wir haben auch gearbeitet. Wir haben Ingwerplätzchen, Zitronenkekse und Bananenbrot gebacken, bis ich den Anblick von Zucker nicht mehr ertragen konnte, und ich werde es zu verhindern wissen, falls du versuchst, unsere Vergangenheit so zu verdrehen, dass du das Opfer bist.«

Sie erwiderte nichts, doch ihr Gesicht lief rot an. »Du kannst jetzt gehen.« Sie neigte mir den Kopf zu, als hätte sie mich entlassen, und nahm wieder den Nussknacker in die Hand. Die Symbolik der Geste entging mir nicht. »Ich bin der Meinung, dass deine Gegenwart überflüssig ist.«

Cecilia lehnte sich gegen die Wand. Ihr Gesicht hatte die Farbe von Kaffeeschaum. Sie schüttelte unentwegt den Kopf, und ihre blauen Augen flehten mich an. »Lass mich nicht mit dieser Hexe allein«, zischte sie.

»Du kannst jetzt gehen, habe ich gesagt«, flötete Momma. Ihre Augen glänzten. Vielleicht durch eine Träne?

Nein. Nichts da. Nicht bei unserer Momma.

Ich Dummerchen.

Janie hinter mir begann wieder zu leiern: »Ich werde mir selbst Grenzen setzen und mich daran halten. Ich werde mir selbst Grenzen setzen und mich daran halten ...«

Cecilia legte ihre Hände wie zum Gebet zusammen, wies mit den Fingerspitzen auf uns und artikulierte lautlos: »Sie ist böse. Du musst bleiben.«

»Uns geht es allen gut ohne dich. Mehr als gut.« Mommas perfekt gepflegte Hände hielten nicht still.

Seit Jahren war Cecilia die große Leidtragende. Sie hätte sich verdrücken können, so wie Janie und ich. Hatte sie aber nicht getan. Ich versuchte, meine Schuldgefühle zu unterdrücken.

»Ihr beide habt euer egoistisches Leben ohne uns geführt. Cecilia war immer die einzige Tochter, der die Familie wichtig war.«

Cecilia kniff die Augen zu, ihr Atem war gepresst. »Bitte, bitte, bitte«, flehte sie mich lautlos an. »Hilf mir!«

Es war, als wären wir Teil eines Horrorfilms, und die örtliche Teufelin führte Regie.

»Ich treffe meine eigenen Entscheidungen. Ich muss mich nicht fürs Bleiben entscheiden«, murmelte Janie. »Ich bin stark. Ich bin mächtig. Ich bin kein Fußabtreter, den andere benutzen können. Ich kann Nein sagen. Nein. Nein.«

»Janie«, sprach ich sie an. »Hol deine Koffer. Wir ziehen ein.«

Janie machte ein Geräusch, das klang, als erstickte sie an einem Stein. Cecilia quietschte vor Erleichterung.

Momma knackte eine Nuss, und ein leichtes Lächeln hob ihre Mundwinkel.

Am liebsten hätte ich die Schale Nüsse durch eines der Buntglasfenster geschleudert und meine Mutter direkt hinterher.

Wie gesagt, wenn man Momma zufällig kennenlernen sollte, erinnert sie einen zuerst an eine Schönheit aus den Südstaaten. Sie könnte Fotomodell für zierliche, ältere Damenmode sein. Eine heitere Lady.

Als ich mit kneifendem Magen nach draußen zu meinem Motorrad stapfte, den Wut-Knopf voll aufgedreht, dachte ich, niemand würde je auf die Idee kommen, dass unsere elegante, schicke Momma in unserer Kindheit eine Stripperin war.

Doch, das stimmt.

Eine Stripperin. Komplett mit Stange, Tanga und Glitzer.

Krawumm.

4. KAPITEL

Cecilia, Janie und ich marschierten zu Janies Porsche, der vor Grandmas Haus parkte.

Henry hüpfte neben uns her. »Alle Schwestern da! Alle da! Wer spielt mit mir Verstecken? Dieses Spiel! Verstecken!«

»Wir spielen mit dir, Henry«, sagte Cecilia. »Aber zuerst müssen Isabelle und Janie einziehen.« Leise fügte sie hinzu: »Ins Hexenhaus.«

»Okey-dokey!«

Ich nahm Henry in die Arme. Er ist der netteste Mensch, den ich kenne. Mein armer Bruder musste in seinem Leben einen Schicksalsschlag nach dem anderen hinnehmen und kann erstaunlicherweise immer noch über hundert verschiedene Dinge lachen. »Lässt du mich bitte erst auspacken? Was ist eigentlich mit deiner Briefmarkensammlung?«

Henry lachte. »Ich hab sechsundfünfzig Briefmarken, Isabelle! Sechsundfünfzig! Eine von North Dakota! Weißt du, wo das ist? Ich nicht!« Er klatschte zweimal in die Hände. »Weißt du, wo Michigan ist? Ich nicht.« Erneutes Klatschen. »Weißt du, wo Florida ist?« Er liebte dieses Spiel. »Ich weiß es! Da gibt's Sümpfe und Krokodile und das Meer und Disney World!« Henry liebt Florida. War zwar nie da, aber findet es super. Er begann zu singen: »Micky Maus, Donald Duck, für immer und ewig …«

Ich merkte, dass Janie verschwunden war. Ich blieb stehen und sah mich um. Sie hockte auf allen vieren im Gras und würgte. Ihr schmaler Körper wurde von Übelkeit geschüttelt.

»Das findest du schon schlimm, du Graf Zahl der Einzelgänger?«, fuhr Cecilia sie an, mitfühlend wie immer. »Leb damit mal jeden Tag, von morgens bis abends, jahrelang! Weißt du, wie oft ich gehört habe, ich sei so fett wie ein trächtiges Nilpferd? Dass sie nie gedacht hätte, so eine dicke Tochter zu haben? Steh auf, Klopf-Königin, und reiß dich zusammen!« Sie stampfte an mir vorbei, packte sich zwei Koffer und marschierte ins Haus. »Rein jetzt mit dir, du Einsiedlerkrebs!«

»Ich nehme deine Sachen mit, Janie«, sagte ich. Sie nickte schwach und würgte erneut.

Janie hatte fünf Koffer dabei, dazu ein Laptop, einen Sack mit Selbsthilfebüchern und klassischer Literatur, ein großes Foto ihres Hausboots (»damit ich einen friedlichen Ort visualisieren kann«), indische Meditationsmusik, ihren Handarbeitskorb, verschiedene Teesorten, eine CD von Yo-Yo Ma, eine Yogamatte, ein Bild ihrer Therapeutin und neun unbenutzte Tagebücher, in die sie schreiben wollte, wenn »ich das Gefühl habe, nicht mehr gegen Momma anzukommen oder von ihr erniedrigt zu werden. Mein Tagebuch bringt mich dann wieder zu mir selbst, es hilft mir, die Güte und Kraft in meiner Mitte zu finden und den Mut, aufrecht dazustehen als Mensch, der Respekt verdient.«

Ich ließ Henry bei der blassen Janie zurück, der sie beruhigend streichelte, hängte mir meine Lieblingskamera um den Hals und zog meine Koffer ins Haus, die Holztreppe hoch, den gelb gestrichenen Flur hinunter in mein altes Zimmer.

Mein Schlafzimmer war in einem blassen Mooston gestrichen und hatte einen Fenstersitz mit Blick auf die vordere Veranda. Früher stieg ich nachts immer aus diesem Fenster, um den einen oder anderen Jungen zu Aufmerksamkeits- oder Beischlafzwecken zu treffen. Auf meinem Doppelbett lag eine geblümte Tagesdecke. Zwei weiße Nachttische, eine weiße Kommode und ein Schreibtisch vervollständigten die Einrichtung.

Janies Zimmer war rosa mit weißen Vorhängen. Es war kleiner als meins, besaß aber ein originelles Spitzdach und zwei Erkerfenster. Ich wusste, dass Janie in Kürze in ihrem Wandschrank hocken und mit sich selbst reden, sich vor und zurück wiegen und Blumen sticken würde, damit Momma nicht die Erfolge jahrelanger Therapie zerstörte.

Schon jetzt hatte ich das Gefühl, die Wände drängten auf mich zu und bedrohten meine zerbrechliche geistige Gesundheit, an der ich zäh festhielt. Ich war schon lange erwachsen, doch nur wenige Minuten in diesem Haus, und ich entwickelte mich zurück zum Kind.

Ich warf die Zöpfe nach hinten und atmete zitternd durch.

Ich war zu Hause.

Willkommen in deinem Albtraum, sagte ich zu mir. *Herzlich willkommen zurück.*

Ungefähr eine Stunde später hörte ich, wie der Minivan vor dem Haus hielt. Ich lehnte mich aus meinem Zimmerfenster, und der wilde Wind fuhr mir in die Zöpfe mit den Perlen.

Da war Grandma: Ungewollt musste ich schmunzeln. Kurz darauf hörte ich sie die Treppe hinaufstapfen, dann ein forsches Klopfen an meiner Tür.

Ich lächelte meine Großmutter an, eine zierliche Frau mit weißen Locken, die in einer altmodischen Fliegermontur in der Tür stand, komplett mit antiquierter Fliegerkappe und -brille. Es war schwer zu glauben, dass Grandma ein Hitzkopf gewesen war, bis die Demenz sie vor einigen Jahren einholte; sie hatte Momma gepiesackt, bis die vor lauter Wut kaum noch geradeaus blicken konnte.

»Amelia!«, rief ich. »Amelia Earhart!«

»Schön, Sie zu sehen, junge Frau!« Grandma sah mich mit zusammengekniffenen Augen an, salutierte und schlug dabei die Hacken ihrer schwarzen Armeestiefel zweimal zusammen. »Sie kommen mir bekannt vor. Ich glaube, wir haben uns während meiner Vortragstour 1929 kennengelernt. Diese Tour hat mich erschöpft!« Sie legte eine Hand auf die Stirn. »Meine Nebenhöhlen! Völlig verstopft. Sie brannten, liefen.«

»Wie geht es Ihren Nebenhöhlen heute, Mrs Earhart?«

»Besser.« Sie hob den Kopf, fasste sich an die Nase. »Wahrscheinlich durch die letzte Operation. Die Ärzte hatten keine Ahnung, was sie da machten, null. Männer sind dumm. Ich bin froh, dass meine Nase noch dran ist.«

»Das freut mich auch, Amelia.«

Ich nahm sie in die Arme. Zuerst wirkte sie überrascht, doch dann erwiderte sie die Umarmung.

»Meine Fans lieben mich!«, verkündete sie, trat nah an mich heran und warf einen meiner Zöpfe nach hinten. Sie roch nach Rosen und Bergluft. »Ich fliege gerne nachts.«

»Sie sind berühmt für Ihr Nachtflugtalent, Amelia …«

»Es gibt Menschen, die mein fliegerisches Können in Frage stellen.« Sie rückte ihre Brille zurecht. »Sind natürlich Männer. Dumme, unwissende Männer. Acht Hirnzellen, wenn's hoch kommt. Ich habe ein Gedicht darüber verfasst, soll ich es Ihnen vortragen?« Sie strich ihre Fliegermontur glatt und schlug die Hacken zusammen. »Männer: grob und rüde, laut und schwach, geben nie den Frauen nach. Das bringt es so ziemlich auf den Punkt.«

»Allerdings, Amelia.«

»Ich bin Krankenschwester, müssen Sie wissen. Im Ersten Weltkrieg habe ich Soldaten gepflegt, ich weiß, was ich tue. Wenn Ihr Arm hier bei uns amputiert werden muss, kann ich ihn wieder annähen. Wenn Sie eine Kugel im Kopf haben, kann ich sie mit einem Löffel rausholen. Möchten Sie mal mit mir fliegen?«

»Das ist mein sehnlichster Wunsch«, gab ich zurück. »Es wäre mir ein Vergnügen.«

»Frauenpower!«, rief sie und stieß die geballte Faust in die Luft. »Frauenpower!«

Ich hob ebenfalls die Faust. »Frauenpower!«

Als wir damals in meinem ersten Jahr an der Highschool bei Grandma einzogen, waren wir alle so von Angst erfüllt gewesen, dass wir praktisch zitterten. Sie sickerte uns aus jeder Pore. Momma versuchte sich mit den Fingernägeln am Leben festzukrallen, doch die meisten ihrer Nägel waren abgebrochen.

Henry hatte sich um mindestens zwei Jahre zurückentwickelt, brabbelte vor sich hin, verlor seine Sprache und häufig die Kontrolle über seine Blase, weil er so viel durchgemacht hatte. Janie war so angsterfüllt, dass sie fast zusammenbrach. Cecilia in ihrem Zorn inhalierte so gut wie alles Essbare. Ich hatte mich in die Schwärze in mir zurückgezogen.

Grandmas vornehmes Haus war eine Oase inmitten einer Wüste wahr gewordener Albträume. Wir hatten Kleidung, die uns passte. Wir bekamen regelmäßig etwas zu essen, das Grandma aus dem Nichts zusammenzauberte. Wir hatten eine Heizung.

Wenn Momma von der Dunkelheit eingeholt wurde und ins Bett kroch, waren wir nicht allein. Grandma war beileibe keine Heilige – sie hatte ein hochfahrendes Temperament und nahm kein Blatt vor den Mund … aber sie war warmherzig und zärtlich, anders als Momma, die jede praktische Form der Zuneigung zu ihren Töchtern mied wie die Pest. Und Grandma kümmerte sich um uns.

Man kann durchaus sagen, dass sie unsere Familie gerettet hat. Sie war klug, stark und hatte den Laden fest im Griff. Als Inhaberin dieses Ladens drängte sie Momma, sich Hilfe zu holen, sich zu verabreden, zuzunehmen, ihre Bluse zuzuknöpfen, eine Ausbildung zu machen, damit etwas aus ihr wurde, sich nicht länger im Bett zu verkriechen – und dann ihr Haar! Wie ein Wischmopp! Grandma erinnerte Momma daran, sie habe sie immer davor gewarnt, dass es so kommen würde. Sie hatte es gewusst! Sie hatte es ihr gesagt.

Als ich älter wurde, erkannte ich, dass Mommas Beziehung zu Grandma ein Abklatsch unserer Beziehung zu Momma war:

schwierig, konkurrierend, kritisch, fordernd. Nie war etwas gut genug.

Das sind die Erbanlagen, und in der Abteilung sind wir stark belastet.

Wenn die beiden sich stritten, versteckten wir uns in unseren Schränken.

Die Amelia von heute und Momma stritten sich hingegen nie.

Nun stellte sich Amelia auf die Zehenspitzen. Schlug die Hacken zusammen. »Ich muss hinauf in den Tower. Ich muss meine Geheimnisse verstecken, damit die Eingeborenen sie nicht stehlen können.«

Ich nickte wissend.

»Werden Sie eine Weile hier bei meinem Kopiloten wohnen? Wie war noch mal Ihr Name, sagten Sie? Und fliegen Sie auch?« Sie streckte die Arme aus, gab aus tiefer Kehle das Geräusch eines Flugzeugmotors von sich und verließ das Zimmer.

Ich ging zu Janie.

»Raus aus dem Schrank, Janie!«, sagte ich.

»Nein. Ich analysiere mich gerade selbst.«

»Los, raus da!«

Ich zog die Schranktür auf. Zum Vorschein kamen unzählige Stofftiere. Janie hatte das Gesicht in ein Krokodil gedrückt. Sie saß auf ihrer Yogamatte.

»Ich bewege mich zurück in die Kindheit, Isabelle«, wimmerte sie. »Ich kann es spüren. Ich spüre die Rückentwicklung.«

Ich kniete mich vor sie. »Ertrag es mit Fassung.«

»Kann ich nicht.«

»Wär aber besser. Wenn du es nicht tust, frisst sie dich bei lebendigem Leib, würgt dich wieder aus und nagt dann an deinen Knochen.«

»Das hört sich eklig an. Davon wird mir schlecht.«

Ich verdrehte die Augen. Sie schreibt gruselige Krimis, und *das* soll eklig sein? »Tut mir leid, aber das stimmt. Such dir ein Rückgrat und pflanz es dir hinten rein.«

Cecilia kam ins Zimmer. »Also, die Damen … O nein! Was soll das denn? Raus da, Janie, aber sofort! Jetzt stell dich nicht so an.« Sie ließ ihr Gewicht in einen Schaukelstuhl sinken, der protestierend knirschte. Cecilia wischte sich den Schweiß von der Stirn. Sie trug ein Kleid, das wie eine grüne Plane aussah. Ihr langes blondes Haar war zu einem wirren Knoten zusammengefasst.

»Ich habe hier eine Liste von Momma.« Cecilia faltete ein Blatt Papier auseinander. Es war rosa. Ich ließ mich aufs Bett fallen. Janie zog die Schranktür wieder zu.

»Verdammt nochmal!« Cecilia warf das Blatt zur Seite, riss den Schrank auf, zog Janie an den Knöcheln heraus und zerrte sie auf den Teppich. Janie wand sich wie ein Delphin zwischen den Kiefern eines Killerwals und versuchte, in den Schrank zurückzukriechen, doch Cecilia ließ es nicht zu.

»Für so was sind wir doch zu alt …«, protestierte ich schwach.

»Halt du besser den Mund, Isabelle!«, sagte Janie. »Du hast mich vor meinem eigenen Hausboot zu Boden geworfen!«

Knurrend drehte Cecilia Janie auf den Rücken. Cecilia ist zwar dick, aber so stark wie Popeye. »Jetzt hör mir zu, Janie!«, rief sie. »Du gehst nicht in den verfluchten Schrank zurück!«

»Tue ich doch, und danach gehe ich nach Hause«, heulte Janie. »Zurück auf mein Hausboot. Lass mich los! Ich war gerade dabei, mich zu erholen und habe im Tagebuch meine eigene Freundlichkeit beschworen …«

Cecilia ließ sich auf alle viere herunter und schob ihr Gesicht ganz nah an Janies. »Jetzt hör mir mal zu, du mickrige Krimiautorin, du wirst dich jetzt zusammenreißen und mir helfen. Ich kann und werde das alles nicht allein auf mich nehmen, während du dich auf deinem Hausboot versteckst, hierauf und darauf klopfst, dies und das zählst und dich in deinen Problemen suhlst, während du schreibst, wie den Leuten mit Stacheldraht und Macheten die Kehle aufgerissen wird. Das ist krank, Janie. Kein Wunder, dass du nachts nicht schlafen kannst …«

»Ich mache abends um genau 22:14 Uhr das Licht aus, schlage viermal auf die Kopfkissen« – Janie brach in Tränen aus –, »klopfe viermal auf beide Nachttische, trinke etwas Wasser, sehe in den Schränken nach, überprüfe noch mal Haustür und Herd, dann das Türschloss, drehe an jedem Knopf am Herd, fasse noch mal den Schrank an, gehe ins Bett, schüttel die Kissen auf, klopfe auf die Nachttische.« Verzweifelt schlug sie die Hände vors Gesicht. »Danach schlafe ich ein.«

Cecilia war sprachlos.

Ich schlug die Beine übereinander und betrachtete meine Fingernägel. »Das findest du anstrengend? Frag sie mal nach ihren morgendlichen Ritualen.«

Cecilia drehte sich zu mir um, das blonde Haar fiel ihr über die Schultern. Sie hat unglaubliches Haar. »Du machst wohl Witze.«

»Nichts da. Das sind keine Witze. Jetzt zeig mal die Liste, die du da hast!«

Janie klatschte viermal in die Hände.

Die von Momma zusammengestellte Liste der Dinge, die wir während ihres Krankenhausaufenthalts zu tun hatten, war ausführlich und detailliert. Ich werde hier nicht jede kleinste Bemerkung wiedergeben, sonst ist es schnell so weit, dass man sich selbst in eine nette geschlossene Abteilung einliefert und freiwillig eine nette Zwangsjacke anzieht.

Abgesehen von penibelsten Anweisungen, wie wir das Haus in ihrer Abwesenheit sauber zu halten hatten (»Ecken nicht vergessen, Mädels!«) und von Ermahnungen, nicht zu viel zu essen, weil wir zu dick würden (für Cecilia), beziehungsweise zu wenig, weil wir dann wie Skelette aussähen (Janie), und nicht mit dem Gärtner zu schlafen (an mich), führte Momma genauestens auf, was mit Henry zu geschehen hatte.

Mindestens zweimal pro Woche half Henry in der Bäckerei aus. Außerdem musste er sonntags von acht bis Viertel vor zwei in der Kirche sein. Er hatte die Aufgabe, Donuts von Mrs McQueeneys Wagen zu holen. Es folgte eine Beschreibung von Mrs McQueeney: »Ihr Gesicht ähnelt einer Mischung aus Nutria und Möhre. Sie hat große Nasenlöcher.«

In der Kirche verteilte Henry Kaffeetassen. Bei beiden Gottesdiensten sollte er in der ersten Bankreihe sitzen, um Pater Mike, falls nötig, zu helfen. (»Isabelle, komm um Gottes willen nicht auf die Idee, bei Pater Mike zu beichten. Da müsste ich mich als Mutter schämen. In Grund und Boden.«)

Mittwochs half Henry in der Kirche aus, wenn die Highschool-Jugendgruppe da war. Donnerstags ging er immer ins Seniorenzentrum und half bei der Austeilung des Mittagessens, putzte die Tische und bereitete alles für das Bunco-Spiel vor. Montag- und freitagmorgens besuchte er das Tierheim und streichelte Katzen und Hunde. (»Falls Janie wie eine Verrückte die Katzen zählen will – holt sie da weg!«)

Wenn Henry bei Cecilia in der Vorschule half, sollte er darauf achten, dass Cecilia in der Pause mit den Kindern nach draußen ging. »Sie braucht Bewegung!« Samstags machte er mit anderen Behinderten einen Tagesausflug.

Was Grandma beziehungsweise Amelia Earhart betraf, die hatte ihre eigenen Pläne. Sie wurde immer von einem kleinen Seniorenbus zu Ausflügen mit anderen alten Menschen abgeholt. Darunter gab es einige, die noch alle Tassen im Schrank hatten. Grandma durfte mit, weil sie, als sie noch alle Tassen im Schrank gehabt hatte, eine große Geldsumme gespendet hatte. (»Passt auf, dass Grandma keinen Whiskey auf diese Ausflüge mitnimmt. Fred Kawa trinkt immer zu viel und zieht sich am Ende nackt aus.«)

»Zwischendurch kommt Velvet vorbei und hilft euch mit

Grandma. Sie ist eine deutlich bessere Pflegerin als die Mottenkugel, die ihr mir beim letzten Mal geschickt habt. Außerdem mag Henry sie, der Gute. Sie weiß Bescheid, dass sie Henry nie und nimmer Orangensaft geben darf. *Ihr wisst, warum.*«

Das wussten wir allerdings. Nur zu gut.

Grandma war Velvet schon des Öfteren ausgebüxt, deshalb sollte ich darauf vorbereitet sein, schrieb Momma, die Bäckerei in null Komma nichts zu verlassen und Velvet bei der Suche nach Grandma zu helfen. »Mach dich sofort auf den Weg! Du bist ein faules Stück, Isabelle, du trägst die Faulheit in dir, und ich weiß, Janie, dass du komische Sachen tun musst, bevor du den Laden verlässt. Keine Ahnung, wo du diese seltsamen Angewohnheiten her hast, aber bestimmt nicht von mir.«

Grandma konnte sich ihre Fliegermontur selbst anziehen, vergaß aber manchmal ihre Unterwäsche. »Ihr müsst jeden Tag nachsehen, ob sie ihren Hintern ordentlich bedeckt hat.« Ich sollte ihr das Haar kämmen, Beschreibung lag bei. Grandma vergaß oft, sich die Zähne zu putzen, und hielt gelegentlich lange Reden vorm Spiegel. Wenn die Rede zu lang wurde und sie dadurch ihren Tagesausflug zu verpassen drohte, sollte ich in ihr Zimmer gehen, in dem sie nun seit vierundsechzig Jahren schlief, und rufen: »Mrs Earhart, sind Sie startklar? Ihr Flugzeug steht auf der Startbahn.«

Dann würde Grandma ihre Rede abbrechen, salutieren und nach unten zum Bus gehen.

Morgens musste sie auf jeden Fall Kleie essen. »Sie hat Verdauungsprobleme. Wenn sie keine Kleie isst, bekommt sie eine üble Verstopfung. Achtet darauf, dass sie die Kleie wirklich isst. Außerdem hat sie Hämorrhoiden, die sie ihre ›unteren Schussverletzungen‹ nennt, um die müsst ihr euch auch kümmern. Die Creme liegt auf der Kommode.

Zwingt Grandma zu nichts, was sie nicht tun will. Ich weiß, dass ihr Mädchen gerne alles unter Kontrolle habt, aber kontrolliert euch erst mal selbst. Selbstkontrolle ist wichtig für jede

Dame, und ihr könnt sie dringend gebrauchen.« Bei diesem Ratschlag verdrehte ich die Augen.

Ich wusste bereits, dass ich unsere Großmutter als Amelia oder Mrs Earhart ansprechen musste. Über ihren Ehemann, Mommas Vater, durfte ich nicht mit ihr reden, da Mrs Earhart dann anfangen würde zu fluchen und auszuführen, wie sie diesen »Betrüger abmurksen« würde. Oder sie rief: »Er ist kein Mann, er ist ein Eunuch. Keine Eier. Wichser.«

Mein Großvater Colin war, wie die Legende berichtete, ein Mann mit einem unerschütterlichen Selbstbewusstsein gewesen. Er war Arzt, daher das große Haus, und er starb bei einem nächtlichen Picknick mit seiner Arzthelferin oben auf einer Klippe. Er hatte zu viel getrunken und war hinuntergestürzt.

Momma war damals vierzehn. Sie hatte mir erzählt, ihre Mutter hätte mit folgenden Worten reagiert: »Wunderbar! Ich hätte mich eh scheiden lassen müssen. Jetzt bekomme ich auch noch die Lebensversicherung und kann auf seinem Grab tanzen.« Das tat sie offenbar tatsächlich. Fünf Jahre lang tanzte sie jeden Freitagabend auf seinem Grab und trank dabei seinen Whiskey. Dabei rief sie: »He, du Abschaum! Siehst du, wer hier tanzt? Und wer da unten verrottet?«

Also: bloß nicht an Großvater Colin erinnern.

Die Liste mahnte mich außerdem, dass ich sie nicht mit »Grandma« ansprechen und über nichts reden sollte, das wir als Kinder gemacht hatten. Niemals. Würde sie nur verwirren.

Momma gab uns auch Anweisungen für Bommaritos Bäckerei, in der wir während unserer Highschoolzeit jeden Tag stundenlang gearbeitet hatten. Obwohl Grandma damals protestiert hatte, wir würden uns »den Buckel krumm schuften«.

Momma hatte die Bestellungen entgegengenommen, und wir hatten nach dem Rezeptbuch unseres Vaters Kekse, Kuchen, Brote gebacken – was auch immer. Bis zum Erbrechen.

»Die Bäckerei ist ein blühendes Geschäft. Erfolgreich«, stand in Mommas Schreiben. »Macht es mir nicht kaputt. Ich habe liebe, treue Kunden. Und ich hoffe bei Gott, dass sie noch da sind, wenn ich zurückkomme.«

Ich verdrehte die Augen. Als Nächstes führte Momma zahlreiche Rezepte auf, legte fest, um wie viel Uhr ich mit Janie in der Bäckerei zu sein hätte (fünf Uhr morgens), was zuerst gemacht werden müsste, und weitere nichtige Kleinigkeiten wie die Farbe von Zuckerguss. Nochmals: Ich gebe hier nicht alles wieder. Ich sage nur: Zwangsjacke.

»Isabelle, hüpf nicht mit jedem Mann ins Bett, der dir über den Weg läuft. Das war sehr peinlich beim letzten Mal. Musst du unbedingt Zöpfe tragen? Nur Schwarze tragen Zöpfe. Du nicht. Bist du vielleicht schwarz? Ich habe dich besser erzogen, und das weißt du auch. Janie, bitte red nicht vor dich hin! So was tun Damen nicht. Achtet darauf, Mädels! Momma.«

Es kam noch ein P. S.: »Passt auf, dass Cecilia nicht noch mehr isst als jetzt schon. Sie ist eh viel zu dick. Ich habe für sie getan, was ich konnte.«

Als wir die Liste durchgelesen hatten, breitete sich Schweigen aus.

Cecilias Kinn bebte.

Ich legte ihr den Arm um die Schultern.

»Ich kann mich selbst lieben, auch wenn ich mich von Momma nicht geliebt fühle. Ich kann mich selbst lieben, auch wenn ich mich von Momma nicht geliebt fühle«, murmelte Janie.

Ich nahm sie in die Arme.

Cecilia ging zum Wandschrank, Janie kroch ihr hinterher. Sie machten die Tür zu.

Ich zerknüllte den rosa Brief, der ekelerregend blumig roch, und zog die Tür wieder auf: »Rutscht mal rüber!«

Später am Abend legten Henry, Janie und ich seine Muscheln auf dem Boden aus und bewunderten sie. Dann war seine Steinsammlung dran.

Als er ins Bett ging, sangen wir ihm Lieder vor, und ich strich seine Locken nach hinten. »Ich hab euch lieb«, murmelte er, als sich seine Mandelaugen schlossen. »O ja, ich hab euch alle so lieb. Henry freut sich, dass ihr zu Hause seid.«

In meinem ganzen Leben hat sich noch niemand so darüber gefreut, mich zu sehen, wie Henry es immer tut. Und es hat mich auch niemand so geliebt wie er. Wenn ich daran denke, reißt es mich fast entzwei.

Als er schlief, schlichen wir hinaus. Janie ging direkt in ihr Zimmer und begann, Menschen umzubringen. »Ich habe einen Abgabetermin und immer noch keine Friedenskerzen aufgestellt und mir noch keinen Platz für Meditation und Atemübungen eingerichtet.«

Ich umarmte sie, dann ging ich nach draußen zur Schaukel auf der Veranda. Momma war bereits im Bett. Unser Abendessen hatte ihr nicht gefallen. Die Soße sei zu würzig gewesen, das Brot hart wie »ein Koffer«, der Salat voller Salmonellen.

Wenn man das so hört, sollte man meinen, unsere Mutter wäre nicht mehr ganz dicht, so wie ihre Mutter. Das wäre allerdings ein Trugschluss. Momma war schon immer so, auch bevor sich unser Dad eine Tasche über die Schulter warf, unser Haus samt Schaukel zurückließ und unsere Auffahrt hinunterging, hinein in das weiche Licht der Morgendämmerung. So ist River Bommarito einfach.

Ich verdrängte sie aus meinen wirbelnden Gedanken und dachte beim Schaukeln an Henry.

Von klein auf war er krank, hilflos, liebenswert, mitfühlend, fröhlich und süß.

Eine unschlagbare Kombination.

Er war völlig unvorbereitet auf unsere beschissene Kindheit, besonders auf das, was ihm geschehen sollte, aber anders als seine Schwestern hatte er gelernt, immer wieder Vertrauen zu fassen. Hoffnung. Unvoreingenommen Kontakt zu anderen aufzunehmen.

Er war ein laufendes Wunder.

Ich schaukelte vor mich hin, das Land war still, der Wind ein leichtes, ruhiges Rauschen, die Hügel erhoben sich wie die sanfte Dünung eines grünen Meeres, über mir raschelten die Bäume. Es war unglaublich schön in Trillium River.

Ich hatte das Gefühl, in der Hölle zu sein.

Am nächsten Tag nahm Cecilia einen Tag frei von ihren Vorschulkindern, um uns zu helfen, Momma ins Krankenhaus zu bringen. Sie fuhr in ihrem Minivan vor, und Janie und ich bugsierten Momma auf den Beifahrersitz.

Die Sonne spähte gerade über den Horizont, der Himmel war goldrosa, der Wind betulich und entspannt, als hätte er heute alle Zeit der Welt, Momma zu verabschieden. Alles war ruhig, schläfrig und zufrieden.

Nur wir drei Schwestern nicht, die wir uns auf einem emotionalen Schlachtfeld voller Sprengsätze und Landminen befanden.

Momma hatte keine gute Laune. Das Frühstück, das ich ihr bereitet hatte, sei »flach« gewesen. Janie mache sie nervös. Ich hätte in der Nacht doch wohl keinen Mann auf mein Zimmer geschmuggelt, oder? In der Küche herrsche Durcheinander, so hätte es bei ihr noch *nie* ausgesehen. Cecilia sei zu spät. Sie käme immer zu spät. »Keine gut organisierte Frau. Sie ist chaotisch. Das Chaos in Person.«

»Hört auf, um mich rumzuwuseln«, fuhr Momma uns an und befestigte einen Perlenohrring. »Sag mir nicht, dass ich mich entspannen soll, Isabelle! Hör auf, vor dich hin zu brabbeln, Janie! Oder sprichst du mit einem eingebildeten Freund? Cecilia, mein Gott nochmal, du hast schon wieder zugenommen! Du bist noch dicker als gestern! Du musst aufhören zu essen. Heute ist einer der größten Tage in meinem Leben, wenn nicht der größte überhaupt, weil ich am offenen Herzen operiert werde, falls euch das entgangen sein sollte, und ihr sorgt dafür, dass ich zu spät komme!«

»Wir sind nicht zu spät, Momma«, sagte Janie zögerlich. »Mach dir keine Sorgen …«

»Ich mache mir aber Sorgen, Janie. Ich mache mir Sorgen, weil ich eine Tochter habe, die neun Bücher geschrieben hat und nichts anderes tut, als Menschen auf verrückte, skurrile Weise umzubringen.«

»Ich bringe keine Menschen um, Momma …«

»Jawohl! Was geht bloß in deinem Kopf vor sich? Zu so etwas habe ich dich nicht erzogen!« Sie schüttelte sich, damit ihr perfekt sitzendes blaues Kostüm noch perfekter saß, und schlug die blauen Schuhe übereinander. »Wann willst du endlich heiraten und Kinder bekommen? Du wirst zu alt …«

»Momma«, mischte ich mich ein, als Cecilia auf die Straße bog. »Sieh dir mal den Sonnenaufgang an, der ist wunderschön!« *Momma, möchtest du nicht lieber fünf Monate im Krankenhaus bleiben statt fünf Tage? Möchtest du nicht, dass dir die Ärzte für den Rest deines Lebens den Mund zunähen?*

Mit beiden Händen drückte ich meine Zöpfe an den Kopf. Ich spürte wieder diese Schwärze, direkt am Rand meiner Wahrnehmung. Mit aller Macht kämpfte ich dagegen an. Sie quälte mich seit meiner Kindheit. Manchmal gewann sie, manchmal ich. Heute würde ich auf jeden Fall auf dem zweiten Platz landen.

»Bitte, Isabelle! Ich weiß, was du da gerade versuchst«, sagte Momma. »Du versuchst, das Thema zu wechseln, aber das funktioniert nicht. Fahr an der Bäckerei vorbei, Cecilia, jetzt sofort! Ich will das Haus noch einmal sehen, bevor ihr es übernehmt und alles niederbrennt.« Sie schüttelte den Kopf und schnalzte abwertend mit der Zunge. »Noch bevor die Woche um ist, wird mein Geschäft ruiniert sein.«

»Wird es nicht, Momma«, beruhigte Cecilia sie. Das versuchte sie immer, so wie sie auch Parker jahrelang beschwichtigt hatte. Cecilia hatte ihr Temperament für Parker gebändigt, hatte ihn freundlich bedient, um seine endlosen, unsinnigen

Bedürfnisse und Wünsche zu erfüllen. Mit Parker war sie dieselbe Beziehung eingegangen wie zu Momma. Als Dank dafür hatte er ihre Seele zerstört.

Es gab niemanden sonst auf dieser Welt, für den sie das getan hätte, denn eigentlich ist sie ein Tornado auf zwei Beinen.

»Janie und Isabelle werden sich gut um die Bäckerei kümmern, und wenn die Sommerferien anfangen, helfe ich auch mit, während du dich erholst.«

Momma auf dem Beifahrersitz lachte verächtlich. »Ha! Und was macht Henry ohne mich?«

»Der kommt schon klar«, sagten wir drei unisono.

»Und was ist mit Grandma?« Sie betastete ihr perfekt gebürstetes Haar. Drehte an ihrer Perlenkette.

»Grandma kommt schon klar«, erklärten wir erneut.

»Wenn ich zurückkomme, wird das Haus eine Müllhalde sein«, murmelte sie.

»Das Haus kommt schon klar«, sagten wir.

»Was seid ihr, Papageien-Drillinge? Hört auf damit! Es tut mir in den Ohren weh.« Sie massierte sich die Ohren.

Ich stöhnte.

Janie gluckste.

Cecilia seufzte.

Das würde eine lange Fahrt werden.

Man könnte meinen, ich sei hartherzig, weil ich nicht die Hände rang und in Hysterie verfiel, da Momma am offenen Herzen operiert wurde. Wenn ich es richtig verstehe, wird bei so einer Operation immerhin Folgendes gemacht: Die Brust wird mit einem Messer aufgeschnitten wie ein Fisch, der filetiert wird. Dann reißen sie den Brustkorb auf wie eine geschlossene Muschel, wobei sie etwas benutzen, das man »Spreizer« nennt.

Allein bei dem Gedanken daran wird mir schon übel. Wenn Gott gewollt hätte, dass wir mit offenem Brustkorb herumlaufen, hätte er sicher einen Reißverschluss in der Mitte angebracht. Ich sehe aber keinen Reißverschluss.

Dann halten sie das Herz an.

Rums. Schluss.

Man wird an die Herz-Lungen-Maschine angeschlossen, die das tut, was ihr Name schon sagt. Sie atmet und pumpt das Blut genauso wie ein Mensch, bloß mit Schalter.

Dann wird (oftmals) ein Bein aufgeschnitten, um sich ein oder zwei Venen oder Arterien auszuleihen, ohne das Bein um Erlaubnis zu bitten. Mit Hilfe dieser Vene baut man eine Umleitung um eine Verstopfung in der Aorta. Das verstopfte Gefäß hat alles Recht dazu, weil man in seinem Leben mindestens neun Rinder, vier Schweine und massenweise leckere Sachen wie Wagenladungen von Brathühnern gegessen hat. Das Cholesterin klebt wie Pech an den Aortawänden.

Wenn man seine Aorta nicht durchpusten oder reparieren lässt, tja, dann war's das mit einem.

Man sollte also meinen, ich würde mir Sorgen machen, dass es bald vorbei sein würde mit Momma.

Dazu wird es aber nicht kommen. Warum?

Weil ich es weiß.

Momma wird hundert Jahre alt werden. Vielleicht noch älter. Ich kann mir vorstellen, dass sie hunderteinundzwanzig wird, nur um Cecilia, Janie und mich zu ärgern. Dann sind wir nämlich selbst bereits Ende neunzig, und ich hoffe, bis dahin taub zu sein, damit ich sie nicht mehr hören kann. Hoffentlich bin ich dann auch blind, damit ich sie nicht mehr sehen muss. Vielleicht habe ich sogar den Verstand verloren und halte mich für jemand anders.

Zum Beispiel für Amelia Earhart. Oder Kleopatra. Oder die Jungfrau von Orléans.

Ich tippe mal auf Kleopatra.

Auf unserer Fahrt nach Portland sah ich einen Windsurfer. Sein Segel war rot und violett. Er hüpfte über die Wellen des Flusses. Fort von den Kämpfen. Fort von den Menschen. Fort vom Leben. Frei.

Er war frei.

Ich fragte mich, ob er mir eine Schicht bei Momma abnehmen würde.

5. KAPITEL

Wir ließen Momma in ihr Krankenzimmer einziehen. Es gefiel ihr nicht. (»Zu klein. Dreckig. Ich hab das Gefühl, in einem Staubsaugerbeutel zu sitzen.«) Sie mochte die Krankenhauskleidung nicht. (»Diesen grünen Sack werde ich nicht anziehen. Nie im Leben! Bringt mir meinen rosa Morgenmantel!«)

Sie beschwerte sich, weil sie Hunger hatte, aber nichts essen durfte. (»Ich werde zu Tode gehungert. Ausgehungert. Ihr Mädchen könnt eure Momma nicht mal richtig ernähren.«) Sie hatte etwas gegen die Krankenschwester. (»Sie ist zu dünn. Wenn ich Hilfe brauche, bricht sie durch wie ein Zahnstocher.«)

Auch für die Ärzte hatte sie nichts übrig. »Zu jung. Einer ist Mexikaner. Einer Chinese. Einer ist klein. Ich will einen großen weißen Arzt.«

Das sagte sie ihnen ins Gesicht.

»Es tut mir leid«, übertönte ich sie mit dröhnender Stimme, damit man sie nicht verstand. »Sie ist immer so. Hören Sie einfach nicht hin, oder begeben Sie sich in Therapie. Wir drei haben beides versucht. Trotzdem sind wir wegen ihr leicht neben der Spur. Möchten Sie sie vielleicht sofort mit einem Hammer ausknocken? Haben Sie einen Hammer da?« Ich machte die entsprechende Geste. »Ich übernehme das gerne für Sie.«

Staunend rissen die Ärzte die Augen auf.

Janie begann, sich summend zu wiegen. Dann flüsterte sie: »Ich stelle mir einen friedlichen Ort vor. Mein Hausboot. Auf dem Fluss. Dazu Enten. Vögel. Heiterkeit. Ruhe. Ich habe alles unter Kontrolle.«

»Psst!«, mahnte ich sie. »Schaltet sie aus!«, forderte ich die Ärzte auf. »Nicht meine Schwester, meine Mutter. Nehmen Sie einen Hammer, schneiden Sie sie auf, reißen Sie ihr die Rippen auseinander und reparieren Sie ihre Pumpe. Wenn Sie sie etwas länger hier behalten, zahle ich das gerne. Auch doppelt. Dreifach. Kann sie einen ganzen Monat bleiben?«

Ich verschränkte die Arme vor der Brust, und Momma verkündete krächzend, ich sei eine undankbare, schlecht erzogene Tochter, aufsässig und so weiter. »Ich muss mich jetzt schon für dich schämen, Isabelle.« Sie warf die Arme in ihrem rosa Morgenmantel in die Luft. »Peinlich!«

Ich wusste, dass die Ärzte niemals Geld von mir annehmen würden, doch sie schafften Momma ziemlich schnell fort. Die Trage fuhr um die Ecke, und Cecilia, Janie und ich ließen uns nebeneinander an die Wand sinken. Es war neun Uhr morgens.

»Ist es noch zu früh, um sich zu betrinken?«, fragte Janie.

Cecilia griff nach ihrer Handtasche. »Nee. Für mich nicht. Setzt euren Hintern in Bewegung!«

Wir gehorchten.

Wir verließen Mommas Zimmer, warteten im Gang auf Janie, die noch mal hineingehen musste, um nachzusehen, ob wir auch nichts vergessen hatten, und um viermal auf alle Tische zu klopfen.

Wir konnten sie hören.

Lächelnd kam sie durch die Tür.

Wir konnten gehen.

»Habt ihr auch gelächelt?«

Wir nickten.

Trotzdem mussten wir noch einmal lächelnd über die Schwelle treten.

Janie weiß immer, wenn wir lügen.

Wir fanden einen Imbiss zwei Häuserblocks von der Klinik entfernt, wo wir frühstücken konnten. Dort entspannte sich jede auf ihre eigene Weise.

Janie nahm die Zuckertütchen aus dem Behälter und teilte sie in Vierergruppen auf. Sie legte die Salztütchen aus dem Spender auf ihre Untertasse und teilte sie ebenfalls in Vierergruppen auf. Dabei redete sie vor sich hin.

Als die Kellnerin herangeschlendert kam, ein dürres Mädchen mit schwarz gefärbtem Haar, bestellte ich Kaffee und Toast und eine Runde Bier.

Cecilia wählte zweimal Frühstück mit Eiern und Speck. Die Kellnerin hob die Augenbrauen angesichts der Bestellung.

»Ich fresse so viel, damit Sie sich besser fühlen können«, fuhr Cecilia sie an, die Hände über ihrem gewölbten Bauch verschränkt.

Die Kellnerin ließ ihren Kaugummi platzen. »Na, und? Wir haben auch Obst, ja? Können Sie auch bestellen, weniger Kalorien … und so.«

»Ich will aber nicht ›und so‹. Das habe ich nicht bestellt, ja? Habe ich vielleicht den Mund aufgemacht und einen Teller mit Scheißobst bestellt?«

»Nein, haben Sie nicht. War ja nur ein Vorschlag, Sie brauchen sich nicht gleich so aufzuregen. Ein Ernährungstipp. Um zu helfen, ja?« Sie ließ den Blick auf Cecilias Bauch sinken.

»Sexy, was? Irgendwann können Sie auch so einen haben. Der wäre groß genug für ein kleines Kälbchen.«

Die Kellnerin verdrehte die Augen.

»Sind Sie nicht die Tochter von Becky?«

»Äh … ja … Sie kennen meine Mutter?« Das junge Mädchen wurde nervös.

»Ja, ich kenne deine Mutter. Sag ihr, ich hätte dir gesagt, du bräuchtest bessere Manieren bei fetten Leuten.«

»Ich habe nicht gesagt, dass Sie fett sind.« Zweimal ließ das Mädchen seinen Kaugummi platzen.

»War auch nicht nötig. Und jetzt bring mir meine doppelten Eier mit Speck ohne diese ganze Besserwisserei. Vielleicht kommst du mit deinem winzigen Spatzenhirn auch noch dahinter, dass man den Wert eines Menschen nicht allein an der Größe seines Bauches misst. Meinst du, dass du das schaffst? Oder ist das zu viel für dich?«

»Nein.« Sie schrieb etwas in ihren Block. »Scheiße«, sagte sie leise.

»Selber Scheiße. He, Beckys Tochter, ich schlag dir was vor: Ich werde keinem sagen, dass ich dein Nasenpiercing zuerst für einen schwarzen Popel gehalten habe, wenn du dein höhnisches Grinsen abstellst.«

»Ah, egal.« Das Mädchen huschte davon.

»Ich habe einen Privatdetektiv engagiert«, erklärte Cecilia.

»Was?!« Janie riss den Kopf hoch. »Weshalb?«

»Weil ich gebumst werden will, Janie, deshalb. Er sucht mir einen Mann, der mit King Kongs Frau ins Bett steigt.«

Ich lachte. »Super! Dann könnt ihr zusammen wie die Affen stöhnen.«

»Ich bin so nervös, wenn ich mit euch beiden unterwegs bin«, beschwerte sich Janie und nestelte an den Zuckertütchen herum.

»Du machst mich auch nervös, du Therapeutenschreck«, sagte Cecilia.

»Behaupte bloß nicht, ich sei ein Therapeutenschreck«, schnaubte Janie. »Du böse Schwester!«

Das konnte haarig werden. Auftritt des Friedensstifters: »Warum hast du einen Privatdetektiv engagiert?«

»Weil ich über *sie* Bescheid wissen muss.«

»Über wen?«, fragte Janie.

Ich brauchte nicht zu fragen.

»Über *sie*. Die männermordende Hexe.« Cecilia knallte ihren Kaffeebecher auf den Tisch. »Diese verkommene Schlampe. Die Nutte, die die heile Welt zerstört hat. Die Frau, die Parker auf der Website von unglücklich-verheiratet.com kennengelernt hat.«

»Es gibt eine Website für unglücklich Verheiratete? Das

wusste ich gar nicht«, sagte Janie. »Das wäre ja ein toller Auftakt für einen Mord. Vielleicht mit einer Mörderin – sie hat es auf fremdgehende Ehemänner abgesehen und schneidet ihnen die Eier ab.«

»Bitte, ich will essen!« Ich lehnte mich auf meinem Stuhl zurück. »Du willst also rausfinden, wer sie ist, was sie macht, ihre Vergangenheit, ihre Geheimnisse …«

»Genau. Ich weiß nur, dass sie sechsundzwanzig ist. Parker ist zweiundvierzig. Sie ist dünn, blond und hat riesengroße Titten. Sie wusste, dass sie mit einem Ehemann und Vater fremdgeht. Er hat Geld. Er ist erfolgreich. Er ist ein Wichsgesicht. Nur dass ich sie hasse, das weiß ich jetzt schon.«

»Ich auch«, bemerkte Janie.

»Ich auch«, bestätigte ich. Jeder musste diese Frau hassen, die unserer Schwester den Mann nahm. Das war ein ungeschriebenes Gesetz. »Ich würde sie gerne überm Feuer rösten und an die Kannibalen verfüttern. Und Parker konnte ich noch nie leiden.«

»Ich auch nicht«, sagte Janie und erschauderte. »Dieses Dreckschwein.«

»Na, das ist ja eine Überraschung!« Cecilia legte die Hand auf den Mund und riss die Augen auf. »Da bin ich ja von den Socken! Einfach baff!« Sie wedelte mit den Händen. »Als ihr beide zwei Monate, nachdem wir uns kennenlernten, und dann noch mal zwei Wochen vor unserer Hochzeit eine ›Intervention‹ veranstaltetet, um – wie sagtet ihr noch gleich – ein bisschen Vernunft in meine Ahnungslosigkeit zu hämmern? Das war ja schon mal ein kleiner Fingerzeig. Und, mal sehen … du, Isabelle, hast mich jahrelang nur besucht, wenn Parker nicht da war.«

»Weil Parker einfach unerträglich ist.«

Außerdem hatte er mich angebaggert, ungefähr ein Jahr nach der Hochzeit. Er war ein bisschen betrunken gewesen, aber Betrunkene tun, was sie tun wollen, und schieben den Alkohol als Ausrede vor.

Wir waren draußen auf der Terrasse, und Cecilia ging ins Haus, um ihm seine Lieblingskekse zu backen, Zimtplätzchen, weil er sie darum gebeten hatte. Parker stürzte sich auf mich, seine Hand streifte meinen Busen. Anstatt sich zu entschuldigen, ließ er sie über meiner Brust schweben, als wollte er sie massieren. »Du bist wunderschön, Isabelle. Gott im Himmel, bist du schön. Aber ich habe nicht die schöne Schwester geheiratet, ich habe Cecilia geheiratet. Wir haben den Kürzeren gezogen, aber so richtig. Doch so muss es ja nicht bleiben. Wir können das noch ändern.«

Er näherte sich mir, um mich zu küssen, spitzte die Lippen, und seine Zunge blitzte kurz hervor, bevor sein Mund auf meinem landete.

Er legte mir den Arm um die Taille und zog mich an sich. Ich verharrte nicht lange im Schockzustand, nur eine Millisekunde. Als sie vorbei war, schubste ich Parker von mir, trat ihm wie ein Karatekämpfer gegen die Brust und zog ihn von den Beinen. Er fiel übers Geländer und landete mit dem Kopf voran in einem Rosenbusch.

Kaum schlug er auf, wurde er ohnmächtig. Eine Stunde lang blieb er verschwunden. Als er schließlich auftauchte, hatte er das ganze Gesicht voller Kratzer und eine große Beule am Kopf.

Als ich wegfahren wollte, fing er mich an meinem Porsche ab. (Meinem ersten, einem roten. Schnell. Schnittig.)

»Du Miststück!«

Ich lachte. »Du machst die Schwester deiner Frau an, und ich bin das Miststück, ja? Okay, ein Miststück würde das tun, was jetzt kommt.« Und damit stieß ich ihm meine Faust so heftig ins Gesicht, dass ich mir einen Knochen in der Hand brach, dann stieg ich ins Auto und hielt auf Parker zu. Ich riss das Steuer herum und versuchte, ihn anzufahren (tat zumindest so), er huschte wie eine Schlange auf Beinen davon.

Anschließend fuhr ich ins Krankenhaus. Und schickte ihm die Rechnung. Ich bekam nie eine Mahnung, gehe also davon aus, dass Parker bezahlte und mich auf diese Weise zum Schweigen verpflichten wollte. Ich hätte es Cecilia erzählen sollen, aber das ist das Problem mit Schwestern und deren Beziehung zueinander.

Man kennt sich. Man weiß, wie die andere reagiert.

Und ich wusste, dass Cecilia zu jenem Zeitpunkt ihrer Ehe mir die Schuld gegeben hätte. Als Zwillinge blicken wir auf eine lange gemeinsame Geschichte zurück. Ich war die Jahrgangsbeste mit dem Hang zu Männern. Sie war der kräftig-athletische Typ. In unserer Jugend hatte sie mich des Öfteren beschuldigt, ihr den Freund ausgespannt zu haben (was niemals stimmte), deshalb wollte ich das Risiko nicht eingehen.

Außerdem hätte Parker alles geleugnet. Tief in ihrem Innern hätte Cecilia mir geglaubt, aber offiziell hätte sie Parkers Version glauben müssen, weil sie ihn liebte. Sie hätte mich dafür gehasst. Das konnte ich nicht zulassen, weil ich wusste, dass sie mich brauchte, um nicht unterzugehen.

Später bekam ich heraus, dass Parker ihr als Erklärung für seine Verletzungen erzählt hatte, er sei im Schuppen ausgerutscht und auf einen Propangastank gefallen.

»Und du, Janie«, fuhr Cecilia unsere jüngere Schwester an, immer noch zornig, für alle Zeit zornig, »du bist auch nur hin und wieder vorbeigekommen, wenn du wusstest, dass Parker nicht da sein würde.«

»Ich hab's in seiner Nähe nicht ausgehalten«, erwiderte Janie, »weil ich immer das Gefühl hatte, an mir würden Maden fressen. Einmal hat er mir die Hand gegeben, da konnte ich mit der Hand tagelang nichts anfassen. Sie fühlte sich schmutzig an.«

Parker hatte es auch bei Janie versucht. Das war ungefähr zwei Jahre nach der Hochzeit gewesen. Er besuchte sie auf ihrem Hausboot und drückte sich an sie. Daraufhin hatte sie ihn lächelnd aufs Deck geführt. Er folgte. Sie warf ihn ins Wasser, und als er versuchte, wieder aufs Boot zu klettern, trat sie ihm auf die Finger.

Er schwamm zum nächsten Boot, doch Janie rief den Nachbarn an und erzählte ihm, ein Einbrecher versuche übers Wasser, auf sein Boot zu gelangen. Der Nachbar war nach draußen gestürzt und hatte eine Schaufel geschwungen. Der nächste Nachbar konnte aufgrund einer Kriegsverletzung nur noch mit einem Auge sehen, hatte aber ein Gewehr und richtete es auf Parkers Kopf, um dann dreimal in den Fluss zu schießen.

Die Polizei wurde gerufen, Handschellen schnappten zu.

Das Übliche.

Die Scheidung war dreckig und furchtbar und zog sich hin. Sozusagen der Dritte Weltkrieg auf kleinster Ebene.

Cecilia stieß Luft zwischen den Vorderzähnen aus. »In ein paar Tagen müsste ich den ersten Bericht von dem Detektiv bekommen.«

Die Kellnerin brachte unser Essen und das Bier.

»Sonst noch was?«, fragte sie patzig.

»Ketchup, scharfe Sauce und extra Sahne für den Kaffee bitte«, sagte Cecilia.

Das Mädchen verdrehte die Augen.

»He, du unverschämte Tochter von Becky, verdreh nicht deine schwarz geschminkten Augen, wenn der Gast dich sehen kann! Bring uns die Sachen, hol dir den Popel aus der Nase und geh den nächsten Dicken nerven.«

Die Kellnerin stolzierte davon, kam zurück und knallte die gewünschten Zutaten auf den Tisch.

»Parker grinst mich inzwischen mit ekelerregender Herablassung an und versucht mir zu zeigen, dass ihm seine arme fette Exfrau nur noch leidtut.« Cecilia kippte ihr Bier hinunter. »Er kommt vorbei, holt die Kinder ab, nimmt sie in die Arme und schwärmt in meiner Gegenwart von all den tollen Sachen, die die vier ›als Familie‹« – sie ahmte Parkers Stimme nach – »an jedem zweiten Wochenende machen wollen.«

Es tat mir so leid für Cecilia, dass ich am liebsten den Kopf auf den Tisch geknallt hätte.

»Jetzt habe ich noch einen größeren Hass auf diese Frau«, flüsterte Janie. Sie trennte alles voneinander, was auf ihrem Teller lag. Viermal pochte sie mit der Gabel. Viermal salzte sie ihr Omelett. »Im nächsten Buch bekommt irgendjemand ihren Namen, Constance, nicht? Eine Frau mit Geschlechtskrankheiten, pockennarbigem Gesicht, langen Ohrläppchen, eingewachsenen Brustwarzen …«

Cecilia lehnte sich zu ihrer Schwester vor. »Hör mal, Janie, das wüsste ich sehr zu schätzen.«

»Wirklich?« Janies Stimme wurde vor Hoffnung höher.

»Ja, klar. Du bist eine rachsüchtige Schwester, und ich glaube, dafür habe ich mich noch nie bei dir bedankt.«

»Och!« Janie tupfte ihre Augen trocken. »Und du bist eine starke Wikingerin, eine Walküre! Du brauchst dich nicht bei mir zu bedanken!«

»Mir gefällt deine Vision, dass Parker schlimme Dinge zustoßen.«

»Natürlich will ich, dass ihm Schlimmes widerfährt, schließlich hat er dir wehgetan! Du bist meine Schwester!« Mehr bekam Janie nicht heraus, die Emotionen schnürten ihr den Hals zu.

Gott, wie schmalzig.

Kurz nahm Cecilia Janies Hand, und die beiden genossen den liebevollen Augenblick. »Da fällt mir was ein …« Cecilia schob sich zwei Scheiben Schinkenspeck gleichzeitig in den Mund. »Letzte Woche hatte ich an der Schule meine Bewertung.« Sie errötete. Hustete.

»Warum wirst du denn rot?«, fragte Janie.

»Werde ich doch gar nicht.«

»Doch, wirst du«, sagte ich. »Das kann ich sehen. Und spüren.«

»Gar nicht.«

»Wer hat die Bewertung denn durchgeführt?«, fragte Janie. Sie hatte ihre Antennen ausgefahren.

»Der Rektor, Dr. Laurence Silverton.«

Sie sprach seinen Namen mit einem Lächeln aus. Wurde noch roter. Es war, als würde sie die einzelnen Wörter streicheln.

»Er ist der beste Rektor, den unsere Schule je hatte. Kommt aus Los Angeles. Er liebt Oregon, den Regen, die Natur. Fährt gerne Ski, wandert und fährt Fahrrad.« Cecilia hielt inne, sah in die Ferne, ihre roten Wangen leuchteten. »Er ist sehr groß. Und kräftig. Nicht so wie ich, aber kräftig. Größer als ich. Mächtiger Kerl.«

»Er ist also kräftig?«, fragte ich.

»Ja, er ist kräftig.« Sie seufzte. »Und nett. Der netteste Mann, dem ich je begegnet bin.« Ihre Stimme war unglaublich sanft. Ganz untypisch für sie.

Das belustigte mich. Ich zwinkerte Janie zu.

»Wie nett ist er?«

Cecilia blinzelte nicht, war in ihre eigene Welt versunken. »Er ist lieb. Wir haben ihn alle sehr gern. Die Lehrer wie die Schüler. Ich ...« Sie hustete. Seufzte. »Er ist so witzig.«

»Wie witzig?«, fragte ich und konnte mir das Lachen kaum verkneifen.

»Er hat einen ganz trockenen Humor. Und er erkennt, was los ist. Die meisten Männer sind doch so stumpf. Die können nicht hinter das sehen, was man sagt. Wollen nie wissen, wie man wirklich ist. Wollen nichts damit zu tun haben, was auch nur entfernt einem Gefühl ähnelt. Die meisten Männer gucken doch durch einen hindurch. Aber er ist anders. Er ist tiefgründig.«

»Wie tiefgründig?«, fragte Janie.

Cecilias Gesichtsausdruck wurde verträumt.

Janie erstickte ein Kichern.

Das Geräusch holte Cecilia aus ihrer Trance zurück.

Sie merkte, dass wir sie beobachteten und unsere Mundwinkel zuckten, weil wir unser Lachen unterdrückten.

Sie setzte sich aufrecht hin, und ihre Miene wurde streng.

»Dr. Silverton ist ein Fachmann. Ich respektiere ihn als Fachmann, und ich glaube, er respektiert mich auch.«

»Ganz bestimmt tut er das«, beruhigte Janie sie.

»Auf jeden Fall. Ein Fachmann«, sagte ich und trank mein Bier.

»Er ist ein netter Mann.«

»Ja, total nett«, bestätigte Janie. »Und kräftig.«

»Genau, total kräftig«, warf ich ein. »Aber nicht zu sehr.«

»Hört auf, ihr beiden!«, sagte Cecilia. »Los, Themawechsel!«

»Och, nein!«, rief ich.

»Mir gefällt das Thema aber«, ließ sich Janie vernehmen.

Cecilias Gesicht wurde wieder ganz knurrig und rachgierig. »Ich habe einen Detektiv engagiert, der die Freundin von diesem Arschloch unter die Lupe nimmt. Mal sehen, was dabei über diese verkommene, sittenlose Barbiepuppe herauskommt, deren Hirn so klein und hohl wie ein Hoden ist.«

Darauf waren wir wirklich gespannt.

Als Nächstes gingen wir in eine Buchhandlung, dann schauten wir uns die 23rd Avenue in Nordwest-Portland an, eine Straße voll kleiner Geschäfte, Müttern mit Kinderwagen, einigen Pennern, die mit sich selbst redeten, und kleinen Plastikpferden, die an Stahlringen am Bürgersteig befestigt waren, wo vor hundert Jahren richtige Pferde gestanden hatten.

Das macht Portland so außergewöhnlich.

Nach einer Viertelstunde ziellosen Herumstreifens kehrte Janie ins Krankenhaus zurück. »Zu viele Eindrücke, zu viele Risse im Gehsteig, zu viele Farben. Ich mag dieses Geometrische nicht, es bringt mein Ich aus dem Gleichgewicht.«

Cecilia und ich gingen in ein Café und setzten uns mit unserem Kaffee ans Fenster.

»Wie geht's dir, Isabelle?«

Wie's mir ging? Nicht schlecht. Nicht gut. »Ich halte mich. Bin in einer Warteschleife. Wie ein Flugzeug, das zwar noch nicht im Sturzflug Richtung Erde schießt, aber darüber nachdenkt.«

Diese Antwort gefiel ihr nicht. Sie räusperte sich. »Wie ist es gelaufen?«

»Gut. War super.«

»Nein, sag mir die Wahrheit!«

Ich trank einen Schluck Kaffee. »Ich will nicht darüber reden.«

»Ich erzähle dir doch auch alles.«

»Und ich erzähle dir alles, was du meiner Meinung nach wissen musst. Mir geht's besser. Das ist alles.«

»Das ist ungerecht.«

»Was ist ungerecht? Dass du die Sternstunden deines Lebens mit mir teilen willst, ich aber keine Lust habe, jeden Aspekt meines Lebens zu Tode zu analysieren?«

»Verdammt. Du schließt mich aus.«

»Find dich damit ab, Cecilia. So ist es halt.«

Manche Dinge sind so irrsinnig intim, dass man nicht mal mit sich selbst darüber sprechen möchte. Weder darüber sprechen noch sich damit auseinandersetzen oder sich von ihnen überfahren lassen. Man möchte sie einfach nur sein lassen.

Ich rechnete damit, dass Cecilia nicht locker lassen würde, dass sie es aus mir herausquetschen würde, doch überraschenderweise tat sie es nicht. Wir hatten schon genug Stress in der Familie. Wie viel Stress und Anspannung kann eine Familie ertragen, bevor sie explodiert oder implodiert? Müssen alle Probleme seziert werden? Was hilft das?

Cecilia nickte und legte ihre Hand auf meine.

Normalerweise neigt sie nicht zu großen Gefühlsausbrüchen, deshalb wunderte mich das.

Ich war gerührt.

Ich befürchtete, ich würde kein Wort mehr herausbekommen und losheulen, der Kaffee würde mir aus der Nase schießen.

Sie drückte meine Hand, ich drückte zurück.

Und da saßen wir am Fenster eines Cafés an einer flippigen Straße in Portland und hielten Händchen, und draußen auf dem Bürgersteig stand ein kleines Plastikpferd, das an einem Stahlring befestigt war.

Manchmal ist das alles, was man machen kann, glaube ich. Händchen halten. Weil das Leben nämlich manchmal so beängstigend wird, so trostlos und kalt, dass man nicht mehr mit bloßen Worten getröstet werden kann.

Die Leute hielten uns bestimmt für Lesben, doch ich hatte schon lange damit aufgehört, mir darüber den Kopf zu zerbrechen, was andere von mir hielten. Cecilia ebenfalls. Das hatte uns unsere Kindheit abgewöhnt.

Wir hielten Händchen. Und ließen nicht los.

»Sie wird schon wieder, dann kann sie wieder tanzen und hüpfen«, sagte der Arzt nach der Operation zu uns.

Dr. Janns war ein Latino. Als Momma ihn kennenlernte, hatte sie ihn gefragt, ob er in seiner Kindheit Beeren auf Feldern pflücken musste.

»Nein, musste ich nicht.« Er hatte den Kopf geschüttelt, vornehm genug, um Mommas beleidigende Bemerkung zu überhören. »Mein alter Herr war beim Militär und hat da Karriere gemacht, ein harter Hund, deshalb bin ich überall auf der Welt groß geworden. Immer unterwegs. Beeren haben wir nie gepflückt. Waren zu sehr damit beschäftigt, Deutsch, Spanisch oder Koreanisch zu lernen. Neues Land, neue Sprache. Meine Mutter war da unerbittlich.« Er hatte eine bedrohliche Handbewegung gemacht. »Wenn wir nicht gerade lernten, wie man in der jeweiligen Sprache flucht und jubelt, zog sie uns an den Ohren in die Oper und ins Ballett. Mir selbst ist das Ballett ja lieber. Und Ihnen?«

Momma wirkte übertölpelt. »Hm. Also … tja …«

Ich hatte damit gerechnet, dass sie das Thema wechseln würde. Dieser Mann passte nicht in ihr Raster, sie hing fest.

»Sie sehen viel zu jung aus für einen Arzt«, sagte sie vorwurfsvoll. »Fast noch wie ein Kind. Sind Sie schon erwachsen?«

Er hatte sie angegrinst. Sein Gebiss war voll perfekter weißer Zähne. »Sie sehen viel zu jung aus, um am Herzen operiert zu werden, Ma'am, Sie wunderbare Schönheit, Sie Filmstar, deshalb werden wir Ihre Pumpe reparieren und Sie dann schnell wieder rauswerfen.«

Mommas Mundwinkel hatten sich zu einem Lächeln verzogen.

Jetzt grinste uns Dr. Janns mit seinen weißen Zähnen an. »Ihre Mutter hat es gut überstanden. Sie hat schon einem der Pfleger gesagt, diese Arbeit sei nichts für Männer, ob er vielleicht schwul sei.«

»Offenbar hat die Operation sie nicht milder gestimmt«, bemerkte ich.

Der Arzt grinste erneut. »Schwierige OP, anstrengend für den Körper. Immerhin schnippeln wir die Leute auf, bringen ihr altes Herz wieder auf Trab und tackern sie wieder zu. Was soll man da erwarten?«

Scheibenkleister.

»Ich habe gehört, dass Ihre Großmutter dement ist und Sie zu Hause einen Bruder mit besonderen Bedürfnissen haben. Ihre Mutter wird eine Weile hierbleiben, sich ausruhen, entspannen, sie wird es einsehen, und anschließend schicken wir sie in dieses nette, lustige Seniorenzentrum in Portland, wo sie sich erholen und wieder auf die Beine kommen kann.«

Janie schniefte. Cecilia bekam glasige Augen, doch sie verlor keine Träne, keine einzige. Sie hält nichts von Schwäche. Findet sie peinlich. Ich war erleichtert, dass es Momma gutging, und erleichtert, dass ich erleichtert war. Das gab mir das Gefühl, menschlich zu sein, so als könnte ich eine Mutter wie Momma trotz allem lieben.

»Wir haben schon versucht, den Drachen ins Seniorenzentrum zu bekommen, aber sie wollte nicht«, erklärte ich.

»Der Drache wird hingehen«, flötete der Arzt beinahe.

»Hm. Sie kennen diesen Drachen nicht.«

Er summte ein fröhliches Liedchen. »Ich habe ihr erzählt, dass dort viele gesunde Menschen sind. Viele gesunde Männer. Man kann tanzen und Ausflüge machen. Ich wusste ja nicht, dass Ihre Mutter früher Tänzerin war.«

Ich räusperte mich, Cecilia gab ein Geräusch von sich, das halb Pfeifen, halb Keuchen war, und Janie summte ebenfalls.

Klar, Momma war Tänzerin gewesen. Sozusagen.

»Also war sie einverstanden?«

»Ja. Auf jeden Fall. Sie hat Charakter. Einen freien Geist. Sie ist eine Kämpfernatur.« Der Arzt ballte die Faust und reckte sie. »Beeindruckend!«

»So kann man es auch sehen«, bemerkte Cecilia.

»Besteht die Möglichkeit, Dr. Janns, dass Sie ihr den Mund zugenäht haben?« Fragend hob ich die Augenbrauen.

Momma war immer noch bewusstlos, als wir ihr Zimmer betraten. Zum ersten Mal in ihrem Leben wirkte sie klein, kaum eine Erhebung unter der weißen Decke. Die Apparate surrten, die Schwestern und Ärzte huschten rein und raus, der Tropf über ihr glich einer durchsichtigen Schlange.

Wir starrten auf unsere schweigende, zierliche Momma, versunken in unseren Gedanken.

»Sie flippt aus, wenn sie merkt, dass sie nicht ihren rosa Morgenmantel anhat«, sagte ich.

»Sie bekommt einen Anfall, weil ihr Make-up verschmiert ist«, ergänzte Janie besorgt.

»Das Essen hier wird ihr nicht schmecken«, bemerkte Cecilia müde.

Ich verlor keine Zeit. »Ich denke, wir können jetzt nach Trillium River zurückfahren.«

»Scheiße, ja«, sagte Cecilia. »Ich bin dabei.«

»Ja. Los, lasst uns fahren«, stieß Janie aus. »Die Krankenschwestern kümmern sich um sie. Ich weiß, dass sie mein spirituelles Gleichgewicht durcheinanderbringt, wenn sie aufwacht und ich hier bin.«

»Raus mit uns«, sagte ich und wandte mich zum Gehen.

Janie war als Erstes draußen im Flur, noch bevor ich sagen konnte: »Fliehen Sie, meine Damen, bevor der Vulkan ausbricht!«

Sie vergaß sogar zu lächeln.

Kurz darauf segelten wir an der Schlucht entlang, unser Haar flog im Wind, und wir versuchten zur Abwechslung, einmal nicht zu reden. Unsere Gedanken gehörten uns, sie hüpften und drehten sich, bis sie auf dem Rückweg nach Trillium River schließlich zur Ruhe kamen. Janie holte eine CD von Yo-Yo Ma aus der Tasche, und wir schwebten mit den Melodien, schwangen uns auf, stießen hinab und stiegen wieder hoch in die Lüfte.

Drei Schwestern.

Und Yo-Yo Ma.

6. KAPITEL

»Ich bin jetzt praktizierende Mormonin.«

Am Tisch hätte vollkommene Stille geherrscht, wenn Cecilia bei dieser Verkündung ihrer Tochter Kayla ihre Gabel nicht mit unnötiger Wucht in die Spinatravioli gestochen hätte.

Es war eines der üblichen Abendessen in Grandmas Haus mit Cecilia und ihren Töchtern Kayla und Riley, Henry, Janie und mir. Henry trug ein Shirt mit Bibo drauf, Grandma ihre schwarze Fliegermontur, die Fliegerbrille ins Haar geschoben, und die Pflegerin Velvet hatte ein blaues Samtkleid an.

Kayla ist vierzehn, Riley dreizehn. Die beiden haben das blonde Haar ihrer Mutter und die braunen Augen ihres Vaters. Sie sind blitzgescheit. Kayla befasst sich mit Religion und hat ihr Zimmer mit Bildern aus *National Geographic* beklebt. Riley ist besessen von Physik und liest zum Spaß naturwissenschaftliche Bücher.

»Du bist eine praktizierende Mormonin?«, hakte Janie nach, trank einen Schluck Zitronentee und stellte ihre Teetasse auf ein Spitzendeckchen.

Cecilia funkelte ihre Tochter böse an.

»Ja, bin ich.«

»Ich dachte, du wärst katholisch«, sagte ich freundlich. Kayla ist zum Piepen. Sie provoziert ihre Mutter, bis die platzt.

»Ich gehe in eine katholische Kirche, weil ich *gegen meinen Willen* dazu gezwungen werde, aber ich bin eine praktizierende Mormonin.«

»Aha. Und wie praktiziert man als Mormonin?«, fragte ich.

Grandma machte das Geräusch eines Flugzeugmotors. Dann ließ sie die Gabel fallen und faltete die Hände. »Lieber Gott, hier spricht Amelia. Ich bete für mein Flugzeug. Bitte pass auf, dass es sich nicht wie eine Brezel verbiegt. Ich bete für meinen Treibstoff. Hoffentlich ist noch genug da. Ich bete für die Eingeborenen hier. Sie machen einen freundlichen Eindruck. Ich bete für meine unteren Schussverletzungen. Amen.«

Henry blies sich auf. »Ich hab heute mein Bibo-Shirt an!«

»Nun ja«, erwiderte Kayla auf meine Frage. »Ich lese das Buch Mormon. Ich befasse mich mit Joseph Smith und Brigham Young. Wusstest du, dass eines Tages ein Prophet namens Moroni zu Joseph Smith kam und ihm verriet, wo er ein auf Goldplatten geschriebenes Buch finden konnte? Ich wünsche mir, dass Moroni kommt und zu mir spricht. Ich erwarte ihn und lausche inbrünstig.«

Cecilia stach in die nächste Ravioli. Der Spinat spritzte heraus.

»Also, im letzten Monat hast du dich mit dem Buddhismus beschäftigt und behauptet, du wärst Buddhistin«, sagte Janie. »Du hast uns erzählt, du würdest wiedergeboren werden.«

»Das stimmt. Ich habe mich mit dem Buddhismus befasst. Ich weiß, dass ich nach meinem Tod auf die Erde zurückkehre. Vielleicht als Mensch. Als Mann oder Frau. Vielleicht auch als Blatt. Ich habe auch viel meditiert, die Vier Edlen Wahrheiten angenommen und bin meinem eigenen Pfad der Erleuchtung gefolgt.«

»Erzähl ihnen doch auch von deinem jüdischen Monat, Kayla!«, fuhr Cecilia sie an. »Damit wir ja nichts auslassen!«

»Genau, im Monat davor war ich Jüdin. Ich habe sechs Rabbiner um Weisheit gebeten, drei davon online, habe Moses und die Zehn Gebote studiert, dreimal am Tag gebetet und Challah gebacken.«

Cecilia grunzte.

»Ich mag Brot«, sagte Henry. »Ich mach Brot klein. Enten mögen Brot. Wollt ihr mit zum Ententeich?«

»Luftverkehrskontrolle, hier ist HRTO2233«, sprach Grandma in ihr leeres Glas. »Alles in Ordnung. Ich brauche den neusten Wetterbericht. Gewitter voraus?«

Ich nickte. »Na, da hast du mit deinen ganzen Glaubensrichtungen ja viel zu tun gehabt.«

»Es ist wichtig, dass man sich umsieht und nicht naiv die Religion übernimmt, die einem von jemandem aufgezwungen wurde, der in seinem ganzen Leben noch keinen anderen Glauben ausprobiert hat.« Wütend funkelte Kayla ihre Mutter an.

»Ich muss mich mit keiner anderen Religion befassen, weil ich weiß, was ich bin, Kayla: katholisch.« Aus der nächsten Ravioli spritzte der Spinat, dann attackierte Cecilia ihr Brötchen.

Ich nickte. Was die Religion anging, hatte meine Zwillingsschwester nie gewankt. Momma nahm uns sonntags mit in die katholische Kirche, ganz egal, wo wir waren, solange sie nicht vor Depressionen und dem Kampf gegen ihre Dämonen halb weggetreten war. In dem Fall bestand sie darauf, dass wir ohne sie gingen.

Wenn Momma sich aufgerafft hatte, mussten wir nach der Kirche noch bleiben, damit Momma einen Rosenkranz beten konnte. Wir mussten immer draußen warten. Ein paarmal schlichen wir uns hinein, weil es so lange dauerte, huschten aber sofort wieder nach draußen, als wir unsere Momma schluchzend am Altar entdeckten.

»Du gehst gar nicht zur Kirche, Tante Isabelle, stimmt's?«, fragte Kayla mit zusammengekniffenen Augen. »Bist du Atheistin?«

Ich legte mein Knoblauchbrot beiseite. Eine weitere ererbte Angewohnheit der Bommarito-Familie: Wir können nicht normal essen wie andere Menschen. Unsere Unterhaltungen geraten oft höchst explosiv.

Es kam schon vor, dass Essen durch die Gegend flog. Einmal ein Stuhl. Ein andermal ein kompletter gefüllter Truthahn. Es wird geschrien. Einmal wollte Cecilia mich über den Tisch hinweg packen und landete in Mommas Auflauf. Janie hat den Tisch schon umgeworfen. Gläser wurden zerbrochen. Schlagsahne wurde versprüht, Hotdogs wie Granaten geschleudert, Brotlaibe als Waffen benutzt.

Das ist erblich bedingt. Als wir als Jugendliche hier einzogen, stritten sich Momma und Grandma über Mommas Schminke (zu dick, zu billig), über Grandmas Einstellung (kritisch, voreingenommen) und über Mommas spärliche Besuche in den vergangenen Jahren (sie hätte Grandma ihre Enkel vorenthalten). Momma warf eine Hähnchenkeule nach ihrer Mutter, Grandma schleuderte einen Apfel gegen Mommas Stirn. Dem folgten eine Handvoll Reis und ein Brötchen. Dann ein Pfirsich.

Ich warf einen kurzen Blick auf die Lebensmittel auf dem Tisch. Junge, Junge: Ravioli – kleine, viereckige Landminen. Schleimiger Salat.

»Jesus liebt Isabelle!«, rief Henry. »Jawoll!«

»Ich bin keine Atheistin«, antwortete ich Kayla.

»Bist du Agnostikerin? Das heißt, dass du an der Existenz Gottes zweifelst?«

»Ich bin keine Agnostikerin.«

»Also glaubst du an Gott?«

»Ja, ich glaube an Gott.« Auch wenn ich nicht viel an ihn dachte. Man denkt nicht gerne an Gott und schon gar nicht an die Hölle, wenn man so ein Leben führt wie ich. »Im Großen und Ganzen habe ich versucht, mich im Schatten zu halten, damit Gott mich nicht sehen kann.«

Das führte die kluge Kayla nicht in die Irre. »Man kann sich im Schatten nicht vor Gott verstecken.«

»Gott sieht dich.« Henry lachte. »Gott sieht dich, Isabelle. Er kann gut gucken. Du bist dumm.«

»Nur wenn er die Augen zusammenkneift und in allen dunklen Ecken nachguckt. Ich glaube, ich habe ihn vor ein paar Jahren verloren, als ich im Nahen Osten war, und jetzt hat er mich vergessen. Da hinten hat er viel zu tun, wisst ihr. Kriege, Hungersnöte und keine Rechte für die Frauen, die wie Ziegen behandelt werden. Da hat er eine Menge auf seiner Aufgabenliste stehen.«

»Dich kann er auch sehen, Kayla, und zwar sieht er ein Kind, das jeden Monat einen anderen Glauben hat«, warf Cecilia ein.

»Das stört Gott überhaupt nicht. Er weiß, dass ich auf der Suche nach Frieden bin«, widersprach Kayla. »Außerdem benutzen die Menschen Religion nur als Ausrede, um sich gegenseitig umzubringen.«

»Die Eingeborenen können uns umbringen!«, verkündete Grandma und fuchtelte mit ihrem Messer wie ein Schwertkämpfer. »Aufgepasst!«

»Nicht immer«, sagte ich. »Ich habe Religion als Ausrede benutzt, um in der Kirche Rotwein zu trinken.«

Janie musste lachen, Milch schoss ihr aus der Nase. Cecilia bekam keine Luft mehr, ich musste ihr auf den Rücken klopfen.

Dabei war es die heilige Wahrheit. Mittwochs abends schlichen wir uns in die Kirche und tranken den Messwein aus Pappbechern. Kein Mensch verstand, warum wir uns schlapp lachten, wenn wir unser Ave Maria beteten.

»Was ist denn daran so lustig? Das können nur Schwestern verstehen, oder?«, fragte Riley. Sie drehte das Haar um den Finger. Ich glaube nicht, dass sie damit während des Essens eine Pause gemacht hatte.

»Nimm die Finger aus den Haaren! Was soll das? Bist du ein Korkenzieher?«, fuhr Cecilia sie an.

Riley nahm den Finger heraus. Ihr Haar war dünn, viel zu dünn. Sonst war es immer sehr voll gewesen. Konnte ich da kahle Stellen sehen, oder frisierte sie sich nur komisch?

»Also, Kayla«, sagte Janie und griff wieder nach ihrer Teetasse. »Du befasst dich also damit, Mormonin zu werden?«

»Ja, und nächste Woche gehe ich mit meiner Freundin Shelley in deren Kirche. Sie ist Mormonin. Sie hat sieben Geschwister. Insgesamt acht Kinder, Mom! Du hast nur zwei. Sie werden alle zusammen im Himmel leben, und sonntags haben sie ihren Familientag. Und sie streiten sich nie.«

Cecilia stand auf und breitete die Arme aus. »Warum hat mir noch niemand verraten, dass ich keine acht Kinder habe? Ich dachte, ich hätte mindestens sechs. Es gibt tatsächlich nur euch zwei? Mir erzählt auch wirklich keiner mehr was.« Sie klopfte auf ihren dicken Bauch. »Vielleicht ist da ja eins drin?« Sie starrte darauf. »Huhu! Jemand zu Hause? Hallo! Noch ein Baby? Vielleicht sogar zwei?«

Kayla spießte eine Ravioli mit der Gabel auf und zielte auf ihre Mutter.

»Wag es nicht!«, drohte Cecilia. »Wag es bloß nicht!«

Mit bösem Blick ließ Kayla die Ravioli sinken.

Ich warf eine von meinem Teller nach ihr.

Auch Cecilia schleuderte eine Nudeltasche auf ihre Tochter. Sie traf sie ins Gesicht.

»Gott segne dich, du schlechte Mutter«, sagte Kayla.

Ich warf eine nach Janie. Überrascht sprang sie auf und warf eine auf Riley. Wie es sich gehörte, landete die Ravioli in ihrem Haar. Riley pflückte sie sich vom Kopf und zerquetschte sie zwischen den Fingern.

Henry lachte. Er nahm eine ganze Handvoll Ravioli und drückte sie auf seinen Kopf. »Guckt mal! Guckt mal! Ich hab ein Raviolinest auf dem Kopf! Ein Raviolinest. Jetzt muss ein Vogel kommen!«

Grandma erhob sich, setzte ihre Brille auf und zog die Fliegermontur gerade. »Ich bin startklar.« Sie griff in die Ravioli und warf sie in die Luft, dann kletterte sie auf den Tisch und setzte sich mitten drauf. »Schweres Wetter voraus! Schweres Wetter voraus!«, rief sie. »Vorbereiten auf Bruchlandung! SOS! SOS!«

Wir wussten, was wir zu tun hatten, damit Grandma sich

nicht fürchterlich aufregte. Wir taten so, als würden wir ebenfalls Fliegerbrillen aufsetzen, legten uns Servietten auf den Kopf, hielten uns an den Stühlen fest und wippten vor und zurück.

»Durchhalten! Es geht runter! Es geht runter!«, rief Grandma in ihr Glas. »SOS! SOS!«

Noch einmal warfen wir Ravioli in die Luft, dann prallten wir auf.

Grandma hielt unvermittelt inne und seufzte inbrünstig. »Wir sind verloren.«

Grandma hatte recht, absolut.

Wir waren verloren. Ich warf eine Scheibe Knoblauchbrot nach Cecilia.

Sie fing sie auf und verdrehte die Augen.

Nach dem Essen brachte Velvet Grandma ins Bett, während wir Mädels abwuschen.

Velvet Eddow war der magerste Mensch, den ich je gesehen hatte. Sie erinnerte mich an Ichabot Cranes Katrina, nur ohne Pferd. Sie war einsachtzig groß, hatte kräftige Gesichtsknochen und weiße Locken, die sich oben auf ihrem Kopf türmten. Sie war mindestens fünfundsiebzig und hatte einen schweren, rollenden Südstaatenakzent durch fünfzig Jahre in Alabama. Die Worte flossen ihr wie Honig aus dem Mund, der Honig wand sich um jede Silbe, golden, sanft und lecker.

Manchmal verwendete sie alte Redensarten aus den Südstaaten, manchmal vermutete ich, dass sie sie einfach erfand.

Ich hatte beobachtet, wie sie mit Henry und Amelia Earhart umging. Sie war umwerfend, und was noch wichtiger war: freundlich. Es dauerte keinen Tag, da flehten wir sie an, bis auf weiteres in das freie Zimmer im Haus zu ziehen.

Sie nahm uns in die Arme und sagte: »Na, das ist ja von reinstem Wasser. Sicher komme ich und helfe euch, ihr Hübschen. Das schießt den Vogel ab.«

Am College hatte die Frau mit der Honigstimme Ingenieurswesen studiert, als es noch eine rein männliche Domäne war. »Die Männer wussten nicht, was sie mit mir anfangen sollten. Ich war weder ihre Mutter noch ihre Schwester oder Freundin. Aber ich war klüger als sie. Das begriffen sie einfach nicht. Sie waren einfach nur baff.

Männer sind schnell baff, meine Hübsche, das darfst du nie vergessen. Ihr Kopf funktioniert wie ein Pornofilm. Anders kann ich das nicht beschreiben: wie ein Pornofilm.« Sie zog das Wort in die Länge. »Ein Teil ihres Kopfes denkt, der andere Teil sieht Brüste vor sich, immer. Das ist mein kostenloser Ratschlag für dich, Liebchen.«

»Ich werd dran denken, danke.«

»Männer eignen sich nur zum Zeitvertreib. Zur eigenen Belohnung. Wie Süßigkeiten. Wie ein Eis an einem heißen Nachmittag in Alabama. Wie ein Dessert. Sie sind nicht der Hauptgang. Sobald ein Mann in deinem Leben zum Hauptgang wird, ist es Zeit, mein Liebchen, auf Diät zu gehen. Genau in der Sekunde. Männer gibt's nur zum Nachtisch.« Und das alles mit ihrer Honigstimme.

»Hm, lecker«, sagte ich.

»Ja, sie sind lecker.« Velvet blinzelte mir zu. »Aber nimm sie niemals ernst. Hier und da einen Happen reicht völlig. Alle drei Männer, mit denen ich verheiratet war, sind gestorben, Gott segne ihre erbsengroßen Seelen, aber sie waren für mich nie die sättigende Hauptspeise, so wie Hühnchen und Kartoffeln. Sie waren immer die flambierten Kirschen zum Abschluss.« Sie schaute in die Ferne. »Und es kam oft vor, mein Liebchen, dass ich sie am liebsten angezündet hätte.«

Aha.

So lange Velvet keine Männer bei uns im Haus mit den flambierten Kirschen anzündete, ging das in Ordnung.

Später in der Nacht, gegen ein Uhr, steuerte ich auf die Mitte der Grasfläche neben der großen Trauerweide im Garten zu. Der

Mond stand fast senkrecht über mir, die Sterne waren strahlend weiße Löcher im tiefen, weichen Schwarz.

Ich schloss die Augen. Ich dachte an mein Loft in Portland, an die Aussicht auf den Fluss, an meine Kameras, hinter denen ich mich verstecken konnte, und an meine Dunkelkammer, in der ich stundenlang gearbeitet hatte. Schwarz auf schwarz.

Ich sehnte mich nach meinem einsamen Leben, auch wenn die vertraute Schwärze dazugehörte, die Schwermut, die ich versuchte einzudämmen und in der ich mich fast verlor. Diesen Mist hier wollte ich nicht haben.

Diese ganzen Gefühle.

Die Streitereien und den Stress. Die völlig fehlende Kontrolle. Die permanente Verantwortung, die Kleinstadt, die Sache mit Momma.

Ich wollte in mein Loft.

Der Wind strich mir übers Gesicht.

Was zum Teufel machte ich hier überhaupt in Trillium River? *Verdammt nochmal!*

Ein einsamer Stern zwinkerte mir zu. Ich rieb mir mit den Händen übers Gesicht und atmete den Windhauch ein.

Ich wusste ja, warum ich hier war.

Ich wusste es ja.

Ungefähr ein Jahr, nachdem Dad mit seinen Dschungel-Albträumen verschwunden war, erzählte uns Momma, sie sei Tänzerin. Das fanden wir ziemlich cool. Tagsüber hatte sie bis dahin gekellnert, wurde aber immer wieder wegen Henry gekündigt.

Henry weinte nämlich, wenn jemand Fremdes auf ihn aufpasste, und wenn er nicht weinte, litt er an einem seiner zahlreichen Gesundheitsprobleme – Asthma, chronische Erkältung, Schlafstörungen, die wiederum zu Erkältungen, dauerhaften Bauchschmerzen, Lungenentzündungen oder Ohrentzündungen führten … so dass Momma zu Hause bleiben musste, um ihn zu pflegen.

Es dauerte nie lange, dann wurde Momma rausgeworfen, weil sie zu viel freinahm. Innerhalb kürzester Zeit waren wir pleite, und sie bekam diesen leeren Blick eines verlassenen Kindes, dann legte sie sich ein paar Tage oder Wochen ins Bett, und für uns begann der schwere Kampf.

Als Momma uns zum ersten Mal erzählte, dass sie nun als Tänzerin arbeitete, wohnten wir in Massachusetts. Wir stellten uns vor, dass sie wie die Showgirls in Las Vegas in einem Kostüm Cancan tanzte. Warum wir das dachten? Keine Ahnung.

Ich wusste nur, dass Momma abends zu arbeiten anfing und uns Zettel aus rosa Papier hinterließ, auf denen stand, was wir tun und lassen sollten, während sie fort war. Janie, Cecilia und ich passten auf Henry auf, wenn Momma ungefähr zwei Stunden nach unserer Rückkehr aus der Schule aufbrach. An ihrer neuen Arbeit gefiel uns, dass Momma nach der Schicht immer Essen mitbrachte, das wir am nächsten Abend vorgesetzt bekamen.

Außerdem war endlich Geld in der Keksdose, von dem wir Milch und Eier kaufen konnten. Für ein Kind, das wochenlang nur Milchpulver oder Wasser getrunken hatte, gab es nichts Besseres als den Geschmack von Kuhmilch. Das Wasser und der Strom waren nicht länger abgestellt, unser Telefon funktionierte zuverlässig.

Wir warfen unsere alten Schuhe fort, die von Isolierband zusammengehalten wurden, und Momma kaufte uns neue Tennisschuhe. Meine waren rosa, das weiß ich noch.

In der Schule konnten wir immer noch umsonst essen, doch Momma erlaubte uns freitags, unten an der Straße ein Eis zu holen. Wir waren völlig aus dem Häuschen, überglücklich.

Es dauerte nicht allzu lange, bis wir die Wahrheit erfuhren.

Ein Mädchen in der Schule erzählte uns, ihr älterer Bruder und seine Freunde hätte unsere Momma gesehen, »splitterfasernackt«.

»Mein Bruder meint, deine Mutter wär sexy. Sexy Hexy. Er

meint, sie hätte kleine Brüste, aber sie würden nicht hängen. Sie gehen jetzt immer montags, dienstags und donnerstags mit allen Freunden hin, um sie sich anzugucken. Wie findest du das, dass deine Mutter eine Stripperin ist?«

Ich schlug das Mädchen so heftig, dass es nach Hause musste, weil die Nase einfach nicht aufhören wollte zu bluten. Sie sagte nichts mehr über unsere Mutter, aber ich wurde fünf Tage von der Schule suspendiert. Wir wussten, dass sie log.

Als mehrere Mädchen mit Zöpfen und Collegeschuhen zu mir und Cecilia kamen und sagten, unsere Mutter sei eine Nutte, vermöbelten wir sie alle. Zwei gegen fünf. Sie sagten nichts mehr über unsere Mutter.

Als ein älterer Junge mit schiefen, vorstehenden Zähnen zu uns sagte, sein Vater fände, unsere Mutter hätte einen »so festen Arsch, dass sie damit Nüsse knacken kann«, kümmerten Cecilia und ich uns um sein Zahnproblem, und er sagte nichts mehr über unsere Mutter.

Das ersparte uns das öffentliche Gehänsel in der Schule, doch gegen das Gelächter und Gekicher hinter unserem Rücken konnten wir nichts ausrichten.

Aber Momma war keine Stripperin. Das wussten wir ganz genau. Sie war Tänzerin – mit Federn, Pailletten und allem Drum und Dran. Wir waren uns so sicher, dass wir neben dem Striplokal in der Stadt warteten, in dem sie auf gar keinen Fall arbeiten konnte, weil sie ja keine Stripperin war.

Wir warteten und warteten und schreckten ungläubig hoch, als wir das Husten und Prusten unseres alten Autos hörten, in dem Momma angefahren kam. Sie parkte hinter dem Gebäude und ging in einem alten Sweatshirt unseres Vaters mit dem Aufdruck »UNITED STATES ARMY« durch einen Seiteneingang hinein, das Haar zu einem Pferdeschwanz gebunden.

Entsetzt lehnten Cecilia, Janie und ich uns gegen die Mauer. Zu entsetzt, um zu weinen. Zu erschüttert, um uns zu bewegen. Zu gedemütigt, um zu atmen. Nach einer Viertelstunde war der

Parkplatz gefüllt – lärmende, ausgelassene Männer stiegen aus ihren Autos.

Mit gesenkten Köpfen trotteten wir nach Hause, vermieden die Straßen der Stadt, vermieden, uns anzusehen, versuchten der Wahrheit auszuweichen, während wir doch wussten, dass die Wahrheit glänzend klar und unbestreitbar war: Unsere Mutter war eine Stripperin.

Am Abend blieben wir auf und erwarteten Momma im Licht einer Lampe in unserem schäbigen, bräunlichen Wohnzimmer, zu dritt nebeneinander auf dem Sofa, die Füße auf dem schmutzigen Teppich.

»Momma, bist du eine Stripperin?«, fragte Janie leise wie eine verängstigte Maus.

Momma blieb in der Tür stehen. Sie hatte dunkle Ringe unter den Augen und war blass vor Erschöpfung. Einer der Essensbehälter, die sie in den Händen hielt, fiel auf den Boden. Hähnchenflügel rutschten heraus. Das weiß ich bis heute. An die Hähnchenflügel kann ich mich noch gut erinnern. Bis heute kann sie keine von uns essen.

»Wie könnt ihr es wagen«, sagte sie mit so leiser Stimme, dass wir sie kaum hörten.

Janie zog den Kopf ein, Cecilia schlang die Arme um sich, ich reckte das Kinn vor.

»Wie *wir* es wagen können?« Ich erhob mich. Ich war so wütend. So beschämt, dass ich am liebsten gestorben wäre. Momma zog ihre Sachen für die Männer dieser Stadt aus. Und zwar auf der Bühne.

»Ja, wie könnt ihr es wagen«, wiederholte Momma und begann zu zittern.

»Du bist doch diejenige, die ihre Klamotten auszieht!«, rief ich.

Sie warf den zweiten Behälter mit Essen durch das Zimmer. Nudeln mit Tomatensoße quollen heraus. Auch das machte mich sauer. Die Nudeln waren unser Abendessen. Ich hatte Hunger!

»Wer hat euch das erzählt?«

»Alle, Momma! Seit Wochen schon prügeln wir uns deswegen mit anderen Kindern. Wir dachten, sie würden lügen!«

Sie wankte.

»Wie kannst du bloß so was tun?« Ich war so frustriert, so erledigt, dass ich das Gefühl hatte, der Teufel wüte in mir.

Ich hörte, wie Henry in seinem Zimmer zu wimmern begann. Mommas Blick huschte in seine Richtung.

»Henry habt ihr es aber nicht erzählt, oder?«

»Nein, Momma, wir fanden, er muss nichts von deinem Gehampel an der Stange wissen.«

Ihr Gesicht lief rot an. »Glaubt ihr vielleicht, mir gefällt das, ihr verzogenen Blagen?«

Schweigen. Wir waren noch klein. Wir verstanden es nicht, begriffen es einfach nicht.

»Glaubt ihr das?«, kreischte sie, und ihr blonder Pferdeschwanz peitschte hin und her. »Ja?« Sie schleuderte ihre Handtasche durchs Zimmer. Eine Vase zerbrach, die wir bei einem Garagenverkauf gefunden hatten.

»Es muss dir doch gefallen«, schrie ich zurück. »Muss es doch, sonst würdest du es ja nicht tun!«

O Gott, ich hatte eine Momma, die sich nackt auszog!

Janie sagte: »Momma, wir haben dich doch lieb, aber …«

»Aber was?«, lauerte sie.

»Aber du sollst das nicht tun!«, rief Cecilia. »Du sollst nicht strippen gehen. Wir müssen umziehen, Momma. Alle wissen Bescheid!«

Unsere Mutter rührte sich nicht.

»Selbst Kellnerin ist besser als das«, sagte ich hochnäsig und neunmalklug zu ihr. »Da hast du ein Tablett in der Hand und leckst den Leuten die Füße, aber wenigstens bist du dabei nicht nackt!«

»Momma, in der Schule nennen sie dich die nackte Mami!«, warf Cecilia ihr vor. »Sie sagen, mein Vater will zur sexy River. Das heißt, die kommen zu dir und gucken zu!«

»Ist doch ein bisschen nuttig, meinst du nicht, Momma?«, höhnte ich.

Das war zu viel. Rückblickend wundere ich mich, dass sie mich nicht gegen die Wand klatschte. Sie ist nicht gerade bekannt für ihre Zurückhaltung.

»Du glaubst, ich bin eine Nutte?«

»Ich finde, du führst dich wie eine auf!«

Janie wimmerte.

»Verachtest du mich, Isabelle Bommarito? Du, die in ihrem ganzen Leben noch keinen einzigen Tag gearbeitet hat? Du, die sich nie darüber Gedanken machen musste, vier Kinder ganz allein durchzubringen?«, keifte sie. Ihre leuchtend grünen Augen mit dem Licht tief drinnen füllten sich mit Tränen.

Henry in seinem Schlafzimmer gab ein Stöhnen von sich.

»Ja, Momma, das tue ich. Es ist abartig! Du bist abartig.«

»Isabelle, hör auf …«, flehte Cecilia.

Momma bebte am ganzen Körper. »Dann übernimm du es, Isabelle. Ernähre du diese Familie!«

»Das kann ich nicht, Momma, ich bin erst vierzehn!«

Sie kam ganz dicht an mich heran. »Weißt du, warum ich diese Arbeit mache, du kleine Rotzgöre? Hast du irgendeine Ahnung? Ich mache es, weil ich keine andere Wahl habe. Ich kann nichts anderes. Ich habe keine Ausbildung. Ich habe keinen Mann. Vom Kellnern allein kann ich unsere Rechnungen nicht bezahlen, du fieses Blag. Glaubst du vielleicht, ihr habt Cracker zu Mittag gegessen, weil ich das so wollte? Glaubst du, wir hatten das ganze Wochenende über Nudeln, weil ihr die so gerne mögt? Die haben wir gegessen, weil ich mir nichts anderes leisten konnte.«

Sie ging auf Abstand, als könnte sie es nicht ertragen, in meiner Nähe zu sein, griff nach dem nächsten Gegenstand auf dem Tisch – ein Tonabdruck meiner Hand, den ich ihr mal geschenkt hatte – und schleuderte ihn durch den Raum. Der Abdruck traf den Spiegel, und beide zerbrachen in tausend Stücke. Alles Blut wich mir aus dem Gesicht.

»Hast du eine Ahnung, wie viel Henrys Magentabletten jeden Monat kosten?«, brachte sie hervor. »Und sein Asthmaspray?«

Ich schüttelte den Kopf.

Man konnte Henry schluchzen hören.

Sie griff zum nächsten Gegenstand, einer Keramikskulptur, die Janie im vergangenen Jahr gefertigt hatte. Sie sollte einen Hund darstellen, sah aber eher wie eine Kreuzung aus Schlange und Stachelschwein aus. Die Skulptur flog über die Couch und landete in einer Lampe. Sie kippte um und zerbrach.

Janie stöhnte. Cecilia sog Luft ein.

»Hast du eine Ahnung, wie viel ich dem Krankenhaus und den Ärzten für Henry schulde? Weißt du das?« Momma nannte eine gewaltige Summe. »Niemals im Leben werde ich das zurückzahlen können, aber sie verlangen es trotzdem von mir. Immerhin brennt hier noch Licht.«

Der dritte Gegenstand, der durch die Luft flog, war der Rahmen mit dem Foto von uns vier Kindern und Momma.

Janie schlug die Hände vors Gesicht und redete vor sich hin.

Cecilia zitterte, glühend rot, verängstigt.

Momma schob ihr vor Wut verzerrtes Gesicht wieder ganz nah an meins heran. »Ich hasse diese Arbeit, hörst du? Ich hasse sie. Ich tue es für euch. Sogar für dich, du arrogantes, dummes Blag. Ich tue es, weil ihr die Einzigen seid, die auf Henry aufpassen können. Ich tue es, weil er so krank ist und immer einen von uns bei sich braucht. Ich habe keine andere Wahl. Glaubst du vielleicht, ich ziehe mich gerne vor perversen, geifernden, ekligen Männern aus?«

Mittlerweile schrie sie vor Frust, völlig vernichtet.

Gedemütigt.

»O Momma«, heulte Janie.

»Momma, wir lieben dich …«, setzte Cecilia an.

Henry rief aus seinem Zimmer: »Helft mir! Hilfe!«

Ich verschränkte die Arme. »Es muss eine andere Möglichkeit geben, Momma, als strippen zu gehen.«

Bis heute höre ich diese Worte in meinem Kopf. Der beißende Tonfall, die herablassende Härte.

Bis heute hasse ich mich dafür.

»Geh mir aus den Augen!«, wütete Momma. »Und mach nie wieder deinen dreckigen Mund auf, um darüber zu reden!«

»Wir ziehen besser um«, sagte ich gedehnt. »Unsere Mutter ist nicht viel besser als eine Hure.«

Das war zu viel. Sie holte aus, ihr Arm spannte sich wie ein Bogen und schlug mir ins Gesicht. Ich fiel zu Boden.

»Meine Güte, ich hasse dich«, schäumte sie.

»Momma …« Ich blieb liegen, niedergeschmettert, betäubt von ihren Worten. Cecilia hatte meinen BH hinten zusammengetackert, jetzt gab die Klammer nach.

Henry rief wieder: »Helft mir! Hilfe!«

Sie versetzte mir noch einen Hieb, mein Kopf schlug nach hinten. Tagelang sollte mir der Nacken wehtun. Die Flecken waren erst violett, dann grünlich-braun.

»Raus hier! Raus!«, schrie Momma und machte einen drohenden Schritt auf mich zu. Ich kroch davon, dann hievten Cecilia und Janie mich hoch und zerrten mich aus dem Zimmer.

Henrys Wimmern wurde zu einem Heulen. Er kam erst zur Ruhe, als Momma zu ihm ging. In der Dunkelheit hörte ich, wie sie ihn beruhigte, auf ihn einredete.

Ich wusste, dass sie ihn in den Arm nahm, bis er wieder einschlief, wie ein Muttertier, das sein Junges beschützt.

Einen Moment lang hasste ich Henry.

Ich wünschte mir, Momma würde mich in den Schlaf wiegen.

Ich kroch in meinen Schrank und weinte, bis meine Tränen versiegt waren. An ihre Stelle trat eine hohle Leere.

Diese Leere spüre ich noch immer.

Die Bommarito-Mädchen wurden nie irgendwo eingeladen, weder zum Spielen noch zum Geburtstag.

Kein einziges Mal.

Menschen können unerbittlich und gnadenlos sein, und schnell trifft es auch die Kinder der Missetäter. Besonders wenn die Mutter hübsch und des Öfteren nackt ist, und wenn die Ehemänner »River« flüstern, wenn sie auf ihrer Frau liegen, aber dabei nicht an den Willamette oder Columbia River denken.

Wir sprachen nie wieder über Mommas Arbeit, sondern kämpften uns weiter durch unsere Kindheit, wortwörtlich.

Momma geriet relativ regelmäßig in eine strudelnde Abwärtsspirale. Wenn es so weit war, fehlte es oft an Lebenswichtigem wie Essen oder Strom. Cecilia bekam Hautausschläge, die nicht verschwinden wollten, Janie hatte Migräne, doch wir konnten uns nicht die notwendigen Medikamente leisten. Henrys Gesundheit war angeschlagen.

Eine besonders blutige Episode will mir nicht aus dem Kopf, wie eine rot pulsierende Vision. Ein anderes Mal wartete das Böse auf der Terrasse eines verfallenen Hauses, und ich dachte, wir hätten den Tiefpunkt von Angst und Armut erreicht. Doch es gab noch weitere Katastrophen, die auf uns warteten, unaufhaltsam, tückisch, vernichtend.

Aber dieses Mal warteten sie auf Henry.

7. KAPITEL

Um fünf Uhr morgens schrillte mein Wecker. Er klang wie eine niedersausende Bombe, und ich sprang aus dem Bett. Wer zu viele Nächte in Kriegsgebieten verbracht hat, ist sofort auf den Beinen, wenn er von einem Fiepton aus dem Tiefschlaf gerissen wird.

Ich sank zurück aufs Bett und hielt mir den Kopf, bis mein Herz nicht mehr so wild pochte und ich wieder gleichmäßig atmen konnte.

Nach dem Duschen zog ich Jeans und einen schwarzen Pullover mit V-Ausschnitt an. Der Morgen war so still und kalt, dass ich das Gefühl hatte, Eiswürfel im Bauch zu haben.

Unten traf ich Janie. Sie trug einen rosa Rock mit weißer Bluse, dazu weiße Tennisschuhe. Ihr Haar hatte sie zu zwei Zöpfen geflochten und am Hinterkopf festgesteckt, was ihre Trutschigkeit noch unterstrich.

»Du siehst aus wie ein Cupcake.«

Sie stemmte die Hände in die Hüften. »Gegen ein sauberes, frisches Aussehen ist ja wohl nichts einzuwenden.«

»Du siehst wie ein sauberer, frischer Cupcake aus.«

Sie reckte das Kinn vor. »Ich mag meine Sachen.«

»Ich auch. Geschmackvoll.«

»Ha, ha. Du bist zum Piepen, Isabelle. Zum Piepen.« Sie stapfte zur Tür. »Nicht jeder will sich so aufreizend kleiden wie du.«

Ich sah auf meinen Pullover hinunter. *So* tief war der Ausschnitt nun auch nicht.

Bevor wir das Haus verließen, überprüfte Janie den Herd, das Bügeleisen und die Haartrockner. Sie verschloss die Haustür, ging zum Auto, rannte wieder zurück, überprüfte alles erneut, verschloss die Tür, klopfte viermal dagegen und lief wieder zum Auto.

»Klopf, klopf, klopf«, trällerte ich und ließ ihren Porsche an.

»Halt die Klappe, Isabelle! Wenigstens lege ich mich nicht nackt auf die Arbeitsplatte, wenn's mir nicht gutgeht.«

»Ich lege mich auch nackt auf die Arbeitsplatte, wenn ich glücklich bin, da hast du's, klopfi-klopfi.«

»Du bist aber nie glücklich, und ich zeige den Leuten in den Hochhäusern wenigstens nicht meine Möpse.«

»Sie mögen meine Möpse.«

»Wenigstens trinke ich keinen Kahlúa zum Frühstück.«

»Kahlúa ist lecker.«

Janie legte Vivaldi ein.

Wir fuhren auf die Stadt zu, wo noch niemand auf den Beinen war – die Leute sind ja nicht verrückt. Selbst die Sonne wirkte müde, der goldene Ball stieg langsam hoch, als käme er gerade aus dem Bett, müsste erst seinen Kater loswerden und sich dann überlegen, welche Farben er über den Morgenhimmel breiten wollte.

Bäume wölbten sich über die Straße. Die Häuser kamen mir bekannt vor; ich versuchte mich zu erinnern, wer hier gewohnt hatte, als ich zur Highschool ging. Nette Kinder, gemeine Kinder. Kinder, die in Schwierigkeiten gerieten, und Kinder, die einfach nur Kotzbrocken waren.

Schon eine geraume Weile war ich nicht mehr für längere Zeit in Trillium River gewesen. Meine Arbeit als Fotografin hatte mich in die Ferne geführt. Jahrelang hatte ich in Frankreich, Israel, dem Libanon und in London gelebt, unterbrochen von Abstechern in krisengeschüttelte, kriegszerstörte, verheerte Länder im heiteren Afrika und im friedlichen Nahen Osten.

Es war nicht angenehm zu sehen, wie die Leiber von Menschen zerrissen wurden – hier ein Fuß, da ein Kopf … nur weil ein paar Männer der Meinung waren, sie könnten sich nicht an einen Tisch setzen und die Sache in Ruhe ausdiskutieren.

In einem Dorf anzukommen, das von einem Tsunami ausgelöscht wurde, ist nicht erfreulich; ebenso unangenehm ist es, schreiende Mütter zu sehen, die ihre Kinder nicht finden können, und schreiende Kinder, die ihre Mütter verloren haben. Wenn man vor den Janjaweed-Milizen flieht, die den Dschungel mit ihren Macheten durchstreifen, bleibt einem fast das Herz stehen. Hungersnöte vermitteln einen besonders hübschen Eindruck davon, wie Menschen auf der Schwelle des Todes vegetieren, kaum fähig, aufrecht zu stehen, die Bäuche aufgedunsen, als hätten sie eine Wassermelone verschluckt.

Seltsame Krankheiten, die wir hier nie zu sehen bekommen, gedeihen in anderen Ländern prächtig, entwickeln vollkommen entkräftende, grauenhafte Symptome.

Ich habe das alles fotografiert.

Und meine Liebe zur Fotografie entstand ausgerechnet hier, in dieser Stadt.

In der Schule gab es einen Fotokurs, an dem nur Streber und Nerds teilnahmen. Ich schrieb mich ein, weil ich dachte, es wäre einfach.

Der Lehrer war auch so ein Nerd. Er hieß Mr Sands und hatte einen Freund namens Mr Reynolds.

Wir wussten alle, dass die beiden schwul waren.

Für mich waren sie, abgesehen von Pater Mike, die nettesten Männer, denen ich je begegnet war. Mr Sands gab mir eine Kamera und erklärte mir, wie man Fotos macht. Mr Sands und Mr Reynolds nahmen mich mit, um in den Bergen und am Fluss zu fotografieren. Cecilia und Janie schlossen sich uns an.

Mit dem Wissen von heute ist mir inzwischen klar, dass die Männer kapiert hatten, was bei uns zu Hause los war. Sie hatten eines Morgens Bekanntschaft mit Momma gemacht, nachdem sie zwei Wochen im Bett gelegen hatte. Sie war nicht geduscht, ihr Haar stand wirr zu Berge, ihr Morgenmantel war fleckig von Essensresten, Traubensaft und ihren Zusammenbrüchen.

Momma warf einen entsetzten Blick auf die beiden und knallte die Tür zu. »Wie kannst du es wagen, Männer ins Haus zu holen, wenn mein Haar nicht frisiert ist!« Sie gab mir eine schallende Ohrfeige, ihr Blick war noch trüb und ohne Fokus. »Was wollen die von einem jungen Mädchen wie dir? Das sind doch Perverse, oder? Perverse.« Sie knallte mir noch eine.

Nein, Momma, wollte ich sagen, denen liegt etwas daran, ob ich lebe oder sterbe, was mehr ist, als man von dir behaupten kann. »Das sind mein Lehrer und sein Bruder. Sie helfen mir bei den Hausaufgaben.«

Sie fuhr sich mit zittrigen Händen durch das fettige Haar und brach in Tränen aus. »Na gut. Dann geh. Geh!«

Mr Sands und Mr Reynolds tätschelten mir an dem Tag immer wieder den Arm und spendierten mir ein Vanilleeis mit Kräuterlimonade.

Bald war ich ganz versessen aufs Fotografieren. Vielleicht lag es daran, dass ich mich in Gegenwart der beiden Männer unbeschmutzt fühlte. Nicht vollkommen rein, das war nicht möglich – schließlich hatte ich Momma, die mich wohl hasste, einen von Sekunde zu Sekunde schlechteren Ruf und quälende Erinnerungen, die ich nicht abstellen konnte … doch durch die Freundlichkeit und den Humor der Männer fühlte ich mich besser.

An jenem Nachmittag machte ich ein Foto von meinem Gesicht, hielt die Kamera auf Armeslänge von mir, der Fluss im Hintergrund. Von Mommas Ohrfeige war mein Gesicht rot, meine Augen waren einsam und geschwollen von den Tränen, die ich in der Hoffnung vergossen hatte, Momma würde mich eines Tages doch noch lieben. Tagelang starrte ich das Foto an. Ich habe es immer noch. Es weckte mein Interesse daran, nicht nur Flüsse, Wasserfälle und Blumen zu fotografieren, sondern leidende Menschen. Menschen wie mich.

Das führte dazu, dass ich auf dem College im Hauptfach Journalismus und im Nebenfach Fotografie belegte, ich arbeitete für Zeitungen und Dokumentarfilmer, die mich in Kriegsgebiete schickten.

Dadurch entstanden Tausende von Bildern ungeheuren, erbärmlichen, grauenvollen Leids in meinem Kopf, so dass mein Verstand – nach allem, was er eh schon verkraften musste – schließlich aufgab und das Handtuch warf.

Und genau da passierte im vergangenen Jahr diese Geschichte.

Ich schüttelte den Kopf, um die Erinnerungen loszuwerden. Wild schwangen meine Zöpfe.

Jetzt war ich wieder hier, auf dem Weg zur Bäckerei, und ich hasste diese Arbeit.

»Ich kann's nicht fassen, dass ich hier bin«, klagte Janie.

Bommaritos Bäckerei befindet sich in einem zweistöckigen Gebäude zwischen der Apotheke und einem Buchladen auf der Hauptstraße von Trillium River. Momma hatte sie zwei Jahre zuvor »wiederbelebt«, nachdem sie die Bäckerei ein Jahr nach Janies Weggang zum College geschlossen hatte. »Die Bewohner von Trillium River haben mich um meine Backwaren angefleht, um Backwaren, wie ich sie mache. Auf Rivers Art«, hatte sie mir mit erhobenen Augenbrauen verkündet.

Die Glöckchen klingelten, als ich die Tür öffnete. Wir traten ein.

»Das wird alles andere als Spaß machen«, stöhnte ich.

»Nicht gut, nicht gut, nicht gut«, jammerte Janie.

Im Laden gab es fünf rote Sitzecken und sieben Tische. Sie mussten geschrubbt werden. Der Boden war aus schwarz-weißem Linoleum, zerkratzt und dreckig. Er musste gewischt werden.

Die rote Markise vor dem Schaufenster war staubig und hing durch, die Buchstaben an der Scheibe waren verblichen, die

Fensterdekoration in langweiligem Beige gehalten. Es gab zwei lange Vitrinen für Kekse, Kuchen, Süßigkeiten und Brot.

Es mussten neue her.

Die Einrichtung stand in direktem Kontrast dazu, wie alles geglänzt hatte, als wir hier damals arbeiteten. Momma hatte uns Zahnbürsten, Schwämme, Schrubber und Wischmopps in die Hand gedrückt und uns gezwungen, so lange zu putzen, bis alles so sauber war, dass man vom Boden essen konnte.

»Ich wusste es.« Ich hatte es gewusst. Cecilia hatte es mir nur nicht erzählen wollen.

»Die Bäckerei ist tot. Kommt mir vor, als trieben sich hier Gespenster herum«, flüsterte Janie, während wir in einem Sonnenstrahl standen und Staubflocken uns um den Kopf wirbelten.

»Gespenster?«, wiederholte ich. »Du hattest es noch nie mit Gespenstern.«

»Doch. Ich erforsche sie für mein nächstes Buch. Ich finde sie faszinierend.«

»Sie finden dich auch faszinierend. Haben dich sogar zur Vorsitzenden ihrer Gespenstergesellschaft von Oregon gewählt. Im Juni veranstalten sie einen Nationalkongress. Die Hauptveranstaltung lautet ›Geisterstunde‹, gefolgt von ›Multikulturelle Achtsamkeitsnacht‹ und ›Sensible Gespenster: Wie man nicht verschwindet‹.«

»Hör auf! Ich kann die Gespenster hören.«

Ich verhielt mich still, um sie auch zu hören. »Buh!«, rief ich.

Janie zuckte zusammen.

Ich lachte. »Da in der Ecke hockt ein männliches Gespenst. Huch! Es ist nackt! Es sieht umwerfend aus!«

»Dann kannst du ja vielleicht mit ihm schlafen, Isabelle. Aber nur eine Nacht, nicht zwei. Sonst wird noch eine Beziehung daraus.«

»Das wird gruseliger Sex. Ich werde einen weiteren BH plus

Tanga verbrennen müssen. Meinen weißen.« Ich legte Janie den Arm um die Schultern. »Ich backe, du verkaufst.«

»Wir backen beide. Du verkaufst. Ich will nicht mit all den Leuten reden, und du weißt, dass ich's nicht mit Rosinen habe. Wenn ich sie anfasse, habe ich das Gefühl, sie zählen zu müssen.«

»Ich weiß, dass du's nicht mit Rosinen hast.«

»Sie sind zu klein.«

»Ja, ich weiß, Janie. Ihre Winzigkeit geht dir auf die Nerven.«

»Sie sind nicht lecker.«

»Stimmt. Rosinen sind nicht lecker.«

»Sie sind fest, faltig und verschrumpelt. Bah.«

»Ich weiß. Fest, faltig und verschrumpelt geht gar nicht.«

»Genau. Und manchmal knirschen sie. Sie fühlen sich grob an im Mund.« Sie machte ein schmatzendes Geräusch.

»Das hört sich an, als würde es dich antörnen, weißt du das? Hast du's etwa insgeheim doch mit Rosinen?«

»Das ist ja abartig.«

»Allerdings. Genau wie von Rosinen genervt zu sein.«

Ihr Gesicht wurde trotzig. »Es ist mir auch nicht peinlich, dir zu sagen, dass ich nicht mehr mit Haselnüssen umgehen kann.«

»Keine Haselnüsse mehr?«

»Nichtssagend. Wenig Geschmack.« Sie rümpfte die Nase.

Ich verdrehte die Augen. »Verstanden. Dann werde ich für die Rosinen und Haselnüsse zuständig sein.«

»Mach dich bloß nicht über mich lustig.«

»Tu ich ja gar nicht. Mit Zuckerguss kannst du aber schon noch arbeiten. Ja?«

Frustriert warf sie die Hände hoch. »Zuckerguss ist glatt.«

»Glatt?«

»Ja. Und seine Ursprungsfarbe ist weiß.«

»Weiß und glatt.« Ich versuchte nicht mal, das zu begreifen.

»Na, dann komm, Frau Zuckerguss. Lass uns mit der Arbeit beginnen.«

Um halb sieben öffneten wir die Ladentür. Da es hier so schäbig aussah, erwartete ich keinen Ansturm wie damals, als wir noch zur Highschool gingen. Damals kamen die Leute vor der Arbeit auf einen Kaffee und ein Stück Gebäck vorbei. Sie kamen während des Tages, um Streuselkuchen, Muffins oder Brownies zu kaufen.

Die Kartenspielerinnen kamen dienstags abends, die Quilterinnen am Donnerstag. Wir hatten die Sonntagskirchgänger und die Kunden am Samstagnachmittag, die zum gemeinsamen Essen mit Freunden etwas Süßes mitbringen wollten.

Allerdings war ich schon überrascht, keinen einzigen Kunden zu sehen. Zero. Null.

Janie stellte ihre ostindische Musik an und hängte das Foto ihrer Therapeutin auf.

Wir holten die alten Rezeptbücher heraus, die meisten von meinem Dad, einem Mann, der das Backen geliebt hatte, wenn ihn die Dämonen nicht mit Mistgabeln piekstten, und legten los.

Ich verdrängte das Verlustgefühl, das ich empfand. Die Erinnerungen, die in den frühen Morgenstunden auf mich einprasselten, unglaublich schmerzhaft und gleichzeitig zum Piepen komisch, herzergreifend und strahlend, schob ich von mir. Ich wollte mich nicht auf diese Erinnerungen einlassen.

Daher backten wir.

Um zehn Uhr kam eine alte Frau hereingeschlurft. Ihren mit schwarzen Müllsäcken vollgestopften Einkaufswagen ließ sie vor der Tür stehen. Sie trug einen blauen Blumenhut, drei Sweatshirts, schlabbrige Jeans, dazu einen schwarzen und einen braunen Schuh.

»Guten Morgen«, sagte ich.

Sie grinste. Ihr fehlten einige Zähne.

Ich brachte ihr die Karte, während sie in eine der roten Sitzecken sank.

»Wie wär's mit Frühstück?«, fragte ich. Um meine Taille hatte ich eine weiße Schürze gebunden, die Zöpfe zu einem Pferdeschwanz zusammengefasst. Ich wusste, dass ich Mehl im Haar hatte. Hätte mich auch nicht überrascht, wenn an meiner Wange lila Marzipanglasur geklebt hätte.

Die Frau zuckte mit den Schultern.

»Kaffee?«

Sie roch nach Geißblatt und Minze. Später erfuhr ich, dass sie immer eine Plastikflasche mit parfümierter Lotion bei sich hatte.

»Saft?«

Ihre Augen blitzten verwirrt; sie öffnete ein Zuckerpäckchen und kippte es sich in den Mund. Dann ein zweites.

Ich beschloss, sie bei ihrem Zucker zu lassen. »Ich komme später wieder.«

Ich widmete mich dem Glasieren von zwei Dutzend blauen, rosafarbenen und grünen Keksen in Form eines Wals.

Zehn Minuten später ging ich wieder zu ihr. »Haben Sie sich entschieden? Ich habe Kekse in Walform.«

Keine Antwort. Ein Lächeln.

Etwa drei Sekunden später ließ sie sich auf die Seite fallen und rollte sich auf der roten Bank zusammen. Ein Gurgeln kam aus ihrer Kehle.

Sie schlief.

»Ma'am?« Ich schüttelte sie sanft an der Schulter. »Ma'am? Keine Walkekse?«

Ihrer Nase entfloh ein Schnarchen.

Später erfuhren wir, dass sie Belinda hieß.

Das Leben war kein Zuckerschlecken für sie gewesen.

Um drei Uhr hatten wir jede Menge gebacken, aber noch immer keine Kunden. Belinda war aufgewacht, hatte geschnieft, geschnaubt und uns verlassen, nachdem sie die Toilette aufgesucht hatte. Ich konnte sehen, dass sie unser Waschbecken für eine Minidusche benutzt hatte, obwohl der Raum pieksauber war, als ich nachschaute.

Ich hatte den Müll durchwühlt, in dem Janie und ich Kuchen, Kekse und Brot entsorgt hatten. Also, um fair zu sein, die Sachen waren mehrere Tage alt und konnten nicht mehr frisch sein.

Trotzdem. Das Brot schmeckte, als wäre es aus Sand und Wasser. Die Donuts schmeckten wie glitschiger Zucker, die Kekse wie Wellpappe mit Papierguss. Ich ließ Janie probieren. Sie spuckte den Bissen aus.

»Gut. Das ist wichtig für mein Buch. Ich muss wissen, wie totes Fleisch schmeckt.«

»Das war kein totes Fleisch.«

»Ich weiß. Aber ich muss es irgendwie beschreiben.«

Was sagt man zu so was?

Draußen gingen Leute vorbei, manche mit Surfbrettern, andere schoben Kinderwagen. Zwei Frauen mit Aktenkoffern. Ein Mann in einer blauen Schürze. Drei kichernde Mädchen, denen drei Jungen im selben Alter folgten.

Und warum kamen die nicht zu uns herein? Warum gaben sie nicht bei uns ihr Geld aus?

Ganz einfach. Weil das Zeug zum Kotzen schmeckte.

8. KAPITEL

Am Abend besuchten wir Momma auf der Intensivstation. Janie fuhr ihren Porsche, das hieß, es ging kaum schneller voran als eine rückwärts krabbelnde Schildkröte.

Schließlich gelangte unsere Schildkröte zum Krankenhaus.

Unterwegs focht mein Hirn einen Kampf mit meinen Gefühlen aus. Wegen Momma. Ich liebte sie, aber manchmal hasste ich sie auch. Ehrlich.

Nichts, was ich je getan hatte, war gut genug für sie, und ich hatte schon vor langer Zeit aufgehört, mich um ihre Anerkennung oder Freundlichkeit zu bemühen. Cecilia hatte nie damit aufgehört, und Janie hatte immer noch eine Höllenangst vor unserer Mutter.

Für Momma würde ich nie etwas anderes sein als eine unzuverlässige, schwierige, liederliche Tochter, zu der sie keine Beziehung aufbauen konnte. Von Momma nicht anerkannt zu werden, hatte mir jahrelang fast das Herz gebrochen, doch irgendwann – vermutlich als ich mit Ende zwanzig in Afghanistan angeschossen wurde und heimkam, noch den Verband um den Oberarm, und sie mir sagte, ich sei ein »Flittchen« und als Kind eine »Enttäuschung« gewesen – hatte ich es aufgegeben.

Zwangsläufig, denn mir blieb nur die Wahl zwischen Aufgabe oder emotionalem Absterben. Ich war emotional eh halb tot, meine Überlebensinstinkte meldeten sich.

Aber ich wollte schon, dass Momma wieder gesund wurde. Ehrlich.

So rachsüchtig bin ich nicht. Ein bisschen nachtragend, aber nicht schlimm. Na ja, schon schlimm, aber nicht mörderisch.

Aber, mein lieber Scholli, sie war schon eine verdammte Plage!

Wir sprachen zuerst mit dem diensthabenden Arzt. Dr. Gordon war um die fünfzig, ein Afroamerikaner mit einer Nickelbrille und großen, graugrünen Augen.

»Wie geht's unserer Momma?«

Der Arzt erstarrte kaum merklich.

»Sie kommt nicht so schnell wieder auf den Damm, wie wir es uns gewünscht hätten. Keine Energie. Lethargisch. Klagt über Schmerzen. Sie können gerne reingehen und ein paar Minuten bei ihr bleiben, aber ihre Genesung wird sich hinauszögern. Sie muss länger bei uns bleiben, als wir erwartet hatten.«

»Oh!«, flüsterte Janie. »Ruhe. Frieden.«

»Hm«, sagte ich. »Wie schade aber auch.«

»Das sind ja supergute Nachrichten«, bemerkte Cecilia.

»Wieso gut?«, fragte der Arzt und neigte den Kopf zur Seite.

Cecilia kicherte. »Ah. Verstehe. Sie haben noch nicht viel mit unserer Momma gesprochen, oder?«

»Doch, ich hatte das Vergnügen, die Bekanntschaft Ihrer Mutter zu machen.« Der Arzt blickte zur Decke und strich sich über das Kinn. »Sie konnte kaum sprechen, aber murmelte irgendwas vor sich hin, ich sei zu jung und zu klein und ob ich wirklich schwarz sei? So richtig tiefschwarz? Ob meine Urgroßeltern Sklaven gewesen seien?«

Janie lehnte sich gegen die Wand. Ich atmete aus und sackte zusammen. Immer taktvoll, unsere Momma. Wie goldig.

»Ich glaube, sie sagte auch, ich dürfe unter keinen Umständen und zu keiner Zeit in Rap-Songs verfallen oder Rap-Musik spielen. Ich musste ihr versichern, dass ich nie einer Gang angehört oder eine Waffe getragen hatte.«

»Das klingt ganz nach unserer Momma«, flötete ich. »Immer fröhlich und erfüllt von Wohlwollen und Sorge um ihre Mitmenschen.«

Janie, Cecilia und ich entschuldigten uns gleichzeitig. Wie oft hatten wir das schon tun müssen? Hundertmal? Tausendmal?

Der Arzt lächelte. »He, kein Problem, solange ich mich hier im Krankenhaus keiner Gang anschließe. Kommen Sie! Ich bringe Sie zu ihr.« Höflich hielt er uns die Tür auf.

Selbst ich erschrak über ihr Aussehen.

Sie war kalkweiß, wie zerknittertes Papier, ihr Mund ein schiefer Schlitz, die Augen eingesunken. Unsere zähe Scarlett O'Hara, unsere immer perfekt geschminkte Momma (wenn sie nicht gerade in einer ihrer tränenreichen Depressionen versank) sah fast aus wie eine Leiche.

»Momma«, sagten wir drei gemeinsam. »Momma!«

Keine Reaktion.

Ich beugte mich über sie und spürte ihren Atem auf meiner Wange. »Sie atmet noch.«

Janie legte ihre Hand auf Mommas Brust, über dem Herzen.

»Ihr Herz schlägt noch.«

»Großer Gott!«, sagte Cecilia. »Sie ist geschrumpft. Geschrumpft und verschrumpelt.«

»Pst«, machte Janie und rang die Hände. »Sie kann dich bestimmt hören.«

»Wie soll sie mich hören?«, fragte Cecilia und warf ihre blonden Haare zurück. »Sie ist nicht mal richtig bei Bewusstsein. Die ist vollkommen hinüber.«

»Musst du so was sagen?«, fragte ich in mildem Ton. Mir war nach einem Schluck Kahlúa.

»Ja, muss ich. Weil sie genau das ist. Schau her.« Cecilia beugte sich vor. »Momma! Momma!« Keine Reaktion. »Siehst du? Vollkommen hinüber. Endlich nörgelt sie mal nicht. Kritisiert nicht rum. Oder erzählt mir, ich wär fett und würde jeden Tag ›ausladender‹. *Endlich.*«

»Du solltest nicht …«, sagte Janie.

»Was sollte ich nicht, Janie?«, flüsterte Cecilia deutlich vernehmbar. »Meine Stimme heben? Nicht ehrlich sein? Vielleicht sollte ich so sein wie du. Mit deinem Haarknoten und diesen braunen Schuhen, in denen du ständig herumläufst. Immer mucksmäuschenstill, kuschst vor Momma, hast Riesenangst vor ihr, trittst nie für dich selbst ein. Hast du nie das Gefühl, schreien zu müssen, Janie? Schreien, weil du eine lausige Kindheit hattest und deine Mutter dir ins Gesicht sagt, du seist verrückt und würdest sie wahnsinnig machen? Willst du das nie?«

»Hör auf, Cecilia!«, sagte ich und stellte mich vor Janie. »Hier ist nicht der richtige Ort, um Janie eins überzubraten.«

Janie schluckte schwer. »Du machst mich nervös.«

»Ich mache dich nervös?«, fragte Cecilia. »Na, so was. Ich mache mich selber nervös. Mein Leben macht mich nervös. Momma macht mich nervös. Meine Kinder machen mich nervös. Ich bin die ganze Zeit nervös. Ich möchte Parker umbringen, aber immerhin verstecke ich mich nicht, kusche nicht, brabbel nicht vor mich hin.«

»Warum bist du so wütend auf mich, Cecilia?«, fragte Janie, mit Tränen in den Augen und geballten Fäusten. »Warum machst du mich fertig? Ich habe dir nichts getan. Gar nichts.«

Das brachte Cecilia zum Schweigen.

Ich schob meine Zöpfe zurück. »Und? Was hat dir Janie denn nun getan, dass du so wütend auf sie bist?«

»Ich bin nicht wütend auf sie«, fauchte Cecilia.

»Dann musst du mich hassen. Du hasst mich. Aber das ist in Ordnung.« Janies Stimme war rau. »Das hast du schon immer getan. Ist mir aber egal.«

»*Das ist dir egal?* Mir nicht.«

Ich merkte, dass es Cecilia ziemlich nervte, Janie nicht zu hassen.

»Und ich hasse dich auch nicht, Janie.«

»Müssen wir ausgerechnet jetzt unseren Hass erörtern?«, fragte ich. »Momma liegt bleich und sterbenselend im Bett. Dafür gibt es doch bestimmt einen besseren Zeitpunkt, oder?«

»Warum nicht jetzt?«, wollte Janie wissen. Die Tränen liefen ihr über die Wangen. »Momma kann uns nicht hören, und ich will es jetzt wissen. Ich hab es satt! Ich hab dich satt, Cecilia! Deine herablassende Art, deine Kritik. Nichts, was ich mache, ist richtig. Du hältst mich für eine Verrückte, eine Verliererin. *Ich bin aber keine Verliererin.*«

Ich merkte, dass Janie, die absolut keine Verliererin war, allmählich die Nerven verlor. Ich tätschelte ihren Arm. Ihr Kummer tat mir so weh. »Reg dich ab, Janie.«

»Nein, ich denk nicht dran! Sag es mir, Cecilia!« Sie sprach mit zusammengebissenen Zähnen, Tränen rollten ihr über die perfekt geformten Wangen. »Sag es mir! *Warum hasst du mich?* Warum?«

Angesichts Janies verzweifelter Seelenqual schien Cecilias Wut so schnell in sich zusammenzufallen, wie sie entflammt war.

»*Warum hasst du mich?*«

Janies Worte waren fast ein Schrei. »Reiß dich zusammen, Janie!«, sagte ich. »Wir sind in einem Krankenhaus.«

»Ich weiß, dass wir im Krankenhaus sind!« Sie riss ihren Arm los und strich sich eine Strähne aus dem Gesicht. Ihre Stimme war hoch und zittrig. »Und ich will wissen, warum mich diese fiese, fette Kuh hasst, verdammt nochmal!«

Cecilia und ich erstarrten. Janie fluchte nur selten. Das war einfach nicht ihre Art. Obwohl sie in ihren Büchern Leute mit kreischenden Sägen massakrierte, zog sie es privat vor, so distinguiert zu sprechen wie englische Ladys aus dem neunzehnten Jahrhundert.

»Janie, ich …«, setzte Cecilia an und verbarg das Gesicht in den Händen.

»Was?«, zischte Janie und stürzte auf ihre Schwester zu. Sie verdichtete ihre Gefühle zu einem Bündel von Obsessionen und Kontrollwahn. Nie hatte ich sie so wütend gesehen. »Du bist was? Sag es mir! Hasst du mich, weil ich obsessiv bin? Zwanghaft? Seltsam? Trutschig? Was davon? Oder alles zusammen, Cecilia?« Ihr lief die Nase, aber sie machte sich nicht die Mühe, sie zu putzen. »Ich hab es nämlich satt, das nicht zu wissen. Ich hab es satt, von dir angekeift zu werden. Ich hab es satt, und ich habe dich satt.«

Cecilia sank auf einen Stuhl.

Ich hätte zu ihr gehen sollen, konnte aber nicht. Im Grunde war ich froh, dass Janie das Kriegsbeil ausgegraben hatte. Cecilia hatte es verdient.

»Janie …«, setzte Cecilia an und klopfte sich auf die Brust, auf ihr Herz. »Janie.«

Einer der Apparate piepste und zog meine Aufmerksamkeit auf sich. Warum kann Familienstreit nie zum richtigen Zeitpunkt, am richtigen Ort ausbrechen? Warum explodiert er immer, wenn man keine Explosion gebrauchen kann?

»Ich bin neidisch auf dich, Janie«, sagte Cecilia mit schwacher Stimme.

»Ach, das ist ja mal was Neues«, murmelte ich. »Ich bin platt. Völlig von den Socken.«

»Du bist neidisch?«, stotterte Janie mit roten Flecken im Gesicht. »Neidisch? Wie denn das? Du hast mir selbst gesagt, ich sei die Verrückteste, der du je begegnet bist.«

»Ich bin neidisch«, flüsterte Cecilia und wagte endlich Janie anzusehen. »Du bist aus Trillium River weggegangen.«

»Nicht das schon wieder«, meckerte ich. Dieser Neid ging mir auf den Wecker. Das hatten wir schon bis zum Erbrechen durchgekaut.

Janie hielt sich die Ohren zu. »Cecilia, ich kann dein Gejammer, dass du hier festhängst, keine einzige Sekunde länger ertragen. Ich hab das schon gehört, bis ich mein rosa-weißes

Geschirr vom Achterdeck auf vorbeifahrende Boote werfen wollte! Hör bitte auf, halt die Klappe, halt einfach die Klappe!«

»Könntest du mich gefälligst ausreden lassen?« Cecilias Wut kochte wieder hoch; sie klopfte sich immer noch auf die Brust. »Ich bin neidisch, weil du gegangen bist und was aus dir gemacht hast. Du bist eine Bestsellerautorin. Du bist bloß trutschig, weil du Männer abschrecken willst. Du lässt deine natürliche Schönheit verkümmern. Du versteckst dich. Du willst am liebsten unsichtbar sein. Ich bin trutschig, weil ich so fett bin wie eine Kuh.«

»Ich habe dafür gearbeitet, Cecilia«, brüllte Janie. Sie bebte am ganzen Körper. »Ich habe hart gearbeitet. Ich arbeite immer noch hart. Ich bin ein Workaholic. Glaubst du, es macht Spaß, nur Mord und Totschlag im Kopf zu haben? Glaubst du, es macht Spaß, wenn der Tatort vor dir lauert und du dich mit all den ekelhaften Details beschäftigen musst? Glaubst du, es macht Spaß sich auszumalen, wie Menschen erwürgt werden? Oder mit Hämmern zu Brei geschlagen werden? Macht es nicht, Cecilia, das macht es nicht. Ich schreibe, weil ich schreiben muss. Ich kann nicht anders. Kapierst du das? *Ich muss schreiben.*«

»Aber dein Schreibzwang hat deinen dürren Hintern berühmt gemacht, Janie. Dein Einsiedlerleben macht dich nur noch berühmter. Ich bin Vorschullehrerin. Mehr nicht. Ich bringe Kindern das Zählen bei. Wir singen Lieder übers Putzen, Lieder über Liebe und Blumen und jodelnde Wale. Ich bringe kleinen Jungs bei, wie man ins Klo pinkelt, ohne die Wand nasszuspritzen. Neulich hat mich einer angepinkelt.«

Cecilia bemühte sich, ihrer Gefühle Herr zu werden. »Ich bin so verdammt fett. Ich hasse mich. An manchen Tagen kann ich kaum laufen. Kaum aufstehen. Ich schau mich im Spiegel an und sehe nur Fett. Wahrscheinlich werde ich bald sterben, aber ich kann nicht aufhören zu essen. Gestern habe ich acht Tacos gegessen. Am Abend davor habe ich einen gefüllten Truthahn für mich allein gemacht!«

Falls Cecilia gedacht hatte, ihr Geständnis würde Janie erweichen, hatte sie sich geirrt. »Dein Gewicht ist dein Problem, Cecilia«, brüllte Janie mit geballten Fäusten. »Du hast dich selbst entschieden, dir den Mund vollzustopfen, bis deine Gedärme platzen. Kapierst du das? Du bist verantwortlich. Du bist selbst daran schuld, dass du fett bist, und ich habe keinerlei Mitleid mit dir. Du hast kein Recht, an mir herumzunörgeln, meine Schwachstellen aufzudecken und verächtlich zu machen, nur weil du dich und die Art, wie sich dein Leben entwickelt hat, nicht leiden kannst. Du bist verantwortlich für dich selbst, und du bist armselig und erbärmlich, und dadurch werde ich es auch. Erbärmlich! Wenn ich mit dir zusammen bin, möchte ich mir manchmal mit einer Schaufel auf den Kopf hauen, nachdem ich ein Grab für mich gegraben habe, in das ich hineinfallen kann!«

Die letzten Worte kreischte Janie, dann ließ sie sich auf der anderen Seite des Raums auf einen Stuhl sinken und rollte sich zu einer Kugel zusammen.

Cecilia beugte sich vor und schluchzte.

Ich wusste nicht, um welche Schwester ich mich zuerst kümmern sollte. Ich saß sozusagen zwischen allen Stühlen. Das ist das Schlimmste. Wenn eine Schwester vermutete, ich verbündete mich mit der anderen, würde sie auf mich losgehen. Ich würde so sicher hineingezogen werden, wie ein Tsunami alle Palmen auf seinem Weg mitreißt. Schwestern sind so. Neutralität funktioniert nicht.

Aber da nahm sich Momma des Problems an.

»Hör um Gottes willen mit diesem fürchterlichen Geschniefe auf, Cecilia«, sagte sie, die Augen immer noch geschlossen. »Janie hat recht, du meckerst ständig an ihr rum. Sie kann nichts dafür, dass sie dünn ist und du fett bist, dass sie Schriftstellerin ist und du Vorschullehrerin. Was hätte sie machen sollen? Tankwartin werden, damit du dich besser fühlst? Warum fühlst du dich überhaupt schlecht? Die kleinen Blagen lieben dich doch. Gott, ich kann kleine Kinder nicht ausstehen. Sie machen mich krank. Und, Janie, Cecilia hat auch recht. Du bist so brav und so seltsam, dass ich am liebsten all meine farbigen Glasflaschen an die Wand knallen würde. Reiß dich endlich zusammen, bevor wir alle von der Klippe springen.« Momma seufzte. »Ich habe ein Nilpferd, ein Flittchen und eine Irre großgezogen.«

Ich prustete los. Jetzt könnte man meinen, das sei gefühllos von mir, aber bei Momma muss man entweder lachen oder nach Bagdad ziehen, um ein wenig Frieden zu finden.

Wenn man nicht lachen kann, fällt man in ein schwarzes Loch voll entsetzlicher Gedanken, schmerzlichem Alleinsein, Hoffnungslosigkeit und Furcht. Ich sollte es wissen. Ich war längst in diesem Loch.

»Und du, Isabelle«, krächzte Momma aus dem Bett. »Führ dich in Trillium River bitte nicht wieder wie ein Flittchen auf. Beim letzten Mal hast du meinen Ruf als Mutter beschädigt. Ruiniert. Ich war ruiniert. *Völlig erledigt.*«

Ich schnaubte erneut. Leuchtet jetzt ein, was ich mit dem Lachen meine?

»Ich werd's versuchen, Momma. Aber ich spüre, dass mir gerade extrem nach Flittchen ist, und wer weiß, was aus deinem Ruf geworden ist, wenn du nach Hause kommst.«

»Ich werde es nicht dulden, Isabelle«, fauchte sie. »Raus hier, Mädchen. *Los, ab. Raus!*«

Mehr war nicht nötig.

Wir verschwanden auf der Stelle.

Die Rückfahrt nach Trillium River verlief schweigend.

Ein Schweigen, wie es nur Schwestern zustande bringen, in denen es brodelt. Ein unnachgiebiges, starres, verbittertes Schweigen, das so schlimm ist, als würden wir uns gegenseitig Kanonenkugeln ins Hirn schießen.

Manchmal dauert dieses Schweigen minutenlang. Stundenlang. Tagelang. Wochenlang. Es kann sogar jahrelang dauern.

Hängt von den Schwestern ab.

Das Problematische beim Streit zwischen Schwestern liegt darin, dass die Kämpfe so rasch in Niederträchtigkeit ausarten können, mit Worten, die bis ins Mark treffen, weil Schwestern wissen, wie sie einander absolut zielsicher verletzen können. Sie haben eine gemeinsame Vergangenheit, haben Verletzungen, Kränkungen, Eifersucht und Verbitterung erlitten, und sie wissen nicht, wie sie diese Gefühle zügeln oder filtern und nicht brutal ehrlich sein sollen.

Manchmal ist es eine liebevolle Beziehung.

Manchmal ist es eine katastrophale Beziehung.

Manchmal ist es beides.

Cecilia setzte uns ab.

Keine wünschte der anderen eine gute Nacht.

Die Strafe des Schweigens, da bin ich mir sicher, wurde von Steinzeitfrauen erfunden und entwickelt, als sie mit ihren Schwestern darüber stritten, welche als Erste das Mastodon aufspießen durfte.

Am nächsten Tag arbeiteten wir wieder vom Morgengrauen an in der Bäckerei. Es war Wochenende, daher war Cecilia auch da. Sie hatte einen Babysitter besorgt, der über Nacht bei ihren Kindern blieb.

Die Atmosphäre war eisig. Janie stellte traurige klassische Musik an und schaute immer wieder sehnsüchtig auf das Foto ihrer Therapeutin.

Wir arbeiteten Hand in Hand, so wie früher, unsere Schritte wie choreographiert, unsere Bewegungen schnell. Ohne dass wir einander behinderten, arbeiteten wir effizient, rasch und gut.

Wir waren ja so gut.

Bis ich Janie schluchzen hörte.

Cecilia hörte es auch.

Janie ging in die Kühlkammer und schloss die Tür.

Cecilia und ich folgten ihr.

»Schätzchen«, sagte Cecilia, »es tut mir leid.«

Janies Kopf wackelte wie der eines Wackeldackels. »Mir … mir … mir … auch. Es tut mir leid.«

»Ich hab dich lieb, Janie.«

»Ich ha… ha… habe dich auch lieb. Und Isi. Hab dich lieb, Isi.«

Wir umarmten uns. Tränenreich, zitternd, das ganz große Drama.

Schwestern sind die Schlimmsten. Und sie sind die Besten. Eine Schwester kann schrecklich sein, kompliziert und liebevoll, beschützend, kleinkariert und ehrgeizig, aber in der Stunde des Todes ist sie diejenige, die man bei sich haben möchte, damit sie einem die Hand hält.

Jemand muss das gemeinsame Essen nach dem Trauergottesdienst organisieren, und du weißt genau, dass der Gatte das nicht auf die Reihe bekommt.

Ich weiß das mit Sicherheit.

Am nächsten Tag trank ich um fünf Uhr morgens am Ufer des Columbia River meinen Latte mit einem Schuss Kahlúa.

Die Sonne hatte ihren üblichen atemberaubenden Auftritt, der goldene Himmel war rein und sanft.

Ich sah den Windsurfer mit dem violett-roten Segel über das Wasser gleiten. Derselbe, den ich auf unserer Fahrt ins Krankenhaus gesehen hatte. Wenn ich noch Fotografin wäre, was ich nicht mehr bin (den kurzen Stich des Bedauerns im Magen verdrängte ich), hätte ich die Szene fotografiert.

Während der Schulzeit war ich mit Freundinnen und Jungs genau an dieser Stelle gewesen. Ich hatte schon oft am Columbia River gebumst. Begonnen hatte es während der Highschool.

Ich war keine Jungfrau mehr, als ich nach Trillium River kam. Meine Jungfräulichkeit hatte ich in irgendeinem Schuppen inmitten von Harken verloren. Durch den älteren Bruder einer Bekannten. Später kam er für die Vergewaltigung einer Anhalterin ins Gefängnis. Er ging mit mir in den Schuppen und küsste mich. Eigentlich machte es Spaß. Er war etwas älter, einer dieser toughen Typen, zu denen sich alle naiven Mädchen hingezogen fühlen, und er schenkte mir seine Aufmerksamkeit. Ausgerechnet mir!

Der Spaß hörte auf, als seine Hände zu suchen begannen. Ich schob sie weg, er setzte nach, drückte mich gegen einen Sack mit Dünger und sagte, ich hätte es bestimmt gerne grob.

Es gefiel mir nicht.

Es fühlte sich an, als würde mein Körper entzweigerissen; ich konnte kaum atmen. Ich war wie gelähmt, schämte mich, litt Qualen und war wehrlos, weil er meine Handgelenke über meinem Kopf festhielt. Ich zappelte; er packte mich am Hals und drückte mich zu Boden.

»Werd locker«, fuhr er mich an, als er meinen Rock hochschob, meine Unterhose zerriss und zu stoßen begann. Mein verkrampfter Körper wehrte ihn ab, als er meine Beine auseinanderdrückte, um mich weiter zu öffnen. »Bist du frigide oder was? Eine Zicke?«

Durch einen Schleier von Schmerzen sah ich, wie sein Gesicht immer roter wurde. Er bewegte sich immer schneller, grunzte wie ein Schwein, bis er mir ein letztes Mal ins Gesicht keuchte und schwer atmend auf mir zusammensackte. Als er sich wieder bewegen konnte, knetete er meine Brüste, als wären sie Schwämme, löste sich von mir, pinkelte in die Ecke, zog den Reißverschluss hoch und verschwand. Ich hörte ihn pfeifen.

Ich kann mich nur noch erinnern, dass ich massenweise Rechen sah. Für Laub, zum Gärtnern, große, kleine, winzige Harken.

Und so verlor ich meine Jungfräulichkeit, indem ich auf einem Sack Düngemittel vergewaltigt wurde.

Ich war fast vierzehn. Wie durch ein Wunder wurde ich nicht schwanger.

Momma erzählte ich nichts von dem Vorfall im Schuppen, weil ich wusste, dass sie mir die Schuld geben würde. Ich erzählte es Cecilia. Sie wusste sowieso, dass etwas passiert war, weil ihr der Unterleib tagelang schmerzte und sie ständig duschen musste. Sie fühlte sich schmutzig und dachte, sie würde stinken.

Was vermutlich am Düngemittel lag. Später warf ich die Klamotten weg, die ich getragen hatte, einschließlich des BHs, der mit einer Sicherheitsnadel zusammengehalten wurde.

Danach ließ mich die Promiskuität nicht mehr los. Warum auch? Ich weiß noch, dass ich mich besudelt und verletzt fühlte, als wäre ich ein Nichts. Zu Hause gab es keinen Vater, keine Stabilität, keine Liebe, sondern eine Mutter, die regelmäßig in einem Morast der Hoffnungslosigkeit versank. Ich flirtete mit Jungs, weil ich die Zuwendung bekam, nach der ich mich sehnte. Leider war ich schlank und sexy, was Jungs und amoralische Männer geradezu anzog. Von da an ging es in rasendem Tempo bergab.

In den verschiedenen Städten, in denen wir lebten, lernte ich andere Mädchen mit lockerer Moral kennen, die mit einem Typen nach dem anderen schliefen. Eines hatten wir alle gemeinsam: einen abwesenden Vater oder Missbrauch durch den Vater oder andere Männer in unserem Leben.

Es war eine traurige, gefährliche Gemeinsamkeit. Wir wurden verachtet, Mütter warnten nette Jungen vor uns, »nette« Mädchen flüsterten sich hinter vorgehaltener Hand Gemeinheiten über uns zu und wichen uns aus, wenn wir näher kamen. Wir wurden als »Flittchen« abgestempelt, eine verhängnisvolle Bürde für ein Mädchen.

Und doch waren wir auf der Suche, suchten immerzu nach

der unschuldigsten aller Emotionen, dem reinsten der Gefühle, nach dem sich das Herz am meisten sehnt: Liebe.

Nichts als Liebe.

Stattdessen fanden wir Harken.

9. KAPITEL

Unser Dad wurde an einem Morgen zu einem abwesenden Vater, als er eine entsicherte Waffe an Mommas Kopf hielt.

Sie schrie, flehte, weinte.

Ich schrie, genau wie Janie und Cecilia, die mir später erzählte, sie hätte meine markerschütternden Schreie tief in der Brust gespürt. Henry brüllte in seiner Wiege. Er war vier, weigerte sich aber, in einem Bett zu schlafen. Cecilia und ich waren acht, Janie war sieben.

Mein Dad glaubte – zumindest für die Länge des Flashbacks, den er durchlitt … dass er sich in einem tödlichen Zweikampf mit dem Vietcong befand. Deswegen war sein Arm um Mommas Hals geschlungen, und die Hand mit der Waffe zitterte. Seine Augen waren aufgerissen, der Blick leer und weit fort, fort wie unser fröhlicher Vater, fort und verloren in dem gefährlichen Dschungel tausende Meilen weit weg.

Dieser Episode waren andere Albträume vorausgegangen, bei denen unser Dad aus dem Bett gesprungen war und geschrien hatte: »Ich mach dich kalt, kapiert, du schlitzäugiges Rattengesicht?« Oder er packte Momma, zerrte sie aus dem Bett und flüsterte: »Runter mit dir! Sie kommen! *Sie kommen!*«

Dieser Vater jagte mir solche Angst ein, dass ich mir mehrmals in die Hose machte.

Sobald der Urin auf den Boden tröpfelte, machte sich auch Cecilia in die Hose und funkelte mich böse an, als wäre es meine Schuld. »Ich hab gemerkt, dass du dir in die Hose gepinkelt hast. Das war blöd, Isabelle. Wir sind keine Babys mehr.«

»Halt die Klappe, Cecilia!« Ich war zu verängstigt, um mich zu schämen. »Halt die Klappe!«

Dad war zweimal nach Vietnam geschickt worden. Beim zweiten Einsatz hatten die Vietnamesen ihn eingeladen, in einem Käfig zu hausen, hatten ihn abwechselnd geschlagen, ausgepeitscht und hungern lassen. Um Regenwasser aufzufangen, hatte er die Hände durch die Käfigstäbe stecken müssen. Als ihm schließlich die Flucht gelang, wog er nur noch fünfundvierzig Kilo, hatte bleibende Peitschennarben auf dem Rücken, an der linken Hand zwei Finger weniger, die ihm abgehackt worden waren, auf der rechten Wange eine sternförmige Narbe von einer Messerstecherei (die er gegen sechs Vietnamesen verlor) und war auf einem Ohr so gut wie taub von Geschützdonner und besonders heftigen Schlägen.

Sein linkes Knie war zweimal zertrümmert worden, als er im Käfig steckte, deshalb humpelte er beim Gehen. Gegen die körperlichen Schmerzen nahm er Medikamente, doch gegen die geistigen Qualen gab es nichts.

Unsere Regierung tat überraschenderweise so, als seien diese Probleme überhaupt nicht vorhanden, und wenn die Leute hörten, dass mein Vater in Vietnam gewesen war, reagierten sie alles andere als freundlich.

Ich weiß noch, dass er Momma mit gereizter, rauer Stimme erzählte: »Man hat mich so oft als Kindermörder und Vergewaltiger beschimpft, dass ich es nicht mehr zählen kann. Ich habe nie ein Kind getötet und nie eine Frau vergewaltigt. Wie kann es sein, dass ich in einen Krieg geschickt wurde, in den ich nicht wollte? Ich wollte nicht kämpfen, habe nicht an den Kampf geglaubt, all meine Kameraden sind gefallen, ich wurde zusammengeschlagen, war Kriegsgefangener und soll jetzt, wo ich wieder zu Hause bin, der Böse sein? Ich, ein Vergewaltiger? Ich, ein Kindermörder? Wie kann das sein? *Wie zum Teufel kann das passieren?*«

Mommas Reaktion darauf war immer, Dad in den Arm zu

nehmen. Einmal sagte sie mit vor Erschöpfung schwarzen Augen zu mir: »Ich weiß nicht, was ich sonst machen soll. *Ich weiß nicht, was ich machen soll.* Seine Dämonen sind mächtiger als wir.«

Nach einem einzigen Besuch weigerte er sich, erneut zum Psychiater zu gehen. Der Psychiater hatte ihn gefragt: »Wie haben Sie sich bei Ihrem Leben in Vietnam *gefühlt*? Wütend? Traurig? Erzählen Sie mir von Ihren *Gefühlen*.«

Ich hörte, wie er Momma erzählte, er habe dem Psychiater gesagt, die Fragen hätten in ihm das Gefühl ausgelöst, den Psychiater umbringen zu wollen.

Das war nicht gut angekommen.

Dad hatte es jedoch geschafft, seinen Job als Vorarbeiter in einer Fabrik zu behalten. Bei der Arbeit war seine Aggressivität manchmal ein Problem, ebenso seine Reaktion auf plötzlichen Lärm. Er duckte sich und ging in Deckung, sprang über alles hinweg, was ihm im Weg war. Zu seiner Ehre muss man sagen, dass er mehrmals auch alle anderen mitgerissen hatte, die in seiner Nähe waren, um ihnen das Leben zu retten, was ihn seltsamerweise bei vielen Kollegen beliebter machte.

Wie sein Chef zu Momma sagte, nachdem Dad ihn zu Boden gerissen hatte: »Niemand, und ich meine wirklich niemand, River, hat je versucht, mir das Leben zu retten. Ich mag Ihren Mann.«

Aber Dad konnte auch sanft und liebevoll sein und Geschichten erzählen, er baute uns ein Baumhaus und sagte, er liebe seine »bezaubernden Bommarito-Bambinos«. Er sang uns Lieder vor und kümmerte sich ganz besonders um Henry.

Und der Mann konnte kochen! Ich glaube, in der Küche Schönes zu schaffen, unsere Mahlzeiten mit Gewürzen, Aromen und Vielfalt zu verfeinern, war für ihn das Paradies. Da gab es keinen hoffnungslosen Krieg, keine Querschläger, keinen neben ihm verhungernden Gefangenen, keinen Sumpf, in dem sich ein tödlicher Feind versteckte. Da waren nur er, seine

Kinder, seine Küche – etwas, das er unter Kontrolle hatte, ein Geschenk, das er seiner Familie machen konnte.

»Essen ist Kunst, Mädchen, vergesst das nicht«, pflegte er zu sagen.

Wir aßen nicht nur, wir speisten. Er hackte, würfelte, schnitt, dünstete, sautierte, schmorte und marinierte. Soßen wurden geträufelt, Gemüse überbacken, Brot zu goldenen Zöpfen geflochten.

Seine Nachspeisen waren legendär. Nichts war ihm zu schwierig für seine Familie. Er holte seine Rezeptbücher heraus, wir Mädchen suchten uns ein Dessert aus und bereiteten es gemeinsam mit ihm zu. Alles sah *immer* aus wie auf dem Foto im Buch.

Aber in der Nacht, als mein Vater die entsicherte Waffe an Mommas Kopf hielt, wusste er, dass es vorbei war. Er war erledigt. Wenn wir nicht in Gefahr geraten sollten, durfte er keinen Tag länger bei uns bleiben.

Er verschwand früh am nächsten Morgen. Ich hörte ihn mit Momma sprechen. Ich versteckte mich im Wandschrank und ließ die Tür einen Spaltbreit offen. »Alles wird gut, River. Das weiß ich. Ich liebe dich. Ich werde dich immer lieben. Kein Tag wird vergehen, an dem ich nicht an dich denke, mein Schatz.«

Momma hatte geweint, und sie hatten sich geküsst, lange und mit solcher Leidenschaft, dass ich den Blick abwenden musste und die Lampe betrachtete, bis Dad leise die Tür schloss und Momma bebend auf dem weißen Linoleumboden der Küche zusammenbrach.

Das Traurige daran war, dass wir, auch wenn wir einen Vater mit teuflischen Flashbacks hatten, der auf nicht existierende Vietnamesen fluchte, gegen seine Albträume ankämpfte, Momma um zwei Uhr morgens in Sicherheit brachte, der Wutanfälle und Zornausbrüche hatte und offenbar alles in seiner Macht Stehende tat, um nicht den Verstand zu verlieren, und

Momma um ein Haar das Hirn weggepustet hätte, dass wir diesen Vater ganz schrecklich vermissten.

Obwohl uns keine Vietcong durch schlammige Flüsse oder Tunnel jagten, keine Hubschrauber halbzerrissene Kameraden aufsammelten, keine ohrenbetäubenden Bomben niedersausten und keine Dörfer durch Agent Orange verbrannten, hatte unser eigener Albtraum gerade erst begonnen.

Die Bäckerei war ein eindeutiger Flop.

Wie Janie gesagt hatte, schmeckten Mamas Gebäckstücke wie Innereien, ihre Kuchen wie Sägemehl und ihr Brot wie Stein. Momma hatte nie so zu backen gelernt wie Dad.

Ich musste Werbung machen, damit die Einwohner erfuhren, dass wir, zumindest vorübergehend, unter neuer Leitung waren. Ich musste die Leute herholen und sie von unserem Angebot überzeugen. Dazu brauchte ich Hilfe.

Die Glocke über der Tür bimmelte. »Hallo!«, rief Henry. »Henry ist da und sagt ›Hi, Isi!‹«

Ich musterte ihn. Er trug eine rot-blaue Strickmütze und ein grünes T-Shirt mit einer goldenen Katze darauf. Darunter stand »Süßes Kätzchen«.

Jawoll. Henry war genau die Hilfe, die ich brauchte.

Ich band Henry eine gestreifte Schürze um, schnitt einen Schokoladenkuchen in kleine Stücke und drapierte sie auf Papierdeckchen.

»Du wirst der Werbechef von Bommaritos Bäckerei!«, sagte ich zu ihm.

»Ha!« Er lachte. »Ha! Der Chef! Großer Chef!«

»Genau. Du übernimmst die Außenwerbung.«

»Okay-dokay! Das mach ich!« Henry grinste, rückte seine Mütze zurecht. »Was mach ich, Isi?«

»Du schenkst den Leuten kleine Kuchenstücke auf Papierdeckchen, Henry.«

»Das mach ich! Ich schenke Kuchen!«

»Umsonst. Kostenlos.«

»Ha! Kuchen umsonst für alle Leute, und ich sag: Jesus liebt dich – das mach ich!«

Wir stellten draußen einen Tisch mit einer rot-weiß geblümten Decke auf und setzten Henry daran.

Ich beobachtete ihn kurz, mein Beschützerinstinkt arbeitete auf Hochtouren.

Was gar nicht nötig war.

Unser Bruder kannte fast alle, die vorbeikamen; er begrüßte sie mit vollem Namen oder sagte: »Hallo, Mann hinterm Ladentisch der Apotheke mit der komischen Brille!« oder: »Das ist die Frau vom Friseursalon mit schwarz lackierten Fingernägeln!« oder: »Du fährst den blauen Laster. Der brummt wie ein Bär! Brrr!« Er freute sich, jeden zu sehen, und die Leute blieben stehen, plauderten mit ihm und nahmen ihn in den Arm.

»Jesus liebt dich!«, teilte Henry ihnen mit. Wenn keiner vorbeikam, sang er vor sich hin.

Am Ende hatten wir unseren gesamten Kuchen verkauft, einschließlich eines Schokoladen-Käsekuchens mit zerkrümelter Kekskruste, eines Apfel-Kaffeekuchens mit Zimt und eines Karottenkuchens mit dicker Frischkäseschicht und einem rosa Hasen, der eine riesige Karotte in der Pfote hielt.

Um fünf Uhr machten wir zu und räumten auf.

»Tja, kein schlechter Tag für die Bäckerei«, sagte ich zu Janie. Ich war so erschöpft, dass ich kaum noch sprechen konnte.

»Das kann man wohl sagen. Fühl mal, Isabelle.« Sie fuhr mit der Hand durch einen Sack Haferflocken. »Ich glaube, so würden sich auch zermahlene Menschenknochen anfühlen. Was meinst du?«

In den nächsten Tagen arbeiteten wir bis zum Umfallen in der Bäckerei. Ich kreierte einen Kuchen in Form einer schielenden Schlange, ein rosa Zebra und eine Giraffe mit nicht ganz so langem Hals. Wenn es den Kindern gefällt, kaufen es die Eltern. Das ist mein Motto.

Janie backte eine Hochzeitstorte, die sie mit hellrosa Guss und einem Blumenkranz aus Marzipan verzierte, der sich kaskadenartig nach unten rankte. Die Torte war der Hammer. Ich sah, wie die Leute vor dem Schaufenster stehen blieben und sie bewunderten.

Die Perfektion der Torte erinnerte mich an meinen Dad und die hinreißenden Köstlichkeiten, die er mit uns gebacken hatte. Ich wandte mich ab.

Belinda kam herein, wie immer um dieselbe Zeit, legte sich auf eine Bank in der Nische und schlief ein. Heute roch sie nach Rosen. Draußen sah ich ihren Einkaufswagen mit den schwarzen Säcken stehen. Ein kleiner Kopf tauchte auf, ich schaute zweimal hin.

Belinda hatte eine schwarze Katze, die eine rosa Schleife trug.

Janie und ich wechselten einen Blick.

Was sollten wir nur mit Belinda machen?

Eines Tages war auch ich einmal auf einer Parkbank aufgewacht. Das war nicht so ungewöhnlich, aber ich hatte keine Ahnung, in welchem Park ich mich befand, ganz davon zu schweigen, in welchem Bundesstaat. Ich wusste nur, dass ich in Amerika war, weil ich die Fahne sah.

Unsere Großmutter glaubt, sie sei Amelia Earhart, unser Bruder teilt jedem mit, dass Jesus ihn liebt, und unsere stets elegant gekleidete Mutter kann jeden, der ihr in die Quere kommt, wie ein erfahrener Schwertkämpfer niederstrecken und hat es auch oft genug getan. Momma und Grandma lieferten sich mal in der Kirche ein Schreiduell, weil Momma sich weigerte, während des Vaterunsers Grandmas Hand zu halten. Der Segen musste über ihr Gekeife hinweg erteilt werden.

Wenn Cecilia nicht in der Vorschule unterrichtet, flucht sie wie ein Fischweib. Sie wiegt hundertvierzig Kilo, und Janie muss mehrmals am Tag in die Kühlkammer, um ihren Kopf zu kühlen und ihre zwanghafte Zählerei einzudämmen. Ich habe ein Männerproblem und gegen so überwältigende Depressionen gekämpft, dass ich das Gefühl hatte, meine Zehen würden über dem Feuer der Hölle schmoren. Unser Dad hat sich vom Acker gemacht, weil sein Verstand ständig Zeitreisen zurück nach Vietnam unternahm.

Na also. Wer sind Janie und ich, über Belinda den Stab zu brechen, nur weil sie sich seltsam verhält?

Wir ließen Belinda schlafen.

Am Mittwoch brachten Janie und ich Henry zur Kirche, zu seiner Freiwilligenarbeit mit der Highschoolgruppe.

Ich betrachtete die geschnitzten Kirchentüren, das Kreuz auf dem Dach und die Marienstatue.

Hier hatte ich während der Highschool viele Stunden verbracht. Momma hatte darauf bestanden. Ich musste sonntags zur Kirche gehen, egal wie verkatert ich vom Abend davor war oder was sich kurze sechs Stunden zuvor auf dem Rücksitz des Autos irgendeines Typen abgespielt hatte.

Ich hatte an der Mittwochgruppe teilgenommen und bei Pater Mike zahllose schändliche Sünden gebeichtet, nur um am nächsten Tag wieder loszuziehen und dieselben erneut zu begehen.

Ich hatte im Untergeschoss der Kirche mit drei Jungen geschlafen und mit zweien vor dem Altar. Wir hatten Hostien geklaut, um sie mit dem gestohlenen Messwein zu verspeisen. Ich hatte zu Cecilia und Janie gesagt, wir könnten eine Tonne von Christi Leib essen und Gallonen von seinem Blut trinken. Das fanden wir zum Piepen komisch.

Ich wollte Pater Mike gerne sehen, aber ich konnte nicht. Ich konnte nicht in diese Kirche gehen. Ich hatte zu viel angestellt, konnte mir nicht vergeben oder vergessen, was ich getan hatte. Vermutlich gab es kein Gebot, gegen das ich nicht verstoßen hatte. Außer meines Nächsten Weib zu begehren. Ich hatte nie ein Weib begehrt.

Henry gab mir einen Kuss auf die Wange und schenkte mir ein Lächeln.

»Wiedersehen, Henry. Viel Spaß.«

»Okey-dokey, Isabelle. Du auch viel Spaß. Gehst du jetzt heim und machst Spaghetti?« Wenn Henry mittwochabends nach Hause kam, gab es Spaghetti.

»Ja, ich mache Spaghetti.«

»Und Fleischbällchen?« Er grinste mich an.

»Fleischbällchen auch. Versprochen.«

»Fadenkäse?«

Er meinte Mozzarella. »Ja, auch Fadenkäse.«

Henry grinste erneut und klatschte in die Hände. »Ich hab euch lieb, Janie und Isabelle, meine Schwestern. Ja, ja, das hab ich. Meine Schwestern.«

»Ich hab dich auch lieb, Henry.«

»Hab dich lieb, Henry.« Janie warf ihm einen Luftkuss zu.

Und ich liebte Henry wirklich. Ich sah ihm nach, wie er die Kirchenstufen hinauftappte, mit braunen Locken seidig und weich. Eine Gruppe Teenager bog um die Ecke, bevor Henry oben ankam. Instinktiv erstarrte ich. Janie sog den Atem ein.

Meine Hand umklammerte den Türgriff des Autos, Janies ebenfalls, bereit, sofort rauszuspringen und Henry beizustehen, wie wir es als Kinder getan hatten, um ihn vor den Schlägen gemeiner Bösewichte zu beschützen.

Einmal, als wir in einem abgelegenen, moskitoverseuchten Kaff in South Carolina wohnten, wurde Henry, der in der vierten Klasse war, von drei Gören den ganzen Weg nach Hause über ein Feld gejagt. Sie schlugen mit ihren Rucksäcken nach ihm, beschimpften ihn, schubsten ihn in den Matsch und machten sich über ihn lustig.

Nun ist es für jeden beängstigend, von einer Bande gemeiner Jugendlicher gejagt zu werden. Aber wenn man geistig behindert ist wie Henry, wird diese Furcht riesengroß. Es ist, als würde man von einer schwertschwingenden Armee angegriffen, während man gleichzeitig unter Sirenengeheul in einem feuchten Tunnel mit zischenden Schlangen steckt und keinen Weg hinaus findet oder auch nur begreifen kann, wieso diese Katastrophe überhaupt passiert ist.

Blutend und verdreckt stürzte Henry schreiend zur Haustür herein. Eine ganze Stunde lang hörte er nicht auf zu schreien. Er weckte Momma, die wieder mal in einem tiefen schwarzen Loch steckte, und sie begann zu wimmern. Die beiden klammerten sich aneinander. Schließlich konnten wir Henrys Hände von Momma lösen, seine Wunden säubern und verbinden, während er uns unter Tränen, einem Schluckauf und hyperventilierend erzählte, was passiert war.

Am nächsten Tag warteten Cecilia, Janie und ich nach der Schule auf unsere Opfer. Wir sahen, dass Henry aus der Schule kam und sich auf den Heimweg machte, er trug seine Lieblings-Baseballkappe mit dem Frosch und ein T-Shirt mit dem Aufdruck »Buh!« Wir hatten ihm gesagt, dass wir ihn beschützen und die Bösen abfangen würden, aber er war so nervös, dass er zitterte und ganz merkwürdig lief.

Dieselbe Bande wie am Vortag nahm Henrys Verfolgung auf. »Heh, Vollidiot! Vollidiot! VOLLIDIOT! Spasti! Ja, du!«

Voller Panik begann Henry zu rennen, die Froschkappe flog ihm vom Kopf.

Wir Schwestern liefen ebenfalls los, näherten uns den Wichsern nur leise aus dem Hinterhalt. Mit solchen Dingen hatten wir Erfahrung.

»Eins …«, keuchte Cecilia, als wir die drei Jungen, die Henry verfolgten, fast erreicht hatten. Sie war schon damals stämmig, aber dennoch schnell. »Zwei …« Die Jungs konnten uns nicht mal hören, so laut trampelten ihre Füße, grölten sie und brüllten: »He, Arschgesicht! Du Vollidiot! Du bist ein Spasti! Dumm wie Scheiße!«

»Drei!«, schrie Cecilia. Ihre Wut kochte über.

Bei »drei« stürzte sich jede von uns auf einen der Wichser.

Wir brachten sie auf dem Gehsteig zu Fall, von der Wucht des Aufpralls blieb ihnen die Luft weg. Ich hörte den Körper meines Opfers knacken. Wir machten keine halben Sachen. Das gab's bei uns nicht. Außerdem waren wir sauer. Sauer auf diese Typen, die den armen lieben Henry quälten, sauer, weil Momma wieder im Bett lag, sauer, dass nichts zum Essen im Haus war, sauer, weil wir keinen Dad hatten, sauer, dass das Telefon wieder abgestellt war, sauer wegen unserer schäbigen BHs. Die Liste der Gründe, warum die Bommarito-Mädchen sauer waren, war endlos.

Wir verprügelten die Jungs nach Strich und Faden, ließen unseren ganzen Hass an ihnen aus, während Henry nach Hause lief, wie besprochen, nachdem er seine Froschkappe wieder aufgesetzt hatte. Cecilia knallte den Kopf eines Jungen auf den Gehsteig. Ich zog das Knie an und stieß es einem Jungen gegen die Nase.

Blut. Das ganze Gesicht voll.

Janie zählte. »Eins, zwei, drei, vier. Eins, zwei, drei, vier. Eins, zwei …« Mit jeder Zahl schlug sie auf einen Jungen ein. Sie besaß einen Schlagring, daher hatten wir ihr den größten von den drei Typen überlassen.

Sie wehrten sich, doch es half nichts. Nachdem ich meinem Gegenüber in den Unterleib geboxt hatte, zog ich ein kleines Messer hervor. Cecilia und Janie rissen den anderen beiden an den Haaren den Kopf nach hinten, damit sie zusahen, wie ich dem dritten die Messerspitze in den Hals bohrte.

»Komm – ja – nie – wieder«, brüllte ich, mein Gesicht ganz dicht an dem des vor Angst erstarrten Wichsers, »unserem Bruder zu nahe! Hast du das kapiert? Habt ihr das verstanden, ihr Wichser? Wenn doch, werde ich euch umbringen. Kapiert, ihr Wichser?«

Janies Gegner versuchte hochzukommen. Klatsch. »Eins. Zwei. Drei. Vier.« Klatsch. Noch mehr Blut.

Cecilias Opfer versuchte sie abzuschütteln. »Runter von mir, du fette Sau!«

Dieser Satz brachte sie zum Kochen. Als sie mit ihm fertig war, hatte er sich zu einer Kugel zusammengekrümmt und winselte nach seiner Mutter.

Mein Gegenüber bewegte sich nicht. Ich lächelte ihn zuckersüß an, das Messer immer noch an seine Kehle gesetzt. »Na, willst du mit mir zum Abschlussball gehen?«

Er erbleichte.

»Ich könnte dir meine Sammlung Messer zeigen.« Wieder lächelte ich. Dann beugte ich mich hinunter und flüsterte: »Ich schneid dir deinen Pimmel ab, wenn du meinem Bruder noch mal zu nahe kommst, kapiert?« Ich senkte das Messer in seine Leistengegend.

Er wimmerte. »Ja, gut, ich will nur nach Hause … nach Hause …« Tränen strömten ihm über die Wangen. Er spuckte einen Zahn aus.

»Eins, zwei, drei, vier: loslassen!«, befahl Janie. Wir standen auf und stellten uns Schulter an Schulter. Janie ließ ihren Schlagring aufblitzen, ich streckte das Messer vor und lächelte.

»Was ist mit der Verabredung zum Abschlussball?«, höhnte ich.

»Das hat Spaß gemacht!«, verkündete Janie. »Hab mich bestens amüsiert!«

Am nächsten Morgen saßen wir den drei Rowdys im Büro des Rektors direkt gegenüber.

Die Schläger waren von Schrammen und Blutergüssen gezeichnet. Kichernd zeigte ich ihnen den Stinkefinger. Janie zählte laut, und Cecilia legte sich beide Hände um den Hals, als würde sie sich selbst erwürgen, und zeigte dann auf die Jungs.

Der Rektor Mr Wong trug eine Krawatte mit Äpfeln und eine riesige Brille. Er sagte: »Diese jungen Männer behaupten, ihr drei hättet sie verprügelt.« Er sah uns fragend an.

Die Konrektorin, eine Frau namens Ms Drake, saß neben ihm. Beide hatten einen befriedigten Gesichtsausdruck.

»Diese Jungs waren schon öfter in diesem Büro. *Schon sehr oft*«, nölte Ms Drake. Ihr weißes Haar war in einem Zopf um ihren Kopf gewunden. »Wir kennen sie recht gut, aber normalerweise geht es darum, dass sie andere verprügelt haben. Was ist diesmal passiert, Mädels?«

Janie atmete aus und quetschte sich ein paar Tränen heraus. Wir alle hatten Kleider und saubere weiße Socken angezogen, sogar unsere Schuhe hatten wir mit Klopapier poliert. Wir hatten unsere Antworten eingeübt. »Wir hatten keine andere Wahl, Ma'am.«

»Keine andere Wahl?«, fragte Ms Drake. Sie gluckste und hustete dann, um es zu überspielen.

»Nein. Zu unserem eigenen Schutz. Zu unserer Sicherheit.« Janie betupfte ihre Augen mit einem Spitzentaschentuch von Momma. Sie wirkte klein und zart. Als ich daran dachte, wie fachmännisch sie ihren Schlagring eingesetzt hatte, musste ich ein Kichern unterdrücken.

»Was soll das heißen, zu eurem Schutz? Die Jungs behaupten, ihr hättet sie ohne jeden Grund verprügelt«, sagte Mr Wong und strich über die Äpfel auf seiner Krawatte. »Einfach so. Aus heiterem Himmel.«

Die Jungen rutschten hin und her. Ich guckte auf den Hosenschlitz meines Gegenübers und machte mit zwei Fingern schnippelnde Bewegungen. Er wurde rot.

»Wir mussten sie verprügeln, weil sie Arschlöcher sind«, schaltete sich Cecilia ein. Sie hatte nicht richtig zugehört, als Janie und ich am Vorabend unseren Auftritt geprobt hatten.

Ich stieß Cecilia mit der Schuhkante an.

»Junge Dame …«, sagte der Rektor.

»Tut mir leid, Sir, Ma'am«, erwiderte Cecilia, zur Abwechselung reuevoll. »Ich werde nicht mehr sagen, dass diese Arschlöcher Arschlöcher sind.«

»Cecilia …«, warnte Ms Drake.

»Ich entschuldige mich, Ma'am, für meine … meine *Impertinenz.*« Sie funkelte die Jungs böse an und artikulierte lautlos: »Arschlöcher.«

Wieder rutschten sie auf ihren Stühlen herum.

»Fangen wir noch mal von vorne an«, beharrte Mr Wong. »Diesen Jungen wurden Zähne rausgeschlagen. Shaws Lippen sind geschwollen, und Damien hat eine Beule am Kopf, so groß wie ein Straußenei. Ihre Eltern haben angerufen und verlangen Erklärungen. Was ist passiert?«

»Wir haben unseren Bruder verteidigt, Sir«, sagte ich und reckte das Kinn vor. »Sie haben Henry gestern angegriffen. Am Tag davor auch. Als wir das herausfanden, sind wir Henry auf dem Heimweg von der Schule gefolgt, um ihn zu beschützen, und da haben die drei ihn wieder angegriffen. Zum zweiten Mal. Innerhalb von zwei Tagen.«

Die Jungs blickten zu Boden. Ich summte ein Liedchen, um sie aus der Fassung zu bringen.

»*Was habt ihr getan?*«, fragte Mr Wong die Jungen. Normalerweise war er ein sanftmütiger Mann, aber sein Sohn war ebenfalls geistig behindert, und er und Henry spielten zusammen Dame. Wenn Henry nicht zur Schule kam, bekam Mr Wongs Sohn Anfälle.

»*Ihr habt Henry angegriffen?* Henry Bommarito?« Mr Wong war entgeistert. Das war genau das richtige Wort: *entgeistert.*

Ms Drake entglitt ein verstohlenes Lächeln.

Die Jungs begannen zu stammeln und zu stottern.

»Damien hat's getan. Das war seine Idee …«

»Dirk hat damit angefangen …«

»Ich wollte nicht mitmachen, aber Shaw sagte, wenn ich das nicht tue, wirft er mich aus dem Club …«

»Es ist doch nur Henry«, nuschelte Shaw durch seine geschwollenen Lippen. »Ihm ist nichts passiert. Er ist ein bisschen bescheuert, wissen Sie. Er hat nicht so viel Hirn wie wir.«

»*Es ist nur Henry?*«, stieß Mr Wong hervor. Er wurde knallrot, sprang auf und schlug jedem Jungen mit einem Papierstapel auf den Kopf. »Er ist ein menschliches Wesen.«

»Aber …«, unterbrach ihn Damien. »Er ist nicht wie wir. Er ist nicht normal.«

»Er ist normal. Ihr seid diejenigen, die nicht normal sind!«, brüllte Mr Wong. »Was seid ihr bloß für Tiere, Henry zu verprügeln. Wie krank ist das?« Wieder schlug er jedem auf den Kopf. »Krank. Krank. Krank. Seid ihr Tiere?«

»Er schneidet uns Grimassen!«, rief einer der Jungs.

»Ja, er grinst dauernd und sagt: ›Jesus liebt dich.‹«

»Der hat sie doch nicht alle!«, sagte der dritte Junge. »Er ist ein Vollidiot.«

Oje.

Chaos.

Wir Bommarito-Mädchen *hassen* dieses Wort.

Es gab eine hässliche Szene. Cecilia, Janie und ich stürzten uns gleichzeitig auf die drei Jungs. Ich landete mit so viel Wucht auf dem mittleren, dass er nach hinten kippte.

Der Rektor fing Janie im Sprung ab, als sie auf einen anderen Jungen zuflog. Sie schrie, trat um sich und traf Shaws geschwollene Lippen.

Cecilia warf sich auf den Dritten, ehe die Konrektorin sie aufhalten konnte. Später berichteten mir beide, dass Cecilia noch einen guten Karatetritt landen konnte, bevor die Konrektorin sie mit aller Kraft wegzerrte.

Wir wurden unter Zwang aus dem Rektorenbüro getragen und auf Stühle im Vorzimmer gesetzt.

Die drei fiesen Rabauken wurden der Schule verwiesen.

Der Rektor und die Konrektorin zitierten uns wieder in ihr Büro, und wir bereiteten uns auf das Schlimmste vor.

Zuerst herrschte Totenstille, dann seufzte Mr Wong schwer. Er nickte Ms Drake zu.

»Wie ich höre, backt ihr Mädchen leckeren Schokoladenkuchen«, sagte Ms Drake, richtete sich auf und lächelte liebenswürdig, als hätte das Handgemenge am Morgen nie stattgefunden. »Und Apfelkuchen. Ich hätte gerne von jedem einen. Ich habe schon seit Wochen einen Heißhunger auf Apfelkuchen.«

Was sollten wir dazu sagen? Keine Bestrafung?

»Meine Sekretärin behauptet, ihr würdet auch einen vierschichtigen Schokoladenkuchen backen, der himmlisch schmeckt. Meine Frau hätte gerne zwei davon für eine Familienfeier«, sagte Mr Wong und betastete die Äpfel auf seiner Krawatte.

Wir waren sprachlos. Sprach-los.

Mr Wong drehte sich auf seinem Stuhl. »Wenn ihr wollt, Mädels, könnt ihr Werbung und einen Bestellzettel für eure Backwaren im Lehrerzimmer aufhängen …«

Ich zitterte fast, so aufgeregt war ich. Kein Schulverweis, sondern ein Jobangebot.

»Ha! Die Arschlöcher sind draußen, und wir sind drin«, sagte Cecilia und ballte die Faust.

Ms Drake verbarg ein Lächeln.

»Ja!« Janie sprang auf. »Jawoll! Das machen wir! Eins, zwei, drei, vier!«

Wir machten es.

Und für eine Weile hatten die Bommarito-Mädchen genug Geld für Essen und die Stromrechnung.

Es gab andere Kinder in vielen anderen Schulen, und leider mussten wir unser Messer, unseren Schlagring und unsere Fäuste noch oft einsetzen, um Henry zu verteidigen. Unseren süßen, unschuldigen Henry mit der Froschkappe und dem T-Shirt, auf dem »Buh!« stand.

Als Henry und die Jugendlichen jetzt an den Kirchenstufen zusammentrafen, spürte ich, wie mein Blut in Wallung geriet.

Janie und ich waren bereit, loszustürzen und sie in Stücke zu reißen. Ich hörte Janie neben mir zählen.

»Hallo!«, sagte Henry lächelnd und winkte den Jungen zu. »Kommt ihr zur Kirche? Wir haben Donuts!«

Einer der Jungs klopfte ihm sanft auf den Rücken. Er war ganz in Schwarz gekleidet, an seinem Gürtel hingen zwei Ketten. Ein anderer hatte einen grün gefärbten Irokesenschnitt. Er sagte: »He, Alter. Was geht ab?« Henry musste lachen.

»Ich geh nicht ab«, sagte er, und sein Gesicht strahlte. »Du bist witzig, Connor. He, Jesus liebt dich! Er liebt dich.«

Wir sahen sie gemeinsam die Stufen hinaufgehen.

Ich hatte Henry lieb.

»Ich hab Henry lieb«, seufzte Janie. »Er erinnert mich an Vivaldi und Yo-Yo Ma. In einer Person.«

Ich brachte nichts heraus. Das Licht, das Henry in mein Leben brachte, war manchmal das einzige Licht, das ich sah.

10. KAPITEL

»Kommt rüber!«

»Wie bitte?« Ich lehnte mich auf dem weißen Rattansofa zurück, das Telefon lässig in der Hand. Janie lag auf dem Verandaboden ausgestreckt. »Jetzt sofort, Cecilia?«

»Ich kann mich nicht bewegen«, stöhnte Janie. »Meine Knochen sind Beton, meine Muskeln Pudding.«

Wir hatten seit über einer Woche keinen freien Tag gehabt. Die Nachricht von Bommaritos Bäckerei hatte sich verbreitet wie ein Lauffeuer, die Kunden strömten nur so zu uns. Wir backten wie am Fließband, und obwohl Cecilia nachmittags und am Wochenende aushalf, mussten wir vermutlich Mitarbeiter einstellen. In diesem Tempo konnten wir nicht weitermachen, sonst würden meine Knochen bersten.

»Ja! Kommt sofort rüber!«, wiederholte Cecilia mit hämischer Stimme. »Die Mädchen sind im Bett. Ich muss euch was zeigen.«

»Was denn?« Vor meinem inneren Auge sah ich meine erschöpfte Niere auf einer Trage, angeschlossen an einen Tropf, eine Sauerstoffmaske über dem Gesicht. Haben Nieren Gesichter?

Janie flüsterte: »Mein Körper funktioniert nicht mehr. Ich bestehe nur noch aus Fleisch und Kapillaren und ein paar Arterien, aber die Knochen sind nicht mehr zu gebrauchen.«

Cecilia hatte tolle Neuigkeiten zu verkünden: »Ich habe vom Privatdetektiv den Bericht über Parker bekommen.«

Ich spürte, wie ein paar Gehirnzellen aktiv wurden.

»Und?«

Sie krähte fast wie ein Hahn auf dem Mist. »Das ist der Hammer! Eine Bombe! Eine Explosion! Eine glückliche Explosion!«

In meinem Hirn knisterten die Zellen. Ich setzte mich auf.

»Oh, ich tanze, jodle, tiriliere!«, sang Cecilia. »Was für ein herrlicher, siegreicher, rachsüchtiger Abend!«

Plötzlich war ich überhaupt nicht mehr müde.

Ich übermittelte Cecilias Nachricht an die komatöse Janie.

Wir flogen aus dem Haus, als hätten wir Adlerschwingen auf dem Rücken.

Cecilia saß aufrecht da, die Hände sittsam über der dicken blauen Mappe vor sich auf dem Tisch gefaltet. Die Kerzen, die sie zur Feier des Tages angezündet hatte, flackerten unter dem Kronleuchter.

Cecilias Haus ist gemütlich, eingerichtet mit leuchtenden Farben, verschwenderischen Stoffen, dicken Teppichen und eleganten Möbeln. Es steht auf einem ein Hektar großen Grundstück, teilweise umgeben von Apfelbäumen, und ich schwöre, dass man diese saftigen Äpfel das ganze Jahr über im Haus riechen kann.

»Ohne diese Filzlaus fühlt man sich viel wohler in deinem Haus«, sagte ich.

»Vielen Dank. Leider habe ich versäumt, dieses Ungeziefer zu vernichten, als es noch da war.« Cecilia trug ihr blondes Haar wieder zum Pferdeschwanz gebunden, und ihre Augen strahlten vor Befriedigung. Sie leuchteten regelrecht.

Ich konnte mich kaum zurückhalten.

Janie kicherte. Sie hatte sogar aufgehört zu zählen.

»Ich habe einen Wahnsinns-Ermittler«, verkündete Cecilia geschäftsmäßig, nachdem sie uns allen Champagner eingeschenkt hatte. »Das hier ist sein Bericht.«

Ich lachte. Janies triumphierendes Kichern erfüllte den Raum. Sie hasste Parker sogar noch mehr als ich. In einem ihrer

Bücher war der Mörder ein Mann, der Parker bis aufs i-Tüpfelchen glich. Der Nachname des Mörders war Parker. Janie hatte Parkers großspurigen Gang beschrieben, seine Angewohnheit, »gewichtige« Worte zu benutzen, um andere zu beeindrucken, immer ein Exemplar von Proust bei sich zu tragen, um intellektuell zu wirken, sich über Opern zu ereifern, ohne die geringste Ahnung davon zu haben.

Parker war wütend gewesen.

Janie hatte die Unschuldige gespielt.

Parker, dem Mörder, waren am Ende die Arschbacken mit einem Fleischerbeil abgetrennt worden. Nicht gerade realistisch, aber Janies Fans waren begeistert.

Cecilia räusperte sich, unterstrich damit die Bedeutung dieses grandiosen Augenblicks. »Ich weiß jetzt alles über Parkers neue Freundin. Constance Lodge, mit richtigem Namen Bianca Landon Bach, wurde 1982 in Los Angeles geboren. Sie ist nur geringfügig vorbestraft, lasst mal sehen, wo steht es denn? Ah ja, hier.« Sie hob die Augenbrauen, als sie uns die Liste der Vergehen vorlas: Ladendiebstahl, fahrlässige Körperverletzung, Kreditkartenfälschung, Bankbetrug, Ausstellen ungedeckter Schecks. Ihre eigene Mutter hatte sie wegen Diebstahls angezeigt, ebenso verschiedene Geschäftsleute und Privatpersonen.

»Genau die richtige Braut, um sie Parkers Momma vorzustellen!«, bemerkte ich. »Große Klasse! Das perfekte Beispiel unbescholtener, reiner Weiblichkeit!«

Cecilia konnte Parkers Mutter nicht ausstehen. Ihre Schwiegermutter war verschrumpelt, aber reich, sie hielt Parker für die Krone der Schöpfung und Cecilia als Ehefrau für eine Niete. Das hatte sie ihr auch gesagt. »Eine Niete als Ehefrau, das ist Cecilia, Parker, mein Herzblatt. Schau sie dir doch an!«

»2002 wurde Bianca wegen Pros…«, sprudelte es aus Cecilia hervor, sie verschluckte sich fast vor Kichern. »Wegen *Prostitution* angezeigt, ach, ist dieses Wort nicht herrlich? Und 2005 wurde die kapitalistische, opportunistische Geschäftsfrau

Bianca angezeigt, einen eigenen Prostituiertenring zu führen.«

Ich brachte die Worte kaum heraus, so berauscht war ich vor Begeisterung: »Parker hat sich also mit einer ehemaligen *Puffmutter* eingelassen?«

Janie schnaubte verächtlich.

»Offensichtlich«, prustete Cecilia. »Constance führte in San Francisco ein äußerst erfolgreiches Geschäft. Als sie aufflog, vertickte sie ihr kleines schwarzes Büchlein an die Zeitungen, und nicht weniger als fünf Lokalpolitiker, ein US-Senator, zwei Kongressabgeordnete, sechs Sportler, Universitätsprofessoren und leitende Angestellte wurden wegen ihrer unbestreitbaren Fehltritte öffentlich bloßgestellt.«

»Mann, ist die clever!«, rief ich. »Parkers Mutter wird sie wegen ihrer Genialität und Gerissenheit lieben! Ich werde es ihr mit Freuden selbst mitteilen, aber erst *nach* der Hochzeit.«

»Mein Privatdetektiv hat ein paar Artikel beigelegt.« Cecilia knallte einen Stapel Papier auf den Tisch, und wir stürzten uns auf die Artikel wie auf einen Berg Pralinen.

»Weiß er, dass sie eine Ex-Puffmutter ist?«, fragte Janie.

»Bestimmt nicht«, antwortete Cecilia. »Der wälzt sich mit ihr im Heu rum und kann nicht weiter denken als bis zu seinem Schwanz. Also wissen wir, dass es ein Geheimnis ist.«

»Ein erschütterndes, unglaubliches Geheimnis!« Janie griff nach einem weiteren Artikel. »Sein Karma hat ihn eingeholt. Ich genieße seinen Absturz.«

»Sie war schon dreimal verheiratet. Mein Detektiv hat sich mit einem ihrer Exmänner in einer Bar getroffen und ihn dazu gebracht, alles auszuplaudern, ohne zu verraten, mit wem er es zu tun hatte. Schaut euch das an!«

»Bianca hat mich total ausgenommen«, lasen wir in der Abschrift des aufgezeichneten Gesprächs. »Nach Strich und Faden. Alles weg. Sie hat mir erzählt, sie sei Studentin. Ich fand sie süß. Kaum zu fassen! *Süß*. Verdammt. Sie hat meine Kreditkarten ausgelutscht und Hypotheken auf mein Haus aufgenommen, bis ich genauso gut in einem Zelt hätte wohnen können. Ich hab versucht, sie glücklich zu machen, und trotzdem hat sie mich betrogen. Diese blöde Kuh. Wissen Sie, wie es ist, nach Hause zu kommen und die eigene Ehefrau mit einem anderen Kerl im Bett zu erwischen? Ich hab sie aber mit einer Frau erwischt. Und sie waren nicht mal im Bett. Sie waren nackt auf meinem Boot – dem Boot, das ich ihr gekauft hatte, weil sie es unbedingt haben wollte … und die beiden machten es im Stehen, ans Ruder gelehnt. Gott, ist das krank. Total abartig. Ich war mit einer Lesbe verheiratet.«

»Auf Constance!«, johlte Cecilia und hob ihr Champagnerglas. »Auf dass sie das neue Boot genieße, gekauft von Parkers Kreditkarte, und auf dass sie und ihre sexy Freundin es nackt am Ruder genießen, während Parker zuschaut.«

»Auf Constance!«, wiederholte ich.

Manchmal ist das Leben so herrlich, so wunderbar gerecht, dass man jubilieren möchte.

Am nächsten Tag zahlten wir den Preis für unseren nächtlichen Besuch bei Cecilia, aber das war es absolut wert. Nachdem wir über den Bericht frohlockt hatten, genehmigten wir uns ein paar Kahlúa mit Sahne (ein Familiengetränk) zu viel, und ich musste so sehr lachen, dass ich mir in die Hose machte und eine Jogginghose von Cecilia leihen musste.

»Mein Pipi riecht wie Long Island Iced Tea!«, kreischte ich.

»Pipitee!«, grölte Cecilia.

»Tipipee!«, gluckste Janie.

Wir krümmten uns vor Lachen und mussten uns schließlich auf den Küchenboden legen.

»Lass dich so bald wie möglich scheiden, Cecilia«, flötete Janie, während sie durch den Raum tanzte. »Je eher du das tust, desto eher beginnt sein Absturz, sein Karma wird mies, seine Aura schwarz.«

»Aber ich will ihn hängen sehen«, protestierte Cecilia, schlang sich die Hände um den Hals und gab würgende Laute von sich.

»Du hast ihn längst erhängt«, sagte ich. »Den Rest soll er selbst erledigen.«

»Die Speiseröhre wird zusammengedrückt, wenn ein Mensch erhängt wird, sie …«, setzte Janie an.

»Bitte, Janie«, sagte ich. »Mach meine Albträume nicht noch schlimmer.«

Ich brauche wohl kaum zu erwähnen, dass wir bei Cecilia übernachteten.

Gott sei gedankt für Velvet.

»Ich bekomme kaum die Augen auf, so müde bin ich. Ich glaube, meine Pupillen liegen noch im Bett«, sagte Janie, als wir das Haus verließen und in Janies Porsche am nächsten Morgen um halb fünf durch die dunklen Straßen von Trillium River zur Bäckerei fuhren. Ich nahm mir vor, endlich meinen eigenen Porsche aus Portland zu holen. Wir waren aus Cecilias Haus gestolpert, heimgegangen, hatten geduscht, uns umgezogen und waren wieder losgestolpert.

»Ich habe das Gefühl, mein Hirn ist durch Haferschleim ersetzt worden«, flüsterte Janie. »Und ich bin gestern Abend nicht zum Sticken gekommen …«

»Ich habe das Gefühl, der Tod hat in meinem Kopf Platz genommen«, sagte ich. »Und er tritt mir gegen die Schädeldecke.«

Als wir um die Ecke bogen, schaute mich Janie flehend an.

»Nein«, sagte ich.

Aus ihrer Kehle kam ein quiekendes Geräusch.

»Du musst dich zusammenreißen.«

»Das versuch ich ja.«

»Nicht stark genug. Sag Ja zu Medikamenten.«

»Ich kann mich bestimmt nicht konzentrieren«, jammerte

sie. »Werde den ganzen Tag neben der Spur sein. Wahrscheinlich lasse ich die Orangen-Zitronen-Muffins und die Crêpes-Röllchen mit den Schokoladenraspeln und der Sahne schwarz werden.«

»Himmel, Arsch und Zwirn«, stieß ich hervor und wendete mitten auf der Straße. Ich hatte keine andere Wahl, musste nachgeben. Sonst würde es den ganzen Tag so gehen.

Janie seufzte vor Erleichterung.

Wir fuhren den Hügel zu Grandmas Haus wieder hinauf. Ich hielt in der Einfahrt. Janie flitzte mit wehenden Röcken los. Sie überprüfte die Eingangstür. Abgeschlossen.

»Was für eine Überraschung!«, summte ich vor mich hin. Janie schloss die Tür auf, rannte ins Haus. Ich wusste, dass sie den Herd, den Backofen und das Bügeleisen oben (das niemand angestellt hatte) erneut überprüfte. Ich wusste, dass sie viermal auf das Bügeleisen klopfen würde – auf die Unterseite, die heiß werden konnte, um sich zu vergewissern, dass sie nicht heiß war. Sie würde auch auf die Einschaltknöpfe von Herd und Backofen klopfen, viermal, um sich zu vergewissern, dass das Haus nicht abbrennen würde.

Ich sah sie aus der Haustür kommen. Sie schloss die Tür.

Sie rannte zum Auto.

»Du machst mich fertig«, sagte ich zu ihr.

Sie lehnte den Kopf zurück. »Ich mach mich selbst fertig. Nimm mich in die Arme, Isi.«

»Ach, ist das schrecklich.« Ich nahm sie in die Arme, und wir atmeten zusammen, Kopf an Kopf. Ein und aus. Regelmäßig. Friedvoll. Der Wind brauste um uns herum. »Wir sind ein Bild des Jammers!«

Probleme können überwältigend sein. Ungeheuer. Unlösbar. Ich glaube, der menschliche Verstand ist ein Labyrinth aus Schuldgefühlen und Bedauern, Freuden, Leidenschaften und Erinnerungen. Aber wenn man jemanden hat, an den man seinen Kopf lehnen kann, Stirn an Stirn, mit dem man die Wärme teilen kann, dessen Puls im selben Rhythmus schlägt, wird das Leben leichter. Nicht perfekt, das gibt es nicht. Aber besser.

Am nächsten Tag kam ein kleiner Asiate in die Bäckerei gehumpelt.

Er war etwa einssechzig groß und hatte einen Buckel, als hätte er sein Leben lang unter Rückenschmerzen gelitten.

Tiefe Falten gruben sich in seine Wangen, doch was mir besonders auffiel, war sein Hals. Über dem makellos sauberen, angeknöpften Kragen seines Hemdes war eine Narbe zu sehen, dick, breit und glänzend rosa, die sich fast um den gesamten Hals zog.

Seine Augen waren schwarz und sanft, aber ich hatte das Gefühl, in zwei Tunnel aus Leid zu blicken.

»Hallo, willkommen bei Bommarito. Kann ich etwas für Sie tun?«

»Ja, vielen Dank«, sagte er. Seine Stimme war leise und hatte einen starken Akzent. »Bitte, Sandwichbrot.«

»Gut, ich hole Ihnen eins.« Lächelnd packte ich sein Brot ein. Janie hatte an diesem Morgen Knoblauch-Käsebrot gebacken, weil sie sich angeblich »wie Knoblauch fühlte«.

Ich musterte ihn erneut, schätzte, dass er um die sechzig war. Mindestens. Er beäugte die Kekse.

Der Mann war spindeldürr. Wie ein trauriges Skelett mit Gesicht.

Ich fügte zwei wie Seepferdchen geformte Kekse in einer Extratüte hinzu. Das eine Seepferdchen hatte ich rosa mit grünen Punkten glasiert, das andere grün mit rosa Punkten.

»O nein. Ich nicht Kekse bestellt«, sagte er. »Brot. Vielen Dank. Ich danke Ihnen.«

Ich reichte ihm das Brot und die Kekse. »Die sind für Sie. Ein Geschenk.«

»Ein Geschenk?« Seine Augenbrauen schossen in die Höhe.

»Ja.«

»Ein Geschenk«, sagte er ganz leise. In seinem Gesicht zeichnete sich Überraschung ab, dann plötzliche Freude. Er verbeugte sich vor mir. Ich verbeugte mich vor ihm. »Vielen Dank«, sagte er mit ernster Stimme.

»Keine Ursache.« Ich deutete auf einen Fenstersitz, weil ich ihm ansah, dass er sich ausruhen musste. Er erinnerte mich an die erschöpften, verzweifelten Menschen, denen ich in Kriegszonen begegnet war. »Bitte nehmen Sie doch Platz.«

Eine Weile rührte er sich nicht. Zögerte. War unsicher.

Ich lächelte. »Ruhen Sie sich aus.«

»Ja. Das ist gut. Ich ruhe mich aus.«

Er bewegte sich langsam, und bei jedem humpelnden Schritt hob sich seine rechte Hüfte um mehrere Zentimeter. Sich auf der Bank niederzulassen, dauerte einige Zeit, obwohl ich ihm dabei half. Als er endlich saß, seufzte er.

»Ich danke Ihnen.«

»Keine Ursache.« Ich gab ihm die Kekse. Vorsichtig nahm er sie mit der rechten Hand entgegen, seine linke war reglos.

Danach ging ich wieder an die Arbeit. Ich wollte eine dreistöckige Torte backen. Jede Schicht sollte ein eingewickeltes Geschenk darstellen. Die unterste Schicht würde rosa-weiß gestreift sein, die mittlere lila mit einfachen Blumen und die oberste eine hübsche blaue Schachtel mit einer riesigen weißen Schleife darauf.

Während ich arbeitete, behielt ich meinen Gast heimlich im Blick. Er schaute aus dem Fenster und knabberte an dem Keks. Nach jedem Bissen schloss er die Augen, wie vor Verzückung. Ich schmunzelte. Tja, unsere Kekse waren verdammt gut!

Er war so dünn, so zerbrechlich.

Später erfuhr ich, dass er Bao hieß. Er war aus Vietnam eingewandert.

Ich erfuhr auch, dass er das Leben eines Einsiedlers führte, doch nicht weil er es so wollte.

Und ich erfuhr, dass der bucklige, sanfte Bao mit den quälenden Erinnerungen lebte, die sich um seinen Hals wanden, ihn zum Krüppel gemacht und das Lebenslicht in seinen Augen ausgelöscht hatten.

Für die Messe am Mittwochabend backten Henry und ich sechzig Cupcakes. Er bestand darauf, dass wir blaue Glasur benutzten und jedes ein weißes Kreuz obendrauf bekam, »für Jesus«.

Ich wollte nicht in die Kirche gehen, aber Henry konnte unmöglich sechzig Cupcakes ohne Hilfe die Stufen hinauftragen, also stapfte ich in Jeans und einem T-Shirt voll blauer Glasurspritzer die Stufen hoch.

Gott musste anderweitig zu tun haben, denn er ließ keinen Blitz in mich fahren, als ich durch die Kirchentür trat, auch ging das Dach nicht in Flammen auf.

Ein in Schwarz gekleideter Priester mit schlohweißem Haar stand an der Tür zum Vorraum. Er lächelte, als er mich sah, und als er mich erkannte, breitete er die Arme aus wie ein Adler.

Ich konnte mich kaum rühren. Vor mir stand Pater Mike.

Ich bekam einen dicken Kloß im Hals. Der Mann hatte mir praktisch das Leben gerettet.

»Isabelle, Isabelle, Isabelle! Du liebes Mädchen!«, rief er und humpelte auf mich zu. Seine Hüfte war von einem Schrapnell beschädigt, das er im Koreakrieg abbekommen hatte. »Ich habe dich vermisst!«

Ich stellte die Cupcakes ab und umarmte ihn. Es war, als umarmte ich Sicherheit, Trost und Freundschaft, alles auf einmal, aber wenn dieser gute Mensch von der Unzahl der Sünden gewusst hätte, die ich seit meinem Weggang aus Trillium River begangen hatte, hätte er mich sicher nicht umarmen wollen.

Was würde Pater Mike von meinen BH-Verbrennungen und den ihnen vorangegangenen Ereignissen halten? Was würde er von den Männergeschichten halten? Von meiner Selbstsucht?

Mit beiden Händen wischte er sich die Tränen von den Wangen und sagte: »Mein liebes Mädchen, ich brauche dich unbedingt für den Chor.«

Das war typisch für Pater Mike: *Hallo, wie geht's dir, komm in die Kirche und hilf mir.* Alles innerhalb von zwei Sekunden. »Hallo! Ich brauche jemanden für die Sonntagsschule der Viertklässler, und ich höre, Sie waren früher Lehrerin! Könnten Sie gleich nächste Woche anfangen?« Oder: »Ich höre, Sie sind nach Trillium River gezogen! Welches Instrument spielen Sie? Trompete? Wunderbar! Na los, holen Sie sie, Sie spielen heute das Solo zwischen Kommunion und Danksagung!«

Das Komische war, dass ich mindestens dreißig Familien aufzählen konnte, die nach Pater Mikes erster Einladung immer noch hier waren.

»O nein, Pater Mike. Ich singe nicht mehr.«

»Isabelle Bommarito! Erhebe deine melodische Stimme zu Gott und singe Halleluja! Du warst so eine Stütze für unseren Chor, als du hier gelebt hast! Eine große Stütze!«

Ich hatte im Chor gesungen, weil Pater Mike mich dazu überredet hatte. Er hatte Momma erzählt, ich könne »singen wie eine Nachtigall, wie fünfzig Nachtigallen«, deshalb unterstützte sie seinen Vorschlag. So wurde der Kirchenchor am Mittwochabend ironischerweise von einem Mädchen (*moi*) geleitet, das eine ausgemachte Sünderin war.

»Nur dreißig Minuten lang«, sagte Pater Mike. »Dreißig Minuten! Die Kinder singen alle zusammen. Rocksongs. Christlicher Rock. Wir nehmen Schlagzeug dazu.« Er mimte einen Schlagzeuger, seine altersgefleckten Hände waren überraschend gelenkig. »Lassen die elektrischen und akustischen Gitarren jaulen.« Er tat, als würde er Gitarre spielen, schob die Hüfte vor und zurück. »Ich brauche dich! Janice! Janice!« Er winkte eine füllige grauhaarige Frau zu sich, die gestresst und gehetzt wirkte. »Hier ist eine talentierte Lady für deinen Chor. Sie kann singen! Wie eine Nachtigall, wie fünfzig Nachtigallen!«

»Aber ich kann nicht …«

Janice fiel regelrecht über mich her, so erfreut war sie. »Wunderbar! Hervorragend! Absolut hervorragend! Wir brauchen unbedingt jemanden, der richtig singen kann.« Sie betastete ihr Haar und sprach ohne Pause. »Die Kinder kommen jeden Moment, aber sie hören sich an wie eine Herde röhrender Büffel, also hör zu, Schätzchen, unsere Band besteht hauptsächlich aus Schülern der Highschool, aber unser Gitarrist ist krank, und die beiden Mädchen, die gut singen können …« Mit wedelnden Händen schob sie mich zum Altar, wo Teenager mit ihren Instrumenten herumwuselten.

»Sagen wir einfach mal, sie sind Anfänger. Wir haben eine kleine Bühne, auf der du mit den anderen stehen wirst, Schätzchen, komm mit.«

»Aber ich hab …«

»Wir geben dir die Noten. Joshua, hier ist deine neue Sängerin.«

Josh war ein Junge mit gepiercter Nase und gepierctem Ohr. »Cool. He, wie geht's dir?« Er hielt mir eine Hand hin und reichte mir mit der anderen die Noten. *»Let's rock.«*

»Rock and roll«, erwiderte ich.

»Geile Zöpfe«, sagte er und nickte anerkennend.

»Danke.« Ich warf sie zurück. »Geiles Nasenpiercing.«

Er grinste erfreut.

»Gott im Himmel, beruhige meine Nerven, und ich danke dir für diese Sängerin«, sagte Janice, die immer noch mit den Händen wedelte.

Pater Mike grinste mich an, spielte wieder Luftgitarre und wackelte mit den Augenbrauen. Nein. So lief das nicht. Auf gar keinen Fall. Ich kletterte von der Bühne.

»Ach, Schätzchen …« Janice folgte mir und schnalzte mit der Zunge. »Uns bleiben nur noch wenige Minuten, *Minuten*, Herzchen, willst du dir nicht die Noten anschauen?«

»Pater Mike.« Ich rang nach Luft. »Pater Mike!«

»Was ist denn, Isabelle? Machst du dir Sorgen?« Er lächelte

mich an. So lieb, so unschuldig. Aber er wusste genau, was er tat. Er ist ein gerissener Priester, dachte ich. *Gerissen.* Will mich überreden, christlichen Rock zu singen.

»Pater Mike.« Wie sollte ich es in Worte fassen? Ich bekam kaum Luft. Janice tätschelte mir den Arm.

»Du schaffst das, Liebes. Pater Mike glaubt an deine Stimme, und ich auch«, ermunterte sie mich mit gerötetem Gesicht.

Ich zog die beiden in eine ruhigere Ecke, während die Teenager hereinstürmten wie eine angriffslustige, brünftige Büffelherde.

»Ich kann das nicht machen«, flüsterte ich.

Die beiden sahen mich völlig verblüfft an.

Ich versuchte es erneut. »Ich kann mich nicht da oben hinstellen.«

Janice musterte mich genauer. »Also, Schätzchen, du siehst doch ganz passabel aus. Du bist zwar dünn.« Sie zwickte mich in den Arm. »Aber du musst ja keine Schönheit sein, um in der Kirche zu singen!« Sie versuchte mich mit sich zu ziehen, sie war erstaunlich stark.

»Nein, nein.« Ich stemmte mich dagegen. In der Highschool auf die Bühne zu gehen und dort zu singen, war eine Sache. Da war ich noch ein Kind. Ich trieb mich zwar herum, aber ich war ein Kind. Seither hatten meine Sünden an Größe und Bedeutung zugenommen, waren von einer voll verantwortlichen, total überdrehten, durchgeknallten Erwachsenen mit voller Absicht begangen worden.

»Ich meine, ich bin unwürdig … unwürdig, da oben zu stehen.«

In Pater Mikes Augen blitzte Verständnis auf.

»Wie bitte? O … äh … oh.« Auch Janice schaute verständnisvoll.

»Ich kann nicht. Ich bin keine praktizierende Katholikin. Ich gehe nicht mal mehr zur Kirche. Ich kann mir nicht vorstellen, dass Gott mich hier sehen will. Wenn ich zur Beichte ginge, Pater Mike, würden wir Stunden brauchen. Ohne Übertreibung. Ich würde den Rosenkranz beten, bis ich achtzig wäre, und damit wären nur die letzten paar Jahre abgedeckt. Ich kann nicht …«

Lächelnd breitete Pater Mike die Arme aus. »Jesus liebt uns alle, Isabelle. Wir alle sind Sünder. Wer bin ich denn, über dich oder andere zu richten?«

Ich spürte ein klein wenig Wärme in meinem Herzen. So ging es mir immer, wenn ich in Pater Mikes Nähe war.

»Oh, er hat absolut recht«, bestätigte Janice. »Hier wird nicht gerichtet, Schätzchen, mir ist ganz gleich, was du getan hast, ich persönlich war drogenabhängig, bevor Gott kam und mich holte, ich hab sogar mit Drogen gedealt, um an Drogen zu kommen, das war schrecklich und ich habe schreckliche Dinge getan!« Mir sackte der Unterkiefer hinunter. Janice war eine Drogendealerin gewesen?

Pater Mike strahlte Janice an und erhob die Hände. »Gelobt sei Gott! Siehst du! Janice ist jetzt hier in der Kirche. Gott liebt sie so sehr, dass er sie aus ihrer Hölle geholt und hierhergebracht hat! Sie ist für unser Musikprogramm zuständig! Sie leitet unseren Seniorenchor, den Kinderchor, den Jugendchor. Sie organisiert auch den Sonntagschor, und das sind achtzig Teilnehmer! Ein Chor mit achtzig Sängern, alles nur dank Janice! Sie weiß, wie man die Herzen der Menschen mit Musik erreicht. Gott hat sie auf einen schwierigen Pfad geführt, damit sie ihre Erfahrungen nutzen konnte, um andere von der Sünde, von Drogen und Alkohol wegzuführen, gesegnet sei sein Name! *Gesegnet sei sein Name!*«

»Oh!«, quiekte Janice, zog ein Taschentuch aus der Rocktasche und wedelte damit herum. »Oh! Wenn ich diese Worte höre, Pater Mike, muss ich …« Sie schniefte. *»Dann muss ich weinen!«*

»Tränen der Freude!«, dröhnte Pater Mike. »Tränen der Freude! Unendliche Freude über Gottes große Werke! Wir gehen durch das Feuer der Hölle und kommen auf der anderen Seite mit einem Eimer voll Weihwasser heraus, um es über andere auszugießen, die gesündigt haben, um sie wieder wie neugeboren zu machen und um uns alle in unserer Liebe für unseren Vater zu vereinen!«

Janice schniefte in ihr Taschentuch und wedelte mit der Hand. »Gelobt sei Gott«, quiekte sie und putzte sich die Nase. »Gelobt sei Gott!«

»Janice öffnet mit ihrer Musik die Türen, damit die Worte Gottes, die ich am Sonntag spreche, in die Herzen der Menschen gelangen.«

»Gott rettet die Schlimmsten von uns, Isabelle«, sagte Janice und fächelte sich mit dem Taschentuch Luft zu. »Ich bin der lebende Beweis dafür. Nun rauf mit dir in den Himmel! Die Jugendlichen kommen!« Sie holte Luft. Ihre Tränen waren versiegt, der Blick zielgerichtet. Sie stellte sich hinter mich und – kein Witz! – schob mich auf reichlich unchristliche Weise voran, bis ich auf der Bühne stand.

Und so begann ich wieder, christlichen Rock zu singen. Am Anfang recht holprig, aber am Ende, da rockte ich so richtig.

Am Ende des Gottesdienstes jubelten die Kinder, und wir waren weder vom Blitz erschlagen noch unter Heuschreckenschwärmen begraben noch ertrunken, und es gab auch keine Berichte, dass sich das Rote Meer erneut geteilt hätte.

»Du singst gut, Isi«, sagte Henry zu mir, wiegte sich vor und zurück. »Jesus liebt dich!«

Ich verdrehte die Augen.

Pater Mike applaudierte.

Er ist ein gerissener Priester.

11. KAPITEL

Momma hatte eine Infektion bekommen und musste noch länger im Krankenhaus bleiben.

Janie und ich backten wie von Sinnen; Cecilia unterrichtete, kam danach zum Helfen und fluchte herum. Kayla und Riley halfen ebenfalls. Kayla trug eine Toga (sie befasste sich mit der römischen Religion), und Riley hielt Vorträge über die neuesten wissenschaftlichen Entdeckungen.

Aber ohne Velvet hätte das alles nicht funktioniert. Sie behielt Grandma und Henry im Auge, während wir arbeiteten und die Giftnatter im Krankenhaus besuchten.

Als wir eines späten Abends Velvets selbstgemachte Limonade getrunken hatten, die so sauer war, dass es einem die Eingeweide zusammenzog, kamen wir auf das Thema Männer zu sprechen.

»Isabelle, Liebchen«, sagte Velvet mit ihrer Honigstimme, während sie im Korbstuhl auf der Veranda schaukelte, »ich war es so leid, einen Orgasmus vorzutäuschen, dass ich mich nicht überwinden konnte, ein viertes Mal zu heiraten. Ich krieg's einfach nicht in den Kopf, wie fette, alte weiße Männer auf die Idee kommen, sie wären so gut im Bett, dass sie eine Frau zum Schreien bringen.«

Ihre Stimme war so sanft, so melodiös und stand in so krassem Widerspruch zu dem, was sie sagte, dass ich die saure Limonade durch die Nase ausprustete.

»Wie können sie sich so was einbilden? Bierbäuche sind nicht sexy. Schwitzende Männer machen niemanden an, Schätzchen, das weißt du auch. Der einzige Mann, bei dem meine Pumpe schneller schlug und der mich auf Touren brachte, war Robert Redford, aber der hat meine Briefe und Anrufe konsequent ignoriert.«

»Du hast sie alle getäuscht?«, fragte ich.

»Jahrelang, meine Hübsche. Die Wechseljahre haben mich hart getroffen. Wie ein Wüstensturm, der sich in meinen unteren Regionen einnistete. Davor war ich die reinste Teufelin.« Sie fächelte sich Luft zu.

»Als diese Hitzewallungen und der Nachtschweiß kamen, verging mir die Lust am Sex. Ich hab mein ganzes Verlangen ausgeschwitzt. Mir blieb nur noch das Vortäuschen. Keuchen, stöhnen, erschaudern, den Kopf wie verzückt in den Nacken werfen, mich an den Mann klammern, als fürchte ich zu platzen, eine derart intensive Lust.« Sie gluckste. »Liebchen, die hätten mir wirklich einen Preis für meine Anstrengungen verleihen sollen.«

»Allerdings. Ich verleihe dir den Preis für die meisten vorgetäuschten Orgasmen.« Ich legte den Kopf schräg. Wenn ich noch Fotografin wäre, hätte ich ein Foto von Velvet machen können. Ihr Gesicht war zerfurcht und rätselhaft … aber ich bin keine Fotografin mehr, daher tat ich es nicht. Ich verdrängte das schreckliche Verlustgefühl, das mich überkam.

»Den hab ich wirklich verdient, meine Süße. Aber jetzt hab ich ein riesiges Haus am schönsten Fluss des Westens, einen Cadillac und einen Treuhandfonds mit über zwei Millionen Dollar, dank Jonathon, Earl und Mack. Ich nenne ihn den JEM-Fonds. Verstehst du, Liebchen? Für jeden Ehemann ein Buchstabe.« Sie lachte.

»Du bist so clever, Velvet.«

»Die Frauen aus den Südstaaten sind alle clever, es bleibt uns nichts anderes übrig. Aber ich sag dir, was ich von meiner Mutter gelernt habe: Wenn du einem Mann ein paar Drinks gibst, bevor's zur Sache geht, ölt das seinen Motor, und er ist schneller fertig, als du ein Stinktier am Schwanz gezogen hast. In null Komma nichts hast du es hinter dir.« Sie schnippte mit den Fingern. »In null Komma nichts.«

»Den Trick mit dem Stinktierschwanz werde ich mir merken, Velvet, vielen Dank.«

Ich trank noch einen Schluck Limonade, bemühte mich, ihn nicht durch die Nase auszuprusten, legte den Kopf in den Nacken und ließ mir vom Wind den Stress wegpusten, während ich über Velvets Rat nachdachte.

Eines ist gewiss: Man sollte nie unterschätzen, was man von älteren Frauen lernen kann, vor allem von denen mit weißen Haaren.

Diese Mädels wissen alles.

Bao brachte Schachfiguren mit und spielte einhändig gegen sich selbst. Ich stellte Kaffee und eine Scheibe von meinem frisch gebackenen Kürbisbrot vor ihn hin. Er lächelte zaghaft, seine Lippen hoben sich leicht, als fehlte ihnen seit Jahrzehnten die Übung in diesem Bereich.

Seine Narbe sah mich an.

Seine Einsamkeit sah mich an.

Sein Schmerz sah auf meinen Schmerz, dessen war ich mir sicher.

Und das war der Grund, warum ich Bao mochte und mich ihm verbunden fühlte. Das war unsere Gemeinsamkeit.

»Sie reißt sich die Haare aus.«

»Wie bitte?«

Cecilia und ich saßen in einer Nische in Bommaritos Bäckerei. Es war vier Uhr, und Cecilia hatte die Mädchen mitgebracht. Sie halfen Janie im hinteren Raum dabei, Plätzchen zu glasieren. »Sie reißt sich die Haare aus.« Cecilia biss von dem Pekankuchen ab, den ich gebacken hatte. »Der schmilzt ja auf der Zunge, Isabelle. Köstlich. Unglaublich.«

Ich nickte. Pekankuchen war meine Spezialität. Mein Dad hatte mir das Geheimnis verraten. »Wer reißt sich die Haare aus?«

»Riley.«

Ich sackte auf der Bank zusammen. »Riley reißt sich die Haare aus? *Wovon redest du?*«

»Ist dir das noch nicht aufgefallen? Sperrst du die Augen nicht auf oder was? Sie trägt ein Stirnband, um es zu überspielen, aber sie ist bald kahl am Scheitel, weil sie sich die Haare eins nach dem anderen ausreißt.«

Mir wurde schlecht. *»Warum?«*

»Weil sie das Depri- und Desaster-Gen der Bommaritos geerbt hat.« Cecilia kniff den Mund zu einem Strich zusammen, und ich wusste, dass sie mit den Tränen kämpfte. Sie ließ die Kuchengabel fallen und senkte die Stimme. »Diese Krankheit nennt man Trichotillomanie. Ich kam einfach nicht dahinter, was mit ihr los war. Ihr Haar wurde immer dünner, und dann sah ich diese kahle Stelle. Ich wollte nicht, dass sie sich schämte oder hässlich fühlte, wie ich es mein ganzes fettes Leben lang getan habe, aber dann beobachtete ich sie genauer, und mir fiel auf, dass sie ständig mit ihrem Haar spielt. Einmal beim Fernsehen sah ich, wie sie sich ein Haar ausriss.«

»Sie hat es absichtlich ausgerissen? Vielleicht war das ein Versehen.« Warum sollte sich Riley die Haare ausreißen?

»Ich hab sie weiter beobachtet, und sie hat es noch mal getan. Ich war nicht mal sicher, ob sie es selbst merkte. Sie tastete auf ihrem Kopf herum, an den Seiten, am Hinterkopf, als versuchte sie, das perfekte Haar zu finden, und als sie es hatte, wickelte sie es sich um den Finger und zog. Dann steckte sie es in den Mund …«

»In den Mund?«

Cecilia schlug sich die Hände vors Gesicht. »Ja, und sie spielte damit im Mund. Dann hat sie es auf ihrem Bein abgelegt und das nächste gesucht.«

»Hast du irgendwas zu ihr gesagt?« Scheibenkleister.

»Ja, nach ungefähr vier Haaren. Ich wollte nett sein, deshalb sagte ich: ›Riley, was machst du da? Willst du so kahl werden wie E. T.?‹ Sie fuhr zusammen, als hätte ich eine Kanone abgeschossen. Ich ging zu ihr, hob die Haare von ihren Beinen, zeigte sie ihr, und sie brach zusammen. Ihr Gesicht verzerrte sich, da hab ich sie in die Arme genommen. Es war schrecklich. So ein Schwachsinn! Sich die eigenen Haare auszureißen!«

»Hast du ihr gesagt, dass sie damit aufhören soll?«

»Nein, ich hab ihr gesagt, sie soll noch mehr ausreißen. Himmel nochmal! Was meinst du wohl, was ich getan habe, Einstein? Ihr gesagt, sie solle ein Vogelnest bauen? Vielleicht Makramee aus Haaren? Sie hat versprochen, damit aufzuhören.«

Ich sah, wie Cecilia das Gesicht verzog.

»Sie hat nicht aufgehört«, sagte ich.

Cecilia schüttelte den Kopf. »Ich hab sie angefleht, ihr gedroht. Sie vollgelabert. Sie reißt einfach weiter, wie ein Haarfanatiker. Nicht mehr lange, dann ist sie völlig kahl. Ihr Scheitel ist schon über drei Zentimeter breit, die anderen Kinder machen sich darüber lustig. Ich war mit ihr beim Arzt und hab über die Symptome im Internet nachgelesen. Ich hab mich sogar einer blöden Elternselbsthilfegruppe angeschlossen, und du weißt, was ich davon halte, wenn ein Haufen Leute zusammenkommt und sich über Probleme auslässt.«

»Ja. Ich glaube, du hast mal gesagt, das sei was für Spinner ohne Rückgrat.«

»Jawoll. Ganz genau.«

Ich nickte.

Wenn ich höre, dass ein Erwachsener Probleme hat, egal ob körperliche oder emotionale, dann ist das eine traurige Sache. Aber so ist das Leben. Wir kriegen alle mal eins übergebraten. Wir werden alle mal in die Knie gezwungen. Dann reißt man sich zusammen und nimmt es hin.

Aber Kinder. Das ist ein ganz anderes Paar Schuhe.

Darüber hinaus ein Kind, das ich kenne und liebe.

Riley, unsere geniale Riley, die ihre Familie und die Physik liebt. Und sich die Haare ausreißt.

»Das tut mir leid, Cecilia.«

»Mir tut's auch verdammt leid.« Sie ließ den Kopf in die Hände sinken.

Ich nahm sie in den Arm und küsste sie auf die Schläfe.

Warum kann das Leben nicht einfach sein?

Am nächsten Abend saßen Grandma, Henry, Janie, Cecilia, die Mädchen und ich bei selbstgemachter Pesto- und Tomatenpizza um den Holztisch in der Küche, die Verandatüren für die sanft hereinwehende Brise geöffnet. Velvet spielte in der Stadt mit einer gemischten Gruppe Poker. (Dabei gewann immer dieselbe Frau. »Da kriegen die Jungs Hummeln im Hintern!«, hatte sie mir erzählt. »Einen Steifen im Overall!«)

Während der gesamten Mahlzeit nahm Grandma ihre Fliegerbrille nicht ab und machte Flugzeuggeräusche.

Riley zog an ihrem Haar und ließ zwei Haare zu Boden fallen, während sie ihren Erdbeershake trank.

Kayla trug eine weiße Toga und eine Goldkette auf dem Kopf, von der ein Halbmond bis fast auf ihre Nase baumelte.

»Ich beschäftige mich mit verschiedenen antiken Religionen«, erklärte sie mit leichter, monotoner Stimme. »Ich bewege mich in der Zeit zurück, gehe in die Tiefen meines Geistes, um unsere Vorfahren zu erreichen.«

»Oh, das ist keine gute Idee«, protestierte Janie. »Was ist, wenn einer unserer komischen Verwandten hochkommt und von dir verlangt, verrückte Dinge zu tun? Grandmas Mutter hatte Agoraphobie, erinnerst du dich? Sie starrte durch ihre Spitzenvorhänge auf die Leute auf der Straße. Und Grandmas Schwester, du weißt doch, Helen, die hatte so viel Zeug in ihrem Haus gesammelt, dass Großtante Tildy nach Helens Tod drei Riesenmüllcontainer bestellen musste, um alles loszuwerden.«

Janie schob sich Strähnen zurück in den unordentlichen Knoten. »Sie hatte Zeitungen aus vier Jahrzehnten aufgehoben! Und Tante Tildy unterhielt sich mit Stimmen. Freundlichen Stimmen. Sie waren sehr freundlich.«

Kayla breitete die Hände wie ein Yogi aus. »Ich fürchte mich nicht vor unseren Vorfahren. Ihr Leben ist mein Erbe, die Erinnerungen, die in den tiefsten Windungen meines Gehirns verborgen sind. Ich benutze diese Erinnerungen, um eine spirituelle Basis zu errichten, von der aus ich weiterforschen kann. Die Kette hilft mir, meine Gedanken himmelwärts auszurichten.«

»Ich glaube, sie hilft ihr, seltsam und verschroben zu sein«, ergänzte ihre Schwester. »Sie ist ein Toga-Geist mit einem Mond zwischen den Augen. Was ist daran so spirituell? Also wirklich!« Sie riss ein Haar aus und ließ es zu Boden fallen.

Ich sah, wie Cecilia die Lippen zusammenpresste.

»Keine Bange, Riley«, sagte Kayla wieder mit überheblicher Stimme. »Ich gehe weit in der Zeit zurück und bitte um alle Kraft unserer Vorfahren, dich von deiner grauenhaften Angewohnheit zu befreien.«

»Du bist grauenhaft«, sagte Riley. »Absolut grauenhaft.«

»Ich werde dir mit meinem Weihrauch die Dämonen aus dem Körper treiben«, sagte Kayla und drohte mit den Fingern. »Ein böser Dämon sorgt dafür, dass du dir die Haare ausreißt.«

»Du bist ein Dämon, Kayla«, sagte Riley mit zusammengekniffenen Augen. »Eindeutig.«

»He, wenn du die Dämonen aus meinem Körper vertreiben könntest, nur zu«, sagte ich. »Ich bin dabei.«

Kayla seufzte auf eine Art, wie es nur genervte junge Mädchen können.

»Du wählst deinen Dämon selbst, Tante Isabelle. Du magst ihn. Darum bleibt er bei dir.«

Hoppla.

»Wie philosophisch!«, hauchte Janie.

»Mein Dämon ist jedenfalls hartnäckig!«, sagte ich. »Folgt mir überall hin und überredet mich, mich dämonisch auszutoben.«

Grandma furzte, breitete die Arme aus und flog um den Tisch. »Gas im Tank!«

Henry erzählte uns von dem braunen Hund mit den großen Zähnen aus dem Tierheim, der gefährlich war. »Er hat ein gelbes Halsband um. Das heißt, pass auf! Er beißt!«

»Du hast viele pelzige Freunde, Henry«, sagte Janie zu ihm.

Henry fand das zum Totlachen. »Ja, ja! Pelzige Freunde.« Er miaute, dann bellte er. »Wenn das Tierheim größer wär, hätten wir mehr Hundis. Wir brauchen mehr Platz, sagt Paula Jay. Mehr Platz für pelzige Freunde! Ich mag Pizza.«

Grandma sprang auf ihren Stuhl, legte die Hand schützend über die Augen. »Ich sehe ein Schiff! Wir sind gerettet!«, schrie sie.

Ich wedelte mit meiner Serviette. »Hurra!«

Alle anderen wedelten ebenfalls mit den Servietten. Das mussten wir tun, sonst hätte sich Grandma aufgeregt.

Es war beklagenswert, wie rasch ich in den Bommarito-Wahnsinn zurückfiel.

Die Sonne ging über den Bergen auf, in Gold und Rosa, Violett und Blau. Ich saß auf einem Felsen und blickte auf den Columbia River, der Wind schlug mir die braunen Zöpfe ums Gesicht.

Der Windsurfer glitt auf das Ufer zu. Ich überlegte, wie es wohl sei, in den frühen Morgenstunden zu surfen, bevor die Sonne richtig aufgegangen war, vor der Arbeit, bevor mich meine unzuverlässigen Emotionen in den Griff bekamen und mich erschütterten.

Er schaute zu mir herüber, lächelte und winkte.

Ich winkte zurück.

»Das Gelee schmeckt wie Einbalsamierungsflüssigkeit.«

»Wann hast du Einbalsamierungsflüssigkeit probiert?«, fragte ich Momma und entschied mich für den Stuhl, der am weitesten vom Krankenbett entfernt stand. Cecilia setzte sich neben das Bett und warf mir wegen meines Sitzplatzes böse Blicke zu. Janie versteckte sich hinter mir, so gut es ging.

»Sei nicht so patzig, junge Dame.« Momma betastete ihr glockenförmiges aschblondes Haar und zupfte ihren rosa Morgenmantel zurecht. »Das Essen ist furchtbar. Die Versorgung ist furchtbar. So viele Krankenschwestern und Ärzte wieseln wie die Ratten hier herum, so dass ich kaum denken kann. Seht ihr? Da kommt schon wieder einer.«

Sie schniefte, als Dr. Janns eintrat.

»Wie geht es uns denn heute, Mrs Bommarito?« Freundlich lächelte er sie an. »Scheuchen alle Schwestern herum, wie ich höre.«

»Sie grinsen wie die Katze aus Alice im Wunderland«, teilte sie ihm mit.

Dr. Janns grinste breit und zeigte ihr seine Zähne. »Sie können mich Grinsekatze nennen, Ma'am. Haben Sie Schmerzen? Tut's irgendwo weh?«

»Selbst wenn ich an den Füßen aufgehängt und von einem Wicht ausgepeitscht würde, hätte ich nicht größere Schmerzen.«

»Was für ein Wicht?«, fragte ich.

Neben mir murmelte Janie ihre Selbsthilfesachen. »Ich kann nicht kontrollieren, was aus ihrem Mund kommt. Sie kann mich nicht verletzen. Die anderen können sich selbst verteidigen.«

»Ein Wicht halt.«

»Warum ein Wicht, Momma?«, fragte Cecilia. Sie ist immer viel netter zu Momma als wir anderen. Das ist ihre verzweifelte Hoffnung, dass Momma sie eines Tages doch liebt.

»Weil er mich an einen Wicht erinnert.«

Ich verdrehte die Augen. Der Arzt war fast einsachtzig groß. »Ich entschuldige mich erneut für meine Momma. Sie ist unhöflich.«

»Du brauchst dich nicht für mich zu entschuldigen, Isabelle Bommarito. Das ist unnötig. Ich habe furchtbare Schmerzen.« Momma zupfte an ihrem rosa Morgenmantel und betrachtete ihre Fingernägel.

»Wie schön, dass Sie sich heute aufgesetzt haben, Mrs Bommarito«, fuhr Dr. Janns unverdrossen fort. »Lebhaft und munter, um dem Tag fröhlich ins Auge zu sehen.«

»Nachdem Sie mit Ihren groben Werkzeugen an meinem Herzen herumgefuhrwerkt haben, ist es erstaunlich, dass ich überhaupt noch lebe. Und angesichts Ihrer Jugend überrascht es mich, dass Sie nicht versehentlich an meiner Gebärmutter herumgeschnippelt haben.« Sie blickte ihn streng an.

Er lachte. »Da Sie nicht mehr in Besitz einer Gebärmutter sind, Mrs Bommarito, wäre das wirklich eine Herausforderung gewesen. Ich war jedoch versucht, aus Spaß an einer Niere herumzuschnippeln. Nur zum Vergnügen. Ich hatte auch überlegt, mit geschlossenen Augen zu operieren, da wäre die Herausforderung größer gewesen.«

Ich lachte. Janie schnappte nach Luft, kicherte und schlug die Hand vor den Mund. Cecilia verbarg ein Lächeln.

»Ich wundere mich, dass Sie es nicht getan haben. Ihr Chirurgen glaubt doch, ihr wärt Gott und könntet euch alles erlauben.«

»Nicht Gott, Ma'am, aber wir sind diejenigen mit den scharfen Messern. Dadurch sind wir dem Boss ähnlich. Sie wissen schon. *Dem großen Boss.* Sie sind bewusstlos, und ich schwinge die Sense. Sie sind mir auf Gedeih und Verderb ausgeliefert.« Dr. Janns grinste wieder. »Also, ich gehe davon aus, dass es Ihnen heute besser geht als gestern?«

»Gestern hatte ich das Gefühl, meine Lunge wäre aufgeschlitzt worden. Heute habe ich das Gefühl, mein Herz wäre durchbohrt worden. Was ist schlimmer, Doktor Janns?« Sie musterte ihn von oben bis unten.

»Schnippeldischnapp!«, sagte der Arzt fröhlich. »Ich persönlich finde allerdings, dass Sie großartig aussehen, Mrs Bommarito. Wenn doch all meine Patienten die Operation so gut überstehen würden wie Sie.«

Mommas Kinn hob sich, und ein schwaches »Tatsächlich?« kam über ihre rot geschminkten Lippen.

»Und wie!«, bestätigte Dr. Janns. »Ihre Haut ist rosiger als gestern, Ihre Vitalfunktionen sind vital! Sie wirken nicht müde. Sie sind hinreißend, Mrs Bommarito. Hinreißend. Umwerfend und wunderschön, wenn ich das sagen darf.«

Mir fiel die Kinnlade runter. Ich konnte es nicht fassen. Momma versuchte, ihr Lächeln zu verbergen. »Ich bin eine starke Frau.«

»Ja, das sind Sie«, stimmte der Arzt ihr zu. »Stark wie ein Ochse, weich und sanft wie ein Lamm, stolz wie ein Pfau, anschmiegsam wie eine Katze.«

Ich sog die Luft ein, wartete auf eine scharfe Erwiderung von Momma.

Sie schaute aus dem Fenster. »Vielleicht haben Sie das mit meinem Herzen ja doch *einigermaßen* hinbekommen, ich weiß es noch nicht. Ich sage Ihnen Bescheid. Wenn nicht, werden Sie mit Sicherheit noch von mir hören.«

Der Arzt lächelte immer noch. »Es wäre mir jederzeit ein Vergnügen, von Ihnen zu hören, Mrs Bommarito. Bei Tag und bei Nacht.«

»Na gut, dann sage ich Ihnen jetzt, dass Ihr Haar ungebürstet ist. Unordentlich.«

»Momma, bitte …«, setzte Cecilia an.

Ich sank auf dem Stuhl zurück und zog an einem Zopf.

»O Maaann«, jammerte der Arzt übertrieben. »Sie mögen meine Frisur nicht? Gestern hat Ihnen meine Krawatte nicht gefallen.«

»Heute gefällt mir Ihre Krawatte auch nicht. Davon wird mir schwindlig.« Sie schnaubte verächtlich. »Wollen Sie, dass Ihren Patienten schwindlig wird, junger Mann? Wollen Sie das?«

Ich seufzte. Janie wimmerte. Cecilia brachte sie zum Schweigen.

Der Arzt wurde angepiepst und sah auf seinen Pager. »Mrs Bommarito«, sagte er und beugte sich über sie, »ich glaube, Sie können eine meiner Lieblingspatientinnen werden.«

Auf diese wahrhaft schockierenden Worte reagierte meine Momma völlig überraschend: Sie griff nach der Hand des Arztes und tätschelte sie. »Ich wünsche Ihnen einen schönen Tag, Dr. Janns«, sagte sie. »Wir sehen uns heute Nachmittag, wie üblich. Kommen Sie nicht zu spät. Verspätungen werden nicht akzeptiert.«

Er drückte ihre Hand. »Das würde ich mir nie erlauben.«

Der Arzt grinste uns an und ging.

»Diese Ärzte sind inkompetent«, sagte Momma, und der finstere Blick war wieder da. »Vollkommen inkompetent.«

Zwei Tage später schlossen Janie und ich die Bäckerei ab und fuhren zu Cecilia. Wir wollten einige Werkzeuge von Parker mit dem Schweißbrenner einschmelzen, als eine Art schwesterliches Verbundenheitsritual.

Wir fuhren in meinem Porsche, den wir nach dem Besuch bei Momma in Portland mitgenommen hatten, den Hügel zu Cecilias Haus hinauf. Ich habe lange überlegt, ob ich mein Motorrad oder meinen Porsche lieber mag. Ich kann mich nicht entscheiden.

Als wir ausstiegen, bog eine brandneue rote Corvette röhrend in die Einfahrt.

»Wenn man vom König der Teufel spricht«, sagte ich. »Unsere schwesterliche Schweißbrennerei wird wohl noch warten müssen.«

»Wie ich sehe, hat er seine motorisierte Mistgabel mitgebracht«, lästerte Janie. »Ich spüre bereits, wie die Trostlosigkeit mein sanftes Karma aufwirbelt.«

Parker, der Mann in der Corvette, der demnächst Cecilias abgehalfterter Ex sein würde, wenn die fürchterliche Scheidung endlich durch war, stellte ein Musterbeispiel eines MMMMM dar. Übersetzung: Monster-mäßiger Macho mit Midlifekrise.

»Wie gut, dass die Mädchen nicht da sind«, sagte ich. »Der ist nur gekommen, um Cecilia eine Strafpredigt zu halten. Um sie fertigzumachen. Sie glaubt, das macht er in der Hoffnung, sie so weichzuklopfen, dass sie nachgibt.« Ich lachte. »Als ob sich Cecilia je weichklopfen ließe.«

»Ladys!« Parker breitete die Arme aus, als ginge er davon aus, dass wir uns begeistert hineinwerfen würfen.

Ich breitete ebenfalls die Arme aus. »Ehebrecher! Schleimbeutel! Abschaum der Menschheit!«

Janie machte es mir nach. »Wenn das nicht der Teufel ist! Wo ist deine Mistgabel? Komm schon, zeig mir deine Mistgabel!«

Parker ließ die Arme sinken, sein schmieriges Lächeln verschwand.

»Entschuldige, dass wir uns nicht in deine Arme werfen«, sagte ich. »Wir können uns nur mit größter Mühe zurückhalten.«

»Hallo, du Filzlaus«, sagte Janie. »Hab ich dir schon gesagt, dass mich mein Hass auf dich zu einer besseren Krimiautorin macht? Ich denke immer an dich, wenn ich jemanden umbringe.«

Er zuckte zusammen und fing sich dann wieder. »Wir läuft's mit deinen One-Night-Stands, Isabelle?«

»Bestens, vielen Dank. Kann mich kaum retten.« Ich bekam Gänsehaut, als Parker mich von Kopf bis Fuß musterte. Er ist eher klein geraten und hat spitze Vampirzähne.

Cecilia hatte ihn geheiratet, weil er der Erste war, der ernsthaftes Interesse an ihr zeigte. Das warf sie glatt um, und ihr normalerweise kluger Kopf konnte nicht mehr klar denken, weil ihr

Selbstwertgefühl damals total am Boden lag. Parker schenkte ihr seine Aufmerksamkeit, und sie nahm sie dankbar an.

Traurig.

»Janie«, fragte Parker, »was macht das Hausboot? Konntest es ja anscheinend verlassen, ohne alle Risse im Gehsteig zu zählen. Vielleicht kannst du bald sogar allein einkaufen gehen.«

Ich schlenderte zu seinem Auto und holte meinen Lippenstift aus der Tasche, schraubte ihn auf und rammte ihn in den Lammfellbezug auf der Fahrerseite.

»Was zum …« Parker rannte mit hochrotem Kopf herbei. Entsetzt schaute er sich den Schaden an. »Dafür wirst du bezahlen, Isabelle.«

»Gerne doch, du Quacksalber. Ich hab zu Hause noch Monopoly-Geld. Wir wär's mit rosa Scheinchen?«

Er spuckte ein böses Wort aus, das mit *F* begann, aber mir wurde schon Schlimmeres an den Kopf geworfen. Ich versuchte, ihn mit dem Lippenstift zu treffen. Mir fiel auf, dass sein Hintern breiter geworden war. »Mir fällt auf, dass dein Hintern breiter ist als beim letzten Mal.«

»Übrigens, Parker«, sagte Janie und legte die Hand auf die Wange, »wie heißt du mit zweitem Vornamen? Ich brauche noch einen Namen für den Zocker in meinem nächsten Buch, der jeden betrügt, der ihm über den Weg läuft, und am Ende lebendig begraben wird. Er erstickt ganz langsam. Wie war noch mal dein zweiter Vorname? Versager? Behaarter Affe? Arschgesicht? Ich kann mich nicht mehr erinnern. Du vielleicht, Isabelle?«

»Ich glaube, sein zweiter Vorname ist: Ich wedel mir einen«, sagte ich. Ist immer gut, hilfreich zu sein.

»Du bist ja so klug, Isi«, sagte Janie. »Ich wusste, dass ich mich auf dich verlassen kann. Ich dachte gerade, sein Name sei Wichsgesicht, aber nein. Du hast recht.«

Parker benutzte erneut das *F*-Wort. In der Mehrzahl.

Wir lachten alle beide. Als ob uns dieses Wort auch nur im Geringsten etwas anhaben könnte.

Kaum war er im Haus verschwunden, ließ ich versehentlich Luft aus einem Reifen.

Cecilia erzählte mir später, Parker sei mit Constance auf einer abgelegenen Landstraße liegen geblieben, sie hätten zu Fuß zurückgehen müssen. Fünf Meilen.

»Parker hat gesagt, du solltest Constances neue Absätze bezahlen«, berichtete Cecilia. »Das waren Designerschuhe. Für sechshundert Dollar.«

Bei der Vorstellung, ich müsste Constance etwas bezahlen, lachten wir so sehr, dass wir die Beine zusammenkneifen mussten.

»Verzeih mir, Isabelle«, sagte Janie jetzt, »aber ich glaube, Parkers Auto braucht ein wenig literarische Hilfe.« Sie holte einen schwarzen Edding hervor und schrieb: *»Tengo un pequeño pene«* (Ich habe einen kleinen Penis).

Viermal.

Auf den Kofferraum, die Seitentüren und die Motorhaube.

Da war sie wieder, die Zahl vier!

Wir Bommarito-Mädchen sind wahre Rachegöttinnen.

»Ich werde mich auf die Scheidung einlassen, Parker, aber vorher musst du noch das Honorar deines Anwalts in die Höhe treiben«, feixte Cecilia.

Janie und ich saßen rechts und links von Cecilia am Küchentisch. Wir aßen Zitronenkuchen und tranken Tee.

Parker hatten wir nichts angeboten.

So gut wie nichts.

Janie hatte ihm ein vertrocknetes Spargelstück auf einer Zeitung serviert. »Bon appétit, perverser Pornomann.«

»Die drei Musketiere«, höhnte Parker. »Die drei Verrückten, das trifft es schon eher.«

»Ich bin nicht verrückt«, sagte Janie. »Eins, zwei, drei, vier. Du – bist – ein – Schlappschwanz.«

»Ich bin auch nicht verrückt«, sagte ich mit erstaunter

Stimme angesichts dieser Fehleinschätzung. »Erfreue mich bester geistiger Gesundheit. Aber wie steht's mit dir, Parker? Irgendwelche neuen Website-Abenteuer mit unglücklichen, aber verheirateten Damen? Wie läuft das Pornogeschäft? Wie fühlt sich eigentlich so eine Riesengummititte an? Das hab ich mich schon immer gefragt.«

Er wurde knallrot und zeigte wütend auf Cecilia.

»Sagt eurer Schwester, sie soll die Sache schnellstens über die Bühne bringen. Ich werde keine – hast du das gehört, Cecilia … keine weitere Zeit mit sinnlosen Streitereien vergeuden. Von mir kriegst du keinen Cent. Nur weil sich keiner findet, der blöd genug ist, diese fette Kuh zu heiraten, bin ich nicht bereit, meinen Kopf dafür hinzuhalten.«

Oje!

Wieselflink hatte Janie ein Messer aus der Tasche gezogen, und ich schlang die Hände um Parkers Hühnerhals und rammte ihn gegen die Arbeitsplatte.

Wir müssen so schwer arbeiten, wir Bommarito-Schwestern.

Gemeinsam schubsten wir den sich wehrenden, fluchenden Parker zur Veranda, drückten ihn gegen das Geländer und hoben ihn hoch. Cecilia schob seine Beine nach. Er ist, wie gesagt, nicht sonderlich groß, daher war es nicht schwer.

Er machte sich aus dem Staub, und wir lachten, als wir ihn beim Einsteigen in seine Protzkarre brüllen hörten. Offensichtlich konnte er ein wenig Spanisch.

Bevor ich am nächsten Abend um neun Uhr zusperrte, schaute ich aus dem Fenster der Bäckerei und fing den Blick eines älteren Herrn auf der anderen Straßenseite unter der Laterne auf. Er war großgewachsen und hatte weißes Haar.

Wir schauten uns für eine Sekunde in die Augen. Ich meinte, ein Lächeln zu sehen.

Dann klingelte das Telefon, und ich drehte mich um.

Als ich wieder auf die Straße blickte, war der Mann verschwunden.

Amelia Earhart stand in Hab-Acht-Stellung mit gespreizten Beinen auf der Vorderveranda. »Ich bin hier, um Ihnen mitzuteilen, dass man mich wegen meiner herausragenden Flugleistungen für Amerika zur Königin der Lüfte ernannt hat.«

Velvet saß auf der Verandaschaukel, ihre Hände waren eifrig mit einer Häkelarbeit beschäftigt. »Sie war heute das reinste Lämmchen! Ein schneeweißes Lämmchen!«

»Hallo, Amelia! Herzlichen Glückwunsch!«

»Ich fliege demnächst nach Honolulu, und ich kann Sie mitnehmen! Zuerst müssen Sie allerdings dieses Formular ausfüllen. Darauf müssen Sie Ihren Namen angeben, die Adresse, Haarfarbe, wo Sie waren, was Sie so mögen, ob Sie eine eigene Fliegerbrille und Windeln besitzen. Haben Sie Blähungen? Wie sieht es mit Ihrem Hinterteil aus?«

Grandma reichte mir ein Stück rosa Papier mit einem lächelnden Gesicht darauf.

»Ich werde es augenblicklich ausfüllen, Mrs Earhart.«

»Tun Sie das. Mein Assistent wird sich wieder an Sie wenden.«

Henry kam heraus und lächelte mir zu. »Hi, Isabelle! Du bist hübsch!«, rief er und winkte. Er trug eine Fliegermontur, die Momma ihm gekauft hatte, damit er mit Grandma Flugzeug spielen konnte.

Er setzte seine Fliegerbrille auf. »Startklar!«, rief er und zog eine rosa Baseballkappe über seine braunen Locken.

»Startklar!«, rief Grandma. Beide sprangen von den Eingangsstufen auf den Rasen. Grandma hockte sich vor Henry. Beide hüpften auf und ab, während sie Motorengeräusche von sich gaben, dann rannte Grandma los, und Henry folgte ihr. Sie breiteten die Arme aus wie Flügel und sausten über den Rasen.

Während ich ihre Flugmanöver beobachtete, war ich mir sicher, ebenfalls dement zu werden. Momma ebenso.

Ich lachte. Wer weiß? Vielleicht würde Momma eines Tages glauben, sie sei Mary Poppins, und nur noch mit einem Regenschirm herumlaufen.

Nee. Eher würde sich Momma in Attila den Hunnen verwandeln. Oder in Graf Dracula.

Henry und Grandma liefen gebückt unter der Weide hindurch.

Ach, zum Teufel, wenn die Demenz mich in jemanden verwandelte, der mit seinem Dasein so glücklich war wie Grandma, würde ich mich nicht beschweren.

Ganz und gar nicht.

Aber dann wollte ich auch einen Kopiloten, der genau so ist wie Henry.

»Cupcakes«, sagte ich.

»Cupcakes?«, wiederholten Janie und Cecilia.

»Jawoll. Die Cupcakes werden das neue Markenzeichen von Bommaritos Bäckerei«, verkündete ich.

Es war sechs Uhr morgens an einem Sonntag, und wir hielten ein Bommarito-Schwestern-Treffen ab.

»Wir machen doch schon Cupcakes«, sagte Cecilia, nahm einen weiteren Schluck Kaffee und griff nach einem Donut.

»Damit meine ich nicht unsere üblichen, gewöhnlichen Cupcakes«, sagte ich. »Nein, andere. Riesige. Wie kleine Kuchen, aber wir nennen sie Cupcakes.«

Cecilia und Janie blinzelten mich an.

»Wir werden sie so verzieren, dass sie ein richtiges 3-D-Bild oben drauf haben. Ich kann mir Meerjungfrauen und Monster vorstellen, Eidechsen und Spinnen, Gespenster und Vampire. Kreativ verzierte, riesige Cupcakes. Was Besonderes. Lecker. Bommaritos himmlische Cupcakes.«

Ich wartete. Cecilia und Janie starrten mich an.

Ich riss die Augen auf, breitete die Hände aus. »Hallo! Sind wir noch zusammen auf dem Planeten Erde, oder ist ein kleiner Marsmensch in eure Münder gekrochen und hat eure Zungen an den Zähnen festgebunden?«

Weiteres Schweigen.

Schließlich sagte Janie: »Ich überlege, was für Glasuren ich für riesige Cupcakes machen kann. Wir könnten Schokoladenraspel wie eine Skulptur drauf häufen oder ein Häubchen aus Baisermasse mit Erdbeeren draufsetzen.«

Cecilia sagte mit belegter Stimme: »Wir könnten winzige Szenen auf den Cupcakes darstellen. Zwei Mädchen in einem Garten. Oder eine Waldszene, in der ein Waschbär auf einen Fisch im Teich starrt.«

Wir verharrten noch sekundenlang in unserem Cupcake-Himmel.

»Prost«, sagte ich zu meinen Schwestern.

»Prost! Auf Bommaritos himmlische Cupcakes!«, rief Cecilia.

»Eins, zwei, drei, vier«, sagte Janie. »Ich bin immer noch hier.«

Ich verdrehte die Augen.

Wir hoben unsere Kaffeetassen und stießen damit an. Cecilias zerbrach, und der Kaffee ergoss sich über den Tisch.

Typisch für die Bommaritos.

12. KAPITEL

Um unser Angebot bekanntzumachen, schalteten wir in der Lokalzeitung eine Anzeige mit Fotos von fünf unterschiedlich verzierten Cupcakes.

Um drei Uhr am Donnerstag, dem Zeitpunkt, den wir für den Verkauf dieser Cupcakes angegeben hatten, bildete sich eine Schlange vor dem Laden.

Innerhalb einer Viertelstunde waren wir ausverkauft.

Das fanden die Leute gar nicht gut.

»Ich habe eine Stunde lang auf den Cupcake mit dem Eichhörnchen gewartet.«

»Ich habe meiner Tochter versprochen, ihr den Cupcake mit dem Tintenfisch und den blauen Zuckerblasen zu kaufen …«

»Meine Eltern haben Hochzeitstag, der Cupcake mit den Motorrädern wäre genau das Richtige für sie, weil sie selbst Motorrad fahren …«

»Mein Gartenclub trifft sich heute Abend, und ich brauche diese Cupcakes mit den lächelnden Blumen …«

»Kommt schon. Macht doch neue, ja?«

Wir schlossen die Bäckerei um sechs. In den nächsten Wochen dehnten sich unsere Arbeitsstunden weiter aus. Wir arbeiteten sechzehn Stunden am Tag und sanken anschließend erschöpft in die Betten.

Ich wusste, dass wir nicht lange so weitermachen konnten, aber ich hatte Ziele. Ich hatte Pläne. Wir würden arbeiten, um für Momma Geld zu verdienen, würden Leute einstellen, die backen konnten und wussten, wie man eine Bäckerei führt, und ich würde nach Portland zurückkehren und mein altes Leben wieder aufnehmen; ich würde diese Stadt hinter mir lassen und wieder in der Realität leben.

Genau das würde ich tun.

Und vielleicht würde Momma diesmal anerkennen, was wir alles getan hatten.

Ich lachte.

Nee. Damit brauchten wir nicht rechnen.

Bao kam nach wie vor in die Bäckerei. Jeden Tag lächelte er mich an, schlurfte zum Ladentisch und bestellte. Ich glaube, er war der sanfteste Mann, dem ich je begegnet war.

Am Freitag bediente ich ihn, und er setzte sich und stellte sein Schachbrett auf. Ich brachte ihm einen kostenlosen Keks. Er lächelte. »Danke, Isabelle. Sie sind freundliche Frau.«

Janie und ich backten, und ich bediente die Kunden. Das Telefon klingelte, wir mussten Bestellungen aufnehmen. Eine Ladung Kuchenformen war nicht geliefert worden, wir hatten noch Vorräte abzuladen, die vor kurzem eingetroffen waren, wir mussten Torten und Cupcakes auf Bestellung backen, und wir waren völlig ausgelaugt.

Ich sah kurz zu, wie Bao gegen sich selbst Schach spielte, und schob die Zöpfe aus meinem verschwitzten Gesicht. Nichts sprach für meine nächste Entscheidung. Der Mann humpelte, bewegte sich langsam und konnte nur eine Hand gebrauchen. Ich handelte nach Instinkt, demselben Instinkt, der mich dazu gebracht hatte, nicht in einem bestimmten Hotel in Bagdad abzusteigen, das zwei Nächte später völlig zerbombt wurde.

»Bao«, sagte ich zu ihm. »Glauben Sie, Sie könnten Cupcakes und Torten glasieren?«

Bao war ein Geschenk.

Janie hatte ihm kurz gezeigt, wie man die Torten und Cupcakes glasierte, und er hatte sich an die Arbeit gemacht. Zuerst erledigte er nur die einfachen Aufgaben. Am Ende des zweiten Tages war er zum vollwertigen Tortenverzierer aufgestiegen.

Er war hervorragend, ging mit den Spritzbeuteln zu Werke wie ein richtiger Künstler.

Ein paar Tage später zeigte ich ihm, wie man Zitronen- und Kürbisbrot backt, und brachte ihm die Rezepte für unsere Zimtschnecken und das Tiramisu bei. Kein Problem.

Auch die Torten gelangen ihm aus dem Effeff.

Er erledigte alle Backarbeiten hervorragend und mit großer Sorgfalt.

Am Ende des ersten Tages umarmten wir ihn. Er erwiderte die Umarmung mit Tränen in den Augen.

Ich reichte ihm einen Anstellungsvertrag.

Er verbeugte sich.

»Nein, ich arbeite für euch, wenn ihr Bao braucht. Als Gefallen. Als Geschenk.«

»Danke, Bao. Ich weiß das zu schätzen, aber so geht das nicht. Heute war Ihr erster Tag, und wir bezahlen Sie dafür. Füllen Sie die Formulare aus. Wir sind alle Amerikaner. Wir lieben Formulare. Kommen Sie morgen wieder? Und übermorgen? Und dann jeden Tag wieder?«

Baos Lächeln veränderte sein Gesicht völlig.

»Bitte, Bao«, flehte Janie. »Wir brauchen Hilfe.«

Er hob die Augenbrauen und sagte leise, so als redete er mit sich selbst: »Ich habe Arbeit. Zum ersten Mal seit langer Zeit. Ich habe Arbeit.« Und er strahlte. »Ich habe Arbeit. Ich werde morgen hier sein. Früh.«

Während ich darauf wartete, dass ein weiteres Blech Riesencupcakes fertig wurde, machte ich Pause. Ich beschloss, einen Blick in die Bücher zu werfen. Mir mal anzusehen, wie es Momma finanziell ging.

Das war schnell erledigt. Schwer ließ ich mich auf den Stuhl sinken.

Ich trommelte mit den Fingern. Lehnte mich zurück. Legte meine Fingerspitzen aneinander. Es war schlimmer, als ich gedacht hatte. Momma hatte zweifellos einen Teil der Entschädigungssumme dazu benutzt, die Bäckerei wieder zu eröffnen. Aber sie konnte nicht backen. Sie war ungeduldig, und die ganze Sache langweilte sie. Wir drei hatten die Bäckerei zum Laufen gebracht, nicht sie.

Die Bäckerei wieder zu eröffnen, war ein schöner Wunschtraum von ihr. Momma hatte behauptet, sie hätte es getan, weil die Einwohner von Trillium River ihre Backwaren liebten und danach verlangt hätten. Ich schätzte eher, sie hatte sich Sorgen gemacht, irgendwann nicht mehr genug Geld zu haben und Grandma nicht mehr selbst pflegen zu können – und dass sie möglicherweise eine Langzeitpflege für sich selbst benötigte, falls sie die Krankheit geerbt hatte.

Netter Traum, netter Gedanke, aber die Realität war: Die Einkünfte aus Mommas Bäckerei hätten nicht mal eine Eichhörnchenfamilie ernährt. Ja, sie hätten nicht mal ein einziges Eichhörnchen auf Fastenkur ernährt.

Momma war pleite.

Ich habe vielleicht schon erwähnt, dass es für uns als Familie nichts Neues war, pleite zu sein.

So hatten wir unser ganzes Leben verbracht, nachdem Dad verschwunden war.

Eines Winters, als Momma noch strippte und wieder mal in ein schwarzes Depressionsloch fiel, erreichten wir einen neuen Grad der Verzweiflung. Ihre Depression dauerte zwei Monate lang. Momma verlor ihren Job und wollte das Bett nicht mehr verlassen, bis ihr die Haare irgendwann wie Klebstoff am Kopf hingen.

Wir backten und backten, wie wir es schon vor Jahren getan hatten, und benutzten dabei die Rezeptbücher unseres Dads, folgten seinen am Seitenrand notierten Anweisungen.

Ich konnte meinen Dad fast spüren, während ich siebte, schnibbelte, schmolz, glasierte und rührte, konnte seine Stimme hören, seine Ermutigungen, alles perfekt zu machen. »Das Leben ist nicht perfekt, Mädchen, aber alles, was ihr in der Küche macht, kann perfekt sein. Sie bietet Momente von Ordnung und essbarer Kunst in einem Leben voller Unordnung und Chaos.«

Wir backten mehrschichtige Zitronenkuchen, Pfefferminzriegel, Kürbis-Käse-Kuchen und was es sonst noch gab, so wie unser Dad es uns beigebracht hatte, aber es war nicht genug, um die Rechnungen zu bezahlen.

An einem regnerischen Tag wurden wir zum fünften Mal zwangsgeräumt. Unser neues Zuhause war unser Auto, ein alter Ford, eine lange, schwarz-grüne Kiste. Alles, was wir besaßen, hatte bequem im Kofferraum Platz.

»Wir besorgen uns einen Wohnwagen«, sagte Momma eines Abends mit unsicherer Stimme zu uns, während wir hinter dem Haushaltswarenladen standen und auf dem Rücksitz Popcorn zum Abendbrot aßen.

Ein Wohnwagen hörte sich nicht schlecht an. Vielleicht hätte der auch eine Toilette. Wir wuschen uns morgens vor der Schule auf Tankstellen, aber es ist nicht leicht, sich die Haare in einem Tankstellenwaschbecken zu shampoonieren. Unsere Kleider wurden immer dreckiger, wir hatten keine Münzen für den Waschsalon.

Janie hatte einen Schuh verloren und trug daher zwei verschiedene. Henry war unruhig, hatte Wutanfälle und machte sich gelegentlich in die Hose.

Janies Migräneanfälle wurden stärker, Cecilias Ausschlag verschlimmerte sich, und Henrys allgemeine Gesundheitsprobleme vervielfältigten sich.

»Wir brauchen einen Wohnwagen für den Winter«, sagte Momma. »Es wird kalt. Wir stellen ihn in den Wald und spielen Pioniere, nur ohne Zugochsen. Das wird lustig.«

»Wird nicht lustig«, sagte Henry. »Im Wald ist es dunkel. Unheimlich.«

Ich griff nach seiner Hand.

»Im Wald sind Geister. Unheimliche Geister«, sagte er.

In der Nacht, als Momma uns den Wohnwagen besorgen wollte, fuhren wir tief in den Wald hinein. Es wurde immer dunkler, die Bäume wurden zu einer knorrigen Masse, der Mond war verschwunden, selbst er hatte wohl Angst, bei uns zu bleiben. Die Straße verwandelte sich in eine Schotterpiste, dann in einen unbefestigten Weg, es wurde immer holpriger.

Momma war bis in die Fingerspitzen verkrampft vor Angst. Das merkte ich daran, wie sie das Steuer umklammert hielt und die Lippen fest zusammenpresste, aber ich konnte auch spüren, wie ihre beinahe lähmende Furcht um uns herumwirbelte.

»Wo fahren wir hin?«, fragte ich, und meine Angst kribbelte am ganzen Körper.

»Wir fahren zu dem Haus eines Mannes, den ich von der Arbeit kenne. Und jetzt seid still.« Sie atmete aus, atmete ein, atmete aus. »Mehr braucht ihr nicht zu wissen.«

Henry wimmerte. »Was ist, Momma, was ist? Ich hab Angst.«

Janie begann zu zählen, Cecilia trank glucksend eine Limo, die wir am Abend im Supermarkt geklaut hatten. Uns blieb nichts anderes übrig, als Lebensmittel zu klauen. Weil Janie dabei weinte und hyperventilierte, übernahmen Cecilia und ich das Klauen. Wir weinten und hyperventilierten nur innerlich.

»Nichts ist, Henry«, fuhr Momma ihn an.

»Wann fahren wir zu dem Platz hinter dem Laden zurück, um zu schlafen?«, wimmerte Janie.

»Seid still jetzt und hört auf, Fragen zu stellen«, fauchte Momma. Ihre Furcht legte sich über das Auto wie eine zähflüssige Ölschicht. Sie bog um eine Kurve, kam fast ins Schleudern und hielt nur wenige Meter vor einem halbverfallenen Schuppen.

Sofort trat ein Mann auf die Veranda. Ich konnte ihn im gelben Verandalicht sehen. Er war klein und stämmig und hatte ein paar Haare über eine kahle Stelle gekämmt. Seine Gesichtszüge wirkten zerknautscht. Er hatte ein ekliges, falsches Lächeln, und ich konnte seine Verdorbenheit regelrecht spüren.

»Ihr bleibt hier. Kommt auf keinen Fall in das Haus, habt ihr verstanden?« Mommas Stimme schwankte. »Ich werde mit dem Mann über seinen Wohnwagen reden. Habt ihr verstanden? *Rührt euch nicht vom Fleck!*«

»Wer ist das?«, fragte Henry, nachdem Momma ausgestiegen war. Ihre Schritte waren unsicher.

»Das wissen wir nicht«, wimmerte Janie und schnalzte mit der Zunge.

Henry zog sich die Decke über den Kopf und drückte seinen Plüschdrachen an die Brust. Später kotzte er beides voll.

Der Mann grinste Momma verschlagen an, als sie auf ihn zustöckelte. Ich sah, wie er ihr mit der Hand über den Arm strich. Sie riss den Arm weg und funkelte den Mann böse an. Die Tür schloss sich hinter ihnen.

Wir warteten endlos in der Unheimlichkeit dieser tintenschwarzen, bedrohlichen Nacht. Nur die Zikaden waren zu hören. Bis zum heutigen Tag kann ich das Zirpen von Zikaden nicht ertragen.

Schließlich bekam ich so viel Angst um Momma, dass ich kaum noch atmen konnte und aus dem Auto stieg. Cecilia ging es genauso. Zitternd schlichen wir die Verandastufen hoch. Ich hielt Cecilias Hand, konnte ihr Entsetzen im ganzen Körper spüren, als wäre sie ein Teil von mir. In dem Moment, als wir die wacklige Veranda erreichten und an die Tür klopfen wollten, schoss Momma heraus und strich sich das Kleid glatt.

Ihr Gesichtsausdruck wechselte von verzweifeltem Selbsthass zu überschäumender Wut. »Ich hab euch beiden doch gesagt, dass ihr im Auto bleiben sollt! Habt ihr eure Momma nicht gehört? Seid ihr taub? Steigt sofort wieder ein!«

»Warte doch mal, River-Schätzchen«, sagte der zerknautschte

Mann hinter ihr. »Ich wusste ja nicht, dass du deine Mädels mitgebracht hast, dass du deine Fohlen dabeihast.«

Er streichelte meine Wange. Momma reagierte so schnell, dass ich es nicht mal kommen sah. Sie boxte dem Mann mit beiden Fäusten so fest gegen den Arm, dass ihm ein »Scheiße« entfuhr.

»Nimm die Pfoten von meinen Mädchen!« Sie stellte sich vor uns und schubste uns in Richtung des Autos. »Los jetzt, Mädels. Lauft!«

Wir wollten laufen. Ich wusste, dass Cecilia rennen wollte, weil ich spürte, dass sie kaum noch Luft bekam, aber keine von uns bewegte sich. Wir würden Momma nicht mit diesem verschwitzten Kerl mit feistem Bierbauch und Schlägervisage allein lassen. Kam nicht infrage.

In dem gelben Licht entdeckte ich einen Bluterguss auf Mommas Wange. Sie hatte hohe, geschwungene Wangenknochen, und der Bluterguss war blaurot und geschwollen. In ihrem Mundwinkel klebte geronnenes Blut.

»Das hat Spaß gemacht, River. Richtig Spaß. Du kannst jederzeit zum Nachverhandeln wiederkommen.« Der Mann lachte. Er roch nach Rauch, Schweiß und purer Bösartigkeit. »Ich wusste ja nicht, dass du es gern grob hast. Du bist das reinste Wildpferd, River.«

Ich hörte Cecilia wie ein Tier knurren, bevor sie ihn ansprang. Ich tat es ihr nach, und schnell lag er am Boden, wir bearbeiteten ihn mit den Fäusten, beflügelt von unserer Wut. Er fluchte, und Momma versuchte uns von dem Kerl wegzuzerren.

Er war schnell und brutal und boxte Cecilia ins Gesicht. Ihr Kopf flog wie ein Punchingball nach hinten. Dann erwischte er mich. Das Blut spritzte mir auf mein Shirt, mein Rücken prallte gegen das Verandageländer.

Ich hörte ein hohes Quieken, dann sprang Henry vom Geländer, landete auf dem Rücken des Mannes, zog ihn mit beiden Händen an den Haaren und schrie: »Du tust meinen Schwestern nicht weh! Du tust Momma nicht weh! Momma nicht wehtun!«

Henry schlang seine Beine um den widerlichen Dreckskerl und versetzte ihm zwei ordentliche Hiebe, bevor der Mann ihn abschüttelte und Henrys Kopf mit einem dumpfen Knall auf dem Verandaboden aufschlug.

Janie erschien wie aus dem Nichts mit einem Ast und schlug ihn dem Mann ins Gesicht. Benommen stolperte er rückwärts und stürzte sich dann auf Janie. Sie erwischte ihn erneut am Kinn, was ihn allerdings nur kurz aufhielt. Grunzend schleuderte er sie die Verandastufen hinunter, wo sie auf dem Rücken liegen blieb.

Momma trat den Fiesling, drosch auf seinen Brustkorb ein, und ich rappelte mich benommen auf, schnappte mir einen Stuhl und schwang ihn mit wahren Mordgelüsten gegen den Rücken des Mannes, doch Sekunden später traf mich etwas wie ein Schwerlaster. Ich hörte ihn lachen, nachdem er mir in den Bauch geschlagen hatte, dann war die Veranda verschwunden, und ich sah nur noch Schwärze.

Als ich aufwachte, trug Momma mich von der Veranda und brüllte: »Verdammt nochmal, lass uns gefälligst in Ruhe, Reg«, und Janie schleifte eine blutende Cecilia hinter sich her. Henry kreischte hysterisch: »Du tust Momma nicht weh! Ich hasse dich! Du tust Momma nicht weh!«, und hielt sich den Kopf.

»Halt die Klappe, Vollidiot!« Der Typ lachte Henry aus.

»Nette Titten!«, brüllte er Cecilia nach. »River, Schätzchen, bring das nächste Mal die ganze Familie mit, dann geb ich dir zwei Wohnwagen. Wir rammeln alle zusammen!« Er wischte sich mit dem Ärmel das Blut aus dem Gesicht. »Aber nicht den Vollidioten. Den lässt du besser zu Hause.«

»Ich bin kein Idiot«, sagte Henry. »Du Idiot. Du fetter Idiot. Du fetter, hässlicher Idiot. Du tust Momma nicht weh! Du tust meinen Schwestern nicht weh! Du Vollidiot!« Er hob eine Handvoll Kies auf und warf sie nach ihm.

Ich wollte Reg immer noch umbringen und war klar genug im Kopf, um auf die Knie zu sinken, einen Stein aufzuheben und ihm an den Kopf zu werfen. Sein Blick war auf Henry gerichtet, daher traf ihn der Stein mitten aufs Auge. Ich warf einen zweiten hinterher, der ebenfalls sein Ziel erreichte.

Der Typ fluchte erneut, hob den Stein auf und schleuderte ihn in meine Richtung. Der Wurf ging voll daneben.

»Saftsack!«, rief Cecilia. »Fetter Saftsack!«

»Mach mal halblang, Missy«, brüllte er zurück. »Bist ja selbst 'ne fette Sau. 'ne Sau mit dicken Titten.«

»Du Vollidiot!«, brüllte Henry, Tränen strömten ihm über die Wangen.

Janie humpelte zurück zur Veranda, und ich folgte ihr, ohne richtig sehen zu können. Momma kreischte, wir sollten »augenblicklich« ins Auto steigen, und zerrte den zappelnden Henry hinter sich her.

»Sie sind ein hässlicher, schmutziger, alter Mann, und Sie werden immer ein hässlicher, schmutziger, alter Mann bleiben«, sagte Janie mit krächzender Stimme. »Aber wir nicht.« Sie reckte das Kinn vor. »Jetzt sind wir zwar arm, aber das wird nicht immer so bleiben. Wir werden es zu etwas bringen. Wir werden nicht mitten im Wald in einem Schuppen mit einer einzigen gelben Lampe leben. Sie werden immer ein Verlierer bleiben, der eine arme Mutter ausgenutzt und ihre Kinder zusammengeschlagen hat. Sie sind ein Verlierer. Sie haben verloren. Ich hoffe, Sie werden einen qualvollen, blutigen Tod haben, Ihre Gedärme werden platzen, und ich hoffe, dass es lange dauern wird, bis Sie tot sind.«

Langsam drehte sie sich um, und ich erkannte an ihren Bewegungen, dass ihr ganzer Körper schmerzte. Vor Verblüffung konnte ich mich nicht rühren; als ich es schließlich tat und Janie nachstolperte, blieben mir der offene Mund und der entsetzte Ausdruck des Mannes im Gedächtnis.

Momma packte uns, schob uns ins Auto, fuhr rückwärts um

das Haus herum zu einem Wohnwagen und schrie uns an: »Ich hab euch befohlen, im Auto zu bleiben! Ich hab euch verboten, das Auto zu verlassen!«

Der Wohnwagen war schäbig und ramponiert. Obwohl ich mich vor Kopf- und Rückenschmerzen kaum rühren konnte, stieg ich aus, half Momma, den Wohnwagen an unserer Anhängerkupplung festzumachen, und wir fuhren davon. Wir nahmen denselben Weg zurück, der Wohnwagen schlingerte wie ein teuflisches Geschenk hinter uns her.

Stöhnend wischte Cecilia Blut weg; Momma zitterte und brüllte uns an; Henry hyperventilierte und keuchte: »Blut, da ist Blut, Isabelle!«, und Janie und ich schwiegen, verstört bis ins Mark. Der Schmerz in meinem Kopf spaltete mir schier den Schädel.

Cecilia griff nach meiner Hand. »Dein Kopf. Geht's noch?«, flüsterte sie und hielt sich die Hand an genau die Stelle, wo mir der Schädel wehtat.

Meine Brüste schmerzten so sehr, dass ich kaum atmen konnte. Aber der Mann hatte sie nicht berührt. Er hatte Cecilia gepackt. Das war wieder diese Zwillingssache. »Wie geht's deinen Möpsen?«

»Ich hasse ihn, aber wie!« Sie schlang die Arme um ihren Oberkörper. Ich spürte ihren Schmerz, ihre Wut und Abscheu. Meine Brüste pochten. »Ich hasse ihn.«

Nach einer holprigen halbstündigen Fahrt bog Momma auf einen Waldweg ein in der Nähe eines Baches. Draußen war es stockfinster, aber Momma wies uns an, in den Wohnwagen zu steigen, ihre Stimme zitterte.

Im Wohnwagen stand eine Kühltasche mit Eis, und auf dem Eis lag Wildfleisch. Das war Mommas Bezahlung: ein klappriger Wohnwagen und eine Portion Hirschfleisch.

Wir zündeten ein Feuer an und brieten das Fleisch. Beim Essen schwiegen wir, weil Momma gequält keuchte und ihre Hände zuckten, als liefen elektrische Schläge hindurch.

Nach dem Essen ging sie zwischen die wogenden Bäume und schrie.

Wer weiß, wie lange wir da draußen im Wald gehaust hätten, wenn die Läuse nicht gekommen wären.

Am dritten Tag begannen unsere Köpfe zu jucken. Am siebten Tag entdeckten wir Läuse noch und nöcher.

Die Läuse gaben Momma den Rest.

Sie hatte keinen Job. Ihre vier Kinder hatten Läuse. Eines war behindert. Sie hatte keinen Mann. Nichts zu essen. Wir hausten in einem Wohnwagen im Wald, für den sie ihre Seele hatte verkaufen müssen, ohne Klo oder fließendes Wasser. Als wir das Fleisch aufgegessen hatten, ernährten wir uns von Beeren. Momma musste Henry Windeln anziehen, weil er seine Blase nicht mehr im Griff hatte.

Eines Nachts fand sie eine Laus in ihrem Mund, und das war es dann. Sie begann zu schreien.

Es gelang uns nicht, sie zu beruhigen.

Bald heulte auch Henry.

Eine Frau, die ein Stück die Straße hinauf eine große Blockhütte besaß, hörte Momma schreien und rief nicht nur die Polizei, sondern kam auch selbst, um uns zu helfen.

Inzwischen hatte sich Henry in eine Hysterie hineingesteigert. Er heulte in den höchsten Tönen und klammerte sich an den Stoffdrachen, den er vollgekotzt hatte. Janie hatte mit geschlossenen Augen den Arm um sich geschlungen und tätschelte Henry in regelmäßigen Abständen. Cecilia trat gegen einen Baum. Ich versuchte jedem zu helfen, während ich mir den Kopf kratzte.

Die Polizisten warfen nur einen verblüfften Blick auf uns, insbesondere auf die dreckigen Kleider und die Blutergüsse in unseren Gesichtern, dann benachrichtigten sie das Jugendamt.

Wir kamen für sechs Wochen zu Pflegeeltern.

Man hätte annehmen können, dass Momma Grandma um Hilfe bat.

Weit gefehlt.

Dann hätte Grandma gewonnen, und es wäre unwiderlegbar bewiesen gewesen, dass ihre Tochter nicht für sich und ihre Familie sorgen konnte. Momma hatte sich geweigert, aufs College zu gehen und eine Ausbildung zu machen, wie Grandma ihr geraten hatte, sie war einfach mit einem Kerl (unserem Dad) durchgebrannt, der ihr davongelaufen war, was konnte Momma da erwarten? Grandma hatte sie gewarnt! Sie hatte gewusst, dass es so kommen würde! Momma hätte auf sie hören sollen!

Mommas Stolz erlaubte ihr nicht, einer Frau, die sie ihr ganzes Leben lang kritisiert hatte, zu gestehen, dass in ihrem eigenen Leben nicht alles absolut perfekt lief.

Leider bedeutete das für uns, mit Dingen wie Läusen, Wohnwagen und Hunger fertigzuwerden und damit, dass Momma wenige Wochen später ihr Leben wieder mal entglitt.

Als die Läuse und der Hunger verschwunden waren, gefiel es mir gut bei der Pflegemutter.

Janie, Cecilia, Henry und ich waren die einzigen Kinder im Heim von Miss Nancy. Sie besaß ein Haus am Stadtrand mit einem großen Garten und einem Bach hinten auf dem Grundstück, an dem wir spielten. Cecilia und ich teilten uns ein großes gelbes Schlafzimmer, Janie und Henry hatten jeder ein Zimmer für sich.

Miss Nancy nahm uns in die Arme, als wir in ihrem sauberen, fröhlichen Heim eintrafen. Sie besorgte Medikamente für Janies Migräne, Cecilias zahlreiche Ausschläge und Henrys Kränklichkeit und Atemprobleme, kaufte uns neue Kleidung, schickte uns in die Schule, half uns bei den Hausaufgaben und nahm uns in den Arm, wenn wir in Tränen zu ersticken drohten. Wir mussten nicht backen, damit der Strom nicht abgeschaltet wurde.

Miss Nancy legte klassische Musik auf und brachte Janie das Sticken bei.

Sie war Sonntagsschullehrerin, und Cecilia wurde ihre Gehilfin.

Sie meldete mich beim Kirchenchor an, weil sie behauptete, ich hätte die Stimme des schönsten Engels im Chor Gottes.

Sie hatte Hunde und Katzen, und Henry liebte die Tiere, wie sie ihn liebten.

Wie man sieht, hatte Miss Nancy beträchtlichen Einfluss auf unser zukünftiges Erwachsenenleben.

Sie packte uns jeden Abend etwas zu essen ein, das wir mit ins Bett nehmen durften, weil sie wusste, wie panisch wir wegen des Essens waren. »Wenn ihr nachts hungrig werdet, esst das ruhig«, sagte sie zu uns. Cecilia nahm sich das zu Herzen und aß auch meine Ration auf.

Als Momma uns abholen kam, klammerten wir uns schluchzend an Miss Nancy. Momma war nicht erfreut.

»Hört auf zu heulen«, befahl sie. »Steigt ins Auto.«

Sie trug eine grüne Bluse zu einer schwarzen Hose und hochhackige Schuhe. Ihr Haar war gebürstet, das Gesicht geschminkt. Sie sah phantastisch aus. Wie aus einem Hochglanzmagazin.

Später erfuhr ich, dass man sie in einer netten, freundlichen Nervenheilanstalt untergebracht hatte. Endlich hatte sich mal jemand um Momma gekümmert.

Sie hatte Ruhe und Schlaf bekommen und Zeit zum Nachdenken gehabt.

Und hatte schließlich ein paar Medikamenten zugestimmt, die ihr Nervenkostüm glätteten.

Eine Weile lief alles gut. Das Sozialamt hatte Momma eine Wohnung vermittelt, wir bekamen Lebensmittelmarken, und sie hatte einen Job in einem vornehmen Geschäft für Damenmode, das ihr Provision zahlte.

Die Besitzerin schenkte Momma drei schicke Kombinationen, die sie zur Arbeit tragen sollte, um für das Modegeschäft zu werben. Momma verdiente gutes Geld, weil sie hübsch aussah und selbst eine Schildkröte überzeugen konnte, aus ihrem Panzer zu schlüpfen und ein Seidencape zu kaufen. Von außen sah es aus, als wären wir zwar eine etwas seltsame Familie, aber absolut in Ordnung.

Im Inneren liefen die Dinge nicht so gut. Ganz und gar nicht.

Und am Horizont lauerte eine weitere Katastrophe auf die Bommarito-Familie. Diesmal eine schrecklich blutige.

13. KAPITEL

»Ich habe heute mit Dr. Silverton gesprochen«, erzählte ich Cecilia am Nachmittag in der Bäckerei.

Ihre Hände verharrten über dem dunklen Teig, den sie gerade rührte. »Ach ja«, flüsterte sie. »Hat er mir erzählt. Wir haben uns heute Nachmittag kurz in seinem Büro getroffen. Er ist so ein netter Mann.«

»Ja, freundlich und nett.«

»Er sagte, ich sei eine der besten Lehrerinnen, denen er je begegnet ist, das hat er gesagt.« Sie errötete.

»Tja, du bist eine der Besten, wenn nicht die Allerbeste.« Das war die Wahrheit. Ich wusste das, genauso wie der Rest von Trillium River, wo die Eltern äußerst ungehalten wurden, wenn ihr kleiner Liebling nicht in Cecilias Vorschulklasse kam. Vier Familien hatten mit Klagen gedroht. Drei hatten sich an den Schulvorstand gewandt.

»Er ist so höflich, Isabelle, so sanft.«

Mir fiel auf, dass Cecilias Stimme auch sanft war. Ich verbarg mein Lächeln.

»Bei meiner Beurteilung – na ja, wir kamen so ins Plaudern, dass wir gar nicht zur Beurteilung kamen – haben wir uns über unsere Lieblings-Urlaubsziele unterhalten, über das Little-League-Baseballteam, das er trainiert, und über die Bäckerei und Momma. Er hat Momma kennengelernt und gesagt, sie sei eine ›reizende Dame‹.« Cecilia schnaubte verächtlich.

»Also war es ein gutes Gespräch.«

»Ja, ich hab ihm ein wenig von meiner Scheidung erzählt,

und er war so freundlich, Isabelle … so freundlich … dass ich …« Sie starrte in die Luft. »Dass ich das Gefühl hatte, mein ganzer Ärger sei verpufft, als ich ihm davon erzählte. Mir war gar nicht mehr danach, Parker zu erwürgen.«

»Na, das ist ja schön. Mord ist was Furchtbares. Ich bin froh, dass du Dr. Silverton magst.«

»Das stimmt! Ich mag ihn«, bestätigte Cecilia.

Ich versuchte, nicht zu lachen. »Ich bin froh, dass du ihn wirklich magst.«

»Oh, das stimmt! Ich mag ihn wirklich.«

Ich lachte.

Das weckte sie aus ihrer Verträumtheit. Sie warf mir Kuchenteig an den Kopf.

Janie und ich beschlossen, uns selbst zu Cecilias nächster Phase im Scheidungskrieg in Portland einzuladen. Wir glaubten, das könnte unterhaltsam werden. Anregend. Eine rachsüchtige Aktivität schwesterlicher Verbundenheit.

Zur Feier von Cecilias Befreiung hatte Janie mir erlaubt, sie zurechtzumachen. Sie trug eine enge Jeans und lieh sich von mir Highheels mit grün-beige schimmernder Patina und eine grünliche Seidenbluse. Ich glättete ihr rötliches Haar, schob ihr ein paar Armreifen über die Handgelenke, steckte ihr baumelnde Ohrringe an, bis sie mit ihren schimmernden Augen aussah wie aus dem Modejournal entsprungen.

»Ich werde nie kapieren, warum du dich wie eine Vogelscheuche anziehst, Janie«, hatte Cecilia geschnaubt. »Wenn du dir das Haar machst und keine braunen Kindersärge mehr an den Füßen trägst, keine Bauernschürzen und Spitzenkragen, dann siehst du umwerfend aus.«

»Ich kleide mich nicht wie eine Vogelscheuche. Ich ziehe mich so an, dass mein Körper das Gefühl hat, sanft zu gleiten, ätherisch, verbunden zu sein mit meiner Spiritualität. In diesen Highheels fühle ich mich unwohl. Meine Füße tun weh, und diese Bluse …« Sie zupfte daran. »Wenn ich mich falsch bewege, guckt mein BH raus.«

»Tu das bitte nicht«, sagte ich zu ihr. »Beweg dich nicht falsch. Niemand will deinen BH sehen.«

»Was soll mit dem BH sein? Der ist stabil. Ich trage ihn seit Jahren.«

»Das ist mir klar«, sagte ich. »Man sieht es ihm an. Das sieht jeder sofort.«

Cecilia hatte einen Jeansrock und ein pinkfarbenes Shirt angezogen, dazu Kreolen eingehängt. Sie verzog das Gesicht, als sie sich im Spiegel sah, und knurrte: »Ich bin fast so fett wie ein Nashorn. Wo zum Teufel sind meine Hörner?«

Ich trug Jeans, einen mit Pailletten verzierten Gürtel, eine schokoladenbraune, weit ausgeschnittene Bluse und klotzige Klunker. Ich fand, mein Aufzug passte gut zu meinen Zöpfen.

»Wir haben unsere Kriegsbemalung aufgelegt, Ladys«, sagte ich. »Jetzt holen wir uns Parkers Skalp und spießen ihn auf.«

Wir waren mit Cecilias Anwältin Cherie Poitras zur Schule gegangen.

Cherie war ein toughes, wildes Mädchen gewesen und zu einer toughen, hochbezahlten Anwältin in Portland geworden, die inzwischen ihre eigene Kanzlei besaß. Sie war das einzige Kind eines Mannes, der geglaubt hatte, mit Prügeln zu sparen bedeutete, sein Kind zu verziehen.

Mit fünfzehn Jahren hatte Cherie ihre Volljährigkeit beantragt, wobei sich die alten und neuen Prügelstriemen auf ihrem Rücken vorteilhaft auf den Fall auswirkten. Das Gesetz rettete sie, und sie verliebte sich in das Gesetz. In ihrer freien Zeit setzte sie sich vor Gericht für missbrauchte Kinder ein; vier von ihnen hatte sie adoptiert.

Nach der Sache mit der Malerei freundeten wir uns an: Ein Lehrer hatte Cherie im Matheunterricht ständig miesgemacht, hatte sogar gesagt: »Mädchen haben nicht genug Hirn für Mathematik.« Daher schlich sie sich eines Sonntags in die Turnhalle und sprühte ein Bild, das sich über die gesamte Wand erstreckte. Es zeigte den Mathelehrer nackt mit drei Nippeln, einem Hotdog als Penis, einem Horn auf dem Kopf und Flossen als Füße.

Wir wussten, wer das gemacht hatte. Wir verpetzten Cherie nie und wurden Freunde fürs Leben.

Jetzt saßen wir drei in ihrem eleganten Konferenzraum eines Hochhauses in Portland. Unten glitzerte der Williamette River, Schiffe zogen auf ihrer Fahrt unter den Brücken hindurch weiße Heckwellen hinter sich her.

»Mir fehlt mein Hausboot«, wimmerte Janie und starrte auf das Wasser hinunter.

»Mir fehlt mein Loft«, wimmerte ich und starrte ebenfalls auf den Fluss.

Unsere Seufzer trieften vor Selbstmitleid.

»Und mir fehlt meine geistige Gesundheit, aber hört ihr mich vielleicht ständig jammern?«, blaffte Cecilia.

»Ich habe schon vor langem aufgehört, meine geistige Gesundheit zu vermissen, Cecilia«, erwiderte ich. »Vielleicht solltest du nicht solchen Wind darum machen.«

»Das mit der geistigen Gesundheit ist eine heikle Angelegenheit«, sinnierte Janie. »Heikel. Kommt und geht. Viele der klügsten Menschen auf diesem Planeten haben sie nicht im Griff.«

»Okay, Ladys«, unterbrach uns Cherie mit der Stimme eines Feldwebels. »Meine Sekretärin hat mir mitgeteilt, dass die Rebellen auf dem Weg sind. Halt dich bedeckt, Cecilia.«

Cherie trug einen schwarzen Lederrock, eine weiße Seidenbluse mit breitem Kragen und schwarze Stilettos. Damit war sie fast einsfünfundachtzig groß. »Janie und Isabelle, hier wird nicht gekämpft, gebrüllt oder mit Gegenständen geworfen.«

»Mir fällt überhaupt nichts zu Parker ein, das mich veranlassen würde, zu kämpfen, zu brüllen oder mit Gegenständen zu werfen«, sagte ich.

Wir hörten Schritte. Ich zwinkerte Cherie zu. Sie hob das

Kinn. Gegen eine ordentliche Schlägerei hat sie nach wie vor nichts einzuwenden.

Und sie ist eine höllisch gute Kämpferin.

Parker und seine drei Anwälte – die ihm zweifellos enorme Honorare berechneten – füllten den Türrahmen aus.

Parker hatte ein höhnisches Grinsen im Gesicht, aber seine Augen weiteten sich wie die einer erschrockenen Schildkröte, als er Janie und mich am Fenster stehen sah.

Die drei Anwalts-Deppen hielten sich hinter Parker, der mit einem von ihnen zusammenstieß, als er meinem Blick auszuweichen versuchte.

Einer der Anwälte, den ich sofort als Chef ausmachte, blinzelte mehrfach und wurde rot, als er Janie sah. Selbst Parker war verblüfft über ihr Aussehen. Aber nur kurz.

»Was wollt ihr beiden hier?«, blaffte Parker uns an.

»Wir wollen uns den Zirkus ansehen«, sagte ich. »In der Hoffnung, dass du von einem Löwen verspeist wirst!«

Parker wurde knallrot.

»Wir sind gekommen, weil wir es einfach nicht ertragen können, eine Gelegenheit zu verpassen, mit dir auf so erdverbundene, harmonische Weise zusammen zu sein«, sagte Janie mit süßlichem Lächeln. »Deine Gesellschaft ist so angenehm, deine Persönlichkeit so beruhigend.«

Einer seiner Anwälte hustete in die Hand.

»Das gefällt mir nicht«, knurrte Parker. »Ihr beide habt hier nichts zu suchen. Das geht nur Cecilia und mich etwas an. Ihr schuldet mir beide noch Geld für die Reparatur meines Autos, und du, Isabelle, musst noch die Absätze meiner Verlobten bezahlen.«

»Schick mir die Rechnung doch noch mal«, murmelte ich vor mich hin. »Ich weiß genau, wo du sie dir hinstecken kannst. Da, wo es heiß ist und stinkt …«

Cherie mischte sich ein. »Meine Herren, diese Damen werden nicht gehen. Bitte setzen Sie sich. Lassen Sie uns die Sache ruhig und zivilisiert über die Bühne bringen.«

Cherie und Parkers leitender Anwalt nahmen einander gegenüber Platz. Parkers leitender Anwalt, der rot wie ein Feuerwehrauto wurde, wenn sein Blick auf Janie fiel, war um die fünfundvierzig. Er war weiß, hatte schütteres Haar, war mindestens einsfünfundachtzig groß und trug eine Brille. Er sah recht gut aus. Die anderen beiden Anwälte waren Mitte dreißig, der eine stämmig wie ein Wasserturm, der andere schlaksig wie Abraham Lincoln.

Cecilia und ich saßen links von Cherie, Janie rechts. Parker hockte Cecilia gegenüber und schaute finster. Plötzlich lachte er. »Ich kann es nicht fassen, dass ich so lange mit dir verheiratet geblieben bin.«

Einer seiner Anwälte, der Wasserturm, wandte sich ihm zu und sagte: »Nicht jetzt, Parker.«

»Ich kann auch nicht fassen, dass ich mit dir verheiratet geblieben bin«, sagte Cecilia lächelnd. »Momma sagte, du wärst ein Mann mit einem kleinen Pimmel, körperlich und geistig. Sie hat mich gewarnt. Mehr als einmal. Ich hab nicht auf sie gehört. Sie hatte recht. Momma hat immer recht.«

Also, diese letzte Behauptung über Momma war gelogen. Aber dass Momma geglaubt hatte, Parker hätte sowohl körperlich als auch geistig einen kleinen Pimmel, stimmte aufs Wort. Sie hatte gesagt: »Parker wird immer wie ein Mann mit einem kleinen Pimmel denken. Eifersüchtig. Niederträchtig. Engstirnig. Er hat den Pimmelkomplex aller kleinwüchsigen Männer, vergiss das nicht. Ich warne dich, Cecilia, der Mann wird dir Kummer bereiten.«

»Du hast während deiner ganzen Ehe über Parkers kleinen Penis geklagt, Cecilia«, sagte Janie mit Verwunderung in der Stimme und faltete die Hände. »Und über die Instabilität im Ehebett, die dadurch ausgelöst wurde, aber ich dachte, Parker würde jetzt Viagra nehmen? Doch nicht?«

Parker gefiel das gar nicht. »Ich benötige kein Viagra. Da brauchst du bloß Constance zu fragen.«

»Parker!«, blaffte der Abe-Lincoln-Anwalt. »Beruhigen Sie sich!«

Worauf ich die Brauen hob. Sein eigener Anwalt fuhr ihn an?

»Also gut, legen wir los«, sagte Cherie. »Sie beide sollten sich zurückhalten. Lassen Sie uns dafür sorgen, dass diesmal nicht so viel Blut fließt wie beim letzten Mal. Cecilia ist bereit, eine Vereinbarung zu treffen. Sie will das Haus.«

»Damit habe ich mich doch bereits einverstanden erklärt«, sagte Parker und schlug auf den Tisch. »Kein Problem. Sie kann mir meine Hälfte ausbezahlen.«

»Nein, sie wird Sie nicht ausbezahlen«, sagte Cherie, als sei er ein ungezogenes, widerborstiges Kind. »Das Haus ist fast abbezahlt, und sie will es komplett. Sie ist jedoch bereit, auf Ihr Altersruhegeld zu verzichten.«

Ich konnte die angespannte Stille im Konferenzraum buchstäblich hören. Das Haus war 650 000 Dollar wert. Das Altersruhegeld, das Parker als schlüpfriger und aalglatter, aber trotzdem erfolgreicher Computerverkäufer angespart hatte, belief sich auf etwa 450 000 Dollar.

»Das ist immer noch eine ungerechte Aufteilung«, sagte Bob, Parkers führender Anwalt. Bob war der Mann mit dem schütteren Haar. Er war ein Macher. Ich hatte den untrüglichen Eindruck, dass der arme Bob schon seit langer, langer Zeit mit solchen unschönen Angelegenheiten befasst war.

»Ist es nicht, zum Teufel nochmal«, sagte Cherie. »Parker hat seine brandneue Corvette, er will dazu seine ältere Corvette, die immer noch in der Garage steht, sein Werkzeug und das andere Spielzeug, einschließlich des Breitwandfernsehers. Außerdem ist Cecilia die Hauptbezugsperson der Kinder. Parker, Sie wollen doch bestimmt, dass Ihre Kinder im Elternhaus bleiben können?«

Parker gab grummelnde Geräusche von sich. Wie ein Bär, der sich in einen Brombeerbusch gesetzt hat.

»Zusätzlich muss sich Parker bereiterklären, sämtliche Kreditkartenschulden zu übernehmen. Das schließt die volle Summe ein, die sich auf seinen Karten angesammelt hat, während er mit Cecilia verheiratet war, plus allen Forderungen, die seit der Trennung entstanden sind.«

»Kommt nicht in Frage«, stieß Parker durch zusammengebissene Zähne hervor.

»Die Kosten sind für dich und Constance entstanden«, sagte Cecilia. »Ich weigere mich, dieser Scheidung zuzustimmen, wenn ich für deine Mai Tais in Mexiko oder auf den Bahamas zahlen soll. Wir haben getrennte Kreditkarten. Du nimmst deine, ich nehme meine, Arschloch.«

Der angehende Kahlkopf seufzte. Unter dem Tisch versetzte Cherie Cecilia einen Tritt. Cecilia protestierte nicht dagegen.

»Dann geht es noch um den Unterhalt für die Kinder und die Rückerstattung der 30 000 Dollar an Cecilia, die sie aufwenden musste, um an der Uni ihren Master zu machen«, sagte Cherie. »Cecilia hat dafür ein Studentendarlehen aufgenommen, und Parker muss es ihr zurückzahlen. Wenn er sich damit einverstanden erklärt, verzichtet Cecilia auf ihren eigenen Unterhalt.«

Parker protestierte erneut. »Ich bezahle nicht für ihren Master. Haben Sie das verstanden? Sie ist Vorschullehrerin! Dafür braucht man doch keinen Grips. Sie muss nur wissen, wie man das Alphabet schreibt, und ein paar gottverdammte Lieder singen, Herrgott nochmal!«

Bob der Macher sagte: »Halten Sie die Klappe, Parker.«

»Sagen Sie nie wieder ›gottverdammt‹, Parker«, wies ihn Abe Lincoln an. »Wir haben Ihnen gesagt, wie wir zu dem Wort stehen.«

Parker schlug mit den flachen Händen auf den Tisch.

»Sonst noch was?«, fragte Bob der Macher.

»Ja«, erwiderte Cecilia. »Parker wird für meine Anwaltsgebühren aufkommen und jeden Monat 1500 Dollar in die beiden Collegefonds der Mädchen einzahlen. Zusätzlich wird er jeden Monat 3000 Dollar Unterhalt für die Kinder zahlen.«

Der Macher nickte. Mir fiel auf, dass er in seltsamer Weise an seinem Stift herumfummelte, ihn rechts herum kreiseln ließ, dann links herum, wieder rechts herum und zurück. Merkwürdig. Der Rhythmus erinnerte mich stark an Janie. »Könnten Sie uns einen Moment allein lassen?«

»Selbstverständlich.«

Wir Damen standen auf und verließen den Konferenzraum, wobei Cecilia laut vernehmlich flüsterte: »Mit Parker zu schlafen war, als schliefe man mit einem Bleistift. Dünn und pieksig.« Und Janie sagte zu Parker: »Weißt du noch, wie du mich auf meinem Hausboot anbaggern wolltest? Ich konnte tagelang nicht rausgehen, weil ich jedes Mal, wenn ich an dein Gesicht dachte, Durchfall bekam. Eklig.«

Ich tat gar nichts, bis ich Parkers anzügliches Grinsen und seinen auf meine Brüste gerichteten Blick sah. Ich näherte mich ihm, während er sich auf dem Drehstuhl zurücklehnte. Als meine Brüste direkt vor seinen Augen waren, bewegte ich mich blitzschnell und kippte seinen Stuhl um.

Parker machte einen Salto rückwärts und bremste mit dem Gesicht.

Ich schenkte den erstaunten Anwälten ein süßliches Lächeln und ging nach draußen.

Der Macher gab sich alle Mühe, nicht zu lächeln, bevor er sein rhythmisches Kreiseln wieder aufnahm.

Wir gingen durch den Flur zu Cheries Büro. Sie öffnete eine kleine Klappe hinter einem Bücherstapel und legte einen Schalter um.

»Das dürft ihr niemandem verraten, sonst werde ich aus der Anwaltskammer ausgeschlossen«, murmelte sie.

Als würden wir jemals so etwas machen, du raffiniertes Stück.

Ah. Wunderbar. Wir konnten jedes Wort hören, das zwischen den Anwälten und Parker gewechselt wurde. Jedes einzelne Wort.

»Lassen Sie sich darauf ein, Parker«, sagte der Macher. »Sie sind fertig. Wir sind fertig.«

»Was Besseres kriegen Sie nicht.« Das kam von Abe Lincoln. »Cecilia bekommt das Haus, Sie bekommen das Altersruhegeld. Sie bekommen Ihre Autos und den Fernseher. Sie kriegen eine Menge Geld. Ihnen wird es gutgehen.«

»Zum Teufel, nein!« Ich hörte Parker wieder auf den Tisch schlagen. »Ich werde ausgenommen! Wie eine Weihnachtsgans! Und ich denk verdammt nochmal nicht daran, das Studentendarlehen von der fetten Kuh zu bezahlen.«

Cecilia wurde rot. Ich wollte Parker am liebsten umbringen.

»Etwas Besseres kriegen Sie nicht, und letztlich zögern Sie das Unvermeidliche nur hinaus. Ich mache das schon seit zwanzig Jahren. Vertrauen Sie mir«, sagte Bob der Macher.

»Aber was ist mit den Kreditkarten?« Parkers Stimme klang wie die eines schwächlichen Wiesels.

Bob schnaubte. »He, Parker, das sind Ihre Karten, Sie haben jeden Beleg abgezeichnet, ich habe sie gesehen. Cecilia wird sich nicht darauf einlassen, das Botox für Sie und Constance zu bezahlen, das Lippenaufspritzen und die Darmspülungen. Nie im Leben. Auch kein Richter wird Cecilia verurteilen, dafür zu zahlen. Im Allgemeinen haben Richter wenig Mitgefühl mit Leuten, die ihre Frau betrügen, mit ihren Freundinnen nach Mexiko fahren und anschließend versuchen, die Kosten mit der Ehefrau zu teilen.«

Cheries Brauen gingen hoch.

Parker fluchte. Ganz der toughe Typ. »Aber der Unterhalt

für die Kinder! Großer Gott! 3000 Dollar? Jeden Monat? So viel kostet es doch nicht, Kinder aufzuziehen.«

»Doch«, sagte der Wasserturm. »Ich habe auch fünf Kinder. Ich verwalte unser Haushaltsgeld, weil meine Frau zu viel zu tun hat. Die Berechnung basiert auf dem, was der Staat Oregon entsprechend Ihrem Einkommen festlegt. Da winden Sie sich nicht raus, Parker, also geben Sie's auf.«

Parker fluchte erneut. »Sie hängt mir wie ein Klotz am Bein. Sie ist eifersüchtig. Sie ist eine kranke, intrigante, fette ...«

»Wir hatten Ihnen vor mehr als neun Monaten geraten, sich zu einigen«, sagte Bob der Macher. »Sie haben bereits 35 000 Dollar Honorar an uns bezahlt. Jetzt kommen noch mal 10 000 dazu. Außerdem müssen Sie Cheries Anwaltsgebühren bezahlen. Sie können es sich nicht leisten, die Einigung abzulehnen. Haben Sie das kapiert, Bürschchen? Sie können es sich nicht leisten. Ziehen Sie die Scheidung durch, machen Sie sich davon und heiraten Sie diese Frau. Wie hieß sie noch mal?«

»Constance.«

»Constance. Heiraten Sie sie.«

»Ja, mach dich davon und heirate Constance, die Darmspülerin«, flüsterte Cecilia. »Bitte mach das. Auf der Stelle.«

»Sie haben mir viel zu viel berechnet ...«

»War sauer verdientes Geld«, bemerkte Bob der Macher.

»Was soll das denn heißen?« Parker stieß die Luft aus.

»Das heißt, dass Sie ein Arschloch sind. Sie betrügen Ihre Frau mit irgendeinem Flittchen ...«

»Nenn sie nicht Flittchen«, flüsterte Cecilia. »Bring ihn nicht auf komische Gedanken. Er muss dieses Flittchen heiraten!«

»Constance ist kein Flittchen«, sagte Parker, klang aber nicht allzu überzeugt.

»Constance ist ...« Bob der Macher lachte. »Na gut, Parker. Wir sind fertig.«

»Setzen Sie das Honorar runter, oder ich verklage Sie, Bob. Ich verklage Sie wegen ... wegen ...«

»Wegen?«, hakte Bob nach.

Ich beschloss, Bob zu mögen.

»Ich verklage Sie. Ich zahle keine Cent mehr.«

»In der Stadt gibt es keinen einzigen Anwalt, der Ihren Fall übernehmen wird, Parker. Keinen einzigen. Wenn das Geld nicht innerhalb von dreißig Tagen auf meinen Schreibtisch landet, lasse ich Ihr Gehalt von dem schicken Laden, in dem Sie arbeiten, so schnell pfänden, wie Ihnen der Rotz aus der Nase läuft. Glauben Sie, das würde Ihrem Chef gefallen?«

Parkers Hände schlugen wieder auf den Tisch. Inzwischen mussten sie ihm doch wehtun.

Wir wurden hereingerufen und bemühten uns, beim Eintreten nicht zu lachen, obwohl Cecilia noch immer wegen der Bemerkung kochte, sie sei eine fette Kuh.

Ich zeigte Parker verstohlen den Stinkefinger und wackelte damit. Janie grinste heiter und amüsiert.

Als wir uns setzten, sah ich, wie sie Parker anlächelte und leise mit dem Finger auf die Tischplatte klopfte: eins, zwei, drei, vier. Als er ihren Blick auffing, sagte er in anklagendem Ton: »Was ist?«

»Was soll sein?«, erwiderte Janie freundlich. Sie biss sich auf die Lippe. Ich kannte sie. Im Kopf tötete sie Parker bereits erneut für das nächste Buch.

»Warum bist du überhaupt hier, Janie?«, fragte Parker. »Hast du niemanden umzubringen?«

Seine Anwälte erstarrten.

»Nein, nein, keine Bange«, sagte ich beruhigend und versetzte Janie einen Tritt. Sie schaute Parker an, als bewunderte sie ihn. Sie verabscheute den Mann, wie die meisten von uns eine Tarantel auf dem Bauch verabscheuen würden, aber sobald ihr die Handlung für einen Krimi in den Kopf kam, konnte nichts ihre ungezügelte, überschäumende Freude bremsen.

»Janie ist Krimiautorin«, erklärte ich.

Das Gesicht von Bob dem Macher legte sich in verdutzte Falten, dann wurde es wieder glatt, und er richtete sich auf. »Ich glaub, mich laust der Affe!«

Sein Ausruf erstaunte mich. *Ich glaub, mich laust der Affe?*

»Sie sind *Janie Bommarito*, nicht wahr?« Er war entzückt. Ein Schatz war gefunden! »Ich kann's nicht fassen, dass ich nicht darauf gekommen bin!«

»Janie Bommarito!« Der Wasserturm lachte. »Wir haben Ihr Buch *Devons Sterne* für unseren Kanzlei-Bücherclub gelesen. Es hat mir solche Angst gemacht, dass ich es nur tagsüber lesen konnte. Ich habe mir sogar einen Tag freigenommen, um zu Hause zu bleiben und …«

Er klappte den Mund zu und trug Bob sofort sein Verteidigungsplädoyer vor. »Ich wollte sagen, ich war krank. Ich musste das Bett hüten, so krank war ich. Das war der Tag nach der Verhandlung im Fall der Mallorys …«

Bob der Macher beachtete ihn kaum. Seine Aufregung über das große Privileg, Janie kennenzulernen, ließ ihn vor hemmungsloser Freude auf dem Stuhl herumrutschen.

»Ich habe sämtliche Bücher von Ihnen gelesen. *Ohne Ausnahme.* Manche zweimal. Ich habe das nächste, *Melodys Zerstückelung*, bereits online vorbestellt. Es ist mir eine große Ehre, Sie persönlich kennenzulernen, Ms Bommarito. Sie sind die einzige Krimiautorin, deren Bücher ich lese. Ich neige sonst mehr zu den Klassikern. *Stolz und Vorurteil. Jane Eyre. Sturmhöhe.*«

Das ließ uns alle aufhorchen. Dieser großgewachsene Mann mochte *Sturmhöhe*? Ich hätte angenommen, er würde Bücher über Haifische lesen.

»Sie sind ein Liebhaber der Klassiker!«, hauchte Janie. »Eins meiner Hobbys ist das Sammeln früher Ausgaben der Brontë-Schwestern!«

»Ist das Ihr Ernst?«, staunte Bob. »Ich auch! Sammlerausgaben! Ich habe sogar einen Garten im englischen Stil angelegt!«

Ich dachte, Janie würde in Ohnmacht fallen. Sie legte die Hand an die Brust.

»Das ist nicht wahr!«

»Doch!« Bobs Lächeln reichte von einem Ohr zum anderen. »Ich habe Trockensteinmauern gebaut, Pfade angelegt, Springbrunnen, einen Teich und eine Brücke gebaut, alles im Stil der Zeit!«

Es verschlug Janie fast den Atem. »Ach, du meine Güte! Du liebe Güte!« Mit leuchtenden Augen beugte sie sich vor. »Darf ich mir das einmal ansehen?«

»Das würde mir die größte Freude bereiten. Ich wäre entzückt. Es wäre mir ein Vergnügen.« Bob atmete ein, ließ weiter seinen Stift kreiseln, nur schneller jetzt. »Könnten Sie einige Bücher aus Ihrer Sammlung mitbringen? Es wäre eine Ehre …«

»Aber selbstverständlich! Wir können sie uns zusammen im Garten anschauen! Das wäre so authentisch, so historisch, so literarisch! Ich werde meine Lieblingsteesorten mitbringen.«

Mir blieb die Spucke weg. War das *Janie*, die sich bereiterklärte, mit ihren Büchern, ihren Tees und der Klopferei in das Haus eines Mannes zu gehen?

Lächelnd schob der Macher seine Visitenkarte über den Tisch, seine Augen leuchteten wie Scheinwerfer. »Ich liebe Tee! Ich werde die Scones besorgen!«

Janie würde bestimmt gleich aus den Socken kippen. Ein Mann, der Tee mochte! Als Nächstes würden wir noch erfahren, dass er Yo-Yo Ma ganz toll fand.

»Verdammte Scheiße, Bob!«, protestierte Parker. »Können wir dieses Liebesgesäusel über Klassiker jetzt gefälligst beenden? Hier geht es um meine längst überfällige Scheidung von der fetten Kuh da drüben, die mich aussaugen will, weil sie ein eifersüchtiges, nachtragendes, rachgieriges Miststück ist!«

Ich konnte einfach nicht anders.

Unwillkürlich sprang ich auf, und Parker lag schon wieder auf dem Boden.

»Ich entschuldige mich dafür, eine angespannte Atmosphäre geschaffen zu haben«, sagte ich äußerst höflich zu den Anwälten.

»Entschuldigung angenommen!« Bob der Macher grinste.

Niemand half Parker auf.

14. KAPITEL

In der Absicht, zwei Fliegen mit einer Klappe zu schlagen, besuchten wir Momma. Sie sollte bald entlassen werden, sie hatte eine Infektion überstanden, dann noch eine und war auf dem Wege der Besserung.

Das Leben im Krankenhaus gefiel ihr überhaupt nicht.

Die Ärzte hätten die Ausbildung von Wasserratten.

Eine der Krankenschwestern sei »die schwärzeste Person«, die sie je gesehen habe. »Hört nie auf zu lächeln.« Diese Krankenschwester hatte ihr einen selbst gehäkelten Schal geschenkt. Ich hielt die Frau für eine Heilige, sich so um unsere mürrische Momma zu kümmern. »Ich trage ihn nur, damit sie nicht beleidigt ist.« Sie schniefte. Wir taten so, als sähen wir das Schimmern in ihren Augen nicht, während sie den schönen, farbenprächtigen Schal befingerte.

Momma sollte ihn wochenlang nicht abnehmen.

Sie mochte das Essen nicht. »Da ist Hundefutter drin, vielleicht auch Fleisch von toten Pferden …«

Wir küssten sie und gingen.

Seufzend stiegen wir ins Auto.

Noch am selben Abend verbrannten wir nach einem typischen Bommarito-Familienessen Cecilias Hochzeitskleid in einem Freudenfeuer im Garten.

Wir hatten den Küchentisch mit Grandmas Geschirr und Besteck gedeckt und alle Kerzen angezündet, um Cecilias Freiheit zu feiern. Wir steckten Blumen in die bunten Flaschen aus

Mommas Sammlung und verteilten sie auf dem Tisch. Cecilia kam mit einer riesigen Auflaufform Lasagne, überbacken mit geschmolzenem Käse. »Parker mochte diese Lasagne. Er sagte, sie sei das Einzige, was ich richtig gut könne. Zu dumm, dass ich nie Arsen hineingetan habe.«

Ich brachte Bommaritos himmlische Cupcakes aus der Bäckerei mit, verziert im Alice-im-Wunderland-Stil mit lila Pilzen und bunten Wiesenblumen.

Velvet trug ein grünes Samtkleid und einen rosa Blumenhut. »Denk dran, Cecilia, meine Hübsche, Männer sind nur die Nachspeise, nicht das Hauptgericht. Nie vergessen: die Nachspeise. Nicht das Hauptgericht. Hast du's verstanden, Kindchen?«

Kayla trug eine jüdische Kippa und hatte das Alte Testament dabei. Riley hatte ein knallrotes Band um den Kopf und redete über Quantenphysik, während sie sich ein paar Haare ausriss.

Henry trug ein T-Shirt mit einem Basset darauf, ein Batmancape und eine schwarze Maske. »Ta-da!«, brüllte er, als er in die Küche sprang, und hielt sich das Cape vor die Nase. »Ich bin Batman! Jawoll! Ich rette dich, Isi! Ich bin ein Held!«

Grandma betete: »Lieber Gott, hier ist Amelia. Flugzeuge sollten von Frauen geflogen werden. Männer lassen sie abstürzen. Sie haben Erbsenhirne. Außer mein Kopilot. Du hast sie verpfuscht. Amen. Lieber Gott.«

Unsere Gespräche bei Tisch waren so vielschichtig wie immer: Die Entdeckung von mehr als 15 000 Jahre alter menschlicher Scheiße in einer Höhle im südlichen Oregon, warum der Neptun blau ist, Rileys Anwendung »unverhältnismäßiger Gewalt« beim Völkerball in der Schule und warum sie für zwei Tage suspendiert wurde.

Janie stand zweimal auf, um zu überprüfen, ob Herd und Backofen abgestellt waren. Sie wirkte abgelenkt. Ich vermutete, das lag an Bob dem Macher.

»Rufst du ihn an?«

»Nein. Ja. Nein. Zu viel Angst.« Sie klopfte mit den Fingerspitzen gegeneinander.

Ich musste an das rhythmische Kreiseln von Bobs Bleistift denken.

»Das solltest du aber tun.« Ich reichte ihr den Cranberry-Nuss-Salat. »Trau dich!«

»Oh! Oh! Oh!« Sie legte die Fingerspitzen aneinander. »Ich bin so seltsam. Er wird denken, ich sei seltsam. Eine Spinnerin, eine Irre. Was würde Emily Brontë machen?«

Das verblüffte mich. »Ich werde sie fragen«, bot ich an. »Ich glaube, das Ouija-Brett liegt noch auf dem Speicher.«

Grandma unterbrach unser Gespräch mit hochgerecktem Mittelfinger. »Amelia Earhart hat keine Zeit für sexuelle Frivolitäten. Ich werde keinem Mann mit Erbsenhirn zu Diensten sein. Das ist kein Leben für eine Frau, zum Donnerwetter!«

Wir hoben unsere Weingläser – wir nahmen immer Weingläser, auch wenn wir Milch tranken – und prosteten Amelia Earhart zu.

»Ich werde dem Geschlechtsverkehr entsagen, bis ich aus religiösen Gründen heirate«, sagte Kayla und legte die Hand auf das Alte Testament.

Wir wurden etwas stiller.

»Das ist das Vernünftigste, was ich seit zehn Jahren aus deinem Mund gehört habe«, grummelte Cecilia.

Kayla funkelte sie an.

»Auf die Enthaltsamkeit!«, rief Janie. Wir hoben die Gläser erneut und stießen an.

»Und auf die Physik«, sagte Riley. »Vor allem auf die Quantenphysik.«

»Ich bin Batman!«, verkündete Henry, kletterte auf seinen Stuhl und ließ das Cape herumwirbeln. »Ich hab ein Cape.«

Grandma furzte und reckte beide Mittelfinger hoch. »Gas im Tank!«

»Vergesst nicht, ihr Hübschen«, flötete Velvet und rückte ihren rosa Blumenhut zurecht, »Männer gibt's nur als Nachspeise, nicht als Hauptgericht.«

Nachdem die Mädchen im Bett waren, tanzten Cecilia, Janie, Henry und ich um das Freudenfeuer, wirbelten und drehten uns im Kreis. Henry bestand darauf, dass wir den Hokey Pokey machten. Er liebt den Hokey Pokey. »Mit ganzer Seele, Isi!«, ermutigte er mich. »Mit ganzer Seele!«

Das fand ich ziemlich philosophisch, aber Henry hat's wirklich drauf. Er versteht, worauf es ankommt.

Tränen strömten über Cecilias Gesicht, doch das hielt sie nicht vom Hokey Pokey ab.

Henry sah das und sagte: »Ich küss dich! Ich hab dich lieb, Cecilia! Du bist meine Schwester!« Er küsste sie auf die Wangen.

Stimmt doch, oder? Er hat's drauf.

Wir nahmen uns in die Arme, während die Asche des Hochzeitskleides in den Nachthimmel hinaufwirbelte, zu den funkelnden Sternen. Henrys Lachen umspielte uns wie Frieden.

Später brachten wir Henry mit einem Heizkissen zu Bett. Er hatte Bauchschmerzen, und wir hatten über die Jahre gelernt, dass ein Wärmekissen die beste Medizin war. Er sagte, er hätte zu viel Cupcakes gegessen.

Wir drei Schwestern sanken auf mein Bett. Als ich am nächsten Morgen aufwachte, hatte ich einen Arm um Cecilia gelegt und Janie ihren um mich.

Ich fühlte mich besser.

Die Dunkelheit an den Rändern meiner Gedanken war zurückgewichen. Ich wusste, dass sie auf mich wartete, auf einen schwachen Moment lauerte, aber wenigstens hatte ich sie eingedämmt und unter Kontrolle, wenn auch nur vorübergehend.

»Ihre Mutter, unser Sonnenschein, ist jetzt bereit, von uns zu scheiden, meine Damen«, verkündete Dr. Janns mit großer Begeisterung. »Das Schiff verlässt den Hafen. Das Space Shuttle ist zum Start bereit. Der Quarterback hat den Ball geworfen.«

Ich hob die Augenbrauen. Janie kicherte. Cecilia seufzte.

Er ahmte ein startendes Space Shuttle nach, indem sein Arm nach oben schoss.

»So was macht er dauernd«, beschwerte sich Momma in ihrem Bett, eingehüllt in den rosa Morgenmantel. Sie nestelte an ihrem Häkelschal herum. »Er ist ein Wicht.«

»Aber schon etwas größer als ein Wichtel, würde ich meinen«, sagte Cecilia und schaute zu Dr. Janns auf.

»Er ist ein Wicht«, beharrte Momma. »Ein geistiger Wicht im Kopf. Dr. Janns, Sie haben einen Fleck am Kittel, der mich an Blut erinnert. Ihre Hygiene scheint uns verbesserungswürdig.«

Immer ganz die vornehme Dame, unsere Momma.

»Und mir scheint es verbesserungswürdig, dass Sie nicht aufstehen und mit mir tanzen wollen, Mrs Bommarito.« Er verbeugte sich. »Ich habe mich so nach einem Tänzchen mit Ihnen gesehnt, seit Sie gesagt haben, ich erinnerte Sie an ein schlechtes Kreuzworträtsel.«

Ich hatte keine Ahnung, warum sie so was gesagt hatte.

Momma winkte ab. Ich merkte, dass sie versuchte, ein Lächeln zu verbergen. »Ich werde nicht mit Ihnen tanzen. Sie würden mir nur auf die Füße treten. Ihre Schuhe sind so groß wie Schleppkähne. Du liebe Zeit!«

Der Arzt beugte sich weit vor, um sorgenvoll seine Schleppkähne zu betrachten. »Groß und gesund. Bitte erlösen Sie mich von meinem gebrochenen Herzen. Tanzen Sie mit mir den Flur hinunter.«

»Niemals«, entgegnete Momma. Wieder blitzte ihr Lächeln auf, dann verkniff sie es sich.

»Ein winziger Walzer? Ein Tango? Ein Foxtrott? Ich nehme

Tanzstunden, wissen Sie, in einer Tanzschule direkt um die Ecke.«

»Das haben Sie mir schon erzählt, Sie Wicht«, sagte Momma.

»Meine glücklichen Tage in diesem Krankenhaus sind gezählt, Mrs Bommarito. Da sie mich jetzt verlassen.«

»Die Mädchen bestehen darauf, dass ich in ein Seniorenzentrum gehe, um mich zu erholen. Ich brauche mich nicht zu erholen. Ich bin fit. Fit wie ein Turnschuh. Sie zwingen mich gegen meinen Willen, mit alten Leuten zusammenzuleben. Alten Knackern. Wie langweilig.«

»Sie haben kluge Töchter.«

Momma war immer noch schwach und absolut nicht in der Lage, gleichzeitig mit Grandma, Henry und der Bäckerei fertigzuwerden.

Vor allem waren wir bösen Töchter nicht bereit, mit Momma fertigzuwerden.

Wir hatten mit Dr. Janns über dieses nette, lustige Seniorenzentrum gesprochen. Es kostete ein Vermögen, aber Janie und ich würden die Kosten übernehmen.

»Es wird ihr dort gefallen!«, hatte Dr. Janns gesagt. »Sie wird begeistert sein. Das ist kein Zentrum für alte, kranke Leute, sondern für solche, die noch leben wollen, die ihren Spaß haben wollen, Ausflüge unternehmen, Leute kennenlernen. Meine Tante war zwanzig Jahre dort. Sie ist einhundertsechs geworden.«

Verschone uns, dachte ich. Verschone uns bitte damit!

Am Ende tanzte Momma mit Dr. Janns behutsam, vorsichtig, elegant den Krankenhausflur entlang, zum Applaus von Ärzten und Krankenschwestern.

Momma lächelte, ihr wunderschöner Schal wirbelte um sie herum.

Tränen strömten ihr über die Wangen, als sie die Krankenschwester umarmte, die ihn ihr geschenkt hatte.

Der Nachmittag zog sich endlos in die Länge, aber schließlich gelang es uns, Momma im Brickstone Retirement Center in Portland unterzubringen.

Sie fand es furchtbar. (»Das ist ein Gefängnis. Ihr steckt mich ins Gefängnis.«) Sie fand alle anderen Bewohner furchtbar. (»Alte Leute. Die sind alle steinalt, uralt. Ich bin nicht alt.«) Sie fand ihr Zimmer furchtbar. (»Zu klein. Aus dem Fenster sieht man nur Hochhäuser. Überall Verbrecher!«) Sie fand den Speisesaal furchtbar. (»So groß, dass sich ein Sittenstrolch dort verstecken kann.«) Sie fand die Lage furchtbar. (»Portland! Hier wohnen doch nur Linke. Umweltschützer und Müslifresser. Radfahrer, die nicht auf Verkehrszeichen achten. Hippies mit Dreadlocks. Ungeschminkte Frauen.«) Und sie hasste uns. (»Undankbare Töchter. Nach all den Jahren, die ich für euch gesorgt habe …«)

Auf dem Rückweg nach Trillium River waren wir zu erschöpft, um auch nur ein Wort herauszubringen.

An dem Abend lag ich lange im Gras, schaute zu den Sternen auf und fragte mich, ob andere Außerirdische auf anderen Planeten auch so schwierige Mütter hatten wie ich.

Mussten die auch unter Drogen gesetzt werden?

Bob der Macher rief Janie an. Für einen so mannhaften Mann, und dazu noch einen knallharten Anwalt, war es erstaunlich, wie nervös der arme Kerl war. Ich nahm den Anruf entgegen – Janie war in der Bäckerei – und richtete es ihr aus.

»Oh, ich kann nicht zurückrufen!«, sagte sie und trommelte mit den Fingern auf die Arbeitsplatte.

»Doch, das kannst du«, sagte ich sanft.

»Ich kann nicht. Ich bin seltsam. Sonderbar. Dann wird er wissen, dass ich seltsam bin. Sonderbar.«

Wir stritten.

Sie konnte nicht. Sie tat es nicht.

»Sie ist weg!«, brüllte Janie, die in die Bäckerei gestürzt kam und die Tür gegen den Pfosten knallte. »Sie ist weg!«

Ich zuckte auf der Bank in der Nische zusammen, genau wie Bao, der sogar aufsprang und in Deckung ging. Ich starrte ihn verblüfft an, wandte mich dann wieder Janie zu. Ihr Haarknoten hatte sich fast aufgelöst, sie klatschte viermal in die Hände, hielt inne, klatschte dann wieder.

»Was? Wer ist weg?«

»Ich hab versucht, dich auf dem Handy zu erreichen!«, sagte sie atemlos. »Hab's immer wieder probiert. Ich hab das Haus verlassen, ohne den Herd und den Backofen und die Tür zu überprüfen, und bin direkt hierhergekommen, weil sie weg ist. Ich muss wieder zurück und nachsehen, ob …«

»*Wer ist weg?*«, brüllte ich sie an. Momma? Henry? Ich kämpfte gegen meine Panik.

»Grandma. *Grandma ist weg.*«

Grandma? Weg? Das durfte nicht passieren. Ich spürte, wie mir der Magen in die Kniekehlen sackte.

Janie packte mich und schob mich zur Tür. »Velvet hat vor ein paar Minuten angerufen«, keuchte sie. »Eins, zwei, drei, vier. Grandma machte ein Nickerchen auf der Couch, also hat Velvet Henry rasch zum Kunstunterricht gefahren, und als sie heimkam, war Grandma nicht mehr da. Velvet hat eine halbe Stunde lang nach ihr gesucht und konnte sie nicht finden.«

»Oh, *Scheiße.*« Ich lief Janie nach und blieb dann stehen. Zehn Leute waren in der Bäckerei, wir würden bald schließen. »Bao? Bao?«

Bao hatte sich wieder aufgerichtet. Schweiß stand ihm auf der Stirn. Der Mann fürchtete plötzliche, laute Geräusche. Das musste etwas mit seiner Narbe zu tun haben, aber ich hatte keine Zeit, länger darüber nachzudenken.

»Geh, Isabelle, geh«, sagte er mit erstickter Stimme. »Ich kümmere mich um Bäckerei. Geh. Ich helf Grandma finden, wenn hier fertig. Ich helf Grandma finden.«

Belinda setzte sich in ihrer Nische auf und brach in Tränen aus. Auch sie bekommt schnell Angst.

»Hilf Belinda, Bao«, sagte ich. Dann rannten wir los.

»Wir suchen morgen früh als Erstes noch mal den Fluss ab, Ms Bommarito«, versicherte mir die Polizeichefin. Sie nickte Janie zu. »Ms Bommarito. Als Allererstes.«

Lyla Luchenko war um die fünfzig. Ihr weißes Haar war zum Pferdeschwanz gebunden, sie hatte ein jugendliches Gesicht. »Es ist Mitternacht. Wir können jetzt nicht mehr weitersuchen.«

Die beiden anderen Polizeibeamten in Grandmas Wohnzimmer waren aschfahl. Sämtliche Polizeikräfte und Hunderte Freiwilliger hatten stundenlang gesucht.

Ich hatte Pater Mike alarmiert, und er hatte sofort die Gemeinde zu Hilfe gerufen. Alle Mitglieder waren ausgeschwärmt, ebenso unsere Nachbarn, Cecilias Lehrerfreunde, die Eltern ihrer Schüler und fast alle anderen Leute, die ich je in Trillium River gesehen hatte. »Ich bete augenblicklich für Stellas Sicherheit!«, hatte Pater Mike gedröhnt.

Das Hauptquartier für die Suche war unser Haus. Menschen, die ich noch nie gesehen hatte, bedienten das Telefon und verteilten Flugblätter an Fremde, die in Geschäften, an Bushaltestellen, in Fernfahrerkneipen und Restaurants aufgehängt wurden.

Die Polizei und andere Helfer beugten sich über Karten und dirigierten die Suchenden in verschiedene Gebiete, unter anderem in einen State Park, auf Wirtschaftswege und in kleinere Orte.

Ich stolperte auf die Veranda hinaus und legte meinen Kopf aufs Geländer. *Oh, Grandma*, dachte ich erschöpft. Grandma. Ganz allein. Vielleicht da draußen. Frierend. Verängstigt. Verwirrt.

Der Wind schlug mir das Haar um den Kopf.

Ich hörte, wie die Polizeichefin Befehl gab, den Fluss mit dem Schleppnetz abzusuchen.

Bitte nicht. *Bitte nicht im Fluss.*

Wir konnten nicht schlafen. Um halb fünf waren wir wieder draußen. Ab fünf suchte eine Armada von Booten den Columbia River ab. Cecilia, Janie und ich standen zusammengedrängt am Ufer, während die Sonne aufging, blass, farblos. Wir hatten Henry bei Velvet gelassen, zitternd vor Angst um Grandma. Die Pilotenkappe, die sie ihm geschenkt hatte, knüllte er in der Hand.

Unter der bleichen Sonne warteten wir im steten Wind, grimmig und zu Tode verängstigt.

Ich spürte, wie ich um zehn Jahre alterte, während ich dort am Fluss stand. Wir beobachteten, wie die Boote die Ufer absuchten. Wir wollten, dass sie Grandma fanden, aber am Ufer, nicht im Fluss, aufgequollen vom Wasser und angeknabbert von den Fischen.

Die Medien waren da, und wir versuchten, den Kameras und Reportern auszuweichen. Wir baten sie, keine Fotos von uns zu machen. Da Janie dabei war, war das Aufsehen entsprechend groß. Am liebsten hätte ich ihnen die Kameras aus den Händen geschlagen.

Irgendwann stiegen wir in Cecilias Minivan und fuhren an eine andere Stelle des Flusses, um den Kameras aus dem Weg zu gehen.

»Hör auf!«, zischte Cecilia mich an.

»Womit?«

»Mit deinem Magen. Der grummelt die ganze Zeit, davon wird mir schlecht.«

Sie hatte recht. Er grummelte. »Okay, klar, Cecilia. Warte mal eben, ich beug mich vor und sag meinem Magen, er soll ruhig und gelassen sein. Omm … Aber wenn du nicht mehr so nach Luft schnappen würdest wie eine ertrinkende Ratte, könnte ich besser atmen, du arrogante …«

»Ich bin arrogant?«, kreischte sie.

»Ja, du arrogante, hysterische Tussi, du herrschsüchtige …«

»Ich bin herrschsüchtig? Du bist viel schlimmer, du Kontrollfreak, du selbstzerstörerische …«

»Ich? Du bist diejenige, die selbstzerstörerisch ist und ständig wütend, du hast die Persönlichkeit eine Planierraupe …«

»Und du lebst wie auf einem Hochseil ohne Netz und doppelten Boden, Isabelle, und dabei reißt du die Hände in die Luft wie eine Irre …«

»Hört auf, euch zu streiten. Bitte!«, flehte Janie. »Hört auf!«

Wir funkelten uns böse an und blickten dann auf den Fluss.

»Sie ist nicht hier«, sagte Cecilia nach einer Weile und strich sich das blonde Haar aus den Augen, das der Wind ihr immer wieder ins Gesicht blies. »Wir werden sie nicht im Fluss finden.«

»Woher weißt du das?«, fragte ich.

Sie fuhr sich mit der Hand übers Gesicht. »Sie interessiert sich nicht besonders dafür. Hat sie nie getan. Als sie noch einigermaßen beisammen war, hat sie mir mal erzählt, das Einzige, was sie je am Columbia River getan hätte, wäre die Empfängnis von River gewesen. Mensch nochmal, wohin würde Grandma gehen? Wohin würde diese spindeldürre, demente Frau gehen?«

»Ich kann mir nicht vorstellen, dass jemand eine alte Frau entführt«, sagte Janie. »Hab ich die Tür abgeschlossen, als ich das Haus verließ?«

»Wen kümmert das denn?«, sagte ich. »Velvet ist doch da.«

»Ach ja, stimmt. Hab ich den Herd abgeschaltet?«, überlegte sie.

»Niemand würde Grandma entführen«, sagte ich. Das hatten wir schon durchgekaut, aber wir mussten es uns noch einmal bestätigen. Das würde doch niemand tun, oder? Eine alte Frau entführen?

Ein einsames Flugzeug flog über die Schlucht, ein kleines

Flugzeug mit schwarzen Buchstaben auf der Unterseite. Es bewegte sich nicht schnell, als wollte es die Sonnenstrahlen, das Glitzern des Flusses genießen, sich an den Felswänden der Schlucht und den herabschießenden Wasserfällen erfreuen.

Es machte das knatternde Geräusch von kleinen Motoren und durchschnitt die Stille wie eine Machete den Bambus.

Unsere Unterhaltung verstummte abrupt, die Stille veränderte sich, die Anspannung stieg.

»Das hätte sie nie getan«, protestierte ich.

»Wie hätte sie da hinkommen sollen?«, fragte Cecilia.

»O nein, nein, nein«, stöhnte Janie. »O nein, nein, nein.«

Wie angestochen flitzten wir zu Cecilias Minivan, machten eine verbotene Kehrtwendung und rasten zum Internationalen Flughafen von Portland.

Der Internationale Flughafen von Portland ist nicht sehr groß. Er ist überschaubar, modern und typisch für Oregon. Zur Tiefgarage führt eine lange Einfahrt, die wir umgingen und direkt in den hinteren Bereich fuhren, wo die Flugzeuge starteten.

Vor Jahren, als ich noch ein Kind war, konnte man die Flugzeuge ganz aus der Nähe starten sehen. Nach dem 11. September wurde ein Zaun errichtet, um Terroristen und andere inländische Vampire von der Rollbahn fernzuhalten. Es gibt sogar Stellen, an denen man nicht parken darf.

Wir parkten dort trotzdem, stiegen aus und begannen unsere Suche entlang der Umzäunung. Wir hatten Lyla mitgeteilt, wohin wir fuhren, und sie hatte über Funk die Flughafensicherheit und die Polizei von Portland informiert, die sich uns bald anschlossen.

Wir stapften am Zaun entlang, während ein Flugzeug nach dem anderen startete und landete. Die Sonne stand jetzt hoch am Himmel, und es war heiß. Wir schwitzten alle, aber Cecilia war schweißüberströmt, der Schweiß tropfte ihr von der Nase, ihr Haar klebte in langen Strähnen an ihrem Gesicht.

»Setz dich, Cecilia«, bat Janie. »Setz dich hin. Oder fahr mit einem der Polizeibeamten.«

»Halt deine verdammte Klappe, du dürre Gummipuppe«, sagte Cecilia, ohne den Schritt zu verlangsamen.

Das brachte mein Blut in Wallung. Ich stieß sie an. »Sprich nicht so mit ihr. Das ist beleidigend. Hast du das verstanden, Cecilia? Ich weiß, dass du Angst hast, aber die kannst du nicht an uns auslassen.«

»Okay, Zöpfchenfrau, ich hör auf, aber macht euch nicht über mein Gewicht lustig«, schnaufte sie und schubste mich.

»Das verletzt meine Gefühle, Cecilia«, sagte Janie und baute sich vor ihrer Schwester auf, die Beine kampfbereit gespreizt. »Du darfst mich also eine dürre Gummipuppe nennen, aber wenn ich sagen würde, du bist ein fetter Wasserbüffel und sollst die Klappe halten, würdest du dich beschweren.«

Wow! Jetzt war ich aber baff.

Cecilia versuchte Janie zu boxen, doch Janie wich ihr aus.

Cecilia schnaufte und schwitzte. Sie versuchte es erneut. Janie wich aus.

Das machte Cecilia noch fuchsiger. »Hör auf wegzurennen, du Gummipuppe!« Sie holte aus, Janie duckte sich.

»Hör auf, so gemein zu sein!«, sagte Janie.

»Lasst das, ihr beide.« Ich drängte mich dazwischen. »Halt dein gemeines Mundwerk, Cecilia.«

Cecilia fluchte.

Janie zählte Flugzeuge und listete dann ihre Lieblingstees auf, alphabetisch.

Die Sonne brannte immer heißer, Cecilia keuchte und schnaufte. Ich bestand darauf, dass wir uns hinsetzten, indem ich behauptete, mir wäre heiß, ich wäre müde und müsste mich ausruhen.

»Komm mir doch nicht mit so einem Scheiß«, sagte die Vorschullehrerin. »Ich weiß, dass du dich hinsetzen willst, weil du glaubst, ich müsste mich ausruhen.«

»Ich mach das, weil ich Angst habe, dass dein Herz platzt, und das könnte mich auch umbringen.« Ich legte die Hand auf die Brust. Mein Herz raste wie wild.

»Kümmer dich schon mal um deine Beerdigung«, murmelte sie und stapfte weiter.

Nach gefühlten Stunden entdeckten wir endlich ein olivgrünes Häuflein, zusammengerollt direkt am Zaun. Das Häuflein hatte weiße Locken und trug eine Fliegerbrille.

Wir hatten sie gefunden.

Wir sanken neben ihr zu Boden.

Sie atmete.

Amelia Earhart war am Leben.

Wir brachten Amelia ins Bett, nachdem sie per Krankenwagen zu einer Kontrolluntersuchung in die Klinik gefahren worden war. Sie war verwirrt und wütend. Und wütend darüber, verwirrt zu sein. Und verwirrt darüber, wütend zu sein.

Soweit wir feststellen konnten, hatte Grandma die Nacht draußen bei den Flugzeugen verbracht.

Ich fragte sie, wie sie zum Flughafen gekommen sei.

»Mit dem Flugzeug, du dummes Mädchen!«, rügte sie mich und drohte mit dem Finger. »Ich bin mit meinem Flugzeug geflogen.« Sie sah die Ärzte finster an. »Die moderne Medizin ist voller Quacksalber«, teilte sie ihnen mit.

Ich verdrehte die Augen. Mussten Momma und Grandma denn so respektlos zu den Ärzten sein? War das unbedingt nötig?

»Im Jahr 1935 war ich die Erste, die allein von Los Angeles, der Stadt der Engel, nach Mexico City geflogen ist«, brüllte sie, »ins Land der Piñatas, Burritos und Banjos! Daher habe ich meine unteren Schussverletzungen!«

Als die Krankenschwester ein Tablett mit Essen brachte, schlang Grandma alles in sich hinein und verkündete anschließend: »Die Pygmäen wissen, wie man jemanden auf ihrer Insel willkommen heißt!«

Als die Ärzte sie untersuchen wollten, boxte sie dem ersten gegen das Kinn und trat den nächsten. »Wilde! Alles Wilde! Rennt zum Flugzeug!«, wies sie uns an.

Als die Krankenschwester den Tropf anschloss, brüllte Grandma: »Ich lasse mir nicht euer Stammesgift einflößen!«

An ihrem Körper fanden sich weder Kratzer noch Blutergüsse, aber sie war stark dehydriert.

Tagelang blieb es uns ein Rätsel, wie Grandma zum Flughafen gekommen war.

Schließlich gestand ein Jugendlicher aus einem Nachbarort: »Ich seh da diese alte Lady an der Straße stehen, ja? Sie winkt und salutiert, und ich halt an. Und sie sagt, ähm, also, sie sagt, dass ich sie zum Flugplatz bringen soll, weil sie ihren Autogyro fliegen will. Keine Ahnung, was ein Autogyro ist. Klingt für mich wie ein Sandwich, vielleicht mit Pute, aber da saß sie schon in meinem Auto, und ich musste zur Arbeit auf den Docks in Portland, also hab ich sie mitgenommen. Warum auch nicht? Also, sie ist zwar 'ne nette Lady, aber ich glaub, irgendwas stimmt nicht mit ihr, oder? Sie hat mir so'n Zeug erzählt, sie wär zweimal allein über den Atlantik geflogen und könnte in vierzehntausend Fuß Höhe fliegen. Aber sie wollte mir nicht verraten, wie sie heißt, hat nur gesagt, sie wär auf einer Geheimmission und sie wäre Geheimagentin. Und dann wollte sie bei der Rollbahn abgesetzt werden, also hab ich das gemacht. Werd ich jetzt verhaftet? He, es tut mir total leid, Mister.«

Wir nahmen Grandma mit heim und brachten sie ins Bett. Sie sagte mir, sie müsse nach »ihren Geheimnissen im Tower schauen«, und ich versicherte ihr, das könne sie am nächsten Tag tun. In der Nacht wachte sie nur einmal auf. Ich schlief neben ihrem Bett auf dem Boden.

»Flieg!«, brüllte sie und setzte sich auf. »Flieg! Flieg weg!« Sie deutete auf den Schrank. »Flieg hoch!« Dann legte sie sich wieder hin und schlief sechzehn Stunden am Stück.

Am nächsten Morgen ging ich zum Fluss, um Steine zu werfen, bevor ich in die Bäckerei musste. Janie würde heute eine Weile bei Grandma bleiben, damit die völlig erschütterte Velvet sich wieder einkriegen und ihre erschütterten Knochen ausruhen konnte.

Der Windsurfer war auch wieder da.

Ich beobachtete ihn eine Weile, widmete mich aber hauptsächlich der Sonne, die über dem Horizont aufstieg. Ich fühlte mich ausgelaugt, und mein Herz klopfte wie wild. Das tut es immer, wenn ich oder Cecilia übermäßig belastet sind.

Ich war überwältigt von ... von was? Verbitterung? Wut? Schmerz? Niedergeschlagenheit? Ich warf einen Stein ins Wasser.

Zuerst zerbrach ich mir den Kopf, dann gab ich auf. Warum sind Gefühle so schwer zu benennen? Sollten wir nicht in der Lage sein, den Finger daraufzulegen und zu sagen: »Was ich heute fühle, ist ... trara! ... Beschämung!« Und dann, voilà, können wir uns draufstürzen und das Gefühl bearbeiten. Damit fertigwerden.

Aber nein. Wenn man versucht, sich durch die Masse der eigenen Gefühle zu wühlen, ist es so, als wollte man einen Faden aus einem völlig verhedderten Knäuel ziehen. Der Faden verknotet sich, verdreht sich, franst aus, und je stärker man zieht, desto fester zieht der Knoten sich zu.

Also gelang es mir nicht zu ergründen, was ich dachte, aber grundsätzlich ging es um Folgendes: Ich fühlte mich emotional erschöpft durch die Suche nach Grandma.

Doch was sollten wir tun? Sie woanders unterbringen? Grandma würde nicht damit einverstanden sein, das Haus verlassen zu müssen, in dem sie vierundsechzig Jahre gelebt hatte, zusammen mit Menschen, die sie liebten und für sie sorgten.

Henry brauchte Aufmerksamkeit und Pflege.

Momma konnte nicht mehr alleine mit einer dementen Mutter und einem geistig behinderten Sohn fertigwerden. Sie war nicht so schwach, wie sie vorgab, aber sie war auch nicht so stark, wie sie sich einredete. Und die Bäckerei war noch mal eine ganz andere Angelegenheit.

Cecilia hatte die Last mit Momma, Grandma und Henry schon zu lange allein getragen. Mit Parker stand ihr noch so einiges bevor. Ihre Kinder waren völlig durch den Wind und brauchten sie.

Janie hatte ihre Bücher, Zwänge und Obsessionen und konnte zwar ein wenig helfen, würde aber vermutlich irgendwann auf ihr Hausboot zurückkehren und die Tür hinter sich schließen.

Somit blieb nur ich übrig.

Ich warf den nächsten Stein ins Wasser. Die Sonne hatte den Fluss erreicht und goss ihr Gold auf die Wellen.

Ich wollte diese Aufgabe nicht. Allein die Vorstellung, wieder zusammen mit Momma oder in ihrer Nähe zu leben, ließ Wut und Schmerz wie einen Tsunami auf mich einstürzen. Ich konnte nicht zwei Menschen pflegen und gleichzeitig die Zielscheibe einer dritten Person sein. Ich konnte auch nicht wieder in dieser Kleinstadt leben, vor allem nicht mit meinem tollen Ruf als Flittchen.

Ich konnte es nicht.

Ich kann es nicht.

Nein.

Aber diese bohrende Frage wollte mir nicht aus dem Kopf: *Wenn du es nicht tust, wer dann?*

Als ich einige Abende später einen Kuchen in Storchenform für eine Babyparty, drei Brombeertorten, eine Hochzeitstorte mit einem Wasserfall aus blauem Tortenguss (das Paar hatte sich in einem lokalen State Park unter einem Wasserfall kennengelernt) gebacken und einen Berg Karamellbonbons sowie zahlloses anderes Zuckerwerk produziert hatte, fuhr ich nach Hause.

Als ich um die Ecke bog, sah ich wieder denselben Mann mit

dem weißen Haar gegenüber der Bäckerei unter dem Spalier unseres örtlichen Parks stehen. Ich hielt an und beobachtete, wie er unsere Bäckerei betrachtete, sich schließlich abwandte und ging.

15. KAPITEL

Spät am nächsten Abend trat ich hinaus aufs kühle Gras unter der Weide und fand den Großen und Kleinen Wagen sowie den Polarstern.

Die ständigen Krankenhausbesuche bei Momma und Grandma hatten mich aufgewühlt. Es war der Geruch, der die Erinnerungen auslöste. Dieser antiseptische, seifige, sterile Krankenhausgeruch.

Ich hatte versucht, diese beklemmenden Erinnerungen loszuwerden, sie in einen Kasten zu sperren und ihn zuzunageln, doch das hatte nicht funktioniert, was keine Überraschung war. Ich habe gelernt, dass man beklemmenden Erinnerungen manchmal ihren Lauf lassen muss, wenn auch nur, damit sie ins Dunkel zurückkehrten und man mit seinem fröhlichen Leben weitermachen konnte. Ich machte mich auf etwas gefasst, und die Erinnerungen wanden sich ans Licht wie Seeschlangen.

An jenem Nachmittag war überall Blut gewesen. Blut, das die Matratze durchtränkte, auf den Boden tropfte, aus Momma herausquoll und uns besudelte, heiß und klebrig.

Zuerst blieb ich stumm, als ich ihn sah, diesen heißen, klebrigen roten Strom. Ich bekam kein Wort heraus. Der Schock brachte meine Nervenenden zum Kreischen und schaltete mein Gehirn ab.

Doch obwohl ich stumm blieb, spürte mich Cecilia im anderen Zimmer, fühlte mein Entsetzen, mein erstarrtes Grausen.

Sie schrie. Ihr Schrei explodierte in mir, als wäre sie in meinem Körper, verzweifelt, voller Todesangst.

Ich fiel in ihren Schrei ein, ein Zimmer weiter, ein ineinander verwobener, wehklagender Schmerzensschrei.

Das war sechs Wochen, nachdem Momma nach dem Läusebefall im Wohnwagen draußen im Wald aus dem Krankenhaus entlassen worden war.

Im Modegeschäft lief alles prima. Niemand hätte je vermutet, dass sich hinter dem perfekt geschminkten Gesicht und der glockenförmigen Frisur eine Frau versteckte, die in ein so tiefes schwarzes Loch fallen konnte, dass sie kaum wieder herausfand.

Sie weigerte sich, die von der Schule mitgebrachten Formulare zu unterschreiben, mit denen sie kostenloses Frühstück und Mittagessen für uns beantragen konnte, und behauptete, sie könne jetzt selbst für uns sorgen. Sie warf die Formulare in den Müll. »Die glauben, wir wären arm, was? Sind wir aber nicht. Wir sind kein weißer Abschaum. Wir brauchen keine staatliche Unterstützung.«

Janie fälschte Mommas Unterschrift.

An jenem schicksalhaften Tag hatten Janie, Cecilia und ich Henry aus seinem Sonderschulzimmer abgeholt. Niemand hatte Cecilia geärgert, weil sie zu dick war, Janie als verschroben bezeichnet oder mich als supergescheite Eigenbrötlerin verspottet, niemand hatte Henry ausgelacht, und zum Mittagessen hatte es Pizza gegeben. Die Bommarito-Kinder waren also recht glücklich.

Wir waren zu einer anderen Schule marschiert, etwa eine Meile entfernt, in der, wie unser Rektor uns erzählt hatte, kostenlos Kleider ausgegeben wurden. »Lasst euch von deiner Mutter hinfahren, Isabelle«, hatte er mir zugeflüstert und mir vier Eintrittskarten gegeben. Tja, dass Momma – »Wir brauchen keine staatliche Unterstützung« – uns dort hinfahren würde, stand außer Frage, daher gingen wir zu Fuß und kamen jede mit einem großen Kleidersack und Keksen im Magen zurück, die uns die lächelnden Frauen geschenkt hatten.

Ich hatte zwei coole Hüfthosen mit Schlag ergattert, eine mit lila Schmetterlingen, dazu eine Jeans, vier T-Shirts und ein paar Sweatshirts, alle ohne Flecken oder Löcher. Ich hatte sogar ein Paar Tennisschuhe mit rosa Schnürsenkeln gefunden, die nicht ausgelatscht waren, eine rote Jacke, gestrickte Handschuhe und ein Päckchen neuer Unterwäsche mit rosa Blümchen.

Ich hatte begonnen, BHs zu tragen und bei einem Garagenverkauf ein Exemplar entdeckt, aber die Träger waren zerrissen, und ich hielt sie mit Sicherheitsnadeln zusammen. Meinen anderen BH musste Cecilia jeden Morgen mit Klebeband reparieren. An jenem Tag hatte ich einen weichen rosafarbenen BH und einen weißen mit Spitze gefunden und fühlte mich wie eine Prinzessin.

Das war der Anfang meiner BH-Besessenheit.

Henry teilte sich eines der beiden Schlafzimmer in unserer nur schwach beleuchteten Wohnung mit Momma, daher trug ich seine Tüte dort hinein und wollte die Sachen in die Schubladen räumen. Ich dachte, Momma sei noch bei der Arbeit.

Also schleppte ich die Tüte ins Zimmer, das Henry mit Momma teilte, und entdeckte eine riesige Blutlache.

Momma lag mittendrin, in der Mitte des Bettes, umgeben von Blut.

Es war, als wäre alles Leben aus ihr herausgelaufen. Ich glaubte, sie wäre tot. Sie war leichenblass, ihr Mund war leicht geöffnet, ihr Kopf lag im Nacken, ihre Beine waren gespreizt wie die eines Brathähnchens.

In dem Moment begann Cecilia zu schreien, auch wenn sie nicht gesehen hatte, was ich sah.

Als Cecilia, Janie und Henry hereinstürzten, war ich schon dabei, mit blutverschmierten Händen Mommas Gesicht zu tätscheln. Sie bewegte sich nicht. Sie blinzelte nicht. Ich rief ihren Namen, aber sie reagierte nicht.

»Hol einen Krankenwagen!«, schrie ich und legte mein Ohr auf ihre Brust. Ihr Herz schlug. Ich drückte meine Wange an ihren Mund. Sie atmete noch. Nur Gott mochte wissen, wieso.

Janie wurde sofort ohnmächtig. Ich sah sie zusammensacken, nach dem Schrank greifen und vornüber auf die blutige Matratze fallen und von dort auf den Boden rutschen. Cecilia übergab sich.

»Ruf einen Krankenwagen, Cecilia! Beeil dich! Beeil dich!«

Cecilia kroch zum Telefon, wischte sich das Erbrochene aus dem Gesicht, ohne darauf zu achten, dass sie mit den Knien hindurchrutschte. Ich hörte sie ins Telefon schreien, ihre Worte waren kaum verständlich.

Ein animalisches Brüllen drang aus Henrys Kehle. Er rannte zu Momma und hob sie an seine Brust. Ihr Kopf kippte zur Seite.

»Henry!«, brüllte ich und packte ihn. »Leg sie hin! Lass sie los!«

»O Momma, Momma!« Er drückte sie an sich, sein Körper nun auch mit ihrem Blut verschmiert. »Momma!«

»Lass sie los!«, schrie ich Henry an. Meine Knie sanken in das Blut auf der Matratze.

»Nein! Ich halt Momma fest! Ich mach, dass sie heile wird!«, beharrte Henry.

»Henry, hör auf, hör auf damit!«

Er packte noch fester zu.

Das war das einzige Mal, dass ich Henry schlug. Meine Faust landete auf seiner Stirn. Er fiel vom Bett, landete flach auf dem Boden, krümmte sich zusammen und heulte. Ich fing Momma auf.

Ich konnte nichts für ihn tun. Gar nichts. Genauso wenig wie für Janie, die auf der anderen Seite des Bettes lag und flach atmete.

Ich legte Momma hin und riss ihren Rock hoch.

Ich konnte kaum begreifen, was ich da sah. Das Blut war frisch, es war verklumpt, sickerte heraus und gerann. Rasch zog ich einen Kissenbezug ab, ballte ihn zusammen und drückte ihn Momma zwischen die Beine, damit das Leben nicht aus ihr herausrann.

»Momma!«, rief ich voller Panik und schüttelte sie an der Schulter. »Momma!«

Cecilia kroch wieder ins Zimmer, und ich brüllte sie an, ein Handtuch zu holen, weil der Kissenbezug schon vollgesogen war.

Auf dem Weg zum Badezimmer würgte Cecilia erneut, und ich spürte, wie sich mein Magen drehte. Sie schnappte sich ein weißes Handtuch und kniete sich zu mir aufs Bett. Wir drückten das Handtuch fest zwischen Mommas Beine. Ich strich mein Haar zurück und spürte das Blut in meinem Gesicht.

»Hast du einen Krankenwagen gerufen?«, brüllte ich Cecilia zu, um bei Henrys hysterischem Geheul verstanden zu werden.

»Ja, sie kommen. Momma! Momma!« Keine Reaktion. Momma gab nichts von sich, nur Blut. »Mein Gott, ist sie tot?«

Ich legte meine blutige, zitternde Hand an ihren Hals. »Nein, der Puls schlägt noch.«

»Ich drück Momma, ich drück Momma«, heulte Henry. »Ich mach, dass sie heile wird.«

Janie, weiß wie Schnee, rappelte sich auf und robbte zu Mommas Gesicht, ohne darauf zu achten, dass das Blut auf der Matratze ihr T-Shirt durchnässte. Sie nahm Mommas Gesicht in die Hände. »Nicht sterben!«, bettelte sie. »Bitte nicht sterben!«

Nie werde ich dieses Betteln, dieses klägliche Flehen vergessen, als Janie Momma bat, bei uns zu bleiben.

Das weiße Handtuch war mittlerweile rot, und ich schnappte mir ein weiteres, drückte meine Hand auf Cecilias. Vier blutverschmierte Hände, unsere Köpfe über Mommas reglosem Körper, unsere Tränen miteinander vermischt.

Henry heulte weiter, inzwischen war er heiser; Janie flehte Momma an, am Leben zu bleiben; Cecilia fluchte und keuchte, und wir drückten das Handtuch gegen sie.

Sekunden später hörte ich das Sirenengeheul des Krankenwagens, das Poltern der Schritte auf der Treppe zur Wohnung und das hektische Klopfen an der Wohnungstür.

Die Klingel schrillte, und Henry stieß wieder sein animalisches Gebrüll aus. Ein neuer Blutschwall schoss aus Momma heraus, und Janie schrie auf. Später erfuhr ich, dass die Sanitäter und die Polizei aufgrund dieser markerschütternden Schreie nicht lange gezögert hatten. Die Tür wurde fast augenblicklich eingetreten, die Angeln barsten aus dem Rahmen.

Sanitäter und Polizisten stürmten herein und wussten nicht, wo sie anfangen sollten. Cecilia und ich hatten Blut im Gesicht, auf Händen und Armen. Janie war wieder ohnmächtig geworden und auf dem Boden zusammengesackt. Ihr T-Shirt war blutbefleckt.

Henry hockte in einer Ecke, völlig hysterisch und so weggetreten, dass er nicht mehr zu erreichen war. Das Zimmer stank nach drohendem Tod, nach Erbrochenem und entsetzlicher Angst.

»O Gott! Hilfe!«, schrie Cecilia. »Zu Hilfe!«

Innerhalb von Sekunden hatten die Männer über Funk Verstärkung angefordert, und bald schrillten die Sirenen durch die Nachbarschaft, drängten sich Männer in Anzügen und Uniformen in unserer Wohnung.

Später wurde mir erzählt, sie hätten geglaubt, wir wären von einem messerschwingenden Psychopathen überfallen worden.

Cecilia und ich wurden gewaltsam aus dem Zimmer getragen, wir zappelten und kreischten, weil wir Momma nicht allein lassen wollten. Wir wurden in einen Krankenwagen verfrachtet. Janie wurde auf eine Trage geschnallt, an den Tropf gelegt, und ihr bleiches Gesicht rollte von einer Seite zur anderen. Henry, der blutverschmierte Henry, wurde von drei Feuerwehrmännern hochgehoben, die ihn kaum halten konnten, weil er in seiner Panik um sich schlug.

Wir sahen Momma inmitten von Sanitätern und Feuerwehrmännern, die mit flinken Händen daran arbeiteten, sie am Leben zu halten. Funkgeräte schnarrten, Männer brüllten, ein Sanitäter war ohnmächtig in einer Ecke zusammengesunken.

Momma blieb zwei Wochen im Krankenhaus. Wir Kinder durften dort übernachten. Die Polizei kam und stellte uns Fragen, die Ärzte und Krankenschwestern ließen uns keinen Moment allein, trösteten uns, wenn wir die Tränen nicht zurückhalten konnten, wenn wir die Arme um uns schlugen und uns wiegten. Wir bestanden darauf, im selben Zimmer zu schlafen, also schoben sie die Betten zusammen.

Henry sprach nicht, kein einziges Wort, sein Blick war verschleiert, umnebelt, fern. Janie begann laut zu zählen. Schon seit längerer Zeit hatte sie leise gezählt, jetzt machte sie sich nicht mehr die Mühe, es zu verbergen. Cecilia futterte. Päckchenweise Kekse, komplette Kuchen, roten Wackelpeter und Pudding, riesige Pepperoni-Pizzas. Ich verlor mich in der Dunkelheit in meinem Kopf.

Am nächsten Morgen holte uns Miss Nancy ab.

Während der nächsten beiden Wochen wachte ich nachts mit Panikattacken auf. Mehr als einmal zerrte ich dabei an meinen Haaren, weil ich träumte, sie seien voller Blut. Cecilia hatte ebenfalls Albträume und flüsterte dann: »Haltet das Blut auf, stoppt das Blut.«

Ich glaube, Nancy kam überhaupt nicht zum Schlafen.

Sie beschwerte sich mit keinem einzigen Wort, sondern umarmte und beruhigte uns, strich uns mit kühlen Händen über die verschwitzte Stirn, hielt unsere zitternden Hände, streichelte die einsamen, verlorenen Gesichter.

Sie half Janie beim Sticken und legte klassische Musik auf.

Sie versuchte, Henry zum Sprechen zu bringen, doch er wollte nicht. Henry hatte sich nie besonders gut ausdrücken können, und nach dieser Nacht entwickelte er sich noch weiter zurück. Es dauerte zwei Jahre, bis er wieder den alten Stand erreicht hatte. Er verbrachte viel Zeit damit, die Tiere zu streicheln.

Nancy ließ sich von Cecilia beim Sonntagschulunterricht helfen und brachte mich wieder im Kirchenchor unter.

Wie zuvor spielten wir am Bach hinter Nancys Haus. Fingen Käfer. Beobachteten davongleitende Schlangen. Schlichen einem Opossum nach, das wir Superman nannten, und einem Waschbär, den wir Grasi getauft hatten.

Anfangs wussten wir nicht, was mit Momma passiert war. Niemand wollte drei kleinen Mädchen etwas erzählen. Wäre Cecilia keine so erfahrene Spionin gewesen, hätten wir es nie erfahren. Wenn Nancy zum Telefonieren das Zimmer verließ, konnten wir uns denken, dass wir das Gespräch nicht mithören sollten.

Es dauerte nicht lange, bis wir das Wort *Abtreibung* hörten. Innerhalb kurzer Zeit leisteten wir ein wenig Detektivarbeit.

Darum ging es also.

Eine Abtreibung.

Eine Abtreibung, die auf grauenhafte Weise schiefgegangen war.

Geschwängert von dem gewalttätigen Wohnwagenschreck, der Momma Schätzchen genannt und sie und ihre Kinder geschlagen hatte. Geschwängert von dem Wohnwagenschreck, der uns für ein Stück von Mommas Seele dieses Schrottding verkauft, mit Läusen angesteckt und Momma so weit gebracht hatte, beinahe zu sterben. Geschwängert, weil sie etwas brauchte, das uns den Winter über warm hielt, und weil sie keine andere Möglichkeit sah.

Eine Abtreibung.

All das Blut. Ich kann es bis heute nicht vergessen.

Aber Momma gab nicht auf, selbst in der Situation nicht. Wir zogen nicht zurück nach Trillium River zu Grandma und ihrem »Ich hab's dir doch gesagt«. Es bedurfte noch einer weiteren Grausamkeit, eines weiteren perversen Verbrechens, um Momma einknicken zu lassen und sie zurück nach Oregon zu treiben.

Nach einem Zwölf-Stunden-Tag in der Bäckerei wollte ich nur noch nach Hause und ins Bett, aber das ging nicht. Es war Mittwochabend, was bedeutete, ich musste in der Kirche singen. Wie gewöhnlich war die Probe eine Stunde vor Gottesdienstbeginn angesetzt.

An diesem Abend hatten wir einen Gastmusiker. Sein Name war Samuel Griffin. Er war fünfundachtzig und spielte Bongos. Kein Witz. Bongos.

Kurz vor dem Gottesdienst kamen der Schlagzeuger und der E-Gitarrist zu mir, beides Jugendliche.

»Du bist die coolste Mom, die ich je gesehen hab«, sagte der eine und boxte mir mit der Faust gegen den Arm.

»Ja, wenn meine Mom nur so krass wäre wie du«, sagte der andere. »Du bist voll krass.« Boxhieb.

Krass. Cool.

Aber ich war keine Mutter.

Ich verdrängte die Erinnerung, so gut es ging. Ich vergrub sie.

Ich flehte darum, dass sie nicht wieder aufstieg. Ich konnte nichts mehr daran ändern, also warum überhaupt daran denken?

Samuel Griffin ließ an diesem Abend seine Bongos dröhnen, bis sie qualmten.

Pater Mike jammte.

Ich sang.

Wie eine Nachtigall, die keine Kinder hat und niemals haben wird.

Die vertraute Schwärze schlich sich in den nächsten zehn Tagen immer näher. Ich konnte sie in der Brust spüren, im Kopf, in der Luft, die ich zitternd einatmete. Eine Depression, zumindest meine, beginnt auf zwei Arten: Entweder schleicht sie sich an, Schritt für Schritt, bis sie mich vollkommen einhüllt, oder sie überfällt mich wie ein Hurrikan, wirbelt alle möglichen hässlichen Gefühle, Stimmungsschwankungen, traurige und schreckliche Gedanken auf, die in einer Abwärtsspirale münden. Schließlich klinke ich mich aus, so dass es schwierig wird, noch wie ein Mensch zu funktionieren.

Ich hatte siebzig bis achtzig Stunden gearbeitet, seit ich in Trillium River angekommen war. Oft schlief ich auf dem Boden in Grandmas Zimmer, weil sie immer noch mitten in der Nacht auszubüxen versuchte. Da sie im Schlaf ächzte und »Turbulenzen!« brüllte, war es schwer, genug Schlaf zu bekommen.

Ich verbrachte viel Zeit mit Henry und meinen Nichten, die Janie und mich sehr brauchten, neben ihrer Mutter, die nach wie vor einem Vulkan explodierender Gefühle glich.

Ich war erschöpft und bemühte mich, gegen die Schwärze anzukämpfen, spürte aber, dass ich verlieren würde.

An einem Sonntagmorgen sagte Cecilia zu mir, ich sähe aus wie Spucke auf Käse, ich solle für ein paar Tage nach Portland zurückkehren.

Ich stritt es ab.

Janie sagte mir, ich sehe bleich und kränklich aus, und bot an, mir ihre indischen Musikkassetten, *Jane Eyre*, Räucherstäbchen und das friedvolle Foto ihrer Therapeutin zu leihen. »Ruh dich in deinem Loft aus, Isi. Wir kommen schon zurecht.«

Ich wurde kratzbürstig. Sie ebenfalls.

Ich gab nach, setzte mich in meinen Porsche und fuhr nach Portland.

Ich fuhr am Columbia River entlang. Je mehr Meilen ich zwischen mich und Trillium River brachte, desto unwohler und einsamer fühlte ich mich. Einsam und allein. Ich bin an diese Gefühle gewöhnt, hatte sie aber seit meiner Ankunft in Trillium River nicht mehr so stark empfunden.

Ich versuchte, nicht an diesen Schmerz zu denken. Trillium River oder mein Leben dort zu vermissen, stand nicht auf meinem Plan.

Genauso wenig wie gewürgt zu werden oder die Fresse poliert zu bekommen.

Wie gut, dass wir nicht wissen, was auf uns zukommt, sonst würden wir das Bett nie verlassen.

Wir hatten uns geeinigt, dass ich auf dem Weg zu meinem Loft bei Momma im Seniorenzentrum vorbeischauen würde. Ich hatte mich vorher angemeldet. Bei meiner Ankunft trug sie ihren rosa Morgenmantel und den Schal, lag mit dem Kopf auf den Kissen. Sie stöhnte wie ein Weltmeister, und ich bekam dieselben Beschwerden wie immer zu hören.

»Ich werde immer kränker.«

»Mit mir stimmt etwas nicht.«

»Ich kann mich kaum bewegen. Mir tut alles weh, als würde ich von innen aufgefressen.«

»Ich fühle mich, als würde ich sterben. Ich sterbe.«

Anfangs hatten mich diese Bemerkungen alarmiert, zumindest leicht. Daher hatte ich mich mit der Leiterin des Zentrums unterhalten, einer Sinda Phillips. Sie war halb Mexikanerin, halb Asiatin. Und einsachtzig groß.

Als Momma Sinda kennenlernte, hatte sie zu ihr gesagt: »Sie sind eine braune Riesin mit Katzenaugen.«

Sinda hatte gelacht.

Ich wäre fast gestorben.

»Hier wird es bestimmt furchtbar.« Momma hatte ihr glockenförmiges Haar zurückgeworfen. »Ich will hier nicht sein.

Ich fühle mich wie eine Gefangene. Meine Töchter haben mich gezwungen. Ich wurde gezwungen.« Sie hatte geschnieft.

»Es tut mir leid, dass Sie das so empfinden, Mrs Bommarito«, hatte Sinda mit ihrer melodischen Stimme freundlich geantwortet. »Ich glaube, es wird Ihnen doch noch gefallen.«

»So weit wird es nicht kommen, junge Dame.«

Von da an war das Gespräch bergab gegangen, während Momma ihre Beschwerden auflistete, ähnlich wie ein Gokart, das ungebremst einen Hang hinabschießt.

»Und wie geht es meiner lieben Mutter?«, hatte ich Sinda gefragt, nachdem Momma etwa zehn Tage dort wohnte.

»Ihre Mutter ist … wie soll ich sagen?«, hatte Sinda überlegt und die Hände vors Gesicht geschlagen.

»Sie brauchen nichts zu beschönigen. Spucken Sie's einfach aus.«

Sinda hatte gelacht. »Das Zimmer gefällt ihr nicht. Zu klein.«

»Zu klein, zu schmutzig, zu hell …« Ich hob kapitulierend die Hände.

»Sie hat etwas gegen all das Reden und Lachen.«

»Ja, das könnte ein Problem sein. Vor allem das Lachen.«

»Sie kann es nicht leiden, mit anderen im Speisesaal zu essen. Ist ihr zu laut.«

»Lärm, Krach, Radau«, hatte ich geseufzt.

»Aber das größte Problem ist, dass man auf sie zugetreten ist und sie eingeladen hat, an Ausflügen teilzunehmen. Zu den Wasserfällen. Ins Einkaufszentrum. Zum Übernachten am Strand. Zum Picknick. Ins Museum. Zu viele Einladungen.«

»Wie schade für meine Mutter«, hatte ich gebrummt.

»Doch dann ist ein Wunder geschehen.« Sinda reckte beide Zeigefinger zum Sieg empor.

»Ein Wunder?«

»Ihre Mutter hat einen der Ausflüge zum Einkaufszentrum mitgemacht. Sie hat sich zwei Blusen gekauft. Eine weiße und eine blaue.«

»Gut.«

»Am nächsten Tag hat sie am Picknick teilgenommen. Sie wurde ein bisschen betrunken von dem Wodka, den der alte Mr Ricker in Thermosflaschen einschmuggelt.«

Ich hatte mir Momma, die Giftnatter, betrunken vorzustellen versucht. Es war mir nicht gelungen.

»Sie hat mit den Bewohnern getanzt.«

Ich zuckte zusammen. »Getanzt?«

»Ihre Momma hat alle überredet, aufzustehen, sich Partner zu suchen und Walzer zu tanzen. Sie waren begeistert. Dann hat sie noch mehr Wodka getrunken. Andere haben sich ebenfalls an Mr Rickers Spende bedient.«

Ich musste lachen.

»Dann hat sie beschlossen, bei der Frauenlesegruppe mitzumachen und dem Schachclub beizutreten«, verkündete Sinda stolz. »Ihre Mutter ist eine hervorragende Schachspielerin.«

Mommas Vater hatte ihr das Schachspielen beigebracht, bevor er von der Klippe purzelte, aber ich hatte sie nur selten spielen sehen. »Tu so, als wolltest du deinen Gegner vernichten«, war das Motto ihres Vaters gewesen, wie sie mir erzählt hatte.

»Sie hat sich auch der Mittwochnachmittagsgruppe und der Sonntagabend-Ausgehgruppe angeschlossen. Wir bringen sie ins Theater, zu Konzerten, solche Sachen.«

»Aha.« Ich hatte begriffen.

»Ich glaube, sie fügt sich bestens ein, auch wenn sie die Jüngste hier ist.«

»Das müsste ihr gefallen. Die Jüngste zu sein.« Ich dachte kurz nach. »Aber wenn wir zu Besuch kommen, liegt sie im Bett, nörgelt, hat furchtbare Schmerzen und behauptet, sie sei so krank, dass wir sie von ihrem Elend erlösen sollten.«

Sinda hüstelte. »Ich glaube, dass sich Ihre Mutter manchmal ganz plötzlich, ähm …« Erneut hüstelte sie. »Ähm, sich plötzlich krank *fühlt*, wenn sie weiß, dass ihre Töchter zu Besuch kommen. Ihr Kranksein veranlasst sie dann, in ihren Morgenmantel zu schlüpfen, sich ins Bett zu legen und, na ja, *krank* zu sein. Ziemlich krank.«

Ich hatte geblinzelt.

»Ruhe ist allerdings nicht schlecht«, hatte Sinda gesagt und sehr streng getan. »Vor allem bei ihrem Terminplan. Gestern hat sie am Mount-Hood-Timberline-Lunch teilgenommen. Danach sind alle Damen ins Kino gegangen, um sich den neuesten Film mit Keanu Reeves anzuschauen. Sie finden ihn sexy.«

»Aha.« Okay, ich hatte kapiert. »Keanu Reeves ist unglaublich sexy. Ich bin auch in ihn verknallt. Ich glaube, ich habe die Situation begriffen.«

»Gut.« Sinda hatte mich angelächelt. »Sie ist eine ganz Schlaue, Ihre Mutter.«

Das war sie in der Tat.

»Vergessen Sie nicht, mir die Rechnungen zu schicken.«

»Ihre Schwester Janie hat mich angewiesen, ihr die Rechnungen zu schicken.«

Ich hatte gelacht. »Wir einigen uns schon.«

Manche Mütter treiben ihre Töchter durch ihr Verhalten in den Alkohol. Meine Mutter trieb mich, oft genug, in mein bevorzugtes Wellnesszentrum. Dort riecht es nach Vanille, alles ist stilvoll und elegant, und ich fühle mich da sehr wohl.

Die junge Frau, die mich massierte, sah mich erschrocken an. »Sie sehen schlecht aus«, sagte sie. Graciella ist halb Französin, halb Chinesin und absolut umwerfend. Sie trug einen blauen Kimono mit einem goldenen Drachen darauf.

»Hat Cecilia Sie angewiesen, das zu sagen?«

»Wer ist Cecilia? Nein, niemand hat mich angewiesen. Was ist denn passiert, warum haben Sie nicht auf sich geachtet? Sie sind viel zu dünn, und Ihre Haut braucht Pflege. Haben Sie zwei Jahre lang nicht geschlafen, oder was? Sie brauchen das volle Programm, vor allem im Gesicht, und was zum Teufel ist mit

Ihren Fingernägeln los, haben Sie die mit dem Messer geschnitten?«

Zuerst versteckte ich mich in einem Dampfbad, das nach Rosen duftete. Dann verpasste mir Graciella eine anderthalbstündige Massage mit heißen Steinen. Als Nächstes kam eine europäische Gesichtsbehandlung mit Fruchtsäure, eine Pediküre mit Fußmassage, und im Friseursalon wurden meine Zöpfe gewaschen und geföhnt.

Ich fuhr nach Hause, ging ins Bett und schlief siebzehn Stunden durch. Nehmen Sie sich ein Beispiel daran, meine Damen.

Das Leben ist zu hart, zu aufreibend und beschissen, um es ohne Wellness zu überstehen. Glauben Sie mir. Wir haben es uns verdient.

16. KAPITEL

Ich hatte das Gefühl, zu groß für mein Loft zu sein.

Es kam mir vor, als wäre ich in der Wohnung eines Fremden und liefe dort staunend herum. Alles war kühl und modern, zwischen Hochhäusern eingeklemmt, behängt von der Decke bis zum Boden mit meinen Fotos von verzweifelten, gequälten Menschen.

Ich sah mein kuscheliges Bett und dachte an die Männer, mit denen ich dort gelegen hatte. Sofort raste die Depression wie ein Wirbelsturm auf mich zu. Ich spürte, wie meine Stimmung kippte, als befände sie sich in einer Achterbahn.

Ich ging in die Bar um die Ecke, was mein erster Fehler war.

Bevor ich aufbrach, schlüpfte ich in meinen neuen weißen BH mit den schwarzen Kreisen und in den dazu passenden Tanga. Ich zwängte mich in einen kurzen schwarzen Rock, sexy Highheels und ein hautenges, ärmelloses rotes Oberteil. Ich verabscheute mich.

Meine Zöpfe band ich zu einem Pferdeschwanz und trug einen zu meinem Oberteil passenden Lippenstift auf. Ich verabscheute mich noch mehr.

Ich ziehe Männer magisch an. Das ist keine Angeberei, sondern eine Tatsache. Dank Grandma habe ich einen guten Körperbau, außerdem bin ich schlank. Ich weiß, wie man sich kleidet, und ich habe lange Zöpfe, üppige Lippen und Katzenaugen. Männer schwirren um mich herum. Sie haben keine Ahnung, wie durchgeknallt ich bin.

Ich hasse dieses Durchgeknallte an mir. Ich hasse mich, die Durchgeknallte.

An diesem Abend fand ich den passenden Mann.

Er war ebenfalls ein Irrer.

Ein Wunder, dass ich es überlebte, um den Rest der Geschichte aufzuschreiben.

»Guter Geschmack«, sagte er zu mir.

Die Bar war teuer und stilvoll, lag hoch oben in einem rosafarbenen Gebäude. Ich hatte mir Chicken Wings bestellt, Crab Cakes, Muscheln mit Butter und Knoblauch, und war bei meinem zweiten Wodka.

Ich blickte auf. Seit acht Minuten saß ich in der Bar, und er war schon da. Für mich war das nicht besonders schnell. Meist hatte ich schneller einen Mann auf dem Hocker neben mir sitzen, als ein Huhn zum Gackern braucht.

»Danke«, sagte ich und schob meine Zöpfe nach hinten, damit sie nicht in die Butterknoblauchsoße fielen.

Er kam näher und hielt meine Zöpfe fest.

Das überraschte mich ein wenig, aber nicht zu sehr.

Ich entzog ihm meinen Kopf und aß weiter.

»Allein hier?«, fragte er.

»Sparen Sie sich das!«, blaffte ich ihn an. »Fällt Ihnen kein besserer Satz ein? Kein kreativeres Vokabular?«

Er nahm es mir nicht krumm. »Klar. Ich möchte Ihre Zöpfe die ganze Nacht in der Hand halten und streicheln.«

Ich starrte ihn im Spiegel hinter der Bar an. Er starrte zurück.

Ich wusste, dass ich mich am nächsten Tag nicht einmal an seine Haarfarbe erinnern würde. Sie verschwimmen alle miteinander.

Aber der Typ hier war hellhäutig, hatte bräunliches, lockiges Haar und war schlank. Die Augen standen enger zusammen als normal. Er hatte ein verkniffenes Gesicht, als lutschte er zu oft an einer Zitrone, eine große Nase, hohe Wangenknochen und eine Narbe auf der linken Seite.

Ich drehte mich zu ihm um. Unsere Knie berührten sich. Seine Augen … irgendwas stimmte mit ihnen nicht. Sie waren zu strahlend … zu stechend … zu anders. Irgendwie sonderbar.

»Also. Darf ich?«

»Ob Sie was dürfen?«, fragte ich.

»Darf ich Ihre Zöpfe die ganze Nacht halten?«

Ich wandte mich ab, aß weiter und bedeutete dem Barmann, mir noch einen Wodka zu bringen. »Sie sind nicht besonders unterhaltsam«, sagte ich zu dem Mann.

»Könnte ich aber sein.«

Es klang anzüglich.

Ich machte ein angewidertes Geräusch. »Wie oft ich das schon gehört habe!«

»Aber es ist die Wahrheit.«

»Auch das hab ich schon oft gehört. Männer sind Schwätzer, wissen Sie. Angeber. Egomanen. Recken die Brust heraus, aber dann … kommt nichts.« Ich meinte das nicht witzig oder kämpferisch. Ich stelle lediglich Tatsachen fest und trank dabei meinen Wodka.

»Darf ich mich Ihnen beim Essen anschließen?« Er bestellte dasselbe, was ich aß. Versuchte Smalltalk zu machen. Ich beachtete ihn kaum und trank weiter.

Mit Hilfe des Wodkas nahm die Dunkelheit in meinem Kopf zu.

»Gehen wir«, sagte ich zu ihm, als ich mit dem Essen fertig war. Ich wusste nicht, wie viel Zeit vergangen war, hatte den Überblick über meine Wodkas verloren. Ich griff nach meiner Tasche, warf für mein Essen ein paar Scheine und ein großzügiges Trinkgeld auf den Tresen. »Ihr Essen bezahlen Sie selbst«, sagte ich zu ihm. Er nahm den Geldbeutel heraus und zählte ebenfalls ein paar Scheine ab.

Kurz bevor wir mein Loft erreichten, legte er mir den Arm schwer um die Schultern. Ich schüttelte ihn ab. Mir war schlecht, ich war erschöpft. Ich stolperte leicht und fiel beinahe hin. Er hielt mich fest und wollte mich auf den Hals küssen.

»Können Sie nicht warten?« Ich schob sein verkniffenes Zitronengesicht mit der Hand weg, während wir uns dem Eingang näherten.

Er kam mir ganz nahe und küsste mich erneut, äußerst aggressiv, wie eine Maschine, die nicht aufzuhalten ist, egal wie oft man auf den Ausschaltknopf drückt. Ich wand mich aus seinem Griff und stieß ihn zweimal gegen die Brust, doch dann wurde mir schwindlig, und ich musste mich an ihn lehnen, um das Gleichgewicht nicht zu verlieren. »Warte«, fuhr ich ihn an, doch meine Stimme war nur noch ein Nuscheln.

Im Fahrstuhl zu meinem Loft drückte er mich an die Wand und versuchte, mir seine klebrige, verschwitzte Hand unter den Rock zu schieben.

Ich stieß ihn mit beiden Händen weg, im Kopf nur noch Watte. »Verdammt, ich hab gesagt, du sollst aufhören.« Ich wählte meine Männer sorgfältig aus, mochte lieber die fröhlichen, lauten, witzigen Kerle mit den freundlichen Augen und dem breiten Lächeln.

Diesmal hatte ich nicht so gut gewählt. Zu viel Wodka.

Der Fahrstuhl sauste weiter nach oben. Das Gefühl des Selbsthasses, das mich überfiel, war mir nur allzu vertraut. Ich kannte das Gefühl der Entwürdigung. Auch das Gefühl des Grauens war mir nicht fremd, das sich wie ein Mantel um meine Schultern legte.

Ich bemühte mich, diesen Gefühlen keine Beachtung zu schenken, so wie immer, aber diesmal waren sie stärker und beharrlicher, als sie es je gewesen waren. Zudem schrillten meine Alarmglocken los, und das seltsame Leuchten in den Augen dieses Typen verursachte mir eine Gänsehaut.

Als er mich erneut zu umarmen versuchte, seinen harten

Schwanz gegen meinen Unterleib drückte, stieß ich ihn von mir. Er lehnte sich an die andere Wand des Fahrstuhls und starrte mich an. Ich starrte zurück. Er hatte Augen wie ein Frettchen, Lippen wie Stacheldraht und einen dünnen Körper wie ein Seiltänzer, nur ohne Balancierstange.

Ich stolperte durch den Flur zu meinem Loft, und er schlang beide Arme um mich, schob mich unsanft gegen die Wand und suchte mit seinen Stacheldrahtlippen nach meinen. Ich wehrte mich. Er keuchte und grinste, versuchte es erneut, ich wehrte mich wieder.

Vor meiner Tür sah ich hinunter, den Schlüssel in der Hand. Meine Zöpfe fielen mir ins Gesicht.

Wie aus weiter Ferne vernahm ich ein Nein, als stürzten wir durch die Wodka-Seligkeit in meinem Kopf in einen Tunnel. Ich hörte es, und zum ersten Mal reagierte ich darauf.

»Nein«, sagte ich und drehte mich zu ihm um. »Nein.« Ich wiederholte es lauter.

»Doch«, flüsterte er mir ins Ohr. »Doch.« Das Flüstern ließ mir Schauder über den Rücken laufen.

Ich entwand mich ihm. »Nein!« Eine rationale Stimme im Nebel. »Nein!«

Er bewegte sich so rasch, dass ich nicht mal reagieren konnte. Er packte mich an den Zöpfen, drehte mich um und schmetterte mich mit dem Gesicht gegen die Tür. Der Schmerz schien meinen Kopf zu zerreißen. Ich ließ die Schlüssel fallen, er griff danach, schloss die Tür auf, schob mich hinein und knallte die Tür zu.

Aus dem Gleichgewicht gebracht, fiel ich der Länge nach hin. Blut strömte mir aus der Nase. Der Typ ließ sich mit vollem Gewicht auf meinen Rücken fallen, und ich hörte etwas knacken. Mir blieb die Luft weg, und meine Sicht verschwamm.

Er zog an meinen Zöpfen, bis ich meinte, mir würden die Haare ausgerissen, er kicherte, ein hohes Kichern wie aus Janies Büchern. »Du hast gesagt, ich dürfte mit dir nach Hause kommen und die ganze Nacht deine Zöpfe streicheln«, sagte er in einem Singsang. »Genau das werde ich tun.«

»Verschwinde!«, wollte ich schreien, aber es kam nur als heiseres Flüstern heraus. »Verschwinde!« Ich wehrte mich, doch er riss noch heftiger an meinen Haaren, lehnte sich mit seinem Gewicht in meinen Rücken und drückte mir mit den Knien die Beine auseinander.

»Hör zu, du Miststück. Du hast mich eingeladen. Du willst es. Ich bin hier. Zieh dich aus.«

Wer hat schon mal richtig Angst gehabt? Ich meine, grauenerregende Todesangst? Die sieht so aus: Man fühlt, wie das Blut den Körper verlässt, als sei es zu verängstigt zu bleiben. Nieren und Leber fühlen sich an, als würden sie origamigleich zusammengefaltet. Der Mund wird so trocken wie die Sahara. Die Augen fühlen sich an, als würden sie aus dem Kopf springen, weil die Panik sie aus dem Schädel drückt.

Oh, und man bekommt keine Luft, das Herz schlägt zum Zerspringen, weil es so voller Panik ist.

Das ist bloß der Anfang. Denn man weiß, dass das Schlimmste erst noch kommt.

»Runter mit den Klamotten …« Er sang diese Worte so melodiös, als wäre er Mitglied eines Kirchenchors. Mit beiden Händen zerrte er mich an meinen Zöpfen auf die Knie, drehte mich um und drückte mein Gesicht gegen seinen Schwanz.

»Lutsch ihn«, sang er mit hoher Stimme. Mein Inneres zitterte vor Angst, ich bebte am ganzen Körper.

Er kicherte, ließ meine Zöpfe los und zerrte an seinem Gürtel.

Ich wollte aufstehen, doch er holte aus und stieß mir das Knie gegen mein Kinn. Ich hörte es wieder knacken, mein Kopf flog nach hinten. Sofort tat mir der Nacken weh. Der Fremde warf meinen Kopf herum wie einen Ball, und der Ball krachte gegen die Wand. Ich sah weiße Sterne, grüne Sterne, schwarze Sterne, viele Sterne, die vor meinen Augen zusammenstießen.

Heiß und klebrig strömte Blut auf meine Schulter, vermischte sich mit dem Blut aus meiner Nase.

Der Typ riss an seinem Gürtel, knöpfte den Hosenschlitz mit einer Hand auf und zog mich wieder auf die Knie, so dass ich mit verquollenen Augen erneut auf die Wölbung in seiner Hose starrte. Ich wollte Luft holen, aber konnte nicht.

»Los geht's, Isabelle.« Er schob die Hose auf die Knie runter, behielt die Boxershorts an, griff hinein und zog seinen Schwanz heraus. Trotz des pulsierenden Schmerzes und meiner verzweifelten inneren Schreie nahm ich den Gestank von Urin, Schweiß und Fäulnis wahr. Beim Herausziehen streifte der Schwanz heiß und pochend meine Wange. Ich hätte mich gewehrt, aber ich konnte kaum geradeaus sehen.

»Leck ihn, du Fotze.«

Ich hasse dieses Wort. Ich hasse es.

Waagerecht ragte der Schwanz aus der Hose. Mit hoher Stimme singend, drehte der Typ meinen Kopf hin und her wie einen Pingpongball, von einer Hand in die andere.

Ich stemmte mich gegen ihn, er streckte mich mit einem Fausthieb in den Bauch wieder zu Boden. Mein Körper bebte vor Schmerz.

»Hier gibt es lecker-lecker«, sang er. »Lecker-lecker ist fertig! Komm und hol's dir! Klingeling.«

Das gab mir den Rest. Ich wusste, wo mein Mund in Kürze sein würde, und ich wollte lieber sterben, als diesen Mann zu befriedigen. Irgendwo in diesem tobenden Schmerz, dem Nebel in meinem pochenden Kopf, wusste ich, dass ich anschließend vergewaltigt und vermutlich zerstückelt werden würde.

Bilder meiner Familie huschten mir durch den Kopf. Momma, die den Doktor als Wicht bezeichnete, Grandma in ihrer Fliegermontur salutierend, Janie, die über den Konferenztisch den verdorbenen Parker anlächelte, Cecilia beim Unterricht in der Vorschule, Kayla in ihrer Burka, Riley und ihre momentane Verehrung für Alphateilchen und Atommasse.

Und Henry.

Henrys schiefes Grinsen drang den Fluss entlang quer durch die Stadt bis in mein Herz. Ich liebte Henry.

Und das gab den Ausschlag.

Henry gab den Ausschlag. Ich würde meinen Bruder nicht verlassen.

Ich würde kämpfen.

Ich würde nicht sterben.

Ich hob die Hände, ergriff den Schwanz und riss mit aller Kraft daran. Der Typ fiel auf mich, schlug mir mit der Faust gegen den Kiefer und stieß einen hohen singenden Ton aus. »Laaaa!«

Verschwommen spürte ich, wie mir Blut in den Mund lief.

Ich riss noch heftiger an seinem Penis und kam auf die Füße. Der Mann stieß seinen Kopf gegen meinen, und ich sah Sternchen und fiel wieder hin.

Immer noch kampfbereit, holte ich mit meinem Fuß im spitzen Highheel aus und rammte ihn dem Kerl in den Unterleib. Er hörte auf zu singen und brüllte: »Du Fotze, du Hure!« Er trat mir gegen das Schienbein, der Schmerz raste von meinen Zehen hoch bis in den Kopf.

Der Typ schnaufte und keuchte mit diesem grausigen Lächeln im Gesicht, als genieße er die Herausforderung. »Wehr dich, Mädchen, wehr dich!«, flüsterte er und sang dann: »Lalaa!«

Ich schüttelte den Kopf, um wieder klar denken zu können, während er seinen Gürtel aus der Hose zog und damit durch die Luft peitschte. Das würde nicht gut ausgehen.

Der Gürtel traf mich an der Schulter, tausend Stiche bohrten sich in meine Knochen, dennoch stürzte ich mich mit zitternden Beinen auf ihn, packte sein Handgelenk und stieß meine Faust so kraftvoll wie möglich gegen sein Kinn. Sein Kopf flog in den Nacken, und ich trat ihm mit der Spitze meines Absatzes in die Eier.

Da ging er zu Boden, zog mich aber mit hinab. Ich versetzte ihm einen Schlag zwischen die Augen und bohrte meine Finger hinein. Er brüllte mit zusammengebissenen Zähnen, um keine Aufmerksamkeit auf den Kampf zu lenken, der sich in meinem Loft abspielte, und legte mir die Hände um den Hals.

Todesangst stieg in mir auf. Ich packte nach seinen Händen und hielt sie fest, zog die Beine an und konnte einen Spann in seinem Nacken verkeilen. Ein Manöver, das ich niemandem empfehlen kann. Es übte so viel Druck auf meine Wirbelsäule und meinen malträtierten Kopf aus, dass ich beinahe ohnmächtig wurde. Ich trat mit dem anderen Fuß nach dem Kerl. Da lockerte er seinen Griff; ich wälzte ihn von mir und versetzte ihm einen Karateschlag gegen die Kehle.

Endlich war er für wenige Sekunden mattgesetzt, ich stolperte zum Messerblock in meiner Küche, zog das größte heraus und fuchtelte mit ihm herum.

»Verschwinde!« Ich spuckte einen großen Klumpen Blut aus und hieb weiter mit dem Messer durch die Luft. *»Hau ab!«*

Er schwitzte und keuchte. Rot angelaufen vor Wut beschimpfte er mich aufs Übelste. Dann veränderte er sich plötzlich, er kicherte und sang: »Ich werde dich töten, töten, töten.«

Ich griff nach dem Telefon auf der Arbeitsplatte, drückte den Notruf und stellte auf laut, während ich mir noch ein Messer schnappte.

Als sich der Notruf meldete, schrie ich: »Ich brauche die Polizei. Ein Mann versucht mich umzubringen.« Ich gab meine Adresse an, obwohl ich wusste, dass der Anruf zurückverfolgt werden konnte.

Mein Gegner kicherte erneut, zeigte auf mich und richtete sich mühsam auf. Man merkte, dass er Schmerzen hatte. »Ich komme wieder, Herzblatt«, sagte er und zog die Hose hoch. »Das hat Spaß gemacht! Wir machen es noch mal.«

»Ich brauche sofort Hilfe«, schrie ich. »Sofort!« Angsterfüllt humpelte ich an der Arbeitsplatte entlang, um dem Tod zu entkommen, während mein Körper in einem Sumpf schier unerträglicher Schmerzen versank.

»Ich komme wieder, Herzblatt!«, sang er. »Ich werde dein Herrrzblatt sein.«

»Raus hier, du krankes Arschloch«, sagte ich mit leiser Stimme, spuckte wieder Blut und einen Zahn aus.

Er drehte sich um und stürzte aus der Wohnung in den Flur. Ich folgte ihm humpelnd und warf ein Messer nach ihm. Erstaunlicherweise traf ich, und er krümmte den Rücken, drehte sich um und grinste mich an, zog das Messer heraus, als spürte er überhaupt keinen Schmerz, und fuchtelte damit vor seinem Gesicht herum. »Das bewahre ich auf für das nächste Mal, wenn wir uns treffen!«

Er rannte davon. Blut breitete sich auf seinem Hemd aus.

Ich knallte die Tür zu, verriegelte sie und nahm das Telefon in meine blutige Hand. Ich schilderte der Frau vom Notruf genau, was der Typ trug, einschließlich der Designerschuhe, die ich erkannte hatte, und dem Blut, das auf seinem Hemd trocknete.

Sie unterbrach mich immer wieder. »Ma'am, es tut mir leid, aber ich kann Sie nicht verstehen …«

Ich musste Blut spucken. Dann versuchte ich es erneut und bemühte mich, deutlich zu sprechen. Aus irgendeinem Grund funktionierte meine Zunge nicht. Ich spürte, wie mir Blut über den Rücken rann.

Ich humpelte zur Balkontür, bekam sie auf und lehnte mich über das Geländer. Der Psychopath würde eine Weile brauchen, um aus dem elften Stock nach unten zu gelangen. Mein Balkon lag über dem Eingang.

Ich sah ihn auf die Straße hasten. Er drehte sich kurz um und starrte zu mir herauf, während ich zu ihm hinunterstarrte, elend, halb tot, vor Angst fast reglos. Er winkte fröhlich und warf mir einen Luftkuss zu.

In der Ferne hörte ich eine Sirene, und der Kerl begann zu

laufen. Ich sah ihm nach, so weit ich konnte, und gab der Frau vom Notruf genaue Anweisungen, die ich wiederholen musste, weil sie mich durch das Blut in meinem Mund nicht verstehen konnte.

Dann stolperte ich zurück in meinen Loft und legte mich flach auf den Boden, weil meine Beine mir den Dienst versagten. Die Polizisten kündigten sich an: »Polizei! Öffnen Sie die Tür!« Ich hörte sie, war jedoch zu benommen, um zu reagieren. Ich versuchte etwas zu sagen, aber es gelang mir nicht. Es war, als hätte man mir den Kiefer zugenagelt.

Weil ich nicht sprechen konnte und der Einsatzleiter keine Antwort hörte, traten die Polizisten meine Tür ein, genau wie an dem Nachmittag, als Momma fast verblutete. Diese Parallele entging mir nicht.

Auf der Stelle kümmerten sich zwei Polizeibeamte um mich. Ich verlor Blut aus der Kopfwunde und diversen anderen Verletzungen. Drei weitere Beamte durchsuchten mit gezogener Waffe das Loft, wollten nicht glauben, dass der Mann nicht mehr hier war.

Ihre Funkgeräte knarzten, und ich hörte jemanden aus weiter Ferne den Einsatzleiter anweisen, die Sanitäter *sofort* heraufzuschicken.

Ein Polizeibeamter mit Stoppelschnitt kniete sich neben mich. »Hallo, Ma'am, ich bin Lieutenant Sherm Walsh.«

Ich konnte nicht sprechen. Ich dachte, ich würde sterben.

»Wo tut es Ihnen weh?« Ich konnte nur stöhnen. Er und die anderen Polizeibeamten um mich herum verschwammen immer wieder, wie Gespenster.

Seine nächste Frage machte mich endgültig fertig. »Wer hat Ihnen das angetan?«

Wer hat Ihnen das angetan? Ich wusste es nicht. *Ich kannte seinen Namen nicht.* Tränen stiegen mir in die Augen. Ich hatte keinen Mann beim Namen gekannt, hatte ihn nie, nicht ein einziges Mal, wissen wollen. Mir war es völlig egal gewesen, ob er Tom oder Chad, Spiderman oder »Beam me up, Scotty« hieß.

Der Polizist zog ein Taschentuch hervor und drückte es an meinen Kopf, während er meine Verletzungen begutachtete. Die Polizistin auf der anderen Seite tätschelte meine Hand. Ein dritter Beamter hielt meinen Kopf ruhig, beugte sich vor und sagte: »Das wird schon wieder, Kleine. Das wird schon wieder.«

Würde es nicht.

In dem Moment glaubte ich nicht, dass es je wieder werden würde.

Ich hatte eine »Mordsgehirnerschütterung«, sagte mein Arzt. Dazu mehrere Blutergüsse am Hals, am Bauch und am Rücken, meine Kehle war gequetscht. Mein Nasenbein war gebrochen, und am Hinterkopf hatte ich eine so große Beule, als säße dort ein zweiter Kopf. Ich hatte zwei angebrochene Rippen und einen angeknacksten Kieferknochen, ganz zu schweigen von einem gewaltigen Bluterguss auf dem Schienbein und Peitschenstriemen an der Schulter.

Später erzählten mir die Krankenschwestern, mein Angreifer sei etwa zehn Minuten nach Eintreffen der Polizei geschnappt worden, versteckt in einem Müllcontainer. Aufgrund der Fingerabdrücke hatte man herausgefunden, dass ich mit knapper Not einem Mann entronnen war, der in drei Staaten wegen mehrfacher Vergewaltigung und in einem Staat wegen Vergewaltigung und Mord gesucht wurde.

»Die Kollegen sagen, Sie hätten ihm ganz schön zugesetzt«, berichtete mir eine Polizistin triumphierend und drückte mir hilfsbereit einen Eisbeutel ans Gesicht. »Sie haben den Hurensohn fertiggemacht. Sein Schwanz ist gequetscht und steht im komischen Winkel ab, seine Eier sind so dick wie Bowlingkugeln, hab ich gehört. Der kann sein Leben lang nur noch quieken. Außerdem hat er eine schlimme Augenverletzung, aber niemand kann um diese Zeit einen Augenarzt auftreiben. Was für ein Pech aber auch! Hoffentlich wird er blind. Dann sieht er nicht, von wem er im Knast gebumst wird.«

Ein anderer Polizist sagte: »Sie können als Zeugin gegen ihn aussagen, Ma'am, dafür sorgen, dass er für das bezahlt, was er Ihnen angetan hat. Allerdings kommt er sowieso lebenslang hinter Gitter. Der wird da drinnen sterben, wenn er nicht vorher auf den Stuhl muss.«

»Ich werde aussagen«, nuschelte ich durch meine aufgeplatzten Lippen. Natürlich würde ich das tun.

Keine Frau verdient zu erleben, was mir zugestoßen ist. Keine.

Nicht mal eine verrückte Rumtreiberin, die so viele One-Night-Stands hatte wie ich.

Wiederholt wurde ich von der Polizei und dem Krankenhauspersonal gefragt, mit welchen Familienangehörigen und Freunden man sich in Verbindung setzen sollte. Ich wies sie jedes Mal an, sich mit niemandem in Verbindung zu setzen. Mir war zum Sterben zumute, wenn ich an den Schmerz dachte, den ich meiner Familie zufügen würde, an die Tränen, die sie über meine Prellungen, Beulen und Blutkrusten vergießen würden. Sie würden sich in der kleinen Höhlung an meinem Hals sammeln, wo das Leben fast aus mir herausgewürgt worden war.

Zwei Detectives von der Polizei Portland klopften an und betraten freundlich lächelnd mein Krankenhauszimmer. Ich kam mir vor wie eine Mumie. Mein Kopf war bandagiert, meine Rippen ebenfalls. Ich hatte nichts als Verbände im Gesicht.

Eine Ärztin und eine Krankenschwester waren bei mir, dazu eine Vertreterin vom Vergewaltigungsnotruf, die ich schon kennengelernt hatte, als ich noch Blut spuckte. Sie war Afroamerikanerin, um die fünfzig und trug einen farbenprächtigen Turban. In meinem ganzen Leben hatte ich keine so mitfühlenden, warmherzigen Augen gesehen. Am liebsten hätte ich mich auf ihrem Schoß zusammengerollt.

Die Ärztin stand neben mir, eine Hand auf meiner Schulter. Sie stammte aus Indien und trug ihr schwarzes Haar in einem Pferdeschwanz. Ihre goldenen Armreifen klingelten, wenn sie sich bewegte.

Neben ihr stand die Krankenschwester. Sie war Russin, wog weit über hundert Kilo und hatte ein faltiges Männergesicht.

Einer der Polizeibeamten war Asiate und schien kaum alt genug, die Highschool hinter sich zu haben. Ich war größer als er. Später sollte er mir erzählen, er sei vierundzwanzig und besäße einen Schwarzen Gürtel. Am Abend zuvor hätte er einen Methadonsüchtigen dazu überredet, sich nicht mit einer .45er auf einem Boot im Willamette River das Leben zu nehmen.

Der Polizeibeamte, der mich befragte, war Afroamerikaner, ein wahrer Hüne mit militärischem Haarschnitt.

Wir bildeten eine regelrechte Abordnung der Vereinten Nationen.

»Ich bin Detective Walter Carrington. Von der Polizei Portland.«

Ich versuchte zu nicken. Und zu schlucken. Die Schwestern hatten mich über Strohhalme ernährt.

»Als Erstes möchte ich sagen, wie leid es mir tut, dass Ihnen das zugestoßen ist, Ms Bommarito.« Er umschloss meine Hand. Ich wollte, dass dieser Mann mit mir nach Hause kam, damit ich mich für immer sicher fühlen konnte.

Die Ärztin tätschelte meine Schulter, die Vertreterin vom Vergewaltigungsnotruf massierte mir sanft das Bein.

O nein. Freundlichkeit. Mir kamen schon wieder die Tränen.

Die Tränen begannen heftiger zu fließen, gefolgt von Schluchzern, Keuchen und später Schluckauf. Ich wurde getätschelt und in den Arm genommen.

Mein Gott, ich war völlig im Eimer.

Nach einer Dreiviertelstunde fingen wir noch mal von vorne an. Niemand schien es eilig zu haben. Die Fragen des Detectives waren direkt, aber einfühlsam.

Mir war zum Sterben zumute. Ich starb.

»Ms Bommarito, woher kennen Sie Russ Bington?«, fragte Detective Carrington.

Ich wollte die Frage nicht beantworten. Ich wusste, was sie von mir halten würden, wenn ich es tat.

Er fragte erneut, streichelte meine Hand.

Ich konnte nicht antworten. Ich war geschwächt, zutiefst beschämt.

»Können Sie mir sagen, wo Sie ihn kennengelernt haben?«

Ich schluckte, aber das Schlucken fühlte sich nicht normal an, weil meine Kehle in die falsche Richtung schloss. »Wir haben uns im Hal's kennengelernt. In der Innenstadt.«

Er nickte. »Haben Sie sich da zum ersten Mal gesehen?«

»Ja.« Meine Stimme war kratzig, weil ich fast erwürgt worden war.

Er hielt inne. »War das ein One-Night-Stand, Ms Bommarito?«

Mir entrang sich ein Schluchzer.

Der Detective eröffnete mir einen feinfühligen Ausweg. »Wir machen alle mal Fehler, Ms Bommarito. Niemand hier im Raum ist frei davon.«

»Ja«, sagte ich beschämt. »Es sollte ein One-Night-Stand sein.«

Sollte ich vielleicht zugeben, dass ich One-Night-Stands hatte, um zu vergessen, dass ich One-Night-Stands hatte, und um gegen meine Depression anzukämpfen? Dass ich One-Night-Stands hatte, seit ich ein Teenager war, seit dem Vorfall im Schuppen, weil ich mich wie ein Nichts fühlte, keinen Dad hatte und jedes Mal ein bisschen mehr von mir selbst verlor, obwohl ich nach etwas mehr suchte? Dass dieses »Mehr« unsichtbar war und ich es nie gefunden hatte?

»Das ist nicht Ihre Schuld«, sagte der Detective zu mir. »*Nicht* Ihre Schuld, junge Dame.«

Ich ließ die Tränen fließen.

17. KAPITEL

Ich rief Janie an, um ihr zu sagen, dass ich nicht vor Mittwoch oder Donnerstag zurück sein würde. Ich schätzte, bis dahin würde ich humpeln können, falls mein Unterschenkel dann nicht mehr ständig wie ein Streichholz einknickte.

»Gott sei Dank rufst du an, Isabelle!«, stieß Janie hervor. »Cecilia ist nicht da. Gestern Nacht ist sie aufgewacht, und ihr tat der ganze Körper weh – vor allem ihr Kiefer und ihr Schienbein … und sie hatte Schwierigkeiten beim Atmen. Ihre Nase hat geblutet! Sie hat mich angerufen, und ich bin gleich zu ihr gefahren und wollte sie ins Krankenhaus bringen, aber sie weigerte sich, weil du diejenige wärst, die das ausgelöst hat.« Ich hörte sie keuchen, sie war mit den Nerven am Ende. »Du! Das ist wieder diese Zwillingssache!«

Ich legte die Hand an meinen verbundenen Kopf. Tränen rannen mir aus den Augen und machten mich blind. *Oh, Cecilia, es tut mir so leid.* »Wie geht es ihr jetzt? Wie geht es ihr?« *Ich habe meiner Zwillingsschwester Schmerzen zugefügt. Sie konnte nicht atmen.*

»Wir haben ständig auf deinem Handy angerufen, aber du bist nicht drangegangen. Cecilia war fast hysterisch vor Sorge um dich. Irgendwann dachte ich, sie würde sterben. Sie hielt sich den Brustkorb und den Kopf. Dir fehlt doch nichts, oder?«

Ich hörte, wie Janie in Tränen ausbrach, und hielt das Telefon auf Abstand, damit sie meine unterdrückten Schluchzer nicht hörte.

»Ich musste stundenlang Vivaldi hören und sticken!«

»Wie geht es Cecilia?« *Ich habe ihr das angetan. Ich habe meiner Schwester das angetan.*

»Sie liegt im Bett und ist in Panik wegen dir, ihr Hinterkopf pocht, sie kann ihren Unterkiefer nicht richtig bewegen, und ihre Schulter brennt. Ihre Nase hat wieder geblutet. Wie geht es dir?«

»Mir geht's gut.« Ich fühlte mich so schuldig, dass ich sterben wollte.

»Was ist mit deiner Stimme los?«, rief Janie.

»Erzähl ich dir später.« *Können Schuldgefühle einen Menschen töten?*

»Was ist los? Ich weiß, dass irgendwas nicht stimmt!«

»Nichts.« *Außer dass ich mir nie verzeihen werde, was ich meiner Familie letzte Nacht angetan habe.*

»Du machst mich nervös, Isabelle«, quiekte sie.

»Ich hab dich lieb, Janie, und ich erzähl es dir später.« *Es tut mir leid. Es tut mir so leid.* Ich würgte an meinem Kummer. *Cecilia, es tut mir leid.*

»Nein, erzähl es mir jetzt. Ich kann es nicht leiden, wenn du sagst, du erzählst es mir später. Ich weiß jetzt, dass du lebst, aber bist du verletzt? Du bist verletzt, nicht wahr? Cecilia hatte recht!« Schwere Atemzüge waren zu hören. »Du bist verletzt!«

Mir tat das Herz weh. Wie würde der liebevolle Henry reagieren? Nicht gut, das wusste ich. »Mir geht es gut, Janie. Wir sehen uns bald.«

»Blutest du? Bist du in eine Massenkarambolage auf der Autobahn geraten? In eine Gasexplosion? Einen Brand, ausgelöst von einem Bügeleisen? Hat dich jemand verletzt? O neiiiiin.«

Ich versank in meinen Schuldgefühlen. Sie hatte es erraten, das wusste ich.

»Du hattest einen One-Night-Stand, nicht wahr?« Janies Stimme schraubte sich in operngleiche Höhen. »Ich hab dir doch gesagt, du sollst das lassen. Wie oft habe ich dir das gesagt, Isabelle? Er hat dich verletzt, nicht wahr? Ich komme nach Portland. Ich bin in einer Stunde in deinem Loft.«

»Ich bin nicht in meinem Loft.« *Ich bin in der Hölle.*

Sie kreischte. »Wo bist du dann? Wo bist du? O mein Gott. Du bist im Krankenhaus, nicht wahr?«

»Ach, Scheibenkleister.« Vor Janie kann man nichts verbergen.

»In welchem Krankenhaus?«

»Bleib in Trillium River, Janie …« *Ich kann es nicht ertragen, deinen Schmerz zu sehen, wenn du meinen siehst.*

»Warte!« Sie hielt inne, und ich wusste, dass sie überlegte. »Du bist entweder im Universitätskrankenhaus oder im Saint Eileen's. Ich wette, du bist im Saint Eileen's. Du bist krankenversichert. Wir kommen sofort, o Isi, ich liebe dich. Ich liebe dich so sehr. Wir kommen!« Sie legte auf.

Ich stellte mein Handy aus.

Ich hatte meine Schwester verletzt. Ich hatte meine Familie verletzt.

Ich krümmte mich zu einer Kugel zusammen, krümmte mich in meinem Elend zusammen.

Kurze Zeit später trafen Cecilia und Janie ein.

Ein schöner Anblick war das nicht. Sie warfen einen entsetzten Blick auf das, was mit meinem Gesicht passiert war, und brachen zusammen. Janie begann zu jammern und gleichzeitig rhythmisch mit den Händen zu wedeln.

Cecilia schlug mit der Faust gegen die Wand und beschloss dann, die Wand müsse auch noch getreten werden. Janie stöhnte. Cecilia wütete. Janie zählte.

Wir sind völlig im Eimer, wir drei. Wir haben keine Ahnung, wie man Gefühle zügelt, und wenn irgendwas mit uns passiert, wird es nur noch schlimmer.

Wir umarmten uns, und unsere Tränen kühlten unsere heißen Gesichter, bis wir nicht mehr wussten, von wem welche Tränen stammten.

Als Cecilia mich einige Tage später über den Highway entlang des Columbia Rivers fuhr und der Wind so stark war, dass unser Auto ein paarmal ins Schlingern kam, versuchte ich mit schmerzendem Körper das nachträglich aufkommende Entsetzen zu verarbeiten. Ich hatte einen Moment absoluter Klarheit. Ich wusste mit jeder Faser meines geschundenen Körpers, dass es mein letzter One-Night-Stand gewesen war.

Der Sex hatte meine Seele zerstört und mich beinahe umgebracht.

Schlimmer noch. Ich hatte Cecilia und Janie Schmerz zugefügt. Das würde Henry, Grandma und Momma Schmerzen bereiten. Es würde den Mädchen Schmerzen zufügen.

Ich war damit durch, ein für alle Mal.

Ich hatte Cecilia und Janie gesagt, es sei besser, wenn ich nicht nach Trillium River zurückkehren würde, sondern in einem Hotel in Portland bliebe, damit Henry und Grandma sich nicht über meinen Anblick und die Mumienverbände aufregten, aber meine Schwestern wollten nichts davon wissen. Sie führten alle möglichen Gründe an: Ich müsse medizinisch versorgt werden, sie wollten mich pflegen, was wäre, wenn dieser Kerl aus dem Gefängnis freikäme und so weiter.

»Ich habe zwei Knarren«, sagte Cecilia zu mir. »Momma hat drei. Ich lege dir eine Pistole in die oberste Kommodenschublade, Isabelle, und die andere in die rosa Schachtel im Flurschrank, auf das oberste Regal.«

»Ich habe meine Messer mitgebracht. Insgesamt vierzehn«, sagte Janie. »Wir verstecken sie überall im Haus.«

Cecilia und ich sahen sie verblüfft an. *Vierzehn Messer?*

»Und meine Sammlung von Schlagringen und Peitschen. Ich habe auch einen Strick.«

Uns fiel die Kinnlade herunter. Wow.

Als wir nach Hause kamen, zwang mich Grandmas und Henrys unverstellter Kummer in die Knie.

Grandma riss sich die Fliegerbrille herunter, packte mich an den Oberarmen und sagte mit zitternder Stimme: »Sie hatten eine Bruchlandung! Eine Bruchlandung!« Sie drückte mich mindestens fünf Minuten an sich, sauste dann davon, holte einen rosa Zettel und wies mich an, sofort ins Krankenhaus zu gehen. Sie hatte ein trauriges Gesicht auf den Zettel gemalt. Ich dankte ihr, und sie umarmte mich erneut, hockte sich dann hinter die Couch und schluchzte.

Henry stürmte zur Tür herein, nachdem er im Tierheim gewesen war, blieb abrupt stehen und heulte los: »Was ist passiert, Isi? Was ist passiert, Isi?« Er öffnete die Arme weit, wollte mich an sich drücken, sein gerötetes Gesicht vor Kummer verzogen, aber Cecilia und Janie mussten ihn zurückhalten, damit er mich nicht wie ein Schraubstock umarmte und dabei meine letzten intakten Rippen zerquetschte.

»Hat das ein böser Mann gemacht? Ich krieg ihn!«, brüllte er. »Ich krieg ihn!« Er versuchte sich von Cecilia und Janie loszureißen, aber sie hielten ihn fest. Seine ererbte Bommarito-Wut brach sich immer stärker Bahn.

»Beruhige dich, Henry!«, rief Cecilia, doch er hörte sie nicht. Tränen tropften von seinen roten Wangen.

»Ich krieg ihn, Isi! Ich krieg ihn!« Er boxte in die Luft, tat so, als würde er jemanden zusammenschlagen.

Grandma richtete sich hinter der Couch auf und schrie durch ihre Tränen »SOS! SOS!«

Velvet kam hereingestürzt, erschrak im ersten Moment über mein Gesicht, kümmerte sich dann aber sofort um Henry, der zu heulen begonnen hatte, unterbrochen von Schluchzern, die tief aus seiner verängstigten, liebevollen Seele kamen.

»SOS! SOS!«, sagte Grandma mit heiserer Stimme, bevor sie sich wieder zusammenrollte.

»O Isi!«, brüllte Henry und sank zu Boden. »O Isi! Meine Schwester!«

Ich ging zu ihm, wollte ihn umarmen.

»Nicht zu doll, Henry, sei vorsichtig«, sagte Cecilia.

»Eine sanfte Umarmung, Henry«, sagte ich.

»Ich weiß, ich weiß. Sanfte Henry-Umarmung«, stöhnte er.

Ich ließ mich auf den Boden sinken, und er streckte die Arme nach mir aus. Cecilia, Janie und Velvet standen bereit, um einzugreifen, falls er sich nicht zusammenreißen konnte.

Aber Henry war sanft, so sanft, sein liebes Gesicht so nah an meinem, versank er in seinem Kummer.

Janie rannte zu Grandma.

»SOS! SOS!«, schrie sie. »Helft uns, helft uns!«

Wenn man verprügelt wurde, bietet man nackt keinen hübschen Anblick. Janie und Cecilia brachen zusammen, als sie mich sahen. Ausnahmsweise wurde Cecilia mal nicht wütend und fluchte nicht, doch ihr Kummer raubte mir fast den Atem.
»Cecilia«, flüsterte ich.

»Sag … nichts …«, schluchzte sie. »Nichts … ich kann nichts mehr … ertragen …«

Janies Tränen fielen auf meine Schultern, während sie mir mit ihren kühlen Fingern beim Ausziehen half. Ich hörte sie leise vor sich hin singen, als sie meine Prellungen, Kratzer und Blutergüsse vorsichtig berührte.

Als ich in ein rosa Flanellnachthemd geschlüpft war und im Bett lag, gesellten sich meine Schwestern zu mir, und wir hielten uns an den Händen und ließen unseren Gefühlen freien Lauf.

Ich hatte das ausgelöst.

Ich hatte meinen Schwestern Kummer bereitet.

Ich zog ihre Hände an meine Lippen und küsste sie.

Unter einem schräg durch das Fenster fallenden Mondstrahl

sammelte sich mein Schuldgefühl in meiner Mitte und wurde zu einer brodelnden, brennenden Masse.

Ich war schuld daran.

Oh, wie ich mich hasste.

Die nächsten Tage liefen nicht gut im Bommarito-Haus. Henry weigerte sich, seinen Freiwilligendienst zu leisten, egal ob in der Kirche, im Tierheim, in Cecilias Vorschule oder im Seniorenzentrum. Er weigerte sich, zur Bäckerei zu gehen. Er wollte mich nicht aus den Augen lassen.

Machte ich ein Nickerchen, blieb er bei mir und spielte leise mit seinen Murmeln, seiner Briefmarkensammlung oder las in einem Comic.

Ich wachte davon auf, dass er mein Gesicht aus zehn Zentimetern Abstand ängstlich nach Lebenszeichen absuchte.

»Geht's dir gut, Isi?« Sobald ich das bejahte, brach er in Tränen aus, und ich musste ihn in den Arm nehmen und seinen Rücken tätscheln, bis mir seine Tränen nicht länger in den Nacken tropften. »Dein Gesicht! Dein Gesicht! Der böse Mann! Ich krieg ihn!« Er boxte in die Luft. »Ich krieg ihn!«

Wenn ich tagsüber auf der Veranda ruhte, saß er neben mir, und wir lasen zusammen seine Tierzeitschriften. Wenn ich über das Grundstück humpelte, begleitete er mich. Wir redeten über Tiere und über unsere Präferenzen: Lieblingsfarbe (grün), Lieblingsstaat (Florida), Lieblingseis (Schokolade-Pfefferminz).

Abends tat ich so, als nickte ich ein, wenn er mir ein Schlaflied vorsang. Wenn er glaubte, ich sei eingeschlafen, ging er selbst ins Bett, aber erst nachdem er sich vergewissert hatte, dass Cecilia oder Janie bei mir lagen.

»Ich hab dich lieb, Schwester Isi«, sagte er tausendmal mit zitterndem Kinn.

»Ich hab dich lieb, Bruder Henry.«

Das war Henry pur: der Mann liebte einfach. Er liebte die Menschen bedingungslos, unschuldig, aus ganzem Herzen. Er kannte keine Voraussetzungen, Manipulationen, Einschränkungen, Argumentationen, Vorspiegelungen, Konkurrenzdenken. Seine Liebe war rein und unvergänglich.

Er klagte stärker über Bauchschmerzen, und ich wusste, dass es daran lag, wie verstört er war.

Das hatte ich ihm angetan. Ich hatte das meinem Bruder angetan.

Am dritten Tag kochten Grandmas angeborener Mut, Schneid und Zorn über. »Ich bring den Drecksack mit meinem Flugzeug um!«, brüllte sie immer wieder. »Genau das tu ich!«

Ungefähr fünfmal am Tag gab sie mir rosa Zettel. »Das ist das Messer, das ich benutzen werde!«

Auf den Zettel war ein sehr unglückliches Gesicht gemalt.

»Vielen Dank, Amelia.«

»Das ist die Pistole!«

Noch ein unglückliches Gesicht.

»Er hat es verdient zu sterben!«, schrie sie. »Dieser Drecksack! Er ist schuld an Ihrer Bruchlandung!«

Manchmal veränderte sich ihr Ausdruck für Sekunden, und ihr altes Selbst schimmerte durch. »Ich hab dich lieb.« Vorsichtig umschloss sie mein geschundenes Gesicht mit den Händen. »Ich hab dich lieb.«

Ich umarmte sie, ihr kleiner Körper war so winzig in meinen Armen.

»Ich muss jetzt los!«, verkündete sie. »Ich starte im Morgengrauen, um den Drecksack zu finden!« Dann lief sie hinauf in den Turm.

Ich trank ein Glas von Velvets Limonade, die sie mir regelmäßig zubereitete.

»Vergiss nicht, das Rezept ist von meiner Mutter, Liebchen. Als sie arm war, mussten sie manchmal Opossum essen, und dazu gab es immer Limonade, aus Familientradition. Starkes Gebräu, aber es überdeckt den Opossumgeschmack.«

Wieder mal war Velvets Limonade so sauer, dass es einem die Zehennägel aufrollte.

Die schaurigen Albträume kamen nachts und sogar tagsüber. Russ Bington jagte mich, kicherte, lachte. Er schlang mir seinen Gürtel um den Hals und zog zu. Eine Fledermaus flog mir aus dem Mund, eine Schlange wand sich hinein.

Er kicherte.

In meinen Träumen bekam ich keine Luft. Der Typ nahm den Meerjungfrauen-Tisch, den Cassandra mir geschenkt hatte, bevor sie von dem Hochhaus in Portland gesprungen war, und zertrümmerte ihn auf meinem Kopf. Die Meerjungfrauen versuchten mich zu beschützen, aber er biss mir trotzdem in den Hals.

Wenn ich spürte, dass ich starb, wachte ich schreiend auf, verschwitzt und gelähmt vor Furcht.

Janie schlief nachts bei mir, nachdem sie eine Stunde lang gestickt hatte. Mein Geschrei weckte sie, und sie fiel ein, was dann Grandma auf den Plan rief, die brüllte: »Mein Motor brennt! Mein Motor brennt!« Henry brabbelte: »Momma, Momma, Momma« und versteckte sich dann im Schrank.

Velvet kam mit wehendem Flanellnachthemd in mein Schlafzimmer gerannt. »Du meine Güte … du meine Güte …«

Wir stolperten in Grandmas und Henrys Zimmer und trösteten die beiden. Ein paarmal hatte einer von ihnen vor Schreck ins Bett gemacht, oder es war sogar beiden passiert, so dass wir sie sauber machen, die Laken abziehen, neue aufziehen und mit Henry den allabendlichen Ablauf wiederholen mussten, der aus Milch, einer Geschichte, einer Rückenmassage, einer Umarmung und dem Zudecken bestand.

Wir gingen alle auf dem Zahnfleisch.

Eines Morgens fand ich Henry neben mir im Bett, seine Hand um meine geschlungen. Auf dem Nachttisch stand ein Glas

Orangensaft. Henry trank nie Orangensaft. Dass er ein Glas mit Orangensaft überhaupt angefasst hatte, war das erste Mal seit zwanzig Jahren.

Als er Orangensaft zum letzten Mal getrunken hatte, war er über beide Ohren mit Beruhigungsmitteln vollgepumpt worden und hatte sich schließlich vor zwei jugendlichen Straftätern auf einem Baum versteckt.

Ich betrachtete sein liebes Gesicht, die braunen Wimpern, die sich über den Wangen bogen. Ich fuhr mit den Fingern durch seine braunen Locken.

Er hatte unglaublich viele Traumata überlebt. Er hatte wieder zu lachen gelernt, fröhlich zu sein, zu vertrauen, voller Mut und Begeisterung zu leben.

Würde ich das auch schaffen?

Würde ich das können?

Sie war wie eine Nonne gekleidet.

Kayla trug den Kopf hoch erhoben, während sie ehrfürchtig das große Holzkreuz berührte, das flach auf ihrer Brust lag. Sie trug ein langärmeliges schwarzes Shirt, einen schwarzen knöchellangen Rock und hatte sich irgendwie einen schwarzen Schleier mit weißem Stirnband zusammengebastelt. Als die Glöckchen an der Tür der Bäckerei klingelten und sie mit Riley und Cecilia hereinkam, musste ich zweimal hinsehen.

»Friede sei mit dir«, grüßte mich Kayla. Sie streckte mir die Hand hin. Ich nahm sie in meine, die mit Mehl und Zimt bestäubt war.

»Friede sei auch mit dir, du seltsames Kind.« Ich wandte mich Riley zu, die ein lila Kopfband mit Strasssteinen trug. »Wie geht's dir?«

»Mir geht's gut, außer dass ich bald kahl wie ein gerupftes Huhn sein werde.« Es sollte ironisch klingen, aber ich sah die Qual in ihren Augen.

»Ich mag Hühner«, sagte ich und umarmte sie.

»Ich auch, aber ich will nicht wie ein gerupftes Huhn aussehen.«

Als die Mädchen meinen malträtierten Körper und mein zermatschtes Gesicht gesehen hatten, waren sie zutiefst getroffen gewesen, was meine Schuldgefühlsskala um zehn Punkte nach oben verschob.

Ich hatte den Mädchen erzählt, ich hätte ein schlechtes Date gehabt.

Wahrscheinlich hatte ich ihnen damit jegliche Verabredungen für alle Zeiten vermiest.

Und ich fühlte mich wie die schlimmste Tante, die je auf dieser Erde herumgewandert war.

Janie kam hinter dem Ladentisch hervor, um ihre beiden Nichten zu begrüßen. Sie hatte Mehl im Haar und grünen Zuckerguss auf der Wange.

»Friede sei mit dir«, sagte Kayla und schüttelte Janies Hand.

»Friede sei mit dir, Schätzchen, aber warum bist du wie eine Nonne verkleidet?«

»Weil ich glaube, dass Gott von mir verlangt, genau das zu sein, und ich will dafür sorgen, dass ich Gottes Stimme höre und nicht die des Teufels. Der ist nämlich gerissen.«

Cecilia stöhnte und ging hinter den Ladentisch. »Ich muss für eine Weile Challah-Teig kneten und zu Zöpfen flechten. Werdet ihr mit den beiden fertig.« Sie verschwand nach hinten.

Riley riss sich ein Haar aus.

»Möchtest du einen Cupcake, Riley?«, fragte ich.

Sie riss sich ein weiteres Haar aus.

»Ich hab dich doch gebeten, das hier nicht zu tun, Miss Dreadlocks.«

Sie zuckte mit den Schultern.

»Hast du vor, dir sämtliche Haare auszureißen?«

»Nein.« Ihr Gesicht fiel in sich zusammen. »Es ist ja nicht so, dass ich es tun will, Tante Isabelle. *Ich muss es tun.* Meine Finger … sie wandern immer in mein Haar. Ich muss es spüren, und ich muss es ausreißen, und direkt danach fühle ich mich besser, aber dann hab ich das Gefühl, hässlich zu sein, weißt du, und ich weiß, dass ich hässlich bin. Ich bin so hässlich.«

»Schätzchen!«, rief Janie und nahm sie in die Arme. »Du brauchst Yo-Yo Ma und Zeit zum Meditieren!«

»Du bist nicht hässlich, Riley, überhaupt nicht.« Ich umarmte sie ebenfalls. »Du hast nur das Depri- und Desaster-Gen der Bommaritos geerbt. Das ist ein Familienfluch. Ich habe Depressionen, genau wie deine Großmutter. Janie zählt und hat alle möglichen Zwänge. Deine Mutter futtert, was das Zeug hält. Kayla probiert Religionen aus und kleidet sich wie eine Nonne.«

»Aber ich bin eine Bekloppte«, sagte Riley und fuhr sich mit den Händen über das Gesicht. »Ich sitze abends vorm Spiegel und nehme mir fest vor, nur ein Haar auszureißen, vielleicht zwei, doch dann vergehen Stunden, und ich bin immer noch nicht fertig! Ich kann nicht einschlafen, bevor ich fertig bin.«

Stille trat ein.

»Warum machst du das denn?«, fragte ich ganz, ganz sanft.

»Es entspannt mich. Wenn ich nervös bin, fühle ich mich danach besser. Aber morgens komme ich mir wie ein Affe vor, weil ich an mir rumzupfe wie die Affen, die sich gegenseitig lausen, und an manchen Stellen bin ich schon kahl!«

Mir war zum Heulen zumute.

Rileys Gesicht fiel noch mehr in sich zusammen. »In der Schule sagen alle, ich bin ein Freak! Ein kahlköpfiger Freak!«

Kinder können so nett sein.

Kayla trat an ihre Schwester heran. »Ich werde für dich beten.«

»Bete, soviel du willst, Kayla«, gab sie gereizt zurück. »Das hilft auch nicht. Ich kann abends nicht mal einschlafen, wenn ich mir keine Haare ausreiße.«

Dann sagte Janie: »Wir Bommarito-Frauen sind alle … auf himmlische Weise einzigartig, überschäumend, fließend …«

»Bei uns ist irgendwo eine Schraube locker«, sagte ich und zog Riley fester an mich. »Und diese lockere Schraube schraubt sich durch die Generationen. Also sei seltsam. Nimm deine Seltsamkeit an. Und rede mit deiner Therapeutin.«

»Ich mag sie aber nicht«, jammerte Riley.

Janie legte den Kopf schräg. »Eine meiner Therapeutinnen sprach mit Geistern, die angeblich um uns herum saßen. Ich bin trotzdem hingegangen.«

Riley hatte sich zweimal geweigert, mit Psychologen zu sprechen, und das dritte Mal war sie davongerannt. Das mit dem Weglaufen und Verstecken war ebenfalls eine Familienkrankheit, genau wie das Verstecken in Wandschränken.

»Warum bist du zur Therapie gegangen?«, fragte Riley.

»Weil ich dachte, ich würde verrückt werden. Meine jetzige Therapeutin verehre ich aber. Sie ist so beruhigend und heiter wie ein Regenbogen, und sie gibt mir nicht das Gefühl, ein Studienobjekt zu sein. Ich habe bestimmte Probleme, und sie versucht, mir zu helfen, mich zu mögen.«

»Magst du dich denn nicht, Tante Janie?«, fragte Kayla. »Der Allmächtige hat dich gesegnet. Du bist eine Bestsellerautorin und hast einen coolen Porsche und ein Hausboot.«

Janie dachte darüber nach. »Das sind nur materielle Werte, Kayla. Die machen dich nicht glücklich, aber ich mag mich lieber, seit wir in Trillium River sind. Ich habe sogar mein Hausboot verlassen. Das ist für mich nicht leicht, manchmal habe ich das Gefühl, keine Luft zu bekommen, und dann muss ich mich hinten in der Bäckerei verstecken und zählen oder klopfen. Aber ich wage es immerhin. Ich glaube, mir wird ein wenig kosmischer Friede zuteil. Außerdem habe ich euch beide. Ich liebe euch so sehr.«

»Vielleicht könnte deine Therapeutin mir auch was von dem kosmischen Frieden abgeben?«, fragte Riley.

Janie schenkte ihr ein Lächeln. »Ich rufe sie an! Hej! Wir könnten zusammen seelenklempnern!«

»Und ich hole dir einen Cupcake«, sagte ich und küsste Riley auf die Wange. »Schokolade, stimmt's? Mit Raspeln?«

Riley nickte und wischte sich eine Träne aus dem Auge. »Ja. Cool.«

»Ich hätte gern den Cupcake mit den Katzen«, sagte Kayla. »Und mach dir keine Sorgen, Riley. Ich hab schon sechs Mädchen verprügelt, die sich über dich lustig gemacht haben, und nehm es auch noch mit anderen auf.«

»Ja, ich weiß, Kayla.« Riley fuhr sich mit den Fäusten über die Augen. »Danke.«

»Keine Ursache. Ich prügel mich gern. Ich bin gut im Boxen. Gott hat mich zu einer Kämpferin gemacht. Friede sei mit euch allen«, sagte Kayla.

Friede sei mit euch beiden Mädchen, dachte ich. Bommarito-Frauen haben es nie leicht im Leben.

Bao hatte nicht gut auf mein geschundenes Gesicht reagiert.

Er hatte mir mehrfach Essen gebracht, während ich zu Hause war, aber wir hatten einander nicht gesehen. Seine Gerichte waren asiatische Kunstwerke. Einmal hatte er ein kleines Haus aus Nudeln geformt, ein andermal eine dreidimensionale Kreation aus kleingehacktem Gemüse geschaffen, eigentlich viel zu schön zum Essen.

Baos Gesichtsausdruck verwandelte sich von Entzücken, mich wieder in der Bäckerei zu sehen, zu blankem Entsetzen.

»Ich verstehe nicht …«, sagte er mit heiserer Stimme. »Dein Gesicht … Ah, Isabelle, Isabelle …«

»Mir geht es gut, Bao. Mir geht es gut. Mach dir bitte keine Sorgen.«

»O Isabelle …« Tränen traten ihm in die Augen, und seine Miene erstarrte. »War das ein Schuss?«

»Bao?«, sagte ich.

Er blinzelte nicht. Sein Mund öffnete sich ein wenig, er war plötzlich wie vor Angst gelähmt, als befände er sich mitten in einem Horrorfilm. »Das war ein Schuss.«

»Bao!«, sagte ich, jetzt lauter. »Bao!«

»Attacke! Attacke!« Er rührte sich nicht, aber sein Mund schloss sich, öffnete sich wieder, und er gab leise, stöhnende Geräusche von sich, während seine Blicke hin und her schossen.

Ich packte ihn am Arm, als er auf Vietnamesisch zu stammeln begann.

Das war ein Fehler. Sofort ging er in Deckung, fuhr die Ellbogen aus, Hände in Karatehaltung. Wieder sprach er abgehackt und schnell. Er kauerte sich zusammen.

Ich ließ ihn los und hob kapitulierend die Hände.

Er stieß ein paar scharfe Befehle auf Vietnamesisch aus und warf sich auf den Bauch.

»Bao«, sagte ich sanft. »Ich bin's, Isabelle. Du bist nicht in Vietnam. Bao ...«

Eine Träne lief an seiner Nase entlang und tropfte von seinem Kinn. Plötzlich rappelte er sich hoch, die Hände in Abwehrstellung, und humpelte hinaus.

Ich sah sein Profil, als er am Schaufenster vorbeihinkte, mit geöffnetem Mund und aufgerissenen Augen, ein Ausdruck schierer Angst. Ich lief ihm nach, so schnell ich konnte, was allerdings nicht sehr schnell war.

Ausgerechnet in dem Moment kamen wie aus dem Nichts zwei Riesenlaster angerumpelt, daher musste ich warten, um nicht umgemäht zu werden. Für einen kleinen, dürren, verängstigten Mann bewegte Bao sich recht schnell.

Nachdem die Laster endlich vorbei waren, humpelte ich den Gehsteig entlang, verlor Bao aber aus den Augen, als er die Hauptstraße verließ und einen von Häusern bestandenen Hügel hinaufschlurfte.

An der nächsten Ecke entdeckte ich Bao wieder, als er gerade ein weißes Gartentor öffnete und hinter sich schloss. Das Tor befand sich an der Vorderfront dreier Reihenhäuser, die unglaublich baufällig wirkten.

Zwei Rasenflächen vor den Häusern waren vermüllt, auf einer stand ein lädierter Wohnwagen, auf der anderen ein altes Auto ohne Fenster, überall lag zerbrochenes Kinderspielzeug herum, und vor dem Haus lungerte ein verlotterter Kerl, der mich hinter dem Qualm seines Joints kaum bemerkte.

Baos Grundstück war ein üppiger Garten Eden, verglichen mit der Wüstenei daneben. Ein gewundener Steinpfad führte zur Eingangstür. Zu beiden Seiten des Pfades wuchsen Blumen und Büsche, und zwei rosa blühende Bäume neigten sich majestätisch über den winzigen Rasen. Ein weißer Spalierbogen führte zur Eingangstür.

Ich humpelte über die Straße und öffnete das weiße Gartentor. Von der Anstrengung tat mir der ganze Körper weh. Ich sah Bao hinter einem Tulpenbaum in seinem kleinen Garten hocken.

»Bao?«, sagte ich und trat näher.

Er redete, jedoch immer noch auf Vietnamesisch. Ich merkte, dass er noch nicht wieder bei sich war. Ich hockte mich vor ihn, er trat mit dem Fuß nach mir und hob die Arme wieder im Karatestil.

»Alles ist gut«, flüsterte ich ihm zu, wischte mir den Schweiß von der Stirn und warf meine Zöpfe nach hinten. »Alles ist gut.« Ich fröstelte, weil mich die ganze Sache an meinen Dad und jene verhängnisvolle letzte Nacht erinnerte, als Dad Momma die Waffe an die Kopf gehalten und er genauso gekeucht hatte, genauso geweint, genauso geschwitzt hatte wie Bao jetzt.

Und Bao war Vietnamese, daher brauchte man kein Genie zu sein, um auf die Idee zu kommen, dass Bao wohl in demselben Krieg gekämpft hatte und sich mit denselben Kriegsdämonen herumschlug wie mein Vater, der zu kaputt war, um noch Vater zu sein.

Bao sprach wieder, und diesmal konnte ich mehr verstehen.

Sein Körper schaukelte vor und zurück, vor und zurück, sein Blick starr nach vorn gerichtet, die Hände in Kampfposition.

Immer wieder hörte ich dasselbe Wort.

Das Wort lautete: *Lauf.*

Lauf, lauf, lauf!

»Sie kommen!«, schrie er. »Sie schießen! Sie schießen auf uns!«

»Keiner schießt, Bao. Wir sind in deinem Garten. Du bist in Sicherheit.«

»Nein!«, kreischte er. »Versteckt euch! Versteckt euch!« Er riss mich an sich, drückte mich zu Boden, schirmte meinen Körper mit seinem ab, er zitterte am ganzen Leibe, verdrehte die Augen, im Geiste war er wieder in Vietnam und bei den Bomben, den Toten, dem Blut und dem Hunger, in der grauenvollen Hölle, die er durchlitten hatte.

18. KAPITEL

In den kommenden Tagen tat ich mein Bestes in der Bäckerei, doch mein Körper fühlte sich immer noch an, als wühlte ein Schwert darin. Ich war erledigt, weil ich im Schlaf die Folterqualen immer neu durchlitt, ich war emotional zerrissen, weil ich so vielen Menschen wehgetan hatte, und außerdem verstört wegen Bao.

Belinda hatte entsetzt den Mund verzogen, als sie mein Gesicht sah, und sich geweigert, bei uns im Laden ihr Nickerchen zu machen.

Sie begann zu weinen und zu jammern, schlurfte hinaus und schüttelte den Kopf. Janie lief ihr nach, aber Belinda holte aus und versetzte Janie einen Hieb gegen das Kinn. Das verstörte Belinda noch stärker, und sie warf die Hände hoch und ließ einen schwarzen Müllbeutel fallen. Ein Fläschchen nach Jasmin duftender Lotion zerschellte auf dem Boden.

Janie wollte sie in den Arm nehmen, doch Belinda schüttelte sie ab und schob ihren quietschenden Einkaufswagen im Laufschritt vor sich her. Ihr Mantel flatterte, ihre Stiefel machten schmatzende Geräusche, und der Kopf ihrer Katze mit der schmutzigen rosa Schleife hüpfte über den schwarzen Müllsäcken auf und ab.

Diese Szene mit der armen Belinda war schlimm genug, aber was ich in Baos kleinem Haus – und ich meine wirklich klein – erfuhr, gab mir fast den Rest.

Baos winziger Garten, von den anderen durch einen weißen Gartenzaun getrennt, sah aus wie der Garten eines Engels.

Ein weißes Rankgitter überragte die eine Hälfte, behängt mit Blumentöpfen. Ein Glastisch und zwei gelbe Schaukelstühle standen in der Mitte des winzigen Rasens, der von blühenden Kirschbäumen und dem Tulpenbaum gesäumt wurde. Blumen und Büsche in allen Farbschattierungen blühten an den Rändern, kein einziges Unkraut war zu sehen.

Er hatte mehrere Spalierbögen mit Kletterpflanzen, deren lila und weiße Blüten fast so groß wie mein Gesicht waren. Eine Sammlung alter Gießkannen auf dem rechten und eine Sammlung von Vogelhäuschen auf dem linken Zaun wirkten so … kunstvoll. Windspiele hingen an Haken, Vogelhäuschen in den Bäumen. In einer sonnigen Ecke, zu der ein winziger Kiespfad führte, hatte Bao einen Rosengarten angelegt.

Während draußen die Schönheit blühte, war es drinnen trostlos, wenn auch absolut sauber und ordentlich.

Bao lebte in einem einzigen Zimmer. Es gab eine winzige Küche, ein akkurates Bett mit einer blauen Decke, einen Holztisch und zwei Holzstühle.

Das war alles. Bis auf drei gerahmte Fotos an der Wand. Dort hatten wir zusammen gesessen, nachdem Bao sich auf mich gestürzt hatte und seine Augen schließlich wieder klar geworden waren.

»Ist das deine Familie?«, fragte ich Bao, während er mit verhärmtem Gesicht den Tee trank, den ich ihm eingeschenkt hatte. Das Foto zeigte Bao mit einer Frau und vier Kindern, alle lächelten vor einem hübschen Haus, das auf beiden Seiten von Dschungelbäumen gerahmt wurde.

»Ja, meine Frau. Meine Kinder. Meine kleinen Kinder. Süße Kinder.« Sein Gesicht war freudlos, aber auch leer, als hätte das Leid alle Gefühle zu diesem Thema ausgelöscht.

»Alle tot in unser Dorf. Alle. Ich war in Wald, wenn das passiert. Als ich komme zurück, unser Haus brennt. Keine Familie mehr.« Er seufzte. »Keine Familie mehr. Nur ich.«

»O Bao.«

»Sie verbrennen Haus. Sie kommen und verbrennen Dorf. Ganzes Dorf. Menschen schreien. Menschen können ihre Kinder nicht finden. Ihre Mütter. Ihre Frauen. Mein Freund, er geht in sein Haus durch Flammen, will Familie retten. Er kommt nicht raus. Ich seh mein Freund nie wieder.«

Ich griff nach Baos Hand.

»Ich geh zu Brunnen und hol Eimer und werf Wasser auf Haus, will meine Familie retten. Ich kann nicht durch Tür ...« Er hob die Hände. »Feuer. Kein Haus. Alles Feuer, aber ich nehm Eimer, bis Nachbar kommt und meine Arme hält. Er sagt, Wasser nützt nichts mehr. Wasser nützt nichts.«

Ich konnte es mir nicht mal ansatzweise vorstellen. Was hätte ich ohne Cecilia und Janie und Henry gemacht? Ohne Grandma und sogar Momma?

»So viele kleine Kinder in unser Dorf. Tot. Die Soldaten, sie kommen wieder, und wir laufen in Dschungel, aber ich bin so wütend, sie haben meine Familie getötet ... Ich lauf raus und sie ...« Er fuhr sich mit der Handkante über den Hals. »Sie schlagen mich mit Gewehren, sie brechen mein Bein, meine Hand, sie denken, ich bin tot, aber mein Nachbar, wenn sie weg sind, er kümmert sich um mich.«

Obwohl mein Körper bereits so viele Schmerzen erlitten hatte, war offensichtlich noch Platz für mehr, denn ich litt mit Bao.

»Ich helfe amerikanischer Armee. Dann hierher gekommen. Amerikaner sagen, ich soll jetzt hier leben, weil ich Amerikaner gerettet hab. Ich komm allein. Keine Familie mehr. Siehst du meine Familie? So schön.« Er seufzte wieder. »Meine Frau schön und klug. Meine kleinen Kinder. Schön.«

Ich blieb noch eine weitere Stunde bei Bao. Wir gingen wieder in den Garten, nachdem wir Tee getrunken hatten, und saßen nebeneinander in den gelben Schaukelstühlen. Wir redeten nicht, wir schaukelten; wir leisteten uns Gesellschaft, das war genug. Welche Worte hätten denn schon Trost spenden können?

Der Wind strich um uns, gelassen.
Die Windspiele klimperten.
Die Vögel zwitscherten.
Bao wischte sich eine Träne von der Wange.
»Ich vermisse Frau.«
Eine weitere Träne lief über seine Wange.
»Ich vermisse Kinder. Meine kleinen Kinder. Ich vermisse sie.«
Ich streckte die Hand aus, und wir hielten uns fest.
Wir schaukelten, während die Windspiele klimperten und die Vögel zwitscherten.
Der Wind hört nie auf.

Als ich an einem sonnigen, windigen Vormittag zu meinen Schwestern auf die Veranda kam, hörten sie abrupt auf zu reden, als hätte man ihnen unsichtbare Knebel in den Mund geschoben.
Das war kein gutes Zeichen.
»Morgen«, grüßte ich und fuhr meine Antennen aus.
»Guten Morgen, Isabelle«, sagte Janie. »Wie geht es dir?« Ihr Gesicht war vom Weinen rot und geschwollen.
»Was ist los, Janie?«
»Wir haben es satt, Isabelle«, blaffte Cecilia.
Janie wimmerte schwach. »Sag es nett, Cecilia. Wie wär's, wenn wir Yo-Yo Ma auflegen?«
»Nein. Kein Yo-Yo Ma, und ich werde es nicht nett sagen.«
»Sie wurde vor zehn Tagen zusammengeschlagen!«
»Weil sie einen fremden Mann in ihre Wohnung gelassen hat, einen Mann, den sie nicht kannte, mit dem sie nicht ausging, einen Mann, nach dessen Namen sie sich nicht mal erkundigte, hab ich recht, Isabelle?« Cecilia schlug mit beiden Händen auf den Korbtisch. »Und er hat sie beinahe umgebracht. Und mich ebenfalls.«
Ich hatte mich nach dem Überfall bei Cecilia entschuldigt,

bis sie müde die Hand gehoben hatte. »Sag kein einziges Wort mehr, ich kann's nicht mehr ertragen.« Ich hatte mich bei Janie entschuldigt, bis sie sagte: »Hör auf, hör auf. Lass uns Tee hören. Und Scones trinken. Und ein wenig Vivaldi essen. Bitte.«

»Janie und ich haben uns schon immer zu Tode geängstigt wegen deiner One-Night-Stands. Wie konntest du uns das antun?«

»Ich habe Angst um dich, Isabelle«, flüsterte Janie. »Ich habe Angst, dich zu verlieren! Ich habe Angst, dass du beim nächsten Mal stirbst!«

»Und ich habe Angst, dass ich dich eigenhändig erwürge, wenn du das noch mal tust!«, brüllte Cecilia. »Wir brauchen dich. Ich brauche dich für mich, für meine Töchter, zur Unterstützung bei Momma und Grandma und Henry. Und Janie braucht dich. Sie hat nicht alle Tassen im Schrank, und wir beide sind ihre einzigen Freundinnen. Du kannst nicht rumlaufen und dein Leben aufs Spiel setzen, wenn all diese Menschen dich brauchen. Das geht mir auf den Senkel. Du gehst mir dermaßen auf den Senkel.«

»Cecilia …«

»Ich glaube nicht, dass ich ohne dich leben kann, Isabelle«, wimmerte Janie. »Du bist mein Licht. Meine positive Energie und die Schwester meiner Seele.«

»Janie«, wimmerte ich ebenfalls.

Cecilia war noch nicht fertig. »Du lebst nicht völlig allein auf dem Neptun, und du hast uns anderen gegenüber die moralische Verpflichtung, am Leben und gesund zu bleiben. Ist es denn zu viel von dir verlangt, dein Flittchenwesen zu zügeln?«

»Du hast versprochen, nett zu sein, Cecilia!«, warf Janie ihr vor und rang die Hände. »Wie wär's mit etwas Orangentee?«

»Ich bin nett, verdammt nochmal! Ich bin nett! Ich hab ihr noch nichts Böses an den Kopf geworfen, oder? Ich habe nicht gesagt, sie sei selbstsüchtig, rücksichtslos, ungebärdig, unmoralisch, und zwar schon seit jeher.«

»Du bist gemein!«, protestierte Janie. »Negatives Karma!«

»Gemein ist, dass meine Nase zweimal in einer Nacht geblutet hat und sich mein Kopf anfühlt, als hätte ich einen Tritt dagegen bekommen. Dass meine Schulter brennt, weil sie einen Mörder in ihr Loft eingeladen hat!«, brüllte Cecilia. »Das ist gemein!«

»He!«

Wir fuhren herum und sahen Henry lächelnd in der Verandatür stehen, sein Haar zerzaust vom Schlaf. Er trug seinen Lieblingspyjama mit der Eisenbahn. »He!«, sagte er noch mal. »He, he!«

»Guten Morgen, Henry.« Cecilias Ärger verflog. Wie immer, sobald Henry auftauchte. Henry war für Cecilia wie eine Wärmflasche, eine gemütliche Tasse heiße Schokolade oder ein lebendiger Teddybär oder alles in einem. »Wie hast du geschlafen?«

»Gut. Ich hab geträumt!«

»Und wovon hast du geträumt, Henry?« Er hatte mich gerettet. Ich sank auf meinem Stuhl zurück, zu meinem Schuldgefühl und meinem Kummer.

»Von ein Frosch, hüpf, hüpf.« Er hüpfte.

»Einem Frosch?« Ich musste lächeln. Auch Janie lächelte. Selbst Cecilias Mundwinkel hoben sich.

»Ja, ja. Ein großer Frosch. Wir sind zum See gegangen. Schwimmen.« Er machte Schwimmbewegungen wie ein Frosch. »He! He! Janie traurig! Cecilia wütend! Du auch traurig, Isi? Wegen bösen Mann? Machen wir eine große Kuschelrunde für alle Bommaritos!«

Mir war nicht danach, mit Cecilia zu kuscheln.

Sie verschränkte die Arme. Sie hatte auch keine Lust, mit mir zu kuscheln.

»Los jetzt! Großes Bommarito-Kuscheln!« Henry lachte und streckte die Arme aus. »Los, los! Kuscheln!«

Cecilia sah mich finster an. Ich konnte es ihr nicht verdenken. Ich hasste mich genauso.

»Kommt kuscheln!«, forderte Henry uns auf. Ich merkte, dass er gekränkt war. »Wollt ihr nicht mit Henry kuscheln?«

Meine Schwestern und ich nahmen ihn in die Arme, Cecilias finsterer Blick immer noch auf mich gerichtet. Janie roch nach Pfefferminz. Cecilia nach Schokolade. Henry roch nach Hoffnung. Er war schon immer unsere Hoffnung gewesen.

Wir umarmten uns, bis Henry zu hüpfen begann. »Wir sind eine Froschfamilie. Froschschwestern, Froschbruder!«

Ich atmete tief durch. »Ich bin damit durch«, verkündete ich meinen Schwestern, während wir wie Frösche hüpften. »Es tut mir leid, wirklich leid, und ich bin fertig damit. Nie wieder werde ich einen One-Night-Stand haben.«

»Gut. Eine verdammte Schande, dass du so lange gebraucht hast, um dich zusammenzureißen, verdammt nochmal«, sagte Cecilia hüpfend. Sie wischte sich eine Träne aus dem Auge, finster blickend.

»Vielen Dank, Isabelle«, sagte Janie mit hüpfendem Pferdeschwanz. »Vielen Dank. Jetzt hat meine Seele Frieden gefunden, und mein Geist ist besänftigt.«

Da waren wir also. Drei Verrückte und ein Normaler, die wie Frösche herumhüpften.

Der Normale war selbstverständlich Henry.

Endlich war ich mutig genug, mich nachts allein unter die Weide ins Gras zu legen.

Die dunklen Zweige erinnerten mich an all die Fotos, die ich von tollen Bäumen gemacht hatte, bevor ich mit dem Fotografieren aufhörte. Ich hatte schon immer was für Bäume übrig gehabt, für ihre Symmetrie, ihre Formen, ihre Persönlichkeit. (Doch, Bäume haben eine Persönlichkeit. Man muss nur genau hinschauen.) Ich wischte mir über die Augen und drückte die Traurigkeit fort, die in mir aufstieg, als ich an meinen ehemaligen Beruf dachte, den ich nicht wiederaufnehmen würde nach dem, was passiert war.

Ich rieb mir die Schulter, auf die der Gürtel niedergesaust war. Ich hatte mit Detective Walter Carrington sowie mehreren anderen Polizeibeamten und Anwälten über Russ Bington gesprochen. Detective Carrington hatte mir versichert, dass Russ nie wieder ohne einen orangefarbenen Overall mit dem Aufdruck HÄFTLING auf dem Rücken das Tageslicht sehen würde und dass er, wenn der Staat Texas sich durchsetzte, demnächst auf dem elektrischen Stuhl brutzeln würde.

Er hatte mich mit seiner rauen, ruhigen Stimme gefragt, wie es mir gehe, und ich hatte ihm geantwortet, ich hätte immer noch Mühe, nicht endgültig den Verstand zu verlieren, aber ansonsten gehe es mir gut.

Obwohl meine Blutergüsse verblassten und meine Knochen heilten, war ich voller Schuldgefühle und nach wie vor total verängstigt. Seltsamerweise war ich jedoch nicht depressiv. Ich wartete darauf, wartete auf die verhängnisvolle Schwärze, die mir so vertraut war, doch aus völlig unerfindlichen Gründen senkte sie sich nicht über mich.

Ich war dankbar.

Zutiefst dankbar, dass ich nicht tot und begraben war. Die Dankbarkeit hielt meist den Tag über an. Wenn ich diesen Weg auch niemandem empfehlen würde, hatte ich doch endlich erkannt, wie sehr ich das Leben liebte.

Mein Spiegelbild und ich redeten nach dem Überfall wochenlang nicht miteinander, aber eines Morgens wachte ich auf und starrte mich an, vor allem meine Zöpfe. Ich hatte abgenommen, mein Gesicht hatte die Farbe von Fensterkitt, und mein Kiefer war so geschwollen, als hätte ich am Kinn fünf Kilo zugenommen.

Doch nach wie vor stand ich aufrecht. Ich lebte noch. Das musste doch wohl für etwas gut sein.

Ich hatte mir das Haar während eines besonders zermürbenden Auftrags flechten lassen, als ich für eine Dokumentation Menschen in einer Klinik im Kongo fotografieren sollte.

Bei der Dokumentation ging es um Fisteln. In diesem Fall um Fisteln, bei denen sich ein Loch zwischen der Blase und der Scheide oder zwischen Darm und Scheide bildete. Durch dieses Loch sickerte ständig Urin oder Kot in die Vagina der armen Frau. In den Vereinigten Staaten ist das mit einer einfachen Operation zu beheben, danach kann die Frau losziehen und sich ein paar Highheels kaufen.

Nicht im Kongo. Der Mangel an medizinischer Versorgung bedeutet, dass eine Betroffene das Problem niemals los wird. Die meisten Frauen und jungen Mädchen in der Klinik, die unter Fisteln litten, hatten Gruppenvergewaltigungen erlitten, manchen waren irgendwelche Gegenstände eingeführt worden.

Andere Frauen lagen in der Klinik, weil schwere Geburten den Blutfluss unterbrochen hatten, so dass das Gewebe abgestorben war, weil Medizinmänner Abtreibungen schlecht ausgeführt hatten oder weil die Frauen Gebärmutterkrebs hatten. Außerdem gab es Mädchen, die schon mehrere Kinder geboren hatten, weil sie als Kinderbräute an fünfzig Jahre ältere Urgroßväter verkauft worden waren. Bei uns gilt das als Vergewaltigung und wird mit langen Gefängnisstrafen belegt. Dort nennen sie es Hochzeit und feiern ein großes Fest.

Die Frauen, die vergewaltigt worden waren oder Fisteln hatten, wurden von ihrer Dorfgemeinschaft ausgeschlossen. Oft wurden sie von ihren Ehemännern und Familien verlassen, endeten mittellos und verarmt und waren dadurch gezwungen, ihren Körper zu verkaufen.

Wir waren dort gewesen, um zu fotografieren, was in der Klinik geschah, in der Ärzte und Krankenschwestern aus der ganzen Welt Fisteln operierten und Hunderten von Frauen halfen. Das Team war mehrere Wochen dort. Ich blieb über ein Jahr, um auszuhelfen.

Ich ließ mir die Haare von einer meiner besten Freundinnen dort flechten, einer Krankenschwester namens Eshe Mwizi. Sie war mit ihren drei Töchtern vor einem gewalttätigen Ehemann geflohen und arbeitete jetzt in der Klinik. Bis heute schicke ich monatlich Geld an die Klinik und werde das auch für den Rest meines Lebens tun.

Die Depression, die mein ganzes Leben lang in Lauerstellung lag, wurde zu einem Monster, als ich aus Afrika zurückkehrte. Sie brachte mich auf schreckliche Gedanken, bis ich so tief in einem endlosen, strudelnden Tunnel versank, dass ich nicht mehr herauskam.

Damals konnte ich fast spüren, wie mein Verstand ausrastete, weil mir in Afrika zu viele entsetzliche Geschichten ins Ohr geflüstert worden waren, weil ich zu viele Monate mit Gewalttätigkeit, Verkommenheit und Krieg konfrontiert worden war, weil ich zu viele Erinnerungen an meine eigene Vergangenheit hatte, um damit fertigzuwerden. Meine genetische Veranlagung zu Depressionen war auch nicht gerade hilfreich.

Ich war und bin noch immer unfähig, mit Cecilia und Janie darüber zu reden.

Mein Psychiater riet mir, mich für ein paar Tage freiwillig einweisen zu lassen, und mich anschließend zu einem längeren Aufenthalt in die Obhut eines ruhigen, teuren Sanatoriums für psychisch Kranke auf dem Land zu begeben. Er sagte das sehr freundlich, aber ich wusste, dass er kurz davorstand, mich in eine Zwangsjacke zu stecken.

Und irgendwo in dem trüben Dunkel meiner Depression wusste ich, dass es nur zwei Möglichkeiten gab – entweder ins Krankenhaus oder direkten Weges in den Sarg.

Also folgte ich seinem Rat. Ich nahm an vielen Gruppensitzungen mit Menschen teil, die in derselben Schlangengrube steckten wie ich. Wir bastelten, malten Blumenbilder und gingen im Garten spazieren.

Ich freundete mich mit einer Zwangsneurotikerin an, neben der Janie nur leicht absonderlich schien. Ich lernte einen paranoid Schizophrenen kennen, der Ingenieur bei der NASA gewesen war und detaillierte Vorträge über die Entwicklung des Space Shuttle hielt, außerdem eine bipolare Künstlerin namens Cassandra, die mir den Meerjungfrauen-Tisch schenkte und später in den Tod sprang, wie ich bereits erwähnt habe.

Eine blonde Ärztin namens Brenda Bernard rettete mir das Leben, und als ich entlassen wurde, hatte ich nicht mehr das Gefühl, Cassandras Beispiel folgen zu müssen.

Ich war nicht begeistert, als depressiv eingewiesen zu sein. Das Stigma psychischer Krankheit bleibt an einem haften, als wäre man geteert und gefedert worden – was absolut lächerlich ist. Du lässt dich gegen Diabetes behandeln, kein Problem, du armes Ding. Du lässt dich gegen Krebs behandeln? Was kann ich tun, um dir zu helfen, Schätzchen?

Du lässt dich wegen einer psychischen Krankheit behandeln? Sofort weichen dir die Leute aus. Verbohrte, unsensible, engstirnige Schwachköpfe, die nie über ihre verflixte Ignoranz hinauskommen werden, dich aber in eine Schublade stopfen, mit irritierenden Samthandschuhen anfassen, herablassend behandeln und glauben, du wärst eine schwache, vielleicht gefährliche, bis in alle Ewigkeit kranke Irre, mit der man sich aus Sicherheits- oder Gesundheitsgründen lieber nicht abgeben sollte. Es geht über ihre Erbsenhirne hinaus, zu kapieren, dass es heutzutage Menschen mit psychischen Krankheiten auch wieder besser gehen kann.

Meine Einweisung musste sein, um mein armseliges Leben zu retten.

Also stimmte ich zu.

Und deswegen lebe ich noch.

Passt das jemandem nicht?

Tja, Pech gehabt.

In der nächsten Woche machte ich auf dem Weg zur Bäckerei bei einem Friseursalon halt. Ich wies die Friseurin an, mir sämtliche Zöpfe abzuschneiden. Sie stritt sich mit mir, weil sie jung und hip war und einen pinkfarbenen Irokesenschnitt und einen Ring in der Nase trug wie ein Stier. »Die sind doch geil ... so cool ... also, wollen Sie das wirklich?«

Ich sagte ihr, sie solle alle Zöpfe kappen.

Sie war nicht glücklich darüber, aber sie tat es.

Als ich aus dem Salon kam, war mein braunes Haar kurz, leicht und lockig. Ich kam mir vor, als hätte ich fünf Kilo abgenommen.

Mein geschwollener Kiefer oder mein lila-grün verfärbtes Gesicht sahen durch den neuen Haarschnitt nicht besser aus, aber ich fühlte mich wie ein neuer Mensch.

Ich war begeistert.

Schlichtweg begeistert.

Janie erkannte mich zuerst nicht, als ich mit gesenktem Kopf an den Ladentisch trat. »Ich bin gleich bei Ihnen«, sagte sie fröhlich, während sie am Zuckerguss einer Hochzeitstorte arbeitete, geformt wie der Mount Hood, weil sich das betreffende Paar in einer Schneehöhle am Mount Hood kennengelernt hatte, bei einer Gruppenwanderung, auf der sie vom Schneesturm überrascht wurden. Alle kamen mit dem Leben davon, zwei verliebten sich.

»Gut, was darf's denn sein?« Lächelnd griff Janie nach dem Bestellblock. Was für eine Veränderung für Janie, der das Reden mit Menschen bisher so unangenehm gewesen war, als würde sie sich einen Zehennagel ausreißen.

Ich lächelte zurück.

Ihr fiel die Kinnlade herunter, und die Augen sprangen ihr fast aus dem Kopf.

»Ach du liebe Güte!«, kreischte sie. *»Ich bin begeistert!«*

Henry war ebenfalls begeistert. Er drückte mich lange fest an sich. »Keine Zöpfe! Du bist immer noch hübsch, Isabelle!« Er stupste meine Nase leicht mit dem Finger an und zerzauste mir das Haar.

Ich habe vielleicht schon erwähnt, dass Henry alle Menschen liebt. Er liebt die Welt. (Außer dem »bösen Mann«, der mir das Gesicht zerdeppert hatte.)

Er liebt Schmetterlinge und Löwenzahn. Er liebt es, hoch oben die Gänse fliegen zu sehen und Spinnen dabei zuzuschauen, wie sie ihre Netze weben. Er liebt es, Kekse zu essen und Spaghetti, und er liebt die Zeichentrickfilme am Samstagmorgen. Er liebt die Sonne, und er liebt Regentage, an denen er seine gelben Gummistiefel anziehen kann.

Er liebt es, Kostproben zu verteilen und dabei »Jesus liebt dich« zu sagen.

Er liebt alles.

Ich vereinbarte einen Besuch bei Momma und fuhr mit meinem Motorrad nach Portland. Einerseits hatte ich nach dem Überfall Angst, so ungeschützt zu sein, aber andererseits tat ich es genau deswegen. Um gegen die Furcht anzukämpfen, damit die Furcht mich nicht in jemanden verwandelte, mit dem ich nicht leben konnte.

Momma lag im Bett, als ich in ihr Zimmer kam, sie trug ihren rosa Morgenmantel und den Schal.

Ich hatte sie vor einiger Zeit angerufen und ihr mitgeteilt, ich könne sie nicht besuchen, weil ich krank sei. Darauf hatte sie geantwortet, ich sei nur krank, weil ich eine »schlechte Esserin« wäre, »dürr wie eine Vogelscheuche« und »zu faul, auf deine Gesundheit zu achten« und so weiter.

»Komm näher, Isabelle«, fuhr sie mich an und zog mein Gesicht zu sich. Ich saß auf dem Bettrand und tat so, als sähe ich die Rüschenbluse unter dem Morgenmantel nicht.

»Um Himmels willen, was hast du diesmal angestellt?«

Ich war zu müde zum Lügen. Sie war zu klug, mir eine Lüge abzukaufen, selbst wenn ich sie in Zuckerwatte packte. »Schiefgelaufenes Date, Momma.«

Sie betrachtete mich lange, drehte mein Gesicht hin und her; ihren grünen Augen entging nichts. »Du hast deine Zöpfe abgeschnitten. Gut. Du bist keine Negerin, weißt du. Die Frisur gefällt mir besser. Abgesäbelt, schlecht geschnitten, aber besser.«

Ich nickte, erschöpft und ausgelaugt, weil ich vor Rückblenden auf den Überfall davonlief.

Dann passierte etwas Bemerkenswertes: In Mommas Augen fiel etwas zusammen, ihr Gesicht wurde weicher, ihre Lippen zitterten, ihr Kinn bebte, Tränen traten hervor, und sie drückte mich an sich. Mehrere Minuten lang ließ sie nicht los und wiegte mich vor und zurück.

Ich weinte in ihren Schal, und sie tätschelte meinen Rücken. »Du wirst es überstehen, Isabelle Marie Bommarito, du bist stark, mein Kind, und du wirst es überstehen. Das kannst du mir glauben.«

Momma nahm mich so selten in den Arm, dass ich mit meinem Regenbogengesicht noch heftiger weinte, bis ich kaum noch Luft bekam.

Sie hatte mich schon einmal so fest umarmt, nach ihrer Abtreibung. Da hatte sie mich an sich gedrückt, weil sie kollabierte, im freien Fall war und jeden Halt verloren hatte.

Sie nahm mein Gesicht in die Hände, ohne ihre Tränen zu verbergen. »Ich bringe den Drecksack um, der dir das angetan hat.«

Bob der Macher rief Janie an und hinterließ eine liebevolle Nachricht über Scones, Tee und englische Gärten. Er klang nervös. Sie rief nicht zurück. Zu große Angst.

Jedes Mal, wenn Pater Mike mich mittwochabends sah, nahm er mich in die Arme.

»Ich wusste, Gott würde die Tür öffnen, und du würdest hereinstürmen und meiner Seele Frieden bringen!«, verkündete er. Oder: »Herr, ich danke Dir für dieses Mädchen.«

Irgendwas musste eines Mittwochs über mein Gesicht gehuscht sein, denn Pater Mike fragte: »Isabelle, Kind, was ist los? Hast du immer noch Albträume? Diese Flashbacks?«

Wo anfangen?

Diese freundlichen Augen blickten in meine.

Warteten.

Werteten nicht.

Sie strahlten Freundlichkeit aus.

Pater Mike bemerkte mein Zögern und führte mich zu einer Kirchenbank. Die Kinder waren bereits bei ihrem Unterricht, wir hatten die ganze Kirche für uns. Wir plauderten, aber das machte Pater Mike nervös, er will immer an den »seelischen Kern« des Menschen heran, daher sagte er: »Lass uns reden, wie der Herr es sich wünscht, liebes Kind, voll Aufrichtigkeit und Vertrauen.«

Und alles sprudelte aus mir heraus.

»Ich verabscheue das, was ich in der Vergangenheit getan habe, Pater Mike. Ich …« Ich holte tief Luft. »Ich … ich schäme mich so. Ich fühle mich so schmutzig, als könnte ich nie wieder sauber werden, nie wieder normal. Ich wünschte, ich hätte nie getan, was ich getan habe, und jetzt bekomme ich es nicht mehr aus dem Kopf. Ich hasse mich für das, was ich getan habe. Wirklich, ich hasse mich.«

»Du verabscheust, was du in der Vergangenheit getan hast? Du hasst dich? Liebes Kind, mein liebes Kind!« Er nahm meine Hände in die seinen. »Leg deine Beschämung und die Vergangenheit, die du verabscheust, Christus zu Füßen, und höre die Botschaft, liebes Kind: Gott liebt dich. Er versteht dich. Er vergibt dir.«

»Nein, das glaube ich nicht.«

Pater Mike breitete die Arme aus wie die Schwingen eines Adlers. Oder eines Engels. »Bittet, und euch wird vergeben.

Und dann, Isabelle, vergib dir selbst. Hasse dich nicht, verbring keine Zeit damit, zu bedauern, was du nicht mehr ändern kannst. Keine Sünde ist zu groß für das Licht Christi.«

»Und wie groß die ist! Wirklich, Pater Mike. Meine Sünden sind gewaltig.«

»Christus ist größer als deine Sünden. Gottes Liebe ist unendlich und immerwährend. Sie ist das Licht. Umarme das Licht, Isabelle. Umarme es.«

Ich beugte wieder den Kopf, der von vielen beschämenden, entmutigenden Erinnerungen überflutet wurde.

»Wenn Christus gewollt hätte, dass wir uns im Bedauern suhlen, hätte er das gesagt. Wenn Christus gewollt hätte, dass wir unsere Vergangenheit und Zukunft von Schuldgefühlen beherrschen lassen, hätte er uns das gesagt. Das hat er aber nicht getan.« Pater Mike umschloss wieder meine Hände. »Wenn Christus gemeint hätte, uns könne nicht vergeben werden, hätte er keine Vergebung angeboten. Gott hätte seinen Sohn nicht für uns geopfert.«

Er lächelte mich an, so klar, so sicher.

»Isabelle Bommarito, ich sehe das Licht Christi hell in dir leuchten. Ich sehe es daran, wie du Gottes Musik in die Herzen der Jugendlichen bringst. Ich sehe es daran, wie du dein eigenes Leben aufgegeben hast, um für deine Mutter, für Henry, für Stella zu sorgen. Ich sehe es an der Liebe, die du für deine Schwestern hast. Ich sehe das Licht Christi aus dir strömen, liebes Kind. Es funkelt regelrecht.«

Ich senkte den Kopf und ließ die Tränen über meine Finger rinnen.

»Gott ist stolz auf dich, Isabelle. Dein Weg hat dich von ihm fortgeführt, aber jetzt bist du aus eigenen Stücken zurückgekehrt. Die Engel im Himmel singen und preisen deine Rückkehr. Christus jubelt.«

Ich wehrte mich nicht, als Pater Mike mich in die Arme nahm und mir über den Rücken strich.

»Herzlich willkommen, liebste Isabelle. Herzlich willkommen im Hause Gottes. Wir sind begeistert, dass du zu uns zurückgekehrt bist.«

Tränen strömten mir aus den Augen, aber durch all die Tränenflut meinte ich, hoffte ich, glaubte ich … einen winzigen Lichtschimmer zu sehen.

19. KAPITEL

Mommas Abtreibung – gefährlich, schmutzig, billig – wurde von einem Arzt durchgeführt, dem die Zulassung entzogen worden war, weil er sich an Frauen in Narkose vergangen und eine ganze Anzahl von Operationen an Long-Island-Millionärinnen verpfuscht hatte. Momma brachte diese Abtreibung nicht nur körperlich fast um, sie tötete sie auch beinahe emotional.

Sie hatte nicht schwanger werden wollen, aber sie hatte ja schon nicht mit diesem miesen Kerl im Wald schlafen wollen. Sie tat es für den Wohnwagen, damit ihre Kinder nicht erfroren.

Kaum jemand hätte diesen Weg gewählt, doch man kann schnell jemanden verurteilen, wenn man sich selbst nicht mit einer heftigen Depression, dem Aufziehen eines behinderten und oft kranken Sohns und dreier Töchter, ohne Dach über dem Kopf, ohne Job, mit leerem Geldbeutel und der Angst vorm Erfrieren herumschlagen muss.

Sechs Monate nachdem wir zu Momma zurückgekommen waren (nach der Sache mit der blutdurchtränkten Matratze), ließ sich die Besitzerin des Modegeschäfts, in dem Momma arbeitete, von ihrem Mann scheiden, weil sie der Meinung war, sie hätte »ein Jahrzehnt zu lange« im selben Trott gelebt. Sie setzte sich nach Italien ab, wo sie bleiben wollte, »bis mir das Geld ausgeht«.

Momma hatte also wieder keinen Job. Henry hatte einen schlimmen Allergieschub, gefolgt von einer Lungenentzündung, weswegen er im Krankenhaus landete. Seine Magenschmerzen verschlimmerten sich bei Stress. Die Arztrechnungen häuften sich. Wir wohnten in einer Sozialwohnung und bekamen Lebensmittelmarken, aber es reichte hinten und vorne nicht. Tagsüber kellnerte Momma, abends legte sie eine weitere Schicht ein, doch durch Henrys Gesundheitsprobleme verlor sie den Job.

Sie verschwand wieder für zwei Wochen im Bett, und wir Mädchen backten ununterbrochen, verkauften Schokoladencremetorte, Kürbiskuchen und rosa Rüschentorte. Wir schrieben Notizen an den Rand von Dads Rezeptbuch. Das tröstete mich seltsamerweise ein wenig. Wenn ein Rezept noch verbessert werden konnte, sollte man das tun. Das hatte ich von ihm gelernt.

Am letzten Tag der zweiten Woche stand Momma auf, bürstete sich die Haare und schlüpfte in ein enges Kleid. Sie versuchte es unter ihrem fadenscheinigen Mantel zu verbergen, aber ich sah es.

Ich wusste, was Momma vorhatte.

Ich bat sie, es nicht zu tun.

Sie schloss mich fest in die Arme. Das war die Umarmung, an die ich mich erinnern kann.

Auf einen rosa Zettel schrieb sie, was wir zu Abend essen sollten und was wir im Haus zu erledigen hätten.

Ich sagte ihr, ich wolle keine Stripperin als Momma.

Sie gab mir eine Ohrfeige. Das ist die Ohrfeige, an die ich mich erinnern kann.

Liebe und Wut – diese beiden Gefühle prägten meine Beziehung zu Momma.

Die Ohrfeige war so heftig, dass mir die Zähne wehtaten.

Es kam wieder Geld herein. Je mehr hereinkam, desto mehr entglitt Momma emotional. Henry hatte weiterhin Gesundheitsprobleme: Bronchitis, Asthmaanfälle, merkwürdige Hautausschläge, Magenschmerzen. Cecilias Ausschläge flammten wieder auf; Janie hatte ihre Migräne.

Momma tanzte nachts und kümmerte sich tagsüber um Henry, wenn er nicht in der Sonderschule war, es sei denn, sie kam nicht aus dem Bett. Dann mussten Cecilia, Janie oder ich daheimbleiben und den Unterricht versäumen.

Eines Nachts wurde Momma auf der Arbeit ohnmächtig, direkt auf der Bühne, und per Krankenwagen abtransportiert. Sechs Tage lag sie wegen Erschöpfung und Lungenentzündung im Krankenhaus. Als sie entlassen wurde, schlugen ihre Kolleginnen vor, Henry in ein Kinderheim zu geben.

Zunächst weigerte sich Momma.

Aber ein paar Abende später wurde sie wieder ohnmächtig, sehr zum Verdruss ihres Chefs, eines fiesen Wiesels. Sie landete erneut im Krankenhaus. Da gab sie schließlich nach.

Zu dem Zeitpunkt war Momma wohl wirklich kurz davor, sich das Leben zu nehmen. Ich hatte sie irgendwann dabei erwischt, wie sie die Dose Rohrreiniger mit starrem Blick fixierte. Ein andermal lehnte sie sich ein bisschen zu weit aus dem Fenster unserer Wohnung im dritten Stock.

Ich zog sie zurück, bevor sie vornüberkippte, und drückte sie an mich. Eine Stunde lang lag sie stöhnend in meinen Armen, stieß tiefe, kehlige Laute aus, fertig mit dem Leben.

Wenn sie niedergeschlagen war, ausgelaugt von Depression und Gewissensbissen, klagte sie: »Ich habe mein Baby getötet. Ich habe es getötet. Glaubst du, dass es ein Junge war, Isabelle? Oder glaubst du, es war ein Mädchen? Ich habe gesagt, dass ich es nicht wissen will, aber jetzt will ich es wissen!« Sie rang nach Luft, als wäre zu wenig Sauerstoff im Zimmer. »Ich konnte kein weiteres Kind bekommen, *ich konnte einfach nicht.* Aber jetzt kann ich es nicht ertragen, mein Baby getötet zu haben. Ich habe es umgebracht. Ich habe mein Baby getötet.«

Ich hielt sie fest und wiegte sie, dann übernahm Cecilia, später Janie, die dabei mehrfach sämtliche Gegenstände im Zimmer zählte.

»Ein kleines Baby … ein süßes Baby …«, murmelte Momma, wenn wir sie ins Bett trugen. »Es ist kein Baby mehr da … kein Baby mehr …«

Ich konnte mir nicht vorstellen, wie Momma ein weiteres Kind hätte bekommen wollen. Wir als Familie wären nicht damit fertiggeworden. Aber die Abtreibung hatte Momma völlig aus der Bahn geworfen.

Kurz danach beschloss Momma, Henry in ein Kinderheim zu geben. Wir stritten mit ihr, aber sie war sehr resolut, was nur zeigte, wie nah sie am Abgrund stand.

Wir hörten auf, mit ihr zu streiten.

So kam Henry im Alter von elf Jahren in ein Kinderheim. Uns wurde gesagt, es würde ihm dort gefallen.

Es ging nicht gut.

Momma verzieh es sich nie.

Das Heim wurde offiziell vom Staat geführt, Momma hatte Anspruch auf finanzielle Unterstützung. Damals galt die Heimerziehung als moderne Methode, mit behinderten oder »unmündigen« Kindern umzugehen.

Wir gingen davon aus, dass Thelma und ihr Mann Trent die Kinder in ihrem eigenen Haus unterbrachten. Wir nahmen an, sie würden auch dort wohnen. Weit gefehlt.

Thelma sah aus wie ein als Frau verkleideter Mann, ein grauhaariger, hässlicher Mann. Trent erinnerte mich an einen Abwassertank. Er roch nach altem Schweiß und verdorbenem Fleisch.

Als wir Henry ablieferten, versuchte er, wieder zu uns ins Auto zu steigen.

»Nein, Henry«, sagte Momma, mit Tränen in den Augen. Sie war dünner, als ich sie je gesehen hatte, war in zwei Wochen um zehn Jahre gealtert, und ihr Körper hatte seit Monaten nicht zu zittern aufgehört. In ihren Augen war kein Leben mehr. »Mein Schatz, ich liebe dich, ich liebe dich so sehr.« Sie hielt sein Gesicht nahe an ihres. »Ich liebe dich.«

Ich unterdrückte den Schmerz, der bei ihren Worten glühend in mir aufstieg. Momma sagte uns Mädchen selten, dass sie uns liebte, daher schrillte ein Dutzend Alarmglocken in meinem Kopf. Endlich begriff ich es: Momma gab Henry in einem Heim ab, weil sie nach einem Ort suchte, an dem er leben konnte, wenn sie nicht mehr da war; sie wusste nämlich, dass man uns Schwestern nicht gestatten würde, für ihn zu sorgen.

Momma drückte Henry lange und fest an sich, durch das Weinen war ihr Gesicht nass und fleckig. Sie war bereits auf dem Absprung.

»Du bleibst hier, Henry«, sagte ich zu ihm und drückte ihn an mich. Selbst als aufgewühlter Teenager wusste ich, dass wir Schwestern alles, was wir hatten, daransetzen mussten, um Momma wieder in die Spur zu bringen. »Wir besuchen dich in ein paar Tagen.«

»Nein. Nein. Momma!« Henry schüttelte den Kopf und fuchtelte mit den Händen. Er trug sein Lieblings-T-Shirt mit dem Smiley darauf.

»Ich geh mit dir. Ich bleib bei Momma und Henrys Schwestern.«

»Henry«, sagte ich, und meine Stimme brach. »Du kannst trotzdem Ausflüge machen. Sie bringen dich zu deinen Arztterminen, und der gelbe Bus kommt und bringt dich in die Schule. Es ist nur für neun Tage, Henry. Am übernächsten Wochenende kommst du nach Hause.«

Henry brach in Tränen aus.

Janie ebenfalls.

»Henry«, sagte Cecilia sanft. Er war der Einzige, zu dem sie sanft war, der Einzige, mit dem sie schon immer sanft gewesen war. »Das wird ein großes Abenteuer. Es wird dir gefallen.«

»Mir gefällt es hier nicht!«, brüllte er mit rotem Gesicht. »Es gefällt mir nicht! Ich geh heim. Ich geh heim mit Momma! Geh heim mit Schwestern!«

Ich glaubte, Momma würde auf dem Gehsteig zusammenbrechen, und stützte sie deshalb. Als sie dennoch zusammensackte und sich ihr Blick noch mehr verschleierte, hielt Janie sie auf der anderen Seite.

Thelma und Trent griffen ein. Sie packten Henry an den Armen, als er unbeholfen zum Auto laufen wollte.

»Der wird sich schon beruhigen«, dröhnte Thelma. Ihre weißen Unterarme schwangen auf und ab wie Pumpenschwengel. »Er wird sich daran gewöhnen. Hört auf, ihn wie ein Baby zu behandeln.«

»Wir behandeln ihn nicht wie ein Baby«, fauchte Cecilia. »Es ist das erste Mal ...«

Henry jammerte und brüllte: »Ich bleib nicht hier! Ich hab meine Momma lieb! Ich hab meine Schwestern lieb! Ich bleib bei euch!«

Momma sackte noch mehr in sich zusammen, als wären ihre Beine aus Gummi.

»Er manipuliert euch«, teilte uns Thelma mit, das Gesicht missbilligend verzogen.

»Henry manipuliert niemanden«, protestierte ich. »Niemals.« Ich hatte Thelma und Trent auf Anhieb nicht gemocht. Sie waren streng und abweisend. Ich zog Momma wieder auf die Beine.

Dass Momma Thelma nicht zur Schnecke machte, war ein weiterer Beweis für mich, wie schlimm es um sie stand. Momma konnte jederzeit jedem den Kopf waschen. Dass sie sich hier geschlagen gab, verunsicherte mich mehr als ihre wütenden Schimpftiraden.

Ich sah zwei spindeldürre Jungen auf der Veranda lungern. Sie hatten beide schwarzes Haar und braune Augen. An ihrem Grinsen war etwas Unheimliches, etwas Seltsames an der Art, wie sich ihre Finger ständig bewegten, ihre Köpfe vor und zurück ruckten. Einer der beiden fuhr sich mit der Handkante über die Kehle, als er sah, dass ich ihn anstarrte.

»Er manipuliert euch durch seinen Wutanfall«, schimpfte Thelma und schleppte den brüllenden und um sich tretenden Henry mit Unterstützung ihres Mannes zum Haus. »Diese Kinder brauchen Regeln und Grenzen wie normale Menschen, und ich sehe schon, dass er die nicht kennt.«

Momma stöhnte in meinen Armen, Henrys hohe Schreie trafen uns direkt ins Herz.

»Ach, hören Sie doch auf!«, brüllte Cecilia. »Henry kennt Disziplin. Er hat Angst, sehen Sie das nicht?«

»Seien Sie nett zu meinem Bruder, oder ich bringe Sie um!«, schrie Janie mit geballten Fäusten.

Mein Kopf fuhr herum. Janie war immer so sanft. Später erzählte sie mir, dass sie nach Hause gekommen war und an dem Tag damit begonnen hatte, gewalttätige Gedanken zu entwickeln.

»Auf Wiedersehen, Miss Bommarito«, sagte Thelma mit aufgesetzter Arroganz. »Ich habe ausführlich mit den staatlichen Stellen über Ihre … *besondere Situation* … gesprochen, und ich kann mit Henry fertigwerden. Ich kümmere mich ab jetzt. Sie gehen nach Hause.«

»Momma!«, heulte Henry. »Cecilia! Janie! Helft mir! Helft Henry! Helft Henry! Isi! Isi! Hilf du Henry!«

»Reiß dich zusammen, junger Mann. Spiel hier nicht das große Baby«, befahl Trent und schob Henry die Verandastufen hinauf. »Verdammt«, sagte er, als Henry ihn in seinen wabbeligen Bauch trat.

Mit grimmig geröteten Gesichtern schleppten Thelma und Trent Henry ins Haus. Die Jungs auf der Veranda lachten hämisch und zuckten mit den Fingern, während Momma emotional ans Ende ihrer Kräfte kam.

Wir mussten Momma davon abhalten, sich umzubringen, daher fuhren wir sie direkt ins Krankenhaus. Ich saß am Steuer. Ich konnte zwar kaum fahren, aber wir hatten es nicht weit. Die Ärzte warfen einen Blick auf sie, warfen einen Blick in ihre Krankenakte und wiesen sie ein. Wir erzählten, wir würden zu unserer Tante Caroline gehen. Sie waren zu beschäftigt, um das zu überprüfen.

Nach sieben Tagen holten wir Momma wieder ab. Langsam fuhr ich sie nach Hause. Es ging ihr etwas besser, sie war ein wenig erholt und hatte neue Medikamente bekommen. Sie hatte immer noch diesen dumpfen, leeren Gesichtsausdruck, als wäre sie gar nicht da. Wie sie für ihren Job wieder Glanz in die Augen bekommen wollte, weiß ich nicht. Aber die Männer waren ja auch nicht da, um ihr in die Augen zu sehen.

»Hallo, Momma«, sagten wir.

»Bringt mich nach Hause«, krächzte sie. »Wie geht es Henry?«

Wir versuchten, uns so wenig wie möglich anmerken zu lassen, wie gekränkt wir waren, dass sie sich nicht nach uns erkundigte.

Das war eine der vielen kleinen Kränkungen.

Am Freitag waren wir um Punkt fünf vorm Kinderheim. Henry stürzte in Mommas Arme, und sie wollten einander kaum loslassen. Er umarmte jede von uns, weinte dabei auf eine Weise, wie ich ihn noch nie gehört hatte; jämmerliche, gequälte Laute quollen aus seinem Mund.

»Was ist passiert, Thelma?«, fragte Momma und hielt Henry umklammert. Sie zitterte immer noch, aber nicht mehr so stark.

»Nichts ist passiert«, gab Thelma zurück und verschränkte ihre altersfleckigen Arme über ihrem Kanonenkugelbauch. »Also, Henry, erzähl deiner Mutter, was du erlebt hast.«

Henry riss die Augen auf. Er warf den Kopf in den Nacken

und heulte, ein Geheul, das aus tiefster Seele kam. »Ich sag nichts, ich sag nichts, ich sag nichts!«

Mommas Gesicht wirkte ebenso entsetzt wie das von Thelma und Trent.

Ich sah, dass die beiden sehnigen Jungen mit dem hämischen Grinsen sich neben dem Haus die Hände vor den Mund hielten, um nicht loszuprusten.

Henry drehte sich zu ihnen um. »Ich sag nichts, ich sag nichts, ich sag nichts!«, schrie er sie an. »Ich sag niiiiichts!«

Ich ahnte, dass da etwas vorgefallen war, wusste aber nicht, was. Damals sprach man noch nicht über diese Art von Geheimnis, und ich wusste nicht mal, dass es dieses Verbrechen gab. Es überstieg meine Vorstellungskraft.

»Henry sollte Ihnen eigentlich erzählen, Miss Bommarito« – Thelmas Oberlippe hob sich angewidert … »dass er mit uns im Zoo war.«

»Ich sag nichts! Ich sag nichts!«, schluchzte Henry und klammerte sich an mich, die Augen fest zusammengekniffen.

»Ich glaube, wir sind hier durch«, sagte Thelma entrüstet. »Ich möchte Ihnen mitteilen, dass wir Henry disziplinieren werden. Das wird ihm vielleicht nicht gefallen, aber er hat es nötig. Wir können nicht zulassen, dass er so außer Kontrolle gerät. Sich so gehenlässt, so klammert. Selbst Menschen wie er können ein paar neue Sachen lernen. Man kann sie abrichten.« Sie wollte die Tür schließen. »Wie Haustiere.«

»Er braucht eine männliche Hand, River«, sagte Trent. »Eine männliche Hand. Frauen sind zu schwach. Ich gedenke, Henry die Disziplin beizubringen, die er nötig hat. Frauen allein können Jungs nicht zu Männern erziehen.«

»Sie fettes Arschloch …«, setzte Cecilia an.

»Pass auf, was du sagst, Fräulein«, brüllte Trent. »Ich seh schon, dass du ganz auf deine Mutter kommst. Du brauchst mal einen Ehemann mit harter Hand …«

»Ich zeig Ihnen gleich, was eine harte Hand ist«, fauchte

ich. »Vielleicht könnte ich Ihr Gesicht wieder in Form prügeln.«

»Halt den Mund, du …«

»Halten Sie Ihren, oder ich tacker ihn zu«, flüsterte Janie. (Diese Zeile tauchte Jahre später in ihrem ersten Buch wieder auf.)

Trent fielen fast die Augen aus dem Kopf.

»Das reicht«, brüllte Thelma. »Wir sehen uns am Sonntag.«

»Ich weiß nicht, ob Sie uns am Sonntag sehen«, fauchte Momma über Henrys Geschrei hinweg.

»Tja, meine Liebe, Ihnen wird wohl nichts anderes übrigbleiben. Sie arbeiten doch nachts, nicht wahr?«

Thelmas Mann feixte. Ich sah, wie er Momma beäugte, und hätte ihm am liebsten eine geknallt. »Ja, Sie sind nachts schwer beschäftigt, was?«

Momma wurde rot. »Komm, Henry. Wir gehen nach Hause.«

»Ich sag nichts, ich sag nichts!«, heulte Henry, seine Arme um meine Taille geschlungen, während ich ihn zu beruhigen und zu trösten versuchte.

Keine Chance.

Wir fuhren nach Hause.

Sobald wir dort angekommen waren, fing Henry an, mit Gläsern um sich zu werfen. Wir mussten in Deckung gehen. Wir mussten uns hinter der Couch verstecken. Wir mussten uns unter den Tisch ducken.

Der ruhige, goldige, liebevolle Henry war außer sich vor Wut.

Ein Glas zerbrach, und Momma schnitt sich in die Hand. Blut quoll heraus.

»Blut! Blut! Blut!«, kreischte Henry, kauerte sich zusammen und hielt die Hände schützend über den Kopf. »O nein! Blut! *Blut! Tut mir leid, Momma! Tut mir leid!*«

Um Henry am Sonntagabend ins Heim zurückzubringen, mussten wir ihm ein Beruhigungsmittel geben.

»Sollen wir ihn nicht doch zu Hause behalten?«, flüsterte Cecilia am Sonntagnachmittag, als sie sich das vierte Eis reinstopfte.

»Er hasst das Heim.« Janie schaukelte beim Sticken vor und zurück. »Eins … zwei … drei … vier …«

»Ich weiß, dass er es hasst.« Ich biss die Zähne zusammen. Meine Nerven lagen blank, mein Kopf brummte vor Stress. »Aber was ist mit Momma? Ich glaube, sie ist kurz davor, vom Dach zu springen.« Das war kein Witz.

»Sie will immer noch sterben«, schluchzte Janie.

»Wir müssen Henry zurückbringen«, beharrte ich. »Vielleicht läuft es diese Woche besser. Momma braucht tagsüber Zeit zum Schlafen und darf sich keine Sorgen machen.« Ich hielt inne. »Entweder wird Henry hysterisch, oder Momma kippt uns weg. Wofür entscheiden wir uns?«

Wir betäubten ihn.

Momma tat zwei Beruhigungstabletten in seinen Orangensaft. Als er eingeschlafen war, schleppten wir ihn zum Auto.

Mommas Hände lagen weiß und zitternd auf dem Lenkrad, sie sagte kein Wort.

Das Wochenende war von Henrys Hysterie überschattet gewesen. Er schwankte zwischen Tränen und Wutausbrüchen. Fünf weitere Teetassen und eine grüne und rote Kristallflasche gingen zu Bruch. Er klammerte sich weinend an uns.

Er schaffte es kaum auf die Toilette, um sein großes Geschäft zu machen. Janie und ich mussten ihm die Hose runterziehen und zur Toilette schieben. Er schrie, als täte es ihm weh, und rief: »Raus, raus, raus! Lasst Henry allein! Lasst Henry allein!«

Wir gingen raus.

Später hatte er Durchfall und sagte, sein Po hätte »Aua«. Wir fragten ihn, was los sei, aber er brüllte: »Ich sag nichts, ich sag nichts!«, und wir bekamen nichts aus ihm heraus.

Wir trugen den schlafenden Henry aus dem Auto in sein Bett im Heim.

In der Tür seines Zimmers schaute Thelma missbilligend zu, wie Momma mit hoch erhobenem Kopf hinaushumpelte.

In der nächsten Woche hatte Momma einen Rückfall.

Sie verbrachte den ganzen Tag im Bett und quälte sich nur abends hinaus, um ins Striplokal zu gehen. Von Minute zu Minute entglitt sie uns mehr. Ich hatte einen ganzen Haufen Schlaftabletten unter ihrer Matratze gefunden, und als ich sie ihr vor die Nase hielt, stöhnte sie nur und schwieg.

Am Dienstagnachmittag sagte sie uns, dass sie uns liebte. Wir waren nach der Schule in die Kirche gegangen, und sie umklammerte ihren Rosenkranz, während sie ihre Gebete sprach.

Schade, dass diese Liebeserklärung vor einem Selbstmordversuch kommen musste. »Ihr seid außer Henry das einzig Gute, das ich in meinem Leben getan habe.«

Da wussten wir, dass sie am Ende war. Fertig mit der Welt. Sie hatte aufgegeben.

»Momma«, sagte Janie. »Bitte tu es nicht. Bitte nicht. Was soll aus uns werden? Aus Henry?«

Momma schüttelte den Kopf und fuhr ins Striplokal, obwohl wir sie angefleht hatten, wieder ins Krankenhaus zu gehen. Wir warteten zu Hause, hellwach im Bett, lauschten auf den Schlüssel im Schloss, voller Panik, dass Momma irgendeine kurvenreiche Straße entlangfahren und nie mehr wiederkommen würde.

Wir fanden einen rosa Zettel auf der Arbeitsplatte. Darauf stand in krakeliger Schrift: »Ich liebe euch.«

Am nächsten Morgen brachten wir eine schwache, fast taumelnde Momma ins Krankenhaus und schwänzten wieder die Schule. Wir schleppten sie zu ihrem Arzt. Die Untersuchung dauerte zwei Stunden, und sie kam mit zwei neuen Pillenfläschchen in der Hand wieder heraus.

Am Donnerstagabend bekamen wir einen Anruf von Thelma, dem hässlichen Mannsweib.

»Henry ist weggelaufen, junge Dame. Wir können ihn nicht finden.« Ihre Stimme schwankte, und ich merkte, dass sogar sie beunruhigt war.

Mein Mund wurde ganz trocken. »Was soll das heißen, er ist weggelaufen?«, brüllte ich. Cecilia und Janie kamen aus der Küche gelaufen und nahmen den Hörer vom anderen Apparat, um mitzuhören.

»Er hat versucht …« Sie verstummte.

»Was hat er versucht?«

»Er war nicht glücklich, als er hier am Montag aufgewacht ist, und hat seitdem ständig versucht wegzulaufen. Wir mussten ihn … fixieren.«

»*Fixieren?*«

»Was zum Teufel ist fixieren?«, rief Cecilia.

»Dazu nimmt man …« Thelma kam ins Stocken. »Man nimmt Lederriemen, die um die Hand- und Fußgelenke geschnallt …«

»Was?« Wir kreischten wie von Sinnen.

»Sie haben Henry festgeschnallt?«

»Sie haben ihn mit Lederriemen gefesselt? *Unseren Henry?*«

»Ich rufe die Polizei!«

»Das haben wir bereits getan«, sagte Thelma. »Sie suchen nach ihm.« Sie murmelte: »Gott hilf mir.«

Ich sah aus dem Fenster. Den ganzen Tag über hatte es geregnet, es goss immer noch in Strömen. Schatten huschten vorbei. Und Henry war ganz allein dort draußen. Durchnässt. Total verängstigt.

»Seit wann ist er fort?«

»Ich bin mir nicht … wir glauben, seit mehreren Stunden … wir sind uns nicht sicher … Jemand hat ihm die Riemen abgenommen, irgendjemand. Ich war es nicht.«

»Was soll das heißen, Sie wissen es nicht? Er ist in Ihrem

Haus. Haben Sie ihn nicht unter Beobachtung?«, kreischte Cecilia. »Und wenn er pinkeln musste? Kacken musste? Wenn er zu Tode verängstigt war? Verdammt nochmal, Sie fette Kuh, wie lange war er fixiert?«

Am anderen Ende herrschte langes Schweigen.

»Wie lange?«, brüllte ich.

»Wir müssen die Behinderten manchmal fixieren, damit sie sich nicht selbst verletzen …«

»Wie lange?«, fuhr Janie sie an. »Sagen Sie es mir, oder ich komme rüber und schlitze Ihnen das Gesicht mit dem Taschenmesser auf.« (Zeile in ihrem dritten Buch.)

»Wir können Behinderten nicht dieselben Freiheiten gestatten wie normalen Menschen, sie sind nicht normal, sie brauchen eine harte Hand …«

»Sie können gleich mal meine harte Hand zu spüren bekommen, Sie dämliche Kuh.« Ich bekam kaum noch Luft. »Also, wie lange?«

Thelma seufzte. »Er wurde zweimal fixiert. Einmal für zehn Stunden, weil er sich nicht beruhigen wollte, dann war Pause. Am Mittwochmorgen gegen zwei Uhr hatte er einen Wutanfall, deshalb mussten wir ihn erneut fixieren.«

Mir schwamm der Kopf. »Aber Sie haben nachts nach ihm geschaut – Sie sind bei ihm geblieben, oder?«

Eine lange Pause. »Nun ja, nein. Mein Mann und ich sagen den Jungs Gute Nacht und gehen dann zum Schlafen in unser Haus nebenan.«

»Sie schlafen nicht im selben Haus?«, fragte ich und musste gegen meine aufsteigende Übelkeit ankämpfen. »Henry wurde allein gelassen, *mit Lederriemen ans Bett gefesselt*? Stimmt das?«

Keine Antwort.

Mir wurde schlecht.

»Das werden Sie noch bereuen«, sagte ich zu ihr. »Das werden Sie noch ganz gewaltig bereuen.«

Ich hängte ein. Cecilia schlug mit der Faust gegen eine Schranktür, die einen Riss bekam. Sofort tat mir die Hand weh. Janie klappte zusammen und fiel zu Boden.

Ich rief die Polizei an, weil ich Thelmas Worten nicht traute.

Erstaunlicherweise wusste man dort bereits von dem Fall und organisierte eine Suche nach Henry.

Unser nächster Anruf sollte sehr viel schlimmer werden.

Eine Minute später hatte ich den Striptease-Club am Telefon. Cecilia schlug wieder auf die Schranktür ein, das Holzfurnier splitterte, und die Knochen in meiner Hand fühlten sich an, als wären sie gebrochen. »Hör auf damit, Cecilia!«, bat ich und hielt mir die Finger. »Hör auf!«

Nach dem zwanzigsten Klingeln hob ein Mann ab. »Ich muss mit River Bommarito sprechen.«

»Sie tanzt, kann jetzt nicht telefonieren.«

»Ich muss mit ihr sprechen.«

»Ruf später wieder an.«

»Ich kann nicht, es ist ein Notfa…«

»Sie kommt jetzt nicht von der Bühne.«

Das Freizeichen summte in meinem Ohr.

Janie setzte sich unsicher auf, Cecilia stützte ihr den Rücken.

»Momma kommt frühestens in sechs Stunden nach Hause. Wir müssen zu ihr und es ihr erzählen«, sagte ich. »Sie muss es erfahren.«

Wir holten tief Luft.

»Auf drei«, wimmerte Janie. »Eins … zwei … drei …«

Wir standen alle gleichzeitig auf, schnappten unsere Mäntel und stolperten aus der Haustür, als verfolgte uns eine Dämonenbande.

Wir rannten durch die nächtliche Dunkelheit zum Striptease-Club und wurden vom Regen vollkommen durchnässt. In der

Ferne hörte ich Donner, Blitze zuckten durch die aufgeladene Schwärze.

Das Lokal hieß »The Gentlemen's Club«. Der Eingang in halbwegs kunstvoller Bogenform war leicht asiatisch angehaucht, daneben standen zwei künstliche Bäume. Fenster gab es offensichtlich keine.

Aber wie es bei diesen Etablissements üblich ist, gab es drinnen keine Gentlemen. Nicht dass ich je in einem Stripclub gewesen wäre, doch das wusste ich bereits als Kind: Gentlemen gehen nicht in Striptease-Lokale.

Keuchend erreichten wir die Rückseite des Gebäudes, denn wir wussten, dass sie uns niemals beim Haupteingang einlassen würden. Wir probierten es an einer Hintertür, dann an der nächsten, doch sie waren alle verschlossen.

Ich biss mir auf die Lippe, bis ich Blut schmeckte. Ich war so wütend, dass ich zu weinen begann.

»Hör auf zu heulen, Isabelle!«, zischte Cecilia, obwohl ihr ebenfalls Tränen über die Wangen liefen. »Du Heulsuse.«

»Halt die Klappe, Cecilia.«

»Nein, halt du die Klappe.«

»Haltet beide die Klappe«, befahl Janie.

Wir warteten darauf, dass sich eine der Hintertüren öffnete, und als sie es tat, drückten wir uns ins Dunkel und schlichen wie Gespenster hinein.

Mit einem Klicken fiel die Tür hinter uns ins Schloss, der Flur wurde nur von einer einzigen Glühbirne erleuchtet. Wir hörten Frauen in einem Raum zu unserer Rechten plaudern, und ich schlich mich um die Ecke. Eine Garderobe. Ich sah drei Frauen, alle mehr oder weniger spärlich bekleidet, das Haar toupiert, stark geschminkt, in billige Parfümwolken gehüllt, aber keine davon war Momma.

Wir schlichen uns an den Betonwänden entlang, an denen der Geruch von jahrzehntealtem Rauch und Alkohol und Hoffnungslosigkeit klebte.

Vielleicht gab es noch einen anderen Raum, in dem Momma sein konnte? Eine weitere Garderobe?

Wir bogen um eine Ecke und befanden uns kurz vor der Bühne. Ein Scheinwerfer strahlte herab, eine Silberkugel drehte sich unter der Decke, Männer johlten und grölten, die Musik hämmerte, und da war Momma, geschminkt, mit einer langen blonden Perücke, sie schwang sich um eine Stange, fast völlig nackt, trug nur eine glitzernde Schärpe über strategischen Stellen ihres Körpers und haufenweise Geld, das in einen winzigen Stringtanga gestopft war.

Janie brach in Tränen aus.

Cecilia machte ein ersticktes Geräusch.

Ich schlang die Arme um mich, weil mir plötzlich eiskalt war. Und schlecht. Mir war übel. Ich war angewidert. Fühlte mich gedemütigt.

In meinem Kopf wurde alles schwarz und starr. Schon damals wusste ich, dass es eine Depression war, die über mich herfiel.

20. KAPITEL

Momma glitt zum großen Finale an der Stange hinunter, warf die glitzernde Schärpe ab, drückte die Schultern durch und verbeugte sich.

Ich sah beiseite und krümmte mich zusammen. Es fühlte sich an, als hätte mir jemand ein Kantholz in den Bauch gestoßen. Cecilia bedeutete mir, Janie neben mir festzuhalten, weil sich ihre Lider schlossen, die Augäpfel zurückrollten, ihre Knie nachgaben. Sie würde jeden Moment ohnmächtig werden.

Wir fingen Janie auf und lehnten sie an eine nikotingelbe Wand im Flur. Sie gab schwache, keuchende Geräusche von sich, als stehe sie unter Schock.

Sobald Janie versorgt war, lehnte auch ich meinen Kopf gegen die raue Wand in dem rauchigen Flur.

Ich wollte diese Männer umbringen.

Ich wollte sterben.

Und für einen kurzen Moment, muss ich gestehen, hasste ich meine Mutter. Ich hatte sie schon oft gehasst, vor allem für das Strippen, aber sie dabei zu beobachten, war noch etwas ganz anderes.

Doch neben dem Hass und der brennenden Wut spürte ich noch ein anderes Gefühl, das sie mir sehr übelnehmen würde, wenn sie davon wüsste: Mitleid. Ich hatte Mitleid mit meiner Momma, weil ihr Leben zu einem düsteren, schmutzigen Albtraum geworden war.

Und in einem Winkel meines selbstsüchtigen Teenagerhirns wusste ich auch: Sie tat es für uns.

Als Janie benommen wieder allein stehen konnte, Cecilia aufgehört hatte, zu fluchen und gegen die Wand zu treten, und mir nicht mehr vor Entsetzen die Galle hochkam, krochen wir zurück in den nur schwach beleuchteten Flur und versteckten uns in einer winzigen Nische neben der Garderobe, nahe der Hintertür. Momma würde uns umbringen, wenn sie uns sah, aber zumindest würde sie nie erfahren, dass wir sie auf der verrauchten Bühne gesehen hatten.

Momma packte mich am Ohr und schleifte mich aus dem Gentlemen's Club. Ich stolperte hinter ihr her, voller Angst, dass sie mir das Ohr abreißen würde, während sie uns alle drei zusammenbrüllte. »Ihr bekommt eine Abreibung von mir!«, kreischte sie. »Ihr habt schon einige dumme Sachen gemacht, aber das hier ist der Gipfel! Ich bin so wütend auf euch, dass ich kotzen könnte! Ja, ich muss gleich kotzen! Verdammt! Das war deine Idee, stimmt's, Isabelle?«

Sie schloss die Tür unseres alten, verbeulten Autos auf und schubste mich hinein, bevor ich ein Wort rausbekam. Im Flur des Striptease-Clubs hatte sie nur einen entsetzten Blick auf uns geworfen, losgebrüllt und Sweatshirt und Jeans übergestreift, doch mir war das bittere Entsetzen, die brennende Scham in ihrem Gesicht nicht entgangen.

Beim Einsteigen schlug ich mir den Kopf an, aber ich krabbelte so schnell ich konnte über den Sitz. Cecilia und Janie warfen sich auf den Rücksitz. Janie hatte vor Schreck Schluckauf, und Cecilia fluchte leise vor sich hin.

Mit zitternder Hand versuchte Momma, den Schlüssel unserer alten Rostlaube zu drehen. Der Motor sprang weder beim ersten noch beim zweiten Versuch an.

»Mist, Mist, Mist!« Sie wischte sich mit beiden Händen die Tränen aus den Augen. »Mist!«

»Momma … Momma.« Ich wedelte mit den Händen. »Momma!«

»Sei still! Ich bringe euch nach Hause, und wir reden später darüber! Ich muss in zwanzig Minuten zurück sein, sonst verliere ich meinen Job!«

»Momma! Momma!«

Ich schrie so laut, dass sie kurz innehielt. Ich atmete tief durch. Was ich zu sagen hatte, würde Momma den Boden unter den Füßen wegreißen, das wusste ich. »Henry ist weg.«

»Wa…as?« Selbst in dem schwachen Licht und dem Regen, der auf die Windschutzscheibe prasselte, konnte ich ihr Gesicht erkennen. Es fiel in sich zusammen, ihr Mund stand offen. »Was soll das heißen, Henry ist weg? Er ist nicht weg! Er ist im Heim.«

»Doch, Momma, er ist weg«, sagte Cecilia. »Sie haben die Polizei gerufen. Er ist weggelaufen.«

Ich schwöre, dass wir auf dem Weg zu Thelma mehrmals auf zwei Reifen um die Kurve schlitterten. Momma brüllte und fluchte. Sie war noch immer in ihrer Depression gefangen, aber der Instinkt, ihr Kind zu retten, setzte sich darüber hinweg.

Thelma, das Mannsweib, öffnete uns schniefend die Tür. Ihre Nase lief, ihr blauer Morgenrock war schmutzig. Der bleiche Trent stand wie ein Panzer hinter ihr. Er roch muffig. Außerdem waren sechs Polizisten da, auf ihren Wagen rotierten die blauen und roten Lichter.

»Was zum Teufel ist hier passiert, Thelma?«, ging Momma auf sie los, ohne auf die Polizisten zu achten. »Isabelle sagt, Sie hätten meinen Jungen mit Lederriemen am Bett gefesselt! Stimmt das, Sie widerliches Weibsstück? *Stimmt das?*«

Thelma versteckte ihr Gesicht hinter ihren Wurstfingern.

»Stimmt das, Ma'am?«, fragte der Polizist verblüfft. »War der Junge fixiert? Davon haben Sie nichts gesagt. Sie auch nicht«, warf er Trent vor und schaute die beiden finster an.

»Wir konnten nicht anders …« Thelma räusperte sich. Trent

knuffte seiner Frau gegen die Schulter, was mir genauso wenig entging wie allen anderen.

Ich hätte sie am liebsten umgebracht. Der freundliche, liebevolle Henry, mit Lederriemen ans Bett gefesselt, allein. Es raubte mir fast den Verstand.

»Beantworten Sie meine Frage!«, schnauzte Momma. »Haben Sie meinen Jungen fixiert?«

Sie nickte. »Es ging nicht anders!«

Trent schüttelte seine Frau grob an der Schulter. »Halt den Mund! Kein Wort mehr! Wir brauchen einen Anwalt.«

Momma kann sehr schnell sein, wenn es sein muss, und ehe wir uns versahen, lag die Frau auf dem Boden. Mit der Faust schlug Momma auf Thelmas Nase ein.

Cecilia, Janie und ich ließen sie gewähren. Als sich die Polizeibeamten einmischten und Momma wegzogen, warteten wir Mädchen nur einen kurzen Moment, dann stürzte sich Cecilia auf Thelma, und Janie und ich knöpften uns Trent vor.

Innerhalb weniger Minuten war der Flur voller Polizisten, die wütende, boxende, tretende Bommarito-Frauen von den beiden schäbigen Gestalten wegzerrten.

Ich wusste, dass die beiden Jungs etwas auf dem Kerbholz hatten, und das erzählte ich auch den Polizisten, die die beiden Ratten daraufhin verhörten.

»Er hat geschrien, weil er gefesselt war«, sagte einer der beiden mit diesem seltsamen Glitzern in den Augen. »Er hat rumgekreischt, aber wir haben nichts gemacht, nur unsere Hausaufgaben, sonst nichts. Dann haben wir unten Tischtennis gespielt.«

Mir entging ihr Gekicher nicht, auch nicht der hämische Blick, den sie wechselten.

»Der ist doch schwachsinnig, ja? Hohle Nuss. Hat immer bloß geweint, während er hier war, und komisches Zeugs geredet.«

Zwei Polizisten hielten mich auf, weil ich mich auf dieses Schwein stürzen wollte.

»Habt ihr die Riemen geöffnet?«

Die Jungs gaben sich zugeknöpft, kicherten wieder.

»Nein«, sagte der Jüngere schließlich. »Der Hohlkopf hat sich selbst befreit. Vielleicht hat er sie ja durchgebissen? Der ist doch ein richtiges Tier. Ich hatte mal einen Hund, der war gescheiter als der.« Wieder zappelten ihre Finger.

»Hört auf, so über Henry zu reden«, befahl ein großer Polizist mit grauen Bartstoppeln.

»Warum? Der hat doch kein Hirn. Der ist nicht normal. Hätte nie auf die Welt kommen dürfen. Den hätte man umbringen sollen, als er noch im Bauch war.«

Das führte zu der nächsten chaotischen Szene. Selbst Momma versuchte, sich auf den Jungen zu stürzen.

Cecilia gelang es, dem einen die Hände um den Hals zu legen, und Janie, die geschickte Janie, kroch über den Boden durch das ganze Durcheinander und trat ihm in die Eier. Er krümmte sich zusammen.

Ich zielte auf den anderen Wichser, aber traf stattdessen einen Polizisten am Kinn. Der gestörte Junge schien meine Wut so komisch zu finden, dass er sich vor Lachen nicht mehr einkriegen konnte. Erst als ich ihm einen Zahn ausschlug, hörte er auf zu lachen.

Während ich ziemlich unsanft hinausgetragen wurde, fuhr sich der andere Wichser mit der Handkante über die Kehle.

Ich zeigte ihm den Stinkefinger. »Das ist dein Ende!«, schrie ich. »Dein Ende!«

Als Momma kurz vor dem endgültigen Zusammenbruch die Polizisten anflehte: »Findet meinen Jungen, bitte findet ihn!«, schlichen wir uns in die Nacht hinaus. Innerhalb von Minuten waren wir klatschnass, Blitze zuckten, Donner grollte, Schatten drohten.

Da verstand ich die Bedeutung von »Es war eine dunkle und stürmische Nacht«.

Aber nie wurde die weißglühende Furcht erwähnt, die damit einherging.

Wir suchten stundenlang im Regen, meine Schwestern und ich, um uns herum zuckten Blitze, gefolgt von Donner, der die Erde erbeben ließ.

Wir entfernten uns vom Kinderheim, den Polizeiautos, Krankenwagen und Suchmannschaften, entfernten uns von Momma, die von einem Sanitäter eine Spritze bekam.

Es war drei Uhr morgens.

»Wo könnte er hingegangen sein? In welche Richtung?«, wimmerte Janie und stellte damit die Frage, die uns immer wieder durch den Kopf ging.

»Wir müssen uns in Henry hineinversetzen«, beharrte ich. »Sobald er von diesen Riemen befreit war, ist er bestimmt weggerannt«, sagte ich.

»Er könnte aus der Haustür gerannt sein, aber die Hintertür wäre auch eine Möglichkeit.«

Wir standen an der Hintertür. Der Wind heulte in den Bäumen.

»Und wenn er aus der Hintertür gelaufen ist, musste er in die Dunkelheit.«

»Henry mag die Nacht nicht, aber wenn er sich verstecken wollte, ist er trotzdem in die Dunkelheit gerannt.«

»Und er wäre so lange gelaufen, bis er nicht mehr konnte.«

Wir machten uns auf, brüllten uns Sätze durch den Gewitterlärm zu.

»Er wäre gerannt, bis er umfiel …«

»Und hätte sich dann wahrscheinlich zusammengerollt und wäre eingeschlafen.«

»Das macht er, wenn er Angst hat oder verstört ist.«

»Genau, dann macht er ein Nickerchen.«

Wir hielten etwa einen halben Meter Abstand zueinander und platschten mit den Füßen durch den Schlamm.

Wir überquerten ein Feld hinter dem Heim, sprangen über einen Zaun und rannten über eine Obstwiese. Wir riefen Henrys Namen und unsere Namen, damit er wusste, wer ihn da suchte. Wir liefen, bis wir ein bisschen müder wurden, und das war der Moment, wo Henry stehen geblieben wäre.

»Ungefähr bis hier müsste er gekommen sein, bis er nicht mehr rennen konnte.«

Der Wind umtoste uns, der Regen prasselte herab.

Wir standen mitten auf einem Bauernhof und riefen erneut nach Henry. Der Wind schien unsere Stimmen mit seinem Geheul davonzutragen. Ein Blitz fuhr in einen Baum, wir erschraken und warfen uns auf den Boden.

Als wir wieder atmen konnten, rief Janie: »Und wo würde er von hier aus hingehen?«

Wir suchten den verschwommenen Horizont ab.

In den Häusern entlang der Felder und in den Farmhäusern in der Ferne brannte Licht.

»Er würde in keines der Häuser gehen.«

»Nein, das sind Fremde.«

Ich spürte, wie die Wut in meinem Bauch brodelte.

»Er wäre jetzt müde.«

»Er könnte nicht mal richtig denken.«

In der Ferne konnte ich einen Baum erkennen, einen dieser großen Laubbäume. »Henry liebt Bäume«, sagte ich.

»Er liebt den Baum vor unserer Wohnung. Da läuft er dauernd hin«, sagte Janie.

»Wenn er Angst hatte und schnell gerannt ist, könnte er im Dunkeln geglaubt haben, es wäre derselbe Baum«, mutmaßte Cecilia.

Wir hetzten über die Felder. Der Boden wurde schlammiger und sumpfiger, der Regen prasselte noch stärker herab und durchnässte uns bis auf die Haut, aber wir rannten weiter.

Als wir zu dem Baum kamen, riefen wir Henrys Namen, voller Hoffnung, dass er unter den ausladenden Ästen lag, in Sicherheit, dort zusammengerollt schlief.

Aber es war kein Henry zu sehen.

Niedergeschlagen sanken wir gegen den rauen Baumstamm. Ich kämpfte gegen die Panik an, die in meiner Brust immer höher stieg.

Wir mussten Henry finden.

Ich konnte nicht ohne Henry leben.

Ich glaube, das konnte keiner von uns.

»Henry!«, schrie Cecilia, den Kopf in den Nacken gelegt. »Henry! Henry!« Ihre Schreie wurden heiserer, das Kreischen eines wilden Tiers, nur war das wilde Tier meine Zwillingsschwester, und ihr Schmerz schlang sich um mein Herz und drückte es zusammen. Ich hielt mir die Ohren zu.

»Henry!« Mein Schrei war urzeitlich, rau und genauso verloren wie Cecilias.

In der darauffolgenden Stille hörte ich die Regentropfen auf den Blättern, Janies unverständliches Flehen, Cecilias abgehacktes Keuchen.

Und dann …

Ein kleines Geräusch.

Leise und tief.

Ich erstarrte. Bestimmt war da ein Tier über uns in den Ästen.

Cecilia und Janie hörten es auch, und wir nahmen uns an den Händen und wichen zurück.

Etwas bewegte sich.

Aber das Etwas trug eine braune Socke, Jeans und ein schwarzes T-Shirt mit einer weißen Cartoonkatze darauf.

Henry. Hoch oben im Baum, zwischen zwei Astgabeln.

»Henry geht heim«, sagte er mit kläglich gebrochener Stimme. »Henry geht heim.«

Zu dritt holten wir Henry herunter und trugen ihn über das Feld.

Er wollte nicht sprechen, seine Tränen vermischten sich mit dem Regen, gelegentlich erhellte ein Blitz das Feld.

Als er Momma sah, wollte er sie zuerst nicht umarmen und nicht von ihr umarmt werden. Mein Herz klopfte laut, als ich das sah. Ich wollte so sehr von Momma umarmt werden, und Henry lehnte ihre Umarmung ab!

»Bin böse auf Momma. Will nicht hier sein. Henry geht heim.«

»Henry«, brachte sie erstickt hervor, »Henry, wir gehen zusammen heim. Du musst da nie wieder hin. Niemals. Du kommst mit uns nach Hause.«

»Okay, Momma. Okay.«

Er ließ sich umarmen. »Bommarito-Kuschelrunde«, sagte er schwach. »Kommt, meine Schwestern. Bommarito-Kuschelrunde. Ich hab euch lieb.«

Wir legten uns die Arme um die Schultern und drückten die Stirn aneinander.

Das war erst der Beginn einer weiteren Tragödie.

»Er ist mehrfach vergewaltigt worden.«

Bei den Worten des Arztes schienen die weißen Krankenhauswände auf mich zuzustürzen.

»Er hat ältere und frische Verletzungen. Es tut mir leid.«

Die Polizisten, Ärzte und Krankenschwestern, die mit Cecilia, Janie, Momma und mir im Konferenzraum saßen, verschwanden aus meinem Blickfeld, während die Wände immer näher rückten, bis ich kaum noch Luft bekam, bis ich nur noch sehen konnte, wie sich der Mund des Arztes öffnete und schloss, doch seine Worte hörte ich nicht mehr.

Ich konnte gar nichts mehr hören. Überhaupt nichts. Als säße ich in einer schalldichten Kabine, während sich um mich herum Menschen hektisch bewegten.

Ich sah, wie Momma die Fäuste ballte, wie sich ihr Mund öffnete und ihr Kopf in den Nacken fiel, und ich war überzeugt, dass sie schrie, aber ich konnte nichts hören. Ich sah, wie zwei Krankenschwestern Momma auffingen, als sie zu Boden sackte, ihr Gesicht eine verzerrte Maske aus Kummer und Wut. Die Schwestern und der Arzt hoben Momma vom weißen Boden auf. Sie hatte den Kopf zurückgeworfen, die Fäuste auf die Augen gedrückt.

Hastig schoben zwei Schwestern eine Trage herein, und Momma wurde draufgehoben. Sie wehrte sich, streckte die Arme nach Henrys Zimmer aus, stieß »Henry, Henry« aus, aber für mich war es lautlos, die weißen Wände um mich herum sogen all den Lärm auf, als würde alles, was Momma sagte und tat, durch einen Trichter geschickt.

Ich sah, dass Janie umfiel, der Polizist hinter ihr sie hochhob und zwei Ärzte zu ihr eilten. Ihre Lippen bewegten sich, und ich wusste, dass sie riefen, doch ich konnte nichts hören.

Ich sah, wie Cecilia herumwirbelte und mit der Stirn gegen die Wand schlug. Sofort bildete sich ein dumpfer Schmerz in meinem Kopf. Ein Polizist und ein Arzt zerrten Cecilia gewaltsam von der Wand weg. Sie bog den Rücken durch, drehte ihren Kopf ruckartig zu mir herum, und ihre Tränen und das Blut von ihrer Stirn trafen mich im Gesicht.

Sie brachten auch Cecilia weg.

Bald war ich allein inmitten der weißen Wände.

Alles war still.

Henry kam nie wieder in ein Heim.

Er wollte weder uns noch der Polizei erzählen, was passiert war.

Erst als ich der Polizei in Henrys Gegenwart von den beiden gemeinen Jungen im Kinderheim berichtete und Henry mit Singsangstimme immerzu wiederholte: »Ich sag nichts, ich sag nichts, ich sag nichts, nicht Schwestern töten, nicht Schwestern töten, nicht Momma töten, nein bitte, nein bitte, nein bitte, nicht Henrys Schwestern töten!«, wussten Cecilia, Janie und ich, dass wir unsere Vergewaltiger hatten.

Die Beamten wechselten einen Blick mit uns und eilten hinaus.

Eine Woche lang wich Momma nicht von Henrys Seite. Wir gingen nicht zur Schule. Als klar wurde, dass Momma ihren Job im Club verlieren würde, backten wir wie die Wilden, verkauften unsere Kekse, Kuchen und Torten von Tür zu Tür, an die Lehrer in der Schule, sonntagmorgens vor der Kirche, vor der Bücherei.

Wir vergaßen nicht, das Mehl zweimal zu sieben, mit leichter Hand Zuckerguss zu träufeln und niemals etwas anbrennen zu lassen, so wie unser Dad es uns beigebracht hatte.

Wir kamen mit dem Geld klar, zwar nicht besonders gut, und wir konnten damit auch nicht Henrys Krankenhausrechnung bezahlen, aber wir kamen hin.

Und was geschah mit den Jungs, die Henry vergewaltigt hatten?

Sie knickten innerhalb weniger Minuten ein. Als ich älter war, las ich die Verhörprotokolle. Sie erzählten, sie hätten Henry selbst vergewaltigt, auch mit Bleistiften und einmal mit einem Schraubenzieher. »Ich konnte nicht anders, weil er nicht die Klappe halten wollte«, sagte der eine. »Dauernd hat er nach seiner Mommy und seinen Schwestern geheult. Wie ein Baby. Ich musste ihm zwei Socken in den Mund stopfen, damit er still war. *Zwei Socken! Nicht eine, zwei!*«

»Wir hatten unseren Spaß mit ihm«, sagte der andere. »Der hat doch einen an der Klatsche. Kriegt gar nicht mit, was passiert. Sein Gesicht steckte im Kissen. Es hat ihm gefallen. Ich sag Ihnen, es hat ihm gefallen. Außerdem, wer wird denn sonst je mit dem bumsen? Wir haben ihm einen Gefallen getan. Jetzt ist er keine Jungfrau mehr. Er ist ein Schwuler.«

Momma nahm sich eine ehrgeizige junge Anwältin, die begierig darauf war, sich in einer Männerwelt zu beweisen, und sie verklagte das Kinderheim und den Staat. Henry konnte nicht aussagen, aber die Ärzte sagten aus. Die Polizei sagte aus. Und ein vierter Junge, der auch in dem Kinderheim war, sagte aus, er sei ebenfalls von den Jungen belästigt worden.

Trents Vorstrafe als Kinderschänder sprach nicht zugunsten des Staates, ebenso wenig die Tatsache, dass er und Thelma im Nebenhaus schliefen, obwohl sie das Gegenteil behauptet hatten.

Dazu noch die freimütigen Geständnisse der Jungen, mehrfach wiederholt, als wären sie stolz darauf, und das Urteil konnte nur einstimmig ausfallen. Die Jungs wurden in einer Einrichtung für jugendliche Straftäter untergebracht, bis sie einundzwanzig waren, dann für weitere fünf Jahre in einem Gefängnis.

Etwa zwanzig Jahre später kam ein Buch über die grauenvollen Zustände in dieser Einrichtung heraus, und der Autor, der zur selben Zeit wie Henrys Vergewaltiger dort gewesen war, verdiente einen Haufen Kohle damit.

Im Urteil gegen das Kinderheim und den Staat wurde Momma eine gewaltige Entschädigungssumme zugesprochen. Henrys sämtliche Arztrechnungen wurden vom Staat und den Veteranen bezahlt, die auch hinzugezogen wurden. Die junge Anwältin eröffnete eine eigene Kanzlei und verteidigt bis zum heutigen Tag die Opfer der schlimmsten, gefährlichsten Verbrecher.

Also hatten wir finanziell gewonnen, aber die ganze Geschichte hatte alles vernichtet, was von Mommas emotionaler Kraft noch übrig war. Sie war ausgelaugt.

Total am Ende.

»Wir fahren nach Hause«, sagte sie eines Abends zu uns, die Schecks in ihrer zitternden Hand, ihr Körper hinfällig und ausgelaugt, ihr Geist gebrochen. »Wir fahren nach Hause zu Grandma. Packt eure Sachen, Mädels!«

Dafür brauchten wir höchstens zwanzig Minuten, denn mehr war von unserem Leben nicht übrig. Unser Auto gab auf halber Strecke nach Trillium River den Geist auf, und Momma stellte einen Scheck für einen kaum gebrauchten Minivan aus, der sofort ansprang, als Momma den Schlüssel umdrehte. Der Motor schnurrte. Wir fanden, dass es das schönste Auto war, das wir je gesehen hatten. Die Polstersitze waren so bequem, dass ich dachte, man könnte auch ganz gut in dem Minivan wohnen, wenn es sein musste.

Unterwegs übernachteten wir in Hotels mit Swimmingpool und bekamen zweimal Hamburger und Milchshakes. Momma kaufte uns neue Kleider. Sie kaufte Janie Stickzeug, Cecilia Bücher, Henry ein neues Damebrett und mir einen Fotoapparat. Wir fühlten uns wie im Himmel.

Grandmas Queen-Anne-Haus war ein sicherer Ort. Sie erwies sich sofort als ein beständiger – wenn auch launenhafter – Fels in der Brandung. Wir gingen zur Schule, Grandma half bei Henry, der vollkommen verstummt war, und Momma legte sich ins Bett.

Als Momma zwei Monate später wieder aufstand, benutzte sie einen Teil der Entschädigungssumme, um die Bäckerei zu eröffnen.

Für mich war das Vergewaltigungsgeld, aber wir brauchten es.

21. KAPITEL

Eines Nachmittags später in dieser Woche setzte ich mich auf mein Motorrad und fuhr zu Momma. Ich hatte immer noch Albträume, immer noch Angst, aber ich funktionierte. Darauf war ich stolz. Manchmal müssen wir uns dafür loben, einfach nur zu funktionieren, finde ich. Aufzustehen und einen weiteren Tag in Angriff zu nehmen.

Ich hatte mich vorher bei Momma angekündigt. Von Sinda wusste ich, dass Momma an diesem Morgen im Bunco-Club gewesen war, bevor ihre Frauenrunde zum Lunch ging.

»Ach, ich fühle mich schwach«, erzählte sie mir am Telefon mit leiser Stimme. »Völlig ermattet. Bin tagelang nicht aus dem Bett gekommen. Tagelang! Ich habe den Arzt geholt, um mit ihm über meine Gesundheit und die mangelnden Fortschritte zu sprechen.«

Ich verkniff mir das Lachen.

Als ich ankam, lag sie im Bett, im Morgenmantel, das Licht gedämpft, die Vorhänge gegen den strahlenden Sonnenschein zugezogen.

»Momma?«, fragte ich. »Momma?«

Ihre Augen waren geschlossen. Langsam öffnete sie die Lider.

»Isabelle«, krächzte sie.

»Hallo, Momma.« Ich beugte mich hinunter, küsste sie auf die Stirn und verkniff mir wieder das Lachen.

»Pass bitte auf. Mir tut alles weh. Ich kann mich kaum bewegen.«

»Tut mir sehr leid, das zu hören, Momma.«

Sie öffnete ein Auge. »Dein Gesicht sieht nicht mehr so schlimm aus, Isabelle.« Sie griff tatsächlich nach meiner Hand und hielt sie fest.

Ich war gerührt.

»Jedes Mal, wenn ich an den Mann denke, der dir das angetan hat, will ich ihn umbringen, und jeden Morgen, wenn ich aufwache und weiß, dass er bald auf den elektrischen Stuhl kommt, bin ich froh. Verdammt froh.« Sie räusperte sich. »Du bist eine hübsche Frau, Isabelle. Eine gute Frau.«

»Danke, Momma.« Wir saßen ein paar Augenblicke zusammen, und ich wärmte mich an dieser so seltenen Mutterliebe.

»Allerdings bist du zu dünn.« Sie spießte mich mit ihren Smaragdaugen auf. »Spindeldürr. Wie eine Vogelscheuche. Sieh zu, dass du was auf die Knochen bekommst. Cecilia ist immer noch zu fett, ich hab ihr gesagt, dass sie abnehmen muss, und als Janie hier war – oh, dieses Geklopfe!« Sie verdrehte die Augen. »Und dieses Zählen! Das hat sie nicht von meiner Seite der Familie, so viel ist sicher!«

Damit lief das Fass über. Ich musste Momma einfach ärgern. Ich bin eine so *böse* Tochter. Ich räusperte mich. »Momma, es gibt etwas, worüber ich mit dir reden muss.« Ich holte tief Luft. »Du musst zurückkommen und in der Bäckerei arbeiten. Wir brauchen ...«

Momma riss die Augen auf und setzte sich im Bett auf, als hätte sie eine Feder im Rücken. »Das kommt überhaupt nicht infrage!«, schnaubte sie. »Hast du mir denn nicht zugehört? Bist du taub geworden, Isabelle Bommarito?« Sie hustete mehrfach, kniff die Augen zusammen, als kämpfte sie gegen einen gewaltigen Schmerzanfall, und ließ sich wieder in die Kissen fallen.

Ich biss mir auf die Lippe.

»Ich bin krank!«, krächzte sie. »Der Arzt wird mich in dieser Verfassung niemals aus diesem Rattenloch entlassen. Niemals.«

»Aber wir brauchen dich.«

»Das müsst ihr schon allein schaffen, Isabelle. Du und deine Schwestern. Ich habe jahrelang hart gearbeitet.« Sie wurde rot vor Zorn. »Ihr drei werdet zusammen doch wohl die Arbeit einer Einzelnen bewältigen. Könnt ihr Mädels das nicht?«

»Es ist schwer, Momma …«

»Genau wie das Leben, so ist es nun mal!«

Beinahe hätte ich laut gelacht.

»Momma, ich merke, wie dieser Besuch dich ermüdet. Schlaf du ruhig ein bisschen. Ich bleibe an deinem Bett sitzen, bis du eingeschlafen bist.«

»O Gott, nein!«, entfuhr es ihr. Wieder sprangen ihre Augen auf. »Du bleibst *nicht* hier.«

Ich unterdrückte das Lachen in meiner Kehle. Ich wusste, dass sie in wenigen Minuten aufbrechen musste, um sich *Das Phantom der Oper* anzusehen. Vorher wollte sie im Zentrum von Portland essen gehen. Momma hatte schon immer *Das Phantom* sehen wollen. Solange ich mich erinnern konnte. Sie kannte alle Songtexte auswendig.

»Aber ja doch, Momma. Schlaf ruhig. Ich bleibe hier sitzen. Ich hab ja sonst nichts zu tun.«

Sie erdolchte mich mit ihren strahlend grünen Augen. Ich tat so, als würde ich ihre rote Seidenbluse unter dem Nachthemd nicht sehen. Vermutlich hatte sie sich das Nachthemd in aller Eile über den Kopf gezogen, als sie mich kommen hörte.

»Du gehst jetzt. Ich lasse mich nicht von meiner Tochter anstarren, während ich schlafe. Fahr nach Hause, Isabelle. Ich komme hier schon zurecht. Allein.«

Seufzend ließ sie sich mit geschlossenen Augen wieder in die Kissen fallen. Sie räusperte sich. Sie hustete.

»Na gut, Momma.« Ich hielt inne. Oh, wie sehr es mir gefiel, sie zu quälen. »Bist du dir wirklich sicher? Ich würde gerne bleiben. Ich bin auch ganz leise.«

»Du gehst jetzt auf der Stelle, junge Dame. Auf der Stelle. Hast du mich verstanden?«

Ich seufzte. »Okay, Momma.« Ich beugte mich vor, gab ihr einen Kuss und verabschiedete mich.

Ich verließ das Zimmer, öffnete im Flur einen Wäscheschrank und schlüpfte hinein. Die Tür ließ ich einen Spaltbreit offen. Ungefähr drei Minuten später kam eine Gruppe älterer Menschen lachend und plaudernd den Flur entlang. Sie waren festlich gekleidet, blieben vor Mommas Zimmer stehen und klopften an.

Die Tür schwang auf, und Momma trat heraus, prächtig ausstaffiert mit einem glänzenden, purpurroten Kleid und einem Spitzenschal, den ich noch nie gesehen hatte. Sinda hatte erzählt, Momma sei einkaufen gewesen …

»Wunderschön, River, wunderschön!«

»Bravo!«, rief einer der Männer. »Bravo!«

Momma lächelte. Das tat mir in der Seele weh. Ich hatte Momma so selten mit solcher Hingabe und Freude lächeln sehen.

»Seid ihr bereit?«, fragte sie und gab jedem ein Blatt Papier. »Ich habe die CD vom *Phantom* in meiner Handtasche, wir können alle im Auto mitsingen …«

»Oh, wunderbare Idee, River!«

»Hervorragend! Ich bin das Phantom …«, sang ein Mann im Bariton. »Das Phantom der Oooper!«

Ich hielt mir die Hand vor den Mund. Als ich mich vergewissert hatte, dass Momma fort war, ließ ich meinem Lachen endlich freien Lauf.

Ich fragte mich, ob wir sie je wieder nach Trillium River bekommen würden.

Einige Tage später musste sich Henry hinlegen, weil er müde war und »Bauchweh« hatte.

»Wenn ich so geh«, sagte er und beugte sich ein bisschen vor, »tut es weh. Aber wenn ich so geh«, er lehnte sich zurück, »ist es besser.«

Er war traurig, weil er zum Tierheim wollte, aber wir es nicht erlaubten.

»Die Hunde brauchen meine Liebe!«, protestierte er.

»Ja? Genau wie ich, mein Großer. Komm, ich les dir was vor. Wir lesen deine Lieblingsbücher.«

»Okey-dokey!« Er lächelte, und wir gingen nach oben. »Du bist hübsch, Isi.«

Ich dankte ihm. Mir fiel auf, dass er nicht so schwungvoll wie sonst ging. Ich rief im Tierheim an und teilte mit, dass Henry nicht kommen würde.

»Das ist aber schade«, sagte Paula Jay, die Leiterin. Sie ist eine ehemalige Staatsanwältin, etwa fünfundsechzig Jahre alt und ein Engel für alle Tiere.

»Wir haben Henry so gern! Letzte Woche haben wir zwei Pitbulls bekommen, die für Hundekämpfe eingesetzt wurden. Sie waren vernarbt, verängstigt und nervös. Warum lassen Männer ihre Hunde gegeneinander kämpfen? Wir sollten diese Männer einsperren und sie selbst kämpfen lassen, diese widerlichen Kerle. Wo war ich stehengeblieben?«

»Bei den Pitbulls.«

»Ah ja. Diese Pittbulls hatten abgeschliffene Zähne, damit sie als Opfer für andere Kampfhunde eingesetzt werden konnten. Verstehen Sie, was ich meine, Schätzchen? Andere Pitbulls sollten diese beiden angreifen, weil sie sich nicht wehren konnten mit ihren abgeschliffenen Zähnen. Die armen Hunde, ich würde diesen Männern die Zähne mit dem Hammer ausschlagen! Oh! Wo war ich stehengeblieben?«

»Bei den Pitbulls.«

»Ja, also wir befürchteten, die beiden einschläfern lassen zu müssen, aber dann kam Henry, Ihr Henry, und setzte sich vor den Zwinger. Die beiden Hunde verkrochen sich in einer Ecke, bellten und winselten. Aber Henry, Ihr Henry, der redete und sang, und am dritten Tag legte sich Henry auf den Bauch, und die Hunde kamen zu ihm, Nase an Nase. Wenn Henry jetzt kommt, du lieber Himmel, dann springen diese Hunde herum, so freuen sie sich, ihn zu sehen. Und wir müssen sie nicht mehr einschläfern, weil wir wissen, dass wir sie eines Tages einem netten Besitzer geben können, zum Glück. Warum nur lassen Männer ihre Hunde gegeneinander kämpfen? Ich würde diese Kerle am liebsten sterilisieren, wie wir es mit den Hunden machen, nur ohne Betäubung, das würde sie zur Ruhe bringen. Wo war ich stehengeblieben?«

»Bei Henry.«

»Ja, ein lieber Junge, und wir werden ihn heute vermissen. Grüßen Sie ihn schön von mir, ja? Er kommt doch bald wieder?«

Ich versicherte ihr, dass ich die Grüße ausrichten würde, und wir legten auf.

Alle lieben Henry.

»Bleibst du, Isabelle?«

»Klar, Henry. Ich werde immer bei dir bleiben.«

Ich küsste ihn auf die Stirn.

Ich wartete, bis er eingeschlafen war, und legte ihm noch eine weitere Decke über. Ich betrachtete ihn, sein Mund stand offen, seine schrägen Augen waren geschlossen.

»Ich hab dich lieb, mein Bruder Henry«, flüsterte ich.

Geburtstagstorten zu backen, war eine weitere Stärke der Bommarito-Schwestern.

Wer einen normalen Kuchen wollte, konnte ihn im örtlichen Lebensmittelgeschäft kaufen. Aber wenn jemand eine ganz besondere Torte wollte, mit allem Drum und Dran und noch ein bisschen mehr, dann waren wir die richtige Adresse.

Wir backten gelb und orangefarben gestreifte Gecko-Kuchen, Pandabären mit rosa Schürzen und Marienkäfer-Kuchen mit Fühlern aus Lakritz.

Ein Mann mit Irokesenschnitt wollte einen Kuchen in Form einer Gitarre für eines seiner Bandmitglieder, und eine Frau wollte einen besonderen Kuchen für ein Frauen-Wochenende, daher backten wir einen Riesenkuchen in Form einer Weinflasche. Der Wein hieß »Frauenpower«.

Eine Lokalzeitung brachte Fotos, und wir wurden mit Bestellungen überhäuft.

Da die Schulferien begannen, konnte Cecilia ganztags mitarbeiten. Sonst hätten wir noch zwei Leute mehr einstellen müssen.

Bommaritos Bäckerei boomte.

Momma würde zweifellos im Sechseck springen, wenn sie sah, welche Veränderungen wir eingeführt hatten.

»Wer ist das?«, fragte Janie und schaute aus dem Schaufenster der Bäckerei. »Ich habe ihn schon gestern und vorgestern gesehen.«

»Keine Ahnung«, erwiderte ich.

Die Nischen und Tische der Bäckerei waren vollbesetzt. Samstagmorgens ging es bei uns zu wie im Schlussverkauf. Und das nur, weil wir zum Kauf eines Gebäckstücks eine kostenlose Tasse Kaffee anboten. Egal, welches Teilchen. Auch darüber würde Momma im Sechseck springen.

Bao war hinten und machte zusammen mit Belinda Zitronenschnitten mit Puderzucker. Wir hatten Belinda mit einfachen Arbeiten beauftragt, die sie gut erledigte. Bao ging sanft und freundlich mit ihr um, und Belinda liebte ihn. Zuerst hatte die Vorstellung von geregelter Arbeit ihr Angst gemacht, aber dann hatte sie sich beruhigt. Sie murmelte manchmal vor sich hin, machte Punkt zehn ein Nickerchen, war aber ansonsten eine beständige, lächelnde Arbeitsbiene.

Über dem Geschäft befand sich ein größerer Raum mit zwei Fenstern und einem Bad, den wir Belinda überlassen hatten, nachdem wir uns am Riemen gerissen und beschlossen hatten, auch mal anderen zu helfen statt nur uns traurigen Personen.

Wir kauften einen Kühlschrank, eine bequeme Couch, zwei Sessel, einen Fernseher, Läufer, Kissen, ein paar Lampen, einen Tisch mit vier Stühlen und schoben ein Doppelbett mit einer rot-gelben Überdecke an eine der Wände. Auf Herd und Mikrowelle verzichteten wir – was herzlos klingt, aber wir befürchteten, dass Belinda uns das Haus abbrennen könnte.

Nachdem sie eines Tages achtzig Cupcakes für ein Firmenfest glasiert hatte, nahmen wir sie mit nach oben.

»Würdest du hier gerne wohnen, Belinda?«, fragte Janie.

Belinda fiel die Kinnlade herunter. »Hier?«

»Ja, hier.«

Ihr Gesicht begann zu strahlen. »Es ist wunderschön.« Es fiel in sich zusammen. »Ich hab kein Geld.«

»Doch, hast du«, sagte ich. »Du hast jetzt einen Job. Du arbeitest für uns, und du kannst hier wohnen, und wir geben dir noch zusätzliches Geld für Essen, Kleidung und Katzenfutter.«

»Joe kann auch mitkommen?«, fragte sie hoffnungsvoll.

»Joe kann mitkommen.«

Joe war der räudige, abgemagerte Kater mit der schmutzigen rosa Schleife, den Janie heimlich zum Waschen in den Tiersalon brachte, während Belinda arbeitete. Ich nahm mir vor, eine neue Schleife für den Kater zu kaufen.

Janie und ich stellten Belinda an diesem Tag unter die Dusche. Als sie herauskam, überreichten wir ihr neue Jeans, ein T-Shirt und ein Sweatshirt, neue Schuhe und Socken. Wir legten ihre anderen neuen Sachen – Jeans und Hosen, T-Shirts, zwei Pullover, Socken und Unterwäsche, Tennisschuhe und eine Jacke – in die Kommode. Ihre alten Kleider nahmen wir mit und warfen sie weg.

Sie hatte ihren Einkaufswagen, daher halfen wir ihr beim

Sortieren und warfen alles weg, als sie sich umdrehte. Sie bemerkte es gar nicht. Wir gingen, als sie mit Joe auf dem Schoß eine Seifenoper im Fernsehen schaute.

Ihr Gesicht verriet mir alles, was ich sehen wollte: Sie hatte Frieden gefunden.

Also arbeiteten Belinda und Bao bei uns, und wir starrten den fremden Mann draußen an.

»Ich hab ihn schon mal gesehen«, sagte Janie. »Die weiße Taube. So nenne ich ihn, wegen der vollen weißen Haare. Ich hab ein paarmal gesehen, wie er das Haus betrachtete …«

»Dann lass uns gehen und die weiße Taube kennenlernen«, sagte ich.

Aber wir brauchten gar nicht zu ihm zu gehen.

Der hochgewachsene, schlanke Mann kam humpelnd auf uns zu.

Es stellte sich heraus, dass er unsere Vergangenheit war, mit dem sanftesten Lächeln im Gesicht.

Ich erinnerte mich an dieses sanfte Lächeln.

Von seinen Augenwinkeln breiteten sich fächerartig Fältchen bis zur gefurchten Stirn aus. Durch seine linke Gesichtshälfte verlief eine Narbe. Er hatte viel mitgemacht im Leben, so viel war sicher. Auf seine wettergegerbte, knorrige Art war er immer noch ein gutaussehender Mann, und als sich seine braunen Augen mit Tränen füllten, wusste ich sofort, wer er war.

Mir blieb das Herz stehen. »Daddy?«

»Möchtest du einen Zuckerkeks?«, fragte Janie unseren Dad nervös, als wir uns in eine der Nischen setzten. »Wir haben Haie mit Zahnspangen, Meerjungfrauen mit Friedenszeichen und Boxershorts. Also, Unterwäsche. In Rot oder Blau. Die Unterwäsche. Du kannst dir die Farbe aussuchen. Isabelle hat gerade auch BH-Kekse gebacken, in Rosa. Gestreift. Einen BH-Keks willst du sicher nicht. Oder? Willst du einen BH?« Vor

Verlegenheit schlug sie sich die Hände vors Gesicht. »Einen BH-Keks, meine ich. Ich hab die BHs nicht gemacht. Das war Isabelle. Ich nicht.«

Janie brabbelte weiter. Mir hatte es die Sprache verschlagen.

Ich muss sagen, wenn der Columbia River plötzlich von einem Tsunami überschwemmt worden wäre und dieser Tsunami ein Piratenschiff auf unser Dach gehoben hätte, dann hätte mich das nicht so erschüttert, wie jetzt hier unserem Dad in dieser Nische gegenüberzusitzen.

Er hatte sich so sanft nach meinem lädierten Gesicht erkundigt. (Das Wort »lädiert« hatte er nicht gebraucht.) Als ich ihm erzählte, ich hätte eine schlimme Verabredung gehabt, sah ich einen Muskel an seiner Schläfe zucken, während er aus dem Fenster starrte. Er brachte ein krächzendes »Das tut mir leid« hervor und konnte dann mehrere Minuten nicht sprechen. Ich sah, wie sich seine Hand meiner näherte, dann hielt sie inne, aber der Schmerz in seinem niedergeschlagenen Gesicht verschwand nicht. »Das tut mir leid, Isabelle.«

»Oder ich kann dir einen Teller mit Knoblauch-Käsebrot bringen«, brabbelte Janie weiter. »Oder vielleicht eine Hochzeitstorte? Die sind sehr gut. Ich könnte uns eine Hochzeitstorte aufschneiden. Oder einen blauen Spinnenkuchen? Wein haben wir nicht auf der Karte. Die Mütter schmuggeln ihn mittwochmorgens mit herein. Wir nicht. Wir haben keinen. Wein meine ich.«

Ich stupste sie an.

»Wir haben auch Riesencupcakes«, faselte sie. »Wir haben sie Bommaritos himmlische Cupcakes genannt.« Janie sprang auf, holte acht – acht – Cupcakes und stellte sie auf den Tisch. »Die Blumen sehen fast echt aus, ist ein bisschen verrückt, aber wir wollen niemandem damit Angst einjagen, sie sind einfach so geworden, wackeln so hin und her, als könnten sie reden. Die Blumen, meine ich. Wobei ich nicht glaube, dass Blumen reden können. Nein. Können sie nicht.«

»Janie.« Ihr Kopf fuhr zu mir herum. Ich legte ihr die Hand auf den Arm.

Sie holte tief Luft.

»Entschuldigung«, sagte sie atemlos. »Entschuldigung.«

»Bitte.« Unser Dad hob die Hand. »Bitte, du musst dich nicht entschuldigen. Ich sehe doch, dass euer Geschäft blendend läuft.« Er räusperte sich, blinzelte mehrfach. Es half nicht. Tränen tropften ihm aus den Augen.

»Er weint«, murmelte Janie. »Das sind Tränen.«

»Wo warst du, Dad?«, fragte sie, und ihre Stimme zerbrach in kleine Glassplitter. »Warum hast du uns verlassen? Warum bist du nicht zurückgekommen?«

Das Schweigen war so laut, dass ich beinahe die Nerven in meinem Kopf reißen hörte.

Janie griff unter dem Tisch nach meiner Hand und drückte sie im Viererrhythmus. »Wo warst du?« Zwischen unseren Händen wurde der Zuckerguss zu Matsch.

Ja, Dad, wo warst du? Wo warst du, als für uns alles den Bach runterging und immer schlimmer wurde?

»Ich habe …«, begann er, räusperte sich und fing noch mal neu an. »Ich habe jahrelang, Ewigkeiten … darüber nachgedacht, was ich zu euch Mädchen sagen sollte, falls ich euch je wiedersehen würde. Wie ich meine unverzeihliche Abwesenheit erklären sollte.« Er hob das Kinn. »Ich bin immer bei meiner ersten Antwort darauf geblieben: Ich würde euch die Wahrheit sagen.«

»Wahrheit ist gut«, erwiderte ich. »Wir haben sie verdient.«

»Und wo warst du nun?«, fragte Janie. Sie klopfte auf den Tisch, griff nach den Zuckertütchen. Ich wusste, sie würde sie in Vierergruppen sortieren.

»Ich war fünfzehn Jahre im Gefängnis.«

Die Worte hingen zwischen uns wie explodierende Granaten. Feurig, rauchig, schwer, gefährlich.

»Im Ge…« Janie brachte das Wort nicht heraus. Sie sortierte schneller. »Gefängnis?«

Er nickte. »Ja, im Gefängnis.«

Gefängnis? »Was … was hast du denn getan?«, fragte ich und war mir nicht sicher, ob ich die Einzelheiten überhaupt hören wollte.

»Hast du ein Verbrechen begangen?«, fragte Janie.

Janie kann Verbrechen nämlich nicht ausstehen. Es fasziniert sie zwar, darüber zu schreiben, aber wenn sie von Menschen liest, die unschuldige Menschen verletzt haben, nimmt sie das schwer mit. In der Hinsicht müssen wir vorsichtig mit Janie sein. Verbrechen machen sich für Janie bezahlt, jedoch nur in ihren Büchern. Ansonsten glaubt sie lieber, die Welt sei ein netter, flauschiger rosaroter Ort, mit dem sie sich nicht allzu sehr abgeben muss, und ihre Kindheit sei einfach nur ein Albtraum gewesen.

»Ich war nicht unschuldig.«

Beide sackten wir in uns zusammen, mir wurde flau im Magen.

»Ich war schuldig. Das habe ich von Anfang an akzeptiert.« Er hielt inne. »Ich werde nie über das hinwegkommen, was ich getan habe. Kein Tag vergeht, an dem ich es nicht hundertmal bedaure.«

»Was hast du …« Janie machte sich über die Servietten her, riss jede in vier Teile und griff dann nach der nächsten.

»Was ich getan habe?« Sein Blick schwankte nicht. »Ich habe einen Mann getötet.«

»Du hast …«, stotterte Janie und zerriss noch eine Serviette.

Mir wurde immer übler. Ich wollte auf das Piratenschiff klettern und fortsegeln.

Unser Dad war ein Mörder. »*Hallo, das ist mein Dad. Er ist ein Mörder.*«

»Ja. Ich hatte euch drei Jahre zuvor verlassen, und es ging …«

Wieder hielt er inne, seine Stimme kaum noch ein Flüstern. »Es ging mir deswegen sehr schlecht.«

Ihm ging es schlecht? Bilder meiner Kindheit schossen mir durch den Kopf, allesamt unerfreulich. »*Dir* ging es schlecht, und darum hast du jemanden umgebracht? Erwartest du Mitleid von mir?«

Die Sanftheit in diesem vertrauten Gesicht raubte mir schier den Verstand. Wie hatte er uns diese Sanftheit nehmen können? Ich erinnerte mich an sein Lachen. Ich erinnerte mich, wie er uns beigebracht hatte, Omelettes zu machen, wie wir am Sonntagmorgen Zeichentrickserien angeschaut und dabei alle quer über ihm gelegen hatten. Ich erinnerte mich, wie wir auf Wagen gefahren fahren, um Kürbisse für Halloween zu holen.

Und dann, wie ein Blitz, war er verschwunden.

Wir waren noch Kinder. Unsere ganze Welt brach zusammen.

»Du solltest kein Mitleid mit mir haben, Isabelle. Das erwarte ich nicht.« Seine Stimme war warm, demütig und leise.

»Weißt du …« Ich hielt inne, weil mich meine Gefühle überwältigten, und beschloss, den Mord, den mein Dad begangen hatte, kurz beiseitezuschieben. »Weißt du, was mit uns passiert ist, nachdem du uns verlassen hast? Hast du auch nur die geringste Ahnung?«

Janie tätschelte meinen Arm. Tätschel, tätschel, tätschel, tätschel. Viermal.

Er senkte kurz den Kopf und blickte mich dann wieder an. Durch den Nebel meiner Wut hatte ich den Eindruck, dass er ein Mann war, der bereitwillig den Schlag gegen sein Kinn hinnehmen würde. »Nein«, sagte er. »Aber der Schmerz, den ich euch zugefügt habe, hat mich Tag und Nacht verfolgt. Ständig. Immer.«

»Und das entschuldigt alles?« Der Nebel waberte in mir, in dem Kind, das ich war, allein und verloren und kopfüber in eine beängstigende, unbarmherzige, kalte Welt geschleudert.

»Nein.« Fester, resoluter Ton. »Was ich getan habe, ist unverzeihlich.«

»Wir mussten das Haus aufgeben. Der Sheriff kam sogar persönlich und hat uns rausgeworfen. Das war schrecklich.« Ich sah noch vor mir, wie eine Nachbarin Momma half. Momma war gramgebeugt, umklammerte ihr Hochzeitsalbum und den Brautschleier. Wir hatten alles verkauft, was auch nur ansatzweise von Wert war, daher gab es nicht viel zu packen.

»Wir haben diverse Stadien von Obdachlosigkeit durchgemacht.« Da. Ich hatte es ausgesprochen. Als wir Kinder waren, hatten wir das nie gesagt. Das Wort war *nicht erlaubt*. Janie hatte es einmal gesagt, und Momma hatte ihr eine Ohrfeige gegeben. »Wir sind nicht obdachlos«, hatte Momma gezischt. »Wir sind keine Verlierer. Wir sind kein weißer Abschaum. Wir verbringen vorübergehend die Nacht im Auto, bis ich mir überlegt habe, was wir machen können, aber wir sind nicht obdachlos. Hast du das verstanden?«

Ich merkte, dass er verblüfft und dann entsetzt war.

»Wir hatten oft Hunger, vor allem in den Sommerferien, wenn es in der Schule keine kostenlosen Mahlzeiten gab.«

Er wurde noch bleicher.

»Henry hatte Gesundheitsprobleme, aber das wusstest du schon, als du uns verlassen hast, nicht wahr?« Ich spürte, wie meine Wut größer wurde.

»Ja. Ich wusste, dass Henry … irgendwas war immer mit ihm … das wusste ich.«

»Aber du hast uns trotzdem verlassen. Du hast uns verlassen. Einmal hatte Momma ein ganzes Jahr lang Bronchitis, weil wir die Medikamente nicht bezahlen konnten. Cecilia bekam Ausschläge, die wir nicht behandeln konnten. Janie hatte Migräne, und die rezeptfreien Medikamente wirkten nicht.«

Ich sah, wie sich sein Kiefer anspannte. Allerdings nicht aus Wut, sondern vor Bestürzung.

Aber ich war wütend. »Wir waren pleite. Momma konnte die

Rechnungen nicht mehr bezahlen. Sie konnte oft keinen normalen Job finden, weil es niemanden gab, der auf Henry aufpasste, während sie arbeitete. Er war ja so oft krank. Sie hatte keine Ausbildung, keine Berufserfahrung. Die Kinder haben sich über uns lustig gemacht, weil wir so arm waren.« Und weil wir die Töchter der Nackten Mami waren. »Henry wurde gehänselt. *Wir hatten nichts.*«

Er rieb sich mit zitternder Hand über das Gesicht.

»Das war noch nicht das Schlimmste. Du weißt, dass Momma an Depressionen leidet? Manchmal legte sie sich wochenlang ins Bett, dann mussten Janie, Cecilia und ich uns um Henry kümmern und Kuchen zum Verkaufen backen. Wir mussten für alles kämpfen, was wir hatten. Wir hatten ständig Angst, mussten ständig umziehen, mussten ständig ums Überleben kämpfen. Und Momma«, ich hielt inne, atmete tief ein. »Momma war oft nicht besonders gutgelaunt.«

Diese Untertreibung gab mir fast den Rest. Als Erwachsene konnte ich Mommas Launen, ihre Stimmungsschwankungen, den unglaublichen Stress und die Depressionen besser verstehen. Sie litt mehr als wir Kinder. Aber zu wissen, was Eltern dazu veranlasste, sich so zu verhalten, wie sie es getan hatte, machte die eigene Kindheit nicht besser. Es machte sie nicht liebevoller oder rosiger oder regenbogenfarbener. Die Narben waren immer noch da, die Verletzungen blieben, die schlimmen Momente waren unvergessen.

Janie tätschelte mich. Tätschel, tätschel, tätschel, tätschel.

»Du hast uns im Stich gelassen. Bis zum heutigen Tag, begreifst du das, *bis zum heutigen Tag* vertraue ich keinem Mann. Ich vertraue keiner Beziehung. Ich vertraue kaum mir selbst. Cecilia stopft sich die ganze Zeit mit Essen voll und geht ständig wegen irgendwas an die Decke, und Janie, na ja, schau sie dir an.«

Janie hatte sechs Servietten zerrissen. Sie stapelte die Fetzen auf vier verschiedene Haufen. Die Fetzen überkreuzten sich.

»Ich hab ein paar psychische Probleme«, flüsterte sie. »Nur ein paar. Hier und da. Einige komische Angewohnheiten und Zählzwänge, und ich muss Dinge überprüfen. Ich mag mein Hausboot nicht verlassen. Menschen machen mich nervös …« Sie wurde leiser. »Ich klopfe. Überprüfe. Klopfe.«

In Dads Gesicht sah ich nichts als Mitgefühl, ließ mich aber nicht davon ablenken.

»Willst du wissen, was deine Frau schließlich machen musste?«, fuhr ich ihn an und beugte mich zu ihm vor.

Unser Dad atmete aus. »Ja. Will ich.«

»Strippen. Sie musste strippen gehen.«

Uns entging weder das erstickte Geräusch in seiner Kehle noch die Art, wie sein Gesicht zu einer Maske erstarrte.

»Und wage ja nicht, sie zu verurteilen. Sie hat es gehasst. Es hat sie fast umgebracht, aber sie hat es getan, weil wir kein Geld für Lebensmittel oder Miete oder Henrys Arztrechnungen hatten, und Kellnern und unser Kuchenverkauf reichten nicht aus. Das ist es, was du uns angetan hast, Daddy, und damit kratzen wir nur die oberflächlichsten Probleme an.«

Ich atmete tief durch. In meiner Kehle hatten sich Tränen zu einer festen Kugel zusammengeballt, die sich immer weiter ausdehnte.

Mein Daddy hatte jetzt fast dieselbe Farbe angenommen wie die Servietten, die Janie zerriss. »Ich verstehe nicht …«, krächzte er, als könne er die Worte kaum hervorbringen. »Eure Mutter hätte nie …«

»Würdest du ihr das gerne ins Gesicht sagen, *Daddy*? *›Du hättest nie strippen sollen, River?‹* Glaub mir, das würde nicht gut ankommen.« Und das war die Wahrheit. River Bommarito hatte getan, was sie tun musste. Sie war in die Enge gedrängt worden und hatte für ihre vier Kinder gekämpft, ganz allein.

Ich ließ mir diese Worte durch den Kopf gehen und spürte ein wenig Liebe für Momma aufkeimen. Sie hatte getan, was sie tun musste.

Unser Dad sank gegen die Rückenlehne, als hätten sämtliche Knochen in seinem Körper schlappgemacht.

»Schön, dich zu sehen, Dad«, fuhr ich ihn an. »Aber verzeih mir, wenn ich nicht liebenswürdiger bin. Momma weigert sich momentan, nach einer Herzoperation ein Seniorenzentrum zu verlassen, obwohl sie vollkommen gesund ist, weil es die ersten Ferien ihres Lebens sind. *Ihres ganzen Lebens.*«

Ich dachte daran, dass Momma ausging, in Musicals und Restaurants, zum Bowling und in den Buchclub, zu Bridgeturnieren und Schachspielen. *Zum ersten Mal seit Ewigkeiten.*

»Ich glaube, du verstehst die Situation nicht, in der wir waren, nachdem du fortgegangen bist«, begann Janie, sanft wie immer.

»Nein, ich verstehe die Situation nicht«, erwiderte Dad vollkommen verwirrt, die Handflächen gehoben. »Zumindest verstehe ich eure finanziellen Schwierigkeiten nicht. Warum hat eure Mutter nicht das Geld verwendet, das ich ihr dagelassen habe? Warum nicht?«

Janie hörte zu reißen auf und schnappte nach Luft.

»Wovon redest du da?«, flüsterte ich, presste die Worte aus meiner eingeschnürten Kehle. »Da war kein Geld. Überhaupt keins.«

»Doch.« Dad beugte sich vor. »Doch, da war welches. Das Geld von der Regierung für meinen jahrelangen Militärdienst. Ich hatte verfügt, dass der monatliche Scheck an eure Mutter geschickt wird, wie schon die ganze Zeit, während ich in der Armee war. Außerdem hatte ich ihr das Erbe von meinen Eltern überlassen, die gestorben waren, während ich in Vietnam war. Was ist mit dem Geld passiert? Es hätte ausgereicht, um das Haus abzubezahlen. Es hätte für ein Sparguthaben gereicht. Es hätte für das College von euch allen gereicht. River hätte keinen Tag in ihrem Leben arbeiten müssen. Keinen einzigen Tag.«

Ich war sprachlos. Es fühlte sich an, als hätte jemand das Piratenschiff abgeschleppt, das auf unserer Bäckerei gelandet war, und mir den Kopf eingeschlagen. Janie gab quiekende Geräusche von sich. Sie drückte in schnellem Rhythmus meine Hand.

»Ich hab keine Ahnung, wovon du sprichst«, sagte ich zu unserem Vater. »Nicht die geringste.«

»Da war kein Geld«, quiekte Janie. »Außer dem, was wir für den Zitronenbaiserkuchen bekamen, den wir nach deinem Rezept backten, die Schokoladenkekse mit Pfefferminz waren beliebt, ich glaube, auch der Kirschkuchen ging gut …« Ihre Stimme verklang. Sie machte sich wieder ans Serviettenzerreißen.

»O mein Gott«, stöhnte unser Dad und legte das Gesicht in beide Hände. »*O mein Gott.*«

22. KAPITEL

Ich rief Cecilia an und bat sie, zum Essen in Grandmas Haus zu kommen. Ich dachte, dort sei es besser, sich zu treffen, dann könnte Cecilia wegrennen, falls sie wollte, falls sie einen Wahnsinnswutanfall bekäme. Ich war mir nicht sicher, wie sie reagieren würde.

Nein, ich war mir nur über das Ausmaß von Cecilias Reaktion im Unklaren und ob sie Wertgegenstände aus dem Fenster werfen würde, während sie unseren Dad zur Schnecke machte.

Wir beschlossen, dass Dad – wie seltsam es war, dieses Wort auszusprechen – meinem Motorrad in seinem blauen Geländewagen folgen sollte, und Janie würde ihm wiederum in ihrem Porsche folgen. Ich glaube, wir brauchten alle einen Augenblick für uns, um uns alles durch den Kopf gehen zu lassen.

Das war alles ein bisschen viel. Ein plötzlich auftauchender Dad – der Schock, die Tränen, die anfängliche Zuneigungswelle, dann die Wut. Die brodelnde Wut.

Eine Wut, die aufgeflammt und zusammengefallen, erneut aufgeflammt und zusammengefallen war. Ich spürte, wie sie sich auch jetzt wieder regte.

Wie konnte er es wagen? Wie konnte er? Wieder in unser Leben zu spazieren, nachdem er unsere Kindheit zerstört hatte? Nachdem er uns mit Momma alleingelassen hatte? Nach allem, was wir durchgemacht hatten und was sich durch seine Anwesenheit hätte verhindern oder zumindest abmildern lassen?

Wir hatten drei Jahre lang Weihnachtsgeschenke für ihn

gebastelt. An den Geburtstagen trauten wir uns nicht, unsere Wohnung zu verlassen, weil wir hofften, er würde anrufen. Unseren Dad zu verlieren, hatte uns zerbrochen. Es wäre leichter gewesen, wenn wir ein Bein oder das halbe Gehirn verloren hätten.

Und nun war er wieder hier.

Ich fuhr aus der Stadt hinaus, atmete tief ein und aus, folgte eine Weile dem rauschenden Columbia River, fuhr schließlich den Hügel hinauf.

Allerdings konnte ich ein anderes Gefühl ebenfalls nicht verleugnen: Ein Teil von mir war so froh, meinen Dad wiederzusehen, dass ich hätte heulen können.

Also tat ich es.

Ich heulte.

Auf der Veranda hielt mein Dad meinem Blick stand, und seine großen braunen Augen füllten sich mit Tränen. Ich hatte das deutliche Gefühl, dass er mich gerne umarmt hätte.

Ich wandte mich ab.

Er hielt Janie und mir die Fliegengittertür auf.

»Danke, danke«, sagte Janie aufgeregt. »Das ist Grandmas Haus. Es hat einen Wintergarten. Eine Pergola. Es ist ein Haus. Es gehört Grandma. Sie versteckt ihre Geheimnisse im Turm«, brabbelte Janie. »Wir setzen uns in den Wintergarten.«

Dad nickte nur, Tränen in den Augen.

Janie grinste breit, als sie eintrat. »Du hast nicht gelächelt«, flüsterte sie mir zu. Ich beachtete sie nicht.

»Ich mache Kaffee«, verkündete ich und verschwand in der Küche. Die Sonne schien schräg auf Mommas Flaschensammlung, warf farbige Prismen auf die Arbeitsplatte. Ich seufzte.

Ich hörte Grandma die Treppe herunterkommen. Sie sang aus voller Kehle ein patriotisches Lied.

Als sie mich sah, blieb sie abrupt stehen. Irgendwo hatte sie einen Gehstock gefunden und klopfte damit auf den Boden.

»Wie ich sehe, haben wir Gesellschaft«, verkündete sie. »Ich stelle heute Abend auf der Veranda meine Autobiographie vor, und ich erwarte viel Publikum. Bitte machen Sie Brezeln für die Gäste.«

»Mach ich, Amelia, und ich bin schon sehr gespannt auf Ihre Autobiographie.«

»Das sollten Sie auch. Die Vereinigten Staaten können es kaum erwarten, Amelia Earharts Geheimnisse zu erfahren.« Wieder pochte sie mit dem Stock. »Ich bin ein fliegendes Genie.«

Aus dem anderen Zimmer hörte ich Janies Stimme. Grandma hörte sie ebenfalls.

»Das Publikum scheint sich schon einzufinden.« Sie machte auf dem Absatz kehrt und strebte dem Wintergarten zu.

Ich hielt sie am Arm fest. »Ähm, Amelia.«

»Ja, meine Liebe?« Sie schob sich die Fliegerbrille über die Augen. Als ich nicht antwortete, schob sie sie wieder auf ihre Fliegerkappe. »Sprechen Sie jetzt, oder schweigen Sie für immer. Sprechen Sie.«

Was sollte ich sagen? Dein Schwiegersohn ist hier? Du hast ihn nur ein paarmal gesehen, nachdem Momma durchgebrannt ist, um ihn zu heiraten. Erinnerst du dich an den Mann? Der nach Vietnam ging? Eine Weile in einem Käfig hauste … an den?

Aber nein, sie würde sich nicht erinnern. Ihre Erinnerung war zusammengeschrumpft, hatte sich irgendwo in einer Höhle ihres Gehirns versteckt und die Tür abgeschlossen.

»Ich freue mich, Sie zu sehen, Amelia.«

Sie klopfte mit ihrem Stock auf meinen Fuß. »Und ich freue mich ebenfalls, Sie zu sehen, junge Dame.« Sie stolzierte auf das Familienzimmer zu.

Ich stellte Zucker und Sahne auf ein Tablett. Sollte ich Dad Bescheid sagen? Ich überlegte. Wie sollte ich ihn vorbereiten? War er hier gewesen, als es mit Grandma abwärtsging, sie alles vergaß, sich verlief, wütend wurde, Blödsinn redete, ihr Verhalten sprunghaft wurde? Nein. War er hier gewesen, um dafür zu sorgen, dass es Momma nicht vollkommen überforderte, sich um ihre demente Mutter und ihren geistig behinderten Sohn zu kümmern? Nein. War er in der Lage gewesen, uns ein Heim zu bieten? Nein. Grandma hatte das getan.

Singend marschierte Grandma in den Wintergarten.

»Mrs Howe«, hörte ich Dad äußerst höflich sagen.

»Junger Mann!«, protestierte Grandma, die Arme an den Körper gedrückt. »Wo bleiben Ihre Manieren?«

Ich folgte ihr hinein.

Sie marschierte an Dad vorbei. »Mein Name ist Amelia Earhart. Ich muss heute Abend vor einem großen Publikum sprechen, und ich habe keine Zeit für weitere Interviews mit bekifften oder hirnrissigen Journalisten. Machen Sie Platz.«

Dad machte ihr Platz.

»Lassen Sie sich einen Rat geben, junger Mann.« Sie glotzte ihn an, beugte sich vor und rückte ihre Fliegerbrille auf dem Kopf zurecht. »Kenne ich Sie?«

»Ja«, sagte Dad. »Ich glaube, Sie kennen mich.«

»Wie war noch mal Ihr Name?«

»Ich bin Carl Bommarito. Ich bin mit Ihrer Tochter River verheiratet.«

»Hm.« Grandma fummelte an ihrer Fliegerbrille herum. »River … River … Das ist nicht korrekt. Sie sind verwirrt. Sie verwechseln da etwas.« Sie nahm ein Stück Papier und einen Stift von ihrem antiken Rollschreibtisch.

Ich wusste, was sie machen würde, und fragte mich, wie Dad reagieren würde.

Sie drehte sich um und gab Dad einen Zettel.

»Das ist eine Karte von Hawaii. Die brauchen Sie, um dort landen zu können. Ich habe sie selbst benutzt. Sie brauchen mir nicht zu danken. Ich muss jetzt gehen.«

Ich sah zu, wie Grandma aus der Tür marschierte. Sie machte

Motorengeräusche und brüllte dann: »Holt mir meinen Kopiloten!« Sie furzte. »Gas im Tank!«

Velvet folgte ihr, nachdem sie Dad zugenickt hatte.

Dad faltete den Zettel auf. Darauf war ein Smiley gemalt.

Sein Gesicht war unbeschreiblich traurig, als er sich die Augen rieb.

»Sie glaubt, sie sei Amelia Earhart«, erklärte ich ihm.

Ich dachte, er würde wieder zu weinen anfangen.

Sie stieß ihn von sich, so fest sie konnte.

Sie schrie ihn an: »Verschwinde, verschwinde, verschwinde!«

Dann ging sie auf ihn los.

Janie und ich hielten Cecilia mit aller Kraft fest.

»Arschloch!«, brüllte sie. »Du Wichser! Du verlässt uns, du verlässt *vier* Kinder, und jetzt, nachdem wir alle erwachsen sind, kommst du zurück? Was denkst du dir dabei? Ich habe zwei Kinder. *Zwei*, und ich würde sie niemals im Stich lassen. Verschwinde. *Verschwinde!*«

»Ich verstehe dich, Cecilia«, sagte unser Dad. »Wirklich.« Er stand auf, seine Miene war ernst, kummervoll, erschöpft.

Ich hielt mit Janie zusammen noch immer die wütende Cecilia. Wir waren ein Haufen zappelnder Bommarito-Schwestern.

»O mein Gott«, rief Cecilia anklagend und schüttelte angewidert den Kopf. »Du hast uns im Stich gelassen, uns ging sofort das Geld aus …«

»Ähm, Cecilia«, sagte ich.

Dads linkes Auge begann zu zucken.

»Momma musste schon im ersten Monat ihren Ehering verkaufen. Sie hat deswegen geweint. *Sie hat geweint.* Sie hat ihn in der Hand gehalten und geküsst, bevor sie zum Pfandleiher ging.«

Dads bleiches Gesicht wurde aschfahl. Er wankte.

»Äh, Cecilia, können wir mal kurz miteinander reden?«, sagte ich.

»Wir sind von einer miesen, ekligen Wohnung in die nächste gezogen, mit miesen, ekligen Nachbarn.«

Dad ließ den Kopf sinken, die Hand im Nacken.

»Lass nicht los«, flüsterte ich Janie über Cecilias Kopf zu.

»Warum bist du hier? Warum zum Teufel bist du zurückgekommen? Willst du Daddy spielen? Dazu ist es zu spät. Viel zu spät. Wir brauchen keinen Dad. Wir sind ohne dich klargekommen, jetzt brauchen wir dich auch nicht mehr.«

Ich hielt sie fest und stieß hervor: »Da ist etwas, das du wissen solltest, Cecilia …«

Janie wimmerte.

»Du hast Momma fertiggemacht, du hast uns allen das Leben versaut …«

Cecilia setzte ihre wütende Tirade fort, bis sie von Henrys lieber, unschuldiger Stimme unterbrochen wurde.

»Hallo, ihr Schwestern! Hallo!«

Unsere Köpfe fuhren herum, aber ich ließ die zappelnde Cecilia nicht los.

»Ich hab Hunde gestreichelt«, verkündete Henry. Er trug ein braunes T-Shirt mit einem flauschigen weißen Hund darauf. Darunter stand: »Wau-wau!« Wenn er im Tierheim arbeitet, trägt er am liebsten T-Shirts mit Hunden oder Katzen.

»Ich hab Al gestreichelt! Sein Name ist Al.« Henry grinste. »Er ist groß und schwarz. Nicht beißen, Al! Und ich hab Sherman gestreichelt. Ein Hund, der Sherman heißt!« Er kicherte. »Ein kleiner weißer Hund. Er sitzt auf meinem Schoß. Er ist müde. Und ich hab Emily gestreichelt.«

Was sollten wir machen?

Wie sollten wir es Henry erzählen? Sollten wir es ihm überhaupt verraten? Musste er es erfahren? Wie lange würde Dad bleiben? Wäre es nicht viel schlimmer für Henry, seinen Vater zu sehen und ihn dann wieder zu verlieren, wenn Dad aufs Neue verschwand?

Wie würde Dad mit Henry umgehen? Ich konnte mich erinnern, wie er mit Henry auf den Schultern getanzt hatte, aber würde er sich mit ihm nicht befangen fühlen? Das ging vielen Leuten so.

Doch die Entscheidung, ob wir es Henry sagen sollten oder nicht, wurde uns glatt aus der Hand genommen.

Henry legte den Kopf nach links, dann nach rechts, sah Dad. Er lächelte verwundert.

»Ich glaub, das ist mein Dad«, sagte er und beugte sich aus der Hüfte vor. Er krümmte die Hände und hielt sie wie ein Fernglas vor die Augen. »Jawoll. Ich glaub, das ist mein Dad. Ich hab ein Foto von Dad in meiner Bibel. Du bist mein Dad, stimmt's? Du bist mein Dad. Hallo, mein Dad.«

Wir drei Schwestern standen da wie Salzsäulen, völlig verblüfft. Wir hatten alle gesehen, wie Henry das Foto von Dad angestarrt hatte. Er hatte uns immer versichert, dass Dad zurückkommen würde.

»Hallo, mein Dad!« Henry lächelte. »He! Hallo, mein Dad.«

Das war zu viel für Dad. Endlich war eines seiner Kinder freundlich zu ihm.

Henry streckte die Arme aus. »Ich will meinen Dad drücken. Ich bin froh, dass mein Dad da ist.«

»Ich bin auch froh, dich zu sehen, Henry«, sagte Dad. Seine Schultern sackten herab, sein Gesicht rötete sich. »Ich bin so froh, dich zu sehen.« Er nahm seinen Sohn in die Arme. Lange hielten sie sich umschlungen. Dad liefen die Tränen über die Wangen, direkt an der Narbe entlang.

Janie machte ein glucksendes Geräusch. »Oh. Ist das nicht süß?«

Cecilia knurrte: »Scheiße. Verdammte Scheiße.«

Als sie sich wieder losließen, sagte Henry: »Jetzt hab ich meinen Dad. Ich wollte meinen Dad zurück. He, Cecilia und Isabelle und Janie. Dad ist zurück.« Er grinste. »Dad ist zurück.«

Henry überredete uns, Minuten später auf der Veranda zu sitzen, Cupcakes zu essen und Traubensaft zu trinken.

»Wir essen Kuchen!«, verkündete Henry. Er packte Dad und legte ihm den Arm um die Schulter. »Du sitzt bei mir. Du bist mein Dad. Zwei Männer. Wir sitzen zusammen.«

»Ich glaube, Daaaad« – Cecilia zog das Wort in die Länge – »muss gehen, Henry. Er hat zu tun.«

Dad stand da, würdevoll, ruhig. Ich bin nicht gefühllos, und ich wusste, dass es ihm wehtat. Unendlich wehtat.

»Nein!«, kreischte Henry. »Nein!« Er legte auch den anderen Arm um Dad. »Er geht nicht. Er bleibt bei uns. Dad ist zurück. Dad, du bleibst!«

Dad drehte sich um, drückte seinen Sohn erneut und wischte sich die Augen. »Ich würde gerne bleiben, Henry. Gerne.«

»Gut!« Henry klatschte in die Hände. »Gut.« Er rannte in die Küche, und ich wusste, er würde Bommaritos himmlische Cupcakes holen, die ich mit nach Hause gebracht hatte.

»Du wirst ihm nur wieder wehtun«, fauchte Cecilia. »Seit Ewigkeiten guckt er sich dein Foto an. Jetzt bist du hier, und er weiß nicht, was vorgeht. Er glaubt wahrscheinlich, du würdest wieder bei uns einziehen. Er hat einen Dad, sein Dad ist zurück. Was sollen wir ihm erzählen, wenn du wieder abhaust?« Cecilia brach in Tränen aus und biss sich auf die Lippe.

»Wage es nicht, Henry noch mal wehzutun! Wir können es ertragen, aber er ist … er ist Henry«, sagte ich. »Wenn du gehst, wird es Monate dauern, bis er wieder derselbe ist. Als du damals verschwunden bist, hat er aufgehört zu reden und musste nachts wieder Windeln tragen.«

Henry hatte Wutausbrüche bekommen und mit Gegenständen um sich geworfen, und Momma war aus den Latschen gekippt. Henrys Reaktion war typisch für die Bommaritos – wir wissen nicht, wie man mal halblang macht. Sein Kummer war wie eine heimtückische, langanhaltende Krankheit.

Erschöpft fuhr ich mir durch die kurzen Haare. Ich war ausgelaugt. Völlig erledigt.

Henry stürzte herein und brüllte voller Freude: »Ich bin gleich da! Ich bin gleich da und sag: hi Dad!« Er klatschte in die Hände und rannte wieder in die Küche. »Hi zu meinem Dad!«

»Du bist in sein Leben eingedrungen und verschwindest wieder …«

»Diesmal werde ich nicht verschwinden, Cecilia«, sagte Dad. »Ich werde nicht wieder verschwinden.«

»Doch, das wirst du. Das wirst du.«

»Ich habe einen Job bei TechEx, der neuen Fabrik, die sie in Dulles gebaut haben, nicht weit von hier. Ich war in den letzten Monaten ein paarmal hier und habe ein Haus gekauft. Ich bleibe.«

Schweigen. *Er wollte bleiben?* Henry sang in der Küche ein Lied von einem Bären. Er machte Brummgeräusche.

»Wie bitte?«, fragte Janie. »Das kapier ich nicht. Du ziehst nach Trillium River?«

»Ich bin bereits nach Trillium River gezogen«, sagte er. »Aus Los Angeles.«

»Warum?«, fragte ich. »Warum?«

»Wegen euch«, sagte er mit brüchiger Stimme. »Nie im Leben werde ich wiedergutmachen können, was ich euch angetan habe. Niemals. Ich kann euch sagen, dass ich euch immer geliebt habe. Kein Tag, keine Stunde ist vergangen, in der ich euch nicht geliebt und an euch gedacht hätte. Kein Tag ist vergangen, an dem ich nicht bedauert habe …« Er hielt inne, um seiner bloßliegenden Gefühle Herr zu werden. »An dem ich nicht bedauert habe, was passiert ist, was ich angerichtet habe. Ich habe überlegt, ob ich euch aus dem Weg gehen soll …«

»Das hättest du tun sollen«, bekräftigte Cecilia. »Das wäre besser gewesen.«

»Ich habe mit mir gerungen, Cecilia. Wirklich. Mein egoistisches Selbst wollte, dass ich zurückkomme, zu euch. Aber ich fürchtete auch, ich würde mich aufdrängen, mein Auftauchen würde euch nur neuen Kummer bereiten, Unruhe verbreiten und euch neuen Schmerz zufügen …«

»Unser Dad hat uns vor Jahren verlassen«, sagte Cecilia. »Wir haben keinen mehr. Wir brauchen keinen.«

»Sei nicht so gemein, Cecilia«, flüsterte Janie.

»Ha!« Henry schoss wieder herein. »Ha! Mein Dad ist hier! Ich wusste es!« Er klatschte in die Hände und lief in die Küche zurück.

»Ich möchte euch nicht noch mehr Kummer bereiten, als ich es schon getan habe«, wiederholte Dad. »Ich habe kein Recht, zurückzukommen. Ich habe kein Recht, mich als euren Dad zu betrachten. Ich habe es nicht verdient, und ich kann euch überhaupt nicht sagen, wie leid mir das tut.« Seine Stimme krächzte, und er hustete. »Es tut mir unendlich leid. Unermesslich, bis in die Tiefen meiner Seele.«

Cecilia fiel die Kinnlade herunter. Ich lehnte mich gegen die Wand. Janie sank auf einen Stuhl.

»Ich bitte euch nur um eine Chance«, sagte unser Dad. »Eine Chance, euch kennenzulernen, euch auf jede mir mögliche Art zu helfen …«

»Nein, um Gottes willen nein«, sagte Cecilia nachdrücklich.

»Eine Chance?«, fragte Janie mit hoffnungsvoller Stimme.

»Wir hätten Hilfe gebraucht, als wir Kinder waren, Dad«, sagte ich.

»Okay, ihr Schwestern und mein Dad! Ich hab Cupcakes. Ich hab Traubensaft gemacht«, verkündete Henry. »Dad ist zurück! Dad ist zurück! Ich sitze bei Dad. Zwei Männer. Ich und mein Dad.«

Wir setzten uns zu Riesencupcakes und Traubensaft auf die Veranda.

Warum ist Familienleben so verwirrend, irritierend, aufreibend … und kompliziert?

»Ich habe bei Dads Hochzeit meine Burka getragen«, verkündete Kayla. »Ich probiere gerade, eine Muslimin zu sein.«

Mir fiel die Gabel aus der Hand. *Sie hatte es tatsächlich getan!* Ich klatschte sie über den Tisch hinweg ab. Neben mir verschluckte sich Janie an ihrem Pfefferminztee, ich musste ihr auf den Rücken klopfen. Seit Dads wundersamem Auftauchen waren drei Tage vergangen, und wir Bommarito-Schwestern erholten uns noch von der Überraschung. Wir hatten uns geeinigt, dass das Thema Dad für diesen Abend tabu war.

»Was ist eine Burka?«, fragte Henry und saugte Spaghetti ein. Es war mal wieder Spaghetti-Nacht für die Bommarito-Familie. Wir hatten das Licht gedämpft, Kerzen angezündet und reichten die Pasta herum. Und den Wein.

Ich wechselte einen Blick mit Cecilia und bemühte mich, vor Entzücken nicht zu gackern. Cecilias ganzer Körper bebte vor unterdrücktem Lachen, während sie ihren Cranberry- und Fetasalat betrachtete.

»Ich mache einen Nachtflug!«, verkündete Grandma und schwenkte ein Knoblauchbrot. »Das Wetter ist perfekt. Ich fliege zum Äquator. Ich habe die dortigen Einwohner seit einer Weile nicht mehr gesehen, und ich bin ihre Siegesheldin.« Sie brummte wie ein Flugzeugmotor.

»Ach, du grundgütiger Himmel«, murmelte Velvet. »Eine Burka, Kayla? Du meinst, du warst von Kopf bis Fuß in Schwarz gehüllt? Sogar mit einem Schleier vor den Augen? Wie die Frauen in Saudi-Arabien?«

»Wie hat deinem Vater die Burka gefallen, Kayla?«, fragte ich. Mir entfleuchte ein Gackern. Ich konnte nicht anders.

»Gar nicht«, sagte Kayla.

Riley drehte ein Haar um den Finger. Sie trug ein breites rotes Haarband. »Er fand es furchtbar. Er fand es noch furchtbarer, als über Moleküle und Molekulardynamik zu diskutieren. Sachen, von denen er nichts versteht, bringen ihn in Rage. Der Komplex der Kleinwüchsigen. Volle Kanne.«

»Hast du deinen Vater vorher gefragt, ob es ihm was ausmacht?« Ich konnte mich kaum beherrschen. Am liebsten wäre ich aufgesprungen und hätte gejubelt. *Kayla. In einer Burka bei der Hochzeit ihres Vaters!* Sie war eine echte Bommarito!

»Nein. Seh ich etwa so bescheuert aus, Tante Isabelle?«, fragte Kayla. »Er hat mich nicht unterstützt, als ich evangelikale Christin wurde und ihm sagte, er würde in die Hölle kommen, weil er den Herrn Jesus Christus nicht als seinen Retter annimmt. Er hat mich nicht unterstützt, als ich jüdisch wurde und ihn über Hiob und den Exodus belehrte. Er wollte auch nichts über die Offenbarung hören, weil er nämlich weiß, dass er in der Hölle schmoren wird. Er war auch nicht sehr nett, als ich Hindu war und ihm sagte, er würde aufgrund seines lebenslangen Verhaltens als Nacktschnecke wiedergeboren. Ich meine, der Typ ist doch für nichts aufgeschlossen, außer Mom zu betrügen.«

Cecilia blies ziemlich laut Luft aus und rammte ihr Messer in die Butter.

Henry legte den Kopf in den Nacken und ließ eine Nudel in seinen Mund fallen. Er trug sein Superman-T-Shirt. »Nudel-Wudels. Herrlich.«

»Constance ist eine tuntige Titten-Tusse«, sinnierte Kayla.

»Keine Schimpfworte bei Tisch, Kayla«, sagte Cecilia.

»Hör doch auf, Mom. Das hast du selbst gesagt.«

»Du hast auch gesagt, sie sei ein Flitt…«, ich legte Riley die Hand vor den Mund.

»Wenn es regnet, könnte der Start heute Nacht schwierig werden«, überlegte Grandma und klopfte auf ihre Fliegerbrille. »Das Wetter kann ein Problem sein. Es kann dich ohne Vorwarnung blind machen, dir das Gefühl geben, du fliegst verkehrt herum, obwohl du richtig herum fliegst.«

»Verkehrt rum, richtig rum«, sang Henry. »Verkehrt rum, richtig rum, kopfüber, kopfunter.« Er legte den Kopf zurück und kringelte sich eine weitere Nudel in den Mund.

»Du hast also deine Burka zur Hochzeit angezogen, Kayla?«, gab Janie das Stichwort. Sie zupfte ihren Spitzenkragen zurecht und trank einen Schluck Tee.

»Also echt, Tante Janie!« Riley schniefte. »Kayla hatte zuerst dieses rote Tüllkleid an, das wir als Brautjungfern tragen sollten, wie Constance gesagt hatte. Wir sahen aus wie durchgeknallte Barbiepuppen. Aber kurz bevor Kayla *anmutig* in diesem roten Kleid den Mittelgang hinunterschreiten sollte, verschwand sie rasch auf dem Klo, und sobald sie die Musik für die Brautjungfern hörte, kam sie wieder raus und marschierte vor allen Leuten in ihrer schwarzen Burka den Gang entlang.«

Ich biss mir auf die Zunge, um nicht wieder zu kichern.

Ich erhaschte einen Blick auf Janie. Sie hielt sich eine Serviette vors Gesicht. Cecilia bebte vor Lachen, die Zähne fest zusammengebissen.

Kayla blickte stolz um sich, während ihre Schwester die fesselnde Geschichte mit Kayla als Hauptperson weitererzählte.

»Ich war direkt hinter Kayla«, sagte Riley, »und ich dachte, Daddy würde sofort und auf der Stelle einen Herzinfarkt bekommen. Er stand ganz vorne am Gang neben diesem Pfarrertypen mit dem langen schwarzen Zopf, ich meine, der sah nicht mal wie ein Pfarrer aus in diesem schwarzen Gruselshirt mit dem Totenkopf drauf.« Sie piekte ihre Gabel in die Spaghetti und drehte sie auf.

»Und was ist dann passiert?«, fragte Janie.

Velvet murmelte: »Gute Güte, Kind.«

Grandma machte Flugzeuggeräusche. Henry kicherte. Spaghetti bringen ihn zum Lachen.

»Also, Kayla war ganz in Schwarz, ihr kennt ja diese Burka«, erklärte Riley, »und alles, was man sehen konnte, waren ihre Augen in dem Schlitz, und sie sollte sich bei einem von Constances Freunden unterhaken, der einen weißen Smoking mit rosa Fliege anhatte, wie krass ist das denn, und seine Schuhe waren auch rosa, wie krass ist das denn, aber Kayla wollte nicht.

Sie ging ganz allein den Gang hinauf, und als sie vorne ankam, stieg sie die Stufen hoch und stellte sich direkt neben Daddy.«

An manchen Tagen ist man glückseliger, am Leben zu sein, als an anderen.

Dies war so ein Tag. Ich seufzte vor Vergnügen.

»Daddy fiel fast die Klappe runter, so entsetzt war er zuerst, aber ich konnte ihm ansehen, dass es ihn total fertigmachte«, sagte Riley. »Ich meine, Mom, er war kurz vorm Platzen. Er war fuchsteufelswild. Ich glaube, er war kurz davor, Kayla eigenhändig aus dem Gebäude zu werfen – wusstest du, dass Constance und Daddy Schwierigkeiten hatten, in einer Kirche zu heiraten?« Sie legte den Kopf schräg. »Niemand wollte sie trauen. Daddy hatte Pater Mike gefragt, für ihn den Priester zu machen, und Pater Mike hatte gesagt, erst wenn der Teufel im Himmel regiert, würde er ihn und Constance trauen. Sie waren bei ein paar anderen Kirchen gewesen, aber die Pfarrer wollten, dass sie erst zur Eheberatung gingen, und Daddy sagte: ›So lange kann ich nicht warten, um meine Braut zu heiraten‹, also sagten die Pfarrer ab. Eine Pfarrerin sagte, sie würde es für ›ethisch nicht vertretbar‹ halten, sie zu trauen. Oder was auch immer.«

Ich hob die Brauen. Endlich. Gerechtigkeit auf dieser Welt.

»Na ja, also Kayla ging in diesem schwarzen Ding den Gang runter, und Dad wurde fast krebsrot, so angepisst war er. Mom, ich kannte niemanden bei der Hochzeit. Keinen Einzigen. Ich meine, hat Dad denn keine Freunde in der Stadt? Was ist mit den Guzinskys? Was ist mit den Shores? Mit den Chins und den Kuchenkos? Keiner von denen war da. Hat er sie nicht eingeladen?«

»Er hat sie eingeladen, Riley«, murmelte Cecilia.

»Tja, wie auch immer. Ich kannte niemanden außer Oma Seltsam (Parkers Mutter). Bloß Constances Freunde und Familie waren da, aber das sind nicht viele, weißt du. Und sie waren alle seltsam. Daddy sagte, Constances Bruder wär direkt aus dem Knast gekommen. Wegen Drogen oder so. Also, Kayla stand da so bei Dad in ihrer schwarzen Burka, und ich folgte Kayla den Gang hinauf in diesem roten Barbiekleid. Ich sah aus wie eine wandelnde rote Bohnenstange. Sie hat mich auch gezwungen, einen Hut aufzusetzen, weil sie meinte, ich würde kahl, und das sei peinlich für sie, weil sie doch Haarpflegeprodukte verkauft.«

Ich atmete tief durch. Oh, wie ich Constance hasste.

»Also …«

»Jetzt erzähl ich weiter«, unterbrach Kayla. »Also ich stand da so neben Daddy am Altar. Ich weiß, dass er sich fast in die Hose machte, also guckte ich so den Gang runter, und da kam Riley, und sie hat recht, Mom. Sie sah wirklich wie eine wandelnde Bohnenstange mit Hut aus.«

Riley war nicht beleidigt. »Ja. Allerdings.«

»Egal, Constance war plötzlich da, und dann legte diese langweilige Hochzeitsmusik los.« Kayla kaute langsam und bedächtig auf ihren Spaghetti. Ich hockte auf der Stuhlkante.

»Constance trug ein hellrosa Kleid, ihre Möpse sprangen fast raus – und dann ihre Schminke. Ich meine, also wirklich. Sie war total vollgekleistert, aber ich hab Daddy angeguckt – ist ziemlich schwer, in der Burka zu sehen, aber sie hat ja einen Schlitz … und er war glücklich und strahlte wie ein Honigkuchenpferd, das war so abartig …«

Sie hielt inne. »Tut mir leid, Mom.«

Cecilia schniefte. »Wen interessiert denn schon dieser widerliche Hur…« Sie schloss den Mund und stach in die Butter.

»Constance kam den Gang herunter, und kurz bevor sie bei Dad ankam, starrte sie mich an.« Kayla schüttelte betrübt den Kopf, sie ließ sich Zeit mit ihrer Geschichte. »Als ob sie mich in meiner Burka noch nicht bemerkt hätte, bis sie ganz nah dran war. Was bin ich denn, unsichtbar? Sie sah mich also und sprang fast hoch und kreischte so ein bisschen, und Daddy streckte die Hand aus und flüsterte: ›Ist okay, ist bloß Kayla.‹ Und Constance legte die Hand auf ihre Monstermöpse, als schlüge ihr Herz viel zu schnell, und sagte: ›*Wer ist das?*‹«

Kayla verdrehte die Augen. »Sie ist so verdammt dämlich! Sagte vor all den Leuten: ›Was machst du in dem Ding? Ich hab dir ein Kleid gekauft.‹ Und ich hab ihr die Wahrheit gesagt, dass ich nämlich ausprobiere, eine Muslimin zu sein, und sie wurde knallrot im Gesicht und meinte: ›Du probierst an meiner Hochzeit nicht aus, eine Muslimin zu sein.‹«

Lachen ist schwer zu unterdrücken, wenn es unbedingt raus will. Sehr schwer. Ich schlug mir beide Hände vor den Mund.

Janie gab wieder ein ersticktes Geräusch von sich.

»Der Start erfolgt in Kürze!«, brüllte Grandma. »Ich brauche meine Flugpapiere.«

»He! Ich hab eine Maus aus den Nudeln gemacht!«, verkündete Henry. »Eine Maus!«

»Constance war so wütend, dass ihre Möpse fast rausgesprungen wären«, sagte Kayla und biss in ein Knoblauchbrot.

»Und?«, drängte ich.

»Und sie so: ›Zieh das schwarze Ding aus oder komm von dem verdammten Altar weg.‹ Und Dad so: ›Kayla, zieh die Burka aus, sonst kannst du nicht an der Hochzeit teilnehmen. Zieh sie sofort aus.‹«

Kayla schob sich Spaghetti in den Mund.

Sie machte mich verrückt. »Was hast du daraufhin gesagt?«

Kayla ließ sich Zeit und trank einen Schluck Milch. »Na ja, erst mal: Du hattest recht, Tante Isabelle, als du mir vor der Hochzeit gesagt hast, dass Dad meine religiösen Entscheidungen selbst an seinem Hochzeitstag respektieren müsste. Das war so cool.«

Cecilia sah mich mit erhobenen Brauen an.

Janie betrachtete die Tischplatte und nahm dann einen winzigen Schluck Tee. Janie war dabei gewesen, als ich Kayla ermutigte, ihre »Freiheit zu verteidigen, vor allem deine Religionsfreiheit, um jeden Preis, selbst angesichts der Ablehnung anderer, insbesondere deines Vaters. Bleib dir selbst und deinen Überzeugungen treu, vor allem wenn jemand, zum Beispiel dein Vater, sie dir auszutreiben versucht!«

Kayla nahm einen weiteren bedächtigen Bissen. Sie wusste, wie man ein Drama in die Länge zieht. »Also gut, dann hab ich zu Dad gesagt, okay, ich zieh die Burka aus.«

»Du hast dich umgezogen?«, fragte ich enttäuscht. Ich wunderte mich über Kaylas so schnelle Kapitulation. Wo war ihre Standhaftigkeit? Was war mit der Rebellin passiert? Wo blieb ihr Bommarito-Kampfgeist?

Kayla nahm einen weiteren Bissen. »Ich bin ein gehorsames Kind. Also, ja. Ich hab mich umgezogen.«

Sie trank wieder einen Schluck Milch.

»Und?«, hauchte Janie.

»Ich hab zuerst das Schleierding abgenommen, direkt vor dem Altar, und dann hab ich die Burka ausgezogen.«

Riley begann zu kichern. »Das war der *beste Teil. Der allerbeste.*«

»Was hattest du darunter an?«, fragte Janie, und die Hand mit der Teetasse erstarrte in der Luft. »Das rote Kleid?«

»Was ich anhatte?«, fragte Kayla. Sie ließ sich Zeit, ihr Knoblauchbrot zu kauen. Zu schlucken. »Ich trug mein Lieblingsoutfit.«

»Und das wäre?«, drängte ich.

Sie tupfte sich den Mund mit der Serviette ab. »Ich trug mein rosa T-Shirt mit dem Aufdruck ›Fuck Off‹ und meine superkurzen Jeans-Shorts.«

Velvet begann als Erste zu lachen, im Südstaaten-Stil. »Ach, du liebes Gottchen. Oje, oje.« Sie fächelte sich Luft zu. »Das ist ja komischer als ein Stinktier auf Rädern!«

Cecilia lachte so laut, dass sie wie ein Esel klang. Janie und ich mussten uns schließlich aneinanderlehnen, um nicht umzufallen.

Henry lachte, weil wir lachten. »Nudeln!«

»Dann sprang ich von den Altarstufen herunter, und das wandelnde rote Bohnenstangenmädchen folgte mir – tut mir leid, Riley … und wir gingen direkt zum Empfang, wo es eine Menge zu essen gab.«

»Keine von euch hat also gesehen, wie euer Dad getraut wurde?«, brachte ich mühsam hervor.

»Nee. Ich hab sofort wieder meine Burka angezogen, als Constance beim Empfang reingerauscht kam«, sagte Kayla. »Dad war so wütend. Er sagte, ich hätte die Zeremonie verdorben. Constance war so wütend, dass einer ihrer Möpse fast raushüpfte, und ich sagte: ›Steck deine rechte Titte erst mal wieder rein, Constance, die hat sich selbständig gemacht‹, und da hat sie mir ihren Strauß ins Gesicht geschmissen. Egal. Nachdem sie in die Flitterwochen abgehauen sind, war mir nicht mehr danach, eine Muslimin zu sein, also hab ich die Burka weggeworfen, und Riley und ich haben zwei Stunden lang getanzt und noch mehr Hochzeitstorte gegessen. Der Typ mit der rosa Fliege konnte wahnsinnig geil tanzen. Er hat mir ein paar neue Schritte beigebracht.«

»Hochzeiten sind doof«, sagte Riley.

»Genau«, stimmte Kayla zu.

Eine Burka.

Bei Parkers Hochzeit.

Sie war eine echte Bommarito. Genau wie ihre Schwester. Ich war so stolz auf sie!

Ich fiel fast vom Stuhl, weil ich mich so schlapp lachte.

»Alle Passagiere festhalten!«, schrie Grandma plötzlich. »Festhalten!« Sie sprang auf den Tisch und packte den Steuerknüppel ihres imaginären Flugzeugs.

Wir drehten unsere Stühle um, warfen uns die Servietten auf den Kopf und machten uns auf den Aufprall gefasst.

»Keine Bange!«, versicherte uns Grandma. »Wir bezwingen auch diesen Sturm!«

Und wie!

23. KAPITEL

Der Mord, den unser Dad begangen hatte, lastete uns schwer auf der Seele, daher mussten wir diese Kleinigkeit erst mal aufklären, bevor wir ihm erlaubten, auch nur einen Zentimeter in unser Leben zurückzukehren.

Er lud mich, Janie und die immer noch unwillige Cecilia in ein schickes französisches Lokal in der Stadt ein. Bei Wein für Cecilia und mich, Kamillentee für Janie und Wasser für unseren Dad – er trinkt keinen Alkohol mehr – erfuhren wir die ganze Geschichte.

»Wen hast du denn nun ermordet, und warum hast du es getan?«, fragte ich, nachdem wir unsere Bestellung aufgegeben hatten. Ich komme immer gerne schnell zur Sache.

»Ich war in einer Bar in Sausalito und hatte zu viel getrunken«, sagte er. Der Anblick seiner Narbe wurde durch das Kerzenlicht abgemildert. »Mit dem Trinken hab ich mich einen Großteil meines Lebens betäubt. Das war feige und dumm. Ich hasste mich und das, was ich in Vietnam getan hatte und mit ansehen musste. Alkohol nimmt allem die Schärfe, aber das ist eine schwache Ausrede für einen schwachen Mann.«

Ich lehnte mich in der Nische zurück. Er versuchte jedenfalls nicht, die Dinge zu beschönigen.

Janie nahm Zuckerpäckchen heraus und sortierte sie.

Cecilia schnaubte verächtlich und verschränkte die Arme.

»Ich bekam Streit mit einem Mann, weil er die Frau neben sich anmachte, die nichts von ihm wissen wollte. Er fasste sie an, und ich reagierte. Damals war ich ständig wütend, ständig auf eine Prügelei aus, und ich prügelte mich oft. Ich knallte ihm eine, und wir bearbeiteten uns mit den Fäusten. Plötzlich sah ich nicht mehr diesen Kerl, sondern einen vietnamesischen Soldaten vor mir. Im Kopf war ich wieder in 'Nam und fing dann an, auf ihn einzudreschen. Ich hätte aufhören sollen, aber ich tat es nicht. Ich kann mich kaum erinnern. Er war in einem kritischen Zustand und starb schließlich. Ich wurde zu fünfzehn Jahren Gefängnis verurteilt. Zu Recht.«

»Na toll!«, sagte Cecilia. »Jetzt dürfen wir uns noch Sorgen machen, dass du auf uns losgehst. Super! Ein mörderischer Dad.«

»Cecilia«, mahnte ich. »Hör auf.«

»Warum? Warum sollte ich aufhören?« Sie klang widerborstig, unsere alte Cecilia, kämpfte aber nur gegen ein erneutes Schluchzen an, das wusste ich.

Mein Herz hämmerte, weil ihres hämmerte, und ich klopfte auf meine Brust. »Hör auf! Mein Herz hämmert, und das kann ich nicht ertragen.«

Sie rümpfte abwehrend die Nase, atmete aber mit geschlossenen Augen tief durch.

Janie schüttelte die Zuckerpäckchen. »Und was ist dann passiert?«

»Im Gefängnis hatte ich natürlich viel Zeit zum Nachdenken.«

»Natürlich«, brummte Cecilia, die Augen immer noch geschlossen.

»Ich hatte einen Mann getötet und fürchtete, die Schuldgefühle würden mich verrückt machen. Während des Krieges hatte ich wer weiß wie viele vietnamesische Soldaten getötet, die vermutlich genauso wenig dort sein wollten wie ich. Dieses Schuldgefühl durchdrang jeden wachen Moment meines Lebens. Ich fühlte mich schuldig, weil ich lebte und so viele meiner Kameraden gefallen waren, und ich hatte das Gefühl, mein Leben nicht verdient zu haben. Ich fühlte mich schuldig wegen der unschuldigen Zivilisten, die ins Kreuzfeuer geraten waren. Ich fühlte mich schuldig, weil ich euch alle und River verlassen hatte. Ich liebte euch.« Er hielt inne. »Ich liebe euch immer noch. Meine Schuldgefühle brachten mich fast um.«

Er blickte aus dem Fenster, seine Schläfen pochten, und in diesem Sekundenbruchteil identifizierte ich mich mit meinem Dad. Ich identifizierte mich mit seinen Schuldgefühlen.

»Ich konnte den Mann, den ich in der Bar getötet hatte, nicht mehr zum Leben erwecken. Ich konnte die Männer und Zivilisten, die ich in Vietnam getötet hatte, nicht mehr zum Leben erwecken. Ich konnte meine Kameraden nicht wieder zum Leben erwecken. Ich konnte jedoch versuchen, wieder am Leben meiner Familie teilzunehmen, wenn ich meinte, ihr etwas bieten zu können.«

»Was hast du gemacht, als du aus dem Gefängnis kamst? Warum bist du nicht sofort nach Hause gekommen?«, fragte ich.

»Ich habe daran gearbeitet, etwas Anständiges aus mir zu machen. Im Gefängnis habe ich zwei Abschlüsse gemacht, und nach der Entlassung wurde ich Buchhalter.«

»Ein mordender Buchhalter«, murmelte Janie.

»Weiß TechEx, dass du einen Mann ermordet hast?«, fragte ich.

»Ja. Die wissen Bescheid. Der Mann, dem TechEx gehört, Tony Hallicon, hat auch in Vietnam gekämpft. Mein ehemaliger Chef, bei dem ich seit meiner Entlassung aus dem Gefängnis gearbeitet habe, hat Tony angerufen und mich empfohlen.«

»Warum bist du nicht früher nach Hause gekommen?«, fragte ich.

»Weil ich nicht glaubte, das Recht zu haben. Ich glaubte nicht, dass ich gut genug bin. Ihr hattet inzwischen euer eigenes Leben.«

»Was hat dich dazu gebracht, deine Meinung zu ändern?«, fragte ich.

Mein Dad hob das Kinn und blinzelte mehrfach. »Die Liebe«, sagte er. »Die Liebe hat meine Meinung geändert.«

»Was soll das heißen?«, fragte Janie.

»Das soll heißen, dass ich euch immer geliebt habe. Immer. Ihr habt mir alle gefehlt.« Seine Stimme brach. »Und eure Mutter. Eure Mutter hat mir gefehlt. River war …« Er schüttelte den Kopf. »Wir waren seelenverwandt. Ich lernte sie kennen, und es war um mich geschehen. Ich wusste, dass ich diese Frau mein ganzes Leben lang lieben würde. Und so ist es. Ich habe nie aufgehört, eure Mutter zu lieben.«

Wir hatten uns geeinigt, der »Seelenverwandten« nichts von Dads Rückkehr zu erzählen. Ich würde nicht zulassen, dass er bei Momma reinplatzte und dann wieder rausspazierte. Das hatte die »Seelenverwandte« nicht verdient.

»Ihr habt mir alle gefehlt. Ich habe mir unaufhörlich Sorgen um euch gemacht. Seit dem Tag, an dem ich euch verließ, habe ich mich nicht mehr komplett gefühlt, und ich konnte auch nicht dagegen angehen, euch zeigen zu wollen, dass ich euch immer noch liebe, immer geliebt habe. Vielleicht ist das selbstsüchtig und falsch. Aber ich musste es versuchen. Musste euch diese Liebe zeigen. Die Liebe hat mich nach Hause geführt«, sagte er.

Nicht mal Cecilia wusste, was sie dazu sagen sollte.

Was kann man gegen Liebe ins Feld führen?

»Die Liebe hat dich nach Hause gebracht?«, quiekte Janie.

Unser Dad wischte sich mit der Serviette über die Augen. »Die Liebe hat mich nach Hause gebracht. Ihr seid mein Zuhause.«

Ich schniefte.

Cecilia sagte: »Heilige Scheiße!« und bedeckte ihr gerötetes Gesicht mit der Serviette.

Janie sagte: »Das ist ergreifend! Wunderschön!« Sie wedelte mit den Händen.

»Es ist die Wahrheit«, sagte Dad mit rauer, kratziger Stimme.

»Ihr seid mein Zuhause. Ihr seid immer mein Zuhause gewesen. Ihr werdet immer mein Zuhause sein.«

Nachdem wir zwei Tage später Marmeladenrollen und Erdbeertörtchen in Herzform gebacken hatten, kamen Janie und ich auf meinem Motorrad vor dem weißen Gartenzaun zum Stehen, den Dad um Grandmas Haus errichtete.

»Er sagt, er hat noch drei Wochen Urlaub, bevor er mit der Arbeit anfängt«, flüsterte mir Janie zu, als wir Dad aus ihrem Schlafzimmerfenster beobachteten. Sie hatte neue rosa Gardinen aufgehängt, um »rosigen Frieden« herbeizubitten. Ich entdeckte ihre neue Stickarbeit – rosa Blumen in einem weißen Weidenkorb – auf ihrem Frisiertisch. »Ich war überrascht, als er uns erzählte, Momma hätte sich immer einen weißen Gartenzaun gewünscht.«

»Ich auch.«

Momma hatte das nie erwähnt. Vielleicht weil sie genauso wenig ein Haus mit einem weißen Gartenzaun besitzen würde wie eine Harley Davidson, als wir klein waren. Er hatte gefragt, ob er ihn bauen dürfe, und wir hatten zugestimmt.

Wenn sich Dad hinknien musste, hatte er ein wenig mit seinem verletzten Bein zu kämpfen, aber er machte es trotzdem.

Er hatte etwas Sanftes und Würdevolles. Das passte zu einigen Erinnerungen, die ich an ihn hatte, den glücklichen Erinnerungen. Ich erkannte, dass der wütende, wahnhafte Mann, der aus Vietnam heimgekehrt war, längst ein anderer war. Der Krieg hatte diesen Schaden angerichtet, hatte ihn von innen aufgefressen, doch Dad hatte mit seinen Dämonen gerungen und sie auf die Matte gezwungen.

»Das ist ein hübscher weißer Gartenzaun«, flüsterte Janie.

»Ja, stimmt. Sehr hübsch.« Mir wurde ein wenig wärmer ums Herz.

Wir beobachteten ihn durch den rosa Frieden.

Nachdem Dad am Freitag zusammen mit Henry Hunde gestreichelt hatte, lud er uns alle zum Essen ein. Cecilia weigerte sich mitzukommen, obwohl ich merkte, dass sie allmählich weich wurde. »Er versucht sich einzuschmeicheln, und das mache ich nicht mit.«

Dad kam in die Bäckerei, und ich ergab mich der Hoffnung in seinen Augen, als er höflich seine Einladung aussprach.

Also gingen wir Essen. Grandma sah prächtig aus in ihrer schwarzen Fliegermontur. Sie hatte eine rosa Schleife an ihrer Kappe befestigt. Dad blinzelte nicht mal. Velvet trug ein grünes Samtkleid und einen gelben Blumenhut. Ich hatte Jeans und Highheels angezogen. Janie hatte sich aus ihren altmodischen Klamotten geschält und für einen Rock mit einem schlichten blauen T-Shirt entschieden. Henry hatte eine beige Hose an und sein Hemd hineingesteckt. »Ich geh zu einem schicken Essen mit mein Dad!«, sagte er immer wieder. »Ich bin ganz schick.«

Mir entging nicht, wie die Kellnerin, die etwa fünfundvierzig war, auf dem Weg zu unserem Tisch mit Dad flirtete.

Er war höflich, flirtete aber nicht zurück.

Wir hatten es tatsächlich richtig schön, nachdem Grandma folgendes Gebet gesprochen hatte: »Lieber Gott, hier ist Amelia. Danke für das Essen und den gutaussehenden Mann an diesem Tisch. Er wirkt verlässlich. Gute Zähne. Sauberes Zahnfleisch. Haare. Keine Waffen. Amen.«

Ich hätte mir vorstellen können, dass das Gespräch schwierig werden würde. Gezwungen. Jede Menge unterschwellige Gefühle.

Weit gefehlt.

Man kennt das ja, wenn man mit Leuten ausgeht und einer davon das Gespräch an sich reißt.

So war er nicht.

Man kennt das, wenn einer dabei ist, der unbedingt im Mittelpunkt stehen will.

So war er nicht.

Oder wenn einer aus der Gruppe ständig prahlt, sich eine Frau in Szene setzt oder jemand seine Aufmerksamkeit nur auf eine Person richtet.

Er war nichts von alldem.

Er war freundlich, interessiert und unterhaltsam. Es gab nicht einen unangenehmen Moment.

Wir sprachen über den weißen Gartenzaun, bei dem Henry ihm half, über Florida, Henrys Briefmarken, Janies angsteinflößendes neues Buch, warum ich Fotografie mochte (sie zeigt Wahrheit, menschliche Natur, menschliche Gefühle, Katastrophen, Freude – ich versuchte, nicht zu gefühlsduselig zu werden), meine Reisen, die Opossum-Rezepte von Velvets Mutter und Amelias Pläne für ihre neue Frachtlinie.

Er erzählte uns, wie beeindruckt er von der Bäckerei sei, nicht nur vom Aussehen und unserem Kundenstamm, sondern von der Perfektion unserer Backwaren. »Hervorragend.« Er nickte. »Auf jede Einzelheit bei der Präsentation geachtet. Jedes Stück ein Beweis für eure Fertigkeit und Kenntnis von Food Art und eurem Verständnis dafür, dass Speisen genossen und gewürdigt und nicht nur gegessen werden sollten.«

Ich bemühte mich, nicht rot zu werden, versuchte nicht zu zeigen, wie sehr ich mich über dieses Kompliment freute. Ich unterdrückte den Wunsch, mich überschwänglich zu bedanken. Das fiel mir schwer.

Wir redeten nicht über die Zeit, die wir als Kinder beim Backen mit ihm in der Küche verbracht hatten. Ich glaube, wir wussten alle, dass das ein Kummer mehr war, mit dem wir nicht umgehen konnten.

Es war ein gemütliches, leckeres Essen.

Ich fühlte mich so entspannt, als hätte ich Honig in den Adern und Marshmallows statt meiner steifen Muskeln.

Honig und Marshmallows hatte ich schon immer gemocht.

»Erzählt mir, was passiert ist, als ich fort war.«

»Definitiv nicht, das können wir nicht. Lassen wir diese Zeit ruhen«, sagte Janie nach diesem Essen zu unserem Dad, als wir mit Kokos-Orangenkuchen und Kaffee vor dem Kamin Platz genommen hatten. »Schlechtes Karma. Böse Erinnerungen. Negative Wellen.«

»Ich glaube, das sollten wir überspringen«, sagte ich, froh darüber, dass Henry, Grandma und Velvet im Bett lagen. »Das Essen war wunderbar. Wir wollen es doch nicht verderben.«

Dad stellte seinen Kaffee ab. Der Feuerschein tanzte über seine Wangen, machte sie weicher, hob seine Narbe weniger hervor. »Janie, Isabelle, ich möchte, dass ihr mir erzählt, was passiert ist, nachdem ich fort war. Ihr verdient die Chance, die Schuld dem zuzuweisen, dem sie gehört. Ihr verdient die Chance, auf meinen Schultern all die Probleme abzuladen, die ihr hattet.«

»Unsere Kindheit gehört in eine fest verschlossene Truhe«, sagte ich.

»Unsere Kindheit bleibt besser dem Universum überlassen«, sagte Janie. »Weit draußen bei den Asteroiden, in ihrer eigenen Galaxie.«

»Bitte«, sagte Dad. »Wenn ihr bereit seid, würde ich gerne wissen, was passiert ist. Von dem Tag an, als ich fortgegangen bin. Vielleicht nicht heute, nicht nächste Woche, vielleicht nicht mal in diesem Jahr, aber wenn euch danach zumute ist, möchte ich zuhören.«

»Na ja. Wir haben dich vermisst. Wir haben dich immer so vermisst.« Janie versuchte einen Schluck Kamillentee zu trinken, doch ihre Hand zitterte. Sie stellte die Teetasse ab. »Aber gut.« Ich hörte, wie sich ein wenig Wut in ihren Kummer schlich. »Wenn das alles für dich klarer macht, werde ich es dir erzählen.«

Wir saßen bis vier Uhr im Feuerschein, und die Funken flogen, während wir neue Scheite nachlegten.

Wir erzählten ihm nicht die blutrünstigen Einzelheiten. Wir hatten Geheimnisse; einige betrafen Momma, und sie war die Einzige, die entscheiden konnte, ob sie die preisgeben wollte oder nicht.

Am Ende war ich sicher, dass er sich wie ausgebombt fühlte. Er sah auf jeden Fall so aus.

»Das war alles ganz allein meine Schuld«, sagte er, die Stimme rau vor Bedauern. »Ich nehme die Schuld und Verantwortung auf mich. Ich weiß, ihr werdet es nicht vergessen. Das kann niemand. Aber ich hoffe, ihr werdet mir vergeben.« Er hielt inne. »Ich selbst werde mir nie vergeben. Kein Tag ist vergangen, an dem ich das Gewicht meiner Fahnenflucht nicht gespürt habe, und selbst wenn ich hundert Jahre alt werde, kann ich mir trotzdem nicht vergeben.«

Ich dachte darüber nach.

Vergebung.

Da meine Welt bis in die Grundfeste erschüttert worden war, als mein Dad uns verließ, hatte ich nie darüber nachgedacht. Fast unmittelbar darauf waren wir in einen wirbelnden Strudel aus Verzweiflung, Verwirrung und Armut geraten. Es dauerte nicht lange, bis es noch schlimmer wurde und wir in einem Sumpf von Tragödien versanken.

Von der Veranda aus betrachtete ich die schwarzen Umrisse sich wiegender Bäume. Der Wind fuhr mir durch die kurzen Locken.

Vergebung. Konnte ich vergeben? Konnte ich die unaufhörliche Wut loswerden, die seit Jahrzehnten in mir kochte? *Konnte ich ihm vergeben?*

Ich hatte nie in einem Krieg gekämpft. Konnte ich über jemanden urteilen, der jahrelang Kampf und Gefangenschaft ausgesetzt gewesen war? Konnte ich meinen Dad für das Verlassen seiner Familie verurteilen? Und wenn ich es tat, wäre das gerecht?

Ich war nie in einem schlammigen Graben versteckt und seit

Wochen ohne Dusche, beschossen worden, in einem Dschungel voller Feinde gewesen. Nie hatte ich mit ansehen müssen, wie meine Kameraden vor meinen Augen von Landminen und Granaten zerrissen wurden.

Ich hatte meine Waffe nicht unterschiedslos auf Soldaten und unschuldige Zivilisten richten und abdrücken, friedliche Dörfer in Schutt und Asche legen oder an todbringenden nächtlichen Überfällen teilnehmen müssen, was meinen Selbsthass nur noch verstärkt hätte. Ich war nicht jahrelang in einen Käfig gesperrt und geschlagen worden, mir waren nicht zwei Finger abgehackt und mein Rücken war nicht ausgepeitscht worden.

Ich war nicht nach Hause gekommen, nur um meine vietnamesischen Albträume immer wieder zu durchleben und gegen die monströsen Visionen anzukämpfen, die mein überlastetes Gehirn nicht in den Griff bekam. Ich war nicht zu einer abweisenden amerikanischen Öffentlichkeit und einer Regierung heimgekehrt, die jede Hilfe verweigerte und nicht einmal bereit war, die anhaltenden höllischen Auswirkungen des Vietnamkriegs auf ihre Soldaten anzuerkennen.

Mein Dad hatte uns verlassen, weil er eines Tages mit einer geladenen, entsicherten Waffe auf Mommas Kopf zielte, den Finger am Abzug. Er glaubte, er hätte uns genug Geld für den Rest unseres Lebens hinterlassen. Er glaubte, er hätte für seine Familie gesorgt, wie ein Mann es tun sollte.

Ich schaute auf den neuen weißen Gartenzaun.

Vergebung war durchaus eine Möglichkeit.

Wir fanden alle, dass die Bäckerei dringend renoviert werden musste, aber wir hatten keine Zeit dazu gehabt.

Auftritt Dad.

Nach Ladenschluss strichen wir die Wände buttergelb, schrubbten und wienerten die schwarz-weißen Böden, leerten und säuberten die Ausstellungsvitrinen. Wir hängten gelb geblümte Vorhänge auf und kauften neue Tischdecken. Wir räumten hinten um und wuschen die Vorratskammer und die Schränke aus.

Wir kauften neue rote Markisen für die Vorderfront, und Dad ließ BOMMARITOS BÄCKEREI in Goldbuchstaben auf das Schaufenster malen. Er arbeitete unermüdlich und mit großer Freude, wie es mir vorkam. Er bestand darauf, die Renovierungskosten zu übernehmen.

»Ein kleines Geschenk für die Bommarito-Familie«, sagte er ruhig. »Nur ein kleines Geschenk.«

Als wir eines Tages von den Kunden überrollt wurden, baten wir ihn um Hilfe, gaben ihm eine Schürze, und er machte sich an die Arbeit. Auf unsere Bitte kam er am nächsten Tag wieder, am Tag darauf ebenfalls. Ich weinte in meine Rührschüssel, als ich sah, wie mein Dad seine alten Rezeptbücher aufschlug und die Kuchen backte, die wir als Kind gebacken hatten, er sah glücklich aus.

Manchmal ertappte ich ihn dabei, wie er mich, Cecilia, Janie, Henry oder Cecilias Töchter ansah, und war verblüfft über seinen Gesichtsausdruck: Dankbarkeit. Glück, Verwunderung.

Und, das wichtigste aller Gefühle, Liebe.

Ich sah es.

Ich fühlte es.

Ich fühlte diese Liebe.

Mir hatte diese Liebe mehr gefehlt, als ich mir vorstellen konnte.

Wenn Bao und Dad Pause machten, spielten sie Schach.

Ich konnte nicht hören, worüber sie sprachen, aber eines Tages sah ich, wie sich Bao mit der Handkante über die Kehle fuhr, und wusste, dass er meinem Dad erzählte, was mit seinem Hals passiert war.

An einem anderen Tag sah ich, wie mein Dad eine Hackbewegung mit der Handkante machte und wusste, dass er Bao erzählte, was mit seinen Fingern passiert war.

Und einmal hörte ich Bao zu meinem Dad sagen: »Ich wünsche dir Frieden, Carl. Das ist es, was du brauchst. Das ist es, was ich brauche. Frieden.«

Mein Dad nickt.

Bao zog mit seinem Springer.

Dad zog mit seinem Läufer.

»Frieden für uns, Frieden für sie«, sagte mein Dad. »Schach und Matt.«

»Cecilias Töchter sind genau wie wir«, sagte Janie und spülte eine Schüssel nach der Superscharfen-Chili-Nacht aus. Jede von uns Schwestern kochte ein anderes Chili, jede nach ihrem eigenen Geheimrezept. Alle waren scharf genug, einem die Tränen in die Augen zu treiben.

Cecilia gewann den Preis für das schärfste und beste. Kein Wunder. Es blies mir fast die Haare vom Kopf.

»Hoffentlich haben sie später mal nicht so viele Schrauben locker«, sinnierte ich, während ich aus dem Fenster zu Kayla und Riley schaute, die unter der Weide saßen.

»Und weniger Wut«, sagte Cecilia gereizt. »Das wünsche ich ihnen. Weniger Wut.« Sie ließ ein Glas fallen, und die Splitter platzten über die Arbeitsplatte. »Verdammt. Das macht mich wütend.«

»Ich glaube, Verlust macht Menschen wütend«, sagte Janie. »Und Angst. Durch diese psycho-emotionale Erschütterung geraten wir aus dem universellen Gleichgewicht. Dafür habe ich meine Heilkräuter.«

»Kräuter-fläuter.« Cecilia blies sich Haare aus den Augen.

»Kräuter helfen dir, dich zu konzentrieren und deine Sanftmut und Liebenswürdigkeit zu erkennen, damit dein Körper und dein Geist in Harmonie sind.« Janie schüttelte ihr rotes Haar aus. Es wurde allmählich richtig lang.

»Dann bring mal das in Harmonie, Janie: Ich bin eine fette, wütende Mom, die all deine Kräuter zu Asche verbrennen wird, wenn du nicht mit diesem New-Wave-Kräuterscheiß aufhörst.«

Auftritt der Friedensstifterin. Mal wieder. »Ich weiß noch, wann du angefangen hast, die ganze Zeit wütend zu sein, Cecilia.«

»Wann denn? Verdammt!« Sie saugte an ihrem Finger, sie hatte sich an einem Glassplitter geschnitten.

»Als Dad fortgegangen ist.«

»Ach, nee. Ich wusste ja gar nicht, dass du so helle bist, Isabelle!« Sie schlug sich mit den Händen an den Kopf. »An dir ist ein Genie verlorengegangen!«

»Du hast deine Wut auf Parker übertragen.«

»Wow! Noch brillanter!«

»Und auf Dad!«

»Du bist Einstein, Isabelle.«

Ich trocknete einen Topf ab. »Wann willst du dich von deiner Wut befreien, Cecilia?«

»Wann? Nie.«

»Hört doch auf zu streiten«, sagte Janie. »Das zerstört unser inneres sphärisches Gleichgewicht.«

»Wir streiten uns nicht«, sagte ich. »Ich befürchte nur, dass deine Wut dich umbringen wird, Cecilia.«

Cecilia steckte ihre Hände in das Seifenwasser. »Das befürchte ich auch. Ich bin seit Jahrzehnten wütend.«

»Und du bist voller Hass, Cecilia. Du hasst diesen oder jenen … immer gibt es jemanden, den du hasst. Dein ganzes Leben lang.«

»Sie haben es verdient.«

»Darum geht es nicht. Du musst deinen Hass loswerden. Es ist ein lebender, atmender Parasit.«

»Und was ist mit dir, Isabelle?«, blaffte sie zurück und schlug mit dem Küchenhandtuch auf die Arbeitsplatte. »Du kämpfst seit Ewigkeiten gegen deine Depressionen …«

»Ich genieße den Kampf.«

»Du hast mit einer Lastwagenladung von Männern geschlafen.«

»Eher zwei Lastwagenladungen. Ich bin nicht stolz darauf.«

»Du reist an entsetzliche Orte, und das macht dich noch kaputter.«

»Ich war von Anfang an kaputt.« Und mir fehlten meine Fototrips, gestand ich mir endlich ein. Wie mir das Fotografieren fehlte! Es fehlte mir so sehr, wie mir meine Seele fehlen würde.

»Rede dir so was nicht ein, Isabelle.«

Da war etwas dran. »Okay, ich versuche meine Depression abzuwürgen, wenn du versuchst, deinen Hass und deine Wut abzuwürgen.«

Cecilia schlug wieder mit dem Tuch auf die Arbeitsplatte.

»Tja, beziehen wir doch unsere Klopferin mit ein. Janie, du musst aufhören mit all deinem Überprüfen und dem Einsiedlerdasein und dem Klopfen.«

»Oh, ich weiß nicht …«, sagte sie zittrig.

»Komm schon, Stickkönigin«, sagte ich.

Sie legte die Hände auf die Lippen.

Cecilia zog ihr eins mit dem Küchentuch über. »Soll ich dich viermal schlagen?«, spottete sie.

»Ich gehe hinauf in meine Gelassenheitsecke und denke darüber nach«, sagte Janie.

»Klopf, klopf, klopf, klopf«, spottete Cecilia.

»Halt die Klappe, Cecilia«, sagte Janie und knallte ein Glas auf die Arbeitsplatte. »Ich nenn dich ja auch nicht Schwachkopf oder Fettarsch oder Kartoffelstampfer oder Doppelkinn oder Wabbelwampe, also hör auf, dich über mich lustig zu machen.«

Wow. Das Schweigen war mal wieder zum Zerreißen gespannt. Ich stellte mich zwischen die beiden, damit Janie von Cecilia nicht unangespitzt in den Boden gerammt wurde.

»Meine Therapeutin sagt, ich muss mich bei meinen Familienkonflikten stärker durchsetzen und mit weiblichem Mut für mich eintreten!«, verkündete Janie. »Wenn du fies zu mir bist, dann bin ich auch fies zu dir!«

Elektrisch aufgeladenes Schweigen.

Ich machte mich darauf gefasst, Janie zu verteidigen, falls ihr Cecilia an die Gurgel ging.

Mit angehaltenem Atem wartete Janie darauf, dass sich Cecilia auf sie stürzte.

Aber dann geschah etwas Überraschendes: Cecilia lachte. Sie schlug mit dem Handtuch auf die Arbeitsplatte und lachte. »Ich bin so wütend auf dich, Janie, dass ich … dass ich spucken könnte!«

»Spucken?«, fragte Janie.

»Ja, spucken!« Sie spuckte in den Ausguss. »Aber ich bin fett! Ich habe Beine wie Kartoffelstampfer! Ich glaube, ich habe drei Kinne, nicht zwei. Meine Brüste sind ständig verschwitzt. Meine Achselhöhlen stinken, egal was ich mache, und mein Mundwerk ist außer Kontrolle, also wer bin ich, das abzustreiten? Aber ich bin trotzdem total *angepisst*!«

»Du musst damit aufhören, Cecilia«, sagte ich leise. »Deine Wut könnte auch mich umbringen. Ich spüre sie ständig.«

Cecilias Augen wurden groß, und ihr Kinn wackelte. »Du spürst sie ständig?«

»Mehr oder weniger, Cecilia«, sagte ich. »Ich spüre meine Depressionen, aber ich spüre dich auch.«

Sie stützte die Hand auf die Arbeitsplatte, richtete sich auf und schnalzte zweimal mit den Handtuch. »Tut mir leid, Isabelle.«

»Ist schon okay. Mir tut es leid, dass du den vagen Zigarettengeruch nach meinen One-Night-Stands riechst.«

»Mir auch. Ich hab nämlich nichts von dem Spaß.«

»Aber du rauchst doch gar nicht, Isabelle«, bemerkte Janie.

»Das liegt an dieser seltsamen Verbindung zwischen uns, merkwürdig, unerklärlich …«

»Was wird wohl mit uns passieren, wenn eine von uns stirbt, Isi?«, fragte Cecilia.

Ich wusste, dass sie auf unsere abartige Zwillingsverbindung anspielte. »Keine Ahnung.« Ich wollte auch gar nicht darüber nachdenken.

Aber da wir so aufeinander eingestellt waren – würde ich ebenfalls sterben, wenn Cecilia starb? Oder umgekehrt? Wahrscheinlich nicht. Doch es wäre kein gutes Gefühl. »Na gut, Cecilia, lass uns einen Pakt schließen. Wenn du oder ich todkrank werden und unser Hirn verbrutzelt, unsere Körper verfaulen oder wir unerträgliche Schmerzen leiden und der andere Zwilling dasselbe fühlt, muss der kranke Zwilling eine .45er rausholen und der Sache ein Ende machen.«

»Lasst doch dieses unerfreuliche Sterbethema mit seiner negativen Aura!«, sagte Janie. »Ab jetzt nur noch fröhliche, seelenerwärmende Themen!«

Cecilia wischte ihre Hand an dem Küchentuch ab und ließ es noch mal schnalzen. Sie streckte die Hand aus, und ich schüttelte sie. »Abgemacht.«

Wir wussten beide, dass wir es vollkommen ernst meinten.

24. KAPITEL

Mittwochabend in der Kirche sang ich wieder auf der Bühne für die Jugendlichen.

Pater Mike hüpfte in der vorderen Reihe mit, lächelte, tanzte. Sein Tanzen ähnelte dem einer Marionette oder einer Biegepuppe. Die Kids waren begeistert.

»Isabelle«, sagte Pater Mike zu mir, als die Meute zum Unterricht verschwunden war, »ich muss dir noch mal sagen, wie gut es ist, dich wieder in der Kirche zu haben, Mädchen. Es ist so gut!«

Ich zuckte zusammen. So richtig war ich nicht wieder in der Kirche. Am Sonntagmorgen schlief ich sogar meistens aus, total erledigt von der Woche. »Na ja, Pater Mike, ich hatte schon vor, zur Messe zu kommen, wirklich.« Ich hielt inne. Einen Priester sollte man nie belügen. Das ist keine gute Idee. »Na ja, ich hab darüber nachgedacht, zur Messe zu gehen.« Scheibenkleister. »Ich werde vielleicht irgendwann in der Zukunft zur Messe kommen.«

»Braves Mädchen«, sagte er zu mir, die Faust triumphierend erhoben. »Wir können uns glücklich schätzen, dich zu haben, und ich weiß, dass die Engel im Himmel deine Stimme sehr schätzen.«

»Die Engel können meine kratzige Stimme nur schätzen, wenn sie halb taub sind und das Geräusch von zerbrechendem Glas mögen.«

Pater Mike lachte, klopfte dann auf die Bank, und ich setzte mich neben ihn.

Eine ganze Weile blickten wir nur auf das Kreuz über dem Altar.

»Was bedrückt dein Herz, Isabelle?«

Die vertraute Frage, mit der ich aufgewachsen war, öffnete alle Schleusen. Genauso brachte Pater Mike all seine Gemeindemitglieder zum Reden. »*Was bedrückt dein Herz?*«

Ich begann langsam, dann sprudelten die Worte immer schneller aus mir heraus, und ich hielt mir den Kopf, hickste unter Tränen. »Ich glaube, dass ich nicht gut genug bin für Gott.«

»Liebste Isabelle! Wir alle sind gut genug für Gott. Jeder von uns. Er hat uns gemacht, hat uns erschaffen. Er hat einen Plan für uns. Und du, Isabelle, bist ein Geschenk für jeden, der dich kennt. Ein Geschenk Gottes.«

»Das Gottesgeschenk hat zu viel gesündigt, Pater Mike. Ich habe meine Mutter gehasst. Ich bin von meiner Familie fortgelaufen …«

»Deine Familie, deine Mutter sind kompliziert, die Beziehungen sind oft schwierig und durch die Umstände noch schwieriger geworden. Gott hat dir diese Familie gegeben, damit du das Gelernte anwenden und anderen helfen kannst.«

»Ich glaube, ich habe alle Gebote gebrochen, bis auf das Gebot, niemanden umzubringen.«

»Und jenseits dieser gebrochenen Gebote wirst du Gottes Gnade und Barmherzigkeit finden.«

»Ich habe Gott im Stich gelassen.«

»Er hat dich niemals im Stich gelassen, Isabelle Bommarito. Nie. Nicht für eine Minute.«

»Ich habe mich von der Kirche abgewandt.«

»Er ist bei dir geblieben.«

»Ich habe eine Million Mal gesündigt.«

»Und jenseits dieser Sünden hast du Gottes Liebe. Die hattest du immer. Seine Liebe ist unendlich. Sie ist ewig.«

Als wir fertig waren, wurde es Mitternacht.

»Du bist ein Kind Gottes, liebe Isabelle. Lass dir nicht von

Erinnerungen daran, wie du einmal *warst*, von vergangenem Bedauern und Schuldgefühlen auch nur eine Minute deiner Gegenwart und Zukunft verderben. Das ist vorbei. Setz dein Leben mit der Gewissheit fort, dass dir vergeben wurde. Geh mit Gott, Isabelle. Er hat dir viele, viele Male die Hand hingestreckt. Du brauchst sie nur zu ergreifen.«

Ich streckte Pater Mike die Hand hin. Er nahm sie in die seine.

So saßen wir lange Zeit vor dem Kreuz.

»Wir lassen ihn nicht einfach so wieder in unser Leben, verdammt nochmal«, tobte Cecilia. »Kommt nicht infrage. Er glaubt, er kann uns jahrelang im Stich lassen und dann einfach wieder in der Familie unterschlüpfen? Da weitermachen, wo er aufgehört hat? Wieder Dad sein? Vergiss es. Arschloch.«

Wir hatten die Bäckerei geschlossen und räumten noch zu dritt auf. Henry hatte Kostproben von Erdnusskonfekt verteilt, saß in einer Nische und malte einen Vogel. Ihm tat der Bauch wieder weh, und ich hatte ihm Milch gebracht.

Die Mädchen machten neben Henry ihre Hausaufgaben. Riley hatte sich, soweit ich gesehen hatte, kein einziges Haar ausgerissen. Sie war auch seit zwei Wochen ihrem momentanen Seelenklempner nicht ausgerissen, was schon allein Grund für eine Familienfeier gewesen wäre. Am Abend zuvor hatten wir zu Hause eine »Hurra, sie ist nicht ausgerissen«-Party gefeiert, mit Steaks, Kartoffeln und einer riesigen rosa Torte.

Kayla trug ein orangefarbenes Mönchsgewand und sang leise vor sich hin.

»Aber Cecilia«, protestierte Janie und spülte eine Schüssel aus, in der Trüffelkuchen angerührt worden war, »er ist so nett! Er bringt uns zum Lachen! Er bringt seelische Harmonie in unser Leben!«

»Nein, er manipuliert uns seelisch«, zischte Cecilia. Die Worte flogen aus ihrem Mund wie winzige Schwerter. »Er knöpft sich eine nach der anderen von uns vor. Als Erste dich, Janie, weil du auf rührselige Geschichten reinfällst.«

»Ich falle nicht auf rührselige Geschichten rein!«

»Doch, tust du«, sagten Cecilia und ich.

Janie nahm den Zerstäuber aus dem Spülbecken und sprühte uns voll.

»Hör auf, Janie!« Cecilia warf einen Holzlöffel nach ihr.

»Ihr habt damit angefangen!« Sie besprühte uns erneut.

Ich duckte mich hinter den Ladentisch. »Ich brauch keine Dusche, Janie.«

»Ich sag doch nur«, Cecilia wischte sich das Gesicht mit einem Handtuch ab und warf es dann mir zu, »wir können nicht zulassen, dass er zurückkommt.«

»Er ist bereits da«, sagte ich. »Und ich dachte, du wolltest an deiner Wut arbeiten.«

»Komm schon, Isabelle. Ich hatte geglaubt, du würdest ihm genauso das Genick brechen wollen wie ich.«

Ich trat zu Janie ans Spülbecken und begann einen Topf auszuwaschen, den ich benutzt hatte.

»Was ist? Redest du nicht mit mir, Isabelle?«

»Ich rede doch mit dir.«

»Warum beantwortest du dann nicht meine Frage? Funktioniert dein Mund nicht?«

Cecilias Wut zu beobachten ist so, als würde man beim Aufflammen eines Feuers zuschauen. Zuerst flackert es, wird zu einer kleinen, orangefarbenen Flamme, springt dann über und fackelt den ganzen Wald ab, einschließlich Bambi und seinen Freunden.

»Hallooooo …«, spottete Cecilia. »Huh-huh.«

Ich drehte das Wasser ab, schlug meine Fußgelenke übereinander und lehnte mich gegen die Spüle.

Cecilia funkelte mich finster an, stand mit gespreizten Beinen und wogendem Busen da.

Wo sollte ich anfangen? Mein Haar war tropfnass von Janies

Spritzerei. Ich hatte Mehl an den Armen. Meine Schürze war mit orangefarbenem und gelbem Zuckerguss verschmiert, den Farben, die ich heute für einen Geburtstagskuchen in Form eines Schmetterlings verwendet hatte.

Meine Zöpfe waren fort, mein Haar war kurz. Ich hatte mich fast völlig von meinem Leben in Portland gelöst und glaubte dank ein paar krasser, brutaler Erkenntnisse über mich selbst nach dem Überfall nicht, dass ich je wieder dort leben würde. Ich besuchte Momma, kümmerte mich um Henry, passte auf Grandma auf. Ich arbeitete mit meinen Schwestern, führte ein Geschäft und kämpfte gegen die anhaltenden Schuldgefühle und die nervenaufreibende Angst nach dem Überfall an.

Aber ich fühlte mich so geborgen … so, ich wage es kaum zu sagen, *zufrieden* in Trillium River.

Ich fühlte mich nicht mal mehr wie ich.

Wo war ich geblieben?

Wo war mein altes Selbst?

Ich wusste es nicht. Und tatsächlich vermisste ich es auch nicht.

»Was ist?« Polternd räumte Cecilia Rührschüsseln weg. »Willst du da weiter so stehen wie ein Pavian? Hast du dein Hirn verloren?«

»Ich hab mein Hirn nicht verloren.« Ich hörte auf, meine Chancen bei diesem Gespräch abzuwägen, und beschloss, geradeheraus sei das Beste. »Meine Depressionen haben jahrelang mein Leben verdunkelt. Sie waren ein Teil von mir, ein Teil meines Lebens. Sie begannen, als wir Kinder waren. Sie liefen durch meine Adern wie giftiger Schlamm. Ich habe mich von allen abgeschottet, außer von euch beiden und Henry. Ich habe herumgebumst. Ich habe fast ausschließlich für mich gelebt, ganz allein, zwanzig Jahre lang. Während des Großteils meines Erwachsenenlebens war ich schrecklich einsam und allein.«

»Aber du hattest doch uns!«, quiekte Janie und legte mir den Arm um die Schultern.

»Ich war nur nicht einsam, wenn ich mit euch beiden und Henry zusammen war«, sagte ich. Und das war die Wahrheit. Die absolute Wahrheit.

Cecilia senkte den Kopf.

»Meine Güte! Ich auch!«, stimmte Janie zu. »Ich auch. Ich bin einsam ohne euch drei! Mein Geist ist allein, wandert, sucht.«

»Ich habe den Rest der Welt ausgeschlossen. Einschließlich meiner Verantwortung für euch hier, Cecilia, und für die Familie.«

Ich wischte meine Hände an der Schürze ab. Ich glaubte zwar nicht, dass die Mädchen zuhörten, war mir jedoch nicht sicher. Riley fummelte an ihren Haaren. Kayla fummelte an ihrem Mönchsgewand. Wenigstens trug sie keine Burka.

»Wenn Dad in unser Leben zurückkehren möchte, heiße ich ihn willkommen. Wird er für immer bleiben? Ich weiß es nicht. Vermutlich nicht. Menschen sind Menschen. Aber ich werde meine Zufriedenheit nicht davon abhängig machen, ob er bleibt oder nicht.«

Janie zupfte ihre rosa Schürze zurecht. »Ich hoffe, er bleibt ...«

Cecilia schniefte.

»Ich kann nicht mehr wütend sein. Ich kann nicht noch mehr Tage meines Lebens damit vergeuden, wütend zu sein. Ich kann nicht mehr wütend auf euch zwei, auf Momma, auf Dad, auf unsere Vergangenheit sein. Ich kann einfach nicht. Ich bin fast an dem gestorben, was dieses Ekel mir in meinem Loft angetan hat. Ich glaube, damit werde ich für den Rest meines Lebens zu kämpfen haben, aber ich habe endlich kapiert, dass ich nicht in einem Sarg leben will.«

Jetzt kam der schwierigste Teil. Ich biss die Zähne zusammen, um die Fassung nicht zu verlieren.

»Ich glaube tatsächlich, dass ich hier in Trillium River glücklich sein kann. Allein schon zu glauben, ich könnte glücklich sein, ist für mich ein Wunder. Mir gefällt es hier. Ich mag die

Leute. Wir treffen uns nächste Woche zum Grillen bei meiner alten Englischlehrerin.« Ich lächelte. Ich hatte Mrs Lary geliebt. »Lin Chi ist schwanger, und wir gehen alle zu so einer albernen Babyparty. Im September sind wir zur Hochzeit von Tommy und Kathleen eingeladen.« Ich schniefte wie Cecilia. »Und ich habe euch beide, Henry und Grandma und die goldige River.« Darüber lachten wir alle. »Ich liebe euch, meine Schwestern. Ich liebe euch beide sehr.«

»Oh, oh, oh, aus dir spricht Klarheit, Isabelle! Gelassenheit!«, sagte Janie. »Und ich liebe dich auch! Wirklich!« Sie hob ihre Schürze ans Gesicht und schluchzte ihre Liebe heraus.

Cecilia schniefte, ihr Mund verzog sich, ihr Gesicht war gerötet.

»Ich bin nicht mehr wütend auf Dad«, gestand ich und warf die Hände in die Luft. »Der Mann ist ein Vietnamkriegsveteran und ist durchgedreht, als er heimkehrte. Ihr wisst, dass ich Monate in Vietnam verbracht habe, ehemalige vietnamesische Kämpfer und Vietnamkriegsveteranen hier für eine Dokumentation über den Krieg interviewt habe. Ich habe die grausigsten, schrecklichsten Geschichten zu hören bekommen, und ich weiß eines ganz gewiss: Wenn wir in Vietnam hätten kämpfen müssen, wären wir auch durchgedreht.«

Ich jedenfalls wäre mehr als ausgeflippt.

»Als er den Mann umbrachte und ins Gefängnis kam, war er schon lange nicht mehr richtig bei sich. Joseph Corelli, der Bruder des Opfers, Herrgott nochmal, war derjenige, der Dad direkt nach seiner Entlassung aus dem Gefängnis eingestellt hat. Dad hat an Joseph geschrieben, als er im Gefängnis war, und hat sich für seine Tat entschuldigt. Sie haben angefangen, miteinander zu korrespondieren, und Joseph hat Dad vergeben. Offenbar war Josephs Bruder vor dem Vorfall mit Dad schon mehrfach verhaftet worden und ein echter Hitzkopf. Dad hat die ganze Zeit für Joseph gearbeitet, bis ihm die Stelle als Finanzvorstand bei TechEx angeboten wurde.«

Cecilia legte die Hand aufs Herz. Mein Herz übersprang zwei Schläge und pochte schneller.

»Liebe verbindet die ganze Welt«, sagte Janie mit einem Flattern in der Stimme.

»Und was hat Dad getan, seit er zurück ist? Er ist mit Henry angeln und wandern gegangen. Er hat uns alle mehrmals zum Essen eingeladen. Letztes Wochenende haben wir eine Bootsfahrt gemacht. Er hat uns geholfen, hier zu renovieren, er backt wie ein Wilder, und er will sich nicht von uns bezahlen lassen. Er unterhält sich mit Grandma und baut mit ihr und Henry ein Modellflugzeug. Er hat Velvet zu ihrer Darmspülung gefahren. Er hat die Entwürfe für Janies neues Buch gelesen. Hätte er eher zurückkommen sollen? Ja. Nein, vielleicht.«

»Wir hatten viel Spaß dabei, uns zusammen zu gruseln!«, rief Janie. »Ich dachte schon, wir müssten uns im Wandschrank verkriechen, aber dann brauchten wir es doch nicht.«

Ich wusste kaum, was ich dazu sagen sollte, also machte ich weiter. »Extreme Umstände haben dazu geführt, dass er uns verlassen hat. Er hat auf eine Art gelitten, die wir nie, niemals begreifen werden. Und wenn wir das akzeptieren, wenn wir akzeptieren, dass sein Leid durch dumme Männer verursacht wurde, die einen dummen Krieg führten, und dass sein Geisteszustand angeschlagen war, dann stellt sich die nächste Frage: Wer sind wir, ihn zu Hause nicht willkommen zu heißen?«

»Ich mach das! Ich werde es tun! Ich werde ihn willkommen heißen!«, sagte Janie und ließ ihre Schürze flattern. »Ich mag ihn! Er ist toll!«

Janie umarmte mich.

Cecilia schniefte erneut und strich sich das Haar aus dem tränennassen Gesicht. »*Möglicherweise* gestatte ich ihm einen letzten Versuch, wieder ein Dad zu sein. Einen letzten.«

»Das ist eine gute Idee, finde ich.«

Ich umarmte Cecilia. Janie umarmte mich. Und als sie beide

richtig entspannt waren, schnappte ich mir die Sprühflasche und durchnässte meine Schwestern von Kopf bis Fuß.

Cecilia gab Dad irgendwie ein Zeichen, dass sie ihm *möglicherweise* einen letzten Versuch gestatten würde. Ich merkte, wie sehr es ihn freute, nicht nur mit Cecilia, sondern auch mit seinen Enkeltöchtern zusammen zu sein.

Überraschenderweise berichteten die Mädchen eines Tages begeistert von dem Gemüsegarten eines Nachbarn und wie cool der war, und Dad griff das sofort auf.

Er fragte Cecilia, ob sie gern einen Gemüsegarten hätte und wo der hin sollte, lieh sich eine Fräse und legte zusammen mit den Mädchen erhöhte Beete für Gemüse, Blumen, Blaubeeren und Erdbeeren an. Mir fiel auf, dass sich unser Dad in keiner Weise von seinem verletzten Bein behindern ließ.

Wie Riley sagte: »Er ist ein cooler Typ. Wir haben sogar über Astrophysik und das Hubble-Teleskop diskutiert.«

Ein gescheiter Dad also. »Er versteht was von Astrophysik?«

»Aber ja. Er sagte, er beschäftige sich liebend gern mit Astronomie. Er hat mir sogar Bücher über Supernovas, Spiralgalaxien und Meteorologie geschenkt.« Sie rollte die Lippen ein und sagte dann: »Ich hab ihm von meinem Haarausreißen erzählt. Er sieht ja selber, dass ich kahl werde.«

»Und wie lief das Gespräch?« Ich wappnete mich.

»Er blieb so, also, ganz cool. Ich hab ihm erzählt, dass ich nachts manchmal eine Skimütze trage, damit ich mir keine Haare ausreiße, und dass ich es auch mit Fäustlingen versucht hätte, aber das hat nicht funktioniert. Du weißt schon, die Fäustlinge waren dazu gedacht, das Ausreißen zu erschweren, aber ich musste sie nur ausziehen, deshalb hat das nicht funktioniert.«

»Das tut mir leid, Riley.« Ich bat sie erst gar nicht, damit aufzuhören. Das wäre ja so gewesen, als hätte mir jemand gesagt, ich solle aufhören, Depressionen zu haben – und voilà, okay!

Weg sind sie! Danke, dass du mir das gesagt hast! Jetzt bin ich geheilt!

»Ich habe mir vorgenommen, mich ins Gesicht zu schlagen, wenn ich ein Haar ausreiße, aber das hat auch nicht funktioniert. Dann habe ich versucht, mich zu belohnen, mir ein Eis zu gönnen, wenn ich nicht reiße, oder mein Taschengeld für ein Wissenschaftsbuch auszugeben, aber das hat auch nicht funktioniert. Ich muss mein Haar ausreißen. Das mildert meinen Stress. Daddy findet, ich bin hässlich, und es ist ihm peinlich, das merke ich, genau wie Constance. Glaubst du, es ist mir nicht peinlich? Ich weiß, dass ich hässlich bin.«

»Du bist nicht hässlich, Riley. Du bist wunderschön.«

»Nein, bin ich nicht, aber Carl sagt, ich sei klug und witzig und hübsch und großzügig, und ich sei mitfühlender gegenüber anderen Menschen und ihren Problemen, weil ich selber welche habe.«

»Kluger Mann«, sagte ich. »Er hat's kapiert.«

»Ja«, unterbrach Kayla. »Er ist saucool. Er sagte, von ihm aus könnte ich einen Sari tragen oder mein Kreuz oder ein Feigenblatt und den Rosenkranz beten, während wir die Saat ausbringen. Er ist radikal.« Sie hielt inne. »Die Burka lehnt er ab. Er sagte, mich ganz in Schwarz zu sehen, mache ihm Angst.«

Ich lachte.

Am nächsten Tag fuhr ich, bevor die Bäckerei aufmachte, mit dem Motorrad zum Columbia River. Die goldenen Lichtstreifen am Horizont beruhigten mich, Rosa und Gelb und Orange wirbelten um die aufgehende Sonne herum wie das Kleid einer Tänzerin.

Vom Ufer des rauschenden Flusses beobachtete ich den Windsurfer. Zu einer anderen Zeit meines Lebens wäre ich vielleicht hinübergeschlendert und hätte Hallo gesagt. Geplaudert. Mit ihm geschlafen, wenn nötig. Er war männlich und, zumindest aus der Entfernung, attraktiv. Athletischer Körper.

Das hätte mir gereicht, um mich für ein paar Stunden zu betäuben, meinen Schmerz zu verdrängen und den Mann dann wieder loszuwerden. Hätte absolut gereicht.

Aber ich musste mich nicht mehr betäuben. Das hatte ich zu viele Jahrzehnte lang getan.

Ich glaube, ich fand endlich die wahre Isabelle.

Sie hatte sich versteckt, die Arme über dem Kopf, zusammengerollt zu einer Kugel, in einem Wandschrank in meinem Kopf, aber sie war noch da.

Der Wind brauste weiter, besänftigte mein Gesicht und, wie ich glaube, meine Seele.

Am Sonntag wagte ich mich in die Kirche. Cecilia und die Mädchen gingen regelmäßig hin, aber ich sagte ihnen, ich ginge nur mit, wenn wir ganz hinten sitzen und uns verstecken könnten.

Wir setzten uns ganz nach hinten. Velvet, Janie und Grandma kamen auch mit.

Das mit dem Verstecken klappte nicht ganz so gut.

Zu Beginn der Messe breitete Pater Mike die Arme aus und sagte: »Willkommen, ihr alle! Willkommen, wenn ihr jede Woche herkommt. Willkommen, wenn ihr nur einmal im Monat oder im Jahr kommt. Willkommen, willkommen, willkommen, wenn ihr noch nie in der Kirche wart, aber heute hier seid! Und, liebe Gemeinde, ich möchte ein besonderes Willkommen für die Bommarito-Familie, Amelia Earhart und Velvet Eddow aussprechen!«

Die ganze Gemeinde drehte sich um und starrte uns an.

Grandma erhob sich und salutierte, nach links, zur Mitte, nach rechts.

Henry stand in der ersten Bank auf und rief nach hinten: »Hi, Isabelle! Hi, Janie! Hi, Cecilia! Jesus liebt euch!«

Der Applaus der Gemeinde war recht freundlich.

Ich fing Pater Mikes Blick auf, verdrehte die Augen und breitete die Arme aus – *was zum Teufel sollte das denn*?

Er grinste.

Er ist ein gerissener Kerl.

»Daddy und Constance haben sich am Wochenende gestritten, dass die Fetzen flogen. Sie dachten, wir wären bei den Nachbarn, aber wir haben das ganze Theater mitbekommen«, erzählte Kayla. Sie trug drei riesige Kreuze aus Holz und Metall um den Hals. (»Ich überdenke diese Woche noch mal meine Recherchen zu den drei Religionen: Judaismus, Katholizismus und Lutheranismus.«)

Sie lehnte am Verandageländer. Es war schon dämmrig, und die drei Bommarito-Schwestern waren vor Erschöpfung halbtot. Henry rannte mit Grandma wie ein Flugzeug über den Rasen, wenn auch langsamer als sonst. Velvet schlief im Sessel und schnarchte wie eine Südstaatenlady.

»Wir haben das ganze schreckliche Geschrei mitgehört«, sagte Riley. Sie trug ein grünes Stirnband und ein T-Shirt mit Einstein drauf. »Anscheinend geraten die sich jedes Mal in die Haare, wenn wir da sind, und knallen aufeinander wie kollidierende Asteroide.«

Ich stippte ein paar Chips in Mango-Salsa und unterdrückte ein Kichern. Ein Nachbar hatte uns den Dip geschenkt. Er hieß Chance Dickey, war achtzig und zwinkerte Velvet immer zu, wenn er vorbeiging.

»Dad schwitzte, war total wütend, weil er Constance ›scheißviel Geld‹ – das hat er gesagt, Mom, ich wiederhole es nur – aus seinem Altersruhegeld gegeben hätte, um vor der Hochzeit ihre Kreditkartenschulden zu bezahlen. Sie haben auch zusammen Konten eröffnet«, sagte Kayla. »Wie heißt das noch?«

»Gemeinsame Kontoführung«, sagte ich und lehnte mich mit meinem Erdbeer-Daiquiri auf der Verandaschaukel zurück. Die Sache versprach, gut zu werden. Ich grinste Cecilia zu.

Janie summte über ihrer Teetasse vor sich hin. Sie hatte ein

Tagebuch auf dem Schoß, in das sie eine Henkersschlinge gemalt hatte.

»Okay«, sagte Kayla. »Genau. Er hatte also die Kreditkartenabrechnungen vor sich auf dem Tisch liegen und war total sauer auf Constance.«

»Ja«, mischte sich Riley ein. »Daddy und sie haben diese Wohnung in Portland gemietet, sie gehört ihnen nicht, und Daddy sagte, sie könnten sich kein Haus kaufen, solange die neuen Kreditkartenabrechnungen nicht bezahlt wären, und Constance brüllte: ›Dann sieh eben zu, dass du eine Gehaltserhöhung kriegst, Park‹, und ich dachte, er schmeißt Constance gleich aus dem Fenster. Er sagte, sein Chef säße ihm sowieso schon im Nacken wegen der Scheidung. Sein Chef mag dich, Mom.«

»Als ich mich mit den Mormonen beschäftigte, hab ich ihn angerufen, und er hat mir von seiner Religion erzählt. Er ist so cool«, sagte Kayla. »Sie haben neun Kinder.«

»Dad hat Constance angebrüllt«, sagte Riley, »dass sein Chef ihn ins Büro geschleift hätte, weil du ihn angerufen hast, Mom, weil Dad das Kindergeld nicht bezahlt hat, und der Chef hat Dad gesagt, er könnte ihm moralisch nicht mehr trauen, was immer das heißt, er hätte das Kindergeld auf der Stelle zu zahlen.«

»Na, ist das nicht eine Schande«, murmelte ich.

»Beschämend«, flüsterte Cecilia.

»Constance schrie ihn an, sie sei keine Vorzeigehausfrau wie Mom«, sagte Kayla. »Und sie würde nicht zu Hause bleiben und Essen kochen, und sie würde zum Teufel nochmal – das hat sie gesagt, ›zum Teufel nochmal‹ – seine Hemden nicht in die Reinigung und sein Auto nicht zum Ölwechsel bringen, wie er gefordert hätte, weil sie ja nicht arbeitet. Dad wurde immer wütender. Er sagte: ›Cecilia hat das immer gemacht, und sie hat gearbeitet und hatte zwei Kinder!‹, und Constance hat mit dem Schürhaken geworfen. Dabei ist das Fenster zersplittert.«

»Constance will dauernd in den Schönheitssalon und sich die Haare machen lassen«, sagte Riley. »Sie sagt, sie hätte ein Geschäft, aber ich habe bloß Hunderte von Shampooflaschen und Spülungen und Lotionen in ihrer Abstellkammer gesehen. Auf den Etiketten steht ›Constances Wonnemittel‹.«

»Ihr Geschäft läuft nicht«, sagte Kayla. »Vor der Hochzeit hat sie Dad erzählt, sie hätte so viel zu tun, dass sie es kaum alleine schafft, und Dad wollte ihr dabei helfen. Sie waren total begeistert. Sie sagten, sie würden ihre Firma auf den internationalen Markt bringen und einen Haufen Geld verdienen.«

»Sie benutzt das Zeug nicht mal für ihr eigenes Haar«, sagte Riley. »Ich hab ihre Shampooflaschen in der Dusche gesehen, das sind andere.«

»Und wie habt ihr euch bei eurem Vater benommen?« Ich konnte nicht widerstehen, musste es einfach wissen. Bommarito-Power!

Ich sah, wie die Mädchen sich wanden.

»Mir war danach, meine Ausbildung als Muslimin wieder aufzunehmen«, sagte Kayla. »Daher trug ich meine Burka.«

»Abgesehen davon und dass ich ihr gesagt habe, sie sei zu alt für das, was sie anhat, und du, Mom, würdest dich nie so anziehen«, sagte Riley, »habe ich überhaupt nicht mit ihr geredet.«

»Du hast mit Constance geredet, als ihr euch gestritten habt«, verbesserte Kayla sie. »Du hast sie sogar angebrüllt.«

Riley seufzte schwer. »Constance hat mich genervt. Sie weiß überhaupt nichts über die Europäische Union oder was im Sudan vor sich geht. Sie weiß nicht mal, was Makroökonomie ist. Sie glaubt, Physik würde mit *F* geschrieben. Sie ist dämlich. Meistens funkle ich sie nur böse an.«

Ein leichter Windstoß strich vorbei. Ich versuchte nicht darüber zu lachen, wie Parker auseinandergenommen wurde.

»Wenn ich zu Dad gehe, fühle ich mich spirituell dazu getrieben, eine Muslimin zu sein.«

»Und ich reiße mir das Haar in der Küche aus.«

Aufgeladenes Schweigen senkte sich herab, während wir uns diese Geschichte auf der Zunge zergehen ließen.

»Auf das Haareausreißen und die Burkas!« Ich hob meinen Daiquiri. »Prost!«

25. KAPITEL

Eine Woche später fuhr ich mit Cecilia und Janie zu Momma.

Als wir ankamen, überraschten wir Momma beim Square Dance, den Kopf zurückgeworfen, lachend, ihr Gesicht strahlend wie ein Weihnachtsbaum. Sie trug sogar einen dieser mit Volants und Spitzen besetzten Röcke.

Sie hatte eindeutig vergessen, dass ihre Töchter zu Besuch kommen wollten.

Seit Jahren hatte ich sie nicht so glücklich gesehen.

Sinda beugte sich über meine Schulter.

»Sie amüsiert sich prächtig«, bemerkte ich.

Sinda nickte. »Das tun sie hier alle. Warum auch nicht? Die Menschen sind älter, nicht krank, nicht tot. Sie möchten immer noch lachen und tanzen und sich amüsieren. Bei uns ist den ganzen Tag was los. Sie brauchen keine Hausarbeit zu erledigen, die Mahlzeiten werden für sie gekocht, sie können Ausflüge machen, wohin sie wollen. Gestern waren wir mit ihnen in einem Actionfilm und hinterher zum Essen. Einige möchten gern in den Wasserpark und die Rutschen ausprobieren. Wir lassen uns deshalb von allen Einverständniserklärungen unterschreiben, damit wir nicht verklagt werden, falls sie sich verletzen – und ihre Familien müssen auch unterschreiben … aber wir haben alle Formulare zurückbekommen, bis auf eines, daher ziehen wir das durch.«

Ich lächelte, während ich zusah, wie Momma von einem älteren Herrn herumgewirbelt wurde.

»Macht Momma auch bei den Wasserrutschen mit?«, fragte Janie.

Cecilia warf die Arme hoch. »Was glaubst du wohl?«

Sinda reichte mir das Formular.

Ich unterschrieb.

Wir hatten beschlossen, über Nacht in Portland zu bleiben, daher fuhren wir zu meinem Loft. Ich war zum ersten Mal seit dem Überfall wieder da. Mir war speiübel, fast fiebrig, und meine Schwestern mussten im Aufzug meine zitternden Hände halten.

Cecilia steckte den Schlüssel ins Schloss. Nachdem die Tür von der Polizei eingetreten worden war, hatte die Hausverwaltung eine neue einsetzen lassen.

Als Cecilia öffnete, kam mir meine Wohnungstür wie der Eingang zur Hölle vor. Ich wollte nicht hineingehen.

Ich zitterte innerlich vor Angst. Die Erinnerungen an jene Nacht brachen über mich herein, nackte, hoffnungslose, rasende Angst. Ich spürte die Schläge ins Gesicht, wie an meinen Zöpfen gerissen wurde, wie meine Rippen brachen, mein Kinn aufplatzte und das heiße Blut aus mir herausspritzte.

Ich konnte ihn hören, sein schauriges Kichern, sein tonloses Singen, seine explosive Wut, und ich hörte meine erstickten Schreie, den Aufprall meines Körpers auf dem Boden, die Boxhiebe, die auf mich niederprasselten. Ich roch seinen Körper, seinen Atem, seinen Schwanz, die Gefahr. Beinahe konnte ich den Zahn, den er mir ausgeschlagen hatte, im Mund spüren.

»Und vergiss nicht zu lächeln«, sagte Janie und zupfte ihren beigen Rock zurecht, »wenn du durch die Tür trittst.«

Janies sanfte Stimme und ihr unschuldiges, eifriges Gesicht drangen durch die aufgewühlte, betäubende Angst meiner entsetzlichen Erinnerungen.

»Du machst wohl Witze, Janie. Ich soll lächeln, bevor ich den Raum betrete, in dem ich überfallen wurde?«

»Ja, Schätzchen, bitte, dann wird es sich drinnen besser anfühlen, ganz bestimmt.«

»Da könnte sie recht haben«, sagte Cecilia, sie krümmte sich wie ich, weil sie spürte, was ich spürte. »Das Arschloch hat dir so viel genommen, Isabelle. Uns allen. Also wünschen wir ihn zum Teufel und hoffen, dass der elektrische Stuhl nicht richtig funktioniert und er stundenlang brutzeln muss. Jetzt rein mit uns. Lächelnd.«

»Ja, rein mit uns!«, rief Janie wie ein Cheerleader. »Lächelt, Schwestern!«

Ich richtete mich auf. Verdammt, sie hatten recht. Ich würde mir von diesem geisteskranken Psychopathen nichts mehr wegnehmen lassen.

Wir drei Schwestern hakten uns unter, drehten uns seitwärts und traten durch die Tür in mein Loft.

Lächelnd.

Selbst als ich die Blutflecken auf dem Boden sah, lächelte ich weiter.

Als ich zusammensackte, weil meine Knie nachgaben und zu viele entsetzliche Bilder auf mich einstürmten, fingen meine Schwestern mich auf.

Und drückten mich fest an sich.

An dem Abend schleppten wir drei Liegen auf meinen Balkon und betrachteten die Sterne.

In der Stadt waren nicht so viele Sterne zu sehen wie auf dem Land.

Das störte mich.

Ich hörte Autos und Gehupe.

Das störte mich auch.

Und ich konnte zwischen den Hochhäusern um mich herum keine richtigen Bäume sehen.

Das störte mich erst recht.

Ich war in einem modernen Loft statt in Grandmas geschmackvollem Queen-Anne-Haus voller Winkel und Ecken, mit Buntglas, dem Wintergarten und der umlaufenden Veranda.

Mir wurde kalt.

Ich wollte Henry umarmen, die weiße Taube besser kennenlernen, vor Amelia salutieren und über Velvets Limonade lachen, auch wenn sie mir die Kehle verätzte.

Ich wollte einen gestürzten Pfirsichkuchen und Apricot-Brandy-Muffins backen und weitere haarsträubende Geschichten von Kayla und Riley hören.

Wage ich, es auszusprechen? Ich wollte nach Hause, und zu Hause war nicht hier.

Zu Hause war nicht hier.

Ein Anruf um zwei Uhr morgens kann nichts Gutes bedeuten.

Das ist bekannt.

Wir drei schossen gleichzeitig in meinem Bett hoch, als das Klingeln von den Wänden und den stählernen Wolkenkratzern widerhallte. Ich versuchte, über Cecilia zu klettern, um ans Telefon zu kommen, Cecilia tastete blind danach. Ich verhedderte mich in den Decken und rutschte vom Bett, während Janie flehte: »Nehmt doch ab, nehmt ab.«

»Verdammt«, murmelte Cecilia und stieß den letzten Gin Tonic um, den sie im Bett getrunken hatte. Janie stieß auf ihrer Seite die Lampe um.

Immer noch in die Laken verheddert, hoppelte ich zum Schalter, knipste das Licht an und griff nach dem Telefon.

Die Nachricht war nicht gut.

Ein Anruf um zwei Uhr morgens kann nichts Gutes bedeuten.

Das weiß man.

»Er ist im Krankenhaus«, sagte Dad mit beherrschter Stimme, doch die Sorge schimmerte hörbar durch.

»Wir kommen«, sagte ich. Panik raste mir wie ein angreifender Stier durch den Körper. »Sofort.«

Cecilia lag am Boden, die Hand auf der Brust. »Großer Gott, was ist los?«

»Oje, oje«, flüsterte Janie.

»Henry«, sagte ich erstickt. »Dad und Velvet wissen nicht, was ihm fehlt. Er hat Schmerzen. Er sagt, sein Bauch täte weh. Sie haben ihn ins Krankenhaus von Trillium River gebracht. Velvet ist bei Grandma geblieben.«

Wir warfen uns Kleider über und stürzten aus der Tür.

Unser süßer, liebevoller Henry hing am Tropf, bleich, schwach, die Augen auf eine Weise geschlossen, wie sich die Augen Sterbender schließen.

Auf typische Bommarito-Art umarmten und küssten wir Henry, dann zogen wir drei Schwestern uns auf den Krankenhausflur zurück und brachen auf unsere eigene Art zusammen.

Bauchspeicheldrüsenkrebs ist ein Wort, das man nie hören möchte.

Es bedeutet, dass die Bauchspeicheldrüse, dieses Organ, das wir normalerweise gar nicht wahrnehmen, dieses knapp zwanzig Zentimeter lange *Ding*, das quer unter dem tiefsten Teil des Magens liegt, mit Krebs infiziert ist. Die Zellen mutieren unglaublich schnell, sind langlebig und bilden Tumore, die ihrem Wirt das Leben aussaugen. Der Wirt können sein: Großvater, Tante, Schwester, Vater und so weiter. Der Krebs verbreitet sich für gewöhnlich rasch, ist heimtückisch und grausam.

Und wenn man schließlich herausfindet, dass man ihn hat, steht es nicht zum Besten.

Bei unserem Henry, unserem liebevollen Henry, stand es nicht zum Besten.

»Der Krebs hat Metastasen gebildet«, teilte uns Dr. Remmer am späten Nachmittag des nächsten Tages im Konferenzraum mit. Sie war dünn, etwa sechzig Jahre alt, hatte das graue Haar zu einem Pferdeschwanz zurückgebunden. Fachkundig, freundlich, professionell. Genau diejenige, die man sich wünscht, wenn man in einer Lebenskrise steckt.

Dad lehnte den Kopf zurück, bedeckte sein weißes, käsiges Gesicht mit den Händen.

»Das verstehe ich nicht«, fuhr Cecilia sie wütend an. »Er hat sein Leben lang mit Bauchschmerzen zu tun gehabt. Wir haben immer dafür gesorgt, dass er sich hinlegt, Milch trinkt und Kekse isst ... wie konnte das passieren? Wie konnte Henry Bauchspeicheldrüsenkrebs bekommen? Er trinkt nicht, raucht nicht, hat nie Drogen genommen. Er ernährt sich gesund. Er ist ein bisschen dick, aber mehr auch nicht. In den letzten zwei Monaten hat er fast sieben Kilo abgenommen!«

Janie begann hicksend zu weinen und klopfte im Viererrhythmus auf den Tisch. Sie hatte sich bereits Zitronentee besorgt.

»Ungewollter Gewichtsverlust«, sagte die Ärztin ruhig und beherrscht, »kann tatsächlich ein Anzeichen für Bauchspeicheldrüsenkrebs sein.«

Die Ärztin blickte auf ihre Notizen und die Laborergebnisse, die sie vor sich auf dem Konferenztisch ausgebreitet hatte.

»Wie können sich bereits Metastasen gebildet haben?«, fragte Cecilia. »Wir haben doch gerade erst von dem verdammten Ding erfahren!«

»Der Krebs ist ein schreckliches Wesen.« Die Ärztin zeigte uns eine Computertomographie, den schwarzweißen, verschwommenen Fleck einer Bauchspeicheldrüsen-Katastrophe.

»Der Krebs hat auf die Leber übergegriffen.« Eine weitere Aufnahme.

»Er hat auf den Magen übergegriffen.« Noch eine Aufnahme.

»Wir befürchten, er sitzt auch in den Lymphknoten.«

Janie gab sich geschlagen, warf die Hände in die Luft und schluchzte.

Über Dads zerfurchtes, totenblasses Gesicht rannen die Tränen.

Ich konnte mich kaum bewegen.

Vernichtung, trostlos und alles verzehrend, erfüllte mein ganzes Sein. Wie konnte das passieren? *Wie hatte das passieren können?*

Cecilias Wut wuchs. »Wir müssen das in Ordnung bringen. Kann er heute mit der Chemotherapie anfangen? Was ist mit Bestrahlung? Können Sie das verdammte Ding rausoperieren? Wie sieht Ihr Plan aus? Wir müssen sofort damit anfangen. Auf der Stelle. Heute Abend noch.« Ich glaube, sie merkte nicht mal, dass ihr ganzer Körper bebte und ihr Kopf vor Anspannung wackelte.

Ich legte ihr die Hand auf den Arm, obwohl sich der Raum um mich zu drehen schien.

»Lass das!«, schimpfte sie und sprang auf. »Fass mich nicht an! Ihr sitzt hier alle rum und tut nichts. *Nichts.* Und Henry braucht Hilfe!« Sie schlug mit beiden Fäusten auf den Tisch. »Was gedenken Sie zu tun, Dr. Remmer? Wie werden Sie meinem Bruder helfen?«

Die Ärztin war an solche Reaktionen gewöhnt. »Wir können es mit Chemotherapie versuchen …«

Cecilia unterbrach sie. »Das ist ja wohl selbstverständlich. Jetzt rufen Sie die Krankenschwester oder einen anderen Arzt, und weisen Sie ihn an, sofort alles bereitzustellen. Wenn sich der Krebs so schnell ausbreitet, müssen wir ihn aufhalten. Warum rufen Sie niemanden?« Wieder schlug sie mit den Fäusten auf den Tisch. Ihr Kopf wackelte. »Warum rufen Sie niemanden? *Warum tun Sie nicht etwas?*«

»Cecilia«, sagte ich. Mein Herz fühlte sich an, als würden Schrauben hineingebohrt.

»Cecilia«, sagte Janie. Klopf, klopf, klopf.

»Hört auf, mich zu bevormunden!«, schrie sie und trat ihren Stuhl gegen die Wand. »Hört auf damit! Sagt mir nicht, dass ich mich beruhigen soll. Ich werde mich nicht beruhigen, bis wir Hilfe für Henry bekommen. Helft ihm! *Helft ihm!*«

»Liebling«, sagte Dad, stand auf und legte ihr die Hand auf den Rücken.

»Nenn mich nicht Liebling!« Sie schüttelte seine Hand ab. »Ich will eine zweite Meinung. Wer weiß, ob Sie überhaupt wissen, was Sie tun …« Sie schlug die Hände vors Gesicht. »Wer weiß, ob Sie überhaupt wissen, was Sie tun …« Sie knickte in der Taille ein, als hätte ihr jemand in den Magen geschlagen. »Ich glaube, Sie irren sich. *Sie müssen sich irren.*«

Dad legte den Arm um sie, drängte sie, sich zu setzen.

»Das kann nicht stimmen«, schrie Cecilia fast und riss sich von Dad los. »Das sind die falschen Aufnahmen. Henry ist nicht krank. Er ist neulich noch mit Grandma draußen rumgerannt. Sie waren Flugzeuge. Er hat Mittwochabend in der Kirche bei der Kuchenausgabe geholfen. Wir haben in der Bäckerei Riesenwalkekse gebacken, weil wir die Geschichte von Jona und dem Wal durchgenommen haben. Ich sag's Ihnen doch!«, schrie sie. »Er ist nicht krank!«

Der Ärztin kamen die Tränen. »Es tut mir aufrichtig leid.«

»Es tut Ihnen nicht leid genug! Nicht leid genug!« Cecilias Stimme verklang zu einem Wimmern. Sie versuchte nicht mal, auf einem Stuhl zu landen. Sie sank zusammen, die Stirn auf dem Boden, weinte und schluchzte.

Ich packte sie, wiegte sie, ihr Kopf hörte nicht auf zu wackeln. »Er ist nicht krank! Er ist nicht krank!«

Janie stand auf, wollte mir helfen, und ich sah undeutlich, wie sie schwankte. »Dad! Fang Janie auf«, rief ich.

Die Ärztin und Dad waren gleichzeitig da, als Janie einfach nach hinten kippte.

Cecilia gab tiefe, kehlige Geräusche von sich.

Bodenlose Zerstörung. Ich spürte sie. Ich spürte diese Zerstörung.

Ich dachte an Henry in seinem Krankenbett, an sein liebes Gesicht, seine Freundlichkeit, der einzige geistig Gesunde der Bommarito-Familie.

Die Tränen kamen wie eine Woge, eine wütende, schäumende, hasserfüllte Woge.

Cecilia sagte: »Sie irrt sich! Sie irrt sich! Unser Henry ist nicht krank! Er ist nicht krank! Er hat neulich noch Hunde gestreichelt!«

Aber die Ärztin irrte sich nicht.

Unser Henry war nicht nur krank.

Unser Henry lag im Sterben.

»Geh und hol Momma«, flüsterte Janie mir am nächsten Tag mit schwacher Stimme zu. »Hol Momma.«

Sie lag auf einer Liege neben dem Krankenbett, in dem Cecilia ruhte. Die Ärzte machten sich Sorgen um ihr Herz.

Das hatte mich nicht überrascht. Mein Herz setzt immer mal wieder aus, und ich wusste, dass es von Cecilia kam. Ich hatte einen Arzt gebeten, nach Cecilia zu sehen. Er hatte es getan, gegen ihren Wunsch, und sie wurde Sekunden später auf einer Trage rausgerollt. Im Moment schlief sie, aber ihr Schlaf war unruhig, ihre Brust hob und senkte sich krampfhaft, ihr ganzer Körper zitterte.

Janie war zweimal ohnmächtig geworden und immer noch leichenblass. Dad saß neben Cecilia und hielt ihre Hand.

»Ich hole Momma«, sagte ich. Mir graute davor, wie mir noch nie vor etwas gegraut hatte.

»Ich komme mit«, sagte Dad.

»Nein, ich fahre allein. Das wäre ein zu großer Schock für Momma.«

Dad hob das Kinn. »Für deine Mutter wird es ein Schock sein, mich zu sehen, daran gibt es keinen Zweifel, Schätzchen.

Doch ich war seit fast drei Jahrzehnten nicht für deine Mutter da. Ich werde für sie da sein, wenn sie das hier erfährt.«

»Aber Dad«, sagte ich, »du hast sie verlassen, hast uns verlassen. Sie könnte immer noch zornig auf dich sein. Verletzt, wütend. Für sie gibt es nur Vollgas. Vergebung ist nicht ihre Stärke. Genauso wenig wie einen Groll zu vergessen.«

»Ich kenne River«, sagte er. »Ich habe sie geliebt. Ich liebe sie immer noch.« Er hielt inne, schluckte schwer. »River wusste, warum ich gegangen bin, Herzchen. Sie wusste auch, dass ich im Gefängnis war.«

Es kam mir vor, als hätte ich einen Schlag ins Gesicht bekommen. »Sie wusste es? Davon hat sie uns nie was erzählt.«

»Du musstest auch nicht wissen, dass dein Daddy im Gefängnis gelandet war. River war klug genug, euch nicht noch mehr Schmerzen aufzubürden, als ihr bereits ertragen musstet. Ich weiß, wie ich mit River umgehen muss, und ich weiß, dass ich sie trösten kann. Es wird Zeit, dass ich zu ihr gehe. Bitte. Erlaube es mir.«

In meinem Kopf tobten zu viele Gefühle, um mit Dad zu streiten. Zweifellos hatte er einen beruhigenden Einfluss auf uns. Er würde besser mit Momma umgehen können als ich, auch daran hatte ich keinen Zweifel.

Er küsste Cecilia und Janie, die sich an ihn klammerte.

Wir eilten in das Seniorenzentrum, niedergedrückt von unserer Verzweiflung, und ich ging gleich zu Sinda. Ich erzählte ihr von Henry, den wir oft mitgebracht hatten. Ihr traten Tränen in die Augen, sie schüttelte Dad die Hand und führte uns dann in die Bibliothek, wo Momma mit drei anderen Damen in eine Bridgepartie vertieft war.

Zunächst bemerkte Momma uns nicht, und ich betrachtete sie. Sie war immer noch schön. Strahlende Augen, elegante Glockenfrisur, schlanke Figur. Sie hatte einen Knochenbau, der nie nachgeben würde. Sie wäre noch mit neunzig ein Kracher.

Ich spürte, wie sich Kummer in mir ausbreitete. Trauer um uns alle. Um Henry und um das, was noch vor ihm lag. Kummer um Dad, der bald den Sohn verlieren würde, den er erst seit kurzem richtig kannte. Trauer um Cecilia, die Henry brauchte, um leben zu können, und um Janie, die Henry bis zum Wahnsinn liebte.

Kummer um mich. Um Momma. Diese Nachricht würde sie zerbrechen.

Sie lachte über etwas, das eine der Damen sagte, und ich staunte. Momma hatte so selten gelacht, seit Dad fortgegangen war, unsere Kämpfe hatten jegliche Heiterkeit unmöglich gemacht.

Sie lachte erneut, ihr Gesicht entspannt, sorglos.

All das würde ich ihr nehmen, weil ihr Sohn, ihr geliebter Sohn, dem sie stets die Treue gehalten, für den sie immer gekämpft hatte, im Sterben lag.

Momma plauderte mit der Dame neben ihr, doch wie von einem Magneten angezogen, glitt ihr Blick über Dad hinweg und blieb an meinem hängen.

Ich sah eine Unzahl von Gefühlen über ihre feinen, klassischen Gesichtszüge huschen: Überraschung (Isabelle sollte nicht hier sein! Sie hat sich nicht angemeldet), Freude (ich war froh, das zu sehen), schlechtes Gewissen (weil sie vorgegeben hatte, eine kranke Momma zu sein) und Verärgerung (Ach, du Schande! Sie war durchschaut!).

Trotz des Protests der anderen bat sie die Damen, sie vom Spiel zu entschuldigen und ging steif durch den Raum, direkt an Dad vorbei. Ich folgte ihr.

»Glaub ja nicht, dass es mir bessergeht, Isabelle, nur weil ich mir eine kleine Pause von meinen Schmerzen und meiner Erschöpfung gegönnt habe. Ich habe mich heute Morgen aus dem Bett quälen müssen, konnte kaum aufstehen. Swanson musste kommen und mir helfen …« Endlich flatterte ihr Blick zu Dad.

Ich glaube, Momma hätte nicht verblüffter schauen können, wenn ich mit drei Straußen an der Leine aufgetaucht wäre.

Alles Blut wich ihr aus dem Gesicht.

»Momma …« Ich streckte die Hand aus, um sie zu stützen.

Ich erwartete, sie würde sich rasch von diesem Schock erholen und Dad so viel Verachtung, Wut und Kälte entgegenschleudern, dass der gesamte Raum zu einem riesigen Eiszapfen erstarrte.

Das erwartete ich, weil ich mir einbildete, Momma zu kennen.

»Hallo, River«, sagte Dad mit sanfter, beruhigender Stimme. »Du hast dich nicht verändert, du bist immer noch …« Er hielt inne und sammelte sich, als erstickte er an seinen Worten. »… immer noch so schön.«

Ich wartete darauf, dass sie den Mund zu einer vernichtenden Aussage öffnete. Dass sie ihn zur Schnecke machte, eine ganze Litanei von Kränkungen aufzählte, die er ihr durch sein Verlassen zugefügt hatte.

Nachdem sie jahrelang allein gekämpft hatte, würde sie die Worte für ihn parat haben, ihre berühmte Gereiztheit würde sich Bahn brechen, und sie würde ihn auf das Übelste beschimpfen. Es hätte mich nicht überrascht, wenn sie ihn geschlagen hätte. Ich wusste das, weil ich meine Momma kannte.

Ihr Gesicht wurde weich und zärtlich, sie streckte die Hände aus und ließ sich direkt in seine warme Umarmung sinken.

»River Bommarito«, brachte Dad hervor. Seine Stimme versagte, als er sie an sich drückte. »Du hast mir jeden Tag gefehlt. Jeden einzelnen Tag, Liebste. Wie ich es dir gesagt habe.«

»Und diesmal bleibst du, Carl?«, fragte Momma, ihre Stimme voller Hoffnung, voll knospender, aufblühender, freudiger Hoffnung.

»Für immer«, antwortete Dad, rumpelnd und tief. Er küsste sie auf die Stirn. »Für immer, Liebste.«

Ich sank auf einen Stuhl, während Momma Dad auf die

Wange küsste. Zärtlich wischte er ihre Tränen fort, dann seine eignen.

Ich kannte Momma kein bisschen, so viel stand fest.

Ich wusste kaum, wie mir geschah.

Mein Dad hatte uns verlassen.

Er hatte wegen Mordes im Gefängnis gesessen.

Meine Kindheit war erfüllt von Chaos und Armut, von Brüchen und Demütigungen.

Und Momma, eine der rachsüchtigsten Personen, denen ich je begegnet war, umarmte Dad mit einem breiten, reinen, liebevollen Lächeln.

Nur würde dieses Lächeln leider nicht anhalten.

»River«, sagte Dad mit schroffer Stimme. »Vielleicht könnten wir ein paar Minuten unter vier Augen miteinander reden.«

Mommas Freundinnen grinsten und wedelten mit den Karten. Eine der Damen krähte: »Der ist ja heiß! Wie ist er denn im Bett, River?« Eine andere gluckste: »Bring ihn morgen mit zum Strand! Ich möchte ihn in der Badehose sehen!« Sie klopfte auf ihren Rollator.

Momma führte uns mit hocherhobenem Kopf aus dem Raum. Ich glaube, sie war stolz auf meinen Dad.

Sie bestand darauf, allein in ihr Zimmer vorauszugehen. Ich hörte sie drinnen herumlaufen und stellte mir vor, dass sie Sachen verstaute, die Jalousie, das Fenster öffnete, die Bettdecke glattstrich.

Als sie die Tür öffnete, sah ich, dass sie die Lippen frisch geschminkt hatte.

»Ich werde mit deiner Mutter ein paar Minuten allein reden, Schatz«, hatte Dad mir vorher gesagt. »Wir erzählen ihr gemeinsam von Henry, aber ich glaube, sie wird ein wenig Zeit brauchen, um sich daran zu gewöhnen, dass ich da bin.«

Ich hatte ihm bedeutet, dass ich einverstanden sei, und wartete vor Mommas Tür. Ich hörte ihr Lachen und ihre Stimme, die immer so schneidend und fordernd gewesen war, klang freundlich, sogar sanft, witzig und liebevoll.

Ich lehnte mich gegen die Wand und schlang die Arme um mich. Momma liebte Henry über alles in der Welt. Sie würde nie mehr dieselbe sein. Ich war mir nicht sicher, ob sie es überleben würde.

Ich schlang die Arme enger um mich, Tränen liefen mir über die Wangen.

Ich war mir nicht mal sicher, ob ich es überleben würde.

»Momma«, sagte ich dreißig Minuten später so sanft wie möglich. Ich legte meine Hand auf ihre, und Dad tat dasselbe. »Momma, Henry hat neulich Bauchschmerzen bekommen.«

Momma lächelte, schaute Dad an. »Henry kriegt dauernd Bauchschmerzen. Erinnerst du dich daran, Carl? Der arme Junge.«

Ich räusperte mich. »Diesmal ist es etwas Schlimmeres als Bauchschmerzen, Momma.« Meine Augen füllten sich mit Tränen. »Viel mehr als das.«

»River, Liebste«, sagte Dad und räusperte sich ebenfalls. »Henry ist im Krankenhaus. Janie und Cecilia sind bei ihm.«

Er vermied zu erwähnen, dass Cecilia im Bett lag und Janie kaum atmen konnte. Sie musste ja nicht all die schrecklichen Details auf einmal erfahren.

»Was?«, fiepte sie. Ich spürte, wie Angst in ihr aufkam. »Was soll das heißen? Was ist passiert?«

Dad beruhigte sie. »Henry geht es nicht gut, River. Er ist krank und in ärztlicher Behandlung. Es tut mir leid, Liebling, es gibt keine schonende Möglichkeit, das zu sagen.« Er hielt inne, den Blick fest auf sie gerichtet. »Bei Henry wurde Bauchspeicheldrüsenkrebs festgestellt.« Er wartete darauf, dass seine Worte in sie eindrangen. »Es tut mir so leid, River.«

Sie sackte auf dem Stuhl zusammen. »Bauchspeicheldrüsenkrebs? *Wie bitte?* Was bedeutet das? Ich weiß nicht mal genau, was das ist.«

Dad erklärte es ihr, erklärte, wozu die Bauchspeicheldrüse da ist und wo sie im Körper liegt.

»Aber wie hat er den bekommen? Henry ist ein junger Mann, er kann doch keinen Krebs haben.«

»Das wissen die Ärzte nicht«, antwortete Dad. »Fakt ist, dass er ihn hat.«

»Aber er wird wieder gesund? Sie werden ihn behandeln. Die Ärzte werden den Krebs behandeln, ja?« Ich sah die blanke Panik in ihren Augen mit Riesenschritten größer werden.

»Wir beraten uns mit den Ärzten darüber, River, und wir bringen dich jetzt ins Krankenhaus, damit du selbst mit den Ärzten reden kannst.«

»Worauf du dich verlassen kannst!« Jetzt war sie in Kampfstimmung, das sah ich deutlich. »Du kannst darauf wetten, dass ich auf der Stelle dorthin fahre! Wir werden es behandeln, und Henry wird wieder gesund! Er wird wieder gesund!« Sie stand auf, zitterte am ganzen Körper und schlug mit beiden Händen auf den Tisch. »Hast du mich verstanden, Carl Bommarito? *Henry wird wieder gesund!*«

26. KAPITEL

Cecilia hatte sich selbst entlassen und stand angezogen neben Henry, als wir eintrafen. Wie ein Wächter, die Schultern nach hinten gedrückt, das blonde Haar zu einem Pferdeschwanz gebunden.

Janie spielte Dame mit Henry. Sie hatte einen CD-Spieler gefunden und klassische Musik aufgelegt. Henry saß gegen Kissen gelehnt, die schrägen Augen müde, aber glücklich.

Janie und Cecilia machten Platz, als Momma hereingestürzt kam.

»Henry!«, rief Momma, schloss ihn stürmisch in die Arme, und das Damebrett fiel zu Boden. »Mein Junge. Mein großer Junge. Ich hab dich lieb, mein Schatz, bald wird es dir wieder bessergehen.«

»Ja, ja.« Henry gab ihr einen Kuss. »Doktor sagt, ich bin krank. Sie ist eine Frau Doktor. Eine Ärztin. Sie hat ein Hund. Ein Hund, der Snickers heißt. Snickers!« Er lachte. »Wie der Schokoriegel, ha, ha! Und sie hat noch ein Hund. Rex. Rex und Snickers …« Er wollte sich ausschütten vor Lachen. »So komisch! Rex und Snickers sind verliebt, sagt die Ärztin. Sie hat zwei verliebte Hundis!«

Er fand das umwerfend komisch. Wir versuchten alle zu lachen. Das fällt ganz schön schwer, wenn man dem Tod ins Auge schaut. Ist zwar nicht unmöglich. Aber ganz schön schwer.

Momma wusste schon immer, wie man auf Henry einging. »Sind die beiden verheiratet?« Sie lächelte, doch ich sah Tränen in ihren großen Smaragdaugen.

»Verheiratet!«, gluckste Henry. »Sind die Hundis verheiratet? Ich frag die Ärztin! Sie müssen heiraten, wenn sie verliiiiebt sind! He! Vielleicht tut Jesus sie verheiraten!«

Er war bleich, leicht gelblich, aber sein Lächeln war strahlend. »Die Ärzte und die Krankenschwestern fragen: ›Wie geht's dir, Henry?‹ Ich sag: ›Mir geht's gut. Jesus liebt dich.‹ Hi, Dad! Dad ist wieder da, Momma. Dad ist zurück.«

»Das ist er, Herzchen.« Momma strich ihm die Locken mit solcher Zärtlichkeit aus der Stirn, dass mir fast die Knie weich wurden. »Ja, das ist er.«

»Ja, Dad ist zurück. Das ist die Ärztin!« Henry lachte aus vollem Hals, als Dr. Remmer hereinkam. »He, Doktor, sind Snickers und Rex verheiratet? Sind sie verheiratet?«

Wir konnten Henry schließlich überreden, ein Nickerchen zu machen. Dazu brauchte es nicht viel; seine Lider schlossen sich fast von allein, und als er eingeschlafen war, marschierten wir alle in den Konferenzraum auf der anderen Seite des Flurs, um erneut mit Dr. Remmer und drei anderen Ärzten und Pflegekräften zu sprechen, deren Namen ich mir gar nicht erst merken wollte.

»Erzählen Sie mir von meinem Sohn«, sagte Momma, die Hände fest ineinander verklammert, als ihr endlich die Tränen kamen. Dad legte ihr die Hand auf den Rücken.

»Mrs Bommarito«, begann Dr. Remmer. »Wie Sie wissen, wurde Henry kürzlich eingewiesen, und bei ihm wurde Bauchspeicheldrüsenkrebs diagnostiziert. Wie ich hörte, hat Henry in letzter Zeit an Gewicht verloren …«

»Ich wusste es«, sagte Momma und schaute uns drei Schwestern finster an. »Ihr habt ihm nicht genug zu essen gegeben, nicht wahr?«

»Doch, haben wir, Momma«, antwortete ich. »Er hat den Appetit verloren.«

»Dann hättet ihr ihm seine Lieblingsgerichte kochen müssen«, fuhr sie uns an.

»Wir kochen nur Henrys Lieblingsgerichte, Momma …«, protestierte Cecilia.

»Sie kümmern sich wunderbar um Henry, River«, mischte Dad sich ein. »Ganz wunderbar. Du hast drei entzückende, liebevolle Töchter großgezogen.«

»Wenn ich zu Hause gewesen wäre …«, sagte Momma verärgert.

»Wenn Sie zu Hause gewesen wären, Mrs Bommarito«, unterbrach die Ärztin sie, »wäre das Ergebnis dasselbe gewesen.«

Momma rutschte auf ihrem Stuhl herum. Janie legte die Hand auf Mommas Schulter. Ich stellte mich hinter Janie, um sie auffangen zu können.

Die Ärztin schaute in ihre Unterlagen. Ich wusste, dass sie ihre Gedanken sammelte. Ihre Kollegen fühlten sich plötzlich veranlasst, in ihren Papieren zu blättern.

»Wir müssen darüber sprechen«, sagte Dr. Remmer.

»Was?«, fauchte Momma. »Da gibt es nichts zu besprechen. Behandeln Sie den Krebs! Werden Sie ihn los! Menschen überleben dauernd Krebserkrankungen. Ich kenne zwei Frauen in Trillium River, die vor über zwanzig Jahren Krebs hatten, und sie leben immer noch. Machen Sie eine Chemotherapie mit ihm. Wir bringen ihn her. Sie können auch eine Strahlenbehandlung machen. Oder ihn operieren. Können Sie den Krebs nicht herausschneiden?« Sie hob die Brauen, sah die Ärztin an. »Das werden Sie doch wohl können, oder?« Ich kannte Momma, und ich wusste, was sie gerade versuchte. Einschüchterung durch Herablassung.

Die Ärztin ließ sich jedoch nicht einschüchtern, denn sie war es gewohnt, mit Menschen umzugehen, die völlig außer sich waren. Momma konnte sie nicht im Geringsten aus der Ruhe bringen.

»Leider ist dies von allen Krebsarten diejenige, die man am wenigsten haben möchte.« Die Ärztin hielt inne. »Bauchspeicheldrüsenkrebs wird nur selten früh genug erkannt, um etwas dagegen unternehmen zu können. Er zeigt keine Symptome, bis es zu spät ist.«

»Es ist nicht zu spät, ihn zu behandeln«, beharrte Momma. Ihre Stimme brach, und sie beugte sich vor. »Alle haben Henry immer aufgeben wollen. Immer. Seine Lehrer. Seine Schule. Die Ärzte. Geben Sie meinen Jungen nicht auf! *Geben Sie meinen Jungen nicht auf!*«

»Mrs Bommarito«, sagte die Ärztin, »ich würde niemals einen Patienten aufgeben, und schon gar nicht Henry.«

»Jetzt tun Sie es aber«, warf Momma ihr vor, Tränen in den Augen. »Jetzt tun Sie es. Ich merke es doch.«

Die Ärztin hielt Momma die Hand hin.

Ich dachte, Momma würde sie glatt wegschlagen, doch das tat sie nicht. Sie griff nach dieser Hand wie nach einer Rettungsleine.

»Mrs Bommarito.« Dr. Remmer nahm Mommas Hand in ihre beiden, von Frau zu Frau. Sie atmete tief durch. »Wir haben mehrere Scans gemacht und Untersuchungen vorgenommen. Henrys Krebs hat bereits zu viele Metastasen gebildet. Wir können nicht operieren. Es hat keinen Zweck. Der … der Krebs sitzt überall … Es tut mir entsetzlich leid. Ich habe keine Wunderheilung dafür.«

»Wunder? Wunder?« Mommas Stimme wurde schriller. »Ich brauche kein Wunder. Ich will nur, dass Sie Ihren Job tun und meinen Sohn gesund machen.«

Die Ärztin nahm es ihr nicht übel.

Wie denn auch? Ihr saß eine Mutter gegenüber, die ihre Hand umklammert hielt. Tränen tropften ihr vom Kinn auf den Tisch.

»Was erzählen Sie mir da? Es gibt keine Heilung, es gibt nichts, was Sie tun können?«

Cecilia schlug die Hände vor den Mund.

Janie wimmerte und schwankte, und ich legte den Arm um ihre schmale Taille.

Dad legte beide Hände auf Mommas Schultern.

»Da Henrys Krebs so weit fortgeschritten ist, gebe ich ihm höchstens noch ein paar Monate, selbst wenn wir es mit Chemotherapie versuchen, Mrs Bommarito.«

Ich konnte nicht schlucken, konnte mich nicht rühren. Eisige Verzweiflung breitete sich in meinem Körper aus, nahm mir die Luft, schnitt meine Blutzufuhr ab, brachte mich schier um.

»Ein paar Monate? *Ein paar Monate?* Was soll das heißen? Was – soll – das – heißen?« Jedes Wort wurde schriller, bis sie nicht mehr konnte. Momma war fertig. Sie hatte sich so lange beherrscht, wie es ging.

»Das soll heißen …« Dr. Remmer wappnete sich. »Das soll heißen, dass Henry meiner Ansicht nach nur noch ein paar Monate zu leben hat.«

Es folgte eine bange Pause, in der niemand atmete und der grauenhafte Satz über uns hing wie ein riesiges Schwert. Das war's dann. Momma flippte aus.

Sie drehte durch.

Sie stand auf und schrie: »Nein! Neiiiin! Herrgott, nein! *O Gott, nein!*« Ihr Schrei hallte durch die Flure des Krankenhauses, urzeitlich, rau, grauenerregend. »O Gott, nein!«

Sie hörte nicht mehr auf.

Janie und ich blieben die ganze Nacht bei Henry. Wir schliefen nicht. Die Sonne ging unter, leuchtende Farben breiteten sich über den Himmel aus, das Licht verschwand, der Mond ging auf, der Mond ging unter, die Sonne kam zurück, leuchtende Farben breiteten sich über den Himmel aus, und wir fühlten uns scheiße.

Cecilia war nach Hause gegangen zu ihren Töchtern. Dad hatte Mom mit heimgenommen. Sie stand ganz kurz vor einem Nervenzusammenbruch.

Am nächsten Morgen versammelten wir uns alle wieder in

Henrys Zimmer, der Schock hatte nachgelassen, unsere neue Realität war glasklar und schwindelerregend.

»Ich geh heut heim«, verkündete Henry, während er sein Apfelkompott aß. Er hatte fünf Becher mit Apfelkompott vor sich stehen.

»Heute nicht, Henry«, sagte ich.

»Doch, heute!« Er schlug mit der Handkante auf den kleinen Tisch.

Ich merkte, dass er aggressiv wurde. Schließlich war auch er ein Bommarito. »Wenn du in ein paar Tagen nach Hause gehst, wäre das besser, glaube ich. Die Ärztin möchte gerne, dass du bleibst und dich ausruhst und dir Zeichentrickfilme anschaust.«

»Ich will keine Zeichentrickfilme anschauen.« Er runzelte die Stirn. »Ich geh heim. Mag kein Krankenhaus mehr. Langweilig. Ich will zu Grandma, mit ihr fliegen. Hab den Job in der Bäckerei. Verteile Kostproben und sag: ›Jesus liebt dich.‹ Ich geh heut heim. Geh jetzt gleich heim.«

»In ein paar Tagen«, sagte ich nachdrücklich.

Aber er wollte nichts davon hören. »Nein, Isabelle, du fährst mich mit dem Motorrad heim, wie am Dienstag. Ich liebe das Motorrad.«

Ich sah zu Momma hinüber. Sie stemmte eine zitternde Hand in die Hüfte und funkelte mich böse an. Sie wollte Henry weder jetzt noch irgendwann sonst auf meinem Motorrad sehen.

»Wenn du hierbleibst, bringen sie dir noch mehr Apfelkompott, und du darfst im Bett essen, und Cecilia oder Momma oder Janie oder Dad oder ich bleiben die ganze Zeit bei dir.«

Cecilia strich ihm mit zittrigem Finger die Locken zurück.

»Nein, nein. Ich geh heim und streichel die Hunde und helf Pater Mike.« Henry schob die Bettdecke zurück. »Ich helf mit den Donuts. Er weiß nicht, wie das geht. Pater Mike weiß nicht, wie das mit den Donuts geht. In der Kirche. Jesus liebt dich. Er braucht mich.«

Wieder warf ich Momma einen verstohlenen Blick zu. Sie war über Nacht gealtert und trug noch dieselbe Kleidung wie am Vortag. Ich wusste, dass sie nicht geschlafen hatte. Dad hatte ihr die Arme um die Taille gelegt und hielt sie aufrecht.

»Wie wär's, wenn ich Pater Mike herbringe?«, fragte ich. »Ich bringe ihn her, und du kannst ihm genau sagen, was er tun muss.«

Henry dachte darüber nach. »Ich weiß nicht. Ich streichel die Hunde. Die Hunde vermissen mich. Wau, wau. Lacie ist ein neuer, netter Hund. Paula Jay vermisst mich auch. Ich geh zu ihr, sonst vermisst sie mich.« Er schwang die Beine aus dem Bett.

»Ich bring auch Paula Jay her, damit sie dich nicht so sehr vermisst, Henry.« Ich legte ihm die Hand auf die Schulter.

Henrys Gesicht leuchtete auf. »Auf dem Motorrad? Du bringst sie auf dem Motorrad?«

Ich schnippte mit den Fingern. »Das ist eine gute Idee. Ich bringe Paula Jay auf dem Motorrad her!« Sie würde das glatt machen, diese Draufgängerin.

»Hm.« Er stützte sein Kinn auf die Faust. »Nee, geht nicht. Ich helf ja beim Bunco.« Er setzte die Füße auf den Boden. »Sie brauchen mich im Seniorenzentrum. Sie brauchen Henry. Ich teil Lunch aus und mach sauber und leg Gabeln in den Kasten und bring Bommarito-Cupcakes. Lecker.«

»Na, wie wär's denn, Henry, wenn ich Mr Howard zu dir bringe, damit du ihm erzählst, wie alles gemacht wird, wenn du nicht da bist? Das wäre eine große Hilfe.«

Er dachte darüber nach.

»Nein. Du brauchst mich in der Bäckerei.« Er stand auf, ohne zu bemerken, dass er Hilfe brauchte, um das Gleichgewicht zu halten.

Ich setzte meinen ernstesten Ausdruck auf. »Du hast recht, Henry. Wir brauchen deine Hilfe. Aber ich stelle jemanden ein, bis du wieder da bist, um uns zu helfen. Wie wäre es damit? Ich stelle jemanden ein.«

»Hm.« Er stützte das Kinn in die Hand und gab mir einen Nasenstüber. »Du stellst mein Freund ein? Lytle?«

»Lytle?« Ich kannte Lytle. Er spielte Dame mit Henry. Lytle saß im Rollstuhl und hatte Schwierigkeiten, seine Hände in die richtige Richtung zu bewegen. Seine Eltern und seine vier Brüder beteten ihn an.

»Gute Idee!« Ich lächelte. »Ich stelle Lytle ein.«

»Gut. Und du bringst Lytle zum Damespielen her?«

»Ja, ich bringe ihn her.«

»Hm …«, machte Henry.

Wir warteten. Keiner wollte Henry mit Gewalt ins Bett stecken. »Okey-dokey. Henry bleibt ein paar Tage hier. Aber du bringst Henrys Freunde her!«

Er lächelte.

Ich versprach es.

»Ich hab dich lieb, Schwester Isi.«

»Ich hab dich lieb, Bruder Henry.«

Ich hatte keine Ahnung, wie viele von Henrys Freunden ihn besuchen würden.

Nicht die geringste.

Keiner von uns konnte es ahnen.

Wir hätten ihn in ein größeres Zimmer verlegen sollen.

In zwei größere Zimmer.

In der Nacht blieb ich wieder da und schlief neben Henrys Bett. Momma und Dad blieben bis elf, dann bestand Dad darauf, dass Momma ging. Sie war ganz grau um die Nase, die Augen geschwollen und das Gesicht von Kummer zerfurcht, als hätten die Tränenspuren Gräben durch ihr Gesicht gezogen.

»Ich bleibe bei meinem Sohn«, protestierte sie zum dritten Mal, aber ihr Protest wurde schwächer.

»River«, sagte Dad mit einer Stimme, die keinen Widerspruch duldete. »Du kommst mit mir. Wir gehen jetzt.« Er legte ihr die Wolljacke um die Schultern und zog Momma hoch. Sie beugte sich zu Henry hinab, der eingeschlafen war.

Dann drehte sie sich um und nahm mich in die Arme. »Bleib bei deinem Bruder, Isabelle.«

Die Umarmung überraschte mich, aber ich erwiderte sie. Umarmungen von Momma waren eine Seltenheit und kamen nur in großen Abständen vor, und obwohl ich mir fest vorgenommen hatte, sie nicht zu ersehnen, rührte sie mich zu Tränen.

Sie umarmte Janie, küsste Henry erneut auf die Lippen und ging mit unsicheren Schritten hinaus.

Cecilia war schon früher zu ihren Töchtern gefahren, und Janie und ich machten uns für die Nacht fertig. Die Schwestern hatten uns zwei bequeme Sessel gebracht. Janie und ich hielten uns über die Armlehnen hinweg an der Hand. Innerhalb von Minuten waren wir eingeschlafen.

Ein kummervoller Schlaf.

Gegen drei Uhr morgens wachte ich davon auf, dass Henry das Lied »Jesus liebt mich« sang.

Eine Weile hörte ich zu, das Zimmer war nur von den winzigen Lichtern an den verschiedenen Apparaten beleuchtet, der Schlauch an seinem Tropf wirkte etwas unheimlich in der Dunkelheit. Das Lied quälte mich, jedes Wort zeugte von Einsamkeit, kam aus weiter Ferne. Er traf alle Töne ganz genau.

»Du hast eine schöne Stimme, Henry«, sagte ich, als er die dritte Strophe beendet hatte. *Mir wird deine Stimme fehlen.*

»Isabelle?«

»Ja. Ich bin's.« *Ich bin's, Henry. Ich bin für dich da.*

»Bist du immer noch hier? Janie auch?«

»Klar, Henry. Wir gehen nicht.« *Ich würde dich nie verlassen.*

»Ich hab geträumt und bin aufgewacht, weil Jesus mir gesagt hat, ich soll das Lied singen. Deshalb hab ich es gemacht. Ich hab das Lied gesungen.«

Ich setzte mich auf den Bettrand. Er breitete die Arme aus, und ich umarmte ihn, legte mich zu ihm auf das Bett. Wir hielten uns an der Hand. *Es würde mir fehlen, Henrys Hand zu halten.*

»Schlaf wieder ein, Henry, es ist schon spät.« Ich küsste ihn auf die Wange.

»Ich weiß. Ich seh die Sterne leuchten. Ich seh die Mondstrahlen. Weißt du, wie man in den Himmel kommt, Isi? Du musst auf ein Sonnenstrahl oder ein Mondstrahl klettern. Damit geht's nach oben.«

»Das werde ich mir merken, Henry, ganz bestimmt.« *Und ich werde dich nicht vergessen, Henry.*

Sein Gesicht wurde ernst. Er flüsterte: »Ich muss dir was erzählen, Isabelle.«

»Na gut, Henry. Erzähl mir was.«

Er flüsterte: »Ich bin krank. Die Ärztin hat's mir gesagt. Ich bin schlimm krank.«

»Das tut mir leid. Es tut mir leid, dass du krank bist.« Ein Schluchzen blieb in meiner Kehle stecken. *Ich wünschte, ich wäre es.*

»Weiß ich doch, dumme Isabelle. Ich weiß, dass es dir leidtut. Keiner will, dass Henry krank ist.«

Ich tätschelte seine Hand und glaubte, der Schmerz in meiner Brust würde mich umbringen.

»Ich hab Bauch-spei-übel-krebs. Muss man so sagen. Weil's übel ist.«

»Ja, es ist zum Speien übel.«

»Isabelle« – er richtete sich auf, um in mein Ohr zu flüstern – »das wird nicht besser. Ich bin krank.«

Meine Hand erstarrte. Niemand hatte Henry erzählt, dass sich die Krankheit nicht bessern würde.

»Warum sagst du das, Henry?« Der Schmerz in meiner Brust verschlimmerte sich, breitete sich aus wie die Schwingen eines Adlers.

»Weil Jesus in dem Traum gesagt hat, ich komm bald zu ihm.« Er lächelte.

Ich konnte mich kaum rühren. »Jesus hat dir das erzählt?«

Henry biss sich auf die Lippe, grinste breit. »Jawoll. Ich geh bald in den Himmel. Ich werd Marles wiedersehen.«

Marles war eine Katze, die wir gehabt hatten, als wir klein waren. Sie hatte goldenes Fell und war von einem Lastwagen überfahren worden.

»Ja, genau. Jesus lächelt mich an. Er sagt, ich hab's gut gemacht. Er sagt, ich komm in den Himmel.«

Was macht man, wenn jemand stirbt oder vom Sterben spricht? Streitet man es ab? Weist man es von sich und verweigert ein ehrliches Gespräch, das der Sterbende braucht? Hofft man laut auf ein Wunder, wenn keines geschehen wird? Henry war geistig behindert, aber er war nicht dumm. Tränen schlichen sich aus meinen Augen, und ich schniefte und hustete. *Ich wünschte, du würdest nicht sterben, Henry.*

»He, Isabelle! Nicht weinen! Nicht um Henry weinen!«

Da musste ich noch mehr weinen. Ich wusste, dass ich stark sein musste, aber innerlich fühlte ich mich, als würde ich zusammenklappen. Ich war mehr als am Boden zerstört. Der einzige Grund, warum ich an Hoffnung glaubte, war Henry. Er war die einzige andauernde Freude in meinem Leben. Mein treuster Freund.

»Ich hab dich lieb, Isabelle.« Er streichelte meine Wange. »Nicht weinen, sonst muss ich auch weinen.«

Ich konnte nicht aufhören.

Also fing auch Henry an zu schluchzen. »Nicht weinen, Isi!«

Ich konnte nicht aufhören. »Du wirst mir so fehlen, Henry.« *Ich kann dir gar nicht sagen, wie sehr du mir fehlen wirst. Ich kann es nicht mal mir sagen, sonst sterbe ich vor Kummer.*

»Ja, ja!« Er wischte seine Tränen fort. »Du mir auch. Aber du bist dumm, Isabelle. Ich bin da drin.« Mit dem Zeigefinger berührte er mein Herz. »Ich bin da drin. Die ganze Zeit. Da drin.«

Mein Herz pochte immer stärker, und ich streckte die Arme aus und drückte Henry an mich.

»Du bist meine Schwester.« Er lächelte. »Ich bin dein Bruder. Wir sind die Bommaritos. Immer zusammen.«

Ich verbarg mein Gesicht an seiner Schulter. *Warum Henry? Warum er? Es gab so viele schreckliche, mörderische Menschen auf der Welt, warum nicht sie?*

»Jesus liebt dich, Isi, und er passt auf dich auf, wenn ich im Himmel bin. Ich fang ein Mondstrahl oder ein Sonnenstrahl!« Er grinste. »Das macht Spaß.«

Nein, das machte keinen Spaß. Weil ich hier sein würde, am Ende des Mondstrahls, am Ende des Sonnenstrahls. Allein. Ohne meine Hoffnung.

»Ich schlaf jetzt, Isi. Ich schlaf wieder ein. Nacht, Isabelle. Du bist hübsch.«

»Und du bist wunderschön, Henry, so wunderschön.«

Er berührte meine Nasenspitze und schlief ein.

Kummer erfüllte mich, quälender Kummer. »Ich hab dich lieb, mein Bruder«, flüsterte ich.

Henry in meinem Herzen war nicht gut genug. Ich wollte Henry bei mir haben. Bei uns. In der Bommarito-Familie.

In den nächsten Tagen trafen weitere Untersuchungsergebnisse ein und bestätigten nur, was wir bereits wussten.

Janie und ich wechselten uns in der Bäckerei mit Cecilia ab, die oft von den Mädchen begleitet wurde. Dad übernahm ebenfalls Schichten, wenn er nicht im Krankenhaus war, und schuf mit fliegenden Händen ein Kunstwerk nach dem anderen.

Wir hielten Wort und stellten Lytle ein. Er kam jeden Tag mit einem anderen Bruder, und sie stachen Kekse mit Keksformen aus. Lytle lächelte die ganze Zeit.

Momma war jeden Tag im Krankenhaus und ging nur nach

Hause, wenn die Erschöpfung sie übermannte oder ihre Nerven überlastet waren.

Wenn wir ins Krankenhaus kamen, um Henry Gesellschaft zu leisten, wurden wir kaum gebraucht. Ich hatte Pater Mike und Janice in der Kirche, Mr Howard im Seniorenzentrum, Paula Jay im Tierheim angerufen, hatte ihnen die Situation geschildert und ausgerichtet, dass Henry ihnen genau erzählen wollte, wie die Dinge in seiner Abwesenheit zu handhaben wären.

Erschrocken und bestürzt verstanden alle die Situation genau. Sie brachten Bleistift und Kugelschreiber mit und schrieben Wort für Wort auf, was Henry sagte.

»Ich weiß nicht, wie wir das ohne dich schaffen sollen, Henry«, sagte Pater Mike. Er hält nichts davon, Gefühle vor Jesus oder sonst jemandem zu verbergen. Er schnäuzte in sein Taschentuch. »Ich kann es kaum erwarten, dass du zurückkommst.«

»Ja, ich auch nicht, Pater Mike. Aber du schaffst das!«, munterte Henry ihn auf. »Du schaffst das!«

»Danke, dass du mir von Bursom, King Nap und Lady Elizabeth erzählt hast, Henry«, sagte Paula Jay, ihr Haar zerzaust von der Motorradfahrt. »Die haben komplizierte Persönlichkeiten. Ich wusste nicht, dass Lady Elizabeth die Hundekuchen von King Nap klaut. Kannst du mir sagen, wie ich mit Scotty umgehen soll?«

»Gut, gehen wir es noch einmal durch«, krächzte Mr Howard. Der Mann musste an die fünfundachtzig sein. Er war mit drei anderen gekommen, die kaum jünger waren. »Hilf uns, Henry! Erzähl uns noch mal, was man alles für den Lunch vorbereiten muss – und für Bunco.«

Henry hatte seinen Besuchern gesagt: »Besucht Henry! Sagt all mein Freunden, ich will sie gern sehen!« Das taten sie, und die Leute kamen.

Lytle kam mit seinen Brüdern, die ein Damebrett und Spielfiguren für ihn und Henry mitbrachten.

Leute aus dem Seniorenzentrum kamen in Gruppen, die Angestellten und freiwilligen Helfer aus den Tierheim kamen schichtweise, genau wie drei lärmende Gruppen von Jugendlichen aus der Kirche, viele mit Irokesenschnitt und pink gefärbten Haaren. Kunden aus der Bäckerei, Bao und Belinda, Freunde aus der Tagespflege, Nachbarn und fast die ganze restliche Gemeinde, einschließlich des Bürgermeisters und der Stadträte; Feuerwehrmänner, Polizisten und Lehrer aus Cecilias Schule kamen ebenfalls zu Besuch.

Wie gut, dass Henry schließlich sechs Tage blieb, sonst hätte es nicht für alle Besucher gereicht.

Als Henry aus dem Krankenhaus entlassen wurde, umarmte er seine Ärztin. »He, tun Sie diese Hunde verheiraten! Die sind verliiiiebt!«

Dr. Remmer versicherte ihm, das zu tun.

Henry klatschte den Krankenpfleger ab, einen Mann, der Tätowierungen von seiner Mutter und Großmutter auf den Armen hatte. Gemütliche Frauen. »Sei brav, Henry. Pass auf dich auf.«

»He he! Bin immer brav. Bis bald, Mac. Mac der Big Mac.« Er lachte.

Vor dem Krankenhaus reichte ich Henry einen Helm.

»Hier kommt Henry! Auf dem Motorrad mit Isi!«

»Ich kann es immer noch nicht fassen, dass du das machst«, protestierte Momma.

Dad legte ihr die Hand auf die Schulter. »Henry möchte es aber doch.«

Sie wollte erneut protestieren.

»Lass ihn, River«, sagte Dad. »Lass ihn gehen.«

Momma schniefte, als Henry auf den Sozius stieg.

Ich ließ das Motorrad an und setzte es langsam in Bewegung. Henry hatte die Arme um meine Taille geschlungen und kreischte vor Freude. Vorsichtig fuhr ich los. Im Rückspiegel sah ich Momma ununterbrochen winken.

Sie winkte Henry und mir nach.

Henry klammerte sich fest an mich, kreischte, lachte, grinste. »Das macht Spaß, Isi! Das macht Spaß! Fahr schneller! Schneller!«

Als wir vor dem Haus anhielten, sahen uns Grandma und Velvet von der Veranda entgegen. Velvet winkte, Grandma salutierte.

Sobald Henry ebenfalls salutierte, kam Grandma zum Motorrad gelaufen.

»Mein Kopilot ist siegreich zurückgekehrt!«, rief sie. »Siegreich! Ich habe unser Geheimnis im Tower verstecktgehalten!«

Henry wieherte vor Lachen und umarmte erst sie, dann Velvet. »Du brauchst Kartoffelbrei und Soße, damit du wieder zu Kräften kommst, Henry!«, näselte Velvet. »Und ein großes Stück von Grandma Ellens Pecan-Pie!«

»Ja, ja«, sagte Henry, immer noch schwach, aber kämpferisch. »Henry ist zu Hause! Henry ist wieder da!« Er breitete die Arme aus wie ein Flugzeug und hüpfte hinter Grandma her.

27. KAPITEL

Am Abend trafen wir uns im Wintergarten, Mondstrahlen schienen durch die Bäume. Inzwischen hasste ich die Mondstrahlen, aber so richtig.

Für drei Schwestern, die fast ununterbrochen reden, wenn sie zusammen sind, waren wir fast geisterhaft still.

Nach ungefähr fünf Minuten hörte ich Janie murmeln.

»Was zählst du denn?«, fragte ich.

»Die Fliesen auf dem Boden.« Sie machte Striche in dem Tagebuch auf ihrem Schoß.

»Das hast du doch schon getan«, sagte Cecilia. »Schon oft.«

»Dann zähle ich sie halt noch mal.« Janies Stimme war nur ein Hauch, wie der Wind. Ein einsamer Wind.

Cecilia verschlang einen Kirschkuchen direkt aus der Kuchenform, als wäre alles wieder in Ordnung, wenn sie nur schnell genug aß. Ihr Mund öffnete sich, und ich sah, wie sie Bissen auf Bissen hineinschaufelte. Vielleicht war ich deswegen so selten hungrig: Wenn Cecilia so viel aß, fühlte ich mich pappsatt.

Ihr Haar fiel nach vorne, eine goldene Strähne tauchte in den roten Glibber. Als sie den Kopf wieder hob, landete der Glibber auf ihrem Pullover.

»Du hast Kirschglibber am Pullover, Cecilia«, sagte ich.

»Wen kümmert's?«

Ich schwieg verblüfft. Wen kümmert's? *Mich!* Cecilia verschlang im Affenzahn einen ganzen Kirschkuchen. Sie wurde immer fetter. Und das sollte mich nicht kümmern?

Sie aß noch einen Bissen, riss den Mund immer weiter auf. Diesmal tauchte das Haar auf der anderen Seite in den roten Glibber.

Plötzlich stieg wahnsinnige, schäumende Wut in mir auf. Wollte sich Cecilia mit Macht umbringen? Würde zuerst Henry sterben und als Nächstes sie?

»Himmel nochmal, Cecilia, *hör auf zu essen*!«

Ruckartig schoss ihr Kopf hoch, Kirschsaft tropfte ihr aufs Kinn, die Gabel wackelte. Eine Kirsche fiel ihr in den Schoß.

Janie hörte auf zu zählen.

»Hör auf!« Ich schlug Cecilia die Gabel aus der Hand und entriss ihr die Kuchenform.

Instinktiv griff sie danach und nuschelte mit vollem Mund: »Was zum Teufel soll das, Isabelle?«

Sie zerrte an der Form, aber ich ließ nicht los. »Du stopfst dir einen ganzen Kirschkuchen rein, Himmel nochmal, es reicht jetzt!«

Sie stand auf und funkelte mich böse an, die Hand immer noch an der Form. »Genug ist erst, wenn ich sage, dass es genug ist …«

»Nein.« Meine Stimme war schrill. »Jetzt ist es genug. Jetzt, Cecilia.«

Wieder zog sie an der Form. Kirschsaft spritzte mir auf das Shirt. »Gib her! Und sag mir nie, niemals, was ich essen soll und was nicht. Ich lass mir doch von dir nicht sagen, was ich mit meinem Körper machen soll, du scheinheiliges Flittchen.«

Ich hasse das Wort *Flittchen*, vor allem, wenn es für mich benutzt wird. »Du bist der fieseste Mensch, der mir je begegnet ist, und du kannst dir das nicht länger antun, deiner Gesundheit, deinem Körper, deinen Töchtern …«

»Was antun? Sie in Verlegenheit bringen, weil ich so fett bin? Schnaufen, wenn ich die Straße entlanggehe? Ein Gesicht zu haben wie eine Kuh? Genug Fett, um eine ganze Eskimofamilie warm zu halten? Das kann ich nicht tun? Glaubst du, ich weiß das nicht?«, kreischte sie. »Glaubst du, ich weiß das alles nicht?«

»Du weißt es, und trotzdem stopfst du dir das Zeug rein wie ein Müllschlucker.« Ich kämpfte um die Kuchenform. Überall verteilte sich der Kirschsaft. Cecilia riss an der Form, wir standen Nase an Nase.

»Isabelle, Cecilia, ich mag keinen Streit. Bitte hört auf«, flüsterte Janie. »Die Woche war schon schlimm genug, also …«

»Halt die Klappe!«, sagten wir wie aus einem Mund.

»Nenn mich nie wieder Flittchen!«

»Nenn mich nicht fett!«

»Du bist fett, Cecilia.«

»Und du bist ein Flittchen, wie es im Buche steht, Isabelle. Du brauchst gar nicht so hochnäsig zu tun. Ich war mit einem Mann zusammen, mit *einem*, und du mit so vielen, dass man ein ganzes U-Boot damit füllen kann.«

»Das ist gemein, so was von gemein!«, brüllte ich.

»Und zu sagen, ich sei fett, ist nicht gemein?«, brüllte sie zurück.

»Du steckst mit dem Kopf so tief im Fressnapf, dass du überhaupt nichts mehr siehst, Cecilia. Dich haben sie wegen deines Herzens im Krankenhaus behalten! Du wiegst fast hundertvierzig Kilo! Kapierst du denn nicht? Du wirst sterben, Cecilia, du wirst sterben, genau wie Henry, wenn du nicht zu essen aufhörst!«

Ihr Gesicht wurde bleich. »Soll ich vielleicht wieder die Spinat-und-Ananas-Diät machen? Die reine Flüssigkeitsdiät? Die Vierzehnhundert-Kalorien-pro-Tag-Diät, bei der mir schwindlig wird? Die Obstdiät, von der ich solchen Durchfall bekam, dass ich mich einen Tag krankmelden musste?« Wir kämpften weiter um die Kuchenform, Kirschfüllung schwappte heraus. »Alles nur, damit ich abnehme und gleich wieder zunehme, mehr als vorher? Gib mir den verdammten Kuchen!«

»Nein.« Ich konnte mindestens so laut brüllen wie sie. »Du bist jetzt schon fett genug! Fett genug, und es reicht jetzt!«

Ihr Gesicht wurde knallrot, sie schob das Kinn vor und griff in die Kuchenform, holte eine Handvoll heraus und klatschte sie mir auf die Brust. Kirschen rutschten an meinem Shirt hinunter.

Am liebsten hätte ich sie geschlagen, so wütend war ich. Wütend auf sie, wütend auf Henrys Krankheit, wütend auf den Überfall und die grausigen Albträume, wütend auf die ganze verdammte Welt. Ich war plötzlich so wütend, dass ich das Gefühl hatte, in meinem Inneren sei ein Schweißbrenner angezündet worden, dessen Flammen von meinen Haarwurzeln bis zu meinen Zehennägeln loderten.

Ich griff in den Kuchen und knallte ihr die Matsche mitten in das fette Gesicht.

»Du Luder«, fauchte sie.

»Negative Wortwahl, negative Wortwahl!«, stöhnte Janie. »Hört bitte auf damit! Nehmt euch einen Moment Zeit, wieder zur Harmonie zu finden, das innere Gleichgewicht wiederzufinden …«

»Da hast du's. Jetzt isst du ihn nicht mehr. Oder doch?« Ich packte die Form fester. »Vielleicht doch.« Ich holte noch eine Handvoll heraus und schmierte sie ihr auf das Shirt.

Cecilia klatschte mir Kruste und Kirschen auf die Backe. Saft lief mir das Kinn hinunter.

»Sucht nach dem Frieden in euch«, jammerte Janie. »Die Atmosphäre ist mit Verbitterung aufgeladen …«

»Halt die Klappe!«, brüllten wir sie beide an und kämpften weiter um die Kuchenform.

Ich glaubte zu platzen. Ich nahm mir eine Handvoll Kuchenmatsch und zielte diesmal direkt auf Cecilias blonde Haare.

Sie tat es mir nach, und ich spürte Kirschsaft auf dem Schädel, der mir in den Kragen lief. »Verdammt«, keuchte ich und drückte ihr noch mehr ins Gesicht.

Sie machte dasselbe mit mir. Der Matsch lief mir ins Auge, aber ich konnte noch genug sehen, um ihr mehr Kuchen ins Haar zu schmieren.

Ich schubste Cecilia, und sie prallte mit der Ferse gegen ein Stuhlbein. Als ich es erneut versuchte, packte sie mich im Fallen, und wir wälzten uns in der Kirschmatsche auf dem Boden, während Janie uns anflehte, »liebevoll und schwesterlich« zu sein.

Als es nichts mehr zu zermatschen gab, ließen wir keuchend und schwer atmend voneinander ab, ich kam auf allen vieren hoch und sah sie böse an.

»Na, das hat ja super funktioniert«, schnaufte ich. »Jetzt kannst du nichts mehr davon essen. Das meiste steckt dir sowieso in der Nase.«

»Allerdings«, japste sie und stemmte sich hoch. »Bestens. Wenn ich das nächste Mal zu viel esse, schmier ich mich am besten gleich ganz damit voll.«

Cecilia war mit Kirschfüllung überzogen. Ich hatte es ihr gezeigt! Ich pflückte eine Kirsche von meiner Stirn und aß sie.

»Eins, zwei, drei, vier«, sagte Janie. »Seien wir liebevoll!«

Ich spürte, wie sich heiße Tränen ihren Weg durch den Kirschkuchen auf meinen Wangen bahnten. »O Gott, wie mir Henry fehlen wird«, flüsterte ich und erstickte fast an meinem Kummer. »Er wird mir so fehlen.«

Cecilia wischte sich den Kuchen aus dem Gesicht, und aus ihrer Kehle stiegen gurgelnde, würgende Schluchzer auf. »Ich weiß nicht, was ich machen soll, ich weiß es nicht. Ich kann es nicht ertragen. *Ich kann es einfach nicht ertragen.*«

»Henry ist mein absoluter Liebling.« Janie sank zwischen uns, ohne darauf zu achten, dass der Kirschmatsch nun auch an ihrem Hintern klebte. »War nicht bös gemeint.«

»Schon gut«, schluchzte ich. »Meiner auch.«

Wir hielten einander weinend umschlungen, mitten im Kirschkuchen.

Ein Mondstrahl erhellte die Terrasse, und ich warf mit einer Handvoll Kirschen danach. Oh, wie ich diese Mondstrahlen hasste.

Wenn jemand Krebs hat, bleibt die Welt stehen.

Die Tage sausten an uns vorbei, als ständen wir im Auge eines Tornados. Das Leben? Dahin. Der Terminplan? Konnte man vergessen. Pläne? Auf unbestimmte Zeit verschoben.

Henry sollte sich ein paar Tage ausruhen, bevor er für die Chemo wieder ins Krankenhaus musste.

Das Problem war jedoch, dass Henry sich nicht ausruhen wollte. Nachdem er aus dem Krankenhaus gekommen war, wachte er am nächsten Morgen auf und bestand darauf, die Hunde und Katzen zu streicheln.

»Sie vermissen mich! Sogar Barkey. Er beißt! Pass auf! Aua!«

Janie brachte ihn hin, während ich in die Bäckerei ging.

»Sie lieben ihn alle«, erzählte sie mir später. »Die am Empfang, der Tierarzt, der vorbeikam, die anderen freiwilligen Helfer. Er bringt ihnen Licht und innere Harmonie. Auch den Hunden. Sobald wir zu den Zwingern kamen, spielten die Hunde verrückt. Er nimmt immer vier Hunde mit und führt sie zum Spielen auf ein Feld hinter dem Tierheim. Das ist spirituelle, unermessliche Liebe …«

»Wie ging es ihm?«

Janies Gesicht fiel ein wenig zusammen. »Er schien nicht so viel Energie wie sonst zu haben, aber er war so glücklich. Er hat allen von seinem Krebs erzählt.«

Ich nickte. Das überraschte mich nicht. Henry besaß keinen Filter. Er sagte, was er dachte. Die meisten seiner Gedanken waren von Natur aus recht engelhaft, daher klappte es.

»Er ist zu jedem hingegangen und hat lächelnd gesagt: ›Henry ist krank. Henry hat Bauchspeicheldrüsenkrebs.‹ Du hättest die Gesichter sehen sollen, Isi. Es war schrecklich. Der

Tierarzt umarmte ihn und weinte dann in seinen Kittel. Der Mann am Empfang tätschelte immer wieder Henrys Arm und putzte sich die Nase, tätschelte seinen Arm und putzte sich die Nase. Und einer der Freiwilligen kam auf seinem Motorrad, ganz in Leder – er kümmert sich einmal die Woche um die Katzen … und er schlug die Hände vors Gesicht und musste sich hinsetzen.«

Ich konnte mir das Ganze nur allzu gut vorstellen.

»Sie waren also alle ganz verstört, so dass Henry rief: ›He, nicht weinen, nicht weinen, sonst weine ich auch. Ich weine!‹ Keiner hörte auf, also brach Henry in Tränen aus.«

»Scheibenkleister.«

»Kannst du wohl laut sagen. Doch du weißt ja, wie Henry ist. Er verlor die Fassung, doch dann hatte er plötzlich genug von all der weltlichen Traurigkeit und machte sich an die Arbeit. Er holte die Hunde und nahm sie mit auf das Feld.«

Ich dachte kurz nach. »Du hältst dich unglaublich gut, Janie. Du bist eine neue Janie.«

Sie wusste, worauf ich anspielte. »Ich war zu Tode verängstigt, als ich nach Trillium River kam, aber inzwischen erkenne ich mich kaum wieder. Ich arbeite in der Bäckerei und bringe Henry zum Tierheim. Ich rede tatsächlich mit Menschen. Du weißt doch, wie ich mich in einen beängstigenden Gedanken verbeißen kann und ihn dann nicht wieder aus dem Kopf bekomme? Zum Beispiel, dass ich sterben muss oder dass wir beide in ein Zugunglück geraten, meilenweit keine Hilfe in Sicht, und du verblutest, oder dass Cecilia einen Herzinfarkt bekommt, und ich mache Wiederbelebungsversuche, aber keiner würde mir helfen, und was würde ich dann tun? Ich hab so viel zu tun, dass ich keine Zeit mehr für solche Gedanken habe.« Sie zog an ihrem beigen BH-Träger. »Mir geht es viel besser.«

»Und wie läuft's mit dem Schreiben?« Ich hatte sie gestern Nacht gegen zwei auf ihrem Laptop tippen hören.

»Besser. Meine positive Energie ist weg, und meine negative

Energie kocht über, irgendwie fließen all diese Gefühle in mein Schreiben ein. Gestern Abend habe ich eine tolle Szene für mein Buch geschrieben. Jacky sitzt in so einem Schiffscontainer fest, du weißt schon, diese Dinger, die auf Schiffe geladen werden? Der Mörder hat sie dort hineingelockt, und sie soll verladen und nach China verschifft werden, aber bis sie dort ankommt, wird sie tot sein, also muss sie sich überlegen, wie sie aus dem Container rauskommt, bevor sie verhungert oder erstickt …« Janie erzählte noch zehn Minuten weiter und erklärte alles bis ins grausigste Detail.

»Okay, ich hab's kapiert.« Ich hob die Hände. »Bitte.«

»Na, gut.« Sie wich zurück, ernüchtert, enttäuscht. »Na gut, okay.«

Ich wollte sie nicht verletzen. »Ich möchte mir die Spannung erhalten, bis ich das Buch lesen kann.«

Janies Gesicht erhellte sich. »Gut! Ich verrate nichts.«

»Nein, bitte nicht.«

Wie kommt sie nur auf all die Sachen?

Am nächsten Tag ging Henry ins Seniorenzentrum, um beim Lunch und beim Bunco zu helfen. Ich begleitete ihn, während Janie in die Bäckerei ging. Er brauchte mich dort nicht, aber ich wollte ihn noch nicht aus den Augen lassen. Er war bleich und gelblich um die Nase.

Ich kam mir vor wie der Leibwächter eines Stars. Die Senioren fielen regelrecht über ihn her.

»Ich hab Bauch-spei-übel-krebs«, verkündete er einer Gruppe Älterer, die sich auf Krücken stützten oder im Rollstuhl saßen. Er lächelte. »Henry ist krank. Henry ist sehr krank.«

Er sagte es mit einem Lächeln.

Plötzlich erstarrte jede Bewegung, die Stille prallte von den Wänden ab und sammelte sich in der Mitte.

»Großer Gott«, murmelte ein Mann und zog an seinem Schlips.

»O nein, Schätzchen«, flüsterte eine Frau mit schlohweißem Haar.

»Das tut mir leid, Junge. Das tut mir leid«, sagte ein alter Mann, verschrumpelt wie eine Backpflaume.

»Junger Mann!«, rief eine Frau. »Ich hab dich nicht verstanden. Was hast du gesagt?«

»Hi, Grandma Tasha!«, Henry winkte ihr zu. »Ich hab gesagt, ich hab Bauch-spei-übel-krebs! Ist voll übel.«

»Heilige Scheiße«, sagte sie und schüttelte ihren weißen Kopf. »Heilige Scheiße.«

Bei der Messe am Sonntag kündigte Pater Mike ein spezielles Gebet für Henry an. Wir waren alle da. Cecilia, meine Nichten, Janie, Momma, Velvet, Grandma in ihrer grünen Fliegermontur, Dad und ich. Henry stand in der ersten Bank auf, stellte sich neben Pater Mike, lächelte und winkte den Menschen zu, lächelte und winkte.

»Liebe Gemeinde«, sagte Pater Mike mit tiefer, rauer Stimme. »Heute öffnen wir unsere Herzen für Gott und werden für Henry beten.« Er hielt inne. Ich sah, wie sein Kiefer arbeitete. »Bei Henry« – er räusperte sich – »ist Bauchspeicheldrüsenkrebs festgestellt worden …«

»Nein, nein! Du sagst das nicht richtig«, verbesserte Henry lächelnd und schob den Mund nahe ans Mikrophon. »Bauch-spei-übel-krebs. So heißt das, Pater Mike. Bauch-spei-übel. Weil's voll übel ist.«

»Danke, Henry«, sagte Pater Mike. »Du hast recht. Senkt die Köpfe. Lasst uns beten, damit unser lieber Herr uns erhört.«

Pater Mike betete und betete. Es dauerte ewig. Ein langes Gebet, was überraschte, da Pater Mike überzeugt ist, dass Gott nicht gerne endlos lange Gebete hört. »Sagt, was ihr wollt«, hatte er seiner Gemeinde einst verkündet. »Er kennt eure Herzen. Kein Grund, redselig zu werden.«

Ich hörte gedämpftes Schniefen, leises Wimmern und kleine

Schluchzer, und sie kamen nicht nur von der Bommarito-Gang. Als Pater Mike fertig war, sagte Henry, immer noch lächelnd: »He! Pater Mike. Ich sag ein Gebet. Ich bete.«

Pater Mike war völlig fertig, wischte sich über die Augen und reichte Henry das Mikrophon.

Henry grinste uns alle an. »Hi, ihr alle.« Er winkte. »Ich bin Henry. Ich bete jetzt. Ich bete für euch.« Er senkte weder den Kopf, noch schloss er die Augen.

»Lieber Jesus! Hi, Jesus, du! Ich bete für all meine Freunde und meine Schwestern, Henrys Schwestern, und für meine Momma und mein Dad, mein Dad ist zurück, er ist hier, mein Dad ist zurück.« Er wies auf unseren Vater. Dad biss die Zähne zusammen, aber die Tränen kamen von ganz allein. Momma griff nach seiner Hand.

»Ich bete für Amelia, wir fliegen Flugzeug zusammen, und Velvet, sie ist meine Freundin, hi, Velvet.« Velvet winkte und drückte ihr Spitzentaschentuch auf die Augen.

»Und ich bete für euch. Ich bete für euch alle. All meine Freunde hier, ich bete für euch.« Er grinste. »Ich bete dafür, dass ihr glücklich seid. Glücklich wie ich. Henry. Ich bin glücklich. Henry ist glücklich, weil ihr alle meine Freunde seid. Darum ist Henry glücklich. Nicht alle Leute waren meine Freunde, wo ich klein war. Manche Leute waren böse. Haben schlimme Sachen mit mir gemacht.« Sein Gesicht wurde rot und verzog sich ein wenig, aber gleich darauf war es vorbei. »Ihr seid meine Freunde.« Er klatschte in die Hände. »Aber Henry ist krank. Ich hab Bauch-spei-übel-krebs. So heißt das. Total übel. Jesus hat mir im Traum erzählt, ich komm heim zu ihm. Ich geh bald. Auf dem Mondstrahl. Auf dem Sonnenstrahl. So geh ich in den Himmel.«

Auf der Altarstufe drehte Pater Mike sich um und kniete sich vor das Kreuz.

»Ich hab euch alle hier lieb. Ha ha! Ich lieb euch alle. Amen, Amen.«

Und das gedämpfte Schniefen und leise Wimmern und die kleinen Schluchzer wurden zu lautem Schniefen und lautem Wimmern und lautem Schluchzen.

»Jesus liebt euch!«, rief Henry und winkte wieder. »Ja, und wie! Jesus liebt euch!«

Die ganze Stadt schien in Kummer zu vergehen, eine riesige Schmerzwelle, und alle wussten, dass sich dieser Schmerz nur durch Essen lindern ließ.

Wir wurden regelrecht mit Essen bombardiert.

Um fünf Uhr morgens begann die Attacke. Lasagne, Aufläufe, Obstsalate, Süßspeisen. Henry hatte die Idee, die Leute ins Haus zu bitten, die alles auf großen Platten brachten. »He! Das sind die Wongs! Die Wongs! Kommt rein!«, rief er oder: »Die Kids! Von der Kirche! He! Ihr bringt Henry Pizza? Ich liebe Pizza.«

Anfangs brachte das Momma ganz aus dem Häuschen. Sie lud nämlich niemanden ein. Neben Henry, Grandma, dem Haus und der Bäckerei hatte sie einfach nicht die Zeit gehabt, schlimmer noch, sie hatte keine Freunde. Sie war zwar in Trillium River groß geworden, aber als sie dorthin zurückkehrte, schloss sie die Tür für ihre Mitmenschen.

Falls sie jemanden eingeladen hätte, dann mit feinem Porzellan und weißer Tischdecke, so viel ist sicher. Doch das schaffte sie jetzt nicht. Momma trauerte, konnte nicht schlafen, hatte keine Hoffnung.

Und dennoch.

Ich sah, wie Momma sich im Lauf der Wochen veränderte. Zuerst war sie verärgert über die Besucher, verstockt, und wusste nicht, wie sie mit ihnen, ihren Geschenken und ihrer Freundlichkeit umgehen sollte.

Aber als sich einer nach dem anderen aus der Stadt ihr zuwandte, sich uns öffnete, sah ich Mommas Herz schmelzen wie Butter in der Sonne. Uns wurden ganze Mahlzeiten von ihren

Highschoolfreundinnen gebracht, die immer noch hier in der Gegend wohnten. Von Nachbarn. Von den Eltern von Cecilias Schülern. Von Bekannten.

Als Frau, die die Gemeinheit der Menschen und der menschlichen Natur am eigenen Leib erlebt hatte, erkannte sie jetzt die Schönheit aufrichtiger Freundschaft.

Inmitten der Flut von Großzügigkeit, Besorgnis und Trauer, die die Menschen für Henry empfanden, ihren ganz besonderen Bruder, der nicht immer gut beziehungsweise richtig behandelt worden war, begann sich ihr Herz zu öffnen.

Wenn Grandma in ihrer Fliegermontur ins Zimmer marschierte und verkündete: »Das Wetter ist perfekt zum Fliegen. Bitte kommen Sie mit hinaus und bewundern Sie mein neues Flugzeug«, oder: »Die Eingeborenen sind zurück! Nehmen Sie sich in Acht! Sie sind meist freundlich, aber nicht immer. Darum habe ich meinen Speer dabei«, und niemand auch nur blinzelte, wenn sie tatsächlich mit einem Speer herumfuchtelte, stimmte das Momma noch milder.

Das hier war ihre Familie. Ein behinderter Sohn, eine Mutter, die sich für Amelia Earhart hielt, und drei Töchter mit unterschiedlichen Problemen, die während ihrer Highschoolzeit aus verschiedenen Gründen berüchtigt gewesen waren. In ihrer Vergangenheit gab es vieles, für das Momma sich schämte und das geheim bleiben musste: Armut, die sie fast umgebracht hatte, und schlimme Depressionen, gegen die sie jahrelang gekämpft hatte und die sich endlich aufzulösen schienen. (Dank des einen oder anderen Medikaments. Ich hatte die Fläschchen gefunden.)

Zum ersten Mal wurden sie und ihre verschrobene Familie mit offenen Armen aufgenommen.

Nachdem wir nicht weniger als dreißig Gäste empfangen hatten, saßen wir spätabends zusammen auf der Schaukel, und Momma sagte: »Margaret Tribotti, der das Fahrradgeschäft gehört, hat mir gebackenen Lachs mit Zitronenbuttersoße gebracht.« Dann brach sie in Tränen aus. »Eduardo Chavez hat mir selbstgemachtes Eis mit Schokoladenstückchen gebracht. Joyce Gonzales, meine Freundin aus der zweiten Klasse, hat mir einen Kokosnusskuchen gebracht, gebacken nach dem Familienrezept ihrer Großmutter Consuelo!« Sie bedeckte das Gesicht mit einem Taschentuch.

Ich griff nach ihrer Hand. Zu meinem Erstaunen verschränkte sie ihre Finger mit meinen, und wir schaukelten im Mondlicht.

Kurz darauf sah ich, wie Momma von Dad auf die Lippen geküsst wurde.

Nach dem Kuss senkte sie den Kopf, und ich sah ein winziges Lächeln. Er drückte sie an sich.

Wir wurden weiterhin mit Gerichten versorgt.

Mommas Herz wurde immer weicher.

Eines Morgens ging ich auf dem Weg zur Bäckerei hinunter zum Fluss und setzte mich an meinen üblichen Platz. Der Windsurfer war da. Glitt dahin, fing den Wind ein. Dachte an nichts als das Wasser, das Segel, den Wind.

Ich wollte mit ihm tauschen.

Ganz ehrlich.

Momma, Janie, Cecilia und ich brachten Henry zur Chemotherapie ins Krankenhaus. Diese Entscheidung hatte zu einem verheerenden Familienstreit geführt. Ich kann ihn nur mit dem Ausbruch des Mount St. Helen vergleichen. Dessen Gipfel war spitz, bevor er explodierte, aber erst nachdem sich die gewaltige Aschewolke verzogen hatte, erkannte man, dass der Gipfel sauber gekappt worden war und ein Höllenfeuer den Berg versengt hatte.

Unsere Familie erreichte das Höllenfeuer-Stadium ziemlich schnell.

Cecilia und Momma waren für die Chemotherapie. »Sie

könnte sein Leben retten«, sagte Cecilia entschlossen. »Er könnte einer der Glücklichen sein, ein Wunder …«

»Cecilia«, flehte Janie und rang die Hände, viermal in die eine, viermal in die andere Richtung. »Die Ärztin sagte, es würde kein Wunder geben …«

»Ärzte-Schnärzte!«, rief Momma. »Er macht es. Mein Sohn macht die Chemo.« Zur Bekräftigung schleuderte sie eine alte violette Kristallflasche zu Boden.

»Momma, Henry bleiben nur noch eine begrenzte Anzahl von Tagen«, sagte ich, betrübt über den schmerzhaften Ausdruck in ihrem Gesicht. »Die Chemotherapie wird ihn nicht gesund machen. Ich möchte nicht, dass die letzten Wochen seines Lebens von Arztterminen, Schläuchen in seinen Armen, Übelkeit und Müdigkeit bestimmt werden …«

»Es könnte den Krebs verlangsamen, Isabelle«, fuhr Cecilia mich an. »Das ist seine einzige Chance!«

»Du würdest ihn lieber tot sehen?«, kreischte Momma, steigerte sich mit Lichtgeschwindigkeit in die Irrationalität. »Ja? Willst du das?« Sie kam über die Glasscherben auf mich zu.

Kann man einen schlimmeren Streit mit der Familie haben? Chemotherapie für ein todkrankes Familienmitglied oder nicht.

»Ich will nicht, dass Henry stirbt, Momma, das weißt du ganz genau.« Ich ballte die Fäuste. Sie war schrecklich. Unkontrollierbar. Gemein. »Wie kannst du das zu mir sagen? Wie kannst du nur? Ich liebe Henry, das weißt du genau, oder bist du so blind geworden, weil du unbedingt deinen Willen durchsetzen musst, dass du das nicht mehr erkennen kannst?«

»Ich sehe nur, dass du deinen Bruder nicht behandeln lassen willst! Du gibst meinen Sohn auf!«

»Zum Teufel, Momma.« Ich hatte genug. Ihr Sohn lag im Sterben, aber ich hatte meine Grenze erreicht. Nein, ich hatte sie überschritten. »Ich lasse mir deine Grausamkeiten nicht mehr bieten. *Es reicht.* Ich weiß, dass du von Schmerz erfüllt bist, ich weiß, dass du um dich schlägst, wie du es dein ganzes Leben lang getan hast, wenn es nicht nach deinem Willen ging, aber ich lass mir diesen Scheiß nicht länger bieten, diese Gemeinheiten …«

Mommas Gesicht erstarrte, als hätte ich sie mit dem Tischbein geschlagen. »Ich bin nicht gemein«, beharrte sie, aber ihre Stimme schwankte.

»Doch, das bist du.« Ich ballte die Fäuste. »Du sagst Dinge, Momma, die tun so weh, und man vergisst sie nicht, aber ich nehme das nicht mehr hin, ich halte nicht mehr brav den Mund. Ich liebe Henry und würde ihn niemals aufgeben, doch ich kenne die Realität, Momma, ich kenne sie, und ich weiß, dass Chemotherapie ihm nur wenig helfen wird, wenn überhaupt.« Mir war es zuwider, so ehrlich zu sein. Absolut zuwider. »Er wird wahrscheinlich alle Haare verlieren, ihm wird ständig übel sein, und er wird dadurch nicht einen Tag länger leben.«

Cecilia schlug sich frustriert beide Hände vors Gesicht. »Ah! Das weißt du doch gar nicht.«

»Wach auf, Cecilia. Du weißt es genauso gut wie ich.« Und wir wussten eine Menge. Wir hatten im Internet recherchiert. So was macht die Ärzte verrückt. Die Leute surfen wie die Wilden durchs Internet, sind plötzlich Experten für ihre Krankheit und glauben, sie wüssten mehr als die Spezialisten, aber ein Bauchspeicheldrüsenkrebs, der bereits Metastasen gebildet hat, bietet nicht viel Spielraum für Überleben oder Behandlung, egal wohin man surft.

»Momma«, sagte Janie mit erstaunlich schneidender Stimme. »Du hast die Ärztin gehört. Nimm dir die Zeit und denk darüber nach, was du von ihm verlangst, wie sehr er leiden könnte! Willst du wirklich, dass Henry das durchmachen muss?«

Ich wandte mich mit angehaltenem Atem zu Janie um. Sie wagte es nur selten, Momma Paroli zu bieten. Meistens reagierte sie, indem sie sich klein machte, Mommas Seitenhiebe einsteckte und versuchte, Frieden zu stiften.

»Nein!«, brüllte Momma, ihr Gesicht eine trostlose Maske unerbittlichen Verlusts. »Nein, verdammt nochmal, das will ich nicht! Aber ich will auch nicht, dass mein Sohn Krebs hat! Ich will nicht, dass mein Sohn krank ist! Ich will nicht, dass mein Sohn stirbt, Himmel nochmal! Versteht ihr das denn nicht? Nein? Wir sollten kämpfen. Wir sollten diesen Krebs bekämpfen!« Sie schleuderte eine kleine rote Glasflasche auf den Boden. »Wir müssen kämpfen!«

»Nein, wir müssen nicht kämpfen«, warf ich ein. »Wir müssen entscheiden, welches der beste Weg *für Henry* ist. Nicht für uns. Er verdient es, so lange wie möglich ein Leben zu führen, das lebenswert ist, ohne Infusionen und Nebenwirkungen.«

Momma zitterte am ganzen Körper. »Bin ich die Einzige, die an Henry glaubt?«

O mein Gott. War sie die Einzige, die an Henry glaubte?

»Das ist nicht fair, Momma!«, rief Janie mit hochrotem Kopf. »Wir haben unser ganzes Leben lang an ihn geglaubt! Wag ja nicht, das Gegenteil zu behaupten!«

Wow, Janie!

»Wir haben ihm die Windeln gewechselt, als er vier war, und daran geglaubt, dass wir es eines Tages nicht mehr tun müssten, weil Henry beschließen würde, nicht mehr in die Hose zu scheißen!« Sie ballte die Fäuste und schoss auf Momma zu, bis ihre Gesichter nur noch wenige Zentimeter voneinander entfernt waren. Glasscherben knirschten unter ihren Schuhen. »Wir haben geglaubt, dass er sich davon erholen würde, ständig von Rabauken angegriffen zu werden, weil wir ihn trösteten. Wir haben ihm Lesen beigebracht, als seine Lehrer behaupteten, er könne es nicht. Wir brachten ihn wegen all seiner Gesundheitsprobleme zum Arzt und glaubten daran, dass es ihm bessergehen würde, weil wir für ihn sorgten. Wir glaubten, dass er wieder sprechen würde, nachdem Dad uns verließ und Henry vergewaltigt worden war, und er tat es, weil wir ihm halfen. Obwohl du die Hälfte unserer Kindheit im Bett verbracht hast oder gemein zu uns dreien warst, glaubten wir, dass Henry trotzdem zu einem tollen Mann werden würde, weil wir immer für ihn da waren! Wag es nicht, uns vorzuwerfen, nicht an Henry zu glauben! Wag es ja nicht, Momma!«

Die Stille im Raum war ohrenbetäubend. Janie keuchte, und Cecilia war ausnahmsweise einmal sprachlos.

»Jetzt ist nicht die Zeit, gehässig zu sein, Momma«, sagte ich mit vorgerecktem Kinn. »Greif uns ausnahmsweise mal nicht an, nur weil es dir schlechtgeht. Uns geht es allen schlecht.«

Momma legte die Hände auf ihr blondes, glockenförmiges Haar. »Er kann es schaffen, er kann es überleben«, stieß sie hervor und sackte gegen die Wand. »Meinem Henry wird es bessergehen …« Schluchzend rutschte sie an der Wand hinunter. »Mein Henry wird zu den Ärzten gehen, und die Medizin wird ihn gesund machen …« Sie schlug Cecilias Hände weg. »Die Ärztin wird das in Ordnung bringen«, wimmerte sie.

»Scheiße!«, sagte Cecilia. »Verdammt! Warum musstet ihr sie so fertigmachen?«

»Warum? Wie wär's damit, Cecilia? Warum hat sie mich fertiggemacht?«, fauchte ich. »Warum denkt sie dauernd, sie kann das mit uns machen, uns schreckliche Dinge an den Kopf werfen, regelrechte Lügen, und damit durchkommen? Glaubst du, dass du hier die Einzige bist, die leidet, Momma? Glaubst du das?«

Eine Sekunde lang starrte Momma mich an. Ihr Gesicht sackte zusammen. »Nein«, flüsterte sie. »Das glaube ich nicht. Nicht nur ich.«

»Ich leide, Momma!«, schluchzte Janie. »Ich leide die ganze Zeit!«

»Ich auch, Momma. *Wir alle lieben Henry*«, sagte ich. »Ich glaube an ihn. Aber ich glaube, dass diese Krankheit nicht besiegbar ist. *Von niemandem.*«

Momma wimmerte, ein Geräusch totaler Kapitulation, und dann tat sie etwas Unerwartetes, wie sie es so oft tut. Sie streckte ihre Hände nach uns aus. Ich zögerte, genau wie Janie, war immer noch wütend auf sie, so wütend.

Sie sah unser Zögern, senkte den Kopf und sah uns dann direkt in die Augen, das Gesicht von Tränen überströmt. »Es tut mir leid, Mädels, es tut mir leid«, flüsterte sie. »Es tut mir leid. Für euch. Für mich. Für Henry. Es tut mir so leid.«

Cecilia funkelte uns mit ihren blauen Augen so böse an, bis wir Mommas Hände ergriffen.

Schließlich wiegten wir alle Momma vor und zurück, und ihre Schreie kamen aus der Tiefe eines gebrochenen Mutterherzens, erfüllt von schrecklichem, grauenhaftem Kummer. »Ich will nicht, dass mein Sohn stirbt, ich will nicht, dass mein Sohn stirbt, ich will nicht, dass mein Sohn stirbt.«

Ich verbarg meinen Kopf an Cecilias bebender Schulter, Janie lehnte sich an mich, ihre heißen Tränen in meinem Nacken, und wir alle klammerten uns aneinander und an Momma, die sich wehklagend vor und zurück wiegte.

28. KAPITEL

Als wir Henry ins Krankenhaus brachten, lächelte er die Frauen am Empfang an und begrüßte sie mit: »Hi. Ich bin Henry. Ich hab Krebs. Tut ihr Saft in mich rein, der den Krebs totmacht?«

Eine der Empfangsdamen führte uns lächelnd wie eine Platzanweiserin im Restaurant auf die krebstötende Chemotherapiestation, hell, voller Fenster, sauber, die Wände gelb gestrichen.

»Denkt die, sie würde uns auf eine verdammte Hochzeit führen, oder was? Was soll dieses bescheuerte Grinsen?«, murmelte Cecilia.

»Können wir bitte nett zu den Leuten sein, die hier arbeiten? Wir müssen ruhig und gelassen bleiben«, flehte Janie uns an.

»Ich sag doch nur, dass diese Miss Sonnenschein nicht so breit grinsen muss. Wir sind wegen der Chemo hier, nicht um uns Champagner reinzukippen.«

»Reg dich ab, Cecilia«, sagte ich. »Entspann dich.«

»Sie braucht ja nicht so fröhlich zu sein«, schnaubte Cecilia. »Am liebsten würde ich ihr eine scheuern.«

»Das geht dir dauernd so«, sagte ich. »Warum scheuerst du dir nicht selber eine? Hau dich k. o., dann brauchen wir uns dein Genörgel über lächelnde Leute nicht mehr anzuhören.«

Cecilia gab mir einen Rippenstoß. »Ich glaube, ich hau dir gleich auch eine rein …«

Ich fauchte sie an: »Mach doch! Schlag ordentlich zu. So fest du kannst …«

»Würde ich ja machen, wenn wir nicht im Krankenhaus wären. Ich hab's so satt, dass du dich ständig vordrängst und deine große Klappe aufreißt ...«

»Und ich hab's satt ...« Ich hielt inne. Was hatte ich an Cecilia satt? »Ich hab's satt ... Ich hab *irgendwas* an dir satt, Cecilia. Gleich fällt es mir wieder ein.«

Janie kicherte.

Sobald mir klar wurde, was ich gesagt hatte, musste ich auch kichern.

Cecilias finsterer Gesichtsausdruck verschwand, und sogar sie musste lachen. »Ich lass mir was einfallen, das dir an mir nicht gefällt, Isabelle, und sag's dir dann, damit du es mir beim nächsten Mal an den Kopf werfen kannst ... He! Vielleicht nimmst du nächstes Mal Blaubeerkuchen!«

Ich lachte. O Mann. Das Leben ist doch aberwitzig. Hier stand ich im Krankenhaus, mit meinen Schwestern, und wir lachten *und* stritten uns gleichzeitig.

Lachen und Weinen. Sie schließen sich nicht immer gegenseitig aus. Ich griff nach Cecilias Hand. Sie drückte sie.

Henry ging direkt zu dem Wagen mit Kaffee und heißer Schokolade. »He, Schwestern! He, Momma! Heiße Schokolade. Kostet nichts! Ich trink welche. Ich trink heiße Schokolade. Ich mach euch welche!«

Momma nickte schwach. Nachdem wir alle unsere kostenlose heiße Schokolade bekommen hatten, viel Kakao, kaum Wasser, schlenderten wir zu einem bequemen blauen Ledersessel. Momma sank auf den Stuhl daneben, als wären ihre Beine aus Stroh.

»Hi!«, sagte Henry zu einer geschwächten, bleichen Frau in einem anderen Sessel. »Hi! Ich bin Henry. Jesus liebt dich.«

Sie hob den Kopf, die Ringe unter ihren Augen waren bläulich und aufgedunsen. Vielleicht hatte sie heute nicht ihren besten Tag. »Ich glaube nicht an Jesus.«

Das brachte Henry überhaupt nicht aus dem Konzept.

»Er glaubt aber an dich. Er glaubt an dich.«

Die Frau schaute finster. Ihr war offenbar nicht nach einem Gespräch über Jesus zumute, und ich schob Henry sanft von ihr fort.

»Was liest du da?«, fragte er die Frau grinsend, unverzagt.

Sie hielt das Zeitschriftencover hoch.

»Das ist ein Hund!«, verkündete Henry. »Ich pass im Tierheim auf Hunde auf. Ich liebe Hunde.«

Sie nickte. »Ich auch.«

»Hast du ein Hund?« Neugierig schossen seine Augenbrauen hoch.

Ich versuchte Henry wegzustupsen.

»Ja, ich habe einen Hund.«

»Wie heißt er? Der Hund? Wie er heißt. Ich heiß Henry.«

»Er heißt Kermit.«

»Kermit!« Henry lachte und beugte sich zu ihr vor. »Kermit! Kermit der Frosch. Kermit der Hund. Du hast ein Hund, der heißt wie ein Frosch. Ich mag den Hund.«

Die Frau lächelte ein wenig. Ich merkte, dass sie freundlicher wurde. »Ich mag den Hund auch.«

»Kermit, der Frosch, ist ein Hund«, sagte Henry. »Quakt er oder bellt er? Ich geh jetzt. Ich krieg Saft in mich rein, damit ich den Krebs loswerde. Ich hab Bauch-spei-übel-krebs. Schlimm.«

Das müde Gesicht der Frau wurde ganz still. »Tut mir leid, das zu hören.«

»Ja. Tut allen leid.« Henrys Gesicht war immer noch auf Augenhöhe mit ihren. »Okay. Ich geh jetzt. Jesus liebt dich. Tschüs. Tschüs, Mommy von Kermit, dem Hund.« Er gluckste. »Kermit, der Hund!«

Henry begrüßte und plauderte mit einem jungen Mann, der an einem Tropf hing. Seine zwei kleinen Kinder saßen bei ihm. Er war kahl. Die Kinder trugen Donald-Duck-Baseballkappen, und Henry quakte sie an. Der junge Mann war fröhlicher und wünschte ihm einen schönen Tag.

»Dir auch ein schönen Tag. Viel Spaß!«

Er musste auch die Pflegekräfte begrüßen. »Ich bin Henry. Wer seid ihr?«

Sie hießen Eric, Randy und Bonnie.

»Ich krieg Saft«, teilte er ihnen mit. »Gebt mir Saft!«

Wir schafften es endlich, Henry in den blauen Ledersessel zu setzen. Momma tätschelte seine Schulter. Janie stand neben ihm und atmete tief durch. Ich befürchtete, sie könnte ohnmächtig werden. Cecilia rang nach Luft.

Henry war begeistert von dem »Zauberstuhl« und benutzte den Hebel, der die Lehne rauf und runter fuhr. Er übte, die Füße auf die Fußstütze zu legen, nahm sie runter, legte sie drauf, nahm sie wieder runter.

»Toller Stuhl.« Er ließ den Hebel los, und die Lehne bugsierte ihn nach oben. »Ha, ha! Ein Zauberstuhl, der sich bewegt.«

Dr. Remmer kam, ihr graues Haar war zu einem lockeren Knoten geschlungen. Sie lächelte Henry an. Ich merkte, wie erschöpft sie war. Onkologin – was für ein Beruf!

»He, he, Dr. Remmer. Du bist hübsch.«

Dr. Remmer bedankte sich.

»Du hast ein Hund, der heißt Snicker. Er ist verliiiebt. Rex ist verliebt. He, sind deine Hunde schon verheiratet? Hä?« Henry lachte.

»Noch nicht, Henry«, antwortete sie. »Aber bald. Ich glaube, sie sind verlobt.«

»Ha! Verlobt! Zwei Hundis. Echt komisch!« Henry schlug auf die Armlehne und grinste. »Tust du Saft in mich rein, damit mein Bauch-spei-übel-krebs weggeht?«

Wir hatten Henry die Chemotherapie so erklärt, dass das Medikament wie Saft wäre, der in ihn fließen und etwas von dem Krebs abtöten würde.

»Genau das werde ich tun, Henry.« Die Ärztin hielt seine Hand.

Momma nahm seine andere Hand, die Augen halb geschlossen, als könnte sie nicht ertragen, dabei zuzuschauen.

»Gut. Wo ist der Saft?«

»Der ist da oben in diesen Beuteln«, sagte Dr. Remmer lächelnd.

Henry legte den Kopf in den Nacken, um den Infusionsständer zu begutachten, und lächelte. »Ha, ha. Witzig. Wie kriegst du den Saft in den Beuteln in Henry rein? Tust du Strohhalme rein? Schmeckt der Saft gut?«

Momma rieb sich die Stirn. Janie schwankte. Ich holte ihr einen Stuhl und hoffte, sie würde nicht umkippen. Die Sache versprach, nicht komisch zu werden.

»Nein, Henry, das machen wir nicht. Eric, Bonnie und ich werden diese winzig kleine Nadel in deine Haut stecken, und der Saft fließt dadurch in dich hinein.«

Er verzog das Gesicht. »Versteh ich nicht. Versteh ich nicht. Ich trink den Saft. Hier gibt's heiße Schokolade, Dr. Remmer. Kostet nichts. Ich hab heiße Schokolade getrunken. Meine Schwestern und Momma auch. Willst du heiße Schokolade? Ich mach welche für dich.«

»Tut mir leid, Henry, das ist ein besonderer Saft, und der muss genau hier in deinen Körper hinein.« Sie tippte mit dem Finger auf seine Armbeuge.

Ich hörte, wie Cecilia schwer atmete. Momma wandte den Kopf ab.

Henry drehte seinen Arm um und betrachtete die verletzliche Stelle. »Nein. Nicht da rein. Da nicht. Ich trink es.« Er grinste.

»Henry«, sagte ich, »das ist nicht schlimm. Die Ärztin gibt dir den Saft in den Arm, während du heiße Schokolade trinkst und wir Dame spielen.«

»Nein. Ich glaub nicht, Isi. Nein. Danke.« Er grinste, während er wieder mit dem Zauberstuhl spielte, rauf und runter fuhr.

»Ich zeig es dir, Henry.« Die Ärztin packte den Infusionsschlauch aus. Sie zeigte ihm die winzige Nadel, die sie für die Chemo in seine Armvene einführen würde.

»Das geht nicht in mein Arm!« Henrys Augen wurden groß. Er schüttelte den Kopf.

»Doch, und es tut nur ganz kurz weh, mehr nicht. Das ist alles.«

»Was?« Henrys Stimme hob sich. »Nein. Mach ich nicht. Keine Nadeln. Nein, nein.«

»Es dauert doch bloß eine Sekunde, Henry«, flehte Cecilia, die Augen glänzend vor Tränen. »Eine Sekunde.«

»Ich will keine Sekunde. Ich will keine Spritze. Heiße Schokolade!«

»Das ist keine Spritze«, sagte Janie. »Dadurch läuft der Saft rein. Denk dir, es wäre ein Strohhalm. Ein Ellbogenstrohhalm.«

Henry starrte auf die Nadel. »Das ist kein Strohhalm.«

»Weißt du noch, als wir im Krankenhaus waren, Schatz?«, fragte Momma und beugte sich vor. Ich merkte, dass sie kurz davor war, die Nerven zu verlieren. »Da hattest du auch so was in deinem Arm. Und danach ging es dir besser.«

Das stimmte. Aber Henry hatte ein Beruhigungsmittel bekommen, bevor sie ihn an den Tropf hängten.

Momma zitterte. »Das ist gar nicht schlimm, Henry, und es ist ganz schnell vorbei. So schnell, wie du im Tierheim einen Hund dazu bringen kannst, sich auf den Rücken zu legen. So schnell, wie du einen Hund dazu bringen kannst, auf den Hinterbeinen zu tanzen. Genauso schnell. Schnell wie der Blitz!«

»Komm, ich zeig es dir«, sagte die Ärztin.

Schnell wie der Blitz klappte Henry die Fußstütze herunter und stand auf. »Nein, nein, nein. Ich mach das nicht. Du tust das nicht in mein Arm. Das tut weh. Aua!«

»Henry, das ist der Saft, den du brauchst, damit dein Krebs weggeht«, sagte Cecilia. »Darum musst du dich hinsetzen und ihn nehmen.«

»Ich nehm den Saft nicht mit der Nadel in mein Ellbogen.« Er schüttelte den Kopf hin und her. »Nicht mit der Spritze.«

»Henry, bitte«, flehte Cecilia verzweifelt flüsternd. »Bitte. Es wird nicht wehtun. Nachher gehen wir ein Eis essen. Zwei Kugeln. Mit Sahne. Und Schokoladensoße.«

»Nein. Ich geh jetzt.« Er machte kehrt. Ich war nicht auf diese Woge tiefster Verzweiflung vorbereitet, die über mich hinwegschwappte, als er zur Tür ging. Ich hatte die Chemotherapie nicht gewollt, aber das hier war so … endgültig. Das war es. Mehr gab es nicht.

Er ging hinüber zu dem Vater mit den zwei Kindern. »Einen schönen Tag. Quak, quak.«

Die Kinder quakten zurück.

Zu der Frau mit der Hundezeitschrift sagte er: »Grüß Kermit, den Hund, von mir. Ich geh morgen Hunde streicheln.«

Sie versicherte ihm, das würde sie tun. Ein winziges Lächeln hob ihre Mundwinkel.

Ungeduldig wischte Cecilia ihre Tränen fort. »Setz dich, Henry. Setz dich sofort hin.« Von Geduld war in ihrer Stimme nichts mehr zu hören.

Er drehte sich mit weit aufgerissenen Augen um. »Bist du böse auf mich, Cecilia? Sei nicht böse auf Henry.«

»Ich bin böse auf dich. Du brauchst diese Medizin.« Cecilia verschränkte die Arme, das Gesicht gerötet.

»Nein.« Henry verschränkte ebenfalls die Arme. Er wurde selten wütend, aber auch er hatte das Bommarito-Naturell, und ich wusste, dass seine Gereiztheit stieg.

»Doch!«, sagte Cecilia. »Doch, du setzt dich augenblicklich da hin!« Sie wies auf den Sessel.

»Nein! Ich setz mich da nicht hin!«, rief Henry.

Ich sah, wie Janie aufzustehen versuchte und zurücksank. Momma verbarg das Gesicht in den Händen.

»Wenn du dich nicht hinsetzt, heb ich dich hoch und setz dich da rein!«, schnauzte Cecilia.

»Nein!«, brüllte Henry. »Nein! Ich geh heim. Ich flieg mit Amelia. Wir fliegen nach Hawaii.«

»Cecilia, bitte«, sagte ich. »Das funktioniert doch nicht. Lass ihn in Ruhe.«

Aber Cecilia wollte nicht hören. Sie liebte Henry wie von Sinnen, und wenn sie ihn zu dem Sessel zerren und ihn anschnallen musste, um die Chemotherapie in seinen Körper zu pumpen, würde sie es tun.

»Cecilia«, sagte die Ärztin. »Er ist erwachsen.«

»Er ist ein Erwachsener mit Behinderungen«, blaffte sie zurück und blinzelte die Tränen weg. »Er kann keine eigenen Entscheidungen treffen.«

»Doch, das kann er«, sagte die Ärztin. »Sowohl moralisch als auch rechtlich.«

»Kann er nicht.« Cecilia zitterte am ganzen Leib. »Er versteht es nicht. Er versteht nicht, dass er *sterben wird*, wenn er die Behandlung nicht durchführt. Er kapiert den Zusammenhang nicht.«

Aber Henry kapierte ihn, und er hatte Cecilia verstanden. Er breitete die Hände aus. »Ich weiß, dass ich sterbe, Cecilia! Das weiß ich schon! Jesus hat mir im Traum gesagt, ich werd ihn bald sehen, aber ich nehm den Saft in der Nadel nicht!«

»Cecilia«, sagte die Ärztin besänftigend, »ich kann ihn nicht zu der Behandlung zwingen.«

»Können Sie nicht oder wollen Sie nicht?«, fauchte Cecilia.

»Ich kann nicht, und ich will es nicht«, erwiderte die Ärztin. Fest. Resolut.

Einen Moment lang sah es so aus, als wollte Cecilia sie schlagen, so wütend war sie. Ich hielt sie am Arm fest und stellte mich vor sie. »Beruhige dich, Cecilia. Zügle wenigstens einmal deine Wut, okay? Denk darüber nach, denk daran, was du von ihm verlangst.«

Sie wehrte sich, aber ich hielt sie fest. Sie fluchte; ich schüttelte sie und fuhr sie an, sie solle sich zusammenreißen. »Hier geht es nicht um dich, Cecilia, nicht darum, was *du* willst.« Es war furchtbar.

Cecilias Gesicht sackte zusammen. »Das ist seine einzige Chance, *seine einzige Chance*, Isi.«

»Ist es. Aber es ist keine gute Chance. Es ist eine verschwindend kleine Chance, wenn überhaupt. Das weißt du. *Das weißt du genau.*« Ich zog sie an mich.

»Aber ich liebe ihn«, sagte Cecilia, als würde das alles erklären. *»Ich liebe ihn.«*

Janie stolperte zu uns und legte ihren Arm um Cecilia. *So sind Schwestern: streiten sich in der einen Minute, versöhnen sich in der nächsten.* Wir boten ein Bild des Jammers.

Momma wankte auf ihrem Stuhl, ganz grau im Gesicht, und eine Krankenschwester beugte sich vor und maß ihren Puls.

»Ich weiß, dass du ihn liebst, Cecilia. Wir lieben ihn alle.« O ja, das taten wir. Wir liebten Henry über alle Maßen.

»He! He! Warum weint Cecilia?«, rief Henry. »Cecilia, warum weinst du?«

»Weil, Henry …« Sie holte Luft, gebrochen und tief unglücklich. »Weil ich dich liebe und das Medikament dir mehr Zeit zum Leben geben würde. Um mit Grandma zu fliegen. Um mit Dad das Modellflugzeug zu bauen. Um in der Bäckerei zu helfen, mit uns Schwestern Cupcakes zu verzieren, die Hunde zu streicheln, in der Kirche Donuts auszuteilen und in der ersten Bank zu sitzen.«

»Hm.« Henry stützte sein Kinn in die Faust und klatschte dann dreimal. »Hm. Okay, ich mach's!« Er flitzte zurück zum Zauberstuhl und streckte den Arm aus. »Ich mach's für Cecilia.« Er grinste uns an. »Ich mach's für meine Schwestern. Henrys Schwestern. Nicht mehr streiten. Ich liebe meine Schwestern.«

Und das war's. Henry bekam die Chemotherapie. War es ethisch vertretbar, wie das zustande kam? Vermutlich nicht. Moralisch? Vermutlich nicht. Gut gemeint? Ja.

Janie wurde ohnmächtig, als die Nadel in Henrys Arm geschoben wurde. Er wand sich und jammerte, aber wir besänftigten ihn, während Momma Janie auf dem Boden wiegte.

Wir spielten Dame mit ihm. Er machte ein Nickerchen. Wir tranken den kostenlosen Kaffee und die heiße Schokolade, von der Henry so begeistert war. Als wir fertig waren, gingen wir. Momma stützte sich auf mich, Cecilia war kurz davor, zusammenzubrechen (das wusste ich, weil ich ihre Erschöpfung spürte), eine bleiche Janie betütelte Henry, und ich hatte das Gefühl, sterben zu wollen. Auf der Stelle. Ich glaube, dieses Gefühl wird durch eine Mischung aus Stress und Leid ausgelöst.

Wir fuhren nach Hause. Der Columbia River war derselbe wie immer, kleine Wellen mit weißen Schaumkronen, die Sonne neigte sich dem Horizont zu, wollte schlafen gehen, wie Henry sagen würde, die Bäume tanzten einen steifen Tanz, und als wir in die Einfahrt bogen, hob der Wind unser Haar an und wirbelte es durcheinander.

In der Natur war alles wie immer.

Für uns war alles zerstört.

Als Henry Grandma sah, stürzte er aus dem Auto. Sie kam ihm mit ausgestreckten Armen entgegen. Die beiden flogen durch den Garten.

»Mein Kopilot ist zurückgekehrt!«, rief Grandma. »Mein Kopilot ist am Leben!«

Später am Abend holte ich meine Lieblingskamera heraus.

Es war, als würde ich mein Herz wiederentdecken. Ich drückte sie an die Brust und dachte daran, wo ich mit dieser Kamera überall gewesen war.

Mit dem Fotografieren hatte ich nach der Elektroschocktherapie aufgehört, durch die ich einen großen Teil meines Selbst verloren hatte. Ich brauchte diesen Teil zurück. Und zwar pronto.

Warum? Weil ich Henry fotografieren musste. Henry und unsere Familie. Gemeinsam.

Und dafür blieb mir nicht mehr viel Zeit.

Unglaublicherweise setzten wir unser Leben nach der ersten Chemobehandlung fort, als wären wir für ein paar Tage ganz normale Menschen.

Wir Schwestern arbeiteten in der Bäckerei. Momma blieb bei Henry und Grandma. Velvet half ihr mit beiden. Dad kam nach der Arbeit zu Besuch und backte seine unglaublichen Köstlichkeiten in der Bäckerei. Wir bestanden darauf, ihn zu bezahlen. Er lehnte ab. Wir bestanden darauf. Er lehnte erneut ab.

»Für mich ist es die größte Freude, mit euch allen in der Bäckerei zusammenzusein. Gönnt mir diese Freude«, sagte er mit sanftem Lächeln. »Meine Zeit hier ist ein Geschenk. Ein Geschenk für mich.«

Am Samstagmorgen machten Momma und Dad Crêpes für die ganze Familie. Sie saßen auf der Verandaschaukel. Ich würde nicht behaupten wollen, dass es Momma gutging. Sie war ein Wrack, verstört, zitternd und stets der Hysterie nahe, aber Dad verlieh ihr sichtbar Halt.

Janie und ich bekamen Aufträge für diverse Hochzeiten, und da Bräute nicht gerade dafür bekannt sind, Nachsicht walten zu lassen, wenn ihre Hochzeitstorte nicht pünktlich geliefert wird, mussten wir arbeiten.

Als zwei Achtzigjährige für ihre Hochzeit eine Torte bestellten, fragten wir sie, ob es die übliche mit mehreren Schichten und Blumen sein sollte.

»Zum Teufel, nein«, krächzte die Braut. »Ich war schon mal verheiratet und bin fünfzehn Jahre mit diesem Ungeheuer zusammengeblieben. Bei Blumen auf der Hochzeitstorte habe ich immer noch das Gefühl, in den Schwitzkasten genommen zu werden. Könnt ihr Mädels euch nicht was Originelleres ausdenken? Na, kommt schon! Seid doch nicht so altmodisch!« Sie stupste erst mein, dann Janies Knie mit dem Gehstock an.

»Scheiß auf die Tradition, verdammt«, knurrte der Bräutigam, der fünfundvierzig Jahre mit seiner ersten Frau verheiratet gewesen war, bis sie vor fünf Jahren beim Drachenfliegen in Italien einem Herzanfall erlag. Seine Verlobte war deren Schwester. »Bah! Nicht für mich. Langweilig! Öde! Schaltet mal euren Grips ein!«

Also schalteten wir Mädels, zusammen mit der Braut und dem Bräutigam, unseren Grips ein und kamen, ausgehend von einem Geschenk, das die beiden Turteltäubchen für die Familie planten, auf eine ziemlich brillante Idee.

»Das haut sie von den Socken«, gackerte der Bräutigam.

»Diese Flitterwochen wird keiner vergessen«, krächzte die Braut und stupste wieder erst mich, dann Janie mit ihrem Gehstock an. »Die reinste Wucht.«

Die Hochzeit sollte nur im engsten Familienkreis stattfinden. Die Braut und der Bräutigam wollten für den Samstagmorgen ihre Kinder – allesamt Vettern und Cousinen ersten Grades ... deren Partner, ihre Enkelkinder und eine Schar kleiner Urenkelkinder auf ihr weitläufiges Grundstück an der Schlucht einladen. Sie erzählten ihrer Familie, die Trauung fände am Donnerstagabend statt, aber sie sollten fünf Tage eher kommen, damit man etwas Zeit miteinander verbringen könne.

Die Familien trafen am Samstag lärmend um Punkt zehn Uhr morgens ein. (Clarence, der Bräutigam, bestand auf Pünktlichkeit. Er sei schließlich »nicht umsonst« beim Militär gewesen. »Kommt pünktlich oder bleibt zu Hause!«)

Bis zwölf war der Pfarrer da gewesen, und das Leben in Sünde war für Clarence und seine Braut June vorbei. Da Clarence »nichts übrighatte für diesen Schnickschnack«, bestand er darauf, dass der Partyservice auf der riesigen Terrasse Steaks und Kartoffeln auf zwei langen Tischen servierte.

Es ging ausgelassen und fröhlich zu, alle waren begeistert, zusammen zu sein, und fanden es herrlich, dass June und Clarence sie an der Nase herumgeführt und früher als angekündigt geheiratet hatten.

Zu einer vorher vereinbarten Zeit trug ich mit großem Trara die Hochzeitstorte hinaus, ein riesiges weißes Kreuzfahrtschiff.

Ich muss gestehen, dass Janie und ich stolz auf diesen Geniestreich waren. Der Tortenboden hatte Erdbeergeschmack – Janies Lieblingskuchen … der Guss war weiß, die Fenster mit Lakritz umrahmt, die Reling bestand aus Gummibonbons, der »Pool« war mit blauem Tortenguss gefüllt, und die Deckstühle waren aus Schokolade geformt.

Die jubelnde Familie applaudierte und johlte. Clarence und June legten ihre Arme um mich und küssten sich direkt vor meiner Nase. Ich hatte alle Mühe, die Torte nicht fallen zu lassen.

Aber wir waren noch nicht fertig.

Ich stellte das Kreuzfahrtschiff in die Mitte des Tisches, dann verteilten Janie und ich an jeden eine Schachtel aus gefrorener Schokolade. Auf dem Deckel der Schachtel war ein Schiffsanker aus schwarzem Tortenguss.

»Wagt es ja nicht, eure Schachteln zu essen«, knurrte Clarence. »Fasst sie nicht mal an.«

Als alle ihre Schachtel bekommen hatten (ohne sie anzufassen), krächzte June: »Und jetzt los, Kinder! Nein, kein Geschrei! Öffnet eure Schachteln!«

In jeder lag, auf Clarences Anweisung von Janie geschrieben, folgende Nachricht: »Herzlichen Glückwunsch! Du begleitest uns auf der Hochzeitsreise, einer siebentägigen Kreuzfahrt durch die Karibik! Wir brechen in einer Stunde auf. Schwing die Hufe!«

Wildes Durcheinander.

Lauter Jubel.

Die Braut und der Bräutigam einer anderen Hochzeit waren eher für eine traditionelle Hochzeitstorte.

Die junge Braut, die das Tattoo einer Kobra über ihrem Busen trug, wollte eine Torte ganz aus Schokolade.

Der junge Bräutigam fuhr sich mit der Hand über den geschorenen Kopf und kratzte sich in der linken Achselhöhle.

»Ich hab Schokolade satt. Davon krieg ich Ausschlag. Einmal hab ich Ausschlag am Arsch gekriegt. Willst du das in den Flitterwochen haben? Einen Arsch mit Ausschlag? Meine Mutter will Zitrone.«

»Zitrone im Kuchen, was soll das denn für ein Geschmack sein? Soll den Gästen etwa schlecht werden?«, nörgelte die Braut; die Kobra wand sich.

Wir boten an, jede Schicht mit einem anderen Geschmack zu backen. Das gefiel den beiden nicht. »Dann wird es eine Schizo-Torte«, sagte die Braut. »Wie sein Bruder. Schizo.«

»Mein Bruder ist längst nicht so schizo wie deine Tante. Großer Gott. Die sollte man in die Klappsmühle stecken.«

Als Alternative boten wir eine Champagnertorte an. Das gefiel ihnen ebenfalls nicht.

»Champagner trinkt man, den isst man nicht«, fauchte die Braut, »und meine Eltern sagen, wenn deine Familie Champagner saufen will, geht die Rechnung an sie.«

»Meine Familie will keinen Champagner saufen. Die mögen Bier, und deine Familie sollte mal besser für ein Fass sorgen.«

Wir boten eine weiße Torte an.

»Wir kriegen schon so eine weiße Unschuldstorte geschenkt«, murmelte der Bräutigam. »Unschuld! Dass ich nicht lache!«

Wir fragten, welche Farben der Brautstrauß haben würde, und sie konnten sich auch darauf nicht einigen. Die Braut warf dem Bräutigam vor, er sei »so verdammt halsstarrig, ist es dir denn völlig egal, was für eine Hochzeitstorte ich will?«, und der Bräutigam wurde sauer und sagte: »Ist schließlich auch meine Hochzeit, auch wenn deine Mutter das anders sieht.«

Die Braut verteidigte ihre Mutter und sagte, sie hätte sich wenigstens ein hübsches Kleid gekauft und würde darin nicht wie ein blaues Zelt aussehen. Worauf der Bräutigam fast seine Zunge verschluckte und sagte, er würde seine Mutter und ihr Zelt schon unter Kontrolle halten, wenn die Braut dasselbe mit ihrem betrunkenen Bruder schaffen würde.

Ihr Bruder sei kein Trinker, beharrte sie, der Bräutigam mache ihn nur nervös, daher trinke ihr Bruder mehr, und was sei mit seiner Schwester, dieser Tugendbeule mit dem irren Lächeln, das ihr wie angeklebt im Gesicht hing? Hätte sich wohl 'ne Überdosis Prozac reingepfiffen! Wie zum Teufel sollte sie damit fertigwerden, für den Rest ihres Lebens die ganzen verdammten Feiertage mit dieser Ziege zu verbringen?

»Sie ist also 'ne Ziege?«, sagte der Bräutigam. »Und was bist du?«

»Ich bin keine Ziege, du bist ein Kontrollfreak mit 'ner Fernbedienung im Arsch.«

Und an diesem Punkt machten wir der Sache ein Ende.

Janie tätschelte freundlich die Hände der beiden und sagte: »Glaubt ihr wirklich, dass ihr heiraten wollt?«

Die Braut und der Bräutigam glotzten Janie an, vollkommen verblüfft, als hätte sie ihnen erzählt, unter dem Tisch säßen dreiköpfige Aliens vom Pluto.

»Ja, zum Teufel«, sagte die Braut mit der tanzenden Kobra. »Wie kommen Sie darauf, dass wir nicht heiraten wollten? Wir sind schließlich hier, oder?«

»Herrgott! Ich dachte, ihr verkauft hier Kuchen.« Der Bräutigam kratzte sich erneut in der Achselhöhle. »Was seid ihr, Bäckerpsychologen oder was? Das ist meine Alte!«

»Er ist mein Alter!«, sagte die Braut, total perplex über unsere Frage. »Mein Alter!«

Sie küssten sich ausgiebig.

Nein, dachte ich müde, wir sind keine Bäckerpsychologen.

Aber wir waren Geschäftsfrauen, und wir ließen uns die volle Summe, nicht zurückzahlbar, im Voraus geben.

29. KAPITEL

»Parker hat seinen Job verloren«, berichtete mir Cecilia, während wir den Kuchenteig in die riesigen Formen für unsere äußerst beliebten himmlischen Cupcakes füllten.

Ich hielt inne.

»Sein Chef hat ihm mitgeteilt, er sei angewidert von Parkers beruflicher Leistung seit der Scheidung und noch angewiderter von seinem Privatleben. Er hat gesagt, er führe ein familienfreundliches Geschäft für familienfreundliche Menschen. Es sei völlig unangebracht, dass Constance bei dem Familienpicknick im Minirock und in einer bis zur Taille aufgeknöpften Bluse erschienen sei.« Sie füllte weiter Teig ein. »Haben mir die Mädchen erzählt.«

»Tja«, sagte ich und versuchte, leicht scheinheilig zu klingen. »Parker mag zwar keinen Job mehr haben, aber er hat ja Constance und ihre Liebe.«

»Und seine Corvette. Vergiss sein Angeberauto nicht.«

»Und einen Breitwandfernseher.«

»Nix da«, sagte Cecilia und füllte weiter ein. »Constance hat mit einem Stuhl geworfen, als sie sich gestritten haben, der ist da reingekracht. Kein Breitwandfernseher mehr. Armer Parker.«

»Ja, armer, armer Parker.«

Wir schwiegen ein paar Minuten, dann prusteten wir beide los. Wir konnten uns einfach nicht mehr halten.

Und wir lachten den ganzen Tag.

Während des Wochenendes hängte ich mir die Kamera um den Hals. Das fühlte sich so … richtig an. Als hätte ich ein Stück von mir wiedergefunden.

Ich machte Fotos von Henry und Amelia beim Fliegen, von Henry mit Cecilias Töchtern beim Kopfstand. Von Henry mit Janie, Cecilia und mir, und von Henry mit Momma und Dad. Ich machte Fotos von Henry mit seinen Freuden, vor allem Lytle und Velvet, den Senioren, Pater Mike, Janice, Paula Jay und den Hunden und Katzen.

Ich machte Fotos von unserer ganzen Familie auf der Veranda.

Und ich spürte, wie ich zu mir zurückkehrte.

In einer windigen, böigen Nacht wachte Henry auf und kotzte sich von oben bis unten voll.

Sein Jammern, sein klägliches, trauriges Jammern weckte uns alle und ließ uns in Windeseile in sein Schlafzimmer stürzen, aber es war Henrys Weinen, sein ersticktes, stoßweises Weinen, das uns fassungslos machte.

»Er schläft«, sagte ich zwei Stunden später zu Momma, Janie und Velvet. »Endlich.«

Henry hatte über die Jahre viele gesundheitliche Probleme gehabt, aber Erbrechen machte ihn immer völlig fertig. »Ich mag nicht spucken«, sagte er immer. »Dann wird mir speiübel.«

Momma saß am Küchentisch, die zitternden Hände um eine Kaffeetasse geschlungen. Sie gab einen Schuss Kahlúa hinein, um ihre Nerven zu beruhigen. Ich schenkte mir Kaffee ein und fügte ebenfalls Kahlúa hinzu. Ich trank ziemlich schnell.

In unserer Kindheit hatte Momma selten getrunken, aber wenn die Zeiten trostlos waren, wenn wir rausgeschmissen wurden oder Henry wieder im Krankenhaus lag, wenn wir kein Geld und nichts zu essen hatten, zog sie eine Flasche aus dem

Vorratsschrank und genehmigte sich ein Glas. Unsere Vorliebe für Kahlúa war etwas, das wir gemeinsam hatten.

Draußen regnete es. Der Tag war grau, düster, verhangen, windig. »Wie geht es dir, Momma?«, fragte ich.

Zuerst antwortete sie nicht, und Janie und ich machten uns auf etwas gefasst.

»Was glaubst du denn?« Sie starrte mich mit leeren Augen an. »Die Chemotherapie macht meinen bereits kranken Sohn noch kranker.«

Velvet strich Momma über den Rücken, schenkte ihr Kaffee nach, fügte noch ein bisschen mehr Kahlúa hinzu. »Ganz ruhig, Liebes. Nicht aufregen …«

»Er macht die Chemotherapie, weil er Krebs hat.« Ich sah, wie ihr Körper zu zittern begann.

»Er hat einen Krebs, der nicht heilbar ist.« Regentropfen prasselten gegen das Fenster.

Janie klopfte auf den Tisch, nahm die Hände in den Schoß, drehte viermal die Daumen, klopfte wieder auf den Tisch.

»Die Chemotherapie wird ihn nicht retten.«

Ich zog mein Sweatshirt enger um mich. Mir war so kalt. Eiskalt.

»Mein Sohn wird sterben, vielleicht unter Schmerzen, über die wir keine Kontrolle haben.«

Mein ganzer Körper tat weh. Pochte. Schmerzte.

»Was glaubst du denn, wie es mir geht, verdammt?«, brüllte Momma und fuhr mit dem Arm quer über den Tisch. Kaffeetassen, Sahnekännchen, Zuckerschale und die Kahlúa-Flasche fielen zu Boden und zerbrachen. Sie stand auf und bebte am ganzen Leib. »Was glaubst du, wie es mir geht? *Ich bin in der Hölle.* In der absoluten Hölle.« Sie hob den Tisch mit beiden Händen an und ließ ihn zu Boden krachen. »Verdammt nochmal!«

»Momma, bitte. Beruhige ich.« Ich stand ebenfalls auf.

»River«, sagte Velvet, »lass uns zwei was von meiner Limonade trinken, Liebchen …«

»Ich soll mich beruhigen?«, zischte Momma. »Beruhigen? *Wie soll ich mich beruhigen?* Bist du dämlich, Isabelle? Oder was?«

Ich wusste, dass Momma am Boden zerstört war, ich wusste, dass ihr das Herz brach. Aber das Wort *dämlich* tat mir trotzdem weh, hatte es immer getan.

»Mein einziger Sohn wird aufgefressen, aufgefressen vom *Krebs.* Ich werde ohne Henry alt werden, ohne meinen Sohn. Ich werde ihn nicht mehr als Flugzeug herumlaufen sehen. Ich werde ihn nicht mehr in der Kirche sehen. Ich werde ihn nicht mehr umarmen und drücken können, zum Tierheim fahren können, nichts. Gar nichts!«

Ich schloss die Augen. Ich war müde bis auf die Knochen, emotional erschöpft und glaubte nicht, dass ich noch einen einzigen Schmerz in meinem Leben ertragen konnte.

»Ich liebe diesen Jungen, und weißt du was?« Sie drückte ihren Kopf mit den Händen zusammen. »Wenn er stirbt, werde ich nichts mehr haben. Ich werde überhaupt nichts mehr haben. Nichts.«

Schluchzend sackte sie auf den Stuhl zurück.

Zuerst konnte ich mich nicht rühren. Genauso wenig wie Janie und Velvet.

Ich bekam ihren schneidenden Schmerz als Erste ab, konnte aber nicht anders, als auch diese vollkommene, selbstsüchtige Trostlosigkeit zu spüren. Momma hatte gesagt, wenn Henry stürbe, hätte sie nichts. *Nichts. Nichts von der dämlichen Isabelle.*

Was war mit mir und Janie und Cecilia? Bedeuteten wir ihr denn gar nichts? Null? Wusste sie denn nicht, dass sie nicht die Einzige war, die sich grämte?

Ich hörte, wie ich sie aus meiner Verzweiflung heraus angriff. Ich verabscheute mich dafür, aber Jahrzehnte unterdrückter Wut brechen nicht immer zum günstigsten Zeitpunkt hervor. »Und was ist mit uns, Momma? Was ist mit uns?«

»Was soll mit euch sein?«, gab sie zurück. »Hier geht es nicht um dich, Isabelle, es geht um meinen Sohn!«

»Und unseren Bruder!«, sagte Janie mit fleckigem Gesicht. »Was sind wir für dich, Momma? Nichts? Du sagst, wenn Henry stirbt, wirst du nichts haben? Ich bin hier. Cecilia ist hier. Isabelle ist hier. Du hast uns immer wie nichts behandelt, Momma. Ist es das, was du empfindest?«

Momma hob ihr bleiches Gesicht.

»Sag es uns!«, schrie ich sie an. »Wir haben alles für dich getan, was wir konnten, Momma. *Alles.* Du hast uns nur selten in den Arm genommen. Ist dir das klar? Du hast Henry umarmt. Du hast uns fast nie gesagt, dass du uns liebst. Du hast Henry gesagt, dass du ihn liebst. Ist Henry der einzige Mensch, den du liebst? Und wir sind nichts?«

Ihr Gesicht war gramerfüllt.

»Wir sind deine Töchter!«, rief Janie mit hochrotem Kopf, die Hände zu Fäusten geballt. »Du hast mich mein ganzes Leben lang kritisiert. Nichts, was ich getan habe, war je gut genug. Du kannst meine Bücher nicht leiden. Du denkst, ich bin seltsam. Ich bringe dich angeblich in Verlegenheit. Niemand wird mich je heiraten, ich bin wunderlich. Ich bin trutschig. Du kannst mein Klopfen und Zählen nicht ausstehen. Tja, weißt du was, Momma? Ich kann es nicht ausstehen, mit dir zusammen zu sein. Du machst mich nervös. Ich kann *dich* nicht ausstehen.«

Mommas Mund öffnete und schloss sich. Ausnahmsweise einmal wortlos.

»Weißt du, was das Traurigste ist? Weißt du das, Momma?« Ich schlang die Arme um mich und meine Einsamkeit. »Weißt du das? Wir wollten immer nur, dass du uns liebst. Mehr nicht. Wir wollten, dass du uns liebst, uns in den Arm nimmst. Das ist nie passiert. Also sag es uns, Momma. Liebst du uns oder nicht?«

»Mein Sohn ist krank …«, brüllte sie.

»Das wissen wir!«, brüllten Janie und ich zurück.

»Was wollt ihr von mir?«, fauchte sie. »Was?«

»Vielleicht wollen wir von dir hören, dass wir etwas wert sind«, sagte ich schwer atmend. »Dass du uns liebst. Vielleicht ist es gar nicht mehr. Aber nicht mal das bringst du über die Lippen, oder?«

»Ach, um Himmels willen!«

Ich spürte, wie mein Inneres zusammensackte. Momma brachte nicht mal diese drei Worte heraus.

»Tja, Momma, wenn Henry gestorben ist, gehen wir auch«, sagte Janie, ihr Gesicht eine starre, rote Maske. »Dann wirst du glücklich sein, nicht wahr? Dann hast du keine ›Nichtse‹ mehr um dich. Du kannst dein Haus und deine fliegende Mutter haben, und wir Nullen – ich glaube, du hast mal gesagt, du hättest ein Nilpferd, ein Flittchen und eine Irre großgezogen –, wir Nullen werden dich sterben, verrotten, verwesen lassen, ganz allein – was gemeine Menschen eben so tun.«

»Sprich nicht so mit mir, Janie Bommarito, hör auf, mir zu drohen!«, sagte Momma mit blitzenden Augen.

Meine Wut explodierte. »Du kapierst es einfach nicht, oder? Du wirst es nie kapieren, Momma.«

Das würde sie nie. Ich hatte es gewusst.

Die Wahrheit, direkt ins Gesicht gesagt, ist jedoch schwer zu verkraften.

Janie drehte sich um und stolperte hinaus zum Weidenbaum.

Ich folgte ihr.

»Ich werde niemals Kinder bekommen«, sagte Janie später zu mir, als wir in meinem Zimmer im Bett lagen. Wir hatten einen Riesenbecher Schokoladeneis und eine Tüte Popcorn geleert. »Ich wäre eine fürchterliche Mutter.«

»Du wärst eine tolle Mutter«, widersprach ich und leckte den Löffel ab. »Deine Kinder würden zählen können, bevor sie ein Jahr alt sind. Und klopfen. Und sich Sorgen machen.«

Sie versetzte mir einen Rippenstoß. Ich gluckste.

»Ich würde zu gern die Aufsätze sehen, die sie in der ersten Klasse schreiben«, sagte ich. »Sie wären wahrscheinlich so gruselig, dass dem Lehrer die Haare zu Berge ständen.«

»Ich würde ihnen alles über Liebe, Gelassenheit und Frieden und das empfindliche Gleichgewicht unseres Planeten beibringen ...«

»Und wie man jemanden erhängt, ohne erwischt zu werden.«

»Hör auf, Isabelle.« Janie zog sich ein Kissen an die Brust. »Was ist mit dir? Glaubst du, dass du Kinder haben wirst?«

»Nein.« Das war eine Tatsache.

»Das kannst du doch nicht wissen ...«

»Doch, Janie, kann ich.« Der alte Schmerz fuhr mir in den Bauch. Genau an der Stelle, wo ich ein Baby gehalten hätte.

»Warum?« Sie wandte sich mir zu, legte zwei mit Blumen bedruckte Tagebücher und ein Buch zur Selbsthypnose auf die Bettdecke.

»Weil ich, wie du weißt, kein besonders gesundes Sexleben geführt habe. Ich würde mein Verhalten unter selbstmörderisch einordnen.«

Das war die Wahrheit. Ich war vollkommen unvernünftig gewesen, hatte mich nicht geschützt, eine tickende Zeitbombe. Ich konnte fast spüren, wie sich meine Venen und Arterien vor Schmerz zusammenkrampften, während ich sprach. Janie oder Cecilia hatte ich nie von dieser einen, verheerenden ... Sache erzählt. »Ich hab mir vor Jahren eine Krankheit zugezogen«, brachte ich mühsam heraus. »Jetzt bin ich wieder gesund, aber ich kann keine Kinder mehr kriegen.«

Schweigen.

»Nie. Ich kann keine Kinder kriegen.« Der Schmerz dieser Aussage durchdrang jede Faser meines Körpers.

Wir rührten uns fast eine Minute lang nicht, dann machte Janie etwas, das nur Schwestern wirklich können: Sie umarmte mich, ohne eine Frage zu stellen. »Das tut mir leid, Isabelle, wirklich leid.«

»Mir auch«, flüsterte ich. »Mir auch.«

Sie wischte mir eine einsame Träne von der Wange.

In dieser Nacht schliefen wir wie Löffelchen, meine Schwester und ich, und sie wiegte mich, als mein Körper vor Kummer bebte. Der Körperteil, in dem ein Baby hätte sein können, aber niemals sein würde, fühlte sich leer und verloren an.

Aber zumindest hatte ich meine Schwester. Ja. Ich hatte Janie.

Und Cecilia auch, diesen feuerspeienden, unflätigen tasmanischen Teufel von Vorschullehrerin.

Henrys Verfall begann schleppend, dann nahm er Tempo auf wie ein Frachtzug, der durch die Nacht zum Himmel raste. Er stellte das Essen ein und verlor noch mehr Gewicht. Sein Bauch tat ihm weh, »als wenn da ein Messer drinsteckt, Isi«. Er lächelte nicht mehr so schnell wie früher, nicht mehr so unbefangen. Es war, als machte sich das Lächeln bereit, für immer zu verschwinden. Mir war, als würde ich achtmal am Tag von einem Traktor überrollt, während ich hilflos zuschaute.

Wir stellten Tisch und Stuhl für Henry bereit, damit er Leckereien verteilen und zu den vorbeikommenden Leuten »Jesus liebt dich« sagen konnte. Er plauderte mit Belinda und Bao und spielte in der Pause eine Runde Dame mit Lytle.

Henry ging nach wie vor zum Hundestreicheln. Sie stellten einen bequemen Sessel für ihn bereit, damit er den Hunden beim Spielen zuschauen konnte. Auch wenn der Tag sonnig war, nahmen wir eine Decke mit, weil Henry sagte, ihm sei kalt um die Schultern und er bekomme nur schwer Luft.

Er verteilte weiterhin Donuts in der Kirche und hörte mir beim Singen zu. Er half bei der Messe, trug aber einen Pullover, selbst wenn der Wind warm blies. Wenn es ihm schwerfiel, die Altarstufen zu erklimmen, half ihm Pater Mike, und die Gemeinde wartete.

Beim Bunco im Seniorenzentrum ließ er Tabletts fallen, weil sie zu schwer für ihn wurden, daher gaben sie Henry leichtere Sachen zu tragen und ermutigten ihn mit einem Klaps auf den Rücken.

Aber Henry, unser Liebling, der Sonnenschein in unserem Leben, das Lachen und die Hoffnung, das Einzige, was die Bommarito-Familie zusammenhielt, begann Stück für Stück zu vergehen.

Meine Albträume wurden häufiger, und ich war abgrundtief erschöpft, doch wie so viele Menschen, die mit Krebs zu tun haben, hielt ich den Kopf hoch.

Es brachte mich beinahe um.

Aber ich hielt durch.

Drei Wochen nach der ersten Chemo wachte Henry wieder schreiend auf, das ganze Kissen voll brauner Locken.

Innerhalb von zwei Tagen war Henry kahl.

Er nahm es nicht gut auf, es flossen Tränen.

Er stöhnte kläglich, als er in den Spiegel schaute, und jammerte wieder, als Haare an seinen Fingern kleben blieben. »Bin traurig. Schäme mich. Ich hab kein Haar. Henry ist hässlich. Bin hässlich. Großer Kopf. Viele Beulen. Komische Ohren.«

Und er weigerte sich zum ersten Mal in seinem Leben, das Haus zu verlassen. Keine Kirche am Sonntag, kein Tierheim, keine Kirche am Mittwochabend, kein Aushelfen im Seniorenzentrum, kein Damespielen mit Lytle, keine Tagesausflüge mit seinen Freunden.

Er ging in sein Zimmer, schloss die Tür und legte sich ins Bett. Er wollte nicht essen. Wollte nicht spielen, wollte sich nicht von mir vorlesen lassen. Er glitt, rasch und sicher, dem Tod entgegen.

»Wir müssen was unternehmen«, sagte ich am Sonntagnachmittag zu Cecilia und Janie, als wir uns unter der Weide trafen und der Wind uns das Haar zerzauste.

»Ich hab ihn zu überreden versucht, eine Perücke zu tragen«, sagte Janie beklommen und rang die Hände. Sie hatte das Foto ihrer Therapeutin, ein Tagebuch und ihre CD von Yo-Yo Ma mitgebacht, aber keinen CD-Spieler.

Der Versuch hatte sich als Katastrophe erwiesen. »Nein! Eklig«, hatte Henry gerufen und mit den Händen gefuchtelt. »Ich will kein falsches Haar, ich will Henry-Haar.«

Ich hatte es mit einer Baseballkappe versucht.

»Bin immer noch kahl! Bin immer noch kahl! Nichts auf dem Kopf in der Kirche. Ich trag keine Kappe in der Kirche. Ist schlecht.«

Also lag er im Bett. Dad kam jeden Abend stundenlang vorbei, bleich und erschöpft, aber er konnte Henry weder für Gartenarbeiten noch für Wanderungen oder Fahrradtouren begeistern, die sie früher zusammen unternommen hatten.

»Ich hab versucht, ihn dazu zu bringen, mit Grandma zu fliegen«, sagte Cecilia. »Er fehlt ihr.«

»Neulich hab ich gesehen, wie sich Grandma auf der Veranda ihre Tränen abwischte«, sagte ich. »Sie saß vornübergebeugt da, die Fliegerbrille baumelte an ihren Fingern. Ich hab sie gefragt: ›Was ist los, Amelia?‹, und sie sagte: ›Mir fehlt mein Kopilot. Er ist krank. Dschungelfieber, glaube ich. Vielleicht Typhus.‹«

Wir schwiegen eine Weile, und der nie endende Wind zerzauste mir das Haar noch mehr. Arme Grandma. Armer Henry. Kahl und beschämt. Starb noch schneller, weil er keine Haare hatte.

Ich fuhr mir mit der Hand über den Kopf. Das waren Haare. Mehr nicht.

»Ich glaube, ich rasiere mir den Kopf kahl«, sagte ich.

Ich rechnete damit, dass Cecilia und Janie ausflippten. Taten sie aber nicht.

»Wenn ich kahl bin, wird sich Henry nicht mehr so schämen. Er wird wieder rausgehen. Er hat nicht mehr so viel …«

Ich brach ab. Es zerriss mir das Herz. »Er hat nicht mehr so viel Zeit. Ich möchte, dass er diese Zeit noch genießt.«

»Mein Haar war immer das einzig Hübsche an mir«, sagte Cecilia, während ihr der Wind durch das Haar wirbelte. »Das Einzige. Aber was hat mir das gebracht? Nichts. Ich rasiere meins auch ab.«

»Ich auch«, sagte Janie. »Ja, ich glaube, in meinem nächsten Buch wird der Mörder kahl sein.« Sie dachte kurz nach. »Und es wird eine Frau sein. Eine kahlköpfige Frau. Das wird eine gute Recherche für mich. Ich hole die Schere.«

Wir verloren nicht viel Zeit.

Dad kam, um Henry zu besuchen, und wir berichteten ihm, was wir vorhatten. »Zählt mich dazu«, sagte er sofort.

Cecilias Töchter wurden von einer Nachbarin vorbeigebracht, als sich Cecilia gerade ein rosa Handtuch um die Schultern legte. Ich hielt die Schere und den Rasierer bereit.

»Schneidest du Mom die Haare?«, fragte Kayla. Sie trug einen wunderschönen Sari in Orange und Gold. Ich fragte sie nicht, was es damit auf sich hatte.

»Genaugenommen werde ich sie kahlscheren«, sagte ich.

»Cool«, sagte Kayla und bekreuzigte sich.

»Ja, endcool«, fügte Riley hinzu und drehte sich ein Haar um den Finger. Sie trug ein T-Shirt mit den Aufdruck $E=MC^2$ und ein rotes Kopfband, das ihre zunehmende Kahlheit kaum verbergen konnte.

Sie überlegten. »Warum?«

»Weil sich euer Onkel Henry schämt, kahl zu sein, und nicht aus seinem Zimmer kommen will, darum scheren wir unsere Köpfe, damit er sein Leben weiterführt«, sagte ich.

»Krass«, sagte Kayla. »Wie die Mönche. Ich mach mit.«

»Ich auch«, sagte Riley, riss sich ein Haar aus, betrachtete es und ließ es zu Boden fallen. »Ich liebe die Schwerkraft«, murmelte sie.

Ich hielt die Schere hoch. »Ihr braucht das nicht zu tun«, sagte ich. »Wir sind Henrys Schwestern …«

»Und, soll das etwa heißen, wir gehören nicht zur Familie?«

Kayla hatte so eine schnelle Auffassungsgabe.

»Dass wir nicht wichtig sind, weil wir jung sind und nicht alt?«

Riley begriff genauso schnell.

Ich nahm ihr die Sache mit dem »alt« nicht übel. »Nein …«

»So klingt das aber«, sagte Kayla. Ihr Sari raschelte. »Es klingt, als dächtest du, wenn wir uns die Köpfe kahlscheren, hätte das keine Bedeutung.«

»Als wäre unsere Beziehung zu ihm weniger wert.« Riley reckte das Kinn vor.

»Ihr müsst immer streiten«, sagte Cecilia. »Immer. Müsst ihr immer streiten? Tante Isabelle hat doch nur gesagt, ihr müsstet eure Köpfe nicht kahlscheren. Ihr seid noch jung.«

»Henry ist im Herzen auch ein Kind, und er hat all sein Haar verloren.«

»Genau.«

»Also wollen wir das auch machen«, sagte Riley. »Ich reiß mir dauernd das Haar aus, weil ich so genervt bin. Ich hasse mich. Wenn ich mir den Kopf kahlrasiere, kann ich mich nicht mehr hassen, stimmt's?«

»Du solltest dich überhaupt nicht hassen, Herzchen«, sagte ich zu ihr. Alle Bommaritos haben einen Sprung in der Schüssel. Außer Henry.

»Wir machen es für Henry«, sagte Kayla.

»Genau, für Henry.«

Janie schniefte. »Oh! Ich liebe euch beide! Ihr seid echte Bommaritos!« Sie drückte die Mädchen an sich.

»Ihr seid wunderbare junge Damen«, sagte Dad.

»Äh, Grandpa, fängst du wieder an zu heulen?«

»Nein«, schluchzte Dad. Für einen mannhaften Mann, großgewachsen und kräftig, für sein markantes Gesicht, das durchaus einschüchternd wirkte, war er sehr gefühlsbetont. Ich wischte ihm eine Träne von der Narbe. Er schien erstaunt über meine Geste, was erneut die Tränen fließen ließ.

Cecilia sagte verwundert: »Verdammte Hacke, ich glaub, ich hab tatsächlich gute Kinder großgezogen.«

Ich drückte die Mädchen an mich. Als Familie sind wir voll durch den Wind, und sie machen mich alle wahnsinnig, aber ich liebe sie. Ehrlich.

Selbst Momma, diese gemeine, fiese Natter, die nicht mehr gemein gewesen war, seit sie die Kaffeetassen hatte fliegen lassen.

Wir legten uns rosa Handtücher um die Schultern und machten uns für den Rasierer bereit.

»Wir sollten alle ein bisschen vom Haar der anderen rasieren«, sagte Riley. »Ihr wisst schon, so familienartig.«

»Genau. Und jede kann beten oder tanzen oder johlen, wie's ihrer Religion entspricht«, fügte Kayla hinzu.

»Dann mal los«, sagte ich kampfeslustig. »Rasierer bereit? Auf die Glatzen!«

»Auf die Glatzen!« Wir prosteten uns zu, Scheren, Rasierer und Fäuste in die Luft gestreckt wie Champagnergläser.

Und dann legten wir los. Die Geräte summten und schnurrten, während wir uns gegenseitig die Köpfe rasierten. Zuerst fuhren wir quer über den Scheitel und lachten, weil wir aussahen wie Stinktiere. Dann kamen kahle Streifen zu beiden Seiten. Erst überlegten wir, ob wir es so lassen sollten, aber nein, es musste ratzeputz alles ab. Schließlich waren wir völlig kahl. Sechs kahle Schädel, und auf dem Boden ein großer Haufen von Haaren – blond, rötlich, weiß, braun.

»Komm raus zum Spielen, Henry«, flüsterte Kayla. »Komm raus zum Spielen.«

Momma kam aus dem Lebensmittelladen, nachdem wir gerade die Küche geputzt hatten.

Als sie unsere Eierköpfe sah, ließ sie die Einkaufstüten fallen. Ich hörte Eier zerbrechen. »Ach, du lieber Gott«, hauchte sie. »O Gott. Und du auch, Carl!«

Ich machte mich auf etwas gefasst.

»Ihr seid alle kahl! Ihr … ihr habt euch die Köpfe rasiert!«

»Überlasst mir mal eure Mutter, Mädels«, sagte Dad. »Alle zurück!«

»Wir mussten, Momma«, sagte ich. »Nur so können wir Henry dazu bringen, sein Zimmer zu verlassen.«

»Wie konntet ihr …« Sie knallte die Geldbörse auf die Arbeitsplatte.

»Wie konnten wir was?«, schoss ich zurück. »Er schämt sich für seinen Kopf, dafür, alle Haare verloren zu haben. Wenn wir alle kahl sind …«

»Wie konntet ihr …« Ihr Mund wurde verkniffen, und sie stemmte die Hände in die Hüften.

»Wir brauchen deine Zustimmung nicht, Momma«, sagte Janie. »Wir haben unsere Grenzen gesteckt, und innerhalb dieser Grenzen haben wir eine Familienentscheidung getroffen.«

»Wir haben es für Henry getan, River.« Dads Stimme, sanft wie immer, schien sie zu erreichen. »Wir haben es für ihn getan. Er muss nach draußen, er muss leben.«

»Ganz ruhig, Omi«, sagte Kayla. »Bitte flipp nicht aus.«

»Kahl ist cool, Omi«, fügte Riley hinzu. »Ich war sowieso schon fast kahl. Du weißt schon. Wegen meines Haarreißproblems.«

»Wie konntet ihr nur …«, setzte Momma wieder an, ihre Stimme noch höher. »Wie konntet ihr das nur ohne mich tun? *Ohne mich?*«

Wir rasierten Mommas Kopf.

Sie war immer noch schön.

»Du bist heute schöner als damals, River«, sagte Dad mit seiner ruhigen, liebevollen Aufrichtigkeit. »Du wirst immer schön sein.«

»Ach, hör doch auf, du alter Sack«, erwiderte sie, und – o Gott! – sie küssten sich. Auf den Mund. Vor uns allen. Zwei kahlköpfige Menschen, die eindeutig immer noch ineinander verliebt waren.

Selbst nach allem, was wir ohne Dad durchgemacht hatten.

Ich würde meine Momma nie vollständig verstehen, das war mir klar.

Wir warteten, bis Henry aus seinem Nickerchen aufwachte, um einer nach dem anderen in sein Zimmer zu marschieren. Dad, ich, Cecilia, die Mädchen, Janie.

Momma kam als Letzte, die Arme ausgebreitet, die seit Henrys Diagnose stets die in ihren Augen wallenden Tränen hinter einem Lächeln verbargen. »Deine kahle Momma ist da, Henry!«, verkündete sie und verbeugte sich vor ihm, während er klatschte und lachte und vor Begeisterung mit den Füßen strampelte. »Jetzt beweg deinen Hintern aus dem Bett. Die kahlen Bommaritos gehen zum Essen aus, um ihre Glatzen zu feiern!«

Henry stieg vorsichtig aus dem Bett, kicherte und nahm uns mit ins Bad, wo wir uns alle drängten und im Spiegel bewunderten.

»Jetzt bin ich nicht mehr der Einzige.« Er grinste. »Henry ist kahl. Ihr seid kahl.«

Ich starrte mich an. Mein Kopf war schmal. Cecilias hatte eine perfekte Rundung mit einer Krümmung hinten. Janies war gleichmäßig. Momma drehte sich nach rechts und links, bewunderte ihr Profil. Ich schwöre, mein Dad sah noch besser aus als zuvor.

Kayla sagte: »Wir sind die abgefahrenste Familie, die ich kenne.«

Riley sagte: »So abgefahren, dass ich nicht mal mehr fähig bin, mich für uns zu schämen.«

»Ich habe noch nie in meinem Leben bessere Menschen kennengelernt«, sagte Dad. »Ihr seid die besten. Die besten Menschen, die ich kenne.«

Momma beugte sich vor und küsste ihn auf die Wange, und er legte ihr dem Arm um die Schultern.

Ich betrachtete mich. Ich hatte mich von Zöpfen und einem wilden, einsamen Nomadenleben über kurze Locken bis zur Glatze entwickelt.

Ich glaubte fast, dass ich mir jetzt am besten gefiel. Ich war ein neues Ich.

Eine neue Isabelle.

Ich küsste Henrys kahlen Kopf. »Wir lieben dich, Henry.«

»Ja, genau. Ich hab euch auch lieb. Wir sind die Bommaritos! Wir sind die kahlen Bommaritos! Große Kuschelrunde für alle Bommaritos!«

Ich versammelte die Familie und Velvet draußen und machte Fotos. Ich fotografierte Dad, wie er Momma küsste und sie den kahlen Schädel in den Nacken legte. Ich fotografierte Cecilia mit dem Arm um Janie, Grandma salutierend und Velvet tanzend. Ich fotografierte Kayla, die mit Riley auf dem Rücken herumrannte, und ich fotografierte uns alle, mit Selbstauslöser, zur Pyramide aufgebaut.

Aber mein bestes Foto machte ich von Henry, der mit ausgestreckten Armen und strahlendem Gesicht über den Rasen flog.

Allen fiel die Kinnlade herunter, als wir Kahlköpfe in Davides italienisches Pizzalokal im Zentrum von Trillium River marschierten.

Für unseren Ausflug hatte Grandma eine rosa Schleife an ihrer Fliegerkappe befestigt. Als sie uns alle kahlköpfig sah, hatte sie gemurmelt: »Das ist eine uralte Tradition in Indonesien, aber diese Eingeborenen sind friedfertig.«

Velvet sagte: »Da brat mir doch einer 'nen Storch! Ich bin randvoll mit Liebe für euch Leute.« Und dann hatte sie uns alle umarmt.

Bei Davide war es immer voll, weil der Pizzateig dick ist und an Norditalien an einem sonnigen Frühlingstag erinnert. Alle im Lokal stellten das Essen und Trinken ein, als sie unsere Familie erschrocken anstarrten, Gabeln und Messer fielen auf die Teller und den Boden, die Stille war ohrenbetäubend.

Vermutlich kannten uns alle im Lokal. Bei Mommas und Grandmas Vergangenheit, unserer Highschoolzeit, dem Bäckereibetrieb, Cecilias Arbeit an der Schule, den Freunden der Mädchen, den Familien aus der Gemeinde, den Senioren aus dem Seniorenzentrum, Henrys Freunden und deren Familien, tja, da kann ich mir kaum vorstellen, dass unter ihnen auch nur ein einziger Fremder war.

Trotzdem war es totenstill.

Kein einziges Wort war zu hören.

Dann verkündete Grandma unter ihrer wackelnden rosa Schleife laut: »Ich bin Lady Lindy, Königin der Lüfte, und diese Eingeborenen werden Ihnen nichts antun! Sie sind friedlich.« Sie salutierte.

»Wir brauchen einen Tisch für zehn Personen«, teilte ich der Platzanweiserin mit dem grünen Stachelhaar mit, die Henry angrinste.

»He, Henry«, sagte sie, den Daumen hochgereckt. »Du rockst, Mann. Du rockst total.«

Henry lachte. Sein altes Lachen war zurück, das sich davongemacht hatte, als er in seinem Schlafzimmer lag, der Tod Schritt für Schritt heranschlich und ihm die Fröhlichkeit stahl. Er reckte beide Daumen hoch und verkündete dem ganzen Lokal dröhnend: »Ja, genau. Ich bin Henry. Ich rocke! Wir rocken! Wir sind die Bommaritos! Wir sind kahl! Ja, wir sind *kahl*!«

Wie gesagt, wir kannten alle Gäste, und sie gerieten völlig aus dem Häuschen. »Bommarito!«, skandierten sie johlend, »Bommarito!«

»Wir sind die kahle Familie!«, verkündete Henry und boxte mit beiden Fäusten in die Luft. »Die kahlen Bommaritos! Seht ihr? Keine Haare!«

Sie umringten uns von allen Seiten.

Wir brauchten eine halbe Stunde, um zu unserem Tisch zu gelangen.

Grandma betete vor dem Essen. »Lieber Gott, hier ist Amelia. Ich hab dir gesagt, du sollst meinen Kopiloten gesund machen. Bist du vielleicht blöd? Er ist immer noch krank. Bist du vielleicht taub?« Dann wurde sie laut: »Bring das in Ordnung, Gott. Mach keinen Scheiß. Bist du vielleicht blind? Amen.«

Jemand sammelte an dem Abend heimlich Geld ein, so dass wir unser Essen nicht mal bezahlen mussten.

Als Momma das herausfand, senkte sie den Kopf und weinte, dort im Restaurant.

30. KAPITEL

Am nächsten Tag waren wir auf der Titelseite der Lokalzeitung. Ein Reporter war mit seiner Familie im Restaurant gewesen, hatte rasch seine Kamera aus dem Auto geholt und ein Foto gemacht.

Der Artikel berichtete über die Bommarito-Familie und Henrys Kampf gegen seinen Bauchspeicheldrüsenkrebs. Der Reporter erwähnte, dass Henry das Haus nicht hatte verlassen wollen, weil er sich schämte, keine Haare mehr zu haben. Ausführlich wurde dargestellt, wie viel uns daran gelegen war, dass Henry sein Leben weiterführte und die Zeit genoss, die ihm noch blieb. (Der Reporter hatte sich an Janie herangemacht; sie muss immer alles ausplaudern.)

Der Artikel erwähnte, dass Janie eine berühmte Krimiautorin war, Cecilia eine beliebte Lehrerin, ich eine landesweit berühmte Fotografin und dass unserer Familie Bommaritos Bäckerei in der Stadt gehörte.

Henry kicherte, als er das Foto von uns im Restaurant sah. »Wir sind berühmt. Wie Filmstars.«

Am nächsten Morgen fuhr ich Henry ins Seniorenzentrum, um beim Bunco zu helfen. Janie und Cecilia gingen in die Bäckerei.

Ein dröhnender Pick-up hielt neben uns, und Henry kurbelte das Fenster runter und winkte mit beiden Händen, beiden Armen. Im Pick-up saßen zwei stiernackige Kerle. Lange Haare, harte Gesichter. Fiese Kerle. Das Gesicht des einen sah aus, als hätte er zu viele Messerstechereien hinter sich.

»Henry, hör auf!«, zischte ich. »Dreh die Scheibe hoch.«

»Nein, ich sag hallo! Ich sag hallo.« Er lehnte sich aus dem Fenster. »He, hallo!«

»Henry, hör auf!« Ich zog ihn zurück.

»Nein, ich sag hallo zu Sammy und Petie!«

»Henry, alter Schwede! Henry!«, dröhnte der Fahrer und lächelte. Verschwunden war das Nahkampfgesicht, seine Augen leuchteten auf, sein Lächeln wurde beinahe strahlend.

»Henry, Kumpel«, nuschelte der andere und machte irgendein Handzeichen. »Geile Frisur, Kumpel. Geil.«

»Ich bin kahl!« Henry lachte. »Hab Krebs. Bauch-spei-übel. Ist voll übel! Echt. Mehr nicht.«

Ich sah, wie ihnen die Gesichtszüge entglitten. »O Mann, wie ätzend«, sagte der Messerstecher. »Wie ätzend.«

Die Ampel wurde grün. Hinter uns hupte ein Auto. Ich fuhr jedoch nicht weiter. Henry unterhielt sich schließlich!

»He, Kumpel«, sagte der Handzeichengeber niedergeschmettert. »Das tut mir leid. Tut mir echt leid, Henry.«

»He! All mein Freunden tut's leid.«

»Können wir was für dich tun, Kumpel? Können wir dir irgendwie helfen?«

Das Auto hinter uns hupte erneut.

»Nein. Nein. Ist gut. Jesus sagt, ich geh bald heim. Ich freu mich, weil ich euch seh. *Ich freu mich!*«

Das Auto hupte abermals. Ich hörte die beiden Männer fluchen.

Henry flüsterte: »Böse Wörter.«

Die Männer mit den bösen Wörtern stiegen aus dem dröhnenden Pick-up, knallten die Türen zu und bedachten den Fahrer, der gehupt hatte, mit finsteren Blicken. Ihre Lederwesten spannten sich über ihren breiten Brustkörben.

Sofort hörte das Hupen auf. Ich drehte mich um. In dem Auto saßen vier Teenager. Sie waren auf ihren Sitzen erstarrt, die Münder offen vor Furcht.

Die Stiernacken wandten sich wieder Henry zu. »Nimm den Kampf auf, Henry«, sagte der Messerstecher und wischte sich mit schwieliger Hand die Tränen aus den Augen.

»Nein, ich kämpf nicht. Ich geh in den Himmel. Ganz bald. Hat Jesus mir gesagt. Ich muss zum Bunco. Ich seh euch in der Kirche. Okay? Seh ich euch in der Kirche?«

Überraschenderweise nickten sie.

»Okay, Henry. Wir sehen uns in der Kirche«, seufzte der Handzeichengeber und klopfte Henry auf die Schulter.

»Okey-dokey. Jesus liebt dich.«

»Ja, Mann, auf dich fährt er auch ab.«

»Ja, genau!« Henry lachte. »Jesus fährt auf dich ab!«

Im Rückspiegel sah ich, wie der eine Stiernacken den Arm um den anderen legte und ihm auf den Rücken klopfte.

»Wer war das?«

»Oh, Vettern von Pater Mike. Sind total nett.«

Okey-dokey.

»Du bist hübsch, Isi.«

Ich griff nach der Hand meines Bruders.

Bob der Macher hatte den Artikel gelesen. Er rief wieder an. Kayla war am Telefon. Sie sagte, sie würde beten, dass er gute Gründe hätte, mit ihrer Tante Janie sprechen zu wollen, und segnete ihn.

»Willst du ihn denn nicht wiedersehen?«, fragte ich Janie. »Seinen englischen Garten? Zusammen Klassiker lesen? Ein paar Scones mit deinem Zitronentee knabbern?«

»Will ich. Will ich nicht. Will ich.« Beklommen überprüfte sie den Herd, den Backofen. Atmete tief durch. »Ich muss mich in meine Gelassenheitsecke setzen, Kerzen anzünden, mit meiner Therapeutin kommunizieren.«

»Du hast bereits mit deiner Therapeutin kommuniziert«, sagte ich gedehnt. »Was hat sie gesagt, zum hundertsten Mal?«

»Dass ich ihn anrufen soll.« Janie seufzte, die Hände gegen die Schläfen gepresst. »Ich brauche mein Stickzeug.«

»Dann mach es, Tante Janie«, sagte Kayla. »Hier, zieh meinen Sari an, wenn du mit ihm telefonierst. Der bringt Glück.« Sie reichte Janie den orangefarbenen Sari, den sie neulich getragen hatte.

Janie zog ihn an.

Es nützte nichts. Sie konnte den Hörer nicht hochnehmen und wählen. Zu viel Angst.

Am nächsten Tag fuhren Henry und ich ins Tierheim. Er trug ein blaues T-Shirt mit dem Bild einer grinsenden schwarzen Katze und seine Schuhe mit den Klettverschlüssen.

Mir fiel erneut auf, dass das Tierheim dringend renoviert werden musste und mehr Platz brauchte.

»Paula Jay«, rief Henry. »Paula Jay, wo bist du? Henry ist da. Ich will die Hundis streicheln.«

Keiner antwortete, also gingen wir nach hinten zu den Zwingern.

Dort fanden wir Paula Jay und Dawn. Sie waren dabei, ein paar Hunde anzuleinen, um mit ihnen spazieren zu gehen.

»Hi, Paula Jay, hi, Dawn«, sagte Henry, begeistert darüber, die beiden gefunden zu haben.

»Hallo, Henry!« Sie lächelten.

Mir blieb glatt die Luft weg.

Paula Jay und Dawn waren kahl. Nicht ein einziges Haar auf ihrem Kopf.

»He, he!«, schrie Henry. »Ihr seid kahl!«

Die Frauen lachten. »Jawoll. Keine Haare. Keine Lockenwickler mehr. Wir sind wie du, Henry!«

Er klatschte in die Hände und lächelte, schief, liebenswert. »Jetzt sind wir zusammen kahl. Wir sind alle kahl!«

Ja, wir waren alle kahl.

Ich nahm die Frauen fest in die Arme.

Die Hunde bellten. Die Katzen miauten.
Ich schniefte.

Später am Nachmittag wollte Henry in die Bäckerei, aber ich fuhr ihn erst für ein Nickerchen nach Hause. Er stritt sich eine Weile mit mir und Velvet, doch wir brachten ihn dazu, etwas zu essen und anschließend nach oben zu gehen. Noch während ich ihm vorlas, schlief er ein.

Im Flur traf ich auf Grandma und salutierte. »Hallo, Mrs Earhart.«

»Ich grüße Sie«, entgegnete sie. Sie trug ihre grüne Fliegermontur und hatte sich einen flotten gelben Schal um den Hals geschlungen.

»Wie geht es Ihnen heute?«

»Gutes Wetter für den Start. Ich werde bald losfliegen.« Sie ging auf Zehenspitzen in Henrys Zimmer, ein Schrittchen nach dem anderen. »Wecken Sie den Eingeborenen nicht«, flüsterte sie, nachdem sie Henrys Schulter getätschelt hatte. »Der Eingeborene ist krank, vielleicht Malaria oder ein Schlangenbiss. Er braucht seine Ruhe.«

Sie holte zwei Decken und ein Kissen aus dem Schrank und legte sich neben Henrys Bett auf den Boden. Das war nichts Neues. Seit Henry krank geworden war, schlief Grandma oft bei ihm auf dem Boden.

Während sich die nächste schwarze Depression anschlich, fragte ich mich, wie Amelia Earhart ohne ihren Eingeborenen zurechtkommen würde. Ohne ihren Kopiloten. Ohne ihren Freund. Leise schloss ich die Tür, bevor Grandmas Kummer mich übermannte.

Bommaritos Bäckerei war randvoll. Es war Mami-Mittwoch. Wir hatten sechzehn Mütter mit ihren Kindern da. Die Mamis reichten Weißwein in Thermosflaschen herum. Ich tat so, als bemerkte ich es nicht.

Ich ging nach hinten und schüttelte den Kopf über die Bestellungen. Geburtstagstorten, Hochzeitstorten und die üblichen Kekse, Gebäckstückchen, Brote und so weiter. Wir hatten zwei Jugendliche eingestellt, die im Herbst aufs College gehen würden. Der eine wollte Mikrobiologie studieren, der andere Gehirnchirurg werden. Jetzt hantierten sie erst mal mit Zuckerguss.

Baos Hände flogen. Belinda stach Kekse aus. Lytle und einer seiner Brüder rollten Teig.

Janie telefonierte wie wild, plauderte mit den Leuten, als wäre sie eine ganz normale Person und nicht für gewöhnlich auf einem Hausboot versteckt. Die Mädchen backten Cranberry-Nussbrot, und Cecilia nahm Bestellungen auf.

»Das ist verrückt«, sagte ich laut.

Cecilia lachte. Es war toll, dieses Lachen zu hören. Es war schon viel zu lange verstummt.

Die kahlen Köpfe der Mädchen schossen ruckartig hoch, als sie das Lachen ihrer kahlen Mutter hörten.

Ich sah, wie sie sich anlächelten.

Weder an diesem noch am nächsten Abend wollte Henry etwas essen. Er schwand von Tag zu Tag mehr dahin. Sein Lächeln war noch da, aber es wurde zusehends schwächer, sein Atem ging schwer, sein Gang wurde langsamer, sein Flugzeugmotor stotterte.

Die Entscheidung, die Chemotherapie zu beenden, war uns leichtgefallen. Dr. Remmer hatte den Kopf geschüttelt, als sie Henry eines Nachmittags sah. »Mach Hochzeit mit deinen Hunden, Dr. Remmer!«, hatte Henry gekeucht und sich schwer auf mich gestützt.

Das war's dann, wir waren fertig. Wir gingen zu dem über, was euphemistisch als »Palliativpflege« bezeichnet wird und bedeutet, dass man es dem Betroffenen auf dem Weg zur Tür hinaus möglichst bequem macht.

An einem Mittwochabend fragte ich Henry, ob er immer noch zur Kirche gehen wollte. »Alles in Ordnung mit dir, Henry? Bist du müde? Wir müssen nicht hingehen.«

Henry fiel die Kinnlade runter. »Isi! Spinnst du? Wir müssen da hin. Henry hilft mittwochs in der Kirche. Was soll Pater Mike ohne mich machen? Er braucht Hilfe. Ich helf ihm!«

»Du hast recht, Henry. Du musst hingehen. Pater Mike braucht dich. Ich dachte nur, wenn du zu müde wärst, könnten wir einen Abend auslassen.«

»Nein. Kein Abend auslassen. Ich helfe.«

Wir stiegen ins Auto und fuhren schweigend. Henry streckte die Hand aus, und ich fuhr einhändig, die andere Hand in seiner.

»Henry«, fragte ich, »hast du Angst?«

»Angst?«

»Ja.«

»Angst vor der Kirche?« Er war perplex.

»Nein, nein.«

»Vor was dann?«

»Nichts, Henry. Ich hab was durcheinandergebracht.«

»Ha! Ha! Tu ich auch immer. Aber meinst du, ob Henry Angst vorm Sterben hat?«

Manchmal hat er diese blitzartigen Erkenntnisse und erkennt direkt die Wahrheit. Trifft ins Schwarze.

»Ja. Hast du Angst vorm Sterben?«

Er drückte meine Hand. »Nein, du dumme Isi. Ich hab's dir doch gesagt. Ich hab keine Angst vorm Sterben. Jesus kommt und holt mich. Wir fliegen auf ein Mondstrahl oder Sonnenstrahl zu den Engeln rauf, und ich krieg Flügel am Rücken und leb im Himmel, und ich komm und besuch dich.«

Es war dunkel, daher konnte Henry die Tränen nicht sehen, die mir über das Gesicht liefen.

»Woher weiß ich, dass du mich besuchst, Henry?«

Ich konnte mir nicht vorstellen, dass er eine Antwort darauf hatte, aber er wusste eine.

»Hm …« Er stützte das Kinn in die Faust. »Hm. Mal sehen. Lass Henry nachdenken. Hm. Ich glaub, Isi, du weißt, dass ich dich besuche, wenn der Wind in deinem Haar wühlt und es rumwirbelt, rundherum.« Er machte mein fliegendes Haar nach, obwohl ich keine Haare hatte. »Das machen meine Engelsflügel.«

»Du wirst mein Lieblingsengel sein.«

»Ja«, gluckste er. »Dein Lieblingsengel. Ich flieg rum. Wusch. Ich bin immer bei dir, Isi. Bin ich.«

»Ich hab dich lieb, mein Bruder Henry.«

»Ich hab dich lieb, meine Schwester Isi.«

Auf dem restlichen Weg zur Kirche hielten wir uns fest an der Hand.

Mein Kummer war so überwältigend, dass ich spürte, wie er mich von innen erdrückte.

Am Sonntag kamen wir zu spät zur Kirche. Wir waren alle da, die ganze Bande, einschließlich Dad. Henry tappte langsam, aber lächelnd nach vorne und setzte sich in die erste Bankreihe, damit er Pater Mike helfen konnte. Wir fanden weiter hinten Platz und knieten uns erschöpft hin.

Wir waren gestresst, angespannt und müde. Henry hatte wieder eine schlechte Nacht gehabt. Ihm war übel, und Momma, Velvet, Janie und ich hatten abwechselnd bei ihm gewacht. Dad kam um drei Uhr morgens, nachdem Momma ihn angerufen hatte, blieb über Nacht und half uns, Henry für die Kirche fertig zu machen, weil er unbedingt hingehen wollte.

Also fielen wir auf die Knie und sprachen unsere Gebete in der Kirche. Dad senkte den Kopf, ernst, langsam, die Zähne zusammengebissen. Momma ließ ihren Rosenkranz durch die Finger gleiten. Ich sah, wie sich ihre Lippen ununterbrochen bewegten.

Grandma betete laut, die Fliegerbrille auf dem Kopf. »Gott, hier ist Amelia. Heute bete ich für dich. Ich bete dafür, dass du all den Eingeborenen da draußen hilfst, die Hilfe brauchen, und meinem Kopiloten, der Malariafieber oder einen Pavianbiss hat, statt auf deinem Hintern zu sitzen und nichts zu tun. Hat dich der Teufel geholt, oder was? Amen.«

Sie setzte sich und drehte Däumchen. Niemand beschwerte sich darüber, dass Grandma laut betete. Sie lebte seit Ewigkeiten in dieser Stadt, und alle waren daran gewöhnt. Viele hatten Bemerkungen darüber gemacht, dass sie die neue Grandma auf jeden Fall mehr mochten als die alte.

»Ich möchte die Bommarito-Familie und Amelia Earhart bitten, nach vorne zu kommen.«

Pater Mikes Worte unterbrachen meine wirren Gedanken, wobei sich die meisten um meine schleichende Depression und die Frage drehten, wie ich ohne Henry weiterleben sollte. Ich wehrte mich nach Kräften, aber ich wurde schwächer, das spürte ich.

»Kommt nach vorne«, forderte er uns mit dröhnender Stimme lächelnd auf.

Ich spürte, wie Momma neben mir erstarrte.

»Momma, komm«, flüsterte ich. »Nimm Grandma mit.«

Unnötig. Grandma hatte die Aufforderung gehört, war aufgestanden und marschierte salutierend den Mittelgang entlang. Cecilia und ich zogen Momma hoch.

Janie legte ihre Hand auf meinen Rücken, und ich spürte sie zittern. Janie mag keine Menschenmengen, war nur wegen Henry mit zur Kirche gekommen und konnte es schon gar nicht leiden, im Mittelpunkt zu stehen.

Cecilia und die Mädchen waren hinter mir, nachdem Cecilia ein bisschen zu laut geflüstert hatte: »Was zum *Teufel*?«

Erst später merkte ich, dass Dad nicht mit uns zum Altar gekommen war.

Ich wurde durch Henry abgelenkt, der neben Pater Mike

stand, und Pater Mike war … kahl. Ich spürte, wie mir die Kinnlade runterfiel.

Wir halfen Momma die Stufen zum Altar hinauf. Der kahlköpfige Pater Mike strahlte uns an. Nachdem ich registriert hatte, dass Momma wieder sicher auf den Füßen stand, Grandma nicht zu Volksreden ansetzte, Janie nicht ohnmächtig geworden war und Cecilias Töchter neben ihr standen (Kayla trug heute sogar ein Kleid mit nur drei Riesenkreuzen um den Hals), drehte ich mich zur Gemeinde um.

Kahle Köpfe.

Nicht alle, aber unheimlich viele, einschließlich einer großen Gruppe Teenager und kleinerer Kinder, von denen ich später erfuhr, dass es Cecilias Vorschüler waren.

Ich hörte Momma schwer atmen. »Ach, du meine Güte«, flüsterte sie. »Großer Gott. Großer Gott!«

»Die Eingeborenen haben ihre Haare verloren!«, rief Grandma mit ausgestreckten Armen. »Die Eingeborenen haben ihre Haare verloren!«

Janie gab ein quiekendes Geräusch von sich und schüttelte ihr Spitzentaschentuch.

Cecilia vergrub ihr Gesicht in den Händen und gab schluchzende Laute von sich.

Riley sagte: »Wie süß. Jetzt bin ich nicht mehr der einzige Kahlkopf in der Schule.«

Kayla nickte. »Cool. Endcool.«

Und ich?

Tja, ich wurde regelrecht sentimental. All diese Leute. Ich sah Glatzen, und ich sah Freundlichkeit. Ich sah glänzende Köpfe, und ich sah mitfühlende Augen. Ich sah die Lichter auf diesen Eierköpfen schimmern, und ich sah hochherzige Gesinnung. Ich sah Menschen, die ich erst vor kurzem kennengelernt hatte, und andere, die ich schon seit der Highschool kannte, und alle lächelten.

Ich sah den Messerstecher und den Handzeichengeber. Kahlköpfe aus dem Tierheim und dem Seniorenzentrum. Unsere Nachbarn und Bao und Lytle mit seinen Brüdern.

Alle kahl.

Und für eine Sekunde sah ich ein winziges goldenes Licht durch die Dunkelheit zu mir dringen.

»Leute, wir werden heute für die Bommarito-Familie beten. Bitte senkt die Köpfe.«

Und wir senkten unsere kahlen Köpfe.

Nach dem Gottesdienst verteilte Henry Donuts, und die Bommarito-Familie marschierte nach unten, um sich zum allerersten Mal unter die Gemeinde zu mischen.

Bald plauderte Momma angeregt und stellte Dad vor. Sie hatte das noch nie getan, aber das war nicht das Seltsamste. Das Seltsamste war, wie sie Dad vorstellte: »Das ist mein Gatte, Carl.«

Ich hob die Augenbrauen und konnte endlich lächeln. Janie kam zu mir geschlendert. »Mein ganzes Leben lang habe ich das Gefühl gehabt, nicht dazuzugehören. Es war, als würden alle im Fluss spielen und ich wäre das Unkraut am Ufer. Oder die lahme Ente. Oder eine eingeschleppte Pflanze, die nicht hierher gehörte. Ich wollte normal sein.«

Ich legte ihr den Arm um die Schultern. »Wir sind nicht normal.«

»Aber ich wollte immer normal sein. Mir ist jedoch etwas aufgefallen.«

»Und das wäre?«

»Niemand ist normal. Da drüben sitzt Chin Marko. Seine Frau ist Ladendiebin. Sie hat das Klavier aus der Baptistenkirche gestohlen, erinnerst du dich? Hat es nachts um zwei an Seilen die Cherry Hill Street hinuntergezogen. Und das sind die Söhne der Goyas. Das sind Genies. Aber sie machen merkwürdige Sachen. Explosionen. Mit Dynamit. Oder so. Wenn die Leute einen Riesenknall hören, wissen sie, dass es die Goyas waren. Danika Tobias trägt einen Hut mit zwei Vögeln in einem Nest. Das Nest stammt aus ihrem Garten.«

Janie klopfte mit der einen Hand auf die andere.

»Und ich schreibe über grauenhafte Morde und Entführungen und habe ein paar Manien. So bin ich halt.«

»Sonderbar.«

»Jawohl. Sonderbar. Wen kümmert's?«

»Mich nicht. Mich kümmert es nicht.«

»Gut. Willste 'nen Donut?«

Und so hatten wir also eine kahlköpfige Stadt. Viele kahlköpfige Menschen. Henry war begeistert. Wir waren begeistert.

Derweil zerbrachen unsere Herzen in kleinste, winzigste, kummervolle Stücke.

»Parker ist gestern Nachmittag vorbeigekommen«, erzählte Cecilia mir und Janie ein paar Abende später. Wir saßen an unserem üblichen Platz unter der Weide, umtost von unserem Freund, dem Wind, der schimmernde Mond über uns. »Das Arschloch ist einfach gekommen, ohne sich vorher anzumelden.«

»Hast du dir die Axt gegriffen und damit vor seinem Schwanz herumgefuchtelt?«, fragte Janie begierig.

»Nein …«

»Hast du deine Nagelpistole geholt und zu Selbstverteidigungszwecken auf ihn geschossen?«

»Verdammt, Janie, nein. Nein, hab ich nicht gemacht. Nur« – Cecilia rutschte zur Seite – »als er sagte, er wolle mit mir reden, hab ich ihm gesagt, ich wolle nicht mit ihm reden.«

»Gut. Scheiß auf ihn!«, sagte ich.

»Wenn ich da gewesen wäre«, sagte Janie, »hätte ich mir einen Draht geschnappt, man kann die Antennenschnur von der Stereoanlage nehmen, und hätte damit …«

»Ja, wissen wir, Janie. Das stand in deinem letzten Buch«, murmelte Cecilia.

Janie schnaubte.

Cecilia legte den Knöchel aufs Knie. Seit bei Henry Krebs diagnostiziert worden war, hatte sie an Gewicht verloren. »Ich sagte: ›Was willst du, Arschloch? Und denk dran, dass ich mir deine Beleidigungen nicht mehr anzuhören brauche. Wie geht's übrigens Monstertitti?‹«

Ich prustete los.

Cecilia lachte. »Er sagte: ›Nenn sie nicht Monstertitti!‹, und wollte wieder lospoltern … aber dann seufzte er. Ganz tief. Ich verschränkte die Arme und wartete. Das war überhaupt die komischste Sache. Weil ich zum ersten Mal fähig war, zurückzutreten und ihn ohne jedes Gefühl zu betrachten. Als ich mit ihm zusammenlebte, war ich ständig sauer, immer müde, immer bemüht, es ihm recht zu machen oder mit ihm und seinen Launen fertigzuwerden. Ich wusste, dass er Geheimnisse hatte, mich ständig belog. Er stritt es immer ab. Dadurch kriegt man das Gefühl, paranoid zu sein. Als würde man den Verstand verlieren. Als wäre man eine Nervensäge und würde Sachen sehen, die gar nicht da sind. Er gab mir immer das Gefühl, diejenige zu sein, die ein Problem hat, nicht er. Und trotzdem hatte ich die ganze Zeit recht. Ich hatte recht. Er hat gelogen, mich betrogen, hat gezockt und gesoffen. Und dazu war er auch noch gemein zu mir.«

Ich drückte ihre Hand. Der Himmel war heute Nacht wunderschön. Sterne funkelten. Ich hoffte, dass einer vom Himmel stürzte, Parker in den Hals fiel und ihn einen grausigen Erstickungstod sterben ließ. Du meine Güte, ich klang ja schon wie Janie.

»Ich hab es gehasst, mit ihm zu schlafen. Er hat mir immer das Gefühl gegeben, so hässlich zu sein. Er seufzte, wenn er sich auf mich wälzte, als sei er enttäuscht. Oder er stöhnte auf eine Art, dass ich merkte, wie frustriert er war. Ich kam mir sooo klein vor.« Sie hielt ihre Finger ein winziges Stück auseinander. »Ich kam mir wie ein Nichts vor. Und am wütendsten macht mich, wie lange ich das ertragen habe. Ich hasse ihn dafür, dass er mich dazu gebracht hat, mich zu hassen, weil ich nicht den Mumm hatte, ihn zu verlassen.«

Ich wünschte, Parkers Gesicht würde explodieren.

»Bitte hasse dich nicht, Cecilia«, bat Janie. »Tu es nicht. Ich liebe dich, Isabelle liebt dich. So viele Menschen lieben dich. Du hast eine starke Lebenskraft, du bist wie ein Regenbogen.«

»Danke, Janie.« Sie sah Janie an. »Du bist so ein liebevoller Mensch, weißt du das? Sanft und liebevoll. Abgesehen von all diesen Mordsachen. Also, das Arschloch sagte zu mir: ›Cecilia, du hast ja abgenommen. Endlich hörst du auf mich.‹ Und ich sagte: ›Was willst du, Parker?‹ Und er meinte, wir hätten eine Menge Probleme in unserer Ehe gehabt, aber wir könnten anfangen, die Dinge geradezubiegen, nachdem ich meine destruktive Art abgelegt hätte. Ich lachte. Er runzelte finster die Stirn und verschränkte die Arme vor der Brust, so richtig autoritär.«

»Ich wäre zu gerne dabei gewesen. Du hättest mich holen sollen!«, beschwerte ich mich.

»Ich wollte, dass er sich selbst den Strick umlegt. Er sagte, unsere Ehe hätte nicht funktioniert, weil ich ständig an ihm herumgenörgelt und Streit angefangen hätte. Dass ich nicht für ihn gesorgt hätte. Ich sei zu fett, und das müsse ich ändern, weil mein Fett abstoßend sei. Er sagte, Constance sei zwar toll, aber er sei bereit, um der Familie willen zurückzukommen, wenn ich mich das nächste Mal besser benehmen würde. Er benutzte tatsächlich das Wort ›benehmen‹.«

Meine Güte, wie wir uns schlapp lachten!

»Und ich fragte, ob er Constance immer noch liebt. Er seufzte wieder, als sei er furchtbar verletzt. Schon komisch, wie genau ich voraussehen konnte, was er tun und was er sagen würde. Da sieht man mal, wie weit ich mich von diesem abartigen Typen schon entfernt habe. Er sagte, Constance sei eine wunderschöne Frau, charmant und lieb, und es würde ihn umbringen, sie aufzugeben, sie sei derart in ihn verliebt, aber er würde dieses Opfer für die Familie und die Mädchen bringen. ›Hast du verstanden, Cecilia?‹ Das hat er tatsächlich gesagt. ›Ich werde dieses Opfer für die Familie bringen.‹«

»Bitte sag mir nicht, dass du zugestimmt hast, es erneut zu versuchen, Cecilia«, flehte ich. »Sonst würde ich mir einen Auftragskiller suchen müssen. Du weißt, dass es mir im Gefängnis nicht gutgehen würde. Ich könnte meinen Porsche nicht mitnehmen.«

»Ich sagte zu ihm: ›Parker, ich weiß, was du hier willst. Du bist pleite. Du hast bergeweise Kreditkartenschulden. Du musst mir monatlich Alimente zahlen und Geld für die Ausbildung der Kinder zurücklegen. Du hast kein Haus. Du hast keinen Job. Du hast nicht mal mehr genug Geld zum Zocken, stimmt's?‹ Er wurde ganz bleich, als ich das sagte.«

»Bleich«, sinnierte Janie. »Vielleicht sickert die Lebenskraft aus ihm heraus.«

»›Du willst nicht zu mir zurückkommen‹, sagte ich. ›Constance betrügt dich. Die Mädchen haben mir erzählt, dass sie euren Streit mitgekriegt haben. Und wie ich höre, hast du ein neues Boot?‹ Ihm unter die Nase zu reiben, dass ich von dem Boot wusste, hat mir einen Mordspaß gemacht. Constance und ihre Boote! ›Nein, Parker‹, sagte ich, als wäre ich ein in mir ruhender Selbsthilfeguru. ›Ich werde mich nie wieder mit dir zusammentun. Und wenn du auch nur ein einziges Mal versäumst, den Unterhalt für die Mädchen zu zahlen, hetze ich dir Cherie erneut auf den Hals wie einen tollwütigen Pitbull.‹«

»Ist er gegangen?«

»Nicht bevor ich ihm an den Kopf geworfen hatte, wie verhasst mir die Ehe mit ihm gewesen sei, was ich erst kapiert hätte, nachdem er mich verlassen hatte. Dass ich, als ich die Wut über seinen Betrug überwunden hatte und nicht mehr wütend darauf war, so lange bei ihm geblieben zu sein, mein Leben liebte. Wenn er jetzt noch eines gewaltsamen Todes sterben würde, bei dem ihm jede Menge Blut aus dem Mund spritzte, wäre alles perfekt.«

»Oh, grausig«, hauchte Janie. »*Nett.*«

»Nachdem er mich verflucht hatte und diesen hässlichen Ausdruck für mich benutzt hatte, sauste er jedenfalls in die Garage, um sein Werkzeug zu holen, und ich ging los und holte den Schlauch.«

»Warum hast du den Schlauch geholt?«, fragte ich, entzückt ihre Boshaftigkeit erwartend.

»Weil sein Auto von innen gewaschen werden musste.«

Ich prustete los. »War er mit seiner Corvette da?«

»Ja. Und weil er mich angeschrien hatte, fürchtete ich um mein Leben, daher rief ich, als sein Auto gewaschen war, die Polizei an, bekam Charlotte an den Apparat und bat sie zu kommen – ihr erinnert euch an Charlotte von der Highschool? Sie war die Königin beim Abschlussball. Jetzt ist sie Lieutenant bei der Polizei. Als ihr damals die Krone aufgesetzt wurde, hat sie sich geweigert, ein Kleid zu tragen. Sie wollte nur Jeans anziehen. In fünf Minuten war sie da. Parker kam gerade in die Einfahrt, und Charlotte brachte Lieutenant Sho Lin mit, den Neffen von Grandmas bester Freundin.«

»O ja, Sho«, sagte ich. Netter Kerl.

»Parker war es völlig schnuppe, dass sie da waren, er schrie mich immer noch an, und ich sagte zu Charlotte, ich sei so froh, nicht mehr mit diesem Saftsack zusammenzuleben, der ständig ausfällig würde, und sie nickte mir zu und befahl Parker, ›diese Kommunikation augenblicklich einzustellen‹, und stellte sich vor mich, zusammen mit Sho.«

»Ich werde dir nie verzeihen, dass du mich an dem Tag nicht dazugeholt hast«, sagte ich. »Nie.«

»Parker beschimpfte Charlotte, funkelte sie böse an, als wäre sie ein Parasit, und sagte: ›Und was zum Teufel willst du jetzt machen, Charlotte? Dich auf ihre Seite schlagen, was? All ihr Scheißfrauen steckt doch unter einer Decke.‹«

Ich sog die Luft ein wie ein Siphon. Selbst ich würde es nicht wagen, mich mit der Polizei anzulegen.

»Also packte die Scheißfrau Charlotte ihn, stieß ihn zu Boden und legte ihm Handschellen an. Kein Witz, Mädels, Charlotte hatte ihn in einer Sekunde am Boden. Mit dem Gesicht nach unten, im Dreck. Ich konnte kaum fassen, wie schnell sie sich bewegte. Sie ist nicht mal besonders groß. Parker versuchte hochzukommen, und sie setzte ein paar Judogriffe ein, bis er wie eine zermatschte Nacktschnecke am Boden lag.

Dann zerrten Sho und Charlotte ihn hoch und drückten ihn gegen das Polizeiauto. Ich beschloss, Parker zu zeigen, wie gut ich sein Auto gewaschen hatte, öffnete die Tür der Corvette, und das Wasser rauschte heraus. Parker schrie und kreischte: ›Charlotte? Bist du blind? Siehst du nicht, was dieses Miststück mit meinem Auto gemacht hat? Dafür kriege ich dich dran, Cecilia. Hast du das gehört? Ich krieg dich dran. Das wirst du bis ans Ende deines sehr kurzen Lebens bedauern. Sag Ade, Cecilia! Ade!‹ Parker hat immer behauptet, ich würde ein kurzes Leben haben, weil ich so fett bin.

Jedenfalls las ihm Charlotte seine Rechte vor und teilte ihm mit, er sei wegen verbalen und tätlichen Angriffs auf eine Polizeibeamtin, wegen Bedrohung und unerlaubten Eindringens sowie wegen der Drohung, seine Frau umzubringen, verhaftet.

Und Parker schrie: ›Guck dir mein Auto an! Siehst du denn nicht, was sie mit meinem Auto gemacht hat?‹ Worauf Sho ganz ernst zu ihm sagte: ›Ich kann überhaupt nicht sehen, was mit deinem Auto los sein soll, Parker. Sie etwa, Lieutenant?‹ Und Charlotte sagte: ›Nein, ich sehe da nur ein Auto, das ein Mann kaufen würde, der eine Lebenskrise hat. Du solltest die Fenster zumachen, wenn es regnet, Parker.‹«

Ich seufzte. »Das ist der beste Augenblick meines ganzen Lebens. Ich werde ihn immer in bester Erinnerung behalten.«

»Ich hab gelacht, bis mir das Fett wehtat«, sagte Cecilia. »Vom Schwabbeln.«

»Ich fühle mich glücklich, befreit, als würde ich fliegen«, seufzte Janie.

Ein Stern schoss über den Himmel.

Prächtig.

So prächtig.

31. KAPITEL

Dad kam an diesem Abend zu uns. Henry und er steckten ihre kahlen Köpfe zusammen und bauten ein weiteres Modellflugzeug und ein U-Boot. Anschließend schaukelten sie gemeinsam auf der Verandaschaukel. Als Henry mit seinem Kopf auf Dads Schoß einschlief, sah ich, wie Dad sich die Hand vor die Augen legte. Die mit den drei Fingern.

Er hatte so viel verloren.

Und er war kurz davor, noch mehr zu verlieren.

Das Hinaufgleiten in den Himmel ging schnell. Fast über Nacht wurde Henry zu schwach, um das Bett zu verlassen, ihm war dauernd übel. Er weigerte sich, zu essen oder zu trinken, sagte, er habe keinen Hunger, keinen Durst mehr. Er wurde immer gelblicher im Gesicht.

Sein Schlafzimmer war fast immer voller Menschen.

Freunde aus seinem Tagesheim kamen, strichen ihm über den Kopf und umarmten ihn. Lytle brachte sein Damebrett und legte es neben Henry aufs Bett. »Wenn du willst, Henry, können wir spielen.« Lytle wusste, dass sie nie wieder spielen würden. Einmal sah ich, dass er in eine Ecke rollte und den Kopf so heftig gegen die Wand schlug, dass er blutete und sein Bruder ihn rausschieben musste.

Henry, der immer mehr dahinschwand und kaum noch den Kopf heben konnte, lächelte. »Du bist mein Freund, Lytle. Ich seh dich.«

Pater Mike gab Henry die Letzte Ölung. Seine Worte versanken in meinem Kummer, verstärkten ihn. Damit war es endgültig. Abgeschlossen.

Eines späten Abends beugte sich Momma über Henry. Seine Augen waren halb geöffnet, sein Lächeln nur noch ganz schwach. »Du bist mein ganz besonderer Junge, Henry«, flüsterte Momma. »Du warst mein Licht.«

Ich bemühte mich, nicht gekränkt zu sein. Diese letzten Worte waren für Henry bestimmt, es ging um ihn. Nicht um mich.

»Ich hab dich lieb, Momma«, flüsterte Henry. »Du bist eine gute Momma.«

»Du bist ein wun… wun… wunderbarer Sohn«, schluchzte sie.

»He, Momma. Sei lieb zu meinen Schwestern. Okey-dokey?«

Ihr war die Betroffenheit anzusehen, doch dann legte sie ihre Wange an seine. »Das werde ich, Henry. Das werde ich. Versprochen.«

Da sieht man's. Henry kapierte es. Hatte es immer schon kapiert.

Dads Hände zitterten, als er die Hände seines Sohnes in seine nahm. »Henry, ich …« Er hielt inne. »Henry, ich …« Ihm versagte die Stimme.

»Du bist mein Dad. Du bist zurück«, flüsterte Henry. »Ich hab mein Dad lieb.«

»Ich hab dich lieb, mein Sohn.« Dads Stimme brach, als hätte sie der Schmerz zerbrochen. »Es tut mir leid, dass ich nicht bei dir war … all die Jahre … all die Jahre.«

Henry streckte langsam, vorsichtig die Hand aus und streichelte Dads Kopf. »Ist okay, Dad. Ist okay.«

»Cecilia«, sagte Henry, »wo sind die Mädchen? Ich sag ›Auf Wiedersehen‹ zu den Mädchen. Jesus sagt, ich soll ›Auf Wiedersehen‹ sagen.«

Ich schlang meine Arme um den Bauch und lehnte meinen

Kopf ans Fenster. Wie konnte Henry so tapfer, so fröhlich, so mutig sein? Er hatte von Anfang an gewusst, dass er starb, aber er war nie ausgeflippt, nie hysterisch geworden, hatte sich nie gegrämt. Ich würde niemals so tapfer wie Henry sein.

Und nun, heute Abend, wollte er sich verabschieden. Ein liebevoller Abschied von Henry mit der Froschkappe und dem T-Shirt, auf dem »Buh!« stand. Ein liebevoller Abschied von dem mitfühlendsten, einfühlsamsten Menschen, den ich kannte. Ein liebevoller Abschied von einem Mann, der glaubte, ihm würden Flügel wachsen, und er würde zu Gott und den Engeln gehen.

»Okay, Henry, okay. Ich hole die Mädchen.« Cecilia lief hinaus. Innerhalb von Minuten war sie mit Riley und Kayla zurück. Langsam kamen die beiden herein und brachen in Tränen aus.

»O nein!«, sagte Henry mit schwacher Stimme. »O nein! Nicht weinen. Nicht weinen! Ich geh zu Jesus. Ich seh euch wieder.«

»Onkel Henry«, sagte Riley, so lieb und traurig, und lehnte den Kopf an seine Brust.

Er tätschelte sie.

»Onkel Henry, ich hab dich lieb«, sagte Kayla. Sie trug eine gehäkelte Kippa mit Blumenmuster auf dem Kopf, wie sie jüdische Frauen tragen.

»Hübsche Kappe, die du da hast, ich glaub, Jesus mag deine Kappe, Kayla.«

Beide Mädchen weinten und umarmten ihn.

»Seid brav. Seid brav.« Henry seufzte.

Momma versuchte ihr Schluchzen zu unterdrücken, doch es gelang ihr nicht.

Grandma musste das Schluchzen ihrer Tochter gehört haben, denn sie kam hereinmarschiert, direkt auf Momma zu, die neben Henrys Bett saß und weinte, nahm sie in die Arme und wiegte sie.

Die beiden nach ihren jahrzehntelangen Streitereien so zu sehen, der kahle Kopf neben dem weißen Haar, ließ mir die Tränen in die Augen steigen.

Nach zwanzig Minuten stand Grandma auf, verbeugte sich förmlich vor Henry und streifte ihm die Fliegerbrille über den Kopf.

»Ich verleihe dir meine Fliegerbrille, junger Mann«, sagte sie feierlich. »Du hast sie verdient. Halte sie in Ehren.«

Henry grinste uns durch die Fliegerbrille an. »He, ich liebe euch. Ich liebe meine Familie. Dad ist zurück. Seht ihr? Dad ist zurück.« Seine Augen schlossen sich allmählich. »Wir sind eine Familie. Die Bommarito-Familie.«

Wir machten das Licht aus und saßen im Dunkeln, während das Mondlicht durch die flatternden Vorhänge fiel.

Wir wurden immer stiller, bis wir nur noch Henrys mühevolles Atmen hörten. Die Abstände zwischen den Atemzügen wurden immer länger.

Momma stand kurz vor dem Zusammenbruch, daher gab sie Henry einen Kuss auf die Stirn, und Dad brachte sie ins Bett. Cecilia schickte die Mädchen zum Schlafen ins Gästezimmer, in dem sie öfter übernachteten.

Ich brachte Grandma ins Bett. »Lassen Sie meine Fliegerbrille bei meinem Kopiloten«, befahl sie. »Er wird sie brauchen, um aus dem Dschungel herauszufinden. Dort, wo er hingeht, gibt es Löwen, und die Brille bietet ihm Schutz.«

Ich versicherte ihr, mich daran zu halten. Dann machte ich das Licht aus, drehte mich aber rasch wieder um, weil unter ihrer Decke ein gedämpftes Geräusch hervorkam.

Grandma weinte leise in ihr Kissen. Ich hob sie hoch, sie war so leicht, setzte sie auf meinen Schoß und wiegte sie. Mit dem letzten bisschen Vernunft, das ihr noch geblieben war, wusste Grandma, dass ihr Kopilot starb.

»Vergessen Sie nicht, was ich Ihnen gesagt habe«, wies sie mich an. »Lassen Sie die Fliegerbrille bei ihm.«

»Das mache ich, Amelia. Das mache ich. Die Fliegerbrille bleibt bei Henry.«

Ich rieb ihr den Rücken, deckte sie warm zu und strich ihr schwermütig über das weiße Haar, so lockig und weich.

»Er soll die Brille aufbehalten«, flüsterte sie kurz vor dem Einschlafen. »Er braucht meinen Schutz.«

Ich kehrte in Henrys Zimmer zurück und legte mich zu Janie, die neben Henry schlief, Cecilia war auf der anderen Seite.

Im Morgengrauen wachte Henry auf.

Wir gaben ihm etwas Wasser, weitere Schmerzmittel und machten sein Bett.

»Ich seh die Engel«, sagte er mit dünner Stimme.

Ich zog ihm die Decke bis ans Kinn. Cecilia streichelte seinen Kopf. Janie rieb ihm die Füße.

»Wie sehen sie aus?«, fragte ich.

Seine Augen waren nur halb geöffnet. »Weiß. Gold. Sie lächeln.«

»Sie müssen wunderschön sein, Henry.«

»Ja, wunderschön, Isi. Sie sind hier.«

»Was meinst du damit, sie sind hier?«, fragte Cecilia. Ihr Gesicht war angespannt.

»Sie sind hier, Cecilia. Hinter dir. Hinter meinen Schwestern.«

Janie war die Einzige, die einen Blick über die Schulter warf. Sie war kreidebleich, mit Ringen unter den Augen wie fleckige Blutergüsse. Ich hatte das Gefühl, sie vor meinen Augen verfallen zu sehen.

»Ich weiß, warum sie hier sind.« Henry seufzte. »Ihr Schwestern, ich sag euch, ich hab euch lieb.«

Ich ließ den Kopf hängen. Man fragt sich, wie viel Leid ein Mensch ertragen kann, bevor er zusammenbricht.

»Wir lieben dich auch, Henry.« Janie beugte sich mit zuckendem Körper vor. »Ich weiß nicht, wie ich ohne dich leben soll, Henry.«

Ich brachte sie zum Schweigen, aber Henry ließ sich durch ihre Ehrlichkeit nicht beirren.

»He, Janie, ich bin die ganze Zeit bei dir. Ich bin bei dir in der Bäckerei, mach Cupcakes mit Walen drauf. Ich bin bei dir im Tierheim, wenn du die Hunde streichelst. Streichelst du die Hunde für mich? Du weißt schon, Stevie. Er ist traurig, darum ist er böse.«

»Ich werde ihn streicheln.«

»Ja. Braver Hund.« Er legte den Kopf zurück, um Cecilia sehen zu können. »Ich bin bei dir, Cecilia, in der Schule, wenn ihr Knetgummi macht. Sei ganz lieb zu Phil. Er ist traurig. Wirklich traurig.«

»Ich werde besonders lieb zu Phil sein, Henry, das verspreche ich dir.« Cecilia unterdrückte ein Schluchzen.

Ich spürte Cecilias kaum noch beherrschten Kummer. Er raubte mir den Atem, genauso wie ihr.

»Ich bin bei dir, Isi.« Er hielt meine Hand. »Ich bin immer bei dir. Sei nicht mehr traurig. Die Engel lieben dich.«

»Ich versuche, nicht mehr traurig zu sein, Henry.« Unmöglich, dachte ich. Wie konnte ich ohne Henry glücklich sein? »Du glaubst, die Engel lieben mich?«

Er seufzte. »Sie lieben dich, Isi, weil du Isabelle bist. Darum sind sie hier. Sie sind hier für meine Schwestern. Nicht für mich. Für Henrys Schwestern. Sie sind bei euch, weil ihr Schwestern traurig seid. Ihre Flügel sind jetzt um euch. Ich kann sie sehen.«

Diesmal schaute ich mich um, Cecilia ebenfalls. Nur für alle Fälle. Janies Kopf drehte sich auf der Suche nach den Engeln fast im Kreis.

»Ihr seid gute Schwestern.« Henry lächelte, ein schwaches Lächeln. »Wir lachen. Wir weinen. Wir arbeiten in der Bäckerei und essen Spaghetti mit Fadenkäse. Glückliches Leben. Ich sag nur ein Wort: Halleluja.«

»Halleluja?«, wiederholte ich.

»Ja, genau. Halleluja. Ein glückliches Leben.«

Wir Schwestern gaben uns keine Mühe mehr, unsere Tränen zurückzuhalten. Unser Kummer überwältigte uns. Henry zog die Hände unter der Decke heraus, und wir hielten uns an den Händen, bis sich seine Augen schlossen. »Ich liebe euch, meine Schwestern. Henrys Schwestern. Ich liebe euch.«

Zwei Nächte später, nachdem wir kaum geschlafen hatten, lagen Cecilia, Janie und ich neben Henry auf dem Bett. Er hatte seit vierundzwanzig Stunden nicht mehr gesprochen und auch die Augen nicht mehr geöffnet.

Die ganze Nacht hielten wir seine Hände und unsere gegenseitig, während der Mond strahlte, die Sterne funkelten und wir in totaler Trostlosigkeit versanken.

Als der Morgen kam und das Schwarz zu Rosa und Gelb wurde, fiel ein Sonnenstrahl direkt in Henrys Schlafzimmer und glitt sanft über sein Bett. Henry seufzte ein letztes Mal und machte sich davon, auf diesem Sonnenstrahl, der gleich darauf verschwand und Henry mit hinauf in den Himmel nahm.

Mommas Schrei kam aus tiefster, verzweifelter Seele. Dad hielt sie in den Armen, versuchte sie zu trösten, aber wie tröstet man eine Mutter, die ihren Sohn verloren hat?

Der Schrei weckte Grandma, und sie kam in Henrys Zimmer gestürzt. Als sie begriff, dass er tot war, rannte sie aus dem Haus und rief: »Mein Kopilot ist tot! SOS! SOS!« Sie ist flink, aber ich bin noch flinker, und es gelang mir, sie einzufangen, bevor sie vom Grundstück flitzte.

Während ich sie festhielt, brüllte sie, versuchte mich zu schlagen und traf mich sogar mehrmals. Ich konnte sie festhalten, aber sie versetzte mir noch einen Boxhieb direkt aufs Auge. Mein zweites Veilchen in diesem Jahr.

Sie zappelte wie wild, schrie in einem fort, ihr Kopilot sei tot, tot, tot, und ich wälzte mich mit ihr am Boden. Grandma fluchte und wehrte sich, aber schließlich gab sie auf, lag unter mir und klagte ins Gras: »Mein Kopilot ist tot, mein Kopilot ist tot! Oh, SOS! SOS!«

Unsere Tränen vermischten sich, meine und die von Mrs Earhart.

Jedes Mal, wenn sich Mommas Mund öffnete, schrie sie. Nach einer Weile merkte ich, dass sie aufhören wollte, aber nicht mehr konnte. Als sie begann, mit dem Kopf gegen die Wand zu schlagen, riefen wir einen Krankenwagen, und Avery Jordan, mit dem wir zur Schule gegangen waren, kam mit einem zweiten Sanitäter und ging so sanft und freundlich mit Momma um, dass ich ihn am liebsten geküsst hätte. Dad, humpelnd und vollkommen verstört, fuhr mit ihr ins Krankenhaus.

Velvet blieb bei Grandma, die im Bett lag. Eigentlich hätte Velvet auch ins Bett gehört, deshalb schlug ich ihr vor, sich zu Grandma zu legen. »O du lieber Himmel, ich weiß nicht, wie mein Herz all diesen Kummer ertragen soll, ich weiß es nicht, Liebchen. Ich hab Henry so liebgehabt. Wirklich, er war ein Geschenk. Ein Geschenk des Himmels.«

Wieder lagen Janie, Cecilia und ich bei Henry im Bett. Zu viert.

Aber einer von uns atmete nicht, und er war der Beste von uns vieren. Der Außerordentlichste, der Schönste. Der Beste der Bommaritos.

Nachdem alle Vorbereitungen getroffen und jede Menge Menschen im Haus ein und aus gegangen waren, lagen Cecilia, Janie und ich zwei Abende später im Gras und schauten unter der Weide zu den Mondstrahlen hinauf.

Wir hielten uns an der Hand.

Und weinten.

Wir konnten nicht aufhören.
Ich hasste diese Mondstrahlen.

Bei Henrys Trauerfeier war die Kirche zum Bersten gefüllt, die Menschen standen sogar in den Seitengängen.

Pater Mikes Trauerrede war wunderschön, aber er musste sich mühsam hindurchkämpfen. Immer wieder musste er absetzen, las nur wenige Zeilen am Stück, um sich dann wieder zu fangen, bevor er weitersprechen konnte.

»Henry führte ein Leben, wie Christus es sich für uns gewünscht hat. Er war gut. Er war freundlich. Er verzieh. Er half anderen. Ich kenne keinen anderen Menschen, der mehr Freiwilligenarbeit leistete als Henry. Jeden Tag half er Menschen, ohne jemals etwas dafür zu erwarten. Er wandte sich anderen voller Güte und Liebe zu. Wir alle« – er setzte ab, sammelte sich – »Wir alle müssen danach streben, mehr wie Henry Bommarito zu sein. Er ist ein gutes Vorbild. Das hätte sich Henry gewünscht. Das ist unser Gebot von Christus.«

Nach einigen Liedern und Gebeten war ich an der Reihe.

»Mein Name ist Isabelle Bommarito. Ich bin Henrys Schwester.«

Ich schaute zu Henrys anderen Schwestern hinunter. Cecilia zitterte, aber ihr Kinn war hochgereckt. Janie war am Boden zerstört, weiß wie die Wand und schwach, doch das war nichts im Vergleich zu Momma, die sich schwer auf Dad stützte, die Augen halb geschlossen. Sie war heute Morgen geradewegs in die Hysterie abgeglitten, hatte glasige Augen und abwechselnd schrille animalische Laute und ein kehliges Stöhnen von sich gegeben.

Sie befand sich in einer kalten Welt ohne Henry und hatte es nur mit schierer Willenskraft zur Beerdigung geschafft, um ihrem Sohn die letzte Ehre zu erweisen.

»Vielen Dank, dass Sie heute gekommen sind.« Ich hielt inne und ließ meinen Blick über die Menschen in der Kirche schweifen, von denen viele kahl waren. Zum überwiegenden Teil kannte ich sie.

Reiß dich zusammen, Isabelle, sagte ich mir. *Reiß dich zusammen!* »Vor drei Nächten lagen Cecilia, Janie und ich im Gras unter der Weide bei Grandmas Haus. Wir hielten uns im Mondlicht an der Hand und weinten um Henry.« Ich biss mir auf die Lippe. »Wir sind die Bommaritos, und wir machen so seltsame Sachen. Unsere Grandma ist Amelia Earhart …«

Grandma stand auf, salutierte und setzte sich wieder.

»Janie schreibt gruselige, furchterregende Bücher und hängt ein bisschen zu sehr an ihrem Hausboot.« Janie nickte und wischte sich mit einem Taschentuch über die Augen. Ich ließ meinen Blick auf Bob dem Macher ruhen, der zur Trauerfeier gekommen war. Wie freundlich er gewesen war, als er mich begrüßte; er hatte mich in den Arm genommen und Janie ein winziges altes Buch überreicht. *Sturmhöhe.* Sie hatte es an die Brust gedrückt, über alle Maßen dankbar.

»Ich mache Fotos von Menschen, die in der Hölle leben, und leide unter Depressionen. Während meiner Schulzeit war mein Ruf in Trillium River nicht gerade der beste.« Ich hörte Gelächter. »Cecilia ist eine unglaublich gute Lehrerin und Mutter mit einem Mundwerk, das jeden Fernfahrer in den Schatten stellt, und einem Temperament wie ein Tornado. Ihr alle kennt unsere Momma. Als sanftmütig würde man sie wohl kaum bezeichnen. Unsere Eltern sind nach fast dreißigjähriger Trennung wieder zusammen. Kayla und Riley sind auch ziemlich sonderbar. Sie haben unsere Gene geerbt.«

Die Mädchen nickten. Kayla machte ein Peace-Zeichen in meine Richtung.

Ich atmete tief durch.

»Die Bommaritos sind nicht normal. Ich habe mal zu Cecilia gesagt, für unsere Familie wäre es billiger gewesen, einen Seelenklempner fest anzustellen, statt Einzeltermine zu vereinbaren. Das war kein Witz. Wir sind meistens halb verrückt, und zusammen sind wir vollkommen wahnsinnig.«

Ich machte eine Pause.

»Bis auf Henry«, sagte ich leise. »Henry war nie verrückt. Nein, Henry war die einzige normale, vollkommen stabile Person in unserer Familie. Er war derjenige, der uns vereint und zusammengehalten hat. Er war derjenige, der uns Frieden gebracht hat. Er war derjenige, der uns alle hat weicher werden lassen, wenn uns die Welt zu rau, zu hart, zu abgestumpft machte. Er war der Mittelpunkt unserer Familie.«

Ich verschob meine Notizen. »Henry hat viele Dinge geliebt, aber vor allem liebte er Gott, er liebte Christus, er liebte seine Familie und er liebte seine Freunde – jeden von euch. Er liebte euch alle so sehr.«

Ich hörte, wie das Schniefen begann – jemand putzte sich die Nase, jemand anders stieß einen gedämpften Klagelaut aus. »Henry wusste, was Freundschaft bedeutete. Er wusste, was es heißt, ein Freund zu sein.« Ich wartete, damit meine Stimme wieder fest wurde. Sie bebte trotzdem. »Von Henry habe ich gelernt, was Freundlichkeit und Selbstlosigkeit sein können. Von Henry habe ich gelernt, wie ein freundliches Wort einen Tag, vielleicht sogar das ganze Leben eines Menschen verändern kann. Von Henry habe ich gelernt, ich zu sein. Dazusein. Den Augenblick zu leben. *Im Leben zu sein.*

Henry kannte nichts Aufgesetztes, kein Gehabe, keine Falschheit, nichts Vorgetäuschtes. Er war in schwierigen Zeiten das zuverlässige Lächeln in unserer Familie, die ständige Hoffnung.« Ich musste innehalten. »Henry brachte uns Hoffnung, und ohne Hoffnung sind wir nichts. Nichts. Henry hielt uns davon ab, vor diesem Nichts zu kapitulieren.«

Ich kämpfte gegen eine Woge von Gefühlen an. »Henry hat mir gesagt, er würde bei mir sein, wenn er gestorben ist. Ich weiß, dass er vielen von euch dasselbe gesagt hat.«

Ich sah nickende Köpfe.

»Gehen wir also davon aus, dass Henry jetzt bei uns ist. Dass er hier ist, in der ersten Bankreihe, wo er immer gesessen hat, um Pater Mike bei der Messe zu helfen.«

Ich wusste nicht, wie dieser Teil ankommen würde, beschloss aber, es einfach zu versuchen. Warum auch nicht? Henry würde begeistert sein, das wusste ich.

»Ich glaube nicht, dass ich Henry immer die Anerkennung gezollt habe, die ich ihm hätte zeigen sollen. Warum? Weil ich irrtümlicherweise annahm, dass er immer, immer, mein ganzes Leben lang, bei mir sein würde. Bei uns. Ich habe nie damit gerechnet, dass er als Erster stirbt. Ja, ich habe nicht mal damit gerechnet, dass er überhaupt sterben würde. Ich habe mir nie ein Leben ohne ihn vorgestellt, und ich muss sagen …« Wieder musste ich innehalten. »Ich muss sagen, dass ich nicht weiß, wie es weitergehen soll.«

Momma stöhnte laut und wiegte sich vor und zurück.

»In etwa dreißig Sekunden werde ich beginnen, für Henry zu klatschen. Für die unschuldige, reine Liebe, die er in mein Leben gebracht hat, für sein Lachen und seine Art, jeden Fremden zum Freund zu machen. Ich werde für sein vergebendes Herz klatschen, seine Begeisterung für Pfannkuchen zum Frühstück und für die vielen Male, die er mit Amelia Earhart geflogen ist. Ich werde dafür klatschen, wie er sich vor ein paar Monaten um mich gekümmert hat, und für all die Zeit, in der wir ihn als Kinder nicht beschützen konnten und er uns trotzdem liebte. Ich werde für die Stärke klatschen, die er damals bewies, und die Stärke, die er jetzt bewiesen hat, als er im Sterben lag. Ich werde für seinen Glauben an die Menschheit klatschen, auch wenn andere nicht immer freundlich oder nett zu ihm waren, und für seine Fähigkeit, jeden Tag als Geschenk zu sehen, und dann alle Umstehenden zu umarmen. Niemand, wirklich niemand, hat mir so viel über das Leben beigebracht wie Henry.«

Ich trat hinter dem Lesepult hervor und sagte: »Das ist für dich, Henry. *Das ist für dich.*«

Ich begann zu klatschen. Für Henry.

Eine erschrockene Pause trat ein, doch sie währte nicht lange.

Als Erste kam Momma schwankend auf die Füße, mit Dads Hilfe, und sie begannen gleichzeitig zu klatschen und zu weinen. Cecilia und die Mädchen sprangen auf und johlten, und Janie hob beide Hände hoch und winkte.

Grandma kam zu mir aufs Podium, zog sich die Fliegerbrille über die Augen und salutierte mehrmals, den Blick zur Decke gewandt, als würde sie Henry dort sehen.

Es dauerte keine zwei Sekunden, bis die ganze Kirche mitmachte.

Wir klatschten und klatschten. Standing Ovations. Für Henry.

Alles für Henry.

Bevor und nachdem Pater Mike und ich sprachen, wurde Weihrauch geschwenkt, Weihwasser gesprenkelt, lasen Dad, Cecilia und Janie aus dem Alten und Neuen Testament, führte Pater Mike uns im Gebet, und wir knieten, standen auf und knieten wieder. Wir empfingen die Kommunion. Eine Gruppe Jugendlicher trat auf und spielte zwei von Henrys christlichen Lieblingsrocksongs auf E-Gitarre und Schlagzeug. Kayla und Riley führten die Gemeinde durch »Jesus liebt mich«. Sämtliche Strophen. Zweimal.

Dann war es vorbei, und Henrys Sarg stand im Mittelgang, bedeckt mit einem Kranz aus weißen Blumen, den Dad hatte binden lassen.

Da drin lag Henry. In dem Kasten. Tot.

Als wir hinausgingen, beugte sich Grandma vor und küsste den Sarg. »Leb wohl, Kopilot«, rief sie und salutierte noch einmal. Feierlich nahm sie ihre Fliegerbrille ab und legte sie in die Mitte des Kranzes auf dem Sarg. Sie verbeugte sich, langsam, bedächtig, und tappte dann im Zickzack den Gang hinunter, den Rücken tief gebeugt, den Blick zu Boden gesenkt.

Nachdem wir Momma aus der Bank geholfen hatten, beugte sie sich über den Sarg. Ihr herzergreifendes, gebrochenes Wehklagen hallte durch die Kirche und fuhr allen in die Knochen.

Mit Hilfe von Dr. Silverton, Cecilias Rektor, der rasch herbeigeeilt kam, führte Dad sie halbwegs sicher den Gang hinunter.

Kayla und Riley standen zusammen am Sarg, ihre kahlen Köpfe glänzten im Kerzenlicht. »Wiedersehen, Onkel Henry. Wir haben dich lieb«, flüsterte Riley. »Danke, dass du mir immer gesagt hast, ich sei hübsch. Du bist der Einzige, der das glaubt.«

»Ich habe dich lieb, Onkel Henry«, sagte Kayla. »In all meinen Religionen kommst du direkt in den Himmel, also mach dir keine Sorgen.«

Beim Hinausgehen legte Riley den Arm um Kaylas Schultern.

Dann waren Janie, Cecilia und ich dran, Henrys Schwestern. Wir hielten uns an den Händen, beugten uns gemeinsam über das Kopfende des Sarges, wo Henrys Lächeln wäre, und drückten einen Kuss darauf, wobei sich unsere kahlen Schädel berührten.

»Ich liebe dich, Bruder«, flüsterte ich.

Wir waren einmal vier Bommarito-Kinder.

Jetzt waren wir nur noch drei.

Plus dem einen im Himmel, der auf uns wartete, mit den flatternden Engelsflügeln.

32. KAPITEL

Sechs Monate später

Grandma hatte das Wohnzimmer nicht abfackeln wollen.

Schließlich war es ihr Lieblingszimmer. Dort waren ihre Flugzeugbücher und die Flugzeugmodelle untergebracht, die sie, Henry und Dad zusammen gebaut hatten.

Ich hörte, wie der Feuerwehrwagen an der Bäckerei vorbeiraste, sah Rauch in der Ferne und bekam innerhalb von wenigen Minuten einen panischen Anruf von einem Nachbarn.

Janie und ich stürzten aus der Bäckerei. Ich drehte mich zu Bao um.

»Geht, geht!«, beharrte er voller Sorge. »Ich helfe euch später!«

»Wiedersehen!«, rief Belinda.

»Grandma geht's gut«, rief Cecilia mir und Janie zu, als wir auf meinem Motorrad in die Einfahrt bretterten. »Momma geht's auch gut. Dad kommt aus der Firma nach Hause.«

»Was ist passiert?« Wir rissen uns die Helme herunter. Das Haus sah im Großen und Ganzen intakt aus, bis auf das Wohnzimmer. Die Flammen waren gelöscht, aber es stieg noch schwarzer Rauch auf.

Cecilia holte tief Luft. Obwohl sie auf uns zugerannt kam, war sie nicht außer Atem. Dreißig Kilo abzunehmen und viele Meilen zu laufen (»Damit ich nicht durchdrehe«) hatten Wunder gewirkt. Henry zu verlieren, hatte Cecilias Appetit abgetötet. Es hatte auch sie fast umgebracht.

»Wo sind sie?«, fragte ich.

»Hinten im Krankenwagen.«

Wir stürzten hin, mit den Nerven immer noch im Keller.

Hinter uns hörten wir Dads Geländewagen in die Einfahrt donnern. Ihn zu sehen, war eine Erleichterung. Henrys Tod hatte ihn sehr mitgenommen, und trotzdem … er war uns allen eine Stütze, hielt Momma aufrecht, bestand darauf, dass wir weitermachten. Seine Sanftmut, seine Stärke, seine Ruhe angesichts unserer wild durcheinanderpurzelnden Gefühle waren der Fels, der uns alle davon abhielt, von unseren Dämonen mitgerissen zu werden. Er verstand uns, er hörte uns zu, seine Liebe war beständig.

Ich verstand, warum Momma nie aufgehört hatte, diesen Mann zu lieben.

Ich winkte ihm zu und rannte zu Grandma und Momma.

»Grandma«, sagte ich und kniete mich hin. Sie lag festgeschnallt auf einer Trage hinten im Krankenwagen. Momma war bei ihr.

»Sie irren sich!«, korrigierte sie mich mit schwacher Stimme. »Ich bin Amelia Earhart, Pilotin der Vereinigten Staaten.«

Ich atmete aus. Sie war mit Ruß bedeckt und roch nach Rauch. Ihre Hose war angesengt. »Entschuldigen Sie. Wie geht es Ihnen, Amelia?«

»Gut. Mein Flugzeug ist abgestürzt, ich habe Rauch eingeatmet, meine Hose hat Feuer gefangen. Ich hab auch ein paar Schussverletzungen. Ich habe hier eine Mitteilung für Sie.«

Sie reichte mir einen rosa Notizzettel. Darauf war ein Smiley.

Unwillkürlich musste ich lächeln. »Oh, Amelia!« Ich nahm sie in die Arme.

»Freundlich gesinnte Menschen«, japste Grandma. »Gott sei Dank.«

»Geht's dir gut, Momma?«, fragte ich sie.

»Ja. Mir geht's gut! Bist du blind? Ich sitze doch hier, oder?«

Ich lachte.

Sie machte ein finsteres Gesicht und glättete ihre Seidenbluse, die voller Ruß war. Im Gesicht und in ihrem kurzen blonden Haar waren schwarze Streifen.

Ich stand auf und umarmte sie. Momma zitterte wie Espenlaub. Sie war diejenige, die Grandma hustend und keuchend aus dem Haus gezogen hatte.

»Ach, nun hör doch auf.« Sie klammerte sich fest an mich. »Übertreib nicht so.«

»Tu ich ja gar nicht«, beharrte ich, ohne sie loszulassen. »Aber ich bin froh, dass du im Wohnzimmer nicht in Flammen aufgegangen bist. Das wäre unerfreulich gewesen. Hätte deinen Stoppelkopf ruiniert.«

»Mein Stoppelkopf!«, rief sie. »Mein Haar wächst schneller als deins! Isabelle, was mach ich nur mit dir? Deine süße, liebe Grandma hätte bei lebendigem Leib verbrennen können, und daran bin nur ich schuld, nur *ich* …«

Ich hörte Dad hinter mir hereinklettern und spürte, wie sich Mommas Klammergriff lockerte.

»River!«, rief er und stolperte auf sie zu, behindert durch sein schlimmes Bein. Er war kalkweiß im Gesicht und drückte Momma an sich, drückte seine vernarbte Wange an ihre verrußte. »Geht's dir gut, Liebling?«

»Ja, junger Mann.« Sie nahm sein Gesicht in die Hände. Dad war oft ihr »junger Mann«. »Ja, mir geht's gut.«

Sie legten die Stirn aneinander, und Dad griff nach Grandmas Hand. »Mit dem Flugzeug abgestürzt, Amelia?«

»Ja, Sir, so war es.«

Da sieht man's wieder. Dad verstand unsere Familie.

Er zwinkerte mir zu.

Man könnte denken, wir hätten Grandma nach dem Zwischenfall im Wohnzimmer in ein Heim gegeben.

Hätten wir tun sollen.

Taten wir aber nicht.

Das Missgeschick passierte, als Velvet ihre Freundinnen in Vegas besuchte. Wir Schwestern beschlossen, bei Velvets nächstem Urlaub Grandma abwechselnd mit Argusaugen zu bewachen. Momma hatte einen kurzen Nachmittagsschlaf gehalten, und schon war es passiert. Flammen überall.

Momma war müde gewesen, weil wir am Vorabend alle zusammen im Kino gewesen waren, um uns auf der Leinwand eines von Janies verfilmten Büchern anzusehen, und spät nach Hause gekommen waren. Der Film war so gruselig, so spannend, dass Janie vor Angst aus dem Kinosaal gehuscht war und mit klopfenden Fingern neben dem Popcornautomaten gewartet hatte. Nachts hatten wir im Wandschrank gehockt, während sie stickte. Ich hielt ihr die Taschenlampe. Der Film hatte uns gewaltig Angst gemacht, keine von uns konnte schlafen.

Er wurde ein Kassenschlager.

Am Ende des Films war Grandma aufgestanden und hatte den Fahneneid abgelegt.

Am nächsten Tag hatte sie beschlossen, im Wohnzimmer ein Feuer anzuzünden, um sich nach ihrem Flug aufzuwärmen, während Momma schlief. Grandma hatte die Streichhölzer gefunden – und das war's dann. Das Feuer brannte.

Nach dem Brand wollte Momma nichts davon hören, Grandma ins Heim zu geben. »Wir werden diese liebe Frau nicht in ein Heim stecken nach allem, was sie für mich und für uns getan hat, was sie geopfert hat.«

Wir Schwestern lachten nicht, aber uns gingen lebhafte Bilder der beiden durch den Kopf, wie sie sich mit dekorativen Glasflaschen bewarfen und einen Machtkampf nach dem anderen ausfochten.

»Und wenn ich mit der Faust auf den Tisch schlagen muss«, Momma schlug mit der Faust auf den Tisch, »Grandma bleibt hier.«

Also schlossen wir die Streichhölzer und das Bügeleisen weg, kurzum alles, was heiß werden konnte, deckten die Herdplatten mit lustigen Scheiben ab, verriegelten den Backofen. Brachten an allen Türen Alarmanlagen an.

Wer wollte schon gegen die Faust auf dem Tisch angehen? Vor allem, wenn es Mommas Faust war.

Außerdem hatten wir Amelia gerne um uns.

Drei Wochen nach Henrys Beerdigung begann ich wieder zu arbeiten. Ich flog in den Sudan, zusammen mit Stefan Morticelli, einem international bekannten Dokumentarfilmer, mit dem ich schon oft zusammengearbeitet hatte und der sauer auf mich war, weil ich in den vergangenen Monaten weder auf seine Anrufe noch auf seine E-Mails reagiert hatte.

Ich hatte mir sein Gemecker zwei Minuten lang angehört und dann gefragt: »Um was geht's?«

Er erzählte es mir.

Wir flogen hin und nahmen im Sudan so viele Gräueltaten auf wie möglich, ohne dabei erschossen zu werden. Zuerst befürchtete ich, meine Psyche würde wieder zusammenklappen wie ein Pappkarton, aber es geschah nicht.

Als wir zurück in Paris waren, gab ich Stefan meine Filme, und er machte sich an die Arbeit. Die Welt musste erfahren, was im Sudan vorging – die Menschen dort lebten unter schlimmsten, grässlichsten, grauenvollsten Bedingungen, Frauen und Mädchen waren ständigen Übergriffen ausgesetzt … und ich war froh, dagewesen zu sein, obwohl mir vor Anstrengung alle Knochen wehtaten und meine Seele unter dem litt, was ich gesehen hatte.

Aber ich wusste auch, dass ich nicht mehr Vollzeit arbeiten konnte wie früher, es sei denn, ich wollte meinem Hirn weitere Elektroschocks zumuten und brabbelnd bei der Gruppentherapie landen.

Meine Lösung: Viermal im Jahr verlasse ich das beschauliche Oregon und begebe mich in irgendein Höllenloch.

Auch wenn ich es kaum ertrage, überall in der Welt Menschen in äußerster Armut und Verzweiflung zu sehen, brauche ich meine Arbeit. Sie ist ein Teil von mir. Ich kann sie nicht aufgeben, ohne einen Teil von mir zu verlieren.

Darüber hinaus glaube ich, dass diese Arbeit wichtig ist. Regionen der Welt ertrinken in Blut.

Die Menschheit muss davon erfahren.

Eines Nachmittags hielt ich am Ufer des Columbia River eine meiner Kameras in der Hand, der Wind fuhr mir durch die kurzen braunen Locken, und ich machte ein Foto von mir.

Diesmal hatte ich Mommas Handabdruck nicht im Gesicht.

Ich lächelte sogar.

Als das Grundstück neben Grandmas Queen-Anne-Haus zum Verkauf stand, legten Janie und ich unser Geld zusammen und erwarben es. Wir beauftragten zwei Brüder, die wir von der Highschool kannten, jeder von uns ein Haus auf dem zwei Hektar großen Grundstück zu bauen.

Ich kaufte Momma auch die Bäckerei ab.

Sie sagte, sie würde zehn Dollar von mir dafür verlangen. Ich lachte und bezahlte ihr ein Vielfaches. Sie wollte den Scheck nicht einlösen, daher brachte ich ihr das Geld in bar, in einer Schachtel.

Dad und sie stibitzten meine Bankkarte aus meinem Portemonnaie, fragten Janie nach meiner PIN-Nummer und zahlten das Geld am Bankautomaten wieder auf mein Konto ein. Nur zehn Dollar hielten sie zurück.

Ich habe mein Loft verkauft und bin jetzt die Besitzerin von Bommaritos Bäckerei.

Ich vertreibe Bommaritos himmlische Cupcakes.

Bob der Macher und Janie treffen sich oft, hier in Trillium River und in Bobs Haus. Sie lesen sich gegenseitig Klassiker vor und sind jetzt anscheinend dazu übergegangen, Gedichte zu lesen. Janie wurde rot, als sie mir davon erzählte. Sie mögen keine gruseligen Filme und lesen auch in der Zeitung nicht gerne von Gewalttaten.

»Er hat mich nach meinem Klopfen gefragt, und ich habe ihm von dieser kleinen Manie erzählt«, gestand sie eines Abends unter der Weide. »Er sagte, er hätte auch ein paar Zwangsneurosen. Ich war so glücklich, das zu hören! Ein Gefühl von Frieden und Gelassenheit überkam mich, und wir haben klassische Musik aufgelegt und unsere innere Harmonie neu eingestellt, nachdem ich seinen Herd überprüft hatte.«

Wie entzückend.

Wir alle brauchen innere Harmonie.

Selbst Cecilia hat eine gewisse innere Harmonie gefunden. Ich bekam einen Eindruck davon, wie weit sich diese Harmonie entwickelt hatte, als ich glaubte, sie hätte einen Herzinfarkt.

Ich kochte gerade die köstliche Spaghettisoße, die Henry so gemocht hatte, als mein Herz zu rasen begann, es mir schwer auf der Brust und gleichzeitig heiß wurde. Sengend heiß.

Ich sackte gegen die Arbeitsplatte, bekam keine Luft mehr, hatte plötzlich panische Angst um Cecilia.

Ich wusste, dass die Mädchen Parker besuchten. Er stöhnte unter der Last exorbitanter Rechnungen, die die längst entschwundene Constance angehäuft hatte, unter anderem eine gigantische Kreditsumme für das Boot, Rechnungen für mindestens dreißig Paar Highheels und zwei Urlaubsreisen während der Ehe, an denen er nicht teilgenommen hatte. Er arbeitete als Verkäufer bei einem Gebrauchtwagenhändler und hatte eine Wohnung weit draußen.

»Aus irgendeinem Grund ist er viel netter geworden«, sagte Kayla, die vom Studium der Religionen zum Studium der Weltkulturen übergegangen war und oft einen Kimono oder ein Baströckchen trug.

»Ja, das liegt wohl daran, dass ihm der Arsch versohlt wurde«, bemerkte Riley. Sie kämpfte noch immer gegen die Trichotillomanie und würde vermutlich nie damit aufhören. Aber die kahlen Stellen waren weniger auffällig, und sie mochte ihren Therapeuten. »Dad ist so bescheiden geworden, dass es fast ekelhaft ist.«

»Ja, ekelhaft.«

Ich klopfte gar nicht erst an Cecilias Haustür, sondern rannte durch das Haus und stürmte die Treppe zu ihrem Schlafzimmer hinauf.

Man sollte immer erst anklopfen, bevor man ein fremdes Schlafzimmer betritt: Es könnte etwas Privates darin vorgehen. Etwas sehr Privates.

Ich platzte ins Zimmer.

Und dort hatte ich das erneute Vergnügen, Dr. Silvertons (nackte) Bekanntschaft zu machen, denn er lag im Bett meiner Schwester, um das Kerzen eine romantische Atmosphäre verbreiteten. Später sagte ich zu Cecilia, er hätte einen recht knackigen Allerwertesten.

»Ähm … ähm … Entschuldigung«, stotterte ich und fuchtelte abwehrend mit den Händen. »Cecilia, Scheibenkleister. Tut mir leid.«

Sie lachte und zuckte mit ihrer nackten Schulter. Ich kicherte und schlich mich wie ein Stinktier wieder aus dem Haus.

Während ich meine Spaghetti aß, musste ich lachen und konnte nicht wieder aufhören, bis sich meine Tränen mit der Soße, den Gewürzen und dem Fadenkäse vermischten.

Den Windsurfer sehe ich immer noch. Ich winke ihm jeden Morgen zu. Er winkt zurück.

Vielleicht bleibe ich eines Tages ein bisschen länger stehen und sage Hallo.

Vielleicht aber auch nicht.

Ich bin zu dem Schluss gekommen, dass ein Mann in meinem Leben, eine Beziehung zu einem Vertreter der männlichen Spezies, im Moment keinen Reiz für mich hat. Ich brauche den

Stress nicht, ich brauche das Drama nicht. Von beidem hatte ich schon mehr als genug.

Meine Erfahrung hat mich auch gelehrt, dass Männer auf Entfernung viel angenehmer sind, dass sie besser in unseren Köpfen aufgehoben sind, wenn wir von ihnen phantasieren und glauben, was wir glauben *wollen*, als dass wir sie wirklich in unser Leben lassen. Im wirklichen Leben sind sie, wenn der Lack ab ist, einfach nur … Männer, äußerst fehlerhaft und anstrengend.

Bis auf meinen Dad, den ich innig liebe, und Henry.

Ganz allein habe ich Isabelle gefunden, nach einer außerordentlich turbulenten Reise, und im Moment möchte sie keinen Mann neben sich haben. Auf keinen Fall möchte sie ihre schicken BHs mit einem Mann teilen. Ich mag Isabelle. Ich mag die Person, die ich geworden bin. Endlich habe ich Frieden gefunden. Warum sollte ich mir den von einem Mann verderben lassen?

Aber vielleicht werde ich eines Tages meine Meinung ändern.

Ich werde darüber nachdenken.

Die Hochzeitsfeier fand im Sommer in der Kirche statt, es folgte ein Empfang in Grandmas Haus.

Das Kleid war lavendelfarben, dazu passende Schuhe, der Bräutigam trug einen prächtigen schwarzen Smoking. Die Kirche war mit Freunden gefüllt und mit weißen Bändern, gewaltigen Blumensträußen und massenweise Kerzen geschmückt.

Ich war nervös und glücklich, aufgeregt und nah am Wasser gebaut. Janie und Cecilia hielten meine Hände, wie immer.

»Willst du, Carl Bommarito«, fragte Pater Mike lächelnd, »geloben, deine Frau zu lieben und zu ehren, bis dass der Tod euch scheidet?«

»Ich will«, sagte Dad.

»Und willst du, River Bommarito, geloben, deinen Mann zu lieben und zu ehren, bis dass der Tod euch scheidet?«

»Oh, das will ich«, sagte Momma, ausnahmsweise mal nicht heftig, sondern sanft und liebevoll. Ihr neuer Ehering blitzte. Ein echtes Prachtexemplar. »Ich will.«

Es war eine herzerwärmende, zu Tränen rührende Feier.

Und vom rechtlichen Standpunkt völlig unnötig.

Momma hatte sich nie von Dad scheiden lassen.

Dad hatte sich nie von Momma scheiden lassen.

Aber sie beharrten starrköpfig darauf, ihr Gelübde zu erneuern. Pater Mike hielt es für eine gesegnete Idee, *gesegnet*, göttlich, heilig!

»Warum, Momma?«, fragte ich sie eines Abend auf der Verandaschaukel, mit Janie und Cecilia neben uns in den Korbsesseln. »Warum hast du dich nie scheiden lassen?«

Sie schnaubte. »Warum hätte ich mich denn von eurem Dad scheiden lassen sollen, Isabelle?«

»Ähm, weil er uns verlassen hat?«

»Er hat uns verlassen, weil das Monster in ihm ihn zum Monster machte. Irgend so ein Blödmann in Washington hat ihn in den Krieg geschickt, und das hat ihn total versaut. Ich liebe euren Dad. Ich liebe ihn nach wie vor und werde es immer tun. Und ich wusste immer, dass er zurückkommen würde.« Sie drohte mir mit dem Finger. »Und ich hatte recht, Isabelle, vergiss das nicht. Ich hatte recht.«

»Aber du hast ihm sofort verziehen, Momma. Wie hast du das gemacht? Vergebung ist nicht gerade deine große Stärke, weißt du.« Ich konnte kaum fassen, dass ich dieses Gespräch mit ihr führte. Vor Henrys Tod hätte ich dieses Thema niemals anschneiden können, es sei denn, ich wäre darauf erpicht gewesen, mir den Kopf abreißen zu lassen. Aber durch Henrys Tod war Momma fünfhundert Striche auf der Aggressionsskala nach unten gerutscht.

Sie liebte jetzt anders, glaube ich, weil sie so viel verloren hatte. Dad liebte sie, sie war in Frieden mit dieser Liebe, und wir, ihre Töchter, waren noch am Leben und offen für diese Liebe. Sie nahm diese Offenheit wahr. Ja, es war ein Wunder. Nein, sie wurde nicht die Liebenswürdigkeit in Person – sie konnte immer noch jeden mit links fertigmachen, und ihre Trauer um Henry würde nie enden … aber jetzt blitzte bei ihr doch öfter mal Freundlichkeit auf, anders als früher.

Sie hatte für jede von uns etwas auf ihr rosa Papier geschrieben. Auf meinem Zettel stand: »Ich liebe dich. Ich habe dich immer geliebt und werde dich immer lieben. Momma.«

Momma schwieg ein paar Minuten, und wir ließen uns vom Wind umspielen, still und ruhig.

»Da gab es nichts zu verzeihen«, sagte sie schließlich. »Wir können uns nicht vorstellen, was der arme Mann durchmachen musste. Sein Knie wurde mit einem Hammer zertrümmert. Zwei Finger wurden ihm mit einer Machete abgehackt. Er wurde geschlagen und ist fast verhungert. Das war sein *zweiter* Einsatz in Vietnam, nachdem er über ein Jahr im Dschungel gelebt hatte, beschossen worden war und auf andere geschossen hatte, nachdem er zusehen musste, wie die Hälfte seiner Einheit während eines Nachtangriffs getötet wurde, ganz zu schweigen von all den anderen grausigen Dingen, die dort passiert sind und von denen die Veteranen *bis zum heutigen Tag* nicht reden wollen.

Als er bereit war, als er wusste, dass er sein Leben geordnet hatte, und wusste, dass er etwas anzubieten hatte, dachte er daran, zurückzukommen. Doch er befürchtete, seine Rückkehr könnte selbstsüchtig sein, könnte unser Leben durcheinanderbringen, zusätzlichen Stress, erneute Wut und Verletzung hervorrufen. Aber ich bin so froh …«, sie wischte über ihre strahlenden Augen. »Ich bin so froh, dass euer Dad nach Hause gekommen ist.«

»Du liebst ihn immer noch, nach all dem Schlamassel, den du durchmachen musstest, nach all diesen bedrückenden Erfahrungen!«, sagte Janie. Sie legte einen Stapel Klassiker zu Boden, den sie auf dem Schoß balanciert hatte.

»Ja. Ich konnte nie aufhören, euren Dad zu lieben, genau wie ich nicht aufhören kann, euch verrückte drei Mädchen und Henry zu lieben.« Sie funkelte uns finster an, damit wir nicht vollkommen sentimental wurden.

Sie steckte die Hand in die Tasche. »Jetzt schaut euch bloß an, was euer dusseliger Dad mir neulich gegeben hat.« Sie zog einen auf sie ausgestellten und von Carl Bommarito unterzeichneten Scheck hervor. Die Summe war enorm. »Er hat all seine ausstehenden Zahlungen von der Regierung kassiert – sie sollte damals das Geld an mich weiterleiten, als ihr Kinder wart, hat es aber nicht getan, weil sie in ihrer eigenen Verwaltung den Überblick verloren hatte und alles verschusselte.«

Ich sperrte den Mund auf. Wir alle sperrten den Mund auf.

»Dazu gehört auch das Geld, das seine Eltern ihm hinterlassen haben, in Aktien. Es sollte an mich und euch Kinder gehen, doch als euer Vater uns verließ, waren zwei Urkunden versehentlich noch nicht unterschrieben, daher erreichte uns das Geld nicht. Er wusste nichts davon. Aber seht ihr, was passiert, wenn man sein Geld dreißig Jahre lang auf dem Aktienmarkt stehen lässt, Mädels?«

Ich lehnte mich auf der Schaukel zurück. Guter Gott, sie war reich. Sie würde sich nie mehr Sorgen ums Geld machen müssen.

»Euer Dad sagte, ich hätte es verdient, weil ich so viel durchmachen musste. Verrückter Mann. Er hat mich gebeten, auch jeder von euch einen Scheck zu geben. Hier sind sie.« Sie zog drei weitere Schecks hervor, unterzeichnet von Dad, und reichte sie uns.

Ich blinzelte.

Scheibenkleister.

Wir Schwestern würden nie mehr arbeiten müssen.

Aber all das Geld machte uns nachdenklich. Ich brauchte es nicht, genauso wenig wie Janie, die halb Frankreich hätte kaufen können, Cecilia ebenso wenig.

Doch wir wussten, wer es brauchen konnte.

Das Henry-Bommarito-Tierheim wurde achtzehn Monate nach der Geburt unserer Idee eröffnet. Wir spendeten unsere Schecks von Dad, führten mehrere Spendensammlungen durch, bekamen Geld von vielen Tierschutzgruppen, von der Stadt, von unseren Freunden (ich kann kaum fassen, dass ich sie als »unsere Freunde« bezeichne, so als wären wir Bommaritos normale Menschen), von Momma und Dad und von Dr. Silverton, der an die Highschool versetzt worden war, bevor er sich zum ersten Mal mit Cecilia verabredete, aber dann … nun ja … »konnten wir nicht widerstehen«, wie Cecilia sagte. Momma mochte Dr. Silverton, nannte ihn einen furchtlosen Riesen, nicht wie Parker, »der wie ein Mann mit einem kleinen Pimmel dachte«.

Wir bekamen auch einen Batzen Geld von Cherie und eine gewaltige Summe von Bob dem Macher. Bao spendete (»Tieren wehtun, Menschen wehtun, ist alles dasselbe«, sagte er), und Belinda versprach zwei Dollar die Woche für die Katzen. »Ich mag Katzen«, sagte sie. »Die lächeln immer.«

Wir fanden heraus, dass selbst Grandma über einen geheimen Geldvorrat verfügte. Als sie all die Aufregung um das Henry-Bommarito-Tierheim mitbekam, flüsterte sie uns Schwestern zu: »Kommen Sie mit. Ich zeige Ihnen, wo mein Geheimnis verborgen ist.« Wir folgten ihr hinauf in das Turmzimmer, auf Zehenspitzen, wie sie verlangt hatte. Sie überraschte uns, als sie einen Hammer nahm und ein Loch in die Wand schlug.

Und da waren sie: stapelweise Dollarscheine. Grandmas Geheimnis belief sich auf zweiundzwanzigtausend Dollar.

Wir gaben vor, das Geld zu spenden, aber es wanderte direkt in ein Sparkonto für sie. »Vielen Dank, Amelia«, sagten wir voller Ernst. »Herzlichen Dank.«

Sie salutierte. »Alles für meinen Kopiloten. Ich vermisse diesen Mann in meinem Flugzeug. Genau wie die Eingeborenen.« Sie schniefte.

»Ich auch, Amelia«, sagte ich und drückte sie an mich. »Ich auch.«

»Die Eingeborenen hier lieben mich«, sagte sie und schmiegte sich an mich. Sie furzte. »Gas im Tank!«

Also bauten wir unser Tierheim.

Es war riesengroß, und wir übergaben die Leitung Paula Jay und Dawn. Paula Jay verkündete: »Sehr ihr, euer Bruder ist immer noch da! Er beschenkt uns bis heute!«

Janie, Cecilia und ich fassten uns am Abend vor der großen Eröffnungsparty vor dem Tierheim an den Händen und ließen die Mondstrahlen auf uns niederscheinen.

Die Hunde und Katzen aus dem alten Heim würden feierlich in das neue Heim ein Stück die Straße hinunter geführt oder getragen werden, in einer Parade, zu der fast alle kommen würden, die ich in Trillium River kannte. Janie hatte fünfhundert T-Shirts mit Bildern von Hunden und Katzen vorne und den Aufdruck »In Erinnerung an Henry Bommarito« auf dem Rücken anfertigen lassen, die wir kostenlos verteilen wollten.

Die Highschool-Band sollte spielen, der Kirchenchor von Tieren singen, plus »Jesus liebt mich«, die Senioren sponserten ein Bunco-Spiel, um Geld für das Tierheim zu sammeln, die Gemeindemitglieder würden eine stille Auktion abhalten und die Feuerwehrleute aus der Stadt ein Spaghetti-Essen mit »Fadenkäse« servieren, Henrys Leibspeise.

Momma, Dad und Grandma würden neben Paula Jay gehen. Momma würde ein Foto von Henry tragen, Pater Mike eine von der Kirche gespendete Fahne mit Henrys Namen und einem goldenen Kreuz. Cecilia, Janie, ich und all die anderen, die ihn wie verrückt liebten, würden hinter ihnen hergehen. Riley würde ein Hundehalstuch tragen und ein T-Shirt mit dem Aufdruck »Wissenschaftler sind wahnsinnig sexy«, Kayla ein Baströckchen und Velvet ein neues lila Samtkleid mit lila Samthut.

Belinda würde Joe, den räudigen Kater, auf dem Arm haben, dem ich eine neue rosa Schleife gekauft hatte, und Bao würde kommen, nachdem er die Tische mit Blumen aus seinem Garten dekoriert hatte. Lytle würde Henrys Lieblings-Hunde-T-Shirt tragen.

Die Schüler und Lehrer aus Cecilias Schule hatten aus Pappe Hunde- und Katzenhüte mit Ohren gebastelt. Es gab auch Eidechsenhüte, eine Ziege, vier Kühe, sechs Monster, einen Tasmanischen Teufel, King Kong und einen Hexenhut.

Wir hatten Dr. Remmer eingeladen, mit ihren beiden Hunden zu kommen, und sie hatte zugesagt. Als sie am nächsten Tag kam, hatte der Rüde eine blaue Schleife um den Hals, die Hündin eine in Rosa. Ein Schild auf ihren Rücken trug die Aufschrift FRISCH VERHEIRATET.

Auf die Vierbeiner warteten Hunde- und Katzenleckerlis, auf die Zweibeiner riesige Torten in Form von Straßenkötern, Deutschen Schäferhunden und einem großen, flauschigen weißen Hund. Gemeinsam gebacken von der ganzen Bommarito-Familie.

Für den Eingang hatten wir bei einem Künstler aus Oregon eine Bronzestatue von Henry in Auftrag gegeben. Sein lockiges Haar wehte im Wind, er winkte lächelnd und hielt einen flauschigen Hund im Arm, an seine Beine drückte sich ein großer Straßenhund, und eine Katze schlich um seine Tennisschuhe mit den Klettverschlüssen.

Wir drei Schwestern standen Hand in Hand um diese eindrucksvolle Statue und weinten um unseren Henry, hörten aber auf, als der Wind plötzlich auffrischte und unser kurzes Haar zerzauste.

»Ich spüre Henry«, seufzte Janie. »Im Wind.«

»Lass das, Henry!«, schimpfte Cecilia, doch ich sah ein

Schimmern in ihren Augen. »Verdammt! Ich bin nachher mit Larry verabredet, du machst mir die Frisur kaputt!«

Ich lachte. »Du hast große Engelsflügel gekriegt, was, Henry? Ja, wirklich!« Ich streckte meine Arme in den Wind und drehte mich in den Mondstrahlen, unter den Sternen, unter dem Himmel, nah bei Henry, seinem Lächeln und seinen Engelsflügeln. »Ich liebe dich, mein Bruder. Ich liebe dich. Und wie!«

Cathy Lamb
Blau wie Schokolade
Roman
Aus dem Amerikanischen
von Andrea Fischer
Band 18327

»Die meisten Frauen sehen völlig unschuldig aus. Einige sind es vielleicht auch. Viele jedoch nicht. Viele haben Geheimnisse. Sogar ziemlich große, wenn ich das sagen darf.«

Als Jeanne Stewart vor einem Café in Weltana, Oregon, anhält, um zum ersten Mal seit zwölf Jahren Pfannkuchen zu essen, hat sie noch keine Ahnung, dass sie dabei ist, sich ein ganz neues Leben zu bestellen. Schließlich ist es noch keine Woche her, dass sie ihren Job in Chicago hingeschmissen und sich in ihr Auto gesetzt hat, um Richtung Pazifikküste davonzubrausen.

Ein wunderbar warmherziger und witziger Roman über die Kunst des Loslassens und die Umwege zum Glück.

Fischer Taschenbuch Verlag

fi 18327 / 1